ullstein

Das Buch

Gerhart Hauptmann, der als begnadeter Dramatiker eine Theaterrevolution auslöste, war auch ein Meister der Prosa. Schattenexistenzen und Traumgestalten, in denen sich Wahn und Wirklichkeit mischen, bevölkern seine großen Erzählungen und Novellen. In den hier versammelten Werken, die zwischen 1911 und 1944 entstanden sind, geht er über den Naturalismus hinaus in dem Bestreben, die Tageswirklichkeit zu durchbrechen und ihr eine zweite Realität, eine Welt der »Wahrheit und Unbegreiflichkeit«, gegenüberzustellen.

»Gerhart Hauptmann hat das Sesam-Wort gefunden, dem sich die Tore der Seele weit öffnen.« Ludwig Marcuse

Der Autor

Gerhart Hauptmann wurde am 15. November 1862 in Obersalzbrunn/Schlesien geboren. Nach Studien der bildenden Kunst, der Naturwissenschaften und der Philosophie in Breslau, Jena, Rom und Dresden zog Hauptmann nach Berlin, um sich dem Schreiben zu widmen. Mit seinen frühen Dramen und Erzählungen etablierte er sich als bedeutendster deutschsprachiger Vertreter des Naturalismus. 1912 wurde ihm der Nobelpreis für Literatur verliehen. Gerhart Hauptmann starb am 6. Juni 1946 in seinem Haus in Agnetendorf/Schlesien.

In unserem Hause sind von Gerhart Hauptmann bereits erschienen:

Das Abenteuer meiner Jugend/Buch der Leidenschaft
Bahnwärter Thiel und andere frühe Meistererzählungen
Der Biberpelz
Die Ratten
Rose Bernd
Vor Sonnenaufgang
Nach Sonnenuntergang
Die Weber

GERHART HAUPTMANN

Der Ketzer von Soana

UND ANDERE MEISTERERZÄHLUNGEN

Ullstein

Besuchen Sie uns im Internet:
www.ullstein-taschenbuch.de

Umwelthinweis:
Dieses Buch wurde auf chlor- und säurefreiem Papier gedruckt.

Ungekürzte Ausgabe im Ullstein Taschenbuch
1. Auflage Juli 2007

Diese Ausgabe folgt der im Propyläen Verlag erschienenen Centenar-Ausgabe:

Umschlaggestaltung: HildenDesign, München
(nach einer Vorlage von Büro Hamburg)
Titelabbildung: bpk/Nationalgalerie, SMB/Klaus Göken (18813)
Druck und Bindearbeiten: Ebner & Spiegel, Ulm
Printed in Germany
ISBN 978-3-548-26734-0

INHALT

DER KETZER VON SOANA

Entstehungszeit: 1911; 1914; 1917.

Erstveröffentlichung: In der Zeitschrift »Die neue Rundschau« 1918.

Erste Einzelausgabe: Berlin, S. Fischer 1918.

Reisende können den Weg zum Gipfel des Monte Generoso in Mendrisio antreten oder in Capolago mit der Zahnradbahn oder von Bissone aus über Soana, wo er am beschwerlichsten ist. Das ganze Gebiet gehört zum Tessin, einem Kanton der Schweiz, dessen Bevölkerung italienisch ist.

In großer Höhe trafen Bergsteiger nicht selten auf die Gestalt eines brilletragenden Ziegenhirten, dessen Äußeres auch sonst auffällig war. Das Gesicht ließ den Mann von Bildung erkennen, trotz seiner gebräunten Haut. Er sah dem Bronzebildnis Johannes des Täufers, dem Werke Donatellos im Dome zu Siena, nicht unähnlich. Sein Haar war dunkel und ringelte über die braunen Schultern. Sein Kleid bestand aus Ziegenfell.

Wenn ein Trupp Fremder diesem Menschen nahe kam, so lachten bereits die Bergführer. Oft, wenn dann die Touristen ihn sahen, brachen sie in ein ungezogenes Gebrüll oder in laute Herausforderungen aus. Sie glaubten sich durch die Seltsamkeit des Anblicks berechtigt. Der Hirte achtete ihrer nicht. Er pflegte nicht einmal den Kopf zu wenden.

Alle Bergführer schienen im Grunde mit ihm auf gutem Fuße zu stehen. Oft kletterten sie zu ihm hinüber und ließen sich in vertrauliche Unterredungen ein. Wenn sie zurückkamen und von den Fremden gefragt wurden, was das für ein seltsamer Heiliger sei, taten sie meist so lange heimlich, bis er aus Gesichtsweite war. Diejenigen Reisenden aber, deren Neugier dann noch rege war, erfuhren nun, daß dieser Mensch eine dunkle Geschichte habe und, als der »Ketzer von Soana« vom Volksmund bezeichnet, einer mit abergläubischer Furcht gemischten zweifelhaften Achtung genieße.

Als der Herausgeber dieser Blätter noch jung an Jahren war und das Glück hatte, öfters herrliche Wochen in dem schönen Soana zuzubringen, konnte es nicht ausbleiben, daß er hin und wieder den Generoso bestieg und auch eines Tages den sogenannten Ketzer von Soana zu sehen bekam. Den Anblick des Mannes aber vergaß er nicht. Und nachdem er allerlei Widersprechendes über ihn erkundet hatte, reifte in ihm der Entschluß, ihn wiederzusehen, ja ihn einfach zu besuchen.

Der Herausgeber wurde in seiner Absicht durch einen deutschen Schweizer, den Arzt von Soana, bestärkt, der ihm versicherte, wie der Sonderling Besuche gebildeter Leute nicht ungern sehe. Er selber hatte ihn einmal besucht. »Eigentlich sollte ich ihm zürnen«, sagte er, »weil mir der Bursche ins Handwerk pfuscht. Aber er wohnt so hoch in der Höhe, so weit entfernt und wird Gott sei Dank nur von den wenigen heimlich um Rat gefragt, denen es nicht darauf ankäme, sich vom Teufel kurieren zu lassen.« Der Arzt fuhr fort: »Sie müssen wissen, man glaubt im Volk, er habe sich dem Teufel verschrieben. Eine Ansicht, die von der Geistlichkeit darum nicht bestritten wird, weil sie von ihr ausgegangen ist. Ursprünglich, sagt man, sei der Mann einem bösen Zauber unterlegen, bis er dann selbst ein verstockter Bösewicht und höllischer Zauberer geworden sei. Was mich betrifft, ich habe weder Klauen noch Hörner an ihm bemerken können.«

An die Besuche bei dem wunderlichen Menschen erinnert sich der Herausgeber noch genau. Die Art der ersten Begegnung war merkwürdig. Ein besonderer Umstand gab ihr den Charakter einer Zufälligkeit. An einer steilen Wegstelle fand sich nämlich der Besucher einer hilflos dastehenden Ziegenmutter gegenüber, die eben ein Lamm geworfen hatte und dabei war, ein zweites zu gebären. Das vereinsamte Muttertier in seiner Not, das ihn furchtlos anblickte, als ob es seine Hilfe erwartet habe, das tiefe Mysterium der Geburt überhaupt, inmitten der übergewaltigen Felsenwildnis, machten auf ihn den tiefsten Eindruck. Er beschleunigte aber seinen Lauf, denn er schloß, daß dieses Tier zur Herde des Sonderlings gehören müsse, und wollte diesen zu Hilfe rufen. Er traf ihn unter seinen Ziegen und Rindern an, erzählte ihm, was er beobachtet hatte, und führte ihn zu der Gebärenden, hinter der bereits das zweite Ziegenlämmchen, feucht und blutig, im Grase lag.

Mit der Sicherheit eines Arztes, mit der schonenden Liebe des barmherzigen Samariters ward nun das Tier von seinem Besitzer behandelt. Nachdem er eine gewisse Zeit abgewartet hatte, nahm er jedes der Neugeborenen unter einen Arm und trat langsam, von der ihr schweres Euter fast schleifenden Mutter gefolgt, den Weg zu seiner Behausung an. Der Besucher wurde nicht nur mit dem freundlichsten Dank bedacht, sondern auf eine unwiderstehliche Art zum Mitgehen eingeladen.

Der Sonderling hatte mehrere Baulichkeiten auf der Alpe, die ihm gehörte, errichtet. Eine davon glich äußerlich einem rohen Steinhaufen. Innen enthielt sie trockne und warme Stallungen. Dort wurden Ziege und Zicklein untergebracht, während der Besucher zu einem weiter oben gelegenen, weiß getünchten Würfel geleitet wurde, der, an die Wand des Generoso gelehnt, auf einer mit Wein überzogenen Terrasse lag. Unweit des Pförtchens schoß aus dem Berge ein armdicker Wasserstrahl, der eine gewaltige Steinwanne füllte, die man aus dem Felsen gemeißelt hatte. Neben dieser Wanne wurde durch eine eisenbeschlagene Tür eine Berghöhle, wie sich bald erwies, ein Kellergewölbe, abgeschlossen.

Man hatte von diesem Platz, der, vom Tale aus gesehen, in scheinbar unzugänglicher Höhe hing, einen herrlichen Blick, von dem der Verfasser indes nicht reden will. Damals freilich, als er ihn zuerst genoß, fiel er von einem sprachlosen Staunen in laute Ausrufe des Entzückens und wieder in sprachloses Staunen zurück. Sein Wirt aber, der eben in diesem Augenblick aus der Behausung, wo er etwas gesucht hatte, wieder ins Freie trat, schien nun auf einmal mit leiseren Sohlen zu gehen. Solches Verhalten sowie überhaupt das ganze stille, gelassene Betragen seines Gastfreundes ließ der Besucher sich nicht entgehen. Es ward ihm zur Mahnung, mit Worten karg, mit Fragen geizig zu sein. Er liebte den wunderlichen Sennen bereits zu sehr, um Gefahr zu laufen, sich ihn durch einen bloßen Schein von Neugier oder Zudringlichkeit zu entfremden.

Noch sieht der Besucher von damals den runden Steintisch, der, von Bänken umgeben, auf der Terrasse stand. Er sieht ihn mit allen guten Dingen, die der Ketzer von Soana darauf ausbreitete: dem herrlichsten Stracchino di Lecco, köstlichem italienischen Weizenbrot, Salami, Oliven, Feigen und Mispeln, dazu einem Krug voll roten Weins, den er frisch aus der Grotte geholt hatte. Als man sich setzte, sah der ziegenfellbekleidete, langgelockte, bärtige Wirt dem Besucher herzlich in die Augen, dabei hatte er seine Rechte gefaßt, als wollte er ihm eine Zuneigung andeuten.

Wer weiß, was alles bei dieser ersten Bewirtung gesprochen

wurde. Nur einiges blieb erinnerlich. Der Berghirt wünschte Ludovico genannt zu sein. Er erzählte manches von Argentinien. Einmal, als das Gebimmel der Angelusglocken aus den Tiefen drang, machte er eine Bemerkung über dieses »allfällig aufreizende Getön«. Einmal fiel der Name Seneca. Es wurde auch etwas obenhin von Schweizer Politik gesprochen. Endlich wünschte der Sonderling manches von Deutschland zu wissen, weil es des Besuchenden Heimat war. Er sagte, als für diesen, nach vorgefaßtem Beschluß, die Zeit des Abschieds kam: »Sie werden mir immer willkommen sein.«

Obgleich der Herausgeber dieser Blätter, wie er nicht verbergen will, nach der Geschichte dieses Menschen lüstern war, vermied er es auch bei neuen Besuchen, irgendein Interesse dafür zu verraten. Man hatte ihm einige äußere Tatsachen mitgeteilt, bei gelegentlichen Gesprächen, die er in Soana geführt hatte, Tatsachen, die daran schuld sein sollten, daß Ludovico zum Ketzer von Soana ernannt wurde; ihm dagegen lag weit mehr daran, herauszubringen, in welchem Sinne man mit dieser Bezeichnung recht hatte und in welchen eigentümlichen inneren Schicksalen, welcher besonderen Philosophie die Lebensform Ludovicos wurzelte. Er hielt jedoch mit Fragen zurück und ist dafür auch reichlich belohnt worden.

Er traf Ludovico meistens allein, entweder unter den Tieren der Herde oder in seiner Klause. Einige Male fand er ihn, als er, wie Robinson, eigenhändig die Ziegen molk. Oder er legte einer widerspenstigen Mutter die Zicklein an. Dann schien er ganz im Berufe eines Sennhirten aufzugehen: er freute sich der Ziege, die das strotzende Euter am Boden schleppte, des Bockes, wenn er hitzig und fleißig war. Von einem sagte er: »Sieht er nicht wie der Böse selber aus? Sehen Sie doch seine Augen! Welche Kraft, welches Funkeln in Zorn, Wut, Boshaftigkeit! Und dabei welches heilige Feuer!« Dem Autor aber kam es vor, als ob in den Augen des Sprechers dieselbe Höllenflamme vorhanden wäre, die er ein »heiliges Feuer« genannt hatte. Sein Lächeln bekam einen starren und grimmigen Zug, er zeigte die weißen, prächtigen Zähne und geriet dabei in einen Zustand von Versonnenheit, wenn er einen seiner dämonischen Matadore mit dem Blicke des Fachmanns bei seiner nützlichen Arbeit beobachtete.

Manchmal spielte der Ketzer die Panflöte, und der Besucher vernahm ihre einfachen Tonreihen schon bei der Annäherung. Bei einer solchen Gelegenheit kam natürlich das Gespräch auf Musik, und der Hirt entwickelte seltsame Ansichten. Niemals, wenn er inmitten der Herde war, sprach Ludovico von etwas anderem als von den Tieren und ihren Gewohnheiten, vom Hirtenberuf und seinen Gepflogenheiten. Nicht selten ging er der Psychologie der Tiere, der Lebensweise der Hirten nach bis in tiefste Vergangenheit, so ein gelehrtes Wissen von nicht gewöhnlichem Umfang verratend. Er sprach von Apoll, wie dieser bei Laomedon und Admetos die Herden besorgte, ein Knecht und ein Hirte war. »Ich möchte wohl wissen, mit welchem Instrument er damals seinen Herden Musik machte.« Und als wenn er von etwas Wirklichem spräche, schloß er: »Bei Gott, ich hätte ihm gerne zugehört.« Das waren die Augenblicke, in denen der zottige Anachoret vielleicht den Eindruck erwecken konnte, als wären seine Verstandeskräfte nicht eben ganz lückenlos. Andrerseits erfuhr der Gedanke eine gewisse Rechtfertigung, als er bewies, wie vielfältig eine Herde durch Musik zu beeinflussen und zu leiten sei. Mit einem Ton jagte er sie empor, mit anderen brachte er sie zur Ruhe. Mit Tönen holte er sie aus der Ferne, mit Tönen bewog er die Tiere, sich zu zerstreuen oder, an seine Fersen geheftet, hinter ihm drein zu ziehen.

Es kamen auch Besuche vor, bei denen fast nichts geredet wurde. Einst, als die drückende Hitze eines Juninachmittags bis auf die Almen des Generoso gestiegen war, befand sich Ludovico, von seinen lagernden, wiederkauenden Herden umgeben, ebenfalls liegend, in einem Zustand seliger Dämmerung. Er blinzelte nur den Besucher an und veranlaßte ihn durch einen Wink, sich ebenfalls ins Gras zu strecken. Er sagte dann unvermittelt, nachdem dies geschehen war und beide eine Weile schweigend gelagert hatten, in schleppendem Tone etwa dies:

»Sie wissen, daß Eros älter als Kronos und auch mächtiger ist. – Fühlen Sie diese schweigende Glut um uns? Eros! – Hören Sie, wie die Grille feilt? Eros!« – In diesem Augenblick jagten einander zwei Eidechsen und huschten blitzschnell über den Liegenden weg. Er wiederholte: »Eros! Eros!« – Und als ob er das Kommando dazu gegeben hätte, erhoben sich jetzt zwei starke Böcke und griffen einander mit den gewundenen Hörnern an. Er ließ sie gewähren, obgleich der

Kampf immer hitziger wurde. Das Klappen der Stöße erklang immer lauter, und ihre Zahl nahm immer zu. Und wieder sagte er: »Eros! Eros!«

Und nun drangen an das Ohr des Besuchers zum erstenmal Worte, die ihn ganz besonders aufhorchen ließen, weil sie einigermaßen über die Frage Licht verbreiteten oder wenigstens zu verbreiten schienen, warum Ludovico im Volksmund der Ketzer hieß. »Lieber«, sagte er, »will ich einen lebendigen Bock oder einen lebendigen Stier als einen Gehängten am Galgen anbeten. Ich lebe nicht in der Zeit, die das tut. Ich hasse, ich verachte sie. Jupiter Ammon wurde mit Widderhörnern dargestellt. Pan hat Bocksbeine, Bacchus hat Stierhörner. Ich meine den Bacchus Tauriformis oder Tauricornis der Römer. Mithra, der Sonnengott, wird als Stier dargestellt. Alle Völker verehrten den Stier, den Bock, den Widder und vergossen im Opfer sein heiliges Blut. Dazu sage ich: ja! – Denn die zeugende Macht ist die höchste Macht, die zeugende Macht ist die schaffende Macht, Zeugen und Schaffen ist das gleiche. Freilich, der Kultus dieser Macht ist kein kühles Geplärr von Mönchen und Nonnen. Ich habe einmal von Lakschmi, dem Weibe Wischnus, geträumt, die unter dem Namen Sita ein Mensch wurde. Die Priester starben in ihren Umarmungen. Ich habe da vorübergehend etwas von allerlei Mysterien gewußt. Dem Mysterium der schwarzen Zeugung im grünen Gras, von dem der perlmuttfarbenen Wollust, der Entzückungen und Betäubungen, vom Geheimnis der gelben Maiskörner, aller Früchte, aller Schwellungen, aller Farben überhaupt. Ich hätte brüllen können im Wahnsinn des Schmerzes, als ich der unbarmherzigen, allmächtigen Sita ansichtig wurde. Ich glaubte zu sterben vor Begier.«

Während dieser Eröffnung kam sich der Schreiber dieser Zeilen wie ein unfreiwilliger Horcher vor. Er stand auf, mit einigen Worten, die glauben machen sollten, daß er das Selbstgespräch nicht gehört habe, sondern mit seinen Gedanken bei anderen Dingen gewesen sei. Danach wollte er sich verabschieden. Ludovico ließ es nicht zu. Und so begann denn auf der Bergterrasse abermals eine Gasterei, deren Verlauf aber diesmal bedeutsam und unvergeßlich war.

Der Besucher wurde gleich bei der Ankunft in die Wohnung, den Innenraum des schon geschilderten Würfels, eingeführt. Er war quadratisch, sauber, hatte einen Kamin und glich dem schlichten Arbeitszimmer eines Gelehrten. Vorhanden war Tinte, Feder, Papier und eine kleine Bücherei, hauptsächlich griechischer und lateinischer Schriftsteller. »Warum soll ich es Ihnen verhehlen«, sagte der Hirt, »daß ich aus guter Familie bin, eine mißleitete Jugend und gelehrte Bildung genossen habe. Sie werden natürlich wissen wollen, wie ich aus einem unnatürlichen Menschen ein natürlicher, aus einem gefangenen ein freier, aus einem zerstörten und verdrossenen ein glücklicher und zufriedener geworden bin? Oder wie ich mich selbst aus der bürgerlichen Gesellschaft und der Christenheit ausgeschlossen habe?« Er lachte laut. »Vielleicht schreibe ich einmal die Geschichte meiner Umwandlung.« Der Besucher, dessen Spannung aufs höchste gestiegen war, fand sich plötzlich wiederum weit vom Ziele verschlagen. Es konnte ihm dabei wenig helfen, daß der Gastfreund zum Schluß erklärte, die Ursache seiner Erneuerung sei: er bete natürliche Symbole an.

Im Schatten des Felsens, auf der Terrasse, am Rande der überfließenden Wanne war in köstlicher Kühle reichlicher als das erstemal getafelt worden: Räucherschinken, Käse und Weizenbrot, Feigen, frische Mispeln und Wein. Vielerlei war, nicht übermütig, aber mit stiller Heiterkeit geplaudert worden. Endlich wurde der Steintisch abgeräumt. Nun aber kam ein Augenblick, der dem Herausgeber wie etwas eben Geschehenes gegenwärtig ist.

Der bronzefarbene Hirt machte, wie man weiß, mit seinem ungepflegten langen Gelock des Haupt- und Barthaares sowie durch seine Kleidung aus Fell den Eindruck der Verwilderung. Er ist mit einem Johannes des Donatello verglichen worden. In der Tat hatten auch sein Gesicht und das Antlitz jenes Johannes in der Feinheit der Linien viel Ähnlichkeit. Ludovico war eigentlich, näher betrachtet, schön, sofern man von dem Entstellenden der Brille absehen konnte. Freilich erhielt die ganze Gestalt durch sie wiederum, neben dem leise komischen Zug, das rätselhaft Sonderbare und Fesselnde. In dem Augenblick, von dem die Rede ist, unterlag der ganze Mensch einer Veränderung. Hatte das Bronzeartige seines Körpers sich auch durch eine gewisse Unbeweglichkeit seiner Züge ausgedrückt, so wich es insofern, als sie beweglich wurden und sich verjüngten. Er lächelte, man könnte sagen, in einem Anflug knabenhafter Schamhaftigkeit. »Was ich Ihnen jetzt zumute«, sagte er, »habe ich noch keinem anderen Menschen vorgeschlagen. Woher ich den Mut plötzlich nehme, weiß ich eigentlich selber nicht. Aus alter Gewohnheit vergangener Zeiten lese ich gelegentlich noch und hantiere auch wohl noch mit Tinte und Feder. So habe ich in müßigen Winterstunden eine simple Geschichte niedergeschrieben, die lange vor meiner Zeit hier in und um Soana sich ereignet haben soll. Sie werden sie äußerst einfach finden, mich aber zog sie aus allerlei Gründen an, die ich jetzt nicht erörtern will. Sagen Sie kurz und offen: wollen Sie mit mir nochmals ins Haus gehen, und fühlen Sie sich aufgelegt, etwas von Ihrer Zeit an diese Geschichte zu verlieren, die auch mich schon ohne Nutzen manche Stunde gekostet hat? Ich möchte nicht zu-, ich möchte abraten. Übrigens, wenn Sie befehlen, nehme ich jetzt schon die Blätter des Manuskripts und werfe sie in den Abgrund hinunter.«

Selbstverständlich geschah dies nicht. Er nahm den Weinkrug, ging mit dem Besucher ins Haus, und beide saßen einander gegenüber. Der Berghirt hatte ein in Mönchsschrift und auf starke Blätter geschriebenes Manuskript aus feinstem Ziegenleder gewickelt. Wie um sich Mut zu machen, trank er dem Besucher, eh er gleichsam vom Ufer abstieß, um sich in den Fluß der Erzählung zu stürzen, noch einmal zu und begann dann mit weicher Stimme.

DIE ERZÄHLUNG DES BERGHIRTEN

An einem Bergabhang oberhalb des Luganer Sees ist unter vielen anderen auch ein kleines Bergnest zu finden, das man auf einer steilen, in Serpentinen verlaufenden Bergstraße in etwa einer Stunde, vom Seeufer aus gerechnet, erreichen kann. Die Häuser des Ortes, die, wie an den meisten italienischen Plätzen der Umgegend, eine einzige ineinandergeschachtelte graue Ruine aus Stein und Mörtel sind, kehren ihre Fronten einem schluchtähnlichen Tale zu, das von den Auen und Terrassen des Fleckens und gegenüber von einem mächtigen Abhang des überragenden Bergriesen Monte Generoso gebildet wird.

In dieses Tal, und zwar dort, wo es wirklich als enge Schlucht seinen Abschluß nimmt, ergießt sich von einer wohl hundert Meter höher gelegenen Talsohle ein Wasserfall, der, je nach Tages- und Jahreszeit und der gerade herrschenden Strömung der Luft mehr oder weniger stark, mit seinem Rauschen eine immerwährende Musik des Fleckens ist.

In diese Gemeinde war vor langer Zeit ein etwa fünfundzwanzigjähriger Priester versetzt worden, der Francesco Vela hieß. Er war in Ligornetto geboren, also im Tessin, und konnte sich rühmen, ein Mitglied desselben dort ansässigen Geschlechtes zu sein, das den bedeutendsten Bildhauer des geeinten Italiens hervorgebracht hatte, der ebenfalls in Ligornetto geboren wurde und endlich auch dort gestorben ist.

Der junge Priester hatte seine Jugend bei Verwandten in Mailand und seine Studienzeit in verschiedenen Priesterseminaren der Schweiz und Italiens zugebracht. Von seiner Mutter, die aus einem edlen Geschlechte war, stammte die ernste Richtung seines Charakters, die ihn ohne jedes Schwanken schon zeitig dem religiösen Beruf in die Arme trieb.

Francesco, der eine Brille trug, zeichnete sich vor der Menge seiner Mitschüler aus durch exemplarischen Fleiß, Strenge der Lebensführung und Frömmigkeit. Selbst seine Mutter mußte ihm schonend nahelegen, daß er als künftiger Weltgeistlicher sich ein wenig Lebensfreude wohl gönnen möge und nicht eigentlich auf die strengsten Klosterregeln verpflichtet sei. Sobald er die Weihen empfangen hatte, war es indessen sein einziger Wunsch, eine möglichst entlegene Pfarre zu finden, um sich dort als eine Art Eremit nach Herzenslust, noch mehr als bisher, dem Dienste Gottes, seines Sohnes und dessen geheiligter Mutter zu weihen.

Als er nun nach dem kleinen Soana gekommen war und das mit der Kirche verbundene Pfarrhaus bezogen hatte, merkten die Bergbewohner bald, daß er von einer ganz anderen Art als sein Vorgänger war. Schon äußerlich; denn jener war ein massiver, stierhafter Bauer gewesen, der die hübschen Weiber und Mädchen des Orts mit Hilfe ganz anderer Mittel in seinem Gehorsam hielt als Kirchenbußen und Kirchenstrafen. Francesco dagegen war bleich und zart. Sein Auge lag tief. Hektische Tupfen glühten auf der unreinen Haut über seinen Backenknochen. Hierzu kam die Brille, in den Augen einfacher Leute noch immer Symbol präzeptoraler Strenge und Gelehrsamkeit. Er hatte nach Verlauf von vier bis sechs Wochen auf seine Art die erst ein wenig widerspenstigen Weiber und Töchter des Ortes ebenfalls, und zwar noch mehr als der andere, in seine Gewalt gebracht.

Sobald Francesco durch die kleine Pforte des an die Kirche geschmiegten Pfarrhöfchens auf die Straße trat, ward er auch meist schon von Kindern und Weibern umdrängt, die ihm mit wahrer Ehrfurcht die Hand küßten. Und wie viele Male des Tags er durch die kleine Kirchenschelle in den Beichtstuhl gerufen wurde, das machte am Abend eine Zahl, die seiner neuangenommenen, beinahe siebzigjährigen Haushälterin den Ruf entlockte: sie habe nie gewußt, wie viele Engel in dem sonst ziemlich verderbten Soana verborgen gewesen wären. Kurz, der Ruf des jungen Pfarrers Francesco Vela erscholl auch in der Umgegend weit und breit, und er kam sehr bald in den Ruf eines Heiligen.

Von alledem ließ sich Francesco nicht anfechten und war weit davon entfernt, irgendein anderes Bewußtsein in sich zu pflegen, als daß er seinen Pflichten leidlich gerecht wurde. Er las seine Messen, vollzog mit nie vermindertem Eifer alle kirchlichen Funktionen des Gottesdienstes und – das kleine Schulzimmer befand sich im Pfarrhause – versah auch überdies die Obliegenheiten des weltlichen Schulunterrichts.

Eines Abends, zu Anfang des Monats März, wurde sehr heftig an der Klingel des Pfarrhöfchens gerissen, und als die Schaffnerin öffnen kam und mit dem Licht der Laterne in das schlechte Wetter hinausleuchtete, stand vor der Tür ein etwas verwilderter Kerl, der den Pfarrer zu sprechen wünschte. Nachdem die Schaffnerin erst die Pforte wieder geschlossen hatte, begab sich die alte Person zu ihrem jungen Gebieter hinein, um, nicht ohne merkbare Ängstlichkeit, den späten Besucher anzumelden. Allein Francesco, der es sich unter anderem zur Pflicht gemacht hatte, niemand, wer es auch sei, der seiner bedürfe, abzuweisen, sagte nur kurz, von der Lektüre irgendeines Kirchenvaters aufblickend: »Geh, Petronilla, führ ihn herein.«

Bald darauf stand vor dem Tische des Pfarrers ein etwa vierzigjähriger Mann, dessen Äußeres das der Landleute jener Gegend war, nur weit vernachlässigter, ja verwahrloster. Der Mann ging barfuß. Eine zerlumpte, regendurchnäßte Hose war über den Hüften von einem Riemen festgehalten. Das Hemd stand offen. Die braune, behaarte Brust setzte sich in eine buschige Kehle und in ein von Bart- und Haupthaar schwarz und dicht umwuchertes Antlitz fort, aus dem zwei dunkelglühende Augen hervorbrannten.

Eine aus Flicken bestehende, vom Regen durchnäßte Jacke hatte der Mensch nach Hirtenart über die linke Schulter gehängt, während er einen von Wind und Wetter vieler Jahre entfärbten und zusammengeschrumpften kleinen Filz aufgeregt mit den braunen und harten Fäusten herumdrehte. Einen langen Knüttel hatte er vor dem Eingang abgestellt.

Gefragt, was er wünsche, brachte der Mann unter wilden Grimassen einen unverständlichen Schwall rauher Laute und Worte hervor, die zwar der Mundart jener Gegend angehörten, aber wiederum einer Abart davon, die selbst der in Soana geborenen Schaffnerin wie eine fremde Sprache erschien.

Der junge Priester, der seinen Besuch neben der kleinen brennenden Lampe hin mit Aufmerksamkeit betrachtet hatte, bemühte sich vergeblich, den Sinn seines Anliegens zu ergründen. Mit viel Geduld, mittels zahlreicher Fragen, konnte er endlich so viel aus ihm herausbringen, daß er Vater von sieben Kindern war, von denen er einige gern in der Schule des jungen Priesters angebracht hätte. Francesco fragte: »Wo seid Ihr her?« Und als die Antwort, hervorgesprudelt, »Ich bin aus Soana« lautete, erstaunte der Priester und sagte zugleich: »Das ist nicht möglich! Ich kenne jedermann hier am Ort! Aber Euch und Eure Familie kenne ich nicht.«

Der Hirte, Bauer oder was er nun sein mochte, gab nun von der Lage seines Wohnhauses eine von vielen Gesten begleitete, leidenschaftliche Schilderung, aus der jedoch Francesco nicht klug wurde. Er meinte nur: »Wenn Ihr Einwohner von Soana seid und Eure Kinder das gesetzliche Alter erreicht haben, so müßten sie doch ohnedies schon längst in meiner Schule gewesen sein. Und ich müßte doch Euch oder Eure Frau oder Eure Kinder beim Gottesdienst in der Kirche, bei Messe oder Beichte gesehen haben.«

Hier riß der Mann seine Augen auf und preßte die Lippen aufeinander. Statt jeder Antwort stieß er, wie aus empörter und gepreßter Brust, den Atem aus.

»Nun, so werde ich mir Euren Namen aufschreiben. Ich finde es brav von Euch, daß Ihr selber kommt und Schritte tut, damit Eure Kinder nicht unwissend und womöglich gottlos bleiben.« Bei diesen Worten des jungen Klerikers fing der zerlumpte Mensch, so daß sein brauner, sehniger und beinahe athletischer Körper davon geschüttelt wurde, auf eine sonderbare, beinahe tierische Art und Weise zu röcheln an. — »Jawohl«, wiederholte betreten Francesco, »ich zeichne mir Euren Namen auf und werde der Sache wegen nachforschen.« Man konnte sehen, wie Träne um Träne von den geröteten Augenrändern des Unbekannten über das struppige Antlitz herniederrann.

»Gut, gut«, sagte Francesco, der sich das aufgeregte Wesen seines Besuchers nicht erklären konnte und übrigens davon noch mehr beunruhigt als ergriffen war, »gut, gut, Eure Sache wird untersucht werden. Nennt mir nur Euren Namen, guter Mann, und schickt mir morgen früh Eure Kinder!« Der Angeredete schwieg hierauf und sah Francesco mit einem ratlosen und gequälten Ausdruck lange an. Dieser fragte nochmals: »Wie heißt Ihr? Sagt Euren Namen!«

Dem Geistlichen war von Anfang an in den Bewegungen seines Gastes etwas Furchtsames, gleichsam etwas Gehetztes aufgefallen. Jetzt, wo er seinen Namen angeben sollte und draußen auf dem steinernen Estrich gleichzeitig der Schritt Petronillas hörbar ward, duckte er sich und zeigte überhaupt eine Schreckhaftigkeit, wie sie meist nur Irrsinnigen oder Verbrechern eignet. Er schien verfolgt. Er schien auf der Flucht vor Häschern zu sein.

Dennoch ergriff er ein Stück Papier und die Feder des Geistlichen, trat seltsamerweise ins Dunkel, vom Lichte abgewandt, ans Fensterbrett, wo unten ein naher Bach und, mehr von ferne, der Wasserfall von Soana hereinrauschte, und malte, mit einiger Mühe, aber doch leserlich, etwas auf, was er mit Entschluß dem Geistlichen zureichte. Dieser sagte: »Gut!« und, mit dem Zeichen des Kreuzes: »Geht mit Frieden!« Der Wilde ging und ließ eine Wolke von Dünsten zurück, die nach Salami, Zwiebel, Holzkohlenrauch, nach Ziegenbock und nach Kuhstall duftete. Sobald er hinaus war, riß Francesco das Fenster auf.

Den nächsten Morgen hatte Francesco, wie immer, seine Messe gelesen, danach ein wenig geruht, danach sein frugales Frühstück zu sich genommen und befand sich bald danach auf dem Wege zum Sindaco, den man zeitig besuchen mußte, um ihn anzutreffen. Er fuhr nämlich täglich von einer Bahnstation, tief unten am Seeufer, nach Lugano hinein, wo er in einer der belebtesten Gassen einen Groß- und Kleinhandel mit tessinischem Käse betrieb.

Die Sonne schien auf den kleinen, mit alten Kastanienbäumen, die einstweilen noch kahl waren, bestandenen Platz, der dicht bei der Kirche gelegen war und gleichsam die Agora der Ortschaft bildete. Auf einigen Steinbänken saßen und spielten Kinder herum, während die Mütter und älteren Töchter an einem von kaltem Bergwasser, womit er reichlich gespeist wurde, überfließenden antiken Marmorsarkophag Wäsche wuschen und in Körben zum Trocknen davontrugen. Der Boden war naß, weil am Tage vorher Regen, mit Schneeflocken untermischt, gefallen war, wie denn der machtvolle Felsenabhang des Monte Generoso unter Neuschnee, jenseits der Talschlucht, in seinem eigenen Schatten mit unzugänglichen Schroffen aufragte und frische Schneeluft herüberhauchte.

Der junge Priester ging mit niedergeschlagenen Augen an den Wäscherinnen vorbei, deren lauten Gruß er durch Nicken erwiderte. Den ihn umdrängenden Kindern ließ er, sie ältlich über die Brille betrachtend, die Hand einen Augenblick, wo sie denn alle mit Eifer und Hast ihre Lippen abwischten. Die Ortschaft, wie sie hinter dem Platz begann, ward durch wenige enge Gassen gangbar gemacht. Aber selbst die Hauptstraße konnte nur von kleinen Fuhrwerken und auch nur in ihrem vorderen Teile benutzt werden. Nach dem Ausgang des Ortes zu verengte sie sich und wurde überdies so steil, daß man höchstens noch mit einem beladenen Maultier hindurch- und hinankommen konnte. An diesem Sträßchen befand sich ein kleiner Kramladen und die schweizerische Postagentur.

Der Postagent, der mit Francescos Vorgänger auf kameradschaftlichstem Verkehrsfuß gestanden hatte, grüßte und ward von Francesco wiedergegrüßt, aber doch nur so, daß zwischen dem Ernst des Geweihten und der platten Freundlichkeit des Profanen der volle Abstand gewahrt wurde. Nicht weit von der Post bog der Priester in ein erbärmliches Seitengäßchen ein, das mit Treppen und Treppchen auf eine halsbrecherische Weise, an geöffneten Ziegenställen und allen Arten schmutziger, fensterloser, kellerartiger Höhlen vorüber, abwärtsstieg. Hühner gackerten, Katzen saßen auf morschen Galerien unter Büscheln aufgehängter Maiskolben. Hie und da meckerte eine Ziege, blökte ein Rind, das aus irgendeinem Grunde nicht mit auf die Weide gezogen war.

Man konnte erstaunt sein, wenn man, aus dieser Umgebung kommend, durch eine enge Pforte das Haus des Bürgermeisters betreten hatte und sich in einer Flucht von kleinen, gewölbten Sälen befand, deren Decken von Handwerkern im Stile Tiepolos figurenreich ausgemalt worden waren. Hohe Fenster und Glastüren, mit langen roten Gardinen geschmückt, führten aus diesen sonnigen Räumen auf eine ebenso sonnige freie Terrasse hinaus, die von uraltem, kegelförmig geschnittenen Buchsbaum und wundervollem Lorbeer geziert wurde. Wie überall, so auch hier, vernahm man das schöne Rauschen des Wasserfalls und hatte jenseits die wilde Bergwand sich gegenüber.

Der Sindaco, Sor Domenico, war ein gutgekleideter, in der Mitte der vierziger Jahre stehender ruhiger Mann, der vor kaum einem Vierteljahre erst zum zweitenmal geheiratet hatte. Die schöne, blühende zweiundzwanzigjährige Frau, die Francesco in der blanken Küche mit der Zubereitung des Frühstücks beschäftigt getroffen hatte, geleitete ihn zu dem Gatten hinein. Als jener die Erzählung des Priesters von dem Besuch, den er abends vorher empfangen hatte, angehört und den Zettel gelesen hatte, der den Namen des Besuchers und wilden Mannes in unbeholfenen Schriftzügen trug, ging ein Lächeln durch seine Gesichtszüge. Dann, als er den jungen Sacerdote Platz zu nehmen genötigt hatte, fing er vollkommen sachlich, und ohne daß die maskenhafte Gleichgültigkeit seiner Mienen jemals gestört wurde, die gewünschte Auskunft über den mysteriösen Besucher, der tatsächlich ein dem Pfarrer bisher verborgen gebliebener Bürger Soanas war, zu geben an.

»Luchino Scarabota«, sagte der Sindaco – es war der Name, den der Besucher des Pfarrers auf den Zettel gekritzelt hatte –, »ist ein keineswegs armer Mann, aber schon seit Jahren machen seine häuslichen Zustände mir und der ganzen Gemeinde Kopfschmerzen, und es ist nicht eigentlich abzusehen, wo dies alles am Ende noch hinauslaufen soll. Er gehört einer alten Familie an, und es ist sehr wahrscheinlich, daß er etwas von dem Blut des berühmten Luchino Scarabota da Milano in sich hat, der zwischen vierzehn- und fünfzehnhundert das Langhaus des Domes unten in Como baute. Solche alte, berühmte Namen haben wir ja, wie Sie wissen, Herr Pfarrer, manche in unserem kleinen Ort.«

Der Sindaco hatte die Glastüre geöffnet und den Pfarrer während des Redens auf die Terrasse hinausgeführt, wo er ihm, mit der ein wenig erhobenen Hand, in dem trichterförmigen, steilen Quellgebiete des Wasserfalles einen jener aus rohem Stein gemauerten Würfel wies, wie sie die Bauern der Gegend bewohnen. Aber dieses in großer Höhe weit über allen anderen hängende Anwesen unterschied sich von jenen nicht nur durch seine vereinzelte, scheinbar unzugängliche Lage, sondern auch durch Kleinheit und Ärmlichkeit.

»Sehen Sie, dort, wo ich mit dem Finger hinzeige, wohnt dieser Scarabota«, sagte der Sindaco.

»Es nimmt mich wunder, Herr Pfarrer«, fuhr der Sprechende fort, »daß Sie von jener Alpe und ihren Bewohnern noch nichts gehört haben sollten. Die Leute geben weit und breit in der ganzen Gegend seit einem Jahrzehnt und länger das widerwärtigste Ärgernis. Leider kann man ihnen nicht beikommen. Man hat die Frau vor Gericht gestellt, und sie hat behauptet, die sieben Kinder, die sie geboren hat, stammten — gibt es etwas Unsinnigeres? — nicht von dem Manne, mit dem sie lebt, sondern von sommerlichen Schweizer Touristen ab, die an der Alpe vorüber müssen, wenn sie zum Generoso hinaufklettern. Dabei ist die Vettel verlaust und schmutzstarrend und überdies abschreckend häßlich wie die Nacht.

Nein, es ist offenkundig, daß der Mann, der Sie gestern besucht hat und mit dem sie lebt, Vater von ihren Kindern ist. Aber das ist der Punkt: dieser Mensch ist zugleich ihr leiblicher Bruder.«

Der junge Priester verfärbte sich.

»Natürlich ist dies blutschänderische Paar von aller Welt gemieden und in die Acht getan. In dieser Beziehung wird die Vox populi selten fehlgehen.« Mit dieser Erklärung setzte der Sindaco seine Erzählung fort. »Sooft sich eines der Kinder etwa bei uns oder in Arogno oder in Melano hat blicken lassen, ist es beinahe gesteinigt worden. Man hält jede Kirche, soweit die Leute bekannt sind, für entweiht, wenn das verruchte Geschwisterpaar sie betritt, und die beiden Verfemten haben das, als sie den Versuch glaubten machen zu dürfen, auf eine so furchtbare Weise zu fühlen bekommen, daß ihnen seit Jahren jede Neigung zum Kirchenbesuch abhanden gekommen ist.

Und sollte man etwa gestatten«, fuhr der Sindaco fort, »daß solche Kinder, solche verfluchte Kreaturen, die jedermanns Abscheu und Grauen sind, hier unten in unsere Schule gehen und zwischen den Kindern guter Christen in der Schulbank sitzen? Kann man uns zumuten, wir sollen dulden, daß unsere ganze Ortschaft, klein und groß, durch diese moralischen Schandprodukte, diese schlechten, räudigen Bestien verpestet wird?«

Das bleiche Antlitz des Priesters Francesco verriet durch keine Miene, inwieweit die Erzählung Sor Domenicos ihn berührt hatte. Er dankte und ging mit dem gleichen würdigen Ernst im Ausdruck des ganzen Wesens, mit dem er erschienen war, davon.

Francesco hatte bald nach der Unterredung mit dem Sindaco seinem Bischof über den Fall Luchino Scarabota Bericht erstattet. Acht Tage später war die Antwort des Bischofs in seiner Hand, die dem jungen Geistlichen auftrug, sich von dem allgemeinen Stand der Verhältnisse auf der sogenannten Alpe von Santa Croce persönlich zu unterrichten. Der Bischof lobte dabei den geistlichen Eifer des jungen Mannes und bestätigte ihm, er habe wohl Ursach, sich dieser verirrten und verfemten Seelen wegen in seinem Gewissen bedrängt zu fühlen und auf ihre Errettung bedacht zu sein. Von den Segnungen und Tröstungen der Mutter Kirche dürfe man keinen noch so verirrten Sünder ausschließen.

Erst gegen Ende des Monats März erlaubten die Amtsgeschäfte und auch die Schneeverhältnisse des Berges Generoso dem jungen Geistlichen von Soana, mit einem Landmann als Führer den Aufstieg zur Alpe von Santa Croce anzutreten. Ostern stand vor der Tür, und trotzdem an der Schroffwand des Bergriesen fortwährend mit dumpfem Donner Lawinen in die Schlucht unterm Wasserfall niedergingen, hatte der Frühling überall, wo die Sonne ungehindert zu wirken vermochte, mit voller Kraft eingesetzt.

Sowenig Francesco, unähnlich seinem Namensheiligen von Assisi, Naturschwärmer war, konnte doch das zarte und saftige Sprießen, Grünen und Blühen um ihn her nicht ohne Wirkung auf ihn bleiben. Ohne daß sich der junge Mensch dessen deutlich bewußt werden brauchte, hatte er die feine Gärung des Frühlings im Blut und genoß sein Teil von jenem inneren Schwellen und Drängen der ganzen Natur, das himmlischen Ursprungs und trotz wonnig-sinnlich-irdischen Auswirkens auch in allen seinen erblühten Freuden himmlisch ist.

Die Kastanienbäume auf dem Platz, über den der Priester mit seinem Begleiter zunächst wieder schreiten mußte, hatten aus braunen, klebrigen Knospen zarte grüne Händchen gestreckt. Die Kinder lärmten, nicht minder die Sperlinge, die unterm Kirchdach und in unzähligen Schlupflöchern der winkligen Ortschaft nisteten. Die ersten Schwalben zogen ihre weiten Schleifen von Soana über den Abgrund der Schlucht, wo sie scheinbar dicht vor dem phantastisch getürmten, unzugänglichen Felsmassiv der Bergmauer abschwenkten. Dort oben auf Vorsprüngen oder in Felslöchern, wo nie eines Menschen Fuß hingedrungen war, horsteten Fischadler. Die großen, braunen Pärchen traten herrliche Fahrten an und schwebten, nur um zu schweben, in stundenlangen Dauerflügen über Bergspitzen, immer höher und höher kreisend, als wollten sie majestätisch, selbstvergessen in die befreite Unendlichkeit des Raumes hinein.

Überall, nicht nur in der Luft, nicht nur in der braunen, aufgewühlten oder mit Gras und Narzissen bekleideten Erde und allem, was sie durch Halme und Stämme in Blätter und Blüten aufsteigen ließ, sondern auch in den Menschen war das Festliche, und die braunen Gesichter der Bauern, die auf den Terrassen zwischen den Reihen der Weinstöcke mit Hacke oder gekrümmtem Messer arbeiteten, strahlten von Sonntäglichkeit: hatten doch überdies die meisten von ihnen das sogenannte Osterlamm, eine junge Ziege, bereits geschlachtet und mit zusammengebundenen Hinterläufen zu Hause am Türpfosten aufgehängt.

Die Weiber, die ganz besonders zahlreich und laut mit ihren gefüllten Wäschekörben um den überfließenden Sarkophag aus Marmor versammelt waren, unterbrachen, als der Priester und sein Begleiter vorübergingen, ihre lärmende Heiterkeit. Auch am Ausgang des Dorfes standen Wäscherinnen, wo unter einem kleinen Madonnenbild ein Wasserstrahl aus dem Felsen drang und sich ebenfalls in einen antiken Sarkophag aus Marmor ergoß. Beide Stücke, sowohl dieser Sarkophag als jener, der auf dem Platze stand, waren vor längerer Zeit aus einem Baumgarten voll tausendjähriger Steineichen und Kastanien gehoben worden, wo sie seit undenklicher Zeit, nur wenig aus dem Boden hervorragend, unter Efeu und wildem Lorbeer versteckt gestanden hatten.

Im Vorübergehen bekreuzte sich Francesco, ja unterbrach das Schreiten für einen Augenblick, um der lieblich mit Feldblumenopfern der Landleute umstellten Madonetta über dem Sarkophag mit einer Beugung des Knies zu huldigen. Zum ersten Male sah er dies kleine, von Bienen umsummte, liebliche Heiligtum, da er diesen oberen Teil der Ortschaft noch niemals besucht hatte. War Soana mit seinem unteren Teil, mit seiner Kirche und einigen mit grünen Läden geschmückten, hübschen Bürgerhäusern um den terrassenartig untermauerten Kastanienplatz bürgerlich, beinahe wohlhabend und zeigte es dort in Gärten und Gärtchen blühende Mandelbäumchen, Orangen, hohe Zypressen, kurz, eine mehr südliche Vegetation, hier oben, einige hundert Schritte höher hinauf, war es nur noch ein alpines, ärmliches Hirtendorf, das nach Ziegen und Kuhstall duftete. Auch setzte hier ein mit Wackersteinen gepflasterter, äußerst steiler Bergweg ein, der durch täglichen morgendlichen Auszug und abendlichen Einzug der großen Gemeindeziegenherde geglättet war; denn er führte hinauf und hinaus zur Gemeindealm in das kesselförmige Quellgebiet des Flüßchens Savaglia, das weiter unten den herrlichen Wasserfall von Soana bildet und nach kurzem, rauschenden Lauf durch eine tiefe Schlucht im See von Lugano untergeht.

Nachdem der Priester, immer geführt von seinem Begleiter, eine kurze Weile auf diesem Bergweg hinangeklettert war, stand er still, um aufzuatmen. Den großen, schwarzen, tellerartigen Hut mit der Linken vom Kopfe nehmend, hatte er mit der Rechten ein großes, buntes Taschentuch aus der Soutane gezogen, womit er die Schweißperlen von seiner Stirn tupfte. Im allgemeinen ist der Natursinn, der Sinn eines italienischen Priesters für die Schönheit der Landschaft nicht sonderlich. Aber der Weitblick von großer Höhe und aus der sogenannten Vogelperspektive ist doch ein Reiz, der auch den naivsten Menschen mitunter trifft und ihm ein gewisses Staunen abnötigt. Francesco erblickte seine Kirche mitsamt der dazugehörigen Ortschaft bereits nur noch als ein Miniaturbild tief unter sich, während rings um ihn her die gewaltige Bergwelt, wie es schien, immer höher gen Himmel ragte. In das Gefühl des Frühjahrs mischte sich jetzt das Gefühl des Erhabenen, das vielleicht aus einem Vergleich der eigenen Kleinheit mit den erdrückend gewaltigen Werken der Natur und ihrer drohenden stummen Nähe entstehen mag und das mit einem halben Bewußtsein davon verbunden ist, daß wir doch auch an dieser Übermacht auf irgendeine Weise teilhaben. Kurz, Francesco fühlte sich erhaben-groß und winzig-klein in ein und demselben Augenblick, und dies gab den Anlaß, mit gewohnter Bewegung auf Stirn und Brust das vor Irrungen und Dämonen schützende Kreuz zu schlagen.

Im Weitersteigen hatten bald wieder religiöse Fragen und praktisch-kirchliche Angelegenheiten seines Sprengels von dem jugendlich eifrigen Klerikus Besitz ergriffen. Und als er wiederum, diesmal am Eingang eines felsigen Hochtals, stillestand und sich umwandte, hatte ihn der Anblick eines arg verwahrlosten, hier für die Hirten errichteten gemauerten Heiligenschreins auf den Gedanken gebracht, alle vorhandenen Heiligtümer seines Kirchspiels, und wenn sie noch so entlegen waren, aufzusuchen und in einen gotteswürdigen Stand zu setzen. Er ließ sogleich seine Augen umherschweifen und suchte den die vorhandenen Kultstätten womöglich umfassenden Überblick.

Er nahm seine eigene Kirche mit dem daran geklebten Pfarrhaus zum Ausgangspunkt. Sie stand, wie gesagt, auf der Ebene des Dorfplatzes, und ihre Außenmauern setzten sich in steilen Wänden des Grundfelsens fort, an dem ein munterer Gebirgsbach unten vorüberrauschte. Dieser Gebirgsbach, unter dem Platz von Soana hindurchgeführt, trat in einem gemauerten Bogen ans Licht, wo er, freilich durch Abwässer stark verunreinigt, Baumgärten und blumige Wiesen wässerte. Jenseit der Kirche, ein wenig höher, was von hier aus nicht festzustellen war, lag auf rundem, flachen Terrassenhügel das älteste Heiligtum der Umgegend, eine kleine Kapelle, der Jungfrau Maria geweiht, deren verstaubtes Kultbild auf dem Altar von einem byzantinischen Mosaik der Apsis überwölbt wurde. Dieses trotz tausendjährigen und höheren Alters in Goldgrund und Zeichnung wohlerhaltene Mosaik stellte Christus Pantokrator dar. Die Entfernung von der Hauptkirche bis zu diesem Heiligtum betrug nicht über drei Steinwurfsweiten. Eine andere hübsche Kapelle, diese der heiligen Anna geweiht, lag in der gleichen Entfernung von ihr. Über Soana und hinter Soana erhob sich ein äußerst spitzer Bergkegel, der im Umkreis natürlich von weiten Talräumen und den Flanken der überragenden Generosokette umgeben war. Dieser beinahe zuckerhutartige, aber bis oben begrünte, scheinbar unzugängliche Berg hieß Sant' Agata, weil er auf seinem Gipfel zur Not ein Kapellchen ebendieser Heiligen beherbergte. Dies waren im engsten Umkreis der Ortschaft eine Kirche und drei Kapellen, denen sich im weiteren Kreise der Pfarre drei oder vier andere Kapellen anreihten. Auf jedem Hügel, an jeder hübschen Wegwende, auf jeder weithin blickenden Spitze, da und dort an malerischen Felsabstürzen, nah und fern, über Schlucht und See hatten fromme Jahrhunderte Gotteshäuser angeklebt, so daß in dieser Beziehung die tiefe und allgemeine Frömmigkeit des Heidentums noch zu spüren war, die im Verlauf vergangener Jahrtausende alle diese Punkte ursprünglich geweiht und so gegen die bedrohlichen, furchtbaren Mächte dieser wilden Natur sich göttliche Bundesgenossen geschaffen hatte.

Der junge Eiferer sah alle diese Anstalten römisch-katholischen Christentums, wie sie den ganzen Kanton Tessin auszeichnen, mit Befriedigung. Freilich mußte er sich zugleich mit dem Schmerz des echten Gottesstreiters eingestehen, daß in ihnen weder überall ein reger und reiner Glaube lebendig war noch auch nur eine genügend liebevolle Fürsorge seiner Amtsbrüder, um alle diese verstreuten himmlischen Wohnstätten vor Verwahrlosung und Vergessenheit zu bewahren.

Nach einiger Zeit ward in den engen Fußsteig eingebogen, der in dreistündiger, mühsamer Steigung zum Gipfel des Generoso führt. Dabei mußte sehr bald das Bett der Savaglia auf einer verfallenen Brücke überschritten werden, in deren nächster Nähe das Sammelbecken des Flüßchens war, das von da aus in seinen selbstgebildeten Erosionsspalt von hundert und mehr Meter Tiefe hinabstürzte. Hier hörte Francesco aus verschiedenen Höhen, Tiefen und Richtungen neben dem Rauschen des zu seinem Sammelbecken heraneilenden Wildwassers Herdengeläut und sah einen Mann von rauhem Äußeren – es war der Gemeindehirt von Soana –, der lang auf der Erde ausgestreckt, sich mit den Händen am Ufer stützend, den Kopf zum Wasserspiegel hinabgebeugt, ganz nach Art eines Tieres seinen Durst löschte. Hinter ihm grasten einige Ziegenmütter mit ihren Zicklein, während ein Wolfshund mit gespitztem Ohr auf Befehle wartete und des Augenblicks, wo sein Meister und Herr mit Trinken fertig war. Auch ich bin ein Hirte, dachte Francesco, und als jener sich von der Erde erhob und mit schneidendem Pfiff durch die Finger, der an den Felswänden widerhallte, und mit weit ausholenden Steinwürfen seine überallhin verstreuten Tiere bald zu schrecken, bald weiterzutreiben, bald zurückzurufen und überhaupt vor der Gefahr des Absturzes zu bewahren suchte, dachte Francesco, wie dies schon bei Tieren, geschweige bei Menschen, die der Versuchung des Satans allezeit preisgegeben waren, eine mühevolle und verantwortungsschwere Arbeit sei.

Mit doppeltem Eifer begann nun der Priester weiterzusteigen, nicht anders, als wenn zu fürchten gewesen wäre, der Teufel könne auf diesem Wege zu den verirrten Schafen womöglich der schnellere sein. Als er, immer von seinem Begleiter geführt, den Francesco einer Unterhaltung nicht würdigte, eine Stunde und länger steil und beschwerlich gestiegen war, immer höher und höher in die Felswildnis des Generoso hinein, hatte er plötzlich die Alpe von Santa Croce auf fünfzig Schritt vor Augen liegen.

Er wollte nicht glauben, daß jener Steinhaufen und das inmitten davon befindliche, ohne Mörtel aus flachen Steintafeln geschichtete Mauerwerk, wie ihn der Führer versichert hatte, das gesuchte Anwesen sei. Was er erwartet hatte, war, nach dem Reden des Sindaco, eine gewisse Wohlhabenheit, wogegen diese Behausung höchstens als eine Art Unterschlupf für Schafe und Ziegen bei plötzlichem Unwetter gelten konnte. Da es auf einer steilen Halde von Gesteinschutt und kantigen Felsblöcken lag und der Pfad dahin in seinem Zickzacklaufe verborgen war, schien der verfluchte Ort ohne Zugänge. Erst nachdem der junge Priester sein Befremden und einen gewissen Schauder, der sich meldete, überwunden hatte und näher gedrungen war, gestaltete sich das Bild der verfemten und gemiedenen Wohnstätte etwas freundlicher.

Ja, die Trümmerstätte verwandelte sich sogar vor den Augen des näher kommenden Priesters in eitel Lieblichkeit: denn es schien, als würde die aus großer Höhe losgelöste Lawine von Blöcken und Schutt durch den rohgemauerten Würfel der Wohnstätte aufgestaut und festgehalten, so daß unter ihm eine steinfreie, saftig begrünte Lehne blieb, aus der in entzückender Fülle und holdester Lieblichkeit gelbe Kuhblumen bis an die Rampe vor die Haustüre hinankletterten und, als wären sie neugierig, über die Rampe hinweg und buchstäblich durch die Haustür in die verfemte Wohnhöhle hinein.

Bei diesem Anblick stutzte Francesco. Dieser Sturmlauf von gelben Wiesenblumen gegen die verrufene Schwelle hinauf, dieses Hinanblühen üppiger Prozessionen langgestielter Vergißmeinnicht, unter denen Adern von Bergwasser versickerten und die ebenfalls mit ihrem blauen Abglanz des Himmels die Tür zu erobern suchten, schien ihm beinahe ein offener Protest gegen Acht, Bann und Femgerichte der Menschen zu sein. Francesco mußte sich in seinem Staunen, dem eine gewisse Verwirrung folgte, mit seiner schwarzen Soutane auf einen von der Sonne gewärmten Gesteinsblock niedersetzen. Er hatte seine Jugend im Tal und dazu meist in geschlossenen Räumen, Kirchen, Hörsälen oder Studierzimmern zugebracht. Sein Natursinn war nicht geweckt worden. Eine Unternehmung wie diese, in die erhabene, herbe Lieblichkeit des Hochgebirges hinein, hatte er niemals bisher ausgeführt und würde es vielleicht niemals getan haben, hätten nicht Zufall und Pflicht vereint ihm die Bergfahrt aufgedrängt. Nun überwältigte ihn die Neuheit und die Größe der Eindrücke.

Zum erstenmal fühlte der junge Priester Francesco Vela eine klare und ganz große Empfindung von Dasein durch sich hinbrausen, die ihn augenblicklang vergessen ließ, daß er ein Priester und weshalb er gekommen war. Alle seine Begriffe von Frömmigkeit, die mit einer Menge von kirchlichen Regeln und Dogmen verflochten waren, hatte diese Empfindung nicht nur verdrängt, sondern ausgelöscht. Er vergaß jetzt sogar, das Kreuz zu schlagen. Unter ihm lag das schöne Luganer Gebiet der oberitalienischen Alpenwelt, lag Sant' Agata mit dem Wallfahrtskirchlein, über dem noch immer die braunen Fischräuber kreisten, lag der Berg San Giorgio, tauchte die Spitze des Monte San Salvatore auf, und endlich lag in schwindelerregender Tiefe unter ihm, in die Täler des Gebirgsreliefs wie eine längliche Glasplatte sorgfältig eingefaßt, der Capolago genannte Arm des Luganer Sees mit dem segelnden Boot eines Fischers darauf, das einer winzigen Motte auf einem Handspiegel glich. Hinter alledem waren in der Ferne die weißen Gipfel der Hochalpen, gleichsam mit Francesco, höher und höher gestiegen. Daraus hob sich der Monte Rosa weiß, mit sieben weißen Spitzen hervor, zugleich diademhaft und schemenhaft aus dem seidigen Blau des Azurs herüberstrahlend.

Wenn man mit Fug von einer Bergkrankheit reden kann, so mit nicht minderem Recht darf man von einem Zustand reden, der Menschen auf Berghöhen überkommt und den man am besten als Gesundheit ohnegleichen bezeichnet. Diese Gesundheit spürte nun auch der junge Priester im Blut, wie eine Erneuerung. Neben ihm, zwischen Steinen unter noch dürrem Heidekraut, stand eine kleine Blume, dergleichen Francesco noch niemals im Leben erblickt hatte. Es war eine überaus liebliche Spezies blauen Enzians, dessen Blütenblättchen mit einem flammenden Blau überraschend köstlich bemalt waren. Der junge Mann in der schwarzen Soutane ließ das Blümchen, das er in seiner ersten Entdeckerfreude hatte abpflücken wollen, unbehelligt an seinem bescheidenen Platze stehen und bog nur das Heidekraut beiseite, um das Wunder lange entzückt zu betrachten. Überall aus den Steinen drang junges, hellgrünes Zwergbuchenlaub, und aus einer gewissen Ferne, über den Lehnen von hartem, grauen Schutt und zartem Grün, meldete sich mit Glockengeläut die Herde des armen Luchino Scarabota. Diese ganze Bergwelt besaß eine frühe Eigenart, den Jugendreiz versunkener menschlicher Zeitalter, von denen in den Taltiefen keine Spur mehr vorhanden war.

Francesco hatte seinen Begleiter heimgeschickt, da er den Rückweg ungestört durch die Gegenwart eines Menschen machen wollte und überdies bei dem, was er am Herde Luchinos vorhatte, einen Zeugen nicht wünschen konnte. Er war inzwischen bereits bemerkt worden, und eine Anzahl schmuddliger und verfilzter Kinderköpfe streckten sich immer wieder neugierig zu dem schwarzverräucherten Türloch der Scarabotaschen Gesteinsburg heraus.

Langsam begann sich der Priester ihr anzunähern und betrat jenen Umkreis des Anwesens, der den großen Viehbestand des Besitzers anzeigte und von den Rückständen einer großen Herde Rinder und Ziegen verunreinigt war. In Francescos Nase stieg stärker und stärker mit der dünnen und kräftigen Bergluft Rinder- und Ziegenduft, dessen steigende Penetranz am Eingang der Wohnung durch zugleich mit ihm herausdringenden Holzkohlenrauch erträglich gemacht wurde. Als Francesco im Rahmen der Tür erschien und mit seiner schwarzen Soutane das Licht verstellte, waren die Kinder ins Dunkel zurückgewichen, von wo sie dem Gruße des Priesters, der sie nicht sah, und allen seinen Anreden Schweigen entgegensetzten. Nur eine alte Mutterziege kam, meckerte leise und beschnüffelte ihn.

Allmählich war es im Innern des Raumes für das Auge des Boten Gottes heller geworden. Er sah einen Stall, mit einer hohen Dungschicht gefüllt und nach hinten in eine natürliche Höhle vertieft, die ursprünglich im Nagelfluh, oder was für Gestein es sein mochte, vorhanden war. In einer groben Steinwand rechts war ein Durchgang geöffnet, durch den der Priester einen Blick auf den jetzt verlassenen Herd der Familie tat: einen Aschenberg, innen noch voll Glut, und zwar auf dem natürlich zutage liegenden Felsen des Fußbodens aufgeschichtet. An einer von dickem Ruß überdeckten Kette hing ein verbeulter, ebenfalls verrußter kupferner Topf darüber herab. An dieser Feuerstätte des Steinzeitmenschen stand eine lehnenlose Bank, deren faustdickes, breites Sitzbrett auf zwei ebenso breiten, im Felsen befestigten Pfeilern ruhte und das seit einem Jahrhundert und länger von Generationen ermüdeter Hirten, Hirtenweiber und Kinder abgewetzt und poliert worden war. Das Holz schien nicht mehr Holz, sondern ein gelber, polierter Marmor oder Speckstein zu sein, aber mit zahllosen Narben und Schnitten. Der quadratische Raum, der im übrigen mit seinen natürlich ungeputzten, aus rohen Blöcken und Schieferplatten geschichteten Mauern mehr einer Höhle glich und aus dem der Qualm durch die Tür in den Stall und wiederum von dort durch die Tür vollends ins Freie drang, weil er außer etwa durch Undichtigkeiten der Wände sonst keinen Abzug hatte, der Raum also war vom Qualm und Ruß der Jahrzehnte geschwärzt, so daß man beinahe den Eindruck gewinnen konnte, im Innern eines dickverrußten Kamines zu sein.

Eben bemerkte Francesco den eigentümlichen Glanz von Augen, die aus einem Winkel hervorleuchteten, als draußen ein Rollen und Rutschen von Gesteinschutt hörbar ward und gleich darauf die Gestalt Luchino Scarabotas in die Tür und wie ein lautloser Schatten vor die Sonne trat, wodurch sich der Raum noch tiefer verdunkelte. Der verwilderte Berghirt atmete schwer, nicht allein deshalb, weil er in kurzer Zeit den Weg von einer entfernten, höher gelegenen Alm gemacht, nachdem er von dort aus die Ankunft des Priesters beobachtet hatte, sondern weil dieser Besuch ein Ereignis für den Verfemten war.

Die Begrüßung war kurz. Francesco wurde von seinem Wirt zum Sitzen genötigt, nachdem er die Specksteinbank mit seinen rauhen Händen von Steinen und abgerissenen Kuhblumen gesäubert hatte, die der verfluchten Brut seiner Kinder als Spielzeug gedient hatten.

Der Berghirte schürte und blies aus vollen Backen das Feuer an, wobei seine fieberhaften Augen im Widerschein noch wilder erglänzten. Er nährte die Flamme mit Scheiten und trockenem Reisig auf, so daß der beizende Qualm den Priester beinahe vertrieben hätte. Das Betragen des Hirten war von kriechender Unterwürfigkeit und von einem ängstlichen Eifer getragen, dermaßen, als ob nun alles darauf ankäme, sich die Gnade des höheren Wesens nicht zu verscherzen, das seine schlechte Wohnung betreten hatte. Er brachte eine große, schmutzige Gelte voll Milch herbei, deren Oberfläche dicken Rahm abgesetzt hatte, aber leider auf eine unglaubliche Weise verunreinigt war, so daß Francesco sie schon deshalb nicht anrühren konnte. Er wies aber auch den Genuß von frischem Käse und reinlichem Brote zurück, trotzdem er hungrig geworden war, weil er sich in abergläubischer Scheu damit zu versündigen fürchtete. Schließlich, als der Berghirt sich ein wenig beruhigt hatte und mit furchtsam wartenden Blicken und hängenden Armen ihm gegenüberstand, begann der Priester also zu reden:

»Luchino Scarabota, Ihr sollt des Trostes unserer heiligen Kirche nicht verlustig gehen, und Eure Kinder sollen aus der Gemeinschaft katholischer Christen nicht ferner verstoßen sein, wenn es sich entweder herausstellt, daß die üblen Gerüchte über Euch unwahr sind, oder wenn Ihr redlich beichtet, Reue und Zerknirschung zeigt und Euch bereit findet, mit Gottes Hilfe den Stein des Anstoßes aus dem Wege zu räumen. Also öffnet mir zuerst Euer Herz, Scarabota, bekennet mit Freimut, worin Ihr verleumdet seid, und mit wahrhaftiger Wahrheit die Sündenschuld, die Euch etwa belastet.«

Nach dieser Anrede schwieg der Hirt. Es rang sich nur plötzlich ein kurzer, wilder Ton aus seiner Kehle hervor, der aber keinerlei Gefühl verriet, vielmehr etwas Glucksendes, Vogelartiges an sich hatte. Wie es Francesco geläufig war, schritt er alsbald dazu, dem Sünder die schrecklichen Folgen der Verstocktheit vorzustellen und die versöhnliche Güte und Liebe Gottes des Vaters, die er durch das Opfer seines einigen Sohnes bewiesen habe, das Opfer des Lammes, das die Sünden der Welt auf sich nahm. »Durch Jesum Christum«, schloß er, »kann jede Sünde vergeben werden, vorausgesetzt, daß eine rückhaltlose Beichte, verbunden mit Reue und Gebet, dem himmlischen Vater die Zerknirschung des armen Sünders bewiesen hat.«

Erst nachdem Francesco, der Priester, eine lange Weile gewartet hatte und sich achselzuckend erhob, wie es schien, um davonzugehen, begann der Hirte ein unverständliches Durcheinander von Worten durch die Kehle zu würgen: eine

Art Gewölle, wie es der Raubvogel tut. Und mit gespannter Aufmerksamkeit versuchte der Priester das Verständliche aus dem Wuste festzuhalten. Aber dieses Verständliche erschien ihm ebenso wie das Dunkle fremd und wunderbar. Nur so viel ward aus der beängstigenden und beklemmenden Menge eingebildeter Dinge klar, daß Luchino Scarabota sich seines Beistandes gegen allerlei Teufel, die in den Bergen hausten und ihn bedrängten, versichern wollte.

Es hätte dem jungen, gläubigen Priester schlecht angestanden, am Dasein und Wirken von bösen Geistern zu zweifeln. War doch die Schöpfung erfüllt von allen Arten und Graden gefallener Engel aus dem Gefolge Luzifers, des Empörers, den Gott verstoßen hatte: hier aber grauste ihm, er wußte nicht, ob vor der Verfinsterung durch unerhörten Aberglauben, auf die er traf, oder ob vor der hoffnungslosen Erblindung durch Unwissenheit. Er beschloß, mittels einzelner Fragen sich über den Vorstellungskreis und das Begriffsvermögen seines Parochialen ein Urteil zu bilden.

Da ward denn alsbald ersichtlich: dieser wilde, verwahrloste Mensch wußte nichts von Gott, noch viel weniger von Jesus Christus, dem Heiland, am allerwenigsten vom Vorhandensein eines Heiligen Geists. Dagegen gewann es den Anschein, als fühle er sich von Dämonen umgeben und sei besessen von einem düsteren Verfolgungswahn. Und in dem Priester sah er nicht etwa den berufenen Diener Gottes, sondern viel eher einen mächtigen Zauberer oder den Gott. Was sollte Francesco anderes tun, als sich bekreuzigen, während der Hirte sich demütig auf die Erde warf und mit feuchten, wulstigen Lippen seine Schuhe abgöttisch zu belecken und mit Küssen zu bedecken begann.

Der junge Priester hatte sich noch niemals in einer ähnlichen Lage befunden. Die dünne Bergluft, der Frühling, die Trennung von der eigentlichen Schicht der Zivilisation brachten es mit sich, daß sein Bewußtsein sich ein wenig umnebelte. Etwas wie ein traumhafter Bann zog ins Bereich seiner Seele ein, darin sich die Wirklichkeit zu schwebenden Luftgebilden auflöste. Diese Veränderung verband sich mit einer leisen Furchtsamkeit, die ihm mehrmals schleunige Flucht hinab ins Bereich der geweihten Kirchen und Glocken anraten wollte. Der Teufel war mächtig, wer konnte wissen, wie viele Mittel und Wege er hatte, den ahnungslosen, gutgläubigsten

Christen hinanzulocken und vom Rande eines schwindelerregenden Abgrunds hinabzustürzen.

Man hatte Francesco nicht gelehrt, daß die Götzen der Heiden nur leere Gebilde der Phantasie und nichts weiter gewesen seien. Die Kirche anerkannte ausdrücklich ihre Macht, nur daß sie dieselbe als eine Gott feindliche hinstellte. Sie kämpften noch immer, wenn auch hoffnungslos, mit dem allmächtigen Gott um die Welt. Deshalb erschrak der bleiche junge Priester nicht wenig, als sein Wirt ein hölzernes Ding aus irgendeinem Winkel seiner Behausung hervorholte, eine greuliche Schnitzerei, die zweifellos einen Fetisch vorstellte. Trotz seines priesterlichen Abscheus vor dem zuchtlosen Gegenstand konnte Francesco nicht umhin, das Gebilde näher zu betrachten. Mit Abscheu und Staunen gestand er sich, daß hier die scheußlichste heidnische Greuel, nämlich die des ländlichen Priapdienstes, noch lebendig sei. Nichts anderes als Priap konnte, wie klar ersichtlich war, das primitive Kultbild vorstellen.

Kaum hielt Francesco den kleinen, harmlosen Zeugungsgott, den Gott der ländlichen Fruchtbarkeit, der bei den Alten so offen in hohen Ehren stand, als sich die sonderbare Umklammerung seines Wesens in heiligen Zorn umsetzte. Er warf zunächst, ohne Überlegung, das schamlose kleine Alräunchen ins Feuer hinein, von wo es aber mit der Schnelligkeit eines Hundezufahrens der Hirt im selben Augenblick wieder herausholte. Es glimmte da und es brannte dort, wurde aber sofort durch die rauhen Hände des Heidenmenschen in den alten, ungefährlichen Zustand versetzt. Nun mußte es aber, samt seinem Retter, eine Flut von strafenden Worten über sich hingehen lassen.

Luchino Scarabota schien nicht zu wissen, welchen von beiden Göttern er für den stärkeren halten sollte: den von Holz oder den von Fleisch und Blut. Indessen hielt er den Blick, in dem sich Entsetzen und Grauen mit tückischer Wut mischten, auf die neue Gottheit gerichtet, deren frevelhafte Kühnheit jedenfalls nicht auf ein Bewußtsein von Schwäche schließen ließ. Einmal im Zuge, ließ sich der Bote des einigen und alleinigen Gottes in seinem heiligen Eifer durch noch so gefährliche Blicke des umnachteten Götzendieners nicht einschüchtern. Und ohne alle Umstände kam er nun auch auf die verruchte Sünde zu sprechen, der, wie man allgemein behauptete, der Kindersegen des Berghirten zu verdanken war.

In die lauten Reden des jungen Priesters platzte gleichsam die Schwester Scarabotas hinein, die aber, ohne zu reden und nur verstohlen den Eiferer musternd, sich da und dort in der Höhle zu tun machte. Sie war ein bleiches und widerwärtiges Weib, dem Waschwasser, wie es schien, eine unbekannte Sache war. Man sah ihren nackten Körper durch die Risse verwahrloster Kleider unangenehm hindurchschimmern.

Nachdem der Priester geendet und seinen Vorrat von strafenden Anklagen fürs erste erschöpft hatte, schickte das Weib den Bruder mit einem kurzen, kaum hörbar gesprochenen Wort ins Freie hinaus. Ohne Widerspruch war der wilde Mensch sogleich wie der folgsamste Hund verschwunden. Hierauf küßte die schmutzstarrende Sünderin, der das verfilzte schwarze Haar über die breiten Hüften hing, mit den Worten »Gelobt sei Jesus Christus!« dem Priester die Hand.

Gleich darauf brach sie in Tränen aus.

Sie sagte, der Priester habe ganz recht, wenn er sie mit harten Worten verurteile. Sie habe sich allerdings versündigt gegen Gottes Gebot, wenn auch keineswegs in der Weise, wie es die Verleumdung ihr nachrede. Sie allein sei die Sünderin, ihr Bruder dagegen vollkommen unschuldig. Sie schwor, und zwar bei allen Heiligen, daß sie jener fürchterlichen Sünde, der man sie zeihe, der Blutschande nämlich, niemals verfallen wäre. Freilich habe sie unkeusch gelebt, und da sie nun einmal im Beichten sei, so sei sie bereit, die Väter ihrer Kinder zu beschreiben, wenn auch nicht alle namhaft zu machen. Denn nur die wenigsten Namen wisse sie, da sie, wie sie sagte, aus Not oftmals ihre Gunst an vorüberkommende Fremde verkauft habe.

Im übrigen habe sie ihre Kinder ohne jede Hilfe mit Schmerzen zur Welt gebracht, und einige hätte sie müssen da und dort, bald nach der Geburt, im Schutte des Generoso wieder begraben. Ob er sie nun absolvieren könne oder nicht, sie wisse trotzdem, daß Gott ihr verziehen habe, denn sie habe durch Nöte, Leiden und Sorgen genügsam gebüßt.

Francesco konnte nicht anders, als die weinende Beichte des Weibes wie ein Gewebe von Lügen ansehen, wenigstens soweit das Verbrechen in Frage kam. Freilich fühlte er, es gab Handlungen, die jedem Bekenntnis vor Menschen unbedingt widerstreben und die nur Gott allein in einsamer Stille des Gebetes erfährt. Er achtete in dem verkommenen Weibe diese Schamhaftigkeit und konnte sich überhaupt nicht verhehlen, daß sie in mancher Beziehung höher als ihr Bruder geartet war. In der Art ihrer Rechtfertigung lag eine klare Entschlossenheit. Das Auge gestand, aber ein Geständnis durch Worte würden ihr weder gutes Zureden noch glühende Zangen des Henkers entrissen haben. Sie war es gewesen, wie sich ergab, die den Mann zu Francesco gesandt hatte. Sie hatte den jungen bleichen Priester gesehen, als sie eines Tages nach Lugano zum Markte ging, wo sie die Erzeugnisse ihrer Alm verhandelte, und sie hatte bei seinem Anblick Vertrauen und den Gedanken gefaßt, ihm ihre verfemten Kinder ans Herz zu legen. Sie allein war das Familienhaupt und trug die Sorge für Bruder und Kinder.

»Ich lasse es unerörtert«, sagte Francesco, »inwieweit Ihr schuldig oder unschuldig seid. Eines steht fest: wenn Ihr Eure Kinder nicht wie Tiere aufwachsen lassen wollt, so müßt Ihr Euch von dem Bruder trennen. Solange Ihr mit ihm lebt, wird der furchtbare Leumund, den Ihr habt, niemals zum Schweigen zu bringen sein. Immer wird man die schreckliche Sünde bei Euch voraussetzen.«

Nach diesen Worten schien Verstockung und Trotz im Gemüte des Weibes herrschend zu werden; jedenfalls gab sie keine Antwort und widmete sich so, als ob kein Fremder zugegen wäre, eine längere Weile häuslicher Tätigkeit. Währenddessen kam ein etwa fünfzehnjähriges Mädchen herein, das einige Ziegen in die Öffnung des Stalles trieb und sich alsdann, ebenfalls als wenn Francesco nicht da wäre, an der Arbeit des Weibes beteiligte. Der junge Priester wußte sofort, als er nur erst den Schatten des Mädchens durch die Tiefe der Höhle gleiten sah, daß es von ungewöhnlicher Schönheit sein mußte. Er bekreuzte sich, denn er hatte einen leisen Schrecken unerklärlicher Art im Körper gespürt. Er wußte nicht, ob er in Gegenwart der jugendlichen Hirtin seine Ermahnungen wieder aufnehmen sollte. Zwar war sie, wie nicht zu bezweifeln war, von Grund aus verderbt, da Satan sie auf dem Wege der schwärzesten Sünde zum Leben erweckt hatte; aber es konnte doch noch ein Rest von Reinheit in ihr sein, und wer mochte wissen, ob sie von ihrem schwarzen Ursprung eine Ahnung hatte.

Ihre Bewegungen zeigten jedenfalls eine große Gelassenheit, aus der man keineswegs auf Unruhe des Gemütes oder Gewissensbeschwernis schließen konnte. Im Gegenteil war alles an ihr von einer bescheidenen Selbstsicherheit, die durch das Dasein des Pfarrers nicht berührt wurde. Sie hatte Francesco bis jetzt nicht mit einem Blicke gestreift, wenigstens nicht so, daß er ihrem Auge begegnet wäre oder sie sonstwie ertappt hätte. Ja, während er selbst sie verstohlen durch die Brille beobachtete, mußte er mehr und mehr in Zweifel ziehen, ob wirklich ein Kind der Sünde, ein Kind solcher Eltern von dieser Beschaffenheit sein könnte. Endlich verschwand sie über eine Steigeleiter in eine Art Dachgelaß hinauf, so daß nun Francesco sein mühsames Seelsorgerwerk fortsetzen konnte.

»Ich kann meinen Bruder nicht verlassen«, sagte die Frau, »und zwar ganz einfach deshalb, weil er ohne mich hilflos ist. Er kann zur Not seinen Namen schreiben, und ich habe ihm das nur mit der größten Mühe beigebracht. Er kennt keine Münze, und vor der Eisenbahn, der Stadt und den Menschen fürchtet er sich. Wenn ich fortgehe, wird er mich verfolgen, wie ein armer Hund seinen verlorenen Herrn verfolgt. Er wird mich entweder finden oder elend zugrunde gehen: und was soll dann aus den Kindern und unserem Besitztum werden? Bleibe ich mit den Kindern hier, so wollte ich den wohl sehen, dem es gelänge, meinen Bruder fortzuschaffen: man müßte ihn denn in Ketten tun und hinter Eisenstangen in Mailand einschließen.«

Der Priester sagte: »Dies kann sich am Ende noch ereignen, wenn Ihr meinem guten Rate nicht folgen wollt.«

Da gingen die Ängste des Weibes in Wut über. Sie habe ihren Bruder zu Francesco geschickt, damit er sich ihrer erbarme, aber nicht deshalb, damit er sie unglücklich mache. Es sei ihr dann schon lieber, von denen da unten gehaßt und ausgestoßen weiterzuleben wie bisher. Sie sei eine gute Katholikin, aber wen die Kirche ausstoße, der habe ein Recht, sich dem Teufel anheimzugeben. Und was sie bisher noch nicht getan habe, die große, ihr zur Last gelegte Sünde, werde sie dann vielleicht erst tun.

In diese mit einzelnen Schreien gemischten, gepreßten Worte der Frau hörte Francesco von dort, wo das Mädchen verschwunden war, von oben her, immer einen süßen Gesang bald im leisesten Hauch, bald stärker schwellend hineinklingen: so daß seine Seele mehr in diesem melodischen Banne als bei den Wutausbrüchen des verkommenen Weibes war. Und eine Welle stieg heiß in ihm, verbunden mit einer Bangigkeit, wie er sie nie gefühlt hatte. Das qualmige Loch dieses tierisch-menschlichen Wohnstalles schien, wie durch Zauberei, in die lieblichste aller kristallenen Grotten des Danteschen Paradieses verwandelt zu sein: – voll Engelstimmen und lachtaubenartig klingender Fittiche.

Er ging. Es war ihm unmöglich, noch länger, ohne sichtbar zu beben, solchen verwirrenden Einflüssen standzuhalten. Draußen, vor dem ausgehöhlten Steinhaufen angelangt, sog er die Frische der Bergluft ein und ward sogleich, wie ein leeres Gefäß, mit dem ungeheuren Eindruck der Bergwelt angefüllt. Seine Seele ward gleichsam in die weiteste Kraft des Auges verlegt und bestand aus den kolossalen Massen der Erdrinde, von fernen schneeichten Spitzen zu nahen furchtbaren Abgründen, unter der königlichen Helle des Frühlingstags. Noch immer sah er braune Fischadler überm Zuckerhut von Sant' Agata ihre selbstvergessenen Kreise ziehn. Da verfiel er darauf, der verfemten Familie dort einen heimlichen Gottesdienst abzuhalten, und eröffnete diesen Gedanken der Frau, die kummervoll auf die vom gelben Löwenzahn umwucherte Schwelle der Höhle getreten war. »Nach Soana dürft Ihr nicht kommen, wie Ihr ja selber wißt«, sagte er, »würde ich Euch dazu einladen, ich und Ihr, wir würden gleich übel beraten sein.«

Wiederum ward das Weib bis zu Tränen gerührt und versprach, sich an einem bestimmten Tage mit dem Bruder und den älteren Kindern vor der Kapelle von Sant' Agata einzufinden.

Als der junge Priester so weit aus dem Bereich der Wohnstätte Luchino Scarabotas und seiner fluchbeladenen Familie war, daß er von dort aus nicht mehr gesehen werden konnte, wählte er einen von der Sonne durchwärmten Block zum Ruheplatz, um über das eben Erlebte nachzudenken. Er sagte sich, daß er zwar mit einem schauerlichen Interesse, aber doch pflichtmäßig nüchternen Sinnes und ohne jeden Vorschmack von dem heraufgestiegen war, was ihn jetzt auf so ahnungsvolle Weise beunruhigte. Was war das doch? Er zupfte, strich und putzte lange an seiner Soutane herum, als ob er es dadurch loslösen könnte.

Als er nach einiger Zeit noch immer nicht die erwünschte Klarheit empfand, nahm er gewohnheitsgemäß sein Brevier aus der Tasche, aber auch das alsbald begonnene laute Lesen befreite ihn nicht von einer gewissen wunderlichen Unschlüssigkeit. Es war ihm zumute, als ob er irgend etwas, einen wichtigen Punkt seiner Sendung, zu erledigen vergessen hätte. Deshalb wandte er seine Blicke unter der Brille immer wieder mit einer gewissen Erwartung den Weg zurück und konnte sich nicht ermannen, den begonnenen Abstieg fortzusetzen.

So verfiel er in seltsame Träumerei, aus der ihn zwei kleine Vorfälle weckten, die seine aus dem gewohnten Bereich gebrochene Phantasie mit erheblicher Übertreibung sah: erstlich zersprang ihm mit einem Knick, durch den Einfluß der kalten Bergluft, das rechte Brillenglas, und fast unmittelbar darauf hörte er ein fürchterliches Geprust über seinem Kopf und spürte einen heftigen Druck auf den Schultern.

Der junge Priester war aufgesprungen. Er lachte laut, als er die Ursache seines panischen Schreckens in einem scheckigen Geißbock erkannte, der ihm einen Beweis seines unbegrenzten Vertrauens dadurch gegeben hatte, daß er ohne jedwede Rücksicht gegen sein geistliches Gewand mit den Vorderhufen auf seine Schultern gesprungen war.

Damit begann aber erst seine höchst vertrauliche Zudringlichkeit. Der zottige Bock mit den starken, schön gewundenen Hörnern und feuerspeienden Augen war gewohnt, wie es schien, vorüberkommende Bergsteiger anzubetteln, und tat dies auf eine so drollige, entschlossene und unwiderstehliche Art, daß man sich seiner nur durch die Flucht erwehren konnte. Er setzte Francesco immer wieder, hochaufgebäumt, die Hufe vor die Brust und schien entschlossen, nachdem der Bedrängte sich eine Durchschnupperung seiner Taschen hatte gefallen lassen müssen und einige Brotreste mit unglaublicher Gier verschluckt worden waren, Haar, Nase und Finger des Priesters abzuknabbern.

Eine alte, bärtige Geiß, der Glocke und Euter bis auf die Erde hingen, war dem Wegelagerer nachgefolgt und begann, durch diesen ermutigt, den Priester ebenso zu bedrängen. Ihr hatte das mit Goldschnitt und Kreuz versehene Brevier besonderen Eindruck gemacht, und es gelang ihr, während Francesco mit der Abwehr eines gewundenen Bockshorns zu tun hatte, sich des Büchelchens zu bemächtigen. Und seine schwarz bedruckten Blätter für grüne nehmend, aß sie, nach des Propheten Vorschrift, die heiligen Wahrheiten buchstäblich und gierig in sich hinein.

In solchen Nöten, die sich durch Ansammlung anderer,

vereinzelt weidender Tiere noch gesteigert hatten, erschien mit einemmal die Hirtin als Retterin. Es war ebendasselbe Mädchen, das Francesco zuerst in der Hütte Luchinos flüchtig erblickt hatte. Er sagte, als die schlanke und starke Person, nachdem sie die Ziegen verscheucht hatte, mit frisch geröteten Wangen und lachenden Augen vor ihm stand: »Du hast mich gerettet, braves Mädchen!« Und er setzte ebenfalls lachend hinzu, indem er sein Brevier aus den Händen der jungen Eva entgegennahm: »Es ist eigentlich wunderlich, daß ich trotz meines Hirtenamts gegen deine Herde so hilflos bin.«

Ein Priester darf sich nicht länger, als seine kirchliche Pflicht etwa erfordert, mit einem jungen Mädchen oder Weibe unterhalten, und die Gemeinde vermerkt es sofort, wenn er außerhalb der Kirche bei einer solchen Begegnung zu zweien gesehen wird. So hatte denn auch Francesco, eingedenk seines strengen Berufs, ohne sich lange zu verweilen, seinen Rückweg fortgesetzt: dennoch hatte er ein Gefühl, als ob er sich auf einer Sünde ertappt hätte und bei nächster Gelegenheit sich durch eine reuige Beichte reinigen müsse. Noch war er nicht aus dem Bereich der Herdenglocken gelangt, als der Klang einer weiblichen Stimme zu ihm drang, der ihn plötzlich wiederum alle Meditationen vergessen machte. Die Stimme war so geartet, daß er nicht auf den Gedanken kam, sie könne der eben zurückgelassenen Hirtin angehören. Francesco hatte nicht nur zu Rom die kirchlichen Sänger des Vatikans, sondern auch öfters früher mit seiner Mutter in Mailand weltliche Sängerinnen gehört, und also war ihm Koloratur und Bel canto der Primadonnen nicht unbekannt. Er stand unwillkürlich still und wartete. Unzweifelhaft sind es Touristen von Mailand, dachte er und hoffte womöglich im Vorübergehen die Besitzerin dieser herrlichen Stimme ins Auge zu fassen. Da sie nicht kommen wollte, setzte er weiter Fuß vor Fuß, sorgsam absteigend, in die schwindelerregende Tiefe hinunter.

Was Francesco im ganzen und im einzelnen auf diesem Berufsgang erlebt hatte, war äußerlich nicht der Rede wert, wenn man die Greuel nicht in Erwägung zieht, die ihre Brutstätte in der Hütte der armen Geschwister Scarabota hatte. Aber der junge Priester fühlte sogleich, wie diese Bergfahrt für ihn ein Ereignis von großer Bedeutung geworden war, wenn er auch über den ganzen Umfang dieser Bedeutung vorläufig noch nicht entfernt Bescheid wußte. Er spürte, daß von innen heraus eine Umwandlung mit ihm vorgegangen war. Er befand sich in einem neuen Zustande, der ihm von Minute zu Minute wunderlicher und einigermaßen verdächtig war, aber doch lange nicht so verdächtig, daß er womöglich den Satan gewittert oder etwa ein Tintenfaß nach ihm geschleudert haben würde, wenn er es auch in der Tasche gehabt hätte. Die Bergwelt lag wie ein Paradies unter ihm. Zum allerersten Male wünschte er sich, mit unwillkürlich gefalteten Händen, Glück, von seinem Oberen gerade mit der Verwaltung dieser Pfarre betraut worden zu sein. Was war, gegen diese köstliche Tiefe gehalten, Petri Tuch, das, an drei Zipfeln von Engeln gehalten, vom Himmel kam. Wo gab es eine für Menschenbegriffe größere Majestät als diese unzugänglichen Generososchroffen, an denen fort und fort der dumpfe Frühlingsdonner schmelzenden Schnees in Lawinen hörbar ward.

Vom Tage seines Besuches bei den Verfemten an konnte sich Francesco zu seinem Erstaunen nicht mehr in den gedankenlosen Frieden seines früheren Daseins zurückfinden. Das neue Gesicht, das die Natur für ihn angenommen hatte, verblaßte nicht mehr, und sie wollte sich auf keine Weise in ihren früheren, unbeseelten Zustand zurückdrängen lassen. Die Art ihrer Einwirkungen, durch die der Priester nicht nur am Tage, sondern auch in seinen Träumen beängstet wurde, nannte er und erkannte er zunächst als Versuchungen. Und da der Glaube der Kirche, schon dadurch, daß er ihn bekämpft, mit dem heidnischen Aberglauben verschmolzen ist, so führte Francesco seine Verwandlung allen Ernstes auf die Berührung jenes hölzernen Gegenstandes zurück, jenes Alräunchens, das der struppige Hirt aus dem Feuer gerettet hatte. Da war unzweifelhaft noch ein Rest jener Greuel lebendig geblieben, der die Alten unter dem Namen des Phallusdienstes huldigten, jenes schmachvollen Kultes, der durch den heiligen Krieg des Kreuzes Jesu in der Welt niedergezwungen worden war. – Bis dahin, als er den scheußlichen Gegenstand erblickt hatte, war allein das Kreuz in Francescos Seele eingebrannt. Man hatte ihn, nicht anders, wie wenn man die Schafe einer Herde mit einem glühenden Stempel zeichnet, mit dem Brandmal des Kreuzes versehen, und dieses Stigma war, im Wachen und Träumen gegenwärtig, zum Wesenssymbol seiner selbst geworden. Nun blickte der leidige und leibhaftige Satan über dem Kreuzes balken herab, und das höchst unsaubere, entsetzliche Satyrsymbol nahm in immerwährendem Wettstreit mehr und mehr die Stelle des Kreuzes ein.

Francesco hatte, neben dem Bürgermeister, vor allem seinem Bischof über den Erfolg seines Hirtenganges Bericht erstattet; die Antwort, die er von ihm erhielt, war eine Billigung seines Vorgehens. »Vor allem«, schrieb der Bischof, »vermeiden wir jedes laute Ärgernis.« Er fand es überaus klug, daß Francesco für die armen Sünder einen besonderen und geheimen Gottesdienst auf Sant' Agata, in der Kapelle der heiligen Mutter Mariens, anberaumt hatte. Aber die Anerkennung seines Oberen konnte den Seelenfrieden Francescos nicht herstellen; er vermochte den Gedanken nicht loszuwerden, daß er von dort oben mit einer Art Bezauberung behaftet zurückgekommen sei.

In Ligornetto, wo Francesco geboren war und wo sein Oheim, der berühmte Bildhauer, die letzten zehn Jahre seines Lebens zugebracht hatte, war noch derselbe alte Pfarrer, der ihn als Knaben in die Heilswahrheiten des katholischen Glaubens eingeführt und ihm den Weg der Gnade gewiesen hatte. Diesen alten Priester suchte er eines Tages auf, nachdem er den Weg von Soana bis Ligornetto in beiläufig drei Stunden zurückgelegt hatte. Der alte Priester hieß ihn willkommen und war mit sichtlicher Rührung bereit, die Beichte des jungen Mannes, die er ihm abzulegen wünschte, entgegenzunehmen. Natürlich absolvierte er ihn.

Francescos Gewissensnöte sind ungefähr in folgender Eröffnung, die er dem Alten machte, ausgedrückt. Er sagte: »Seit ich bei den armen Sündern auf der Alpe von Soana war, befinde ich mich in einer Art von Besessenheit. Ich schüttele mich. Es ist mir, als hätte ich nicht etwa einen anderen Rock, sondern geradezu eine andere Haut angezogen. Wenn ich den Wasserfall von Soana rauschen höre, so möchte ich am liebsten in die tiefe Schlucht hinunterklettern und mich unter die stürzenden Wassermassen stellen, stundenlang, gleichsam um äußerlich und innerlich rein und gesund zu werden. Sehe ich das Kreuz in der Kirche, das Kreuz über meinem Bett, so lache ich. Es will mir nicht gelingen, wie früher, zu weinen und zu seufzen und mir die Leiden des Heilands vorzustellen. Dagegen werden meine Augen von allerlei Gegenständen angezogen, die dem Alräunchen des Luchino Scarabota ähnlich sind. Manchmal sind sie ihm auch ganz unähnlich, und ich sehe doch eine Ähnlichkeit. Um zu studieren, um mich in das Studium der Kirchenväter recht tief versenken zu können, hatte ich Vorhänge an die Fenster meines Stübchens gemacht. Ich habe sie nun hinweggenommen. Der Gesang der Vögel, das Rauschen der vielen Bäche durch die Wiesen an meinem Haus nach der Schneeschmelze, ja der Duft der Narzissen störte mich. Jetzt öffne ich meine Fensterflügel weit, um das alles recht gierig zu genießen.

Dies alles beängstet mich«, hatte Francesco fortgefahren, »aber es ist vielleicht nicht das Schlimmste. Schlimmer ist vielleicht, daß ich, wie durch schwarze Magie, in das Machtbereich unsauberer Teufel geraten bin. Ihr Zwicken und Zwacken, ihr freches Kitzeln und Anreizen zur Sünde, zu jeder Stunde tages und nachts, ist fürchterlich. Ich öffne das Fenster, und durch ihren Zauber kommt es mir vor, als strotze der Gesang der Vögel in dem blühenden Kirschbaum unter meinem Fenster von Unzüchtigkeit. Ich werde durch gewisse Formen der Rinde der Bäume herausgefordert und durch sie, ja durch gewisse Linien der Berge an Teile des corporis feminini erinnert. Es ist ein schrecklicher Sturmlauf hinterlistiger, tückischer und häßlicher Dämonen, dem ich trotz aller Gebete und Kasteiungen überantwortet bin. Die ganze Natur, ich sage es Euch mit Schaudern, rauscht, braust und donnert manchmal vor meinen erschrockenen Ohren ein ungeheures Phalluslied, womit sie, wie ich trotz allen Sträubens zu glauben gezwungen bin, dem erbärmlichen, kleinen, hölzernen Götzen des Hirten huldigt.

Dies alles steigert natürlich«, hatte Francesco fortgefahren, »meine Unruhe und Gewissensnot, um so mehr, als ich es als meine Pflicht erkenne, gegen den Pestherd oben auf der Alp als Streiter zu Felde zu ziehen. Es ist aber immer noch nicht der ärgste Teil meines Bekenntnisses. Schlimmer ist: sogar in die eigensten Pflichten meines Berufs hat sich, mit einer gleichsam höllischen Süßigkeit, etwas wie ein allesverwirrendes, unaustilgbares Gift gemischt. Ich bin zunächst mit reiner und heiliger Gewalt durch die Worte Jesu von dem verlorenen Schaf und dem Hirten, der die Herde verläßt, um es von den unzugänglichen Felsen zurückzubringen, ergriffen worden. Nun aber zweifle ich, ob diese Absicht noch immer in alter Reinheit vorhanden ist. Sie hat an leidenschaftlichem Eifer zugenommen. Ich erwache des Nachts, das Gesicht in

Tränen gebadet, und alles löst sich, ob der verlorenen Seelen da oben, bei mir in schluchzendes Mitleid auf. Doch wenn ich sage: verlorene Seelen, so ist hier vielleicht der Punkt, wo mit einem scharfen Schnitt die Lüge von der Wahrheit getrennt werden muß. Nämlich die sündige Seele Scarabotas und seiner Schwester wird vor meinem inneren Auge einzig und allein durch das Bild ihrer Sündenfrucht, das heißt ihrer Tochter, eingenommen.

Ich frage mich nun, ob nicht unerlaubtes Verlangen nach ihr die Ursache meines scheinbar gottgefälligen Eifers ist und ob ich recht tue und nicht Gefahr des ewigen Todes laufe, wenn ich mein scheinbar gottgefälliges Werk fortsetze.«

Meist sehr ernst, doch einige Male lächelnd hatte der alte, welterfahrene Priester die pedantische Beichte des Jünglings angehört. Dies war Francesco, wie er ihn kannte, mit seinem gewissenhaften äußeren und inneren Ordnungssinn und seinem Bedürfnis nach übersichtlicher Akkuratesse und Sauberkeit. Er sagte: »Francesco, fürchte dich nicht. Schreite nur weiter deinen Weg, wie du ihn immer geschritten bist. Es kann dich nicht wundern, wenn sich die Machenschaften des bösen Feindes gerade dann am mächtigsten und gefährlichsten zeigen, wenn du daran gehst, ihm seine schon gleichsam sicheren Opfer wiederum zu entreißen.«

In befreiter Stimmung trat Francesco aus der Pfarrwohnung auf die Straße des kleinen Ortes Ligornetto heraus, in dem er seine erste Jugend verlebt hatte. Es ist ein Dörfchen, das, auf breiter Talsohle ziemlich flach gelegen, von fruchtbaren Feldern umgeben ist, auf dem über Gemüse und Halmenfrüchten sich die Weinrebe, festgedrehten dunklen Strängen gleich, von Maulbeerbaum zu Maulbeerbaum herüber und hinüber schlingt. Auch diese Lage wird von den gewaltigen Schroffen des Monte Generoso beherrscht, der hier, in seiner Westseite, von seinen breiten Fundamenten aus majestätisch sichtbar wird.

Es war um die Mittagszeit, und Ligornetto befand sich, wie es schien, in einem Zustand der Verschlafenheit. Francesco wurde auf seinem Gange kaum von einigen gackernden Hühnern, einigen spielenden Kindern und am Ende des Dorfes von einem kläffenden Hündchen begrüßt. Hier, nämlich am Ende des Dorfes, war, wie ein Riegel, das mit den Mitteln eines vermögenden Mannes errichtete Wohnhaus seines Oheims vorgeschoben, das Buen Retiro jenes Vincenzo, des

Bildhauers, das nun unbewohnt und als eine Art Gedächtnisstiftung in den Besitz des Kantons Tessin übergegangen war. Francesco schritt die Stufen zu dem verlassenen und verwilderten Garten hinauf und gab alsdann dem plötzlich entstandenen Wunsche nach, auch einmal das Innere des Hauses wiederzusehen. Nahe wohnende Bauersleute, alte Bekannte, händigten ihm den Schlüssel aus.

Die Beziehungen, die der junge Priester zur Kunst hatte, waren die bei seinem Stande herkömmlichen. Sein berühmter Oheim war seit etwa zehn Jahren tot, und nach dem Tage der Bestattung hatte Francesco die Räume des berühmten Künstlerheims nicht wieder gesehen. Er hätte nicht sagen können, was ihn auf einmal zum Besuche des leeren Hauses bewog, das er bisher meist nur mit flüchtiger Anteilnahme im Vorübergehen betrachtet hatte. Der Oheim war ihm niemals mehr als eine Respektsperson, deren Wirkungskreis ihm eine fremde, nichtsbedeutende Sache war.

Als Francesco den Schlüssel im Schloß gewendet hatte und durch die in verrosteten Angeln knarrende Tür den Hausflur betrat, kam ihn ein leiser Schauder an vor der verstaubten Stille, die ihm den Treppenaufgang herab und von allenthalben aus den offenstehenden Zimmern entgegenhauchte. Gleich rechts vom Hausflur war des verstorbenen Künstlers Bibliothek, die sogleich erkennen ließ, daß hier ein bildungseifriger Mann gelebt hatte. In niedrigen Schränken fanden sich hier, außer Vasari, die sämtlichen Werke von Winckelmann, während der italienische Parnaß durch die Sonette von Michelangelo, durch Dante, Petrarca, Tasso, Ariost und andere vertreten war. In eigens gebauten Schränken war eine Sammlung von Handzeichnungen und Radierungen untergebracht, eine andere von Medaillen der Renaissance und allerlei wertvolle Seltenheiten, darunter bemalte etruskische Tonvasen, und einige andere Antiken aus Bronze und Marmor waren im Zimmer aufgestellt. Da und dort hing ein besonders schönes Blatt von Lionardo und Michelangelo eingerahmt an der Wand, das etwa einen männlichen oder weiblichen Körper nackt darstellte. Das folgende kleine Kabinett war sogar beinahe von oben bis unten an dreien seiner Wände mit solchen Objekten angefüllt.

Von da aus trat man in einen Kuppelsaal, dessen Höhe durch mehrere Stockwerke reichte und der von oben sein Licht empfing. Hier hatte Vincenzo mit Modellierholz und

Meißel gearbeitet, und die Gipsabgüsse seiner besten Schöpfungen füllten in einer gedrängten und stummen Versammlung diesen beinahe kirchlichen Raum.

Beengt, ja beängstigt und vor dem Hall seiner eignen Schritte erschreckend, gleichsam mit bösem Gewissen war Francesco bis hierher gelangt und ging nun daran, eigentlich zum erstenmal dieses und jenes Werk des Oheims zu betrachten. Da war neben einer Statue Michelangelos Ghiberti zu sehen. Ein Dante war da, Werke, die mit Punktierungszeichen überdeckt waren, da man die Modelle vergrößert in Marmor ausgeführt hatte. Aber diese weltberühmten Gestalten konnten die Aufmerksamkeit des jungen Priesters nicht lange festhalten. Neben ihnen waren die Statuen dreier junger Mädchen aufgestellt, der Töchter eines Marchese, der vorurteilsfrei genug gewesen war, sie durch den Meister in völlig unbekleidetem Zustande porträtieren zu lassen. Dem Ansehen nach war die jüngste der jungen Damen nicht über zwölf, die zweite nicht über fünfzehn, die dritte nicht über siebzehn Jahr. Francesco erwachte erst, nachdem er die schlanken Körper lange selbstvergessen betrachtet hatte. Diese Arbeiten trugen ihre Nacktheit nicht, wie die der Griechen, als natürlichen Adel und Ebenbild der Gottheit zur Schau, sondern man empfand sie als Indiskretion aus dem Alkoven. Erstlich war die Kopie der Urbilder von diesen nicht losgelöst und als solche durchaus erkenntlich geblieben; und diese Urbilder schienen zu sagen: wir sind unanständig entblößt und gegen unseren Willen und unser Schamgefühl durch brutalen Machtspruch entkleidet worden. Als Francesco aus seiner Versenkung erwachte, pochte sein Herz, und er blickte furchtsam nach allen Seiten. Er tat nichts Schlimmes, aber er empfand es bereits als Sünde, mit solchen Gebilden allein zu sein.

Er beschloß, um nicht noch am Ende ertappt zu werden, so schnell als möglich davonzugehen. Als er jedoch die Haustür wieder erreicht hatte, klinkte er, statt sich zu entfernen, den Türgriff von innen ins Schloß und drehte dazu noch den Schlüssel herum, so daß er nun, in dem gespenstischen Hause des Toten eingesperrt, von niemand mehr überrascht werden konnte. Nachdem dies geschehen war, begab er sich vor das gipserne Ärgernis der drei Grazien zurück.

Hier kam ihn alsbald, indem sein Herzklopfen stärker wurde, ein bleicher und scheuer Wahnwitz an. Er empfand den Zwang, der ältesten unter den Marchesinnen, als wäre sie lebend, über das Haar zu streicheln. Obgleich diese Handlung offenkundig und seinem eigenen Urteil nach an Wahnsinn streifte, war sie doch noch einigermaßen priesterlich. Aber die zweite Marchesina mußte sich bereits ein Streicheln über Schulter und Arm gefallen lassen: eine volle Schulter und einen vollen Arm, der in eine weiche und zärtliche Hand endigte. Bald war Francesco an der dritten, der jüngsten Marchesina durch weitergehende Zärtlichkeit und schließlich durch einen scheuen verbrecherischen Kuß unter die linke Brust zum fassungslos verwirrten und zerknirschten Sünder geworden, dem nicht besser zumute war als jenem Adam, der die Stimme des Herrn vernahm, nachdem er vom Apfel der Erkenntnis gekostet hatte. Er floh. Er lief wie gehetzt davon.

Die folgenden Tage verbrachte Francesco teils in den Kirchen mit Gebet, teils in seiner Pfarrwohnung mit Kasteiungen. Seine Zerknirschung und seine Reue war groß. Bei einer Inbrunst der Andacht, wie er sie bisher nicht gekannt hatte, durfte er hoffen, am Schlusse über die Anfechtungen des Fleisches Sieger zu sein. Immerhin war der Kampf des guten und bösen Prinzips in seiner Brust mit ungeahnter Furchtbarkeit losgebrochen, so daß es ihm schien, als ob Gott und der Teufel zum erstenmal ihren Kampfplatz in seine Brust verlegt hätten. Auch der eigentlich unverantwortliche Teil seines Daseins, der Schlaf, bot dem jungen Klerikus keinen Frieden mehr: denn gerade diese unbewachte nachtschlafende Zeit schien dem Satan besonders willkommen, verführerische und verderbliche Gaukeleien in der sonst so unschuldsvollen Seele des Jünglings anzurichten. Eines Nachts, am Morgen, er wußte nicht, ob es im Schlafen oder im Wachen geschehen war, sah er im weißen Lichte des Mondes die drei weißen Gestalten der schönen Töchter des Marchese in sein Zimmer und an sein Bett treten, und bei genauerem Anblick erkannte er, wie jede auf magische Weise mit dem Bilde der jungen Hirtin auf der Alpe von Santa Croce verschmolzen war.

Ohne Zweifel war von dem spielzeugartig kleinen Anwesen Scarabotas bis herunter ins Zimmer des Priesters, in das die Alpe durch's Fenster sah, eine Verbindung hergestellt, deren Hanf nicht von Engeln gesponnen wurde: Francesco wußte genug von der himmlischen Hierarchie und ebenso auch genug von der höllischen, um sofort zu erkennen, wes Geistes

Kind diese Arbeit war. Francesco glaubte an Hexenkunst. Erfahren in manchem Zweige der scholastischen Wissenschaft, nahm er an, daß böse Dämonen, um gewisse verderbliche Wirkungen auszuüben, sich den Einfluß der Gestirne zunutze machen. Er hatte gelernt, hinsichtlich des Körpers gehöre der Mensch zu den Himmelskörpern, der Verstand stelle ihn den Engeln gleich, sein Wille sei unter Gott geordnet, aber Gott lasse es zu, daß gefallene Engel seinen Willen von Gott ablenkten, und das Reich der Dämonen nehme durch Bündnis mit solchen schon verführten Menschen zu. Überdies könne ein zeitlicher, körperlicher Affekt, von den höllischen Geistern ausgenützt, oft die Ursache ewigen Verderbens eines Menschen sein. Kurz, der junge Priester zitterte bis ins Mark seiner Knochen und fürchtete sich vor dem giftigen Biß der Diaboli, vor den Dämonen, die nach Blut riechen, vor der Bestie Behemoth und ganz besonders vor Asmodeus, dem ausgemachten Dämon der Hurerei.

Er konnte sich zunächst nicht entschließen, bei den verfluchten Geschwistern die Sünde der Hexenkunst und der Zauberei vorauszusetzen. Freilich machte er eine Erfahrung, die ihm in arger Weise verdächtig war. Jeden Tag nahm er mit heiligem Eifer und allen Mitteln der Religion eine Purifikation seines Inneren vor, um es von dem Bilde des Hirtenmädchens zu reinigen, und immer wieder stand es klarer, fester und deutlicher da. Was war das für eine Malerei und für eine unzerstörbare Tafel aus Holz darunter, oder was war es für eine Leinwand, die man weder durch Wasser noch Feuer auch nur im geringsten angreifen konnte?

Wie dieses Bild sich überall vordrängte, ward manchmal Gegenstand seiner stillen und erstaunten Beobachtung. Er las ein Buch, und wenn er das weiche Antlitz, umrahmt von dem eigentümlich rötlich erdbraunen Haar, mit weiten dunklen Augen blickend, auf einer Seite sah, so blätterte er ein vorangeheftetes Blatt herum, durch das es bedeckt und versteckt werden sollte. Aber es schlug durch jedes Blatt, als ob keines vorhanden wäre, wie es sich auch sonst durch Vorhänge, Türen und Mauer im Hause und ebenso in der Kirche durchsetzte.

Bei solchen Beängstigungen und inneren Zwistigkeiten verging der junge Priester vor Ungeduld, da der bestimmte Termin für den besonderen Gottesdienst auf dem Gipfel von Sant' Agata nicht schnell genug herbeikommen wollte. Er wünschte, so bald wie möglich die übernommene Pflicht zu tun, weil er dadurch vielleicht das Mädchen den Klauen des Höllenfürsten entreißen konnte. Er wünschte noch mehr, das Mädchen wiederzusehen; was er aber am meisten ersehnte, war die Befreiung, die er bestimmt erhoffte, von seiner martervollen Verzauberung. Francesco aß wenig, brachte den größten Teil seiner Nächte wachend zu, und täglich verhärmter und bleicher werdend, geriet er bei seiner Gemeinde noch mehr als bisher in den Geruch einer exemplarischen Frömmigkeit.

Der Morgen war endlich herbeigekommen, an dem der Pfarrer die armen Sünder in die Kapelle bestellt hatte, die hoch auf dem Zuckerhut von Sant' Agata gelegen war. Der äußerst beschwerliche Weg dorthinauf konnte unter zwei Stunden nicht zurückgelegt werden. Francesco trat um die neunte Stunde, fertig zum Gang, auf den Dorfplatz von Soana hinaus, heiteren und erfrischten Herzens und die Welt mit neugeborenen Augen betrachtend. Man näherte sich dem Anfang des Mai, und so hatte ein Tag begonnen, wie er köstlicher nicht zu denken war, aber der junge Mensch hatte Tage von gleicher Schönheit schon oft erlebt, ohne doch die Natur, so wie heut, wie den Garten Eden selbst zu empfinden. Heute umgab ihn das Paradies.

Frauen und Mädchen standen, wie meistens, um den von klarem Bergwasser überfließenden Sarkophag herum und begrüßten den Priester mit lauten Rufen. Etwas in seiner Haltung und in seinen Mienen, dazu die festliche Frische des jungen Tages hatte den Wäscherinnen Mut gemacht. Die Röcke zwischen die Beine geklemmt, so daß bei einigen die braunen Waden und Knie sichtbar waren, standen sie herabgebeugt, mit den kräftigen, ebenfalls braunen, nackten Armen wacker arbeitend. Francesco trat an die Gruppe heran. Er fand sich veranlaßt, allerhand freundliche Worte zu sagen, deren keines in einem Zusammenhange mit seinem geistlichen Amte stand und die von gutem Wetter, gutem Mut und einem zu hoffenden guten Weinjahre handelten. Zum erstenmal, wahrscheinlich durch den Besuch im Hause seines Oheims, des Bildhauers, angeregt, ließ sich der junge Priester herbei, den Ornamentfries des Sarkophages zu betrachten, der in einem Bakchantenzuge bestand und hüpfende Satyrn, tanzende Flötenspielerinnen und den von Panthern gezogenen Wagen des Dionysos, des mit Trauben bekränzten Weingottes, zeigte. Es erschien ihm in diesem Augenblick nicht sonderbar, daß die Alten die steinerne Hülle des Todes mit Gestalten überschäumenden Lebens bedeckt hatten. Die Weiber und Mädchen, unter denen einige von ungewöhnlicher Schönheit waren, schwatzten und lachten bei dieser Besichtigung in ihn hinein, und zeitweilig kam es ihm vor, als ob er selbst von berauschten Mänaden umjauchzt wäre.

Dieser zweite Aufstieg in die Bergnatur war, mit dem ersten verglichen, wie der eines Menschen mit offenen Augen gegen den eines anderen gehalten, der blind von Mutterleibe ist. Francesco hatte mit zwingender Deutlichkeit das Gefühl, er sei plötzlich sehend geworden. In diesem Sinne erschien ihm die Betrachtung des Sarkophags durchaus kein Zufall, sondern tief bedeutungsvoll. Wo war der Tote? Lebendiges Wasser des Lebens füllte den offenen Stein und Totenschrein, und die ewige Auferstehung war in der Sprache der Alten auf der Fläche des Marmors verkündet. So verstand sich das Evangelium.

Freilich war dies ein Evangelium, dem wenig mit jenem, was er früher gelernt und gelehrt hatte, gemeinsam blieb. Es stammte keineswegs von den Blättern und Lettern eines Buchs, sondern viel eher kam es durch Gras, Kraut und Blumen aus der Erde gequollen oder mit dem Licht aus dem Mittelpunkt der Sonne herabgeflossen. Die ganze Natur nahm ein gleichsam sprechendes Leben an. Die tote und stumme ward rege, vertraulich, offen und mitteilsam. Plötzlich schien sie dem jungen Priester alles zu sagen, was sie bisher verschwiegen hatte. Er schien ihr Liebling, ihr Auserwählter, ihr Sohn zu sein, den sie, wie eine Mutter, in das heilige Geheimnis ihrer Liebe und Mutterschaft einweihte. Alle Abgründe des Schreckens, alle Ängste seiner aufgestörten Seele waren nicht mehr. Nichts war von allen Finsternissen und Bangigkeiten des vermeintlichen höllischen Sturmlaufs übriggeblieben. Die ganze Natur strömte Güte und Liebe aus, und Francesco, an Güte und Liebe überreich, konnte ihr Güte und Liebe zurückgeben.

Sonderbar: indem er mühsam, oft von kantigen Steinen abrutschend, durch Ginster-, Buchen- und Brombeerdickicht aufwärtskletterte, umgab ihn der Frühlingsmorgen wie eine glückselige und ebenso gewaltige Symphonie der Natur, die mehr von der Schöpfung als von Geschaffenem redete. Offen gab sich das Mysterium eines dem Tode für immer enthobenen Schöpfungswerks. Wer diese Symphonie nicht vernahm, so schien es dem Priester, der betrog sich selbst, wenn er mit dem Psalmisten »Jubilate deo omnis terra« oder »Benedicite coeli domino« zu lobsingen sich unterfing.

In satter Fülle rauschte der Wasserfall von Soana in seine enge Schlucht hinunter. Sein Brausen klang voll und schwelgerisch. Seine Sprache konnte nicht überhört werden. Bald dumpfer, bald heller herüberschlagend, tönte im ewigen Wandel die Stimme der Sättigung. Lawinendonner löste sich von des Generoso gigantischer Schattenwand, und wenn er für Francesco hörbar ward, hatte sich die Lawine selbst, mit lautlosen Strömen von Schneegeröll, bereits in das Bett der Savaglia hinabgeschüttet. Wo gab es da irgend etwas in der Natur, das nicht in der Wandlung des Lebens begriffen und das ohne Seele war: etwas, darin nicht ein drängender Wille sich betätigte? Wort, Schrift, Gesang und treibendes Herzblut war überall. Legte die Sonne nicht wohlig eine warme Hand im Rücken zwischen seine Schultern? Zischten nicht und bewegten sich nicht die Blätter der Lorbeer- und Buchendickichte, wenn er im Vorübergehen sie streifte? Quoll nicht das Wasser überall und zeichnete überall, leise plaudernd, die Faden- und Knotenschrift seiner Rinnsale? Las nicht er, Francesco Vela, und lasen nicht die Faserwurzeln von Myriaden kleiner und großer Gewächse darin, und war es nicht ihr Geheimnis, das in Myriaden von Blumen und Blütenkelchen sich darstellte? Des Priesters Hand erhob einen winzigen Stein und fand ihn mit rötlichen Flechten beschlagen: auch hier eine sprechende, malende, schreibende Wunderwelt, eine formende Form, die für die überall im Bilde wirkende Bildkraft des Lebens Zeugnis ablegte.

Und legten nicht die Stimmen der Vögel das gleiche Zeugnis ab, die sich in unendlich zarten, unsichtbaren Fäden über den Höhlungen des gewaltigen Felstales netzartig vereinigten? Dieses hörbare Maschennetz schien sich zuweilen für Francesco in sichtbare Fäden eines silbernen Glanzes umzuwandeln, die ein innerliches und sprechendes Feuer flimmern machte. War es nicht in Formen hörbar und sichtbar gemachte Liebe und offenbartes Glück der Natur? Und war es nicht köstlich, wie dieses Gespinst, sooft es verwehte oder zerriß, wie mit eilig fliegenden, unermüdlichen Weberschiffchen immer wieder verbunden wurde? Wo saßen die kleinen gefiederten Weber? Man sah sie nicht, wenn nicht etwa ein kleiner Vogel stumm und eilig seinen Ort wechselte: die winzigsten Kehlen strömten diese alles überjubelnde, weithintragende Sprache aus.

Wo alles quoll, wo alles pulsierte, sowohl in ihm als um ihn herum, wußte Francesco den Platz des Todes nicht auszumitteln. Er berührte den Stamm eines Kastanienbaums und fühlte, wie er die Nahrungssäfte durch sich empordrängte. Er trank die Luft wie eine lebendige Seele ein und wußte zugleich, daß sie es war, der er das Atmen und Lobsingen seiner eigenen Seele verdankte. Und war sie es nicht allein, die aus seiner Kehle und Zunge ein sprechendes Werkzeug der Offenbarung machte? Francesco verzog vor einem wimmelnden, eifrig tätigen Ameisenhaufen einen Augenblick. Eine winzige kleine Haselmaus war von den rätselhaften Tierchen fast ganz von ihrem grazilen Skelett präpariert worden. Sprach das köstliche kleine Skelett und die in der Wärme des Ameisenstaates untergegangene und verschwundene Haselmaus nicht von der Unzerstörbarkeit des Lebens, und hatte nicht die Natur in ihrem Bildnerdrang oder -zwang nur die neue Form gesucht? Der Priester sah, diesmal nicht unter sich, sondern hoch über sich, wiederum die braunen Fischadler von Sant' Agata. Ihre beschwingten und gefiederten Körper trugen das Wunder des Bluts, das Wunder des pulsierenden Herzens in majestätischer Wonne durch den Raum. Aber wer mochte verkennen, daß die wechselnden Kurven ihres Flugs auf die blaue Seide des Himmels eine deutliche, unverkennbare Schrift zeichneten, deren Sinn und Schönheit aufs engste mit Leben und Liebe verbunden war? Francesco war nicht anders zumut, als ob ihn die Vögel zum Lesen aufforderten. Und wenn sie mit der Bahn ihrer Flüge schrieben, so war ihnen auch die Kraft des Lesens nicht versagt. Francesco gedachte des weittragenden Blicks, der diesen geflügelten Fischern beschieden ward. Und er gedachte der zahllosen Augen der Menschen, der Vögel, der Säugetiere, der Insekten und Fische, mit denen die Natur sich selbst erblickt. Mit einem immer tieferen Staunen erkannte er sie in ihrer unendlichen Mütterlichkeit. Sie sorgte dafür, daß ihren Kindern nichts im allmütterlichen Bereich ungenossen verborgen blieb: sie waren von ihr nicht allein mit den Sinnen des Auges, des Ohrs, des Geruches, des Geschmackes und des Gefühls begabt worden, sondern sie hatte, wie Francesco fühlte, für die Wandlungen der Äonen noch unzählige neue Sinne bereit. Was war das für ein gewaltiges Sehen, Hören, Riechen, Schmecken und Fühlen in der Welt! – Und eine weißliche Wolke stand über den Fischadlern. Sie glich einem strahlenden Lustgezelt. Aber auch sie verließ ihren Ort und wurde zusehends im lebendigsten Wechsel umgewandelt.

Es waren tiefe und mystische Kräfte, die dem Priester Francesco den Star gestochen hatten. Aber die Folie dieses Erlebnisses war der ihn uneingestandenermaßen beglückende Umstand, daß er vier köstliche Stunden vor sich sah, die ein Wiedersehen mit dem armen, verfemten Hirtenmädchen in sich schlossen. Dieses Bewußtsein machte ihn sicher und reich, als könne die so kostbar erfüllte Zeit nicht vorübergehen. Dort oben, ja dort oben, wo die kleine Kapelle stand, über der die Fischadler kreisten, erwartete ihn, wie er meinte, ein Glück, um das ihn die Engel beneiden mußten. Er stieg und stieg, und der seligste Eifer beflügelte ihn. Was er dort oben vorhatte, mußte sicherlich eine Art von Verklärung über ihn ausgießen und ihn in losgelöster Himmelsnähe beinahe dem guten ewigen Hirten selbst gleichmachen. »Sursum corda! Sursum corda!« Er sprach den Gruß Francisci immer vor sich hin, während die heilige Agathe neben ihm schritt, jene Märtyrerin, der man das Kapellchen hoch oben geweiht hatte und die dem Tode durch Henkershand wie einem fröhlichen Tanze entgegengegangen war. Und hinter ihr und ihm, so kam es Francesco im eifrigen Steigen vor, folgte ein Zug von heiligen Frauen, die alle dem Liebeswunder auf dem festlichen Gipfel beiwohnen wollten. Maria selbst schritt, mit köstlich gelöstem, ambrosischen Haar und lieblichen Füßen, weit vor dem Priester und seiner Prozession der seliggesprochenen Weiber hin, damit sich unter ihrem Blick, unter ihrem Hauch, unter ihren Sohlen die Erde festlich für alle mit Blumen bedecke. »Invoco te! invoco te!« hauchte Francesco in sich verzückt, »invoco te, nostra benigna stella!«

Ohne Ermüdung war der Priester auf dem Gipfel des Bergkegels angelangt, der kaum breiter war, als es der Grundriß des kleinen dort befindlichen Gotteshauses erforderte. Er gab noch einem schmalen Rande und einem engen Vorplätzchen Raum, dessen Mitte von einer jungen, noch blätterlosen Kastanie eingenommen wurde. Ein Stück des Himmels oder von Mariens blauem Gewand schien um das Wildkirchlein hingestreut, so hatte der blaue Enzian sich um das Heiligtum ausgebreitet. Oder man konnte auch meinen, die Spitze des Berges habe sich einfach in den Azur des Himmels getaucht.

Der Chorknabe und die Geschwister Scarabota waren schon anwesend und hatten es sich unter der Kastanie bequem gemacht. Francesco erbleichte, denn seine Blicke waren vergebens, wenn auch nur flüchtig, nach der jungen Hirtin ausgewesen. Er nahm aber eine strenge Miene an und öffnete mit einem großen, rostigen Schlüssel die Kapellentür, ohne sich die Enttäuschung und den bestürzten Kampf seiner Seele merken zu lassen. Er trat in das enge Kirchlein ein, in dem der Chorknabe alsbald hinter dem Altar einiges für die Zelebrierung der Messe vorbereitete. Aus einer mitgebrachten Flasche ward etwas Weihwasser in das ausgetrocknete Becken getan, in das die Geschwister nun ihre harten und sündigen Finger tauchen konnten. Sie besprengten und bekreuzigten sich und ließen sich mit scheuer Ehrfurcht gleich hinter der Türschwelle auf die Knie nieder.

Indessen begab sich Francesco, getrieben von Unruhe, nochmals ins Freie hinaus, wo er mit einer plötzlichen stummen und tiefen Erschütterung, nach einigem Umherschreiten, etwas unterhalb der Plattform des Gipfels das Mädchen, das er suchte, über einem Sternenhimmel leuchtendblauen Enzianes ruhend fand. – »Komm herein, ich warte auf dich«, rief der Priester. Sie erhob sich, anscheinend träge, und sah ihn unter gesenkten Wimpern mit einem ruhigen Blicke an. Dabei schien sie in lieblicher Weichheit leise zu lächeln, was aber nur mit der natürlichen Bildung des süßen Mundes, mit dem lieblichen Leuchten der blauen Augen und den zarten Grübchen der vollen Wangen zusammenhing.

In diesem Augenblick vollzog sich die schicksalsschwere Erneuerung und Vervollkommnung des Bildes, das Francesco in seiner Seele gehegt hatte. Er sah ein kindlich unschuldvolles Madonnengesicht, dessen verwirrender Liebreiz mit einer ganz leisen, schmerzlichen Herbheit verbunden war. Die etwas starke Röte der Wangen ruhte auf einer weißen, nicht braunen Haut, aus der die feuchte Röte der Lippen mit der Glut des Granatapfels leuchtete. Jeder Zug in der Musik dieses kindlichen Hauptes war zugleich Süße und Bitterkeit, Schwermut und Heiterkeit. In seinem Blick lag schüchternes Zurückweichen und zugleich ein zärtliches Fordern: beides nicht mit der Heftigkeit tierischer Regungen, sondern unbewußt blumenhaft. Schienen die Augen das Rätsel und das

Märchen der Blume in sich zu schließen, so glich die ganze Erscheinung des Mädchens vielmehr einer schönen und reifen Frucht. Dieses Haupt, wie Francesco bei sich mit Verwunderung feststellte, gehörte noch ganz einem Kinde an, soweit sich darin die Seele ausdrückte, nur eine gewisse traubenhaft schwellende Fülle deutete auf die überschrittene Grenze des Kindesalters und auf die erreichte Bestimmung des Weibes hin. Das teils erdfarbenbraune, teils von lichteren Strähnen durchzogene Haar war in schwerer Krone um Schläfe und Stirn gebunden. Etwas von schwerer, etwas von innerlich gärender, edelreifer Schläfrigkeit schien die Wimper des Mädchens niederzuziehen und gab ihren Augen eine gewisse feuchte, überdrängende Zärtlichkeit. Aber die Musik des Hauptes ging unterhalb des elfenbeinernen Halses in eine andere über, deren ewige Noten einen anderen Sinn ausdrücken. Mit den Schultern begann das Weib. Es war ein Weib von jugendlicher und reifer Fülle, das beinahe zur Überfülle neigte und das nicht zu dem kindlichen Haupte zu gehören schien. Die nackten Füße und starken gebräunten Waden trugen eine fruchthafte Fülle, die fast, wie dem Priester dünkte, zu schwer für sie war. Dieses Haupt besaß das sinnenheiße Mysterium seines isishaften Körpers unbewußt, höchstens leise ahndevoll. Aber gerade darum erkannte Francesco, daß er diesem Haupte und diesem allmächtigen Leibe rettungslos auf Tod und Leben verfallen war.

Was nun aber auch der Jüngling im Augenblick des Wiedersehens mit dem durch Erbsünde so schwer belasteten Gottesgeschöpf alles erblickte, erkannte und empfand, außer daß seine Lippen ein wenig zuckten, konnte man ihm deswegen nichts anmerken. »Wie heißt du eigentlich?« fragte er nur die sündenerfüllte Sündlose. Die Hirtin nannte sich Agata und tat dies mit einer Stimme, die Francesco wie das Lachen einer paradiesischen Lachtaube dünkte. »Kannst du schreiben und lesen?« fragte er. Sie erwiderte: »Nein!« – »Weißt du etwas von der Bedeutung des heiligen Meßopfers?« Sie sah ihn an und antwortete nicht. Da gebot er ihr, in das Kirchlein zu treten, und begab sich selbst vor ihr hinein. Hinter dem Altar half ihm der Knabe in das Meßgewand, Francesco setzte sich das Barett aufs Haupt, und die heilige Handlung konnte beginnen: nie hatte sich der junge Mensch dabei, wie jetzt, von einer so feierlichen Inbrunst durchdrungen gefühlt.

Ihm kam es vor, als wenn ihn der allgütige Gott erst jetzt

zu seinem Diener berufen hätte. Der Weg priesterlicher Weihen, den er zurückgelegt hatte, schien ihm jetzt nicht mehr als eine trockene, inhaltlose und trügerische Übereilung zu sein, die mit dem wahrhaft Göttlichen nichts gemein hatte. Nun aber war die göttliche Stunde, die heilige Zeit in ihm angebrochen. Die Liebe des Heilands war wie ein himmlischer Feuerregen, in dem er stand und durch den alle Liebe seines eigenen Innern plötzlich befreit und entflammt wurde. Mit unendlicher Liebe weitete sich sein Herz in die ganze Schöpfung hinein und ward mit allen Geschöpfen im gleichen entzückten Pulsschlag verbunden. Aus diesem Rausch, der ihn fast betäubte, brach das Mitleid mit aller Kreatur, brach der Eifer für das Göttlichgute mit verdoppelter Kraft hervor, und er glaubte nun erst die heilige Mutter Kirche und ihren Dienst ganz zu verstehen. Er wollte nun mit einem ganz anderen, erneuten Eifer ihr Diener werden.

Und wie hatte ihm nicht der Weg, der Aufstieg zu diesem Gipfel das Geheimnis erschlossen, nach dessen Sinn er Agata gefragt hatte. Ihr Schweigen, vor dem er selber stumm geworden war, bedeutete ihm, ohne daß er es merken ließ, gemeinsames Wissen durch Offenbarung, die ihnen beiden nun widerfahren war. War nicht die ewige Mutter der Inbegriff aller Wandlungen, und hatte er nicht die verwahrlosten und im Finsteren tappenden verlorenen Gotteskinder auf diesen überirdischen Gipfel gelockt, um ihnen das Wandlungswunder des Sohnes, das ewige Fleisch und Blut der Gottheit zu weisen? So stand der Jüngling und hob den Kelch, mit überströmenden Augen, voll Freudigkeit. Es kam ihm vor, als ob er selber zum Gott würde. In diesem Zustand der Auserwählten, des heiligen Werkzeugs, den er empfand, fühlte er sich mit unsichtbaren Organen in alle Himmel hineinwachsen, in einem Gefühl von Freude und Allgewalt, das ihn, wie er glaubte, über das ganze wimmelnde Gezücht der Kirchen und ihrer Pfaffheit unendlich erhob. Sie sollten ihn sehen, die Augen zu ihm in die schwindelnde Höhe seines Altars, auf dem er stand, mit staunender Ehrfurcht emporrichten. Denn er stand auf dem Altar in einem ganz anderen und höheren Sinne, als Petri Schlüsselhalter, der Papst, es nach seiner Erwählung tut. Krampfhaft verzückt hielt er den Kelch der Eucharistia und der Wandlungen als ein Symbol des ewig sich neu gebärenden Gottesleibes der ganzen Schöpfung in die Unendlichkeit des Raums, wo es wie eine zweite, hellere Sonne leuchtete. Und während er seines Erachtens eine Ewigkeit, in Wirklichkeit zwei oder drei Sekunden, dastand mit dem erhobenen Heiligtum, kam es ihm vor, als ob der Zuckerhut von Sant' Agata von unten bis oben mit lauschenden Engeln, Heiligen und Aposteln bedeckt wäre. Allein beinahe noch herrlicher schien ihm ein dumpfer Paukenlaut und ein Reigen schöngekleideter Frauen, der sich, verbunden mit Blumengewinden, klar durch die Mauern sichtbar, rund um die kleine Kapelle bewegte. Dahinter drehten sich in verzückter Raserei die Mänaden des Sarkophags, tanzten und hüpften die ziegenfüßigen Satyrn, deren einige das hölzerne Fruchtbarkeitssymbol des Luchino Scarabota in fröhlicher Prozession umhertrugen.

Der Abstieg nach Soana brachte Francesco eine grüblerische Ernüchterung, wie jemandem, der die letzte Hefe aus dem Becher des Rausches getrunken hat. Die Familie Scarabota war nach der Messe davongegangen: Bruder, Schwester und Tochter hatten beim Abschied dankbar die Hand des jungen Priesters geküßt.

Wie er nun mehr und mehr in die Tiefe stieg, wurde ihm ebenso mehr und mehr der Zustand seiner Seele verdächtig, in dem er dort oben die Messe gelesen hatte. Auch der Gipfel von Sant' Agata war sicherlich früher eine irgendeinem Abgott geweihte heidnische Kultstätte, was ihn da oben scheinbar mit dem Brausen des Heiligen Geistes ergriffen hatte, vielleicht dämonische Einwirkung jener entthronten Theokratie, die Jesus Christus gestürzt hatte, deren verderbliche Macht aber vom Schöpfer und Lenker der Welt immer noch zugelassen war. In Soana und in seinem Pfarrhause angelangt, hatte das Bewußtsein, sich einer schweren Sünde schuldig gemacht zu haben, den Priester ganz eingenommen, und seine Ängste deswegen wurden so hart, daß er noch vor dem Mittagessen die Kirche betrat, die Wand an Wand mit seiner Wohnung lag, um sich in heißen Gebeten dem höchsten Mittler anzuvertrauen und womöglich in seiner Gnade zu reinigen.

In einer deutlich gefühlten Hilflosigkeit bat er Gott, ihn den Angriffen der Dämonen nicht auszuliefern. Er spüre sehr wohl, so bekannte er, wie sie sein Wesen auf allerlei Weise angriffen, je nachdem einengten oder über seine bisherigen heilsamen Grenzen ausdehnten und in erschrecklicher Weise verwandelten. »Ich war ein sorgsam angebautes kleines Gärtlein zu deiner Ehre«, sagte Francesco zu Gott. »Nun ist es in einer Sintflut ertrunken, die vielleicht durch Einflüsse der Planeten steigt und steigt und auf deren uferlosen Fluten ich in einem winzigen Kahne umhertreibe. Früher wußte ich genau meinen Weg. Es war derselbe, den deine heilige Kirche ihren Dienern vorzeichnet. Jetzt werde ich mehr getrieben, als daß ich des Zieles und des Weges sicher bin.

Gib mir«, flehte Francesco, »meine bisherige Enge und meine Sicherheit und gebiete den bösen Engeln, sie mögen davon ablassen, ihre gefährlichen Anschläge gegen deinen hilflosen Diener zu richten! Führe, o führe uns nicht in Versuchung! Ich bin zu den armen Sündern hinaufgestiegen in deinem Dienst; mache, daß ich mich in den festbeschränkten Kreis meiner heiligen Pflichten zurückfinde!«

Francescos Gebete hatten nicht mehr die einstige Klarheit und Übersicht. Er bat um Dinge, die einander ausschlossen. Er ward mitunter selbst zweifelhaft, ob der Strom der Leidenschaft, der seine Bitten trug, vom Himmel oder aus einer anderen Quelle stamme. Das heißt: er wußte nicht recht, ob er nicht etwa den Himmel im Grunde um ein höllisches Gut anflehe. Es mochte christlichem Mitleid und priesterlicher Sorge entsprungen sein, wenn er die Geschwister Scarabota in sein Gebet einbezog. Verhielt es sich aber ebenso, wenn er inbrünstig bis zu glühenden Tränen den Himmel um die Rettung Agatas anflehte?

Auf diese Frage konnte er einstweilen noch mit Ja antworten, denn die deutliche Regung des mächtigsten Triebes, die er beim Wiedersehen des Mädchens gespürt hatte, war in eine schwärmerische Empfindung für etwas unendlich Reines übergegangen. Diese Verwandlung war die Ursache, daß Francesco nicht merkte, wie sich die Frucht der Todsünde an Stelle Mariens, der Mutter Gottes, eindrängte und für seine Gebete und Gedanken gleichsam die Inkarnation der Madonna war. Am ersten Mai begann in der Kirche von Soana, wie überall, ein besonderer Mariendienst, dessen Wahrnehmung die Wachsamkeit des jungen Priesters noch besonders einschläferte. Immer, Tag für Tag, gegen die Zeit der Abenddämmerung, hielt er, hauptsächlich vor den Frauen und Töchtern Soanas, einen kleinen Diskurs, der die Tugenden der gebenedeiten Jungfrau zum Gegenstand hatte. Vorher und nachher erscholl das Schiff der Kirche, bei offener Tür, in den Frühling hinaus, zu Ehren Mariens von Lobgesang.

Und in die alten, köstlichen, nach Text und Musik so lieblichen Weisen mischte sich von außen fröhlicher Spatzenlärm und aus den nahen feuchten Schluchten die süßeste Klage der Nachtigall. In solchen Minuten war Francesco, scheinbar im Dienste Mariens, dem Dienste seines Idols ganz hingegeben.

Hätten die Mütter und Töchter Soanas geahnt, daß sie in den Augen des Priesters eine Gemeinschaft bildeten, die er Tag für Tag zur Verherrlichung dieser verhaßten Sündenfrucht in die Kirche zog oder darum, um sich auf den andachtsvollen Klängen des Mariengesanges zu der fern und hoch am Felsen klebenden kleinen Alm emportragen zu lassen, man würde ihn sicher gesteinigt haben; so aber schien es, als wüchse mit jedem Tag vor den staunenden Augen der ganzen Gemeinde des jungen Klerikers Frömmigkeit. Nach und nach wurde alt und jung, reich und arm, kurz, jedermann, vom Sindaco bis zum Bettler, vom Kirchlichsten bis zum Gleichgültigsten, in den heiligen Maienrausch Francescos hineingezogen.

Sogar die langen einsamen Wege, die er nun öfters unternahm, wurden zugunsten des jungen Heiligen ausgelegt. Und doch wurden sie nur unternommen in der Hoffnung, daß ein Zufall ihm einmal bei solcher Gelegenheit Agata in den Wurf führen könne. Denn er hatte bis zum nächsten besonderen Gottesdienst für die Familie Scarabota in seiner Scheu, sich zu verraten, einen Zwischenraum von mehr als acht Tagen angesetzt, der ihm jetzt unerträglich lang wurde.

Noch immer sprach die Natur in jener aufgeschlossenen Weise zu ihm, die er zuerst auf dem Gange nach Sant' Agata, auf der Höhe des kleinen Heiligtums wahrgenommen hatte. Jeder Grashalm, jede Blume, jeder Baum, jedes Wein- und Efeublatt waren nur Worte einer aus dem Urgrund des Seins aufklingenden Sprache, die, in tiefster Stille selbst, mit gewaltigem Brausen redete. Nie hatte eine Musik so sein ganzes Wesen durchdrungen und, wie er meinte, mit heiligem Geist erfüllt.

Francesco hatte den tiefen, ruhigen Schlaf seiner Nächte eingebüßt. Der mystische Weckruf, der ihn getroffen hatte, schien sozusagen den Tod getötet und seinen Bruder, den Schlaf, verbannt zu haben. Jede dieser von überall quellendem Leben durchpulsten Schöpfungsnächte ward für Francescos jungen Körper zur heiligen Offenbarungszeit: so zwar, daß es ihm manchmal zumute war, als ob er den letzten Schleier vom Geheimnis der Gottheit fallen fühlte. Oft, wenn er aus heißen Träumen, die beinahe ein Wachen darstellten, in das Wachen der Sinne überging, draußen der Fall von Soana doppelt so laut als am Tage rauschte, der Mond mit den Finsternissen der mächtigen Klüfte kämpfte und schwarzes Gewölk, gigantisch murrend, die höchsten Spitzen des Generoso verdüsterte, zitterte Francescos Leib von Gebeten, inbrünstig wie nie zuvor und ähnlich, wie wenn ein durstiger Stamm, dessen Wipfel der Frühlingsregen tränkt, im Winde erschauert. In diesem Zustande rang er voll Sehnsucht mit Gott, ihn in das heilige Schöpfungswunder, wie in den brennenden Kern des Lebens, einzuweihen, in dieses allerheiligste, innerste Etwas, das von dort aus alles Dasein durchdringt. Er sprach: »Von dort, o du mein allmächtiger Gott, dringt dein stärkstes Licht! von diesem in nie zu erschöpfenden Feuerwellen strömenden Kern verbreitet sich alle Wonne des Daseins und das Geheimnis der tiefsten Lust. Lege mir nicht eine fertige Schöpfung in den Schoß, o Gott, sondern mache mich zum Mitschöpfer! Laß mich teilnehmen an deinem nie unterbrochenen Schöpfungswerk: denn nur dadurch, und durch nichts anderes, vermag ich auch deines Paradieses teilhaft zu werden.« Unbekleidet lief Francesco, um die Glut seiner Glieder zu kühlen, im Zimmer bei weitgeöffnetem Fenster umher und ließ die Nachtluft um seinen Leib fluten. Dabei kam es ihm vor, als ruhe das schwarze Gewitter über dem riesenhaften Felsrücken des Generoso, wie ein ungeheurer Stier über einer Färse ruht, schnaube Regen aus seinen Nüstern, murre, schieße zuckende Blitze aus düster flammenden Augen und übe mit keuchender Flanke das zeugende Werk der Fruchtbarkeit.

Vorstellungen wie diese waren durchaus heidnischer Art, und der Priester wußte es, ohne daß es ihn jetzt beunruhigte. Er war allbereits zu sehr in die allgemeine Betäubung drängender Frühlingskräfte versunken. Der narkotische Brodem, der ihn erfüllte, löste die Grenzen seiner engen Persönlichkeit und weitete ihn ins Allgemeine. Überall wurden Götter geboren in der frühen, toten Natur. Und auch die Tiefen von Francescos Seele erschlossen sich und sandten Bilder herauf von Dingen, die im Abgrund der Jahrmillionen versunken lagen.

In einer Nacht hatte er, im Zustande halben Wachens,

einen schweren und in seiner Art furchtbaren Traum, der ihn in eine grausige Andacht versenkte. Er ward gleichsam zum Zeugen eines Mysteriums, das eine schreckliche Fremdheit und zugleich etwas wie Weihungen einer uralten, unwiderstehlichen Macht ausatmete. Irgendwo versteckt in den Felsen des Monte Generoso schienen Klöster gelegen zu sein, aus denen herab gefährliche Steige und Felstreppchen in unzugängliche Höhlen führten. Diese Felssteige klommen in feierlichem Zuge, einer hinter dem anderen, bärtige Männer und Greise in braunen Kutten herab, die aber in der Versunkenheit ihrer Bewegungen sowie in der Entrücktheit ihrer Gesichter schauerlich wirkten und zur Ausübung eines schrecklichen Kultes verdammt schienen. Diese beinahe riesenhaften und wilden Gestalten waren auf eine beklemmende Weise ehrwürdig. Sie kamen hochaufgerichtet herab, mit gewaltig verwilderten, buschigen Häuptern, an denen sich Haupt- und Barthaar vermischte. Und diesen Vollstreckern eines unbarmherzigen und tierischen Dienstes folgten Weiber nach, die nur von den mächtigen Wogen ihres Haars wie von schweren goldenen oder schwarzen Mänteln bedeckt waren. Während das Joch des furchtbaren Triebs die wortlos abwärtssteigenden Traumeremiten starr und besinnungslos gefangenhielt, lag eine Demut über den Weibern gleichwie über Opfertieren, die sich selber einer schrecklichen Gottheit darbringen. In den Augen der Mönche lag stille, besinnungslose Wut, als wenn der giftige Biß eines tollen Tiers sie verwundet und ihnen einen Wahnwitz ins Blut gesetzt hätte, dessen rasender Ausbruch zu erwarten war. Auf den Stirnen der Weiber, in ihren andächtig fromm gesenkten Wimpern lag eine erhabene Feierlichkeit.

Endlich hatten die Anachoreten des Generoso sich, wie lebende Götzen, vereinzelt in flache Höhlen der Felswand gestellt, und es begann ein ebenso häßlicher als erhabener Phallusdienst. So scheußlich er war – und Francesco erschrak in der tiefsten Seele –, so schauerlich war er in seinem tödlichen Ernst und seiner bangen Heiligkeit. Mächtige Eulen revierten mit durchdringendem Schrei an den Felswänden, beim Sturze des Wasserfalls und im magischen Lichte des Monds, aber die gewaltigen Rufe der großen Nachtvögel wurden von den herzerstarrenden Schmerzensschreien der Priesterinnen übertönt, die an den Qualen der Lust dahinstarben.

Der Tag des Gottesdienstes für die armen, verfemten Sennhirten war endlich wieder herangekommen. Er glich schon am Morgen, als der Priester Francesco Vela sich erhob, keinem unter allen früheren, die er jemals erlebt hatte. So springen im Leben jedes bevorzugten Menschen unerwartet und ungerufen Tage wie blendende Offenbarungen auf. Der Jüngling hatte an diesem Morgen nicht den Wunsch, weder ein Heiliger noch ein Erzengel noch selbst ein Gott zu sein. Vielmehr beschlich ihn leise Furcht, Heilige, Erzengel und Götter möchte der Neid ihm zu Feinden machen: denn er kam sich an diesem Morgen über Heilige, Engel und Götter erhaben vor. Aber oben auf Sant' Agata wartete seiner eine Enttäuschung. Sein Idol, das den Namen der Heiligen trug, hatte sich von dem Kirchgang ausgeschlossen. Von dem erbleichenden Priester gefragt, brachte der rauhe, vertierte Vater nur rauhe, vertierte Laute heraus, während die Gattin, die zugleich seine Schwester war, die Tochter mit häuslicher Arbeit entschuldigte. Hierauf ward die heilige Funktion durch Francesco auf eine so teilnahmslose Weise erledigt, daß er am Schlusse der Messe nicht recht wußte, ob er sie schon begonnen habe. Im Innern durchlebte er Höllenpein, ja solche Zustände, die, einem wirklichen Höllensturz vergleichbar, aus ihm einen armen Verdammten machten.

Nachdem er den Ministranten zugleich mit den Geschwistern Scarabota entlassen hatte, stieg er, noch immer vollkommen fassungslos, an irgendeiner Seite des steilen Kegels bergab, ohne sich eines Zieles, noch weniger irgendeiner Gefahr bewußt zu sein. Wieder hörte er Rufe hochzeitlich kreisender Fischadler. Aber sie klangen ihm wie Hohn, der sich aus trügerisch leuchtendem Äther herabschüttete. Im Geröll eines trockenen Wasserlaufs rutschte er keuchend und springend ab, während er wirre Gebete und Flüche wimmerte. Er fühlte Foltern der Eifersucht. Obgleich etwas Weiteres nicht geschehen war, als daß die Sünderin Agata durch irgend etwas auf der Alpe von Soana festgehalten wurde, erschien es dem Priester ausgemacht, daß sie einen Buhlen besaß und die der Kirche gestohlene Zeit in seinen verruchten Armen zubrachte. Während ihm durch ihr Fernbleiben mit einem Schlage die Größe seiner Abhängigkeit zum Bewußtsein kam, fühlte er abwechselnd Angst, Bestürzung und Wut, den Drang, sie zu strafen und um Rettung aus seiner Not, das heißt um Gegenliebe zu betteln. Er hatte den Stolz des Priesters noch keineswegs abgestreift – es ist dies der wildeste und unbeugsamste! –, und dieser Stolz war aufs tiefste verletzt worden. Für ihn war das Ausbleiben Agatas dreifache Demütigung. Die Sünderin hatte den Mann an sich, den Diener Gottes und den Geber des Sakramentes verworfen. Der Mann, der Priester, der Heilige wand sich in Krämpfen getretener Eitelkeit und schäumte, wenn er des bestialischen Kerls – Hirt oder Holzknecht – gedachte, den sie inzwischen wahrscheinlich ihm vorzog.

Mit zerrissener und bestaubter Soutane, beschundenen Händen und zerkratztem Gesicht gelangte Francesco nach einigen Stunden wilden und irren Umherkletterns, schluchtab, schluchtauf, zwischen Ginstergebüsch, über brausendes Bergwasser, in eine Gegend des Generoso, wo Herdengeläut sein Ohr berührte. Welchen Ort er somit erreicht hatte, war ihm nicht einen Augenblick zweifelhaft. Er blickte auf das verlassene Soana hinunter, auf seine Kirche, die bei heller Sonne deutlich zu sehen war, und erkannte die Menge, die nun vergeblich dem Heiligtum zuströmte. Jetzt eben hätte er sollen das Meßgewand in der Sakristei übertun. Aber er hätte viel eher ein Seil um die Sonne legen und diese herabziehen können, als daß es ihm möglich gewesen wäre, die unsichtbaren Fesseln zu zerreißen, die ihn gewaltsam nach der Alpe zogen.

Eben wollte den jungen Pfarrer etwas wie Selbstbesinnung anwandeln, als ein duftender Rauch, von der frischen Bergluft getragen, ihm in die Nase stieg. Unwillkürlich forschend umherblickend, bemerkte er nicht sehr fern eine sitzende Mannesgestalt, die ein Feuerchen zu behüten schien, an dessen Rand ein blechernes Gefäß, wahrscheinlich gefüllt mit einer Minestra, dampfte. Der Sitzende sah den Priester nicht, denn er hatte ihm seinen Rücken zugekehrt. So konnte der Priester wiederum nur einen runden, beinahe weißwolligen Kopf, einen starken und braunen Nacken unterscheiden, während Schulter und Rücken von einer durch Alter, Wetter und Wind erdfarb gewordenen Jacke bedeckt waren, die nur lose darüberhing. Der Bauer, Hirt oder Holzfäller, was er nun sein mochte, saß gegen das Feuerchen hingebeugt, dessen kaum sichtbare Flammen, vom Berghauch gedrückt, waagrecht an der Erde hinzüngelten und Rauchschwaden flachhin aussendeten. Er war augenscheinlich in eine Arbeit vertieft, eine Schnitzelei, wie sich bald herausstellte, und schwieg zumeist, wie jemand, der bei dem, was er gerade tut, Gott und die Welt vergessen hat. Als Francesco, aus irgendeinem Grunde ängstlich jede Bewegung vermeidend, längere Zeit gestanden hatte, fing der Mann oder Bursche am Feuer leise zu pfeifen an, und einmal ins Musizieren gekommen, schickte er plötzlich aus melodischer Kehle abgerissene Stücke irgendeines Liedes in die Luft.

Das Herz Francescos pochte gewaltig. Es war nicht deshalb, weil er so heftig schluchtab, schluchtauf gestiegen war, sondern aus Gründen, die teils aus der Sonderbarkeit seiner Lage, teils von dem eigentümlichen Eindruck herrührten, den die Nähe des Menschen am Feuer in ihm hervorbrachte. Dieser braune Nacken, dieses krause gelblichweiße Gelock des Kopfes, die jugendlich strotzende Körperlichkeit, die man unter dem schäbigen Umhang ahnte, das spürbar freie und wunschlose Behagen des Bergbewohners: alles zusammen ging blitzartig in Francescos Seele eine Beziehung ein, in der seine krankhafte und gegenstandslose Eifersucht noch qualvoller aufloderte.

Francesco schritt auf das Feuer zu. Es wäre ihm doch nicht gelungen, verborgen zu bleiben; und er war überdies von unwiderstehlichen Kräften angezogen. Da wandte sich der Bergmensch herum, zeigte ein Antlitz voll Jugend und Kraft, wie es ähnlich der Priester noch niemals gesehen hatte, sprang auf und blickte den Kommenden an.

Es war Francesco nun klar, daß er es mit einem Hirten zu tun hatte, da die Schnitzelei, die jener verfertigte, eine Schleuder war. Er bewachte die braun und schwarz gefleckten Rinder, die, da und dort sichtbar, im ganzen entfernt und versteckt, zwischen Gestein und Gesträuch herumkletterten, nur durch das Geläute verraten, das der Stier und eine und die andere Kuh am Halse trug. Er war ein Christ: und was hätte er zwischen allen diesen Bergkapellen und Madonnenbildern der Gegend auch anderes sein sollen? Aber er schien auch ein ganz besonders ergebener Sohn der heiligen Kirche zu sein, denn er küßte, sogleich das Gewand des Priesters erkennend, Francesco mit scheuer Inbrunst und Demut die Hand.

Sonst aber, wie dieser sogleich erkannte, hatte er mit den übrigen Kindern der Parochie keine Ähnlichkeit. Er war stärker und untersetzter gebaut, seine Muskeln hatten etwas Athletisches, sein Auge schien aus dem blauen See in der Tiefe genommen zu sein und an Weitblick dem der braunen

Fischadler gleich, die, wie immer, hoch um Sant' Agata kreisten. Seine Stirn war niedrig, die Lippen wulstig und feucht, sein Blick und Lächeln von derber Offenheit. Verstecktes und Lauerndes, wie es manchem Südländer eigen ist, war ihm nicht anzumerken. Von alledem gab sich Francesco, Auge in Auge mit dem blonden jungen Adam des Monte Generoso, Rechenschaft und gestand sich, daß er einen so urwüchsig schönen Lümmel noch nicht gesehen hatte.

Um den wahren Grund seines Kommens zu verbergen und sein Erscheinen zugleich verständlich zu machen, log er, daß er einem Sterbenden das Sakrament in einer entlegenen Hütte gereicht und dann den Heimweg ohne seine Ministranten angetreten habe. Dabei habe er sich verirrt, sei abgeglitten und abgerutscht und wünsche nun auf den rechten Weg gewiesen zu sein, nachdem er sich ein wenig geruht habe. Diese Lüge glaubte der Hirt. Mit derbem Lachen und seine gesunden Zahnreihen zeigend, aber doch mit Verlegenheit begleitete er die Erzählung des Geistlichen und machte ihm einen Sitz zurecht, die Jacke von seinen Schultern werfend und über den Wegrand am Feuer ausbreitend. Hierbei wurden seine braunen und blanken Schultern, ja der ganze Oberkörper bis zum Gürtel entblößt, und es zeigte sich, daß er ein Hemd nicht anhatte.

Mit diesem Naturkinde ein Gespräch anzufangen hatte beträchtliche Schwierigkeiten. Es schien ihm peinlich, mit dem geistlichen Herrn allein zu sein. Nachdem er eine Weile kniend ins Feuer geblasen, Reisig dazu getan, ab und zu den Deckel des Kochgeschirrs gelüftet und dazu Worte in einer unverständlichen Mundart gesprochen hatte, stieß er urplötzlich einen gewaltigen Juchzer aus, der von den Felsbastionen des Generoso zurück- und in vielfachem Echo widerhallte.

Kaum daß dieses Echo verklungen war, so hörte man etwas mit lautem Kreischen und Gelächter sich annähern. Es waren verschiedene Stimmen, die Stimmen von Kindern, von denen sich eine abwechselnd lachende und nach Hilfe rufende weibliche Stimme unterschied. Beim Klang dieser Stimme fühlte Francesco seine Arme und Füße absterben, und es war ihm zugleich, als ob sich eine Macht ankündige, die, verglichen mit der, die sein natürliches Dasein hervorgebracht hatte, das Geheimnis des wahren, des wirklichen Lebens enthielt. Francesco brannte wie der Dornbusch des Herrn, aber äußerlich war ihm nichts anzumerken. Während sein Inneres sekundenlang ohne Besinnung war, fühlte er eine unbekannte Befreiung und zugleich eine ebenso süße als rettungslose Gefangenschaft.

Inzwischen hatten sich die von Gelächter erstickten weiblichen Notrufe angenähert, bis an der Wendung eines abschüssigen Steiges ein ebenso unschuldiges als freilich auch ungewöhnliches bukolisches Bild sichtbar ward. Ebenderselbe scheckige Ziegenbock, der den Priester Francesco bei seinem ersten Besuch auf der Alm belästigt hatte, führte, prustend und widerspenstig, einen kleinen Bakchantenzug, wobei er, von lärmenden Kindern verfolgt, die einzige Bakchantin des Trupps rittlings auf seinem Rücken trug. Das schöne Mädchen, das Francesco, wie er glaubte, zum ersten Male erblickte, hielt die gewundenen Hörner des Bockes kräftig gefaßt; so stark sie sich aber nach rückwärts bog, den Hals des Tieres mit sich reißend, vermochte sie doch nicht weder es zum Stillstand zu zwingen noch von seinem Rücken herunterzusteigen. Irgendein Spaß, den sie den Kindern zuliebe vielleicht unternommen haben mochte, hatte das Mädchen in diese hilflose Lage gebracht, wie sie, nicht eigentlich sitzend, sondern zu beiden Seiten des ungeeigneten Reittieres mit nackten Füßen die Erde berührend, weniger getragen ward als schritt und doch, ohne einen Fall zu tun, von dem ungebärdigen, feurigen Bock nicht loskonnte. So hatte sich ihr Haar gelöst, die Tragbänder ihres groben Hemdes waren von den Schultern geglitten, so daß eine köstliche Halbkugel sichtbar ward, und die sowieso kaum bis zur Wade reichenden Röckchen der Hirtin langten jetzt noch weniger zu, ihre üppigen Knie zu bedecken.

Es dauerte eine geraume Zeit, bevor der Priester sich bewußt wurde, wer eigentlich die Bakchantin war und daß er in ihr den lechzend gesuchten Gegenstand seiner marternden Sehnsucht vor sich hatte. Die Schreie des Mädchens, ihr Lachen, ihre unfreiwillig wilden Bewegungen, ihr fesselloses, fliegendes Haar, der geöffnete Mund, die hoch und stoßweis atmende Brust, die ganze gleichsam erzwungene und doch freiwillige Tollkühnheit des übermütigen Ritts hatten sie äußerlich ganz verändert. Eine rosige Glut überzog ihr Gesicht und mischte Lust und Angst mit Schamhaftigkeit, die sich drollig und lieblich ausdrückte, wenn etwa blitzschnell eine der Hände vom Horne des Bockes fort nach dem gefährlich verschobenen Rocksaum fuhr.

Francesco war gebannt und dem Bilde verfallen, als wäre es mit der Kraft zu lähmen begabt. Es erschien ihm schön, auf eine Art, die ihm nicht im entferntesten die naheliegende Ähnlichkeit mit einem Hexenritt in Erinnerung brachte. Dagegen belebten sich seine antikischen Eindrücke. Er gedachte des marmornen Sarkophags, der, immer von klarem Bergwasser überfließend, am Dorfplatze in Soana stand und dessen Bildnerei er jüngst studiert hatte. War es nicht so, als hätte diese steinerne und doch so lebendige Welt des bekränzten Weingotts, der tanzenden Satyrn, der panthergezogenen Triumphwagen, der Flötenspielerinnen und Bakchantinnen sich in die steinernen Ödeneien des Generoso versteckt und als wäre plötzlich eine der gottbegeisterten Weiber, von dem rasenden Bergkult der Mänaden abgesprengt, überraschend ins Gegenwartleben getreten.

Hatte Francesco nicht sogleich Agata, so hatte dafür der Bock den Priester sofort erkannt: weshalb er ihm seine vergeblich schreiende und widerstrebende Last geradeswegs zuschleppte; und indem er, ganz ohne Umstände, mit seinen beiden gespaltenen Vorderhufen auf den Schoß des Priesters trat, bewirkte er, daß seine Reiterin, endlich erlöst, von seinem Rücken langsam herunterglitt.

Nachdem das Mädchen begriffen hatte, daß ein Fremder zugegen war, und als sie nun gar in diesem Fremden Francesco erkannte, versiegte ganz plötzlich ihr Lachen und ihre Munterkeit, und ihr Antlitz, das noch eben vor Lust geglänzt hatte, nahm eine gleichsam trotzige Blässe an.

»Warum bist du heut nicht zur Kirche gekommen?« Francesco tat diese Frage, sich erhebend, in einem Ton und mit einem Ausdruck seines bleichen Gesichts, den man als einen zornigen deuten mußte, obgleich er eine andere Erregung des Gemütes als Ursache hatte. Sei es, weil er diese Erregung verstecken wollte, oder aus Verlegenheit, ja Hilflosigkeit, oder weil wirklich der Seelsorger in ihm in Entrüstung geriet: der Zorn nahm zu und trat in einer Weise hervor, die den Hirten befremdet aufblicken machte, dem Mädchen aber nacheinander die Röte und Blässe der Bestürzung und Scham ins Antlitz trieb.

Aber während Francesco sprach und mit Worten strafte – Worten, die ihm geläufig waren, ohne daß seine Seele in ihnen zu sein brauchte –, war es in seinem Innern still, und während die Adern seiner alabasternen Stirn aufschwollen, empfand er die Wonnen einer Erlösung. Die noch eben empfundene tiefste Lebensnot war in Reichtum verwandelt, der marternde Hunger in Sättigung, die noch eben verfluchte, infernalische Welt troff jetzt vom Glanze des Paradieses. Und indem sich die Wollust seines Zornes stärker und stärker ergoß, wurde sie selber stärker und stärker. Er hatte den verzweifelten Zustand nicht vergessen, in dem er soeben gewesen war, aber es jubilierte in ihm, und er mußte ihn segnen und wieder segnen. Dieser Zustand war ja die Brücke gewesen zur Seligkeit. So weit war Francesco allbereits in die magischen Kreise der Liebe hineingeraten, daß die bloße Gegenwart des geliebten Gegenstandes jenen Genuß mit sich brachte, der mit Glück betäubt und an eine noch so nahe Entbehrung nicht denken läßt.

Bei alledem fühlte der junge Priester und verbarg sich nicht mehr, welche Veränderung mit ihm vorgegangen war. Der wahre Zustand seines Wesens war gleichsam nackt hervorgetreten. Die tolle Jagd, die er hinter sich hatte, er wußte es wohl, war von der Kirche nicht vorgezeichnet und außerhalb des geheiligten Wegenetzes, das seinem Wirken deutlich und streng gezogen war. Zum ersten Male geriet nicht nur sein Fuß, sondern auch seine Seele in die Weglosigkeit, und es kam ihm vor, als wenn er nicht so als Mensch, sondern eher als ein fallender Stein, ein fallender Tropfen, ein vom Sturme getriebenes Blatt an die Stelle, auf der er nun stand, gelangt wäre.

Jedes seiner zornigen Worte belehrte Francesco, daß er seiner selbst nicht mehr mächtig war, hingegen aber gezwungen wurde, um jeden Preis Gewalt über Agata zu suchen und auszuüben. Er nahm sie mit Worten in Besitz. Je mehr er sie demütigte, desto voller tönten in ihm die Harfen der Seligkeit. Jeder Schmerz, den er ihr strafend zufügte, weckte einen Taumel in ihm: es fehlte nicht viel, ja, wäre der Hirte nicht zugegen gewesen, Francesco wäre, in einem solchen Taumel, der letzten Beherrschung seiner selbst verlustig gegangen und hätte, dem Mädchen zu Füßen fallend, den echten Schlag seines Herzens verraten.

Agata hatte bis diesen Tag, trotzdem sie in dem verrufenen Anwesen groß geworden war, den Unschuldstand einer Blume bewahrt. Ebensowenig als der Bergenzian waren ihre diesem gleichenden blauen Augensterne jemals im Tale, unten am

See gesehen worden. Sie hatte den engsten Erfahrungskreis. Aber obgleich der Priester für sie eigentlich gar kein Mensch, viel eher ein Ding zwischen Gott und Mensch, eine Art fremder Zauberer war, erriet sie doch plötzlich und bekundete es durch einen erstaunten Blick, was Francesco verbergen wollte.

Die Kinder hatten den Ziegenbock, über Geröll empor, davongeführt. Dem Holzknecht war in Gegenwart des Priesters nicht wohl geworden. Er nahm den Topf vom Feuer und kletterte damit unter vielen Mühen wahrscheinlich zu einem Kameraden hinauf, der Lasten Reisig an einem unendlich langen Draht über einen Abgrund zur Tiefe hinabbeförderte. Mit einem schleifenden Geräusch zog jeweilen solch ein dunkles Bündel längs der Felsbastionen dahin, einem braunen Bären oder dem Schatten eines Riesenvogels nicht unähnlich. Übrigens schien es zu fliegen, da der Draht nicht sichtbar war. Als nach einem urkräftigen Jodler, der von den Zinnen und Bastionen des Generoso widerhallte, der Hirt dem Gesichtskreis entschwunden war, küßte Agata, gleichsam zerknirscht, dem Priester den Saum des Gewandes und dann die Hand.

Francesco hatte mechanisch über den Scheitel des Mädchens das Zeichen des Kreuzes gemacht, wobei seine Finger ihr Haar berührt hatten. Nun aber ging ein krampfhaftes Zittern durch seinen Arm, als ob ein Etwas mit letzter Kraft ein anderes Etwas in seiner Gewalt behalten wollte. Aber das angespannte, hemmende Etwas vermochte doch nicht zu verhindern, daß die segnende Hand sich langsam spreizte und mit ihrer Fläche dem Haupte der reuigen Sünderin näher und näher kam und plötzlich fest und voll darauf ruhte.

Feige sah sich Francesco rings um. Es lag ihm fern, sich etwa jetzt noch selbst zu belügen und die Lage, in der er war, mit den Obliegenheiten seines heiligen Amtes zu rechtfertigen, dennoch redete allerlei aus ihm von Beichte und Firmelung. Und die nahezu ungebändigte, sprungbereite Leidenschaft fürchtete so sehr die Möglichkeit, bei ihrer Entdeckung Entsetzen und Abscheu zu erregen, daß auch sie noch einmal feige unter die Maske der Geistlichkeit flüchtete.

»Du wirst zu mir hinunter in die Schule nach Soana kommen, Agata«, sagte er. »Dort wirst du lesen und schreiben lernen. Ich will dich ein Morgen- und ein Abendgebet lehren, ebenso Gottes Gebote und wie du die sieben Hauptsünden erkennen und vermeiden kannst. Wöchentlich wirst du dann bei mir beichten.«

Aber Francesco, der sich nach diesen Worten losgerissen hatte und, ohne sich umzublicken, bergabwärts gestiegen war, entschloß sich am nächsten Morgen, nach einer übeldurchwachten Nacht, selbst zur Beichte zu gehen. Als er einem tabakschnupfenden Erzpriester des nahen Bergstädtchens, Arogno mit Namen, seine Gewissensnöte, nicht ohne Versteckensspiel, eröffnete, ward er bereitwilligst absolviert. Es war eine Selbstverständlichkeit, daß sich der Teufel dem Versuche des jungen Priesters, verirrte Seelen in den Schoß der Kirche zurückzuleiten, entgegensetzte, besonders da das Weib für den Mann immer die nächste Gelegenheit zur Sünde sei. Nachdem Francesco dann mit dem Arciprete im Pfarrhaus gefrühstückt hatte und bei offenem Fenster, linder Luft, Sonne und Vogelsang manches offene Wort über den öfteren Widerstreit menschlicher mit kirchlichen Angelegenheiten gefallen war, gab sich Francesco der Täuschung hin, ein erleichtertes Herz davonzutragen.

Zu dieser Wandlung hatten wohl auch für ihren Teil einige Gläser jenes schweren, schwarzvioletten Weines beigetragen, den die Bauern Arognos kelterten und dessen der Pfaff einige Oxhofte voll besaß. Zu dem Kellergewölbe unter gewaltigen zartbelaubten Kastanien, wo dieser Reichtum auf Balken lagerte, gab sogar schließlich noch, nach beendeter Mahlzeit, der Priester dem Priester und Beichtkinde das Geleit, da er gewohnheitsgemäß um diese Zeit für den weiteren Tagesbedarf seinen mitgenommenen Fiasco zu füllen pflegte.

Kaum aber hatte Francesco seinem Beichtvater auf der blumigen, windbewegten Wiese vor der eisenbeschlagenen Pforte des Felsgewölbes Lebewohl gesagt, kaum hatte er, rüstig um eine Biegung des Weges davonschreitend, hügeliges Land genug, mit Baum und Gebüsch, zwischen sich und ihn gebracht, als er auch schon einen unerklärlichen Widerwillen gegen den Trost des Kollegen empfand und die ganze Zeit, die er mit ihm verbracht hatte.

Dieser schmuddlige Bauer, dessen abgenutzte Soutane und schweißiges Unterzeug einen widerlichen Geruch verbreitete, dessen schinniger Kopf und mit eingefressenem Schmutz bedeckte rauhe Hände bewiesen, daß Seife für ihn eine fremde Sache war, schien ihm vielmehr ein Tier, ja ein Klotz statt ein Priester Gottes zu sein. Die Geistlichen sind geweihte Personen, sagte er sich, wie die Kirche lehrt, die durch die Weihe übernatürliche Würde und Gewalt erhalten haben, so daß selbst Engel vor ihnen sich neigen. Diesen konnte man nur als eine Spottgeburt auf das alles bezeichnen. Welche Schmach, die priesterliche Allmacht in solche Rüpelhände gelegt zu sehen. Da doch Gott sogar solcher Allmacht unterliege und er durch die Worte »Hoc est enim corpus meum« unwiderstehlich gezwungen wird, auf den Meßaltar niederzusteigen.

Francesco haßte ihn, ja verachtete ihn. Dann wieder empfand er tiefes Bedauern. Aber endlich kam es ihm vor, als ob sich der stinkende, häßliche, unflätige Satan in ihn verkleidet hätte. Und er gedachte solcher Geburten, die mit Hilfe eines Inkubus oder eines Sukkubus zustande gekommen sind.

Francesco erstaunte selbst über solche Regungen seines Innern und über seinen Gedankengang. Sein Wirt und Beichtiger hatte, außer durch sein Dasein, kaum einen Anlaß dazu gegeben, denn seine Worte, auch über Tisch, waren durchaus getragen vom Geiste der Wohlanständigkeit. Aber Francesco schwamm bereits wiederum in einem solchen Gefühl von Gehobenheit, glaubte eine so himmlische Reinheit zu atmen, daß ihm, verglichen mit diesem geheiligten Element, das Alltägliche wie im Stande der Verdammnis festgekettet schien.

Der Tag war gekommen, an dem Francesco die Sünderin von der Alpe zum erstenmal im Pfarrhause zu Soana erwartete. Er hatte ihr aufgetragen, die Schelle unweit der Kirchtür zu ziehen, durch die man ihn in den Beichtstuhl rufen konnte. Aber es ging schon gegen die Mittagszeit, ohne daß die Schelle sich regen wollte, während er, immer zerstreuter werdend, einige halberwachsene Mädchen und Knaben im Schulzimmer unterrichtete. Der Wasserfall sandte sein Brausen, jetzt aufschwellend, jetzt absinkend, durchs offene Fenster herein, und die Erregung des Priesters wuchs, sooft es sich steigerte. Er war dann besorgt, womöglich das Läuten der Schelle zu überhören. Die Kinder befremdete seine Unruhe, seine Geistesabwesenheit. Am wenigsten entging es den Mädchen, deren irdische wie himmlische Sinne schwärmerisch an dem jungen Heiligen sich weideten, daß er mit der Seele nicht bei der Sache und also auch nicht bei ihnen war. Durch tiefen Instinkt mit den Regungen seines jugendlichen Wesens verknüpft, empfanden sie sogar jene Spannung mit, die es augenblicklich beherrschte.

Kurz vor dem Zwölfuhrglockenschlag entstand Gemurmel von Stimmen auf dem Dorfplatz, der mit seinen mailich sprossenden Kastanienwipfeln bis dahin still im Lichte der Sonne lag. Eine Menschenmenge näherte sich. Man hörte ruhigere, scheinbar protestierende männliche Kehllaute. Aber ein unaufhaltsamer Strom von weiblichen Worten, Schreien, Verwünschungen und Protesten überschwoll mit einemmal jene und dämpfte sie bis zur Unhörbarkeit. Dann trat eine bange Ruhe ein. Plötzlich schlugen ans Ohr des Priesters dumpfe Geräusche, deren Ursache im ersten Augenblick unbegreiflich blieb. Man war im Mai, und doch klang es, als wenn im Herbst ein Kastanienbaum, unter der Wucht eines Windstoßes, Lasten von Früchten auf einmal abschüttelte. Platzend trommeln die harten Kastanien auf das Erdreich.

Francesco beugte sich aus dem Fenster.

Er sah mit Entsetzen, was auf der Piazza im Gange war. Er war so erschrocken, ja so bestürzt, daß ihn erst der ohrzerreißende, gellende Laut des Beichtglöckchens zur Besinnung brachte, an dem mit verzweifelter Hartnäckigkeit gerissen wurde. Und schon war er in die Kirche und vor die Kirchtür geeilt und hatte das Beichtkind – es war Agata – vom Zug der Klingel weg- und in die Kirche hineingerissen. Dann trat er vor das Portal hinaus.

So viel war klar: der Eintritt der Verfemten in den Ort war bemerkt worden, und geschehen, was in diesem Falle gewöhnlich war. Man hatte versucht, sie mit Steinen, wie jeden räudigen Hund oder wie man einem Wolfe getan hätte, aus dem Wohnbereich der Menschen zu jagen. Bald hatten sich Kinder und Mütter von Kindern zusammengetan und hatten das ausgestoßene, fluchbringende Wesen gehetzt, ohne sich durch die schöne Mädchengestalt irgendwie in der Annahme stören zu lassen, ihre Steinwürfe gälten einem gefährlichen Tier, einem Ungeheuer, das Pest und Verderben verbreite. Indessen hatte Agata, des priesterlichen Schutzes gewiß, sich von ihrem Ziel nicht abbringen lassen. So war das entschlossene Mädchen, verfolgt und gehetzt, vor der Kirchtür angelangt, die jetzt noch von einigen geworfenen Steinen aus Kinderhänden getroffen wurde.

Der Priester hatte nicht nötig, die aufgeregten Gemeindeglieder durch eine Strafpredigt zur Besinnung zu bringen: sie verflüchtigten sich, sobald sie ihn sahen.

In der Kirche hatte Francesco der hochatmenden, stummen Verfolgten durch einen Wink bedeutet, mit ihm ins Pfarrhaus zu gehen. Auch er war erregt, und so hörten sich beide stoßweise atmen. Auf einem engen Treppchen des Pfarrhäuschens, zwischen weißgetünchten Mauern, stand die bestürzte, doch schon wieder ein wenig beruhigte Schaffnerin, um das gehetzte Wild zu empfangen. Man merkte ihr an, daß sie bereit zu helfen war, wenn es irgendwie not täte. Erst beim Anblick der alten Frau schien Agata sich des Demütigenden ihres augenblicklichen Zustands bewußt zu werden. Vom Lachen zum Zorn, vom Zorn zum Lachen übergehend, stieß sie starke Verwünschungen aus und gab so dem Priester Gelegenheit, wiederum ihre Stimme zu hören, die, wie ihm vorkam, voll, sonor und heroisch klang. Ihr war nicht bekannt, weshalb sie verfolgt wurde. Sie sah das Städtchen Soana etwa wie ein Nest von Erdwespen oder einen Ameisenhaufen an. So wütend und entrüstet sie war, kam es ihr doch nicht in den Sinn, über die Ursache einer so gefährlichen Bösartigkeit nachzudenken. Kannte sie doch diesen Zustand von Kindheit an und nahm ihn für einen nur natürlichen. Allein man wehrt sich auch gegen Wespen und Ameisen. Mögen es Tiere sein, die uns angreifen, wir werden durch sie, je nachdem, zum Haß, zur Wut, zur Verzweiflung empört und entladen die Brust, wiederum je nachdem, durch Drohungen, Tränen oder durch Regungen tiefster Verachtung. So tat auch Agata, während ihr nun die Haushälterin die ärmlichen Lumpen zurechtzupfte, sie selber aber den staunenerregenden Schwall ihres rost- bis ockerfarbenen Haares, das sich im hastigen Lauf gelöst hatte, aufsteckte.

Wie nie zuvor litt der junge Francesco in diesem Augenblick unter dem Zwang seiner Leidenschaft. Die Nähe des Weibes, das wie eine wilde, köstliche Frucht in der Bergödenei zur Reife gediehen war, die berauschende Glut, die ihr erhitzter Körper ausströmte, der Umstand, daß die bis dahin ferne Unerreichliche jetzt die Enge der eigenen Wohnung umschloß, alles das brachte zuwege, daß Francesco die Fäuste ballen, die Muskeln spannen, die Zähne zusammenbeißen mußte, um nur in einer Verfassung aufrecht zu bleiben, die ihm das Hirn sekundenlang völlig verfinsterte. Wurde es hell, so war ein ungeheurer Aufruhr von Bildern, Gedanken und Gefühlen in ihm: Landschaften, Menschen, fernste Erinnerungen, lebendige Augenblicke der familiären und beruflichen Vergangenheit vermählten sich mit Vorstellungen der Gegenwart. Gleichsam fliehend von diesen, stieg süß und schrecklich eine unentrinnbare Zukunft empor, der er sich ganz verfallen wußte. Gedanken zuckten über dies Bilderchaos der Seele hin, unzählbar, ruhelos, aber ohnmächtig. Der bewußte Wille, erkannte Francesco, war in seiner Seele entthront, und ein anderer herrschte, dem nicht zu widerstehen war. Mit Grauen gestand sich der Jüngling: ihm war er auf Gnade und Ungnade ausgeliefert. Diese Verfassung glich der Besessenheit. Aber wenn ihn die Angst vor dem unvermeidlichen Sturz in das Verbrechen der Todsünde überkam, so hätte er gleichzeitig vor unbändigster Freude aufbrüllen mögen. Sein hungriger Blick sah mit nie gekannter, staunender Sättigung. Mehr: Hunger war hier Sättigung, Sättigung Hunger. Ihm schoß der verruchte Gedanke durch den Kopf, hier allein sei seine unvergängliche göttliche Speise, mit der das Sakrament gläubige Christenseelen himmlisch nährt. Seine Empfindungen waren abgöttisch. Er erklärte seinen Oheim in Ligornetto für einen schlechten Bildhauer. Und warum hatte er nicht lieber gemalt? Vielleicht konnte er selbst noch Maler werden. Er dachte an Bernardino Luini und sein großes Gemälde in der alten Klosterkirche des nahen Lugano und an die köstlichen, blonden, heiligen Frauen, die sein Pinsel dort geschaffen hat. Aber sie waren ja nichts, verglichen mit dieser heißen, lebendigsten Wirklichkeit.

Francesco wußte nun nicht sofort, was er beginnen sollte. Eine warnende Empfindung veranlaßte ihn zunächst, die Nähe des Mädchens zu fliehen. Allerlei Gründe, nicht alle gleich lauter, bewogen ihn, sogleich den Sindaco aufzusuchen und, ehe es andere tun konnten, von dem Geschehnis zu verständigen. Der Sindaco hörte ihn ruhig an – Francesco hatte ihn glücklicherweise zu Hause getroffen – und nahm in der Sache den Standpunkt des Priesters ein. Es war nur christlich und gut katholisch, die Mißwirtschaft auf der Alpe nicht einfach laufen zu lassen und sich des in Sünde und Schande verstrickten, verrufenen Volkes anzunehmen. Was aber die Dorfbewohner und ihr Verhalten betraf, so versprach er dagegen strenge Maßregeln.

Als der junge Priester gegangen war, sagte die hübsche Frau des Sindaco, die eine stille, schweigsame Art zu betrachten hatte:

»Dieser junge Priester könnte es wohl bis zum Kardinal, ja zum Papst bringen. Ich glaube, er zehrt sich ab mit Fasten,

Beten und Nachtwachen. Aber der Teufel ist gerade hinter den Heiligen mit seinen höllischen Künsten her und mit den verborgensten Schlichen und Listen. Möge der junge Mann, durch Gottes Beistand, vor ihnen immer behütet sein.«

Viele begehrliche und auch böse Weiberaugen verfolgten Francesco, als er, mit so wenig wie möglich beschleunigtem Schritt, zurück zur Pfarre ging. Man wußte, wo er gewesen war, und war entschlossen, sich diese Pest von Soana nur mit Gewalt aufdrängen zu lassen. Aufrecht schreitende Mädchen, die, Holz auf dem Kopf tragend, ihm auf dem Platze nahe dem Marmorsarkophage begegneten, hatten ihn zwar mit unterwürfigem Lächeln gegrüßt, sich aber hernach schnöde angesehen. Wie im Fieber schritt Francesco dahin. Er hörte das Durcheinanderschmettern der Vögel, das schwellende und verhaltene Rauschen des ewigen Wasserfalls: aber es war ihm, als ob er die Füße nicht auf dem Boden hätte, sondern steuerlos in einem Wirbel von Lauten und Bildern vorwärtsgerissen würde. Plötzlich fand er sich in der Sakristei seiner Kirche, dann im Schiff vor dem Hauptaltar, als er kniend die Jungfrau Maria um Beistand in den Stürmen seines Innern anflehte.

Allein seine Bitten waren nicht in dem Sinne gemeint, daß sie ihn von Agata befreien sollte. Ein solcher Wunsch hätte in seiner Seele keine Nahrung gehabt. Sie waren vielmehr ein Flehen um Gnade. Die Mutter Gottes sollte verstehen, vergeben, womöglich billigen. Jäh unterbrach Francesco das Gebet und ward vom Altar fortgerissen, als ihm von ungefähr der Gedanke, Agata könne davongegangen sein, ins Bewußtsein schoß. Er fand das Mädchen indessen noch, und Petronilla leistete ihr Gesellschaft.

»Ich habe alles ins reine gebracht«, sagte Francesco. »Der Weg zur Kirche und zum Priester ist frei für jedermann. Traue auf mich, das Geschehene wird sich nicht wiederholen.« Ihn überkam eine Festigkeit und Sicherheit, als ob er nun wieder auf rechtem Pfad und auf gutem Grund stünde. Petronilla wurde mit einem wichtigen kirchlichen Aktenstück auf die Nachbarpfarre geschickt. Der Gang war leider unaufschiebbar. Im übrigen möge die Wirtschafterin dem Pfarrer über den Vorfall berichten. »Triffst du Leute, so sage ihnen«, betonte er noch, »daß Agata von der Alpe oben hier bei mir im Pfarrhaus ist und in den Lehren unsrer Religion, unsres geheiligten Glaubens von mir unterrichtet wird. Sie mögen nur kommen und es verhindern und sich die Strafe der ewigen Verdammnis aufs Haupt ziehen. Sie mögen nur einen Auflauf vor der Kirche machen, um ihre Mitchristin zu mißhandeln. Die Steine werden nicht sie, sondern mich treffen. Ich werde ihr mit Einbruch der Dunkelheit, und sei es auch bis zur Alpe hinauf, selbst das Geleit geben.«

Als die Haushälterin gegangen war, trat eine längere Stille ein. Das Mädchen hatte die Hände in den Schoß gelegt und saß noch auf dem gleichen, scheinbar zerbrechlichen Stuhl, den Petronilla für sie an die weißgetünchte Wand gerückt hatte. In Agatas Augen zuckte es noch, und die erlittene Kränkung spiegelte sich in Blitzen der Entrüstung und heimlichen Wut, aber ihr volles Madonnengesicht hatte mehr und mehr einen hilflosen Ausdruck angenommen, bis endlich ein stiller, ergiebiger Strom seine Wangen badete. Francesco, ihr den Rücken kehrend, hatte mittlerweile zum offenen Fenster hinausgeblickt. Während er seine Augen über die gigantischen Bergwände des Soanatales, von der schicksalsträchtigen Alpe an bis zum Seeufer, gleiten ließ und, mit dem ewigen Summen des Falles, Gesang einer einzelnen, schmelzenden Knabenstimme aus den üppigen Rebenterrassen drang, mußte er zögern zu glauben, daß er nun wirklich die Erfüllung seiner überirdischen Wünsche in der Hand hatte. Würde Agata, wenn er sich wendete, noch vorhanden sein? Und war sie zugegen, was würde geschehen, wenn er sich wendete? Müßte diese Wendung nicht entscheidend für sein ganzes irdisches Dasein, ja darüber hinaus entscheidend sein? Diese Fragen und Zweifel bewogen den Priester, die eingenommene Stellung so lange wie möglich innezuhalten, um noch einmal vor der Entscheidung mit sich ins Gericht oder doch wenigstens zu Rate zu gehen. Es handelte sich dabei um Sekunden, nicht um Minuten: doch in diesen Sekunden wurde ihm nicht nur, vom ersten Besuche Luchino Scarabotas an, die ganze Geschichte seiner Verstrickung, sondern sein ganzes bewußtes Leben unmittelbar Gegenwart. In diesen Sekunden breitete sich eine ganze gewaltige Vision des Jüngsten Gerichtes mit Vater, Sohn und Heiligem Geist am Himmel über der Gipfelkante des Generoso aus und schreckte mit dem Gedröhn der Posaunen. Den einen Fuß auf dem Generoso, den andern auf einem Gipfel jenseit des Sees, stand, in der Linken die Waage, in der Rechten das bloße Schwert, furchtbar drohend der

Erzengel Michael, während sich hinter der Alpe von Soana der scheußliche Satan mit Hörnern und Klauen niedergelassen hatte. Fast überall aber, wo der Blick des Priesters hinirrte, stand eine schwarzgekleidete, schwarzverschleierte, händeringende Frau, die niemand anderes als seine verzweifelte Mutter war.

Francesco hielt sich die Augen zu und preßte dann beide Hände gegen die Schläfen. Wie er sich dann langsam herumwandte, sah er das in Tränen schwimmende Mädchen, dessen purpurner Mund schmerzlich zitterte, lange mit einem Ausdruck des Grauens an. Agata erschrak. Sein Gesicht war entstellt, wie wenn es der Finger des Todes berührt hätte. Wortlos wankte er auf sie zu. Und mit einem Röcheln wie dem eines von unentrinnbarer Macht Besiegten, das zugleich ein wildes, lebensbrünstiges Stöhnen und Röcheln um Gnade war, sank er zerbrochen vor ihr ins Knie und rang gegen sie die gefalteten Hände.

Francesco würde seiner Leidenschaft vielleicht noch lange nicht in solchem Grade unterlegen sein, wenn nicht das Verbrechen der Dorfbewohner an Agata ihr ein namenloses, heißes menschliches Mitgefühl beigemischt hätte. Er erkannte, was diesem von Gott mit aphrodisischer Schönheit begabten Geschöpf in seinem ferneren Leben und in der Welt ohne Beschützer bevorstehen mußte. Er war durch die Umstände heute zu ihrem Beschützer gemacht worden, der sie vielleicht vom Tode durch Steinigung errettet hatte. Er hatte dadurch ein persönliches Anrecht auf sie erlangt. Ein Gedanke, der ihm nicht deutlich war, aber doch sein Handeln beeinflußte: unbewußt wirkend, räumte er allerlei Hemmungen, Scheu und Furchtsamkeit hinweg. Und er sah in seinem Geist keine Möglichkeit, seine Hand je wieder von der Verfemten abzuziehen. Er würde an ihrer Seite stehen, und stünde die Welt und Gott auf der anderen. Solche Erwägungen, solche Strömungen verbanden sich, wie gesagt, unerwartet mit dem Strome der Leidenschaft, und so trat dieser aus den Ufern.

Vorerst war sein Verhalten indessen noch nicht die Abkehr vom Rechten und die Folge eines Entschlusses zu sündigen: es war nur ein Zustand der Ohnmacht, der Hilflosigkeit. Warum er das tat, was er tat, hätte er nicht zu sagen gewußt. In Wahrheit tat er eigentlich nichts. Es geschah nur etwas mit ihm. Und Agata, die nun eigentlich hätte erschrecken müssen, tat dies nicht, sondern schien vergessen zu haben, daß Francesco ein ihr fremder Mann und ein Priester war. Er schien auf einmal ihr Bruder geworden. Und während ihr Weinen zum Schluchzen sich steigerte, ließ sie es nicht nur zu, daß der nun auch von trocknem Schluchzen Geschüttelte sie, wie zum Troste, umfing, sondern sie senkte ihr überströmtes Gesicht und verbarg es an seiner Brust.

Nun war sie zum Kinde geworden und er zum Vater, insoweit, als er sie in ihrem Leid zu beruhigen trachtete. Allein er hatte nie den Körper eines Weibes so nahe gefühlt, und seine Liebkosungen, seine Zärtlichkeiten waren bald mehr als väterlich. Deutlich empfand er zwar, wie in dem schluchzenden Weh des Mädchens etwas wie ein Bekenntnis lag. Sie wußte, das erkannte er, welcher häßlichen Liebe sie ihr Dasein verdanke, und schwamm darüber mit ihm im gleichen Leid. Ihre Not, ihre Schmerzen trug er mit ihr. So waren ihre Seelen geeinigt. Allein er hob bald ihr süßes Madonnengesicht zu dem seinen, indem er sie um den Nacken faßte und an sich zog, mit der Rechten die weiße Stirn zurückbiegend, und indem er daran, was er so gefesselt hielt, lange, mit dem Feuer des Wahnsinns im Auge, gierige Blicke weidete, schoß er plötzlich wie ein Falke auf ihren heißen, von Tränen salzigen Mund herab und blieb untrennbar mit ihm verschmolzen. — Nach Augenblicken irdischer Zeit, Ewigkeiten betäubender Seligkeit, riß Francesco sich plötzlich los und stellte sich fest auf beide Füße, auf seinen Lippen schmeckte er Blut —: »Komm«, sagte er, »du kannst nicht allein, ohne Schutz, nach Hause gehn, und also werde ich dich begleiten.«

Ein wechselnder Himmel lag über der Alpenwelt, als Francesco und Agata aus der Pfarrei schlichen. Sie bogen in einen Wiesenpfad, auf dem sie, zwischen Maulbeerbäumen, unter Rebengirlanden hindurch, ungesehen von Terrasse zu Terrasse abkletterten. Francesco wußte sehr wohl, was hinter ihm lag und welche Grenze jetzt überschritten war, Reue vermochte er nicht zu empfinden. Er war verändert, gesteigert, befreit. Die Nacht war schwül. In der lombardischen Ebene, schien es, zogen Gewitter umher, deren ferne Blitze fächerförmig hinter der Riesensilhouette der Berge aufstrahlten. Düfte des gewaltigen Fliederbusches unter den Fenstern des Pfarrhauses schwammen von dort mit dem vorüberkommenden sickernden Wasser des Bachgeäders herab, vermischt mit kühlen und warmen Luftströmen. Die beiden Berauschten redeten nicht.

Er stützte sie, sooft sie im Dämmer die Mauer zu einer tiefergelegten Terrasse abklommen, fing sie auch wohl mit den Armen auf, wobei ihre Brust an seiner pochte, sein durstiger Mund an ihrem hing. Sie wußten nicht, wo sie eigentlich hinwollten, denn aus der Tiefe der Schlucht der Savaglia führte kein Weg zur Alpe hinauf. Darüber indessen waren sie einig, daß sie den Aufstieg dorthin durch die Ortschaft vermeiden mußten. Aber es kam auch nicht darauf an, irgendein äußeres, irgendein fernes Ziel zu erreichen, sondern das nahe Erreichte auszugenießen.

Wie war doch die Welt bisher so schlackenhaft tot und leer gewesen, und welche Wandlung hatte sie durchgemacht. Wie hatte sie sich in den Augen des Priesters, und wie hatte er in ihr sich verwandelt. Getilgt und entwertet waren alle Dinge in seiner Erinnerung, die ihm bis dahin alles bedeutet hatten. Vater, Mutter sowie seine Lehrer waren wie Gewürm im Staube der alten, verworfenen Welt zurückgeblieben, während ihm, dem Sohne Gottes, dem neuen Adam, durch den Cherub die Pforte des Paradieses wieder geöffnet worden war. In diesem Paradies, darin er nun die ersten, verzückten Schritte tat, herrschte Zeitlosigkeit. Er fühlte sich nicht mehr als ein Mensch irgendeiner Zeit oder irgendeines Alters. Ebenso zeitlos war die nächtliche Welt um ihn her. Und da nun die Zeit der Verstoßung, die Welt der Verbannung und der Erbsünde hinter ihm lag vor der bewachten Pforte des Paradieses, empfand er auch nicht mehr die allergeringste Furcht vor ihr. Niemand da draußen konnte ihm etwas anhaben. Es lag nicht in der Macht seiner Oberen noch in der Macht des Papstes selbst, ihn auch nur am Genusse der geringsten Paradiesesfrucht zu verhindern noch ihm das geringste zu rauben von der ihm nun einmal gewordenen Gnadengabe höchster Glückseligkeit. Seine Oberen waren die Niederen geworden. Sie wohnten, vergessen, in einer verschollenen Erde des Heulens und Zähneklapperns. Francesco war nicht Francesco mehr, er war als erster Mensch soeben vom göttlichen Odem geweckt, als alleiniger Adam, alleiniger Herr des Gartens Eden. Es lebte kein zweiter Mann außer ihm in der Fülle der sündenlosen Schöpfung. Gestirne zitterten, himmlisch klingend, Glückseligkeit. Gewölke brummten wie schwelgerisch weidende Kühe, Purpurfrüchte strömten süße Entzückung und köstliche Labung aus, Stämme schwitzten duftendes Harz, Blüten streuten köstliche Würzen: allein dieses alles hing doch von Eva ab, die Gott als die Frucht der Früchte, die Würze der Würzen zwischen all diese Wunder gesetzt hatte, von ihr, die selber sein höchstes Wunder war. Aller Gewürze Duft, ihre feinste Essenz hatte der Schöpfer in Haar, Haut und Fruchtfleisch ihres Körpers gelegt, aber ihre Form, ihr Stoff hatten nicht ihresgleichen. Ihre Form, ihr Stoff waren Gottes Geheimnis. Die Form bewegte sich aus sich selbst und blieb gleich köstlich in Ruhe wie in Wandlung. Ihr Stoff schien aus dem gemischt, aus dem Lilienblätter und Rosenblätter gebildet werden, aber er war keuscher an Kühle und heißer an Glut, er war zugleich zarter und widerstandskräftiger. In dieser Frucht war ein lebendig pochender Kern, es hämmerten in ihr köstliche zuckende Pulse, und wenn man von ihr genoß, so schenkte sie je mehr und mehr um so köstlichere, ausgesuchtere Wonnen, ohne daß ihr himmlischer Reichtum dabei verlor.

Und was in dieser Schöpfung, diesem wiedergewonnenen Paradiese das Köstlichste war, konnte man wohl aus der Nähe des Schöpfers herleiten. Weder hatte hier Gott sein Werk vollendet und allein gelassen noch sich darin zur Ruhe gelegt. Im Gegenteil war die schaffende Hand, der schaffende Geist, die schaffende Macht nicht abgezogen, sie blieben im Werke schöpferisch. Und jeder von allen Teilen und Gliedern des Paradieses blieb schöpferisch. Francesco-Adam, soeben erst aus der Werkstatt des Töpfers hervorgegangen, fühlte sich als ein ringsumher Schaffender. Mit einer Entzückung, die außerweltlich war, spürte und sah er Eva, die Tochter Gottes. Es haftete noch an ihr die Liebe, die sie gebildet hatte, und der köstlichste aller Stoffe, den der Vater zu ihrem Leibe verwendete, hatte noch jene überirdische Schönheit, die durch kein Erdenstäubchen verunreinigt war. Aber auch diese Schöpfung bebte, schwoll und leuchtete noch von der himmlischen Glut tätiger Schöpferkraft und drängte, mit Adam zu verschmelzen. Adam wieder drängte nach ihr, um gemeinsam mit ihr in eine neue Vollkommenheit einzugehen.

Agata und Francesco, Francesco und Agata, der Priester, der Jüngling aus gutem Haus und das verfemte, verachtete Hirtenkind, waren das erste Menschenpaar, wie sie Hand in Hand auf nächtlichen Schleichwegen zu Tale kletterten. Sie suchten die tiefste Verborgenheit. Schweigend, die Seele von einem namenlosen Staunen erfüllt, mit einem Entzücken, das ihnen beiden fast die Brust sprengte, stiegen sie tiefer und tiefer in das köstliche Wunder der Weltstunde.

Sie waren bewegt. Die Begnadung, die Auserwählung, die sie auf sich ruhen fühlten, vermischte mit ihrem unendlichen Glück eine ernste Feierlichkeit. Sie hatten ihre Körper gefühlt, waren im Kuß verbunden gewesen, aber sie fühlten die unbekannte Bestimmung, der sie zuschritten. Es war das letzte Mysterium. Es war ebendas, warum Gott schuf und warum er den Tod in die Welt gesetzt, ihn gleichsam in Kauf genommen hatte.

So gelangte das erste Menschenpaar in die enge Schlucht hinab, die das Flüßchen Savaglia gesägt hatte. Sie war sehr tief, und nur ein wenig begangener Fußpfad führte am Rande des Bachbetts bis zu dem Wasserbecken hinauf, in das sich aus schwindelerregender Höhe das Bergwasser über die Felsstufe hinabstürzte. Noch in beträchtlicher Entfernung davon wurde der Bach in zwei Arme geteilt, die sich wieder vereinigten, durch ein kleines grünes Inselchen, das Francesco liebte und oft besuchte, weil es mit einigen jungen Apfelbäumen, die dort Wurzel geschlagen hatten, sehr lieblich war. Und Adam zog seine Schuhe aus und trug seine Eva dort hinüber. »Komm, oder ich sterbe«, sagte er mehrmals zu Agata. Und sie zertraten Narzissen und Osterlilien mit dem schweren, fast trunkenen Gang der Liebenden.

Auch hier in der Schlucht war es sommerwarm, wenngleich der rauschende Lauf des Baches Kühlung mitbrachte. Wie kurz war die Zeit, die seit dem Wendepunkte im Leben des Paares schon verflossen war, und wie weit war alles zurückgewichen, was vor dem Wendepunkte lag. Der Bauer, dem das Inselchen angehörte, hatte sich, da es ziemlich entfernt von der Ortschaft lag, um gegen die Zufälligkeiten der Witterung einigermaßen gedeckt zu sein, eine Hütte aus Steinen, Reisern und Erde gefertigt, die ein leidlich regensicheres Laublager bot. Es war vielleicht diese Hütte, die Adam vorgeschwebt hatte, als er mit Eva die Richtung zu Tal statt zu Berge nahm. Die Hütte schien zum Empfang der Liebenden vorbereitet. Hier schienen heimliche Hände von dem nahenden Feste der heimlichen Menschwerdung verständigt worden zu sein: denn es waren Gewölke von Licht um die Hütte, Gewölke von Funken, Leuchtkäfer, Glühwürmchen, Welten, Milchstraßen, die manchmal in Garben gewaltig aufstiegen, als wollten sie leere Welträume neu bevölkern. Sie quollen und schwebten so hoch durch die Schlucht, daß man Sterne des Himmels davon nicht mehr unterschied.

Obgleich sie es kannten, war dieses Schauspiel, war dieser schweigende Zauber für Francesco und die sündige Agata doch wunderbar, und ihr Staunen darüber hemmte sie einen Augenblick. Ist das die Stelle, dachte Francesco, die ich im Grunde doch, ahnungslos, was sie einmal für mich bedeuten würde, so oft gesucht und mit Wohlgefallen betrachtet habe? Sie schien mir ein Ort, um sich als Eremit vor dem Jammer der Welt dahin zurückzuziehen und entsagend in Gottes Wort zu versenken. Was sie wirklich ist, eine Insel im Strome Phrat oder Hiddekel, der heimlich-glückseligste Ort im Paradiese, hätte ich ihr nicht angesehen. – Und die mystischen, lohenden Funkengewölke, Hochzeitsbrände, Opferbrände, oder was es nun immer war, lösten ihn vollends von der Erde. Wenn er die Welt nicht vergaß, so wußte er, daß sie ohnmächtig vor den Toren des Gartens Eden lag, wie der siebenköpfige Drache, das siebenköpfige Tier, das aus dem Meer gestiegen ist. Was hatte er mit denen zu tun, die den Drachen anbeten. Mag er Gottes Hütte lästern. Sein Geifer erreicht ihre Stätte nicht. Nie hatte Francesco, nie hatte der Priester ein solches Nahesein bei Gott, ein solches Geborgensein in ihm, ein solches Vergessen der eignen Persönlichkeit gefühlt, und im Rauschen des Bergbachs schienen allmählich die Berge melodisch zu dröhnen, die Felszacken zu orgeln, die Sterne mit Myriaden goldner Harfen zu musizieren. Chöre von Engeln jubilierten durch die Unendlichkeit, gleich Stürmen brausten von oben die Harmonien, und Glocken, Glokken, Geläut von Glocken, von Hochzeitsglocken, kleinen und großen, tiefen und hohen, gewaltigen und zarten, verbreiteten eine erdrückend-selige Feierlichkeit durch den Weltenraum. – Und so sanken sie, ineinander verschlungen, auf das Laublager.

Keinen Augenblick gibt es, der verweilt, und wenn man auch mit angstvoller Hast solche der höchsten Wonne festhalten will – sosehr man sich müht, man findet dazu keine Handhabe. Sein ganzes Leben bestand, wie Francesco fühlte, aus Stufen zum Gipfel dieses nun gelebten Mysteriums. Wo sollte man künftig atmen, konnte man es nicht festhalten. Wie sollte man ein verdammtes Dasein ertragen, wenn man aus den Verzückungen seiner innersten Himmel wieder verstoßen war. Mitten im überirdischen Rausch des Genusses empfand der Jüngling mit stechendem Schmerz die Vergänglichkeit, im Genuß des Besitzes die Qual des Verlustes. Es war ihm, als sollte er einen Becher des köstlichen Weines austrinken und einen ebenso köstlichen Durst löschen: der Becher aber wurde nie leer, während der Durst trotzdem nie gestillt wurde. Und der Trinkende wollte auch nicht, daß sich sein köstlicher Durst sättige noch daß der Becher leer würde: dennoch sog er mit gieriger Wut daran, gepeinigt, weil er nie auf den Grund kommen konnte.

Umarmt vom Rauschen des Baches, überflutet davon, umtanzt von Leuchtkäfern, ruhte das Paar im raschelnden Laub, während durchs Dach der Hütte die Sterne hereinblinzelten. Von allen Heimlichkeiten Agatas, die er wie unerreichliche Güter bewundert hatte, hatte er zitternd Besitz ergriffen. Er war in ihr offenes Haar hineingetaucht, er hing mit den Lippen an ihren Lippen. Aber sogleich ward sein Auge voll Neid gegen seinen Mund erfüllt, der ihm den Anblick des süßen Mädchenmundes geraubt hatte. Und immer unfaßbarer, immer glühender, immer betäubender quoll aus den Geheimnissen ihres jungen Leibes Glückseligkeit. Was er nie zu besitzen gehofft hatte, wenn es ihm heiße Nächte vorspiegelten, das war nichts, gegen das gehalten, was er nun grenzenlos besaß.

Und während er schwelgte, ward er immer aufs neue ungläubig. Das Übermaß der Erfüllungen veranlaßte ihn immer aufs neue, unersättlich sich seines Eigentums zu versichern. Zum ersten Male fühlten seine Finger, seine bebenden Hände und Handflächen, seine Arme, seine Brust, seine Hüften das Weib. Und sie war für ihn mehr als das Weib. Ihm war, als habe er etwas Verlorenes, etwas Verscherztes, ohne das er ein Krüppel gewesen war und mit dem er sich jetzt zur Einheit verbunden hatte, wiedergefunden. War er von diesen Lippen, diesem Haar, diesen Brüsten und Armen jemals getrennt gewesen? Es war eine Göttin, es war kein Weib. Und es war überhaupt nichts, was für sich bestand: er wühlte sich in den Kern der Welt, und das Ohr unter die magdlichen Brüste gedrückt, hörte er glückselig schaudernd das Herz der Welt pochen.

Jene Betäubung, jener Halbschlaf kam über das Paar, wo die Wonnen der Erschöpfung in die Reize des wachen Fühlens und die Reize des wachen Fühlens in die Wonnen der Betäubung, des Vergessens übergehen: wobei Francesco jetzt in den Armen des Mädchens, jetzt Agata in seinen Armen entschlief. Wie seltsam und mit welchem Vertrauen hatte das scheue, verwilderte Mädchen sich unter den liebkosenden Zwang des Priesters gefunden, wie ergeben und glücklich diente sie ihm. Und wenn sie in seinen Armen entschlief, so war es mit dem beruhigten Lächeln, mit dem sich das Auge des gesättigten Säuglings im Arme und an der Brust der Mutter schließt. Francesco aber betrachtete, bestaunte und liebte die Schlummernde. Durch ihren Leib gingen Wellen von Zuckungen, wie es die Entspannung des Lebens mit sich bringt. Manchmal schrie das Mädchen im Traum. Aber immer war es das gleiche betörende Lächeln, wenn sie die schmachtenden Lider öffnete, und dann das gleiche Sterben in letzter Hingabe. Sooft der Jüngling entschlummerte, schien es ihm, als entwinde eine Macht ihm leise, leise den Körper, den er, mit ganzem Leibe fühlend, umschlungen hielt. Aber jedesmal folgte diesem kurzen Entwinden im Erwachen zuerst ein Fühlen von höchster, dankbar empfundener Süßigkeit: ein unnennbarer Traum mit einem seligen, wachen Empfinden des süßesten Wirklichen.

Das war sie, die Paradiesesfrucht, von dem Baume, der mitten im Garten stand. Er hielt sie mit ganzem Leibe umschlungen. Es war die Frucht von dem Baume des Lebens, nicht vom Baum der Erkenntnis des Guten und Bösen, mit der die Schlange Eva verführt hatte. Vielmehr war es jene, deren Genuß Gott gleichmachte. Erstorben war in Francesco jeder Wunsch nach einer höheren, einer andren Glückseligkeit. Auf Erden nicht und im Himmel nicht gab es Wonnen, die mit der seinen vergleichbar waren. Es gab keinen König, keinen Gott, den der Jüngling, wühlend im schwelgerischen Überfluß, nicht als darbenden Bettler empfunden hätte. Seine Sprache war zum Stammeln, zum stoßweisen Atmen herabgedrückt. Er sog den betörenden Hauch, der zwischen den offenen Lippen Agatas hervorströmte. Er küßte die Tränen der Wollust heiß von der Wimper, heiß von der Wange des Mädchens fort. Geschlossenen Auges, nur sparsam blinzelnd, genossen beide im anderen sich selbst, nach innen gerichteten Blicks, heißfühlend und hellfühlend. Aber das alles war mehr als Genuß, vielmehr etwas, was auszudrücken menschliche Sprache nicht hinreichend ist.

Francesco las pünktlich am Morgen die Frühmesse. Seine Abwesenheit war von niemand, seine Heimkunft nicht einmal von Petronilla bemerkt worden. Die Überstürzung, mit der er, sich flüchtig säubernd, zu den wartenden Ministranten in die Sakristei und an den Altar vor die harrende kleine Gemeinde sich begeben mußte, verhinderte, daß er zur Besinnung kam. Die Besinnung trat ein, als er wieder im Pfarrhaus, wieder in seinem Stübchen war, wo ihm die Wirtschafterin das übliche Frühstück vorsetzte. Aber diese Besinnung brachte nicht sogleich die Klarheit einer Ernüchterung. Vielmehr gab die alte Umgebung, der aufsteigende Tag dem Erlebten den Schein von etwas Unwirklichem, das wie ein vergangener Traum verblich. Aber hier war doch Wirklichkeit. Und obgleich sie jeden von Francesco jemals geträumten Traum an phantastischer Unglaubhaftigkeit überbot, konnte er sie dennoch nicht wegleugnen. Er hatte einen furchtbaren Fall getan, an diesem Umstand war nicht zu deuteln: die Frage hieß, ob eine Erhebung von diesem Sturz, diesem furchtbaren Sündenfall, überhaupt noch möglich war. Der Sturz war so tief und von einer solchen Höhe herab, daß der Priester daran verzweifeln mußte. Nicht nur im kirchlichen, auch im weltlichen Sinne stand dieser schreckliche Fall ohne Beispiel da. Francesco gedachte des Sindacos und wie er mit ihm über die mögliche Rettung der Verworfenen von der Alpe geredet hatte. Nun erst, heimlich, in seiner tiefen Erniedrigung erkannte er die ganze pfäffische Hoffart, den ganzen überheblichen Dünkel, der ihn damals gebläht hatte. Er biß die Zähne zusammen vor Scham, er krümmte sich gleichsam, wie ein eitler, entlarvter Betrüger, vor Entehrung, in nackter Hilflosigkeit. War er nicht eben noch ein Heiliger? Hatten nicht Frauen und Jungfrauen von Soana fast mit Abgötterei zu ihm aufgeblickt?

Und war es ihm nicht gelungen, den kirchlichen Geist der Ortschaft dermaßen zu heben, daß Messe hören und die Kirche besuchen sogar bei den Männern sich wieder einbürgerte? Nun war er zum Verräter an Gott, zum Betrüger und Verräter an seiner Gemeinde, zum Verräter an der Kirche, zum Verräter an seiner Familienehre, zum Verräter an sich selbst, ja sogar zum Verräter an den verachteten, verworfenen, verruchten und erbärmlichen Scarabotas geworden, die er unter dem Vorwand, ihre Seelen zu retten, erst recht in die Verdammnis verstrickt hatte.

Francesco dachte an seine Mutter. Sie war eine stolze, fast männliche Frau, die ihn als Kind mit fester Hand beschützt und geführt und deren unbeugsamer Wille auch die Bahn seines künftigen Lebens vorgezeichnet hatte. Er wußte, daß ihre Härte gegen ihn nichts als glühende Mutterliebe war und daß sie durch die geringste Trübung der Ehre ihres Sohnes in ihrem Stolze aufs schwerste verletzt, durch eine ernste Verfehlung des Sohnes aber im Sitz des Lebens unheilbar verwundet werden mußte. Seltsam, wie im Zusammenhange mit ihr das wirklich Geschehene, nahe und deutlich Durchlebte nicht einmal auch nur ausgedacht werden konnte.

Francesco war in den ekelhaftesten Schlamm hinabgesunken, in den Unflat letzter Verworfenheit. Er hatte darin seine Weihen als Priester, sein Wesen als Christ wie als Sohn seiner Mutter, ja als Mensch überhaupt zurückgelassen. Der Werwolf, das stinkende, dämonische Tier, würde in der Meinung der Mutter, in der Meinung der Menschen überhaupt, sofern sie von dem Verbrechen Kenntnis gehabt hätten, einzig übriggeblieben sein. Der Jüngling fuhr von dem Stuhl empor und von dem Brevier auf dem Tisch, in das er sich zum Scheine vertieft hatte. Es war ihm gewesen, als wenn Hagel von Steinen wider das Haus prasselten: nicht in der Art wie am Tage zuvor, bei dem Versuch einer Steinigung, sondern mit hundert-, mit tausendfachen Kräften. So, als sollte das Pfarrhaus vertilgt oder mindestens in einen Schutthaufen umgewandelt und er als ein giftiges Krötengereck darunter begraben werden. Er hatte seltsame Laute gehört, furchtbare Schreie, rasende Zurufe und wußte, daß unter den Wütenden, die unermüdlich Steine schleuderten, nicht nur ganz Soana, der Sindaco und die Frau des Sindacos, sondern auch Scarabota und seine Familie und sogar allen voran seine Mutter war.

Aber schon nach Stunden hatten ganz andere Phantasien und ganz andere Regungen solche abgelöst. Alles, was aus der Einkehr, aus dem Entsetzen über die Tat, aus der Zerknirschung geboren war, schien jetzt niemals vorhanden gewesen. Eine nie gekannte Not, ein brennender Durst dörrte Francesco aus. Sein Inneres schrie, wie jemand, der sich im glühenden Wüstensande verschmachtend wälzt, nach Wasser schreit. Die Luft schien ohne jene Stoffe zu sein, die man braucht, um zu atmen. Das Pfarrhaus wurde dem Priester zum Käfig, zwischen dessen Wänden er mit schmerzenden Knien, ruhelos wie ein Raubtier, schritt, entschlossen, falls man ihn nicht befreie, lieber, als so weiter zu leben, den Schädel im Anlauf gegen die Mauer zu zerschmettern. Wie ist es möglich, als Toter zu leben? fragte er sich, indem er Bewohner des Dorfes durchs Fenster beobachtete. Wie mögen sie oder wie können sie atmen? Wie tragen sie, da sie doch das nicht kennen, was ich genossen habe und nun entbehre, ihr erbärmliches Sein? Und Francesco wuchs in sich. Er sah auf Päpste, Kaiser, Fürsten und Bischöfe, kurz, auf alle Leute herab, wie sonst Menschen auf Ameisen. Selbst in seinem Durst, seinem Elend, seiner Entbehrung tat er das. Freilich, er war nicht mehr Herr seines Lebens. Eine übermächtige Zauberei hatte ihn zu einem vollständig willenlosen und, ohne Agata, vollständig leblosen Opfer des Eros gemacht, des Gottes, der älter und mächtiger ist als Zeus und die übrigen Götter. Er hatte in den Schriften der Alten gelesen und dergleichen Zauberei und diesen Gott und beides geringgeschätzt mit einem Lächeln. Jetzt fühlte er deutlich, daß sogar an einen Pfeilschuß und eine tiefe Wunde gedacht werden mußte, mit der, nach Meinung der Alten, der Gott das Blut seiner Opfer vergiftete. Diese Wunde brannte, bohrte, flammte, fraß und nagte ja in ihm. Er fühlte furchtbar stechende Schmerzen – bis er sich bei Dunkelwerden, innerlich gleichsam schreiend vor Glück, auf den Weg nach derselben kleinen Weltinsel begab, die ihn gestern mit der Geliebten vereint und wo er seine neue Begegnung mit ihr verabredet hatte.

Der Berghirt Ludovico, den Bewohnern der Umgegend als »Ketzer von Soana« bekannt, schwieg, als er bis zu der Stelle seines Manuskriptes, wo es abbricht, gelesen hatte. Der Besucher hätte die Erzählung gern bis zu Ende gehört. Als er indessen den Wunsch zu äußern so freimütig war, eröffnete ihm sein Wirt, daß seine Handschrift nicht weiter reiche. Er war auch der Ansicht, die Geschichte könne, ja müsse hier abreißen. Der Besucher war dieser Meinung nicht.

Was wurde aus Agata und Francesco, aus Francesco und Agata? Blieb die Sache geheim, oder war sie entdeckt worden? Fanden die Liebenden auf die Dauer oder flüchtig Gefallen aneinander? Erfuhr die Mutter Francescos von der Angelegenheit? Und endlich wollte der Hörer wissen, ob eine wirkliche Begebenheit der Erzählung zugrunde liege oder ob sie durchaus nur Dichtung sei.

»Ich sagte schon«, erwiderte Ludovico, sich ein wenig verfärbend, »daß ein wirklicher Vorfall den Anlaß für mein Geschreibsel gegeben hat.« Er schwieg hierauf eine lange Weile. »Man hat«, fuhr er später fort, »vor etwa sechs Jahren einen Geistlichen mit Stockschlägen und Steinwürfen, buchstäblich genommen, vom Altar fort aus der Kirche gejagt. Es wurde mir jedenfalls, als ich von Argentinien nach Europa zurück und in diese Gegend kam, von so vielen Leuten erzählt, daß ich an dem Geschehnis selbst nicht zweifle. Auch haben die blutschänderischen Scarabotas, allerdings nicht unter diesem Namen, hier am Generoso gelebt. Der Name Agata ist erfunden, ich nahm ihn einfach von dem Kapellchen Sant' Agata, über dem, wie Sie sehen, noch immer die braunen Fischräuber kreisen. Aber die Scarabotas haben wirklich unter anderen Sündenfrüchten eine erwachsene Tochter gehabt, und der Priester ist eines unerlaubten Umgangs mit ihr bezichtigt worden. Er hat, wie man sagt, die Sache nicht abgeleugnet, auch nie die geringste Reue gezeigt, und der Papst hat ihn, behauptet man, deshalb exkommuniziert. Die Scarabotas mußten die Gegend verlassen. Sie sollen – die Eltern, nicht die Kinder! – in Rio am gelben Fieber gestorben sein.«

Der Wein und die Erregung, die durch Ort, Stunde, Gesellschaft und besonders durch das gelesene Gedicht, verbunden mit allerlei mystischen Umständen, im Hörer hervorgerufen war, machte diesen noch weiter zudringlich. Er fragte wieder nach dem Schicksal Francescos und Agatas. Darüber konnte der Hirt nichts aussagen. »Sie sollen nur lange Zeit ein Ärgernis der Gegend gewesen sein, indem sie die überall verstreuten einsamen Heiligtümer entweihten und schändeten und zu Asylen ihrer verruchten Lust mißbrauchten.« Bei diesen Worten brach der Anachoret in ein gänzlich unvermitteltes, lange nicht einzudämmendes, lautes und freies Gelächter aus.

Gedankenvoll und seltsam bewegt trat der Übermittler dieses Reiseabenteuers den Heimweg an. Sein Tagebuch enthält Schilderungen dieses Abstiegs, die er hier jedoch nicht einrücken will. Die sogenannte blaue Stunde, die eintritt, wenn die Sonne unter den Horizont gesunken ist, war jedenfalls damals besonders schön. Man hörte den Fall von Soana rauschen. Ganz so hatten ihn Francesco und Agata rauschen gehört. Oder hörten sie am Ende jetzt noch sein Getön, und zwar in demselben Augenblick? Lag dort nicht der Scarabotasche Steinhaufen? Hörte man nicht Laute fröhlicher Kinder, untermischt mit dem Blöken der Ziegen und Schafe, von dort? Der Wanderer fuhr sich übers Gesicht, wie wenn er einen verwirrenden Schleier abstreifen wollte: war die kleine Erzählung, die er gehört hatte, wirklich, wie eine winzige Enzianblume oder dergleichen, auf einer Matte dieser Bergwelt gewachsen, oder war dieses herrliche, urgewaltige Gebirgsrelief, diese erstarrte Gigantomachie aus dem Rahmen der kleinen Novelle hervorgegangen? Dies und Ähnliches dachte er, als sein Gehör vom sonoren Klang einer singenden Frauenstimme berührt wurde. Es hieß ja, der Anachoret sei verheiratet. Die Stimme trug, wie in einem weiten, akustischen Saal, wenn die Menschen den Atem anhalten, um nur zu lauschen. Auch die Natur hielt den Atem an. Die Stimme schien in der Felswand zu singen. Manchmal wenigstens flutete sie, in weiten Schwingungen voll süßesten Schmelzes und feurigen Adels, gleichsam von dort heraus. Allein die Sängerin kam, wie sich zeigte, von ganz entgegengesetzter Richtung den Pfad zum Würfel Ludovicos heraufgestiegen. Sie trug ein Tongefäß auf dem Kopf, das sie mit der erhobenen Linken ein wenig hielt, während sie mit der

Rechten ihr Töchterchen führte. Dadurch nahm die volle und doch schlanke Gestalt jene grade, köstliche Haltung an, die so feierlich, ja erhaben anmutet. Irgendeine Vermutung schoß dem Beschauer bei diesem Anblick, wie eine Erleuchtung, durch die Seele.

Wahrscheinlich war er nun entdeckt worden, denn plötzlich verstummte der Gesang. Man sah die Steigende näher kommen, voll vom Glanze der westlichen Himmelshälfte getroffen. Man vernahm das Kind – die Mutter mit ruhiger, tiefer Stimme antworten. Dann hörte man, wie die nackte Sohle des Weibes klatschend die roh behauenen Stufen trat. Der Last wegen mußte man fest und sicher auftreten. Für den Wartenden waren die Augenblicke vor dieser Begegnung von einer nie gefühlten Spannung und Rätselhaftigkeit. Die Frau schien zu wachsen. Man sah das hochgeschürzte Kleid, sah bei jedem Schritte ein Knie sich flüchtig entblößen, sah nackte Schultern und Arme hervortreten, sah ein rundes, frauenhaftes, trotz stolzen Selbstbewußtseins holdes Gesicht, das von starkem Haarwuchs, wie von rotbrauner Erde, urwesenhaft umgeben war. War das nicht die Männin, die Menschin, die syrische Göttin, die Sünderin, die mit Gott zerfiel, um sich ganz dem Menschen, dem Manne zu schenken?

Der Heimkehrende war beiseite getreten, und die leuchtende Kanephore schritt, seinen Gruß der Last wegen fast unmerklich erwidernd, an ihm vorbei. Sie wandte beide Augen nach ihm, indes der Kopf geradeaus gerichtet blieb. Über das Antlitz glitt dabei ein stolzes, ein selbstbewußtes, ein wissendes Lächeln. Dann senkte sie den Blick wiederum auf den Weg, während gleichzeitig ein überirdisches Funkeln durch ihre Wimpern zu sprühen schien. Der Beschauer war vielleicht durch die Hitze des Tages, den Wein und alles sonst noch Erlebte überhitzt, aber das ist gewiß: er fühlte vor diesem Weibe sich ganz, ganz klein werden. Diese vollen, in aller betörenden Süße fast höhnisch gekräuselten Lippen wußten, es gab gegen sie keinen Widerspruch. Es gab keinen Schutz, keine Waffe gegen den Anspruch dieses Nackens, dieser Schultern und dieser von Lebenshauchen beseligten und bewegten Brust. Sie stieg aus der Tiefe der Welt empor und stieg an dem Staunenden vorbei – und sie steigt und steigt in die Ewigkeit, als die, in deren gnadenlose Hände Himmel und Hölle überantwortet sind.

PHANTOM

Aufzeichnungen eines ehemaligen Sträflings

Entstehungszeit: 1915; 1918; 1921.

Erstveröffentlichung: Unter dem Titel »Phantom. Roman« in »Berliner Illustrirte Zeitung« 1922.

Erste Einzelausgabe: Berlin, S. Fischer 1923.

Meine Frau hat mir das kleine Zimmerchen in der Frontspitze eingerichtet; darin sitze ich nun. Gegenüber rauscht der Dorfbach unter Eschen und Weiden. Ich höre unter mir die Schelle des Kramlädchens, das meine Frau versorgt. Es geht gut und ernährt uns vollkommen bei bescheidenen Ansprüchen.

Ich werde aber noch etwas anderes anfangen müssen. Erstlich bleibt mir freie Zeit, alsdann habe ich geistige Bedürfnisse. Übrigens ist mir sehr wohl, und ich fühle mich wie in Abrahams Schoß.

Ich rauche Pfeife. Das kostet mich so gut wie nichts, denn wir haben den Knaster im Kramladen. Rauchen belebt die Phantasie. Es macht zugleich ruhig. Ich gewinne zum Beispiel dadurch die Fähigkeit, gleichzeitig einen Zustand angenehmer Muße zu empfinden und mit der Feder meine Gedanken aufzuzeichnen. »Schreibe doch«, sagt übrigens meine Frau, »es kann ja möglicherweise ein Buch daraus werden.«

Ich schreibe alles ganz einfach so hin, was mir durch die Seele geht.

Wenn es mir übrigens gelänge, ein Buch zu machen, warum sollte ich nicht auch ein zweites, ein drittes schreiben können? Dann wäre ich Schriftsteller. Auf die natürlichste Weise hätte ich dann die gesuchte Nebenbeschäftigung gefunden.

Dieses Haus, das mein Schwiegervater vor einem halben Jahr gekauft hat mitsamt dem Kramlädchen, hat ja auch der Witwe eines ähnlichen Menschen gehört. Sie hieß Frau Wander. Wander war Schullehrer und hatte wegen gewisser Ansichten seinen Posten aufgeben müssen. Er fand nach langem Umherirren, wie ich, dies Asyl und darin sein Auskommen. Seine Lebensarbeit, die er möglicherweise in demselben Zimmer begonnen und vollendet hat, ist ein fünfbändiges deutsches Sprichwörterlexikon.

Ich bin hier vorläufig unbekannt. Meine Frau und mein Schwiegervater haben dies Dörfchen im Hirschberger Tale ausgesucht, weil sie nicht wollten, daß immerfort Anlaß gegeben würde, über meine »Irrfahrten« zu reden, aber auch aus dem Grunde, um mich aus einer Umgebung zu bringen, die auf Schritt und Tritt in mir Erinnerungen wecken und wachhalten müßte.

Da fällt mir ein: bin ich nicht eben dabei, ihre Absicht zu durchkreuzen?

Ja und nein.

Wenn ich hier über mein Schicksal nachdenke, einen Überblick meiner Vergangenheit zu gewinnen suche und mich bemühe, alles mir Denkwürdige mit Wahrhaftigkeit aufzuzeichnen, so ist dies unter anderem der Versuch, mich aus dem Banne der Erinnerungen freizumachen, und ganz etwas anderes, als unfreiwillig wieder in ihren Bann zu geraten, was wahrscheinlich in Breslau geschehen würde.

Ich wünsche die Stadt nie wiederzusehen.

Vielleicht würde man nach Geschehnissen, wie ich sie hinter mir habe, nicht mehr leben können, wenn nicht alles Vergangene tatsächlich unwirklich wäre. Vergangenes wirkt nun einmal in keinem Falle mehr mit der Kraft der Wirklichkeit. Ich muß mit großer Gelassenheit, Geduld und Sorgfalt vorgehen, wenn ich die einzelnen Umstände meines großen Erlebnisses überhaupt noch in meinem Geiste hervorrufen will. Die letzten natürlich sind die lebendigsten, während alle die, welche vor meinem Eintritt ins Zuchthaus liegen, weit weniger deutlich und trotzdem weitaus wichtiger sind.

Ich habe sechs Jahre, vier Monate und einundzwanzig Tage im Zuchthause gesessen. Das ist eine harte Tatsache, die ich lieber gleich hinsetzen will. Es wäre mir mehr als unangenehm, Leser durch ihr Verschweigen erschlichen zu haben, wenn wirklich einmal aus meinem traumhaft entschwundenen Erlebnis ein fertiges Buch geworden sein sollte. Es bleibt dann Tatsache und werde hiermit ausdrücklich betont, daß sein Verfasser im Zuchthaus gesessen hat.

Ich würde diese Zeilen ganz gewiß nicht schreiben, ja ganz gewiß nicht mehr leben, wenn nicht meine heutige Frau Marie, geborene Starke, gewesen wäre. Starke ist ein verbreiteter Name. Es liegt aber nahe, der Wahrheit gemäß zu sagen, daß meine heutige Frau nicht nur Starke heißt, sondern eine Starke ist, obgleich sie rein äußerlich ein sanftes und freundliches Wesen auszeichnet. Mein Schwiegervater war Buchbinder. Ist seine Tochter stark gewesen, so hat sie an ihm noch außerdem und jederzeit eine starke Stütze gehabt.

Mein Schwiegervater ist achtzig Jahr. Er verkauft unten im Laden. Er ist ein bewunderungswürdiger Mann.

Wir haben hier im Dorf einen seltsamen Schulmeister: getaufter Jude, Dr. Levin. Sein Vater war in Berlin Bankier und sehr wohlhabend. Man sagt, daß Dr. Levin auf den größten Teil seines Vermögens zugunsten seiner Geschwister verzichtet hat. Er war Staatsanwalt und sollte zum Oberstaatsanwalt avancieren, als er absprang und nach entsprechender Vorbereitung sich hier als Volksschullehrer anstellen ließ. So konnte er, wie er sagt, sein soziales Gewissen beruhigen. Aus Gefälligkeit bindet mein Schwiegervater für Dr. Levin noch hie und da Bücher ein.

Ich habe Dr. Levin gelegentlich dies und das aus meiner Vergangenheit mitgeteilt. Er bestärkt mich darin, es aufzuschreiben.

Er hat ein behagliches Arbeitszimmer im Giebel des Schulhauses eingerichtet. Als ich ihm neulich einige Bücher gebunden zurückbrachte, hielt er mich fest. Ich mußte mit ihm eine Zigarre rauchen und Kaffee trinken. Da habe ich ihm das Bild gezeigt.

Meine Frau weiß von dem Bilde nichts.

Ich habe dies Bild von Melitta erhalten.

Als nämlich meine Beziehung zu Melitta in voller Blüte stand, hatte ich ihr in einer vertraulichen Stunde meine Schwäche für Veronika Harlan, die Eisenhändlerstochter, mitgeteilt. Melitta war gutartig. Eines Tages ließ sie sich photographieren und sah im Atelier des Photographen dies Bild. Es war ihr nicht schwer, ihn zu überreden, es ihr abzulassen, da sie das Kinderköpfchen darauf so überaus schön fände. Auch Dr. Levin fand es überaus schön.

Es ist schön, jawohl, doch hat es Gott sei Dank keine Gewalt mehr über mich.

»Keine Gewalt mehr über mich.«

Diese Behauptung muß modifiziert werden.

Heute bin ich mit Gottes Hilfe ein kerngesunder Mann. Diese Gesundheit habe ich in den Jahren der völligen Einsamkeit in meiner Gefängniszelle und in der Folgezeit erlangt, wo ich durch Freundlichkeit des Direktors in der Anstaltsbibliothek beschäftigt wurde. Ich konnte da auch meine Bildung vervollständigen.

Da ich kerngesund bin, hat das Bildchen keine Gewalt mehr über mich. Als das Urbild dieses Bildchens seine Gewalt über mich antrat, war ich achtundzwanzig Jahre alt und, weil kränklich von Kindesbeinen an, dem Wesen nach älter. Von Jugend auf bin ich kränklich gewesen, sagte ich; wirklich krank wurde ich ungefähr in meinem zweiundzwanzigsten Jahr. Ich hustete viel und hatte dabei mehrere Jahre lang jedesmal Blut im Taschentuch. Das hatte sich übrigens verloren, als meine seelische Krankheit begann.

Man sagt, daß die früher so genannte Auszehrung, also das Lungenleiden, das Liebesleben steigere. – Aber darauf kann ich vielleicht später zurückkommen. Es ist übrigens eine Angelegenheit der ärztlichen Wissenschaft, festzustellen, inwieweit Körper auf Seele zu wirken vermag.

So viel glaube ich sagen zu können, daß, als der Funke in meine Seele fiel, sich in Seele und Körper ein ungeheurer Brennstoff angesammelt hatte.

Was war das nun für ein Funke, und von welcher Herkunft war dieser Funke? Da hätte ich nun die Wahl, ihn entweder aus himmlischem oder aus höllischem Feuer bestehen zu lassen, seine Herkunft aus Himmel oder Hölle abzuleiten. Eigentlich, wenn ich noch in der Lage wäre, mit diesen Begriffen zu operieren, hätte ich keineswegs die Wahl. Da nämlich aus diesem Funken ein wahrer Höllenbrand entstanden ist, könnte ein Christ niemals zugeben, es sei ein himmlischer Funke gewesen. So hat es denn auch der Anstaltsgeistliche, Pastor Walkmüller, einen höllischen Funken genannt und es dann natürlich sehr leicht gefunden, alle schrecklichen Folgen für mich und andere aus dieser Brandstiftung des Satans abzuleiten.

Eine solche Vereinfachung würde der Wahrheit, die mein Zweck ist, nicht dienlich sein.

Ich habe soeben das Bild der dreizehnjährigen Eisenhändlerstochter wiederum aufmerksam betrachtet und muß sagen, daß es von berückendem Liebreiz ist. Jungfrau, Mutter, Königin! würde der Altmeister sagen. Schlechterdings ein Gnadenbild. Es würde nicht wundernehmen, wenn man von nah und fern zu ihm wallfahrtete.

Ein rechtgläubiger Katholik könnte einwenden, der Teufel habe sich wohl auch gelegentlich in seiner List sogar der ahnungslosen Mutter Gottes bedient, um Seelen ins Verderben zu locken.

Wenn ich also sagte: das Bild hat keine Gewalt mehr über mich, so meine ich, es hat im Sinne des Mißbrauches durch den Teufel keine Gewalt mehr über mich.

Ich will den Satan hiermit verabschieden; ihn nochmals zu bemühen wird, wie ich hoffe, nicht nötig sein.

Ich bin einfach durch einen Brand gleichsam in Asche gelegt worden, weil ich dem Einbruch des göttlichen Feuers gegenüber, nach meinem Maulwurfsdasein, völlig wehrlos gewesen bin.

Insofern aber, als dieses Bildchen der Abglanz des göttlichen Feuers ist, hat es noch heute Gewalt über mich und wird sie bis an mein Ende behalten.

Ich habe Veronika Harlan zuerst erblickt, als ich, ein armer Magistratsschreiber, eines Mittags wie gewöhnlich nach Hause ging. Vor dem Breslauer Rathaus steht die Staupsäule. Es sind Ringe daran, an denen das Kind sich zu schaffen machte. Man schrieb den achtundzwanzigsten Mai, ein Datum, das ich aus vielen Gründen begreiflicherweise nicht vergessen kann. Trotzdem die Passanten aufmerksam wurden, konnte die Gouvernante das Interesse des Kindes nicht von der Staupsäule ablenken. Sie versuchte mehrmals, das auffällig schöne Geschöpf mit dem offenen safrangelben Haar von den Stufen herabzulocken. Es gelang ihr nicht. Ich weiß nur, daß mir der Hut vom Kopfe flog – es hatte mich jemand angestoßen – und wie das Kind deshalb in ein unwiderstehlich herzliches Lachen geriet.

Ohne das Erlebnis dieses Augenblicks würde ich wahrscheinlich noch heute bürgerlich unbescholten sein, und es wäre mir Leiden über Leiden erspart geblieben. Aber ein Sprichwort, freilich kein deutsches, aus der Sammlung des ausgezeichneten Wander, sagt: »Noch das eigene Leiden ist einem teurer als fremdes Glück!« Und wenn ich gefragt würde, ob ich an jenem Morgen das scheinbar so harmlose, doch so folgenschwere Erlebnis lieber nicht gehabt hätte, so müßte ich antworten:

Ich will lieber mein Leben als dieses Erlebnis hergeben.

Dieses Bekenntnis würde meinen ehemaligen Richtern mit dem Ausdruck tiefster Verstocktheit, einem Mann von Weltverstand mit dem Ausdruck höchster Narrheit gleichbedeutend sein. Lebe ich so lange und behalte ich Lust und Fähigkeit, bis alles gesagt ist, was ein rundes und vollkommenes Bekenntnis rund und vollkommen macht, und lesen es dereinst meine Richter, so könnte es sein, daß sie ihre Meinung ändern. Sie werden vielleicht erkennen, wie schief, wie lückenhaft, wie unwahr mein in den Protokollen befindliches Geständnis im Grunde ist. Dagegen wird der Mann von Weltverstand, der mich schon jetzt für närrisch erklärte, seine Meinung am Schlusse für bestätigt erachten. Ich selbst, sofern ich über meine Aufgabe nachdenke, obenhin nachdenke allerdings, kann nicht umhin, sie darin zu sehen, die Geschichte eines Dummkopfes, eines Narren und eines Verbrechers ineinanderzuflechten.

Freilich hoffe ich, indem ich dies tue, mich über den Dummkopf, den Narren und den Verbrecher erheben zu können – oder sagen wir, alle drei abzuschütteln.

Um etwas von meiner Herkunft zu sagen:

Mein Vater war Zollkontrolleur, er hatte die Kontrolle der Schnapsbrennereien unter sich. Bei diesen Gelegenheiten wurde er viel traktiert und war eines Tages zum ausgesprochenen Potator geworden.

Da er selten zu Haus war, von Berufs wegen herumreisend und auf Gasthäuser angewiesen, ging neben den Diäten der größte Teil seines Einkommens drauf. Hätte ihn nicht zur rechten Zeit der Schlag getroffen, hätte man ihn möglicherweise aus dem Amt gejagt, und Mutter hätte die Pension eingebüßt. Mehrmals hatte sie bereits Fehlbeträge der Kasse gedeckt, wozu sie einmal die nötige Summe bei Tante Schwabe, was eine saure Arbeit war, erbetteln mußte.

Das Leben meiner Mutter war schwer.

Durch den Vater vollkommen enttäuscht, fast vollkommen verlassen und vollkommen unglücklich gemacht, hielt sie sich, wie es in solchen Fällen geht, an die Kinder. Sie hatte zwei Söhne und eine Tochter. Ich war der älteste. Solange mein Bruder und meine Schwester, die jüngste unter uns, Kinder waren, ging es soweit ganz gut. Als sie das siebzehnte, achtzehnte Jahr überschritten hatten, zeigte es sich, daß man sich an sie durchaus nicht weiter halten konnte. Das war zu der Zeit, als meine Mutter bereits im fünften Jahr Witwe war.

Es bestand immer ein ganz besonders gutes Verhältnis zwischen meiner Mutter und mir. Wann es begonnen hat, weiß ich nicht. Ich glaube, sehr früh. Es bestand bereits, als ich merkte, daß mich mein Vater nicht leiden konnte. Da er auch meist mit meiner Mutter im Kampfe lag, schloß ich mich naturgemäß an sie an.

Ich vermag nicht zu sagen, wann ich ihr erklärter Liebling wurde. Es muß schon vor dem Tod des Vaters gewesen sein. Sie nannte mich damals schon oft ihren einzigen Trost. Später, als ich bei einem Rechtsanwalt Schreiber geworden war und ihr jeden Ersten das volle Gehalt in die Hände legte, hörte ich sie nicht selten sagen, daß ich ihre einzige Stütze sei.

Die Wohnung, welche wir nach dem Tode des Vaters bezogen, lag im ersten Stock eines altertümlichen Häuschens der Taschenstraße. Wir haben sie bis zum Eintritt der Katastrophe, also etwa acht Jahre lang, innegehabt. Sie war sehr klein, sehr dunkel, aber trotzdem nicht unbehaglich. Solche altväterischen Bürgerhäuschen mit ihren kleinen Fenstern und niedrigen Stuben haben meist einen großen Reiz. Ich dachte nichts anderes, als daß ich gemeinsam mit meiner Mutter diese Gelasse bis ans Ende unserer Tage bewohnen würde.

Ich nahm in dem kleinen Haushalt die Stelle des Vaters, die Stelle des Hausherrn ein. Bedeutend älter als meine Geschwister, war ich schon darum für sie eine Autorität. Es wurde mir aber überdies bei jeder Gelegenheit in Gegenwart der Geschwister die väterliche Gewalt über sie von der Mutter attestiert. Sie fiel auch darum an mich, weil ich lange Zeit der einzige Verdiener war. Als mein Bruder und meine Schwester gelegentlich ebenfalls etwas verdienten, haben sie doch niemals auch nur einen roten Heller an meine Mutter abgeführt.

Die väterliche Gewalt habe ich meines Wissens niemals mißbraucht.

Aus Schonung für meine Lungen und meinen Kehlkopf hatte ich mir eine leise Sprechweise angewöhnt. Sie ist mir zur zweiten Natur geworden. Deutlich steht es mir noch vor der Seele, wie bei der Verhandlung mir mehrere unter den Herren Geschworenen »Lauter! Lauter!« zuriefen. Diese verhaltene Sprechweise habe ich im Verkehr mit meinen Geschwistern, auch wenn ich sie zu ermahnen oder zurechtzuweisen hatte, nie zu beschleunigen oder verstärken brauchen. Ich darf sagen, ich genoß bei ihnen eine mit Bewunderung gemischte Achtung, eine so unbeschränkte Autorität, wie sie selbst mein Vater niemals besessen hatte.

»Du solltest Lehrer werden, besser, du hättest sollen Lehrer werden«, sagte meine Mutter zuweilen, wenn sie bemerkte, wie ich mir mit meinen Geschwistern Mühe gab und ihnen Geschichtszahlen, Bibelsprüche und dergleichen abhörte. Ich unterliege gewiß keiner Selbsttäuschung, wenn ich mir das Zeugnis ausstelle, daß ich ihnen in der Tat ein allzeit bereitwilliger und geduldiger Berater, Helfer und Lehrer gewesen bin. Auch fand ich wirklich am Lehren Gefallen.

Als die Mutter wieder einmal ihr »Du hättest sollen Lehrer werden« gesagt hatte, kam mir der Gedanke, ob dies nicht am Ende – ich war damals fünfundzwanzig Jahre – jetzt noch möglich sei. Der Gedanke belebte, ja begeisterte mich, sofern man irgendeinen der weniger gedrückten Seelenzustände, deren ich damals fähig war, als Begeisterung bezeichnen kann. Binnen kurzer Zeit hatte ich genügend Auskünfte eingeholt, benützte zum erstenmal einen Teil des Gehaltes zum Bücherkauf und begann mich, jede dienstfreie Stunde benützend, auf das Mittelschullehrerexamen vorzubereiten.

Bis dahin hatte ich in einem Zustand natürlicher Resignation, ohne zu denken, vor mich hingelebt. Während ich Englisch, Französisch und die übrigen Fächer trieb, winters und sommers in meinem kleinen, behaglichen Zimmerchen, dessen Tür sich auf eine Holzgalerie des Höfchens öffnete, tat ich zum ersten Male etwas, das einer wirklichen eigenen Initiative entsprang. Deshalb hatte ich dabei ein besonderes Wohlgefühl und fühlte mein Selbstbewußtsein wachsen.

Ich habe des doppelten Knochenbruches noch nicht erwähnt, den ich leider einmal als Kind erlitt. Mein Vater hatte eine bei meinem sanften, zur Unterordnung neigenden Wesen kaum sehr angebrachte militärische Art, mit mir zu verkehren. Klang der Name Lorenz – so heiße ich nämlich – von seiner Stimme gesprochen durchs Haus, so verlor ich fast immer alle Besinnung. In einem solchen Zustand eine Treppe herunterhastend, rutschte ich aus und brach das Bein. Die Knochen wurden von einem Pfuscher schlecht zusammengeleimt, so daß das betroffene Bein kürzer wurde. Um den Schaden zu heben, wurde es von einem anderen Pfuscher gewaltsam nochmals gebrochen, worauf es schließlich, nach der Heilung, noch kürzer geworden war. Ich hinke seitdem, und das hat besonders damals nicht wenig auf meine Lebensführung eingewirkt. Aus begreiflichen Gründen mied ich die Spiele der Kinder, an denen ich mich bis dahin leidenschaftlich beteiligt hatte, und wandte mich stillen Beschäftigungen zu, am liebsten im Zimmer und überall dort, wo niemand anders zugegen war.

Ich glaube, ich habe erst während der Untersuchungshaft wirklich denken gelernt und den Segen des eigenen Denkens empfunden. Ein Anfang dazu war indessen gemacht, als ich den Beschluß gefaßt hatte, auf den Lehrerberuf hinzuarbeiten, und wie gesagt, war ein zweifellos erhöhtes Selbstbewußtsein die wohltätige Folge davon.

Überhaupt war das begonnene Selbststudium für mich in jeder Beziehung wohltätig, und ich denke an die dabei verbrachten Stunden mit Vergnügen zurück. Das weiß meine Frau und hat darum auch dieses Zimmer dem, worin ich damals meine Studien trieb, so ähnlich als möglich zu machen gesucht. Der alte Kachelofen, an den ich mein Arbeitstischchen gerückt hatte, war schokoladenbraun. Vielleicht auf Rat meines Schwiegervaters hat sie mir diesen ganz ähnlichen, an dem nun das alte Tischchen wiederum steht, setzen lassen. Unterrichtsbriefe erstand ich mir lieferungsweise. Ich schaffte mir nach und nach auch die übrigen unumgänglichen Lehrbücher an. Meine Mutter schwankte dabei zwischen Besorgnis und Billigung. Ihr Vater war ein wohlsituierter Bürger Breslaus, seines Zeichens Kürschner, und die letzten vier Jahre vor seinem Ende sogar Stadtrat gewesen. Nun hatte sie zwar in jeder Beziehung resigniert, aber es schmeichelte doch ihrem Selbstgefühl, in mir nun nicht mehr den elenden Schreiber eines Rechtsanwalts, sondern den künftigen Mittelschullehrer zu sehen. Andererseits machte sich der Ausfall an Wirtschaftsgeld empfindlich bemerkbar, den sie infolge der Bücherkäufe erlitt. Später, als mein Interesse für Literatur und also auch für Bücher sich über den Rahmen meines Lehrerpensums hinaus entwickelte und ich Reclamheftchen und auch etwas kostspieligere Klassikerausgaben zu kaufen begann, habe ich Mutter manchmal in Tränen gefunden, und ich hatte viel Mühe, sie zu trösten und zu beruhigen. Ich konnte sie allerdings nie davon überzeugen, daß das Geld, für nicht zum Examen unbedingt gehörige Bücher ausgegeben, nicht weggeworfen sei.

Unnütz zu sagen, daß durch Schiller und Goethe mein Gesichtskreis erweitert, meine Vorstellungswelt unendlich bereichert wurde. Aber meine damals beginnende, von meiner

Mutter so sehr beklagte Schwäche für Bücher hat insofern einen nicht hoch genug zu bewertenden anderen Vorteil für mich gehabt: ohne sie hätte ich meinen Schwiegervater und meine jetzige Frau niemals kennengelernt, und ich glaube, ich habe schon ausgesprochen, ich würde in diesem Fall nicht mehr leben.

Ich weiß noch genau, wie erschrocken ich war, als eines Tages Marie Starke zu mir ins Zimmer trat und mir den von ihrem Vater frisch gebundenen Uhland brachte. Sie ist ebenso alt wie ich, und wir waren damals beide sechsundzwanzig Jahre. Sie kam ohne Hut, hatte schlicht gescheiteltes dunkles Haar, braune Augen und trug um die Schultern ein blaues Tuch. Unsere Lebenslagen hatten eine gewisse Ähnlichkeit, insofern ich meiner Mutter den Versorger und sie ihrem verwitweten Vater die Hausfrau zu ersetzen hatte. Ihr Äußeres hatte schon damals etwas Frauliches. Sie glich einer hübschen jungen Frau.

Erschrocken war ich, weil ich damals vor Frauen eine ganz unbegreifliche Scheu hatte. Außer meiner Mutter, meiner Schwester und, nicht zu vergessen, Tante Schwabe hatte ich weder Frau noch Mädchen kennengelernt. Ich habe natürlich gelegentlich in Verkaufsläden mit Inhaberinnen und Verkäuferinnen Worte gewechselt, aber das ist eine Sache, die an dem vorher erwähnten Umstand nichts ändert. Selbst mit Dirnen habe ich, weniger aus Keuschheit als aus Furcht, nie etwas zu tun gehabt. Schließlich war es ja auch viel zu kostspielig.

Marie Starke hatte eine sehr natürliche, unbefangene und offene Art. Ich war selber angenehm überrascht davon, wie schnell ich Furcht und Befangenheit loswurde. Ich habe vergessen, was etwa bei ihrem ersten Besuch zur Sprache kam. Sie erkannte jedenfalls bald, daß meine vornehmste Sorge ebenso meine Mutter, wie ihre vornehmste Sorge der Vater war. Sie vergötterte förmlich ihren Vater, wie ich meine Mutter beinahe wirklich vergötterte.

In diesen Beziehungen trafen wir uns.

Wir freuten uns auch über manche andere Gemeinsamkeit und seltsamerweise darüber, daß wir beide nicht heiraten wollten und unseren Beruf darin sahen, ich meine Mutter und sie ihren Vater bis an ihr und sein Lebensende zu pflegen.

Wir verstanden uns also und hatten den Eindruck, daß

wir uns gefunden hätten. Und dieses Finden bedeutete uns einen Glücksfall. Zwei vereinsamte Menschen, Altersgenossen, hatten sich getroffen und genossen miteinander das Glück natürlicher Kameradschaftlichkeit. Es wurde zwischen uns üblich, gemeinsam zu beraten, was uns in der Sorge für unsere alten Pfleglinge sowie unsere Haushalte wichtig erschien. Zwanglose Besuche bei dem alten, stets wohlgelaunten Buchbinder wurden mir zur Gewohnheit, und auch Marie kam nicht gerade selten zu mir herauf.

Daß Mutter die Besuche von Marie Starke gerne sah, glaube ich nicht. Sie konnte gegen das Mädchen nichts eigentlich vorbringen, aber ich nehme an, sie sah gewissermaßen eine Rivalin in ihr, das heißt der Gedanke ängstigte sie, ich könne ihr durch das Mädchen genommen werden. Ich weiß, ihr Lebensplan gründete sich durchaus darauf, daß ich ledig bliebe.

Meine Mutter klammerte sich an mich wie eine Ertrinkende. Ich fühlte das oft mit beinahe erschreckender Deutlichkeit. Sie war gegen jedermann, der sich mir näherte oder irgendwie Anspruch auf mich erhob, nicht nur gegen Marie, mißtrauisch.

Der Schreiber Lorenz Lubota – der klangvolle Name Lubota kommt mir von Vaters wegen zu –, dieser Schreiber also, der beim Gehen hinkte, als ob er einen Pferdefuß hätte, und der, wenn er sich im Spiegel sah, niemals einen annähernd zufriedenstellenden Eindruck von sich selbst erhalten konnte, war damals nicht weit davon entfernt, auf sich und seinen Wert eitel zu sein. Außer der Mutter und Marie Starke gab es noch eine dritte Weibsperson, Tante Schwabe, von mir bereits einige Male genannt, die ihn als Tugendmuster betrachtete.

Bevor ich von Tante Schwabe rede, der einzigen Schwester meiner Mutter, mag es gut sein, mich zu erinnern, daß ich in einem stillen Hafen gelandet bin. Auch will ich einige Züge, um mich in jeder Beziehung zu beruhigen, aus meiner Pfeife tun. Es kann nicht schaden, festzustellen, daß unten immer wieder die kleine Ladenschelle geht, der Beweis eines anständigen und rechtschaffenen Erwerbs. Ich habe im Frühjahr Rosen okuliert, meine sieben Birnbäume und vierzehn Apfelbäume mit Kalk bestrichen, meinen Gemüsegarten bestellt, Starkästen aufgehängt, ja sogar zwei Bienenstöcke in Betrieb gesetzt . . . gut und genug davon.

Tante Schwabe, die eine Pfandleihe hatte, wurde von meiner Mutter verschiedener Umstände halber gehaßt.

Sie hatte ihr vom Vater ererbtes Vermögen verzehnfacht, während das Vermögen meiner Mutter in ihrer Ehe aufgebraucht worden war. Ein arbeits- und sorgenvolles Leben hatte die Mutter arm, ein im großen ganzen sorgenfreies Genußleben Tante Schwabe reich gemacht. Das konnte ihr Mutter nicht verzeihen.

Mutter glaubte sich aber schon bei Regelung des Nachlasses der Eltern durch die Schwester übervorteilt. Als sie in höchster Not, um ihren Mann vor dem Zuchthause zu retten, inständig Tante Schwabe um ein Darlehen bat und diese zunächst es verweigerte, rückte sie mit dieser Überzeugung heraus, was natürlich einen erbitterten Wortstreit zur Folge hatte. Dieses eine Mal gab indessen Tante Schwabe das Geld, wie ich früher bereits gesagt habe. Die Abneigung meiner Mutter gegen die Tante war durch den ganzen Handel sowie durch die Schuld, die sie begreiflicherweise nicht abtragen konnte, noch bedeutend verstärkt worden.

Die Tante urteilte über Mutter mit weitaus größerer Milde, als diese über die Tante urteilte. »Sie hat«, so sagte die Mutter, »den ehrlichen Namen Schwabe als eine Wucherhexe in Schmach und Schande gebracht. Wenn man bedenkt, daß unser Vater Stadtrat gewesen ist . . .« Sie hatte gewiß nicht unrecht, die gute Mutter, wenn sie in der Entwicklungsgeschichte einer Stadtratstochter zur Pfandleiherin einen Niedergang feststellte. Aber sie gab ihr den Namen »Wucherhexe« und andere noch ärgere, die auf eine Verbindung mit Elementen hindeuteten, die in Kaschemmen und öffentlichen Häusern beheimatet sind.

Tante Schwabe hatte eine ähnliche Meinung von mir und eine ähnliche Vorliebe wie Mutter für mich. Zweifellos war ihr bekannt, was Männerliebe bedeutet, aber über eine oder zwei Verlobungen hinaus hatte sie es zeit ihres Lebens nicht gebracht, und übrigens war sie ledig geblieben. Ihre Geschäfte hatte sie der ihr eigenen rechnerischen Begabung gemäß stets allein geführt. Über die Fünfundvierzig hinaus, als sich bereits kleine Altersübel eingestellt hatten, hatte sie öfters Hilfe nötig, und es war nur natürlich, daß sie sich ihres Neffen erinnerte, den sie damals mit vollem Recht als peinlich redlichen Menschen betrachten durfte.

Der Umstand nun, daß ich regelmäßig zweimal die Woche

den Abend bei Tante Schwabe zubrachte, um mit ihr zu plaudern, Tee zu trinken und dabei ihre Geschäftsbücher nachzusehen, steigerte wiederum Mutters Abneigung gegen Tante, von der sie sagte, sie wolle sie nun zu guter Letzt auch um ihr eigenes Blut, ihren Sohn, bestehlen. Sie war aber andererseits klug genug, meinen Besuchen bei der Erbtante nichts in den Weg zu legen. Ihre Eifersucht aber und ihren Haß vor der Schwester zu bergen war nicht schwer, da man sich gegenseitig über Jahr und Tag nicht zu Gesicht bekam.

Die Stellung, wie ich sie zwischen den feindlichen oder mindestens entfremdeten Geschwistern einnahm, ist in jener Verkettung, die zu der schweren Katastrophe meines Lebens führte, von eingreifender Wichtigkeit. Ich sah die Tante mit den Augen der Mutter und lernte sie hassen und verachten. Ich sah sie mit eigenen Augen und lernte sie milder beurteilen, einigermaßen verstehen, aber nicht lieben und achten. Die Mutter hatte nicht unrecht, wenn sie fürchtete, ich könnte, indem ich mich in ihren Geschäftskreis verwickelte, Schaden nehmen an meiner Seele.

Ich pfropfe Rosen und veredle Obstbäume, schneide Regenwürmer mit dem Spaten durch, lebe friedlich mit meiner Frau und meinem Schwiegerpapa, habe eine innere Einigung, einen Ausgleich und Abschluß gefunden und bin gewiß, als Betrachter mein Leben zu enden, ohne mich auf irgendwelche Tat – Taten verdummen! – noch fernerhin einzulassen. Es muß also in den Kauf genommen werden, wenn mich wirklich Tante Schwabe in meinen Träumen noch zuweilen einmal besucht.

Ich habe meine eigenen beiden Geschwister bisher nur beiläufig erwähnt. Sie unterscheiden sich äußerlich sehr von mir. So erheblich ist die Verschiedenheit, daß nicht einmal die sogenannte Familienähnlichkeit unter uns festzustellen ist. Aber auch mein Bruder und meine Schwester sind äußerlich sehr verschieden. Beide sind unbedingt schön, jedoch ist die Schönheit meines Bruders mehr von zarter und geistiger Natur, während der Reiz meiner Schwester in einer gewissen Ursprünglichkeit besteht, die gleichzeitig fremdartig ist.

Sie hat einen Jünglingskopf. Da sie ihr Haar kurz geschoren trägt, verstärkt sich der Eindruck des Männlichen. Sie ähnelt dem Hermeskopf des Praxiteles, der als Gipsbüste so verbreitet ist. Ihr Nacken ist sehr stark, ihre Brust breit, aber, mit Erlaubnis zu sagen, ebenfalls nicht sehr weiblich. Sie ist schlank und fest gewachsen. Ihre Bewegungen sind groß und frei. Daß ihre Hüften nicht breit sind, ist nach alledem selbstverständlich. Ihre Stimme ist tief, ihre Sprechweise kurz und burschikos. Sie hatte großes Vertrauen zu mir, wie ich schon sagte, wogegen mein Einfluß auf sie ein geringer war. Vom fünfzehnten Jahre an ging sie durchaus ihre eigenen Wege, was wiederum ihrer eigenwilligen, männlichen Art durchaus entsprach. Sie hieß Melanie, doch paßte der Name nicht für sie. Sie hätte können Konrad, Jungsiegfried oder so ähnlich heißen.

Mein Bruder Hugo besuchte die Kunstschule. Meine Natur war viel zu solide, mein Wesen viel zu bedrückt, um anfänglich für das, was er von dort mitbrachte, Verständnis zu besitzen. Die Welt der Künstler, der Maler und Bildhauer blieb mir damals fremd. Ich tat keinen Blick hinein, obgleich ein unermüdlicher Enthusiasmus sie mir zu eröffnen suchte.

Ich hatte zwar schon die Ansicht äußern gehört, daß, wer an Jesum Christum nicht glaube, hier und dort, im Diesseits und Jenseits verloren wäre, aber nicht, wie mein Bruder behauptete, daß es denen ebenso gehe, die für die Musik eines Beethoven, die Lyrik eines Hölderlin, die Malerei eines Rembrandt und die Plastik der Griechen kein Verständnis hätten.

Ich war nicht neidisch auf meinen Bruder, weil er ein bildhübscher Bengel war, den alle jungen Mädchen anlachten, wenn er vorüberging, aber ich hätte es nicht ungern ebensogut gehabt, und wenn er von der Macht der Schönheit sprach, die man empfinden müsse, um überhaupt erst zu leben, so verstand ich ihn damals zwar nicht, aber er setzte mir, wie man sagt, damit einen Floh ins Ohr. Ich habe, lange bevor ich sie wirklich empfand, durch ihn angeregt, über die Macht der Schönheit nachgegrübelt. Er pflegte zu sagen, mit Jesus zu sagen und mit Bezug auf die Schönheit zu sagen: »Es sei denn, daß ihr zum zweiten Male geboren werdet, sonst könnet ihr nicht in das Himmelreich kommen.«

Und da wäre ich ja nun wieder bei Veronika Harlan und ihrem wundertätigen Bildchen angelangt.

In diesem Bildchen und mehr noch in seinem Urbild, das ich an der Staupsäule vor dem Breslauer Rathaus, wie schon notiert ist, zufällig sah, ist mir die Macht der Schönheit aufgegangen. Sie ist mir in einer Art und Weise aufgegangen, von der sich mein lieber Bruder Hugo, der Kunstmaler, kaum etwas träumen ließ. Eine gewisse Melitta, sagte ich, habe mir das Bildchen geschenkt. Melitta war ein Mädchen, welches ich nur deshalb liebte, weil eine gewisse Ähnlichkeit mit Veronika sie mit einem schwachen Abglanz von deren Schönheit beschenkte und somit auch in ihr die furchtbare Macht der Schönheit wirksam war. Nun genug von Melitta, ich werde nicht vorgreifen.

Ich hatte notiert: So viel glaube ich sagen zu können, daß, als der Funke in meine Seele fiel, sich in Seele und Körper ein ungeheurer Brennstoff angesammelt hatte. Es ist mit Bezug auf den Funken: himmlisch oder höllisch? gefragt worden. Genug, wenn dieser Funke im großen ganzen mit »Macht der Schönheit« gleichbedeutend ist.

Es war am 28. Mai 1900, mittags zwölf Uhr, als ich Veronika Harlan zuerst erblickte und somit mein Schicksal die große und nie mehr rückwärts zu biegende Wendung erhielt.

Ich kam damals nach Hause und werde niemals vergessen, welche unbegreifliche Veränderung sich dort vollzogen hatte, ohne daß in Wahrheit das Allergeringste verändert war. Mir kam es vor, als ob man in solchen Maulwurfsstollen und Löchern wie diesen engen Gängen und Stübchen notwendig ersticken müßte, obgleich ich doch viele Jahre mit großem Behagen darin gelebt hatte. Die Schadhaftigkeit der Dielen in meinem Zimmer fiel mir auf, die Moderflecke auf der verblaßten geblümten Tapete, die großen Sprünge im Kachelofen, die Tintenkleckse auf der Tischplatte und um den Tisch herum, die Spinnweben in den Winkeln, die Leimrütchen, die von toten und sterbenden Fliegen schwarz waren, und anderes mehr.

Mein Zustand war mir selbst unbegreiflich und peinlich. Wie wenn Zettel, der Weber im »Sommernachtstraum«, in einen Esel verzaubert, plötzlich Appetit auf Hafer bekommt, so schienen mir die anspruchsvollen Sinne eines königlichen Wesens eigen zu sein, dessen Augen gewohnt sind, in Marmor und Gold zu schwelgen. Ich hatte den Eindruck einer geradezu beleidigenden, durchaus abstoßenden Häßlichkeit.

Es tat mir weh und doppelt und dreifach weh, daß ich diesen Eindruck bei den üblichen Mittagessen in unserer kleinen Küche ebenfalls empfing, daß ich sogar von dem Aussehen, dem Reden und Betragen meiner eigenen lieben Mutter Auge und Ohr beleidigt fand. Federn hingen in ihrem mit Ehren ergrauten Haar, ihre Zähne waren verwahrlost. Ich fand, sie schütte mir das Essen auf wie einem von jenen Geschöpfen, die aus Krippen und Trögen fressen. Kurz, sie tat was immer, sie sagte was immer, es war nichts anderes, als was sie täglich sagte und tat, und ich fand mich durch alles und jedes verletzt und gepeinigt.

Diese Art zu sehen und zu empfinden war mir neu und durchaus befremdlich. Sie dehnte sich auf alles Alltägliche, alles Gewöhnliche aus, was mir in und außer dem Hause vor Augen kam. Ich hatte etwas erblickt, das nun gleichsam in meine Seele gedrungen war und in ihr wohnte: ein Etwas, meinethalben ein Heiligenbild, wodurch die niedrige und erbärmliche Hütte meiner Seele in einen geweihten Dom umgewandelt wurde. Dieser Dom aber und dieses Bild wurden nun rings von einer unsäglich niedrigen, unsäglich häßlichen Alltagswelt umspült, die ich bis jetzt eigentlich überhaupt nicht gesehen hatte.

Der höchst gewaltsame Zustand, in den ich geraten war, ängstigte mich. Denn obgleich er mich in einer ungeahnten Weise innerlich erneuerte und erhob, war ich doch einem Schiffe nicht unähnlich, das von seinem sicheren Ankergrunde losgerissen ist. Die neue Art indessen, Menschen und Dinge zu sehen, machte mich an sich unglücklich. Ich wußte wohl, daß ich Menschen und Dinge früher mit anderen Augen gesehen und mich im Einklang mit ihnen gefühlt hatte. Allein ich konnte nun einmal nichts mehr mit jenen verlorenen Augen sehen noch jenen verlorenen Einklang wiederfinden. Ob ich am Ende einer schweren psychischen Krankheit anheimgefallen war, die gleichsam den Blick meines Auges vergiftet hatte? War diese Krankheit vielleicht sogar eine physische?

Wie soll man in einer Welt leben, in der einem alles und alles gleichgültig oder zum Ekel ist?

Ich hatte eine Empfindung, wie ich mich ganz genau erinnern kann, wie man wohl nach dem Bisse einer Schlange hat, deren Gift nun einmal in den Körper eingedrungen ist. Es kreist im Blut, was man auch unternimmt, es herauszubringen. Ich hatte zweifellos eine giftige Bißwunde oder war durch ein Krankheitsgift infiziert. Man braucht daran durchaus nicht zu sterben; aber es war zu spüren, daß sich ein lebensgefährlicher Krankheitsprozeß mit unsäglichen Leiden unvermeidlich daran knüpfen würde. Sollte man ihn mit Geduld über sich ergehen lassen, die möglicherweise infernalische Krise erwarten mit der Hoffnung auf endliche Heilung, die vielleicht schlimmer war als der Tod?

Einige Tage nach dem Ereignis an der Staupsäule war die Verwirrung und Zerrüttung meines Innern so groß, daß ich einige Male dem Zwange, mich vor ein vorüberrasselndes Lastautomobil zu werfen, kaum widerstand.

Hätte ich dieses vor meinen Richtern gesagt, sie würden es wahrscheinlich für eine in ihrer Absicht recht durchsichtige Übertreibung gehalten haben. Diese Absicht fällt weg, da ich hier höchstens mein eigener Richter bin und mit sonstigen Richtern, Gott ausgenommen, nichts mehr zu tun habe. Gott aber und mich selbst hinters Licht zu führen kann unmöglich meine Absicht sein.

Immerhin sage ich nicht, daß ich in meiner Not etwa nur diesen einzigen Ausweg, des Selbstmords nämlich, gesehen habe. Ich erwog ihn und neigte zu ihm, wenn in gewissen Augenblicken der Gedanke der Hoffnungslosigkeit sich mit Lebensmüdigkeit, ich möchte sagen, sieghaft verbunden hatte. Der Brennstoff aber in meinem Innern, den der Funke entzündet hatte, diese bald schwelende, bald nur knisternde, bald züngelnde, mitunter auch in Flammen brausende Feuersbrunst zeigte zahllose farbige Phänomene, die ich, so gut es geht, beschreiben will.

Bereits am ersten Tage, als ich die kleine Veronika Harlan erblickt hatte und, nach Hause gelangt, die Veränderung meines Sehvermögens feststellen mußte, erwartete ich mit Ungeduld den Beginn meiner Dienststunde. Der Gang ins Büro linderte bereits den leidenschaftlichen Zustand, an dem ich litt, weil er mich dem Orte, an dem ich das Kind gesehen, näher brachte. Mit einer Bestimmtheit, die meinem schüchternen Wesen sonst nicht eigen war, tauschte ich übrigens sogleich meinen Platz im Magistratsbüro mit dem eines anderen Magistratsschreibers, einem Platz am Fenster, von dem aus man die Staupsäule im Auge behalten konnte. An diesem Tage machte mein Herr Bürovorsteher mir die Mitteilung, es sei mir eine Gehaltserhöhung bewilligt worden. Dies war eine Anerkennung meiner Tüchtigkeit, die mich noch einen Tag zuvor in einen Glückstaumel versetzt haben würde. Heute hörte ich nur mit halbem Ohr. Es vergingen dann drei oder vier Tage, ehe ich die Tatsache meiner Mutter mitteilte, was ich früher wahrscheinlich noch in derselben Stunde getan hätte.

Ich wußte damals natürlich noch nicht, wie das Mädchen hieß und wessen Tochter sie war.

Ich fühlte sehr wohl, daß ich mit ihrem Vatersnamen, besonders aber mit ihrem Vornamen, ein unschätzbares Gut, einen Teil von ihr besitzen würde; das müßte Balsam für meine Wunden, Labsal für meine quälende Hunger- und Durstempfindung sein. Mir, einem anspruchslosen Menschen, dem zu einer behaglichen und bescheidenen Ausübung des Daseins, könnte man sagen, bisher nichts gefehlt, fing es nämlich, wie ich mit Schrecken erkannte, am Allernotwendigsten zu mangeln an: an Licht für das Auge, an Luft für die Lungen, an Musik für das Ohr, an Quellwasser und an Brot. Alles dieses konnte mir nur durch die Gnade meines unumgänglichen Mediums in Gnaden bewilligt werden. Mein Zustand war bejammernswert.

Lese ich dieses durch, so klingt es im höchsten Grade verstiegen. Nun, ich will keineswegs behaupten, daß ich damals ein Mensch mit 58 Pulsschlägen und 35 Grad Temperatur gewesen bin. Man soll auch nicht denken, ich hätte nicht alles versucht, um mich aus der Abhängigkeit, in die ich geraten war, loszulösen. Der brennenden Süchtigkeit aller meiner Sinne, sich an der Gegenwart des Mädchens zu sättigen und lebendig zu machen, setzte ich immer neu den Versuch entgegen, ihre krankhaften Triebe auf andere Weise zu löschen.

Ich erwog in den ersten Tagen auf jede mögliche Art, nicht nur die des Selbstmordes: Flucht. Ich nahm mir vor, mit einem festen, gewaltsamen Willensentschluß ein Ende zu machen und mich von der sinnlosen Macht dieser Imagination zu befreien. Es gelang mir nicht. Oft glaubte ich, es sei mir gelungen, wenn ich zum Beispiel nächtelang, mit meinem früheren Eifer verglichen doppelt heftig, für das Lehrerexamen gebüffelt hatte. Mußte indessen schließlich immer erkennen, daß die Krankheit unbeirrbar fortgeschritten, das Fieber heftiger, die Verwicklung fester geworden war.

So wurde denn wieder der andere Weg der möglichen Erlösung eingeschlagen. Das bedeutete den Versuch, die nun einmal aufgestörten gierigen Sinne wenigstens teilweise zu befriedigen.

Meine Erwägung war etwa so: Versuche ihren Vornamen in deine Gewalt zu bekommen! Du wirst daran herumkauen und deinen Durst an ihm löschen, meinethalben wie der Wüstenwanderer an einem Stein. Du wirst jedenfalls einen seligen Genuß dabei empfinden, noch im Sterben empfinden, wenn du etwa dennoch verdursten solltest. Versuche sie zu sehen, wenn auch nur aus der Ferne! Starre sie so lange und immer wieder an, bis sie gleichsam alle ihre Strahlen an dich versendet und vergeudet hat! Dann ist sie kalt und strahlenlos geworden und kann dich nicht mehr verbrennen, dir nichts mehr anhaben. Oder aber ihre Strahlen wirken fort, aber du bist satt und übersatt und darum gegen sie fest geworden. Versuche sie zu sprechen und bitte sie, ihren verderblichen Zauber von dir zu nehmen! Sie muß das können, da sie doch die Zauberin selber ist. Versuche ein Bild, eine Photographie von ihr zu erhalten und treibe einen Mysterienkult mit ihm hinter verschlossenen Türen! Das Bild kann deinen rasenden Küssen nicht wehren, und du kannst vielleicht deine Gluten für immer kühlen. Suche dir einen Beichtiger! Ein Vertrauter, dem du dich öffnen kannst, wird dir die furchtbare Spannung von der Brust nehmen. Du wirst dich ausschütten, und er wird die Hälfte der Last auf sich nehmen. Die unsichtbare Geliebte wird in euren lauten Worten sichtbar, hörbar, kurz: gegenwärtig sein. Und die Gewohnheit selbst dieser Gegenwart wird den tödlichen Schmerz der Trennung vielleicht aufheben. Auch wohl das quälende Bedürfnis, den Gegenstand gegenwärtig zu sehen, durch Gewohnheit abstumpfen.

Leider war ich so in mich zurückgescheucht, daß ich während der ersten vier Wochen meinen Zustand nicht einmal andeutungsweise an irgend jemand verriet. Weil ich aber glaubte, man könne ihn mir von außen ansehen, scheute ich mich, irgendwelche noch so vorsichtigen Schritte zu tun, um auch nur den Namen des Mädchens zu erfahren.

Es waren etwa vierzehn Tage vergangen, in denen mein Zustand keine Besserung erfuhr. Wie eine bösartige Wucherung, die, wenn man sie nicht herausschneidet, wächst und wächst und schließlich den ganzen Körper, auf dem sie schmarotzt, verzehrt, so ging es mit dem furchtbaren und holden Bilde und meiner Seele. Die Wirklichkeiten um mich herum bestanden eigentlich gar nicht mehr. Breslau war eine Stadt der Phantasie geworden, ein Vineta vielleicht, in dem ich nach einem Palast aus blauem Türkis und der Nixenkönigin, die darin wohnen mußte, auf der Suche war und aus dem ich nur notgedrungen emportauchte.

Niemand merkte zunächst die Veränderung, da ich nach Kräften das in mir nistende Übel verbarg und nach außen mit Glück den alten spielte.

Übrigens war meine Mutter damals durch Ärger und Sorge, die ihr mehr als mir meine Schwester Melanie bereitete, von meiner Person abgelenkt. Die Mutter entdeckte nach und nach allerhand Gegenstände in ihren Schüben und Schränken, die sie von ihrem Gehalt – sie war Blumenbinderin – unmöglich gekauft haben konnte: lange schwedische Handschuhe, durchbrochene Strümpfe aus Seide, Goldkäferschuhe, Hemden mit Spitzen, einen Hut, auf dem eine Straußenfeder war, neue moderne Kleider, einen neuen Mantel und andere Kostbarkeiten mehr, die über die Leistungsfähigkeit ihres armseligen Portemonnaies weit hinausgingen.

Ich hatte wenig auf die Verwandlung meiner Schwester achtgehabt, und wäre ich noch wie früher bei der Sache gewesen, würde ich mit ihr ernstlich ins Gericht gegangen sein. So unterstützte ich zwar die Mutter, die mit schwachen Kräften Melanie ins Gewissen redete und sie zu einem Bekenntnis, womöglich zur Umkehr zwingen wollte, aber mit einer Toleranz gegen den möglichen Abweg der Schwester, die meine Mutter sichtlich befremdete. Es kam zum Bruch zwischen meiner Mutter und Melanie, die erklärte, sie sei majorenn und weder auf die Wohnung noch die Unterstützung meiner Mutter angewiesen. Und da dies alles in einem gewissen Sinne wirklich so war, lief sie fort und blieb dann fort, nachdem sie einmal wiedergekehrt, ihre Sachen gepackt, auf eine Gepäckdroschke verstaut und mit sich genommen hatte.

Die Mutter hatte schlaflose Nächte. Sie sagte: »Ich sehe nur zu deutlich voraus, wo es mit ihr enden wird. Sie wird ihrer alten Mutter die Schmach nicht ersparen, ihren ehrlichen Namen geschändet zu sehen, und dir zugleich deine sauer erarbeitete Lehrerkarriere verderben. Denn man stellt einen Lehrer nicht an, dessen Schwester in der gleichen Stadt unter Sitte ist.«

Gott sei Dank ahnte die Mutter nicht, wie wenig Eindruck mir damals schon die Befürchtung machte.

Ich fühlte mich in dieser für mich so kritischen Zeit seltsamerweise mehr als früher zu Vater Starke und seiner Tochter hingezogen. Es mochte infolge des Beichtbedürfnisses sein, das ich, wie schon erinnert, empfand. Obgleich ich ihm auch hier nicht genügte und von meinem Erlebnis weder den alten Buchbinder noch seine Tochter etwas merken ließ, spürte ich doch in ihrer Gegenwart das Umfangen liebevoll verstehender Herzen.

Der alte Starke, mein jetziger Schwiegerpapa – ich höre seine ruhige, gute Stimme unten im Laden –, der alte Starke war nicht nur Buchbinder, sondern er las auch viele der Bücher, die er band; ja, er hat selbst einige kleine Kalendergeschichten verfertigt. Man kam überdies zu ihm, wenn man ein Hochzeitsgedicht, einen Nachruf oder dergleichen benötigte. In der Verfertigung solcher Sachen hatte er einen gewissen Ruf erlangt.

Er besitzt noch heute eine fast unübersehbare Menge davon, und es wird sich vielleicht eine hübsche Auslese daraus machen lassen.

Ich habe damals auf eine mir selbst fast unbewußte Weise mein erstes Gedicht gemacht. Ich entdeckte es gleichsam erst in dem Augenblick, als ich den Punkt daruntergesetzt hatte. Ich werde die Freude nie vergessen, die sich im Gesicht des alten Buchbindermeisters malte, als er dies Gedicht, das ich ihm gebracht, durchgelesen hatte und nun erfuhr, daß es meiner Feder entflossen sei. Er lobte es dann in den stärksten Ausdrücken.

»Mensch, Mann, Sie sind ja ein großes Dichtergenie! Da sitzt so ein Mensch und hockt im Winkel, tut elende Kuliarbeit, um nur ein Stück Brotrinde kaufen zu können, und macht Sachen, die eines Schiller und Goethe würdig sind.« In diesem Tone redete damals mein jetziger Schwiegerpapa und fügte immer wieder hinzu: »Nun aber ist es Zeit für mich, mein eigenes Geschmier, diese elende Makulatur, zu verbrennen.«

Dem kritischen Tage erster Ordnung – ein solcher war

der 28. Mai – folgte ein anderer ebenso kritischer Tag, der als 13. Juli 1900 unauslöschlich in dem Buche meines Lebens verzeichnet zu werden verdient.

Der Morgen war schön, und ich hatte den Übermut, mir in der Frühstückspause ein Paar heiße Würstchen zu gönnen, die ich im Eingang zum Schweidnitzer Keller kaufte und zu mir nahm.

Bei dieser Gelegenheit hielt ich den Blick auf die sogenannte Goldene-Becher-Seite des Breslauer Ringes gerichtet, in die Gegend etwa, wo die bekannte große Eisenhandlung von Emmo Harlan ist, deren Schild ich übrigens von meinem Pult im Büro immerwährend sah.

Plötzlich war ich aufs äußerste konsterniert. Es konnte durchaus keine Vision – sondern, was ich deutlich vor Augen sah, konnte nur eben wieder die kleine Prinzessin von der Staupsäule sein.

Oh, wie hatte ich diese Säule von früh bis abends von meinem Pult aus fixiert, als müßte das Mädchen plötzlich aus ihr heraustreten! Im Geiste hatte ich diese Säule immer wieder von oben bis unten mit Rosen umhüllt. Ich war wie ein Narr unterm Spott der Passanten immer wieder im Kreis um sie herumgelaufen, und so fort.

Diesmal saß das bezaubernde holde Schönheitswunder in einem von zwei Schecken, winzigen Ponys, gezogenen eleganten Korbwägelchen. Sie hatte die Zügel der Pferdchen in der Hand; hinter ihr saß ein kleiner Lakai, neben ihr saß die Gouvernante. Sie trug einen Schäferhut, und darunter war wieder das herrliche offene Haar, das schon beim ersten Sehen eine so magisch-betörende Wirkung auf mich gehabt hatte.

Wenn ich, was dann geschah, mir gleichsam von rückwärts nach vorwärts vergegenwärtige, so läuft vielleicht eine kleine Übertreibung mit unter, aber ich komme doch damit dem Zustand einigermaßen nahe, in den ich damals willenlos geworfen wurde. Ein Kutscher, der mit aufgestreiften Hosen und Hemdsärmeln eine elegante Halbchaise wusch, nahm die Peitsche, die in der Öse des Bockes derselben Chaise steckte, und knallte mir mehrmals heftig damit vor dem Gesicht herum.

Nun erst merkte ich, wo ich stand. In dem langen, mit Bandeisen, Pflugscharen und so weiter überfüllten Hof des Emmo Harlanschen Hauses, auf den die Fenster der Verkaufsräumlichkeiten mündeten.

Der altertümliche, schöne Bau war unter dem Namen des Harlanschen Hauses stadtbekannt.

Jetzt fiel mir ein, daß ein eleganter Herr und eine elegante Dame sich in einem Fenster des ersten Stockes gezeigt und in den Hof heruntergewinkt und -gesprochen hatten.

Der Platz, nach dem sie hingewinkt und -gesprochen hatten, war jetzt leer. Er befand sich vor einem kleinen Portal, ähnlich einem Kirchenportal, aus Sandsteinwerkstücken.

Als sie herunterwinkten und -sprachen, hielt vor dem Portal ein kleiner Korbwagen, aus dem ein alter Diener ein kindhaftes Mädchen hob, dessen Antlitz, von zartestem Inkarnat, Gesundheit, Jugend und Glück atmete. Es tätschelte die Pferdchen und ließ sie aus ihren weißbehandschuhten Händchen Zucker nehmen, bevor es mit der Gouvernante unterm Portal verschwand.

So viel war mir erinnerlich, als der Schmitz der Peitsche knallend dicht an meinen Ohren vorüberpfiff. Irgend etwas mußte indes noch geschehen sein: denn weshalb hätten sich sonst so viele Köpfe von Angestellten an den Fenstern der Verkaufsgewölbe gedrängt, die alle zu mir herstarrten?

»Was wollen Sie eigentlich?« fragte mich plötzlich ein wohlgekleideter junger Mann, ein Handlungsgehilfe wahrscheinlich. »Nichts«, gab ich ihm etwas verdutzt zur Antwort. »Ja, aber warum rannten Sie denn förmlich wie wahnsinnig dem Wagen des gnädigen Fräuleins nach?«

Diese an mich gerichtete zweite Frage habe ich meines Wissens nur durch ein Achselzucken beantwortet, worauf ich rechts und links bei den Armen gefaßt und von zwei Kutschern oder Hausdienern unter allgemeinem Gelächter, das überall herzukommen schien, keineswegs brutal, durch die Einfahrt auf den Ring hinausgeführt wurde, wo man mich in dem Strome des Verkehres stehenließ.

Ich glaube, ich habe dort lange gestanden, ehe ich meine Schritte zu setzen begann.

An diesem Morgen, an diesem ganzen Tage ging ich nicht ins Büro zurück, obgleich ich dort eine dringende Arbeit zu beenden hatte. Ebensowenig ging ich nach Hause, und ich glaube, zum überhaupt ersten Male seit ihrer Witwenschaft mußte mich meine Mutter mittags und abends vergeblich erwarten. Es war gegen neun Uhr morgens, als mich meine Mutter wiedersah.

So lange war ich ruhelos, ohne etwas zu essen oder zu trinken, umhergelaufen.

Nämlich: mich durchdrang ein ungeheurer Schreck, als ich endlich vor dem Portal des Patrizierhauses zu mir selbst kam. Ich erkannte, daß mich hier etwas ohne meinen Willen, ja gegen meinen Willen in seine Gewalt bekommen und über mich verfügt hatte.

Wenn dies aber so war, konnte mich nicht dieses Etwas, dieser Dämon, der in mir wohnte, noch zu anderen, schlimmeren Dingen mißbrauchen? Diese Befürchtung war es, die alle meine gesunden Kräfte zum Kampfe gegen diesen Dämon in die Schranken rief.

Ich werde soweit wie möglich kühl bleiben und meinethalben lieber ein wenig oberflächlich in der Darstellung meiner ruhelosen Wanderung, als daß ich mich etwa von ihren Wirrnissen wieder umtrüben oder gar umstricken lasse. Ich lief zuerst in den Straßen und Gassen der Stadt umher, bis ich irgendwo an die Oder gelangte und an ihren Ufern stromaufwärts zur Stadt hinaus.

Meine Empfindung war schon bei Beginn der Wanderung, daß ich mich verirrt hatte und von dem traulichen und umfriedeten Ort, an dem ich sicher gewohnt hatte, bevor die Erscheinung an der Staupsäule in mein Leben trat, bereits weit, weit abgekommen war. Es gibt einen Traum, den wohl die meisten Menschen geträumt haben. Man hat an einem bestimmten Tage, zu einer festgesetzten Stunde an dem und dem Ort zu sein. Es hängt ungeheuer viel davon ab, daß man pünktlich ist. Mit Unpünktlichkeit oder gar mit dem völligen Ausbleiben sind unwiederbringliche, schmerzlich schwere, materielle und ideelle Verluste verbunden. Nie wieder kommt der versäumte Augenblick. Dieses ist nun der quälende Gang des Traums, daß man auf keine Weise der unbegreiflich zahlreichen Hindernisse Herr zu werden vermag, um zur richtigen Zeit den Bestimmungsort zu erreichen: Es fehlt ein Kragen, ein Hemd, ein sonstiges wichtiges Kleidungsstück; hat man dieses gefunden, ist jenes verschwunden. Hat man endlich dennoch den Bahnhof erreicht, so ist man in einen falschen Zug gestiegen und leidet die Pein, in entgegengesetzter Richtung zu reisen und sich immer mehr von dem Ort zu entfernen, den man erreichen will. Endlich hält dann vielleicht der Zug, aber die Tür des Coupés geht nicht auf, und bevor man es noch verlassen kann, ist etwa der Zug auf ein Trajektboot geschoben, und man befindet sich plötzlich mitten auf dem Ozean auf der Weltreise, von der man erst nach Jahren eine Rückkehr hoffen kann . . . So ungefähr war der Zustand bei Beginn und im Verlauf meiner Wanderung. Er wurde von Stunde zu Stunde quälender.

Derselbe Dämon, der mich zu einer willenlosen und fast bewußtlosen Handlung mißbraucht hatte, mußte es ja wohl sein, der mir jetzt alle diese Hindernisse der Rückkehr in den alten gesunden Zustand bereitete und mich auf weiten labyrinthischen Irrwegen mit sich zog und gegen den ich leider vergeblich alle meine guten Geister in Bewegung setzte.

Jeder denkende Mensch, sofern er denkt, ist Dramatiker. Und da ich in ein bestürztes und gepeinigtes Grübeln geraten war, hatte ich oder hatte sich vor meinem inneren Auge ein Drama organisiert, in dem ich einerseits Zuschauer war und doch auch in seine Dialoge hineingeriet. Natürlich war auch der Dämon auf der Bühne. Und sein Verfahren war so raffiniert, daß ich, mit ihm in heftigstem Zwiegespräch, es nicht einmal merkte, daß seine Pranke es war, die mich indessen im Nacken gepackt hatte und mit schmerzenden Sohlen und brennendem Hirn rastlos mitsamt dem ganzen rasend tragierenden inneren Thespiskarren vorwärtsstieß.

Es war der Dämon, es war meine Mutter und Tante Schwabe, war der Mittelschuldirektor Dr. Wohlfeil, den ich auf der Bühne sah, welche letzten drei mit dem Dämon in heftigem Streit lagen. Dieser Dämon sah auf ein Haar wie ich selber aus. Nur daß er aufs äußerste geckenhaft gekleidet war. Er trug Lackschuhe und im Schlips die Brillantnadel. Man bewies dem Dämon, und ich beteiligte mich dabei, er habe es mittels des Blendwerks dieser bezaubernden kleinen Weltdame auf meine Vernichtung abgesehen. Meine Redlichkeit, meine Gewissenhaftigkeit, meine Anspruchslosigkeit, mein Fleiß und meine treue Kindesliebe seien ihm ein Dorn im Auge gewesen; wozu er mich bringen wolle, sei Genußsucht, Habgier und Hoffart. Er wolle mich durch ein ebenso albernes als teuflisches Blendwerk in Narrheit, Wahnwitz und womöglich unsühnbare Schuld verwickeln.

Es sei genug. Ich weiß nur: wer mir auf diesem Gange, sei es am Tag, sei es in der Nacht, etwa begegnet ist, der hat einen gestikulierenden, laut mit sich selber redenden Menschen gesehen, von dem er annehmen mußte, daß er einer Irrenanstalt entlaufen sei.

Mutter war tief besorgt über mein Ausbleiben, aber doch noch mehr über den Zustand, in dem ich schließlich nach Hause kam. Auch sie muß das Schlimmste für meinen Geisteszustand gefürchtet haben. Ja, ich selber dachte mit Grauen an ein mögliches Ende im Irrenhause. Meine Furcht davor war so groß, daß ich, als Mutter einen Arzt holen wollte, rundweg erklärte, wenn ein Arzt unsere Wohnung beträte, so spränge ich zum Fenster hinaus.

Ich schlief bis zum Abend des folgenden Tages, genoß etwas, das mir Mutter ans Bett brachte, und schlief wiederum bis zum kommenden Morgen durch. Als ich aufwachte, war ich gestärkt und beruhigt.

Mutter war selbst auf dem Amt gewesen und hatte mein Ausbleiben hinreichend mit meinem plötzlichen Krankheitsfall entschuldigt, so daß mir für diesmal ein Nachteil daraus nicht erwuchs.

Es kamen nun Wochen, in denen ich fast völlig wieder der alte war. So mußte die Krisis doch wohl einen Erfolg zu meinen Gunsten gezeitigt haben. Ich dachte geflissentlich wenig daran zurück. Ich stellte mich selber vor mir so, als hätte ich die Erscheinung an der Staupsäule überhaupt nicht selber gesehen, sondern nur in einem Buche davon gelesen, und als verhielte es sich mit dem peinlichen Vorfall im Hofe des Patrizierhauses am Ring etwa ebenso. Meine heutige Frau, damals Marie Starke, hat, wie sie mir jüngst erzählte, in jener Zeit von meiner rätselhaften Krisis durch Mutter erfahren. Beide Frauen kamen jedoch in einem richtigen Instinkt überein, an den Vorfall nicht weiter zu rühren, mich auf keine Weise daran zu erinnern. Der Erfolg, den ich mit meinem Gedicht bei dem alten Buchbindermeister gehabt hatte, bewog mich jetzt zu weiteren poetischen Anläufen, und eines Tages wurde ein ganzes Bündel Gedichte an eine illustrierte Wochenschrift in München durch Starke abgeschickt.

Was die Gedichte enthielten und welchen Wert sie besaßen, ist hier gleichgültig. Ein Vers lautete zum Beispiel: »Bist du es, Muse, die in ihren Dienst mich nimmt und wie die Sphinx mit Krallen aus der Brust mir reißt mein Lied?«

Das klingt vielleicht töricht, aber es ist wirklich empfunden. Nun, wie gesagt, um Wesen und Wert der Gedichte mag vor einem anderen Forum gestritten werden. Wichtiger ist mir im Augenblick, was sich mit mir selber zutrug, als sie Starke an die Münchener Zeitschrift abgesendet hatte.

Die seltsame Handlung, zu der ich dadurch veranlaßt wurde, hätte mich damals überzeugen können, daß ich keineswegs wieder der alte geworden war. Ein glühender Ehrgeiz, wie er mir ehedem durchaus ferne lag, ließ eine Menge provinzieller Illusionen wie Pilze nach lauem Regen in mir aufschießen. Gedichte waren mir Göttergeschenke, und ich zweifelte nicht daran, daß, da ich mich herbeiließ, sie gegen Belohnung herzugeben, diese Belohnung königlich sein würde. Auch nahm ich an, unmerklich den Boden unter den Füßen verlierend, meine dichterischen Erzeugnisse würden eine ganz ungeheure Wirkung tun und mein Name infolgedessen »von der Maas bis an die Memel, von der Etsch bis an den Belt« plötzlich mit höchstem Ruhm genannt werden. Heute ist es mir völlig unerklärlich, wie ich mich in solche Hirngespinste versteigen konnte, doch gab ich mich ihnen so völlig hin, daß ich mich, lange bevor die Zeitschrift geantwortet hatte, für einen reichen und ruhmgekrönten Dichter hielt.

Da nun jener furchtbare Sinn, der mir alles früher teilnahmslos Hingenommene als häßlich erscheinen ließ, noch nicht wieder abgestorben war, sondern sich sogar auf meine Person und deren Äußeres gerichtet hatte, trat ich eines Tages gehobener Stimmung in das erste Kleidergeschäft von Breslau ein und brachte es wirklich, indem ich mich als bekannten Schriftsteller aufspielte, dahin, daß man meine Adresse notierte und mich mit einem neuen, unbezahlten Anzug am Leibe davongehen ließ.

Ich glaube nicht, daß ich damals schon ein bewußter Betrüger gewesen bin. Mit dieser unbegreiflichen Handlung jedoch war der erste Schritt auf dem verhängnisvollen Wege getan, der mich später ins Zuchthaus bringen sollte.

Dankend abgelehnt kamen sehr bald meine Poesien an Meister Starke zurück, der, darüber im höchsten Grade sittlich entrüstet, viertelstundenlang seine Wut und seine Verachtung gegen das verständnislose Skribentengeschmeiß auspolterte, aber die Sache nicht ändern konnte. Nehme ich heute den anderen Fall, und hätte man mein Versegestoppel selbst honoriert, so würde ich noch nicht ein Viertel meines wahnwitzigen Einkaufs mit dem Erlös haben bestreiten können.

Ich muß nun auf Tante Schwabe kommen, was ohne eine gewisse Überwindung nicht möglich ist. In meinem häuslichen Kreise wird der Name nie ausgesprochen; ich vermeide es um meiner selbst willen, Vater Starke und Marie aus Rücksicht für mich. Sie ist schließlich die leibliche Schwester meiner geliebten und braven Mutter gewesen. Und wenn ich denke, wie sie geendet hat und welche Rolle ich in der Verkettung gespielt habe, die zu ihrem Tode führte, so spüre ich jedesmal eine Wunde im Fleisch, mit der sich seltsamerweise leben läßt, trotzdem sie unheilbar ist.

Das altertümliche Häuschen, das sie bewohnte, war ihr Eigentum. Ihre Zimmerchen waren hübsch eingerichtet, nur einigermaßen mit altertümlichen Kunstgegenständen, die sie kaufte und verkaufte oder auch als verfallene Pfänder behalten hatte, überfüllt. Sie verstand sich nicht nur auf solche Sachen, sondern hatte sogar dies oder jenes Stück so gern, daß es ihr bei all ihrer Liebe zum Golde doch unverkäuflich war.

Einen Abend bei Tante Schwabe zubringen war um ihrer selbst willen und um der Leute willen, die man bei ihr aus und ein gehen sehen konnte, nicht uninteressant. Man konnte dort Menschenstudien machen, und sie selber hatte sie reichlich gemacht. Tante Schwabe war klug, hatte viel erlebt und gesehen, wußte in der Lästerchronik der Provinz aus eigener Erfahrung wie vielleicht keine Persönlichkeit in der Stadt Bescheid, weil hoch und niedrig sie gelegentlich mit ihrem Vertrauen beehrte. Vor den bekanntesten Adelsnamen legte sie nicht den geringsten Respekt an den Tag, und auch mir verging der Respekt, wenn sie von dieser oder jener alten Familie die prunkende Außendraperie beiseite schob. Meine Mutter war eine schlichte Frau, Tante Schwabe dagegen hatte einen beweglichen Geist und einen lebhaften Bildungstrieb. Sie besuchte Konzerte und Theater, wußte in der musikalischen und in der Schauspielerwelt, ja sogar in der Politik Bescheid.

Und sie war noch in einer andern Welt keine Fremde, wenn es auch schwer zu entscheiden ist, ob sie selber hineingehörte oder nur zuweilen ihre Grenze berührte. Es war die lichtscheue Welt des Gaunertums. Sie bewies mir oft, wie das

Gaunertum alle Stände durchsetze. Sie zeigte mir angesehene Männer in Offiziersuniform, wenn wir gemeinsam die Straßen durchschritten, und behauptete, wenn man nur den zehnten Teil von dem an die große Glocke hinge, was sie von ihnen wisse, würden sie den glänzenden Rock des Königs mit einer ganz anderen Uniform vertauschen müssen. Sie nannte vornehme Damen, die den abgefeimtesten Ladendiebinnen nichts nachgaben. Manche, mit ersten Persönlichkeiten verheiratet, Mütter von wohlerzogenen Kindern, besaßen die größte Fertigkeit darin, unauffällig Brillanten in ihren schwedischen Handschuhen, im Munde oder sonstwie verschwinden zu lassen. »Viel lieber«, sagte die Tante oft, »habe ich mit wirklichen Gaunern zu tun als mit solcherlei Elementen, die ihr Gaunertum nicht im entferntesten für wahr haben wollen. Diebe, Urkundenfälscher, Veruntreuer von Mündelgeldern, Gräfinnen und Freifrauen, die den Erlös ihrer Verkaufsstellen in Wohltätigkeitsbasaren zur Hälfte der eigenen Tasche zuführen, halten sich nichtsdestoweniger nach wie vor für die edelsten Blüten der Nation und fühlen sich unentwegt für berechtigt, auf redliche und anständige Mitmenschen verächtlich von oben herabzublicken.« Wer weiß nun, wieweit Tante Schwabe recht hatte? Ich glaube, sie hat diese Amateure unter den Gaunern nicht weniger gut gekannt als die beruflichen. Diese kannte sie ganz gewiß. Dafür habe ich schließlich Beweise, die gleichsam mit Blut und Eisen in der Geschichte meines Lebens verzeichnet sind.

Einer von Tante Schwabes Freunden war Kriminalkommissar. Sie erklärte ihn für übergeschnappt, trotzdem sie ein Jahrzehnt hindurch mit ihm, wie ich glaube, sehr vertraut gelebt hatte. Ich bin überzeugt, er hat ihr aus mancher Patsche herausgeholfen. Eigentlich zählte die Tante und zählte wohl auch der Kommissar auf gewisse Weise ebenfalls unter die Gruppe, der Tante Schwabe weniger gewogen als den wirklichen Gaunern war. Ohne Zweifel von ihrer bürgerlichen Ehrenhaftigkeit überzeugt, haben sie trotzdem aus verbrecherisch erworbenem Gut nicht selten Gewinn gezogen.

Ich habe bei Tante Schwabe Privatdetektivs getroffen, Heiratsvermittler, Erfinder von allerlei Massenartikeln, verkrachte Existenzen aller Art, Kandidaten der Theologie, die Zuhälter geworden waren, Offiziere, zu Falschspielern herabgesunken und vorbestraft, Volksschullehrer, die wegen Sittlichkeitsverbrechen im Zuchthause gesessen hatten, und andere mehr. Ich habe dort Dirnen kennengelernt, die auf mich den Eindruck von anständigen Frauen machten, und anständige Frauen und Töchter gutbürgerlicher Menschen, die sich für Geld als Dirnen hingaben, um einen Pelz oder ein Ballkleid, für ein Fest der ersten Gesellschaft, etwa im Ständehaus, zu bezahlen.

Tante Schwabe, die mit ihrem scharfen Verstande die glänzende Schale unserer gesellschaftlichen Zustände durchblickt und den Wurm im Kerne entdeckt hatte, hatte dadurch eine mitunter erschreckliche Vorurteilslosigkeit erlangt. Sie wollte sich fast in keiner Beziehung dazu bequemen, die abgestempelten Werte als solche anzuerkennen. Dagegen konnte sie einem Menschen fast schon von rückwärts seinen Charakter und seine Schulden ansehen.

Du sagtest selbst, gute Tante, du habest dich in dieser Beziehung kaum je im Leben getäuscht. Dann wäre ich deine einzige Täuschung gewesen. Deine erste und letzte zugleich; denn es war eine Täuschung mit einem für dich tödlichen Ausgange.

Sie, deren rechter Arm ihrem linken nicht traute, hatte zu mir ein geradezu sträfliches, grenzenloses Vertrauen gefaßt, ein so törichtes, blindes Vertrauen, daß ich mich schon damals darüber verwunderte und noch heutigentags deswegen erstaune. Wie konnte ich so weit sinken, ein solches Vertrauen so grauenhaft zu belohnen?

Als ich eines Tages, in meinem doch wohl bereits ergaunerten Anzug kaum wiederzuerkennen – Kleider machen Leute! –, zu Tante Schwabe kam und ihr dieselben hochgestimmten Töne wie dem Kleiderhändler über Reichtum und Dichterruhm zu hören gab, war sie noch so gewöhnt daran, von mir stets nur schlichteste, reinste Wahrheit zu hören, daß sie alles für bare Münze nahm. Sie hatte ebensowenig wie irgend jemand außer mir eine Ahnung von dem giftigen Stachel, der in mir saß und der auf keine Weise herausschwären wollte. Sie hatte nicht einmal etwas von der Krisis erfahren, die mich fast vierundzwanzig Stunden ruhelos umhergejagt hatte.

Tante Schwabe wollte mir wohl. Sie nahm teil an allem, wodurch mein Fortkommen in der Welt gefördert werden konnte. Und da sie, wie schon bemerkt, große Stücke auf mich hielt, schien meine Entpuppung als Dichtergenie ihren

Glauben an mich in einer freilich etwas überraschenden Art und Weise zu bestätigen.

Ich sagte ihr, ein gewisser Dr. Starke – ich war erstaunt, mit welcher Mühelosigkeit ich den Buchbindermeister zum Doktor stempelte! –, ein Dr. Starke also habe von meinen Poesien, die ich so nebenbei schon seit Jahren hingeworfen, Kenntnis erlangt und habe mir mit nicht wiederzugebenden Ausdrücken gratuliert und mir eine glänzende Zukunft vorausgesagt. Er schreibe eben an einem Artikel, in dem er mich als das neuaufgehende Licht bekanntmachen wollte. Eine Zeitschrift in München werde auf sein Betreiben einige meiner Gedichte drucken und habe mir einstweilen auf Abschlag fünfhundert Mark gesandt. Noch sehe ich, wie bei meinen dreisten Schwindeleien die Augen der Tante sich vergrößerten. Schließlich sah ich ihr eine herzlich-freudige Überraschung an, die mich beinahe für einen Moment ernüchterte. Aber die flüchtige Kundgebung meines Gewissens wurde durch den Fluß der Dinge hinweggespült. Die Tante gab meinen Mitteilungen eine mich selber überraschende Wichtigkeit und holte sogleich eine Flasche Wein, um das Ereignis mit mir zu feiern.

Während wir nun die Flasche austranken, merkte ich, daß ich für Tante Schwabe eine interessante Persönlichkeit geworden war und daß sie mich nun mit einer Art scheuen Respektes betrachtete. Diese Verwandlung schmeichelte mir so sehr, daß ich, von einer Art Größenwahn gepackt, mich tiefer in mein Gewebe von Lügen und Einbildungen verstrickte.

Zu meinem Entsetzen erkannte ich, daß Tante Schwabe auch das mit blindem Glauben entgegennahm, was ich nach meiner Ansicht nur scherzhaft gemeint hatte. Den Dienst, mein Lügengewebe durch einen trockenen Witz zu zerstören, wie er ihr gelegentlich zu Gebote stand, schien sie mir diesmal durchaus nicht leisten zu können. Statt mich zu ernüchtern, vermehrte sie nur sowohl durch Worte als durch das mir ungewohnte Getränk meine Trunkenheit. Sie war an diesem Tage von einer geradezu unerlaubten, für uns beide verhängnisvollen Leichtgläubigkeit.

So wagte ich es und wurde dazu verführt, ihr auf geheimnisvolle Weise ein Heiratsprojekt anzudeuten, das mir, wie ich durchblicken ließ, der mysteriöse Dr. Starke nahegelegt habe. Ich hatte das Mädchen gesehen, die Eltern gesprochen, war durch den Doktor in dem reichen Hause eingeführt. Natürlich war die Zukünftige durch meine Gedichte für mich gewonnen worden, was sie mir auch durch Worte und Winke zu verstehen gegeben hatte. Ich ließ schließlich einfließen, es sei schade, daß ich noch immer durch unzulängliche Mittel zu einem allzu bescheidenen, allzu vorsichtigen Auftreten verurteilt sei.

Ich hielt es für völlig ausgeschlossen, daß diese in solchen Dingen durch ihren Beruf besonders gewitzigte Frau auf diesen plumpen Köder anbeißen würde. Doch schnappte sie unbedenklich zu, so daß mir vor Überraschung und peinlichem Schreck ein eisiges Friesel den Rücken erkältete.

An diesem Tage verließ ich die Tante mit einem Tausendmarkschein, den sie mir geliehen hatte. Eine schwindelerregend hohe Summe für mich. Ich hatte tatsächlich nie einen solchen Schein bis dahin auch nur in Händen gehalten.

Jeder Schritt im Leben ist verhängnisvoll, darum will ich es lieber unterlassen zu sagen, dieser Tag sei es gewesen und besonders jener Schritt und jene Sekunde, in der ich aus Tantes Haus auf die Straße trat.

Es brütete über der Stadt eine jener glühenden Sommernächte, die in Breslau nicht selten sind.

Als ich nun auf die Straße trat, wurde ich von einem Menschen mit meinem Namen begrüßt, der in das Haus meiner Tante hineinwollte. Es war ein gewisser Wigottschinski, ein stets sauber gekleideter, jugendlich aussehender Mensch, dessen Alter indes nicht leicht festzustellen war. Er ging, wie ich wußte, bei Tante aus und ein und war von ihr wohl wegen seines lustigen Wesens wohlgelitten. Ich weiß noch heute nicht, von welcher Art das Verhältnis der beiden damals war. Sicher ist nur, daß dunkle Geschäfte eine Rolle darin spielten.

Wigottschinski also begrüßte mich und fragte, ob Tante Schwabe zu Hause wäre. Ich bejahte das und erwartete nun, er werde sogleich zu ihr hinaufsteigen. Statt dessen tat er, als ich weiterging, die Frage an mich, ob er mich ein Stückchen begleiten dürfe.

Es ist mir durchaus nicht klar, ob er schon damals gewisse Absichten mit mir hatte.

Wigottschinskis Wesen war wienerisch zutunlich: Es dürfe mich nicht verwundern, wenn er mich näher kennenzulernen suche. Das alte Fräulein Schwabe spräche stets in den höchsten Tönen von mir, und er sei gewiß, daß niemand als ich die reiche Dame beerben würde.

Diese Worte und die ganze Begegnung berührten mich nicht unangenehm. Noch waren die falschen Hochgefühle meiner Brust nicht verraucht und der Prozeß der Selbsttäuschung und der Selbstbenebelung in vollem Gange. Es war mir recht, einen Menschen zu finden, dem gegenüber ich weiter den gemachten Mann spielen konnte.

Wigottschinski schlug vor, in einem der Gärten an der Promenade ein Glas Gorkauer Bier zu trinken.

Dort saßen wir nun zusammen bis Mitternacht und wurden nicht müde, unser Inneres voreinander auszuschütten.

Ich habe niemals Freunde gehabt, und die Annehmlichkeit, ja das Glück solcher Aussprachen war mir bis dahin unbekannt. Wigottschinski war übrigens unbedingt eine bestechende Persönlichkeit, deren Annäherung mir schmeichelte.

Er hatte große Reisen gemacht, kannte die großen Hafenstädte von Hamburg bis Neapel hinunter und kannte Wien, Berlin, London, Paris und Rom. Ich werde es nie vergessen, wie fesselnd er zu erzählen wußte.

Überhaupt war es eine wundervolle Sommernacht unter dem leisen Rauschen der Kastanienwipfel im beleuchteten, von fröhlichen Menschen festlich belebten Garten, in den die einsamen Rufe der Schwäne vom Stadtgraben herüberdrangen. In einem der anderen nahen Gärten spielte Musik, und die Weisen klangen gedämpft an unser Ohr.

Wigottschinski war wirklich erstaunt und sehr interessiert, als er von meinen literarischen Neigungen und meinen ersten Erfolgen als Dichter vernahm, die ich ihm wohl noch erheblich phantastischer ausgestattet darlegte als Tante Schwabe. Es zeigte sich im Anschluß daran, daß er für meine Begriffe staunenerregend belesen war.

In dieser Nacht erhielt das Phantasiegebäude, das ich über mir und um mich herum errichtet hatte, eine erhebliche Festigung.

Es war die süße Wunde in meinem Innern, war der elegante Anzug, den ich anhatte, war der erste Freund, war die Atmosphäre von Selbsttäuschung und Hochstaplertum, darin ich heute bei Tante Schwabe einen so erfolgreichen Schritt weitergetan hatte, es war der eingebildete Dichterruhm und der

Glaube der Tante, der Glaube Wigottschinskis daran, war der Duft fremder Länder, den Wigottschinski mitbrachte, es war die Sommernacht, war die mich umgebende, mir völlig ungewohnte Lichterfülle und Festlichkeit, war das ebenso ungewohnte Getränk und nicht zuletzt der Tausendmarkschein in meiner Tasche, was alles zusammengenommen meine Benebelung und Berauschung vollständig machte.

Es ist unvermeidlich bei dergleichen nächtlichen Sitzungen, daß früher oder später das Gespräch auf das Verhalten der Geschlechter zueinander kommt. Es ist ja wohl dies überhaupt das beliebteste Thema. In einem Breslauer Biergarten aber, während einer badewarmen Sommernacht, möchte es nur für einen Blinden und dabei Taubstummen zu umgehen sein. Mischt sich doch hier die Welt der Dirnen und ihres zweifelhaften Anhanges mit dem Bürgertum, und man sieht den sommerlich hellgekleideten Flor der hübschen Bürgerkinder mit dem herausfordernden Putz und Prunk der heimischen Halbwelt zu einem bunten Gewimmel verschlungen.

Natürlich blieben Wigottschinski und ich auch während dieser Gespräche auf dieses Gewimmel aufmerksam. Wir wurden fort und fort von neuen Erscheinungen angezogen. Wigottschinski ahnte es nicht, mit welchem Himmelswunder an Reinheit und Lieblichkeit ich jede dieser Erscheinungen heimlich verglich, worauf ich sie in den Orkus hinabschleuderte.

Wigottschinski wurde von einigen sehr pompösen Damen zwanglos angesprochen. Er schien aber nicht in der nötigen Stimmung zu sein und meine Gesellschaft der ihren vorzuziehen. Sie schienen ihn wiederum genügend zu kennen, um seine Laune zu respektieren.

Er äußerte sich über sie sehr wegwerfend.

Dennoch mußte er seinen Erzählungen nach auf zügelloseste Weise gelebt haben.

Seine Erzählungen waren von einer mich erschreckenden Schamlosigkeit. Orgien, die er angeblich in öffentlichen Häusern gefeiert hatte, waren mit Vorfällen verbunden, die nicht zu erzählen sind, so überaus viehisch und hündisch und bocksmäßig.

Er muß geradezu eine furchtbare Geißel der Dirnen, die er sich dienstbar machte, gewesen sein. Das ist ja auch in der Gerichtsverhandlung zutage getreten. Das zeigt auch die

Verwendung des erbeuteten Geldes, das er in wenigen wilden Nächten verschwendete.

Ich habe ihn nach der Urteilsverkündigung nicht wiedergesehen. Er wurde, da der König von seinem Begnadigungsrecht keinen Gebrauch machte, hingerichtet, und zwar an einem Montag, morgens um fünf Uhr.

Nun, ich habe sicherlich vor ihm eine verächtliche Figur gemacht, da ich von einem ungenannten Ideale himmlischer Reinheit und Unschuld schwärmte, dessen Urbild ich natürlich im übrigen nicht verriet.

Ich kann nicht sagen, er habe meinen Lobpreisungen gegenüber irgend Hohn und Verachtung gezeigt. Er seufzte vielmehr, wie ich mich sehr genau erinnere, und sagte, daß, wenn ich auf einen solchen Gegenstand der Liebe einigermaßen zu hoffen hätte, ich der glücklichste aller Menschen sei. Er habe auf solche Glückseligkeit nicht mehr zu rechnen. Wie ich die Dinge heute betrachte, staune ich, daß es mir möglich war, vor diesem gemeinen und tief verderbten Menschen, als der er mir nach seinen erotischen Bekenntnissen unbedingt schon damals erschienen war, ein heiliges Geheimnis auch nur insoweit zu lüften, wie es geschehen ist, und seine viehischen Konfessionen mit der Preisgabe meines inneren Gnadenbildes zu beantworten.

Ehe wir gingen, wechselte ich den Tausendmarkschein. Was ich zu mir genommen hatte, hätte ich auch ohne ihn gut begleichen können. Aber ich konnte dem Kitzel, mit meinem Reichtum zu protzen, nicht widerstehen.

Die Erlebnisse mit Tante Schwabe und Wigottschinski fanden statt, bevor Meister Starke meine Gedichte zurückerhalten hatte. Der Mißerfolg, den er auf die anfängliche Blindheit der Menschen allem Neuen und Großen gegenüber zurückführte, vermochte mein Selbstbewußtsein weder zu entwurzeln noch mich irgendwie zu ernüchtern.

Ich spürte in manchen Augenblicken, ja meist sogar, daß irgend etwas in mir nicht im Lote sein mußte. Wiederum war es auch hier wie im Traum, wo man glänzende und paradiesische Landschaften sieht, mit Entzücken und Staunen darin lustwandelt und doch auch eine immer nagende Qual nicht loswerden kann.

Meine gute Mutter bemerkte natürlich, wie sie mir später

sagte, an mir eine starke Veränderung. Ich war ihr gegenüber schweigsam geworden. Ich lag nicht mehr so wie früher in allen Regungen meiner Seele offen vor ihr da. Ich ging aus, ohne daß ich ihr sagte, wohin, was ich früher niemals getan hatte. Wie aus weiter Ferne sah ich mitunter ihr Auge fragend, nachdenklich, kummervoll auf mich gerichtet, aber auch solche Blicke hatten keine Gewalt mehr über mich.

Das gleiche war mit jenen der Fall, die Marie Starke in einem ähnlichen Geist auf mich richtete.

Mir sagte ein Instinkt, daß ich gegen sie und Meister Starke weder von dem Umfang meines Dichterbewußtseins noch gar von dem eingebildeten Heiratsprojekt etwas merken lassen durfte. Sie sahen, daß ich verändert war, mich geckenhaft und kostspielig kleidete, auch in meiner Lebensführung nicht mehr der alte eingezogene Philister sein wollte. Ich sagte ihnen, ich hätte mit Tante Schwabe etwas vor, was mir schon jetzt einiges Geld, aber mit der Zeit ein Vermögen einbrächte. Auf ähnliche Weise suchte ich Mutter meinen ihr natürlich befremdlichen neuen Aufwand begreiflich zu machen.

Es zeigte sich bei Meister Starke und seiner Tochter damals bereits jener Wesenszug, dem ich meine Rettung verdanke. Man kann ihn einfach als Treue bezeichnen. Er beruhte auf einer Sympathie für meine Person, die sich in gleicher Wärme und Festigkeit bei Vater und Tochter äußerte. Sie war bei der Tochter mütterlich, väterlich bei dem alten Starke, und das bei beiden in einem Grad von Gefühl, das alles duldet, alles hofft, alles versteht, jedes Leid zu teilen, alles auf sich zu nehmen und hinzuschenken jederzeit willig ist.

Freilich, über eine dunkle Empfindung von dem Schatz, den ich in diesen beiden Menschen besaß, bin ich damals nicht hinausgekommen.

Ich litt sogar allbereits an einer Dünkelhaftigkeit, die mich in ihnen weit unter mir stehende Geschöpfe sehen ließ, zu denen ich mich herablassen mußte.

Was mein kleines Amt bei der Stadt betraf, so empfand ich es ebenfalls sehr bald unter meiner Würde. Ich war lässig im Arbeiten und außerdem unpünktlich. Als ich eines Tages deswegen einen Wischer bekam, brauste ich hochmütig auf und erklärte, daß ich nicht nötig hätte, für einige Hungerpfennige mich im Dienste der im Fette schwimmenden Kommune aufzureiben. Das bedeutete meine Kündigung.

Trotzdem wurde die Sache durch meinen Bürovorsteher,

der mir wohlwollte, zu guter Letzt noch ins reine gebracht.

Ich komme nun wiederum zur Hauptsache, zu dem Idol, das ich anbetete und das meine Natur und mein Leben zur Entgleisung brachte. Ich kämpfte gegen seine Macht noch immer an, aber ohne mich ihr entwinden zu können und trotzdem von ihr tyrannisiert.

Jeden Abend und jeden Morgen promenierte ich mindestens eine Stunde lang auf dem Ringe vor dem Emmo Harlanschen Hause hin und her.

Ich machte mich ferner dadurch auffällig, daß ich mindestens jeden zweiten Tag in der Eisenhandlung etwas einkaufte.

Einmal sah ich den Inhaber durch den Laden gehen, erkannte in ihm den Herrn wieder, den ich am Fenster erblickt hatte, und machte ihm eine tiefe Verbeugung.

Es waren dreißig bis vierzig Verkäufer im Raum, und es schien mir, als ob sie sich über mich lustig machten. Aber ich kehrte mich nicht daran.

Ihr könnt nicht wissen, dachte ich bei mir selber, wie furchtbar ernst diese Sache für mich ist und wie ich durch den eisernen Finger Gottes an diese Schwelle gewiesen bin, um Tod oder Leben hier zu empfangen. Lacht! Ich lache nicht minder. Lebensmut ist Todesmut!

Ich suchte natürlich auf jede mögliche Weise der kleinen Harlan zu begegnen. Ich kannte die Zeit ihrer Ausfahrten und grüßte jedesmal tief, wenn das Korbwägelchen an mir vorüberfuhr. Den mächtigen Anreiz des Dämons, ihm wie das erstemal nachzulaufen, vermochte ich jedesmal zu besiegen.

Er verleitete mich indessen zu anderen, beinahe ebenso törichten Handlungen.

Wenn das schöne Kind, von allen bestaunt und bewundert, mit ihrer Gouvernante oder mit ihren vornehmen Eltern, ein weißes Windspiel am roten Band, um die Promenade spazierte, riß es mich willenlos dazu hin, ihr vier- oder fünfmal zu begegnen und jedesmal die lachhafte Zeremonie einer tiefdevoten Begrüßung auszuführen.

Es war eines Sonntags, als ich bei einer solchen wiederholten Begrüßung durch Wigottschinski beobachtet wurde, der sich dann unvermutet von rückwärts einhakte. Er bekannte freimütig, daß er nunmehr hinter meine Schliche gekommen sei, und er müsse mir zugestehen, gegen meinen Geschmack sei nichts einzuwenden.

Da nun einmal mein Geheimnis verraten war, hätte es wenig gefruchtet, wenn ich es abgestritten hätte. Ich beschloß also offen zu sein und – nun hatte ich ja den gesuchten Beichtiger! – meine Leidenschaft in ihrem ganzen Umfang preiszugeben.

Ich erneuerte auch meine lügenhafte Behauptung, von dem schönen Kinde begünstigt, von den Eltern wohlgelitten zu sein. Wigottschinski beeiferte sich zu bekräftigen, daß man dies auf den ersten Blick erkannt habe.

Wir gingen wieder, diesmal mittags um zwölf, in einen der Biergärten.

An diesem Tage brach die Schleuse, und ich schwelgte in der Ausschüttung meines Herzens, in den Bekenntnissen meiner wahnwitzigen Leidenschaft. Das war eine Erlösung, eine Erleichterung, die mir bisher nie zuteil geworden war. Ich fand oder glaubte in Wigottschinski zu finden einen Menschen, der nicht nur mein Vertrauen zu ehren wußte, sondern für meine Nöte das tiefste Verständnis besaß.

Ich stellte an ihn die Gewissensfrage, ob er glaube, daß für mich eine Hoffnung bestehe, dieses Geschöpf, ohne daß ich nicht zu leben vermöchte, je zu besitzen. Und ich war beglückt, als er dies unbedingt bejahte.

Er bestätigte mir alsdann, was ich ja selber schon zu wissen glaubte, es komme für mich ganz allein darauf an, durch irgendeinen glücklichen Coup eine Geltung als Schriftsteller oder aber Vermögen zu erlangen. Das letztere aber sei wohl der näherliegende und der bequemere Weg, und er wolle mir raten, diesen zu gehen.

Er nannte mir eine Menge von Beispielen, wo eine einzige gute Idee ihren Erzeuger über Nacht zum reichen Mann gemacht habe. Solche Ideen habe er selber oft gehabt, sie seien ihm aber meist von sogenannten Freunden gestohlen worden und hätten nicht ihm, sondern jenen zu Reichtum verholfen.

Wir gerieten, nachdem wir gegessen hatten und immer weiter tranken, in eine grenzenlose Projektenmacherei und erwärmten uns beide dabei so sehr, daß wir Brüderschaft machten. Wir standen auf, tranken mit durchgesteckten

Armen feierlich zum Erstaunen der Leute, die um uns herum saßen, und vereinigten uns sogar in dem üblichen Bruderkuß.

Wir schüttelten uns hierauf die Hände, äußerten unsere Freude darüber, einander im Leben gefunden zu haben, und gaben jeder sein Wort, nichts ohne den anderen zu unternehmen.

Damit hatte unsere Beziehung natürlich ein anderes Gesicht erhalten. Wir waren nun Freunde, ja Brüder und konnten miteinander in allem und jedem offen sein.

Wigottschinski sagte: »Gut, wir sind Freunde, wir wollen zu Geld kommen. Wir wollen, sagen wir, durch den Handel zu Geld kommen. Wir müssen meinethalben ganz unauffällig eine Firma eintragen lassen und annoncieren. Oder wir annoncieren nur und lassen keine Firma eintragen. Wir mieten uns ein kleines Büro und legen uns diesen und jenen Artikel zu, auf den die Leute mit Vorliebe hereinfallen: sei es ein Haarwasser, ein Zahnwasser oder ein Bitterwasser. Es kann ebensogut ein Mittel gegen Schwäche oder zur Erzeugung einer schönen Büste oder sonst etwas sein. Geschäft ist Geschäft. Ein wirklicher Kaufmann wird vor keinem Artikel, der Geld bringt, zurückschrecken. Wir annoncieren und lassen das Geld vorher einsenden. Auf diese Weise strömt einem, wenn alles gut geht, ein Kapital ins Haus. Der Annonceteil der Zeitungen ist ein Klavier, das Dukaten statt Töne spuckt, wenn man es zu spielen versteht. Hat man alsdann das Kapital, so nimmt man vielleicht zwei Prozent davon, läßt den Artikel fabrizieren und zum Versand bringen. Wenn die Leute ein bißchen warten müssen, schadet das nichts.«

Ich machte dagegen einige Einwendungen.

»Ach was«, fuhr er fort, »jeder Apotheker verdient hundert Prozent, beim Bankwesen wird unsinnig verdient. Jeder Zigarettenfabrikant will siebzig, achtzig Prozent heraushauen. Im Geschäftsleben kann man nicht zimperlich sein.«

Mein Tausendmarkschein war damals bereits bis zu zwei Dritteilen ausgegeben. Ich hatte meinem neuen Freunde seine Herkunft mitgeteilt. Als ich ihn nun darauf aufmerksam machte, daß das Annoncieren selber ein Kapital erfordere, erklärte er augenblicklich und ohne Besinnen, daß Tante Schwabe es vorschießen müsse.

So wurde an diesem Tage bereits der Grund zu jenem Komplott gegen sie gelegt, dem sie zum Opfer gefallen ist.

Der Plan schien zunächst nicht so perfid, als er sich mit der Zeit gestaltete. Wigottschinski wußte von mir, welchen Einfluß ich auf Tante Schwabe besaß, und mir war bekannt, daß auch er sich immer tiefer in ihrem Vertrauen gefestigt hatte. Ich sagte schon, daß ich über den Charakter seiner Beziehungen zu ihr nicht ganz im Bilde bin.

Nun, sagen wir lieber: Ich bin im Bilde.

Ich schone niemand, weil ich in diesem Buche nach Kräften der Wahrheit dienen muß und übrigens Gut oder Böse hier nicht in Betracht kommt.

Ich breche über mich nicht den Stab; wie sollte ich über andere den Stab brechen?

Wigottschinski, der durch und durch Zyniker war, hatte Tante Schwabes Johannistrieb vielleicht mit Absicht hervorgerufen und keineswegs unbenützt gelassen.

Wenn nun er und ich und ich und er uns gegen die Tante zusammentaten, so bedeuteten wir eine Macht gegen sie, die sie uns selber eingeräumt hatte, der sie wahrscheinlich nicht gewachsen war. Und wir hatten bereits so viel Vertrauen zueinander als durchgekochte Industrieritter, daß wir uns diese Sachlage rückhaltlos eingestanden und darauf unseren Schlachtplan gründeten.

Ich würde noch heute derselbe durchteufelte Schurke sein, als der ich damals erscheinen mußte, wenn ich damals mit den Füßen auf der Erde gestanden hätte. Mich hatte aber die Macht des Eros vom Boden losgemacht und hielt mich in einer bestimmten irrealen Sphäre gebunden. Darum kann ich heute mit gutem Gewissen sagen, daß, wenn ich in den Abgrund des Verbrechens gesunken bin, kein eigentlich irdisches und also kein niedriges Motiv das verursachte.

Taten im Alkoholrausch gewährt das Gericht, vielleicht mit Unrecht, die bekannten mildernden Umstände. Einem Menschen wird die blinde und vielleicht blutige Tat nicht angerechnet, die er in einem physisch nachgewiesenen Fieber von vierzig Grad und darüber begeht. Es fehlt einem solchen Menschen die Zurechnungsfähigkeit. War ich damals zurechnungsfähig?

Ein so betörend schönes Kind wie diese Veronika Harlan würde auf Bekenntnisse hin, wie ich sie von ihrem Einfluß auf mich hätte geben können, im finstern Mittelalter auf offenem Markt als Hexe eingeäschert worden sein.

Ich will damit nichts weiter sagen, als daß die Macht der Liebe in früheren Zeiten als übernatürlich erschienen ist. Was würde ich damals, in Zeiten, von denen das Breslauer Rathaus in seiner wundervollen Gotik, von denen besonders die Staupsäule zeugt, über den Einfluß der Eisenhändlerstochter auf mich einem Beichtiger wohl bekannt haben?

»Hochwürden, ich war ein friedlicher Mensch, ich bin friedlos geworden, ich war fleißig und mühsam wie eine Ameise, nun bin ich ein Lotterbube geworden, ich war anspruchslos wie ein lahmer Droschkengaul, und nun bin ich ein Hurer und Schlemmer geworden. Ich habe meine Mutter über alles geliebt: stürbe sie heute, so würde ich keine Träne zu zerdrücken brauchen. Ich habe Gott und den Himmel geliebt, den Teufel und seine Hölle gefürchtet; aber sage mir heute, wo Veronika Harlan ist, und sie wohnt in der Hölle, so will ich auf Gott und den Himmel auf ewig verzichten.

Von dem Augenblick, in dem ich das Mädchen zuerst gesehen habe, stammt die Veränderung. Ich habe niemals Veronikas Finger berührt noch auch nur zwei Worte mit ihr gewechselt, und doch hat sie fern oder nah die absolute Gewalt über mich. Körperlich fern, ist sie mir trotzdem überall gegenwärtig. Sie schwebt des Nachts durchs offene Fenster herein und durchschreitet ebenso leicht die stärkste Mauer. Sie macht mir Qualen, die nicht leicht zu beschreiben sind, und ebenso nicht zu beschreibende Wonnen. Sie versengt mir das Hirn, sie verbrennt mir die Leber. Sie macht mich wahnwitzig. Mache, daß sich die Hexe meiner erbarmt, oder ich verzichte auf die ewige Seligkeit, und ihr schneidet mich als Gehängten vom Türpfosten.«

Nach einem solchen Bekenntnis würde der Inquisitor nicht lange gezögert haben, Veronika Harlan der Tortur zu überliefern.

Es ging stark auf Mitternacht, als Wigottschinski und ich noch immer einträchtig beieinander saßen und unsere Pläne ausbauten. Natürlich saßen wir längst nicht mehr in dem Biergarten, sondern hatten einige Male das Lokal gewechselt. Wir waren von Bier zu Wein übergegangen, weil unsere Zuversicht auf nahe große Gewinste von Minute zu Minute stieg und ich deshalb keinen Wert darauf zu legen brauchte, den Rest meines Tausendmarkscheins noch weiter zu konservieren.

Es hätte mir zur Warnung dienen können, daß dieser Tag ein überaus seltsames und schließlich nicht gutes Ende nahm. Aber ich sah immer nur mein Ziel. Es war, wie wir wissen, ein Ziel in den Wolken.

Wir betraten gegen halb zwölf ein gewisses Nachtlokal, in das mich Wigottschinski geführt hatte, weil es ein Zusammenkunftsort der schönsten und kostspieligsten Prostituierten sei. Es nannte sich Café-Restaurant, und man konnte dort Eiskaffee, Melange, Tee, Schokolade, Pilsener Bier, jede Art Likör und jede Art Wein bis hinauf zum besten französischen Sekt trinken. Auch wurde an vielen Tischen soupiert.

Ich sah ein solches von goldenen Tapeten, Spiegeln und mächtigen Kronleuchtern mit Glasprismen glänzendes und funkelndes vornehmes Dirnenlokal zum erstenmal. Es ist darum nicht zu verwundern, wenn mich die Lichtfülle, die Abendtoiletten der Damen, die Smokings der Herren, die elegant befrackten Kellner, die blendend weiße Wäsche der Tische und Hemdbrüste anfänglich recht erheblich verschüchterten. Ich dachte sogar flüchtig daran, ob man uns hier nicht am Ende hinausweisen würde. Dieses war leider nicht der Fall.

Es vergingen nicht zwanzig Minuten, da waren wir eingewöhnt, und ich sah mich von einem befrackten, vornehmen Herrn bedient, der mich wie einen Staatsminister behandelte.

Ich war wirklich erstaunt, wie weit ich es allbereits gebracht hatte.

Wigottschinski machte mich unauffällig auf gewisse, hier zu beobachtende Anstandsregeln aufmerksam, daß man das Messer nicht in den Mund stecken dürfe, daß man, um den Kellner zu rufen, nicht an das Glas schlage; doch, wie er sagte, sähe man mir durchaus nicht an, daß ich in solcher Umgebung noch nicht verkehrt habe.

Ich dachte an Mutter und unsere Wohnung, und mir schauderte. Ich verriet in meinem Herzen den schlichten Meister Starke und seine Tochter, von denen ich meinte, daß sie nun doch kein Umgang für mich seien. Lieber Vater, liebe Marie! Ihr habt es mir tausendmal verziehen.

Es wurde von vier oder fünf Zigeunern auf verschiedenen Geigen und einem Hackbrett wundervolle Musik gespielt, die gleichsam in einen seligen Rausch wiegte. Ich beschloß sofort, daß es mir auf die dreihundert Mark, die ich noch in der Tasche hatte, heute nicht ankommen sollte.

Ich werde mich hier nicht lumpen lassen, dachte ich höchst albernerweise, denn ich tue die ersten Schritte auf dem Parkett der vornehmen Welt, die auch die Welt Veronikas ist; den Namen hatte ich nun erfahren und fast immer geflüstert auf meiner Zunge.

Vielleicht aber hatte ich doch nicht ganz unrecht. Unter den Herren gab es Erscheinungen, denen man die vornehme Abkunft ansehen konnte. Es erwies sich ja auch nachher, daß sogar der Sohn des Regierungspräsidenten der Provinz mit seinen Damen den Tisch in der Ecke innehatte.

Es war da in einer Nische ein Tisch, an dem sehr viel Sekt getrunken wurde. Es saßen sechs Personen, drei Damen und drei Herren, darum. Man war animiert und blieb sozusagen in einem Gelächter. Obgleich jedoch die Stimmung ein wenig fortgeschritten war, ging doch die Lustigkeit über den Rahmen des in einem anständigen Lokale Üblichen lange Zeit nicht hinaus.

Ich bemerkte, daß Wigottschinski in einer gewissen Erregung war und sich für eine der Damen an jenem Tisch interessierte, die uns den Rücken zukehrte. Sie sei ein Typ, so sagte er mir, wie er ihm nur einmal bei einem jungen Mädchen vorgekommen sei, und dies sei eine Tscherkessin gewesen.

Ich blickte hin und ward ebenfalls auf eine unbestimmbare Weise von der Erscheinung, die ich nur von rückwärts sah, angezogen. Sie hatte etwas Starkes, Jünglinghaftes, man möchte sagen Apollinisches. Aber man kam auf den Gedanken, dieses Mädchen möchte vielleicht noch vor kurzem in den Steppenländern Asiens halbwilde Pferde ohne Zaum und Zügel geritten haben.

Wir hatten ein Nachtessen zu uns genommen, wie es mir bis dahin nicht einmal im Traume erschienen war. Schließlich wurde von Wigottschinski, wenn auch nur deutscher, Sekt bestellt, den ich, sowie einen großen Seekrebs, den er kommen ließ, natürlich bezahlen mußte. Ich müsse jetzt alles das kennenlernen, sagte er mir.

Ich hatte, in Krebs, Champagner, Hirngespinste und alles mögliche Neue vertieft, weiter nicht auf den Tisch und das Mädchen geachtet, von dem eben die Rede war, und deshalb auch nicht bemerkt, was Wigottschinski mir plötzlich möglichst unauffällig mitteilte.

Er, der das Mädchen unablässig im Auge behalten hatte, wollte bemerkt haben, daß sie sich mehrmals nach mir umblickte, und er schwor, als ich es ihm aus vollster Überzeugung auszureden versuchte, es sei so gewesen und ich könne mir etwas einbilden auf die Eroberung, die ich gemacht hätte.

Ich wollte auf andere Dinge kommen, aber er ließ nicht ab und sagte, es rege sich an dem bewußten Tische sogar bereits Eifersucht.

Es war doch nun wohl bereits ein Uhr nach Mitternacht. Neue Menschen traten kaum noch ins Lokal, oder wenn es geschah, so waren es Herren, denen der Hut im Nacken saß, die laut und ungeniert redeten und deren Begleiterinnen es ebenso hielten, zuweilen sogar recht mißtönend aufkreischten.

An den Tischen im Restaurant ging es nun auch in ähnlicher Weise freier und lebhafter zu.

Auf die Behauptungen Wigottschinskis hin mußte ich doch nun wohl auch dies und jenes von dem Champagnertisch – es gab übrigens jetzt fast nur Champagnertische – zu erhaschen suchen. Und es war wirklich so, daß die Tscherkessin von ihrem eleganten Nachbar, zunächst noch in halbem Scherz, bei den schönen Gelenken festgehalten wurde, um zu verhindern, daß sie sich umschaue. Dennoch drehte sie ihr apollinisches Haupt auf dem stolzen Nacken so weit herum, daß sie mir ins Gesicht schauen konnte.

Darauf wurde ihr Nachbar, der elegante Herr, von der übrigen Tischgesellschaft ausgelacht.

Mich durchrieselte etwas, als sie mich anblickte. Allein, ich war so himmelweit entfernt davon, mit einem Ereignis wie diesem zu rechnen, daß ich gänzlich verständnislos in die schönen Augen des Mädchens sah und allerdings von ihrer mir ganz fremdartigen, in Ursprünglichkeit strotzenden Schönheit getroffen wurde.

Geflissentlich hatten Wigottschinski und ich unsere Unterhaltung fortgesetzt. Als ich nach einer Weile aufblickte, hatte der elegante Nachbar der Tscherkessin seinen Stuhl zur Hälfte herum und sich gegen unseren Tisch gedreht und war dabei, mich mit herausforderndem Hohn zu fixieren.

Man wurde im Publikum bereits auf den Vorgang aufmerksam.

Jetzt versuchte die Tscherkessin mit dem Liebhaber, was dieser vorhin vergeblich mit ihr versucht hatte. Es gelang ihr indessen ebensowenig, wie es ihm gelungen war, ihr Interesse ausschließlich der Tafelrunde zurückzugewinnen, ihn in den Kreis der Gesellschaft zurückzuziehen. Da verfiel sie darauf, ihm ihr feines Taschentuch vor die Augen zu halten.

Heftig schlug er das Tuch beiseite und stand mit einem kurzen Rucke vom Stuhle auf. Noch sehe ich, wie sein vom Wein gerötetes hübsches Gesicht zum Erschrecken grau wurde.

Was nun geschah und blitzschnell geschah, war für alle so überraschend, nicht zuletzt auch für mich, daß ich mich nicht erinnern kann, je einen solchen Zustand der Hilflosigkeit wie damals gefühlt zu haben.

Bevor ich mich nämlich darüber geeinigt hatte, wie dieser höchst grundlosen, törichten Eifersuchtsszene am besten die Spitze abzubrechen sei, war die tolle Tscherkessin plötzlich bei mir und gab mir lachend vor aller Welt – ich war angstvoll emporgefahren – drei, vier, fünf, sechs herzhafte Küsse.

Man wird erraten haben, wem ich in dieser Weise und an solchem Orte begegnet bin. Es zeigte ja in gewissem Sinne, daß meine Schwester noch immer das willenskräftige und selbständige Mädchen von früher war und auch noch das Herz auf dem rechten Flecke hatte. Immerhin setzte mich ihr tolles Verfahren in große Verlegenheit. Und daß ich sie überhaupt auf diesem Felde getroffen hatte.

Unsere Beziehung wurde nun aber jedenfalls auch für den eifersüchtigen Liebhaber befriedigend aufgeklärt, und wir, Wigottschinski und ich, wurden veranlaßt, in der Nische bei den drei Paaren Platz zu nehmen.

Das Gespräch an ihrem Tisch war auf einmal recht frostig geworden. Der Geist des Champagners schien verflogen zu sein. Das rührende Wiedersehen von Bruder und Schwester machte jedermann nachdenklich.

Auch muß ich trotz meines fertig gekauften Anzugs wohl eine kümmerliche Figur gemacht haben.

Auch meine Schwester Melanie hatte ihre tolle Laune nun plötzlich eingebüßt und kroch in meiner Gegenwart in sich zusammen wie ein Schulmädchen. Der Ausdruck ihres Gesichtes zeigte Befangenheit, fast Schüchternheit. Mein Dasein schien ihr nun erst zum Bewußtsein zu bringen, daß sie eine stadtbekannte Kokotte geworden war. Diese Tatsache mußte auch ich jetzt verdauen.

Sie wollte nach Mutter fragen, das sah ich ihr an. Sie wollte mich fragen, wieso ich zu diesem Freunde und in dieses Lokal käme. Sie schämte sich ihrer Gesellschaft und ihres Liebhabers, sie hätte alles darum gegeben, ihre Umgebung los zu sein.

Man wird sich nicht wundern, wenn diese Gesellschaft mit dem Umschwung, der sich auch ihr bemerkbar machte, nicht gerade einverstanden war und seinen Urheber mit wenig günstigen Blicken betrachtete.

Meine Lage war gewiß dazu angetan, ein Inmichgehen zu begünstigen. Ich hatte auch wirklich in diesem Lokal und in diesem Kreis nunmehr, da ich neben meiner Schwester saß, ein Prangergefühl. Ich hätte mich mögen unbeachtet hinwegstehlen oder lieber tausend Meilen entfernt irgendwo in der Türkei meinethalben die Lämmer hüten. Ich hatte ein Aussatz-, hatte ein Krätze-, hatte ein Pariagefühl, und kurz vorher war mir zumute gewesen, als ob ich bereits ein vollberechtigtes Mitglied der oberen Zehntausend sei. Mich kam, vielleicht zum ersten Male im Leben, ein Ingrimm gegen die Kaste an, deren Söhne mit Pferden und Dienern, Gouvernanten und Mätressen, französischer Küche und kostbaren Weinen großgezogen wurden und die den Leib meiner Schwester für Geld kaufen konnten.

Ich muß meiner Umgebung nicht recht koscher vorgekommen sein. Ich fühlte gefährliche Mächte in mir aufsteigen. Es war, als wenn sich meine Scham mit jeder Minute mehr in Bitterkeit und stille Wut verwandelte. Es bestand Gefahr, und sie wurde von meiner Schwester erkannt, daß irgendein Zündstoff in mein Inneres fiel und eine Explosion veranlaßte.

Meine Schwester erkannte zu spät, es wäre besser für sie und mich gewesen, sich mir nicht zu erkennen zu geben. Ich sagte mir zwar, daß ich alles aufbieten müsse, um meine Gefühle im Zaum zu halten, aber ich konnte mich nicht überwinden, von dem Liebhaber, der sie bezahlte, das Glas Sekt, das er mir reichte, anzunehmen. Auch konnte ich nicht verhindern, daß ich bei dieser Gelegenheit bleich wurde und seinen Blick nicht, wie früher bei seinem Eifersuchtsanfall, vermied.

Auch vor Wigottschinski, seltsamerweise, schämte ich mich. Ich fand natürlich, und es ärgerte mich trotzdem, daß man gleichsam mit Blicken von ihm abrückte. Die drei Herren konnten Referendare, Leutnants in Zivil oder etwas Ähnliches sein. Sie trugen gewichste Schnurrbärtchen und den sogenannten Poposcheitel.

Trotzdem ich einen Wirrwarr von Empfindungen hinunterzuwürgen und also genug mit mir selber zu tun hatte, sah ich doch, daß Wigottschinski von der Entwicklung, welche die Dinge mit seiner Tscherkessin genommen hatten, stark betroffen war. Und ich bemerkte, daß er den Blick meiner Schwester suchte. Es fuhr mir deshalb sogleich durch den Kopf, daß dies, wenn es sich fortsetze, recht gut einen Anlaß zu einer neuen Eifersuchtsverwicklung geben könne. Nicht lange danach fing ich aber auch einen Blick meiner Schwester auf, den sie, sonderbar forschend, auf Wigottschinski richtete.

Ich hatte an diesem Sonntag nicht wenig erlebt. Es war auf meinen Nerven, von der Begegnung mit Veronika Harlan und ihrem Windhund angefangen, über all die Projekte und Beschlüsse zur Brüderschaft, im Wandern von Bierkneipe zu Bierkneipe, von Weinkneipe zu Weinkneipe, ununterbrochen wie auf Saiten heftig gespielt worden. Beinahe hatte die Begegnung mit der Schwester einen Riß durch alle gemacht. Nun aber drohte das ganze Instrument zu zerspringen, wenn noch irgend daran hantiert würde.

Es genügt zu sagen, daß die Gefahr eines Zusammenstoßes, die in der schwülen und gespannten Situation jenes Abends lag, nicht vermieden wurde. Ich würde ungern in die Schilderung häßlicher Einzelheiten eintreten. Ich habe einen schönen Herbstvormittag in meinem Obst- und Gemüsegarten zugebracht, meinen Pflaumenbaum geschüttelt und allerlei stille und ländliche Geschäfte verrichtet. Wie weit ab bin ich von den widerlichen Verwicklungen jener Zeit, die sich wie höllisches Gestrüpp um meine Füße schlugen, weil ich mein Auge nicht auf der Erde hatte, sondern auf einen fernen göttlichen Stern gerichtet hielt! Meinen Bericht aber will ich trotzdem fortsetzen.

Den ganzen folgenden Tag lag ich mit einem schrecklichen Katzenjammer zu Bette. Meine tiefgebeugte, in Wahrheit untröstliche Mutter pflegte mich schweigsam und mit einem Gesicht, das mir, wenn ich es verstohlen betrachtete, versteinert schien.

Nicht nur des stechenden Kopfschmerzes wegen, der eine Folge der genossenen Getränke war, machte sie mir kalte

Umschläge, sondern weil ich eine Beule über dem linken Auge hatte.

Sie stammte von einer nächtlichen Schlägerei vor dem Vinzenz-Haus und insbesondere von einem feigen und tükkischen Faustschlag, den ich dem Liebhaber meiner Schwester verdankte.

Mit jener störrischen Zähigkeit, wie sie Trunkenen zuweilen eigen ist, suchte ich meine Schwester zu veranlassen, nicht mit ihrem Galan zu gehen, sondern mit mir zu unserer Mutter. Ich wurde dafür von dem eleganten Lumpenkerl mit den ekelhaftesten Namen belegt, die zutreffend gewesen sein würden, wenn ich eine meiner jetzigen ganz entgegengesetzte Rolle gespielt, das heißt ihm meine Schwester für Geld zugeführt hätte. Schweigend ging ich mit Wigottschinski vor ihm her, als er mir von rückwärts mit der flachen Rechten unversehens einen gewaltigen Backenschlag verabfolgte, womit die Schlägerei ihren Anfang nahm. Ich bin nicht stark, aber ich weiß, daß der niederträchtige, feige Schuft seltsamerweise im nächsten Moment auf dem Rücken lag und daß ich, die Hände auf seine Gurgel gepreßt, auf ihm kniete. Da ich dies nicht stundenlang tun konnte und ihn auch nicht erwürgen wollte, erklärte ich mich bereit, ihn gegen sein Ehrenwort, daß er Frieden halten werde, loszulassen. Dieses Ehrenwort gab er vor der Gesellschaft, die noch zusammen war, feierlich. Trotzdem schlug er mir in demselben Augenblick, als ich meine Hände freigab, mit den gebrüllten Worten »Verfluchter Lude!« die Faust ins Gesicht.

Es ist ein Wunder, daß ich mein Auge behalten habe.

Ich sehe, ich habe mich nun dennoch wieder in Einzelheiten eingelassen. Mögen sie stehenbleiben, obgleich sie für das Ganze ohne Bedeutung sind. Es kann nun einmal nicht ausbleiben, daß, wenn man sich mit einer Sache in irgendeinem Sinne beschäftigt, diese bis zu einem gewissen Grade Herr über einen wird.

Nach verhältnismäßig kurzer Zeit war ich wieder gesund und konnte mit Wigottschinski der Verwirklichung unserer Pläne nachgehen.

Es war meiner Mutter nicht gelungen, aus mir herauszubringen, was eigentlich am Tage vorher geschehen und wie ich in meinen fürchterlichen Zustand geraten war. Es gelang ihr auch in der Folge nicht, mir etwas über mein Liebesgeheimnis noch über meine geschäftlichen Pläne zu entlocken. Wigottschinski besuchte mich, als ich zu Bette lag. Meine Mutter sagte, sie empfinde ein Grauen vor ihm, und ich sah es ihr an, daß sie nicht etwa nur eine Redensart machte. Ich beruhigte sie und versicherte, sie werde sich einst davon überzeugen, welcher Glücksfall es für uns war, daß ich diesen Menschen gefunden hatte. Er und ich verhandelten lange über die Art, wie wir Tante Schwabe das uns nötige Betriebskapital abringen sollten; aber auch über diese Angelegenheit ließ ich Mutter durchaus im Dunkeln.

Man wird sich fragen, ob ich durch das Erlebnis mit meiner Schwester nicht hätte zur Umkehr veranlaßt, durch den Faustschlag nicht hätte aus meinem furchtbaren Traumleben geweckt werden müssen. Das war nicht der Fall. Der Zustand, den ich erlebt und in den ich während des Katzenjammers geworfen war, war eigentlich nur eine Verstärkung des Leidens, das ich seit dem Erblicken der kleinen Veronika, in der Entbehrung ihrer, in der Verbannung von ihr, täglich und stündlich zu erdulden hatte. Solange ich nicht wenigstens eine Hoffnung auf ihren einstigen Besitz hegte und nährte, war mir ja sowieso das Leben zur Hölle geworden. Da diese Hoffnung, die mich allein lebendig erhielt, an der Wirklichkeit nicht zu nähren war, und das war sie sicherlich nicht, so mußte sie sich eben weiter an Illusionen emporranken.

Gewiß war ich außerdem weltfremd, provinziell und urteilslos, wenn ich glauben konnte, daß ein armer Magistratsschreiber, der eine öffentliche Dirne zur Schwester hatte, auch wenn er etwas Vermögen erlangte, mit einer Werbung um die einzige Tochter reicher und angesehener Leute hätte Erfolg haben können; und insofern hatte mein Wahnsinn denn auch sehr reale und sehr natürliche Grundlagen.

Der von Wigottschinski und mir bei Tante Schwabe geplante Schritt gelang. Es ist ziemlich gleichgültig, wie wir sie übertölpelten und was wir ihr einredeten. Ich sagte schon, wie sie meinem Heiratsprojekt gegenüber schon eine mir unbegreifliche Vertrauensseligkeit an den Tag gelegt hatte, wie sie auf meine Dichterillusionen und andere Überstiegenheiten eingegangen war. Suche ich heute nach Gründen dafür, so finde ich deren mancherlei. Sie hatte ihr felsenfestes Vertrauen zu mir gewonnen, als ich es durchaus rechtfertigte. Sie kannte mich aus dem Beistand, den ich ihr früher in geschäftlichen Dingen geleistet hatte, als nüchtern und umsichtig. Sie verehrte in mir einen Geist peinlicher Rechtlichkeit, der sie freilich auch andererseits beunruhigte und sie veranlaßte, mir nur einen teilweisen Einblick in ihre Geschäfte zu gestatten.

Aus den Labyrinthen des Betruges kommt man stets unverrichteter Dinge zurück, wenn man ihre ewigen Dunkelheiten erforschen will. So glaube ich zum Beispiel, daß die Tante meine ahnungslose Rechtlichkeit gerade zum Selbstbetrug und zum Betrug anderer benützte. Sie hatte ihr Urteil über mich festgelegt und sozusagen die Akten geschlossen. Was ich ihr nun zu knacken gab, beurteilte sie unter den alten, nunmehr aber falschen Gesichtspunkten. Die gute Tante wußte zudem ganz gut, daß sie unter die gesellschaftliche Ebene ihrer Eltern gesunken war. Allein es hatten sich über dieser wunden Stelle ihres Bewußtseins Schwielen gebildet. Solche haben, wie man weiß, eine doppelte Festigkeit. Danach glaubte die Tante trotz allem überzeugt zu sein, gleichwertig in der höchsten Gesellschaft verkehren zu können, weshalb sie mein Vorstoß in dieser Richtung etwa so sympathisch berührte, als einen Morphinisten das Bekenntnis eines Morphinisten berührt. Schließlich hatte die Tante einen wahren und echten Respekt vor dem Geiste. Obgleich sie Maler, Schauspieler, Musiker, Sänger und Sängerinnen, junge Literaten und so weiter unbedenklich nach Kräften ausbeutete, waren sie doch Gegenstand ihrer vielfach beinahe abgöttischen Bewunderung, wovon ein Autographenbuch, das sie besaß, mit vielen berühmten Namen, deutliche Kunde gab. Darum nahm sie es schon als geschehen an, als der Neffe erklärte, er werde demnächst in diese beneideten Kreise aufrücken, um so mehr, als auf diese Weise zugleich ihre Wunde Linderung und ihre Anmaßung Nahrung erhielt.

Wir hatten also, nämlich Wigottschinski und ich, der Tante eine größere Summe, ja geradezu ein Kapital abgelockt, womit wir in dem kleinen möblierten Zimmer des Österreichers ein Büro etablierten. Die Schlägerei vor dem Vinzenz-Haus hatte das Verhältnis meiner Schwester zu ihrem Liebhaber sofort auseinandergebracht. Seltsam, ich war meiner Schwester bis dahin nie so nahegekommen und ebensowenig Melanie mir. Jetzt erst, von meinem exzentrischen Standpunkt aus, war sie mir verständlich geworden, und durch ebendiese Veränderung meines Wesens übte ich eine Anziehung auf sie aus. Sie war ja im Grunde tüchtig und rechtschaffen, und teils aus darbendem Familiensinn, teils weil ich für sie gekämpft und gelitten hatte, schloß sie sich neuerdings an mich an. Wir fanden Gefallen aneinander und genossen beide das unzweifelhafte Glück, einander nach so langen Jahren des Zusammenseins nun erst eigentlich zu entdecken.

Freilich würde das Band, das uns diesmal einte, ohne Wigottschinski schwerlich lange gehalten haben. Es dauerte einige Zeit, ehe ich dahinterkam.

Vorerst schöpfte ich keinen Verdacht, als er vorschlug, Melanie gleichsam in unsere Firma hineinzuziehen und ihr die schriftlichen Arbeiten zu übertragen. Ich wußte ja, daß sie besser als ich und mein Bruder Hugo mit der Feder fortkonnte.

Unser Büro war ein langer Schlitz, der ein Fenster hatte, von dem man auf den Eingang des Lobetheaters hinuntersah. Es stand Wigottschinskis Bett darin, an dem man sich eben gerade vorbeidrücken konnte, um an den Schreibtisch zu gelangen, der am Fenster stand. Der Raum hatte alte, dunkle Tapeten, die an einigen Stellen herabhingen. Außerdem war er hoch und also recht unheimlich.

Vier Wochen vergingen in diesem Gelaß mit Beratungen.

Diese Beratungen waren jedoch nichts weiter als gegenstandsloses Geschwätz, das, durch unmäßiges Trinken und Rauchen gewürzt, zu einem immer aufs neue gesuchten Genuß wurde.

Gegenstandsloses Geschwätz ist vielleicht darum kein treffender Ausdruck, weil es sich zwar nicht um reale und vernünftige Gegenstände drehte, aber um so mehr um eingebildete und vernunftlose. Solche haben für nichtsnutzige Menschen die stärkste Anziehungskraft. Projektenmacher und Faulpelze aller Art wissen davon zu erzählen.

Meine Schwester war ständiges Mitglied der Kumpanei.

Es hatte sich damals seltsamerweise in mir die Überzeugung festgesetzt, es sei mir gelungen, meine Schwester moralisch zu retten, sie aus dem Sumpfe des Lasters emporzuziehen. Ich war so verblendet, in Wigottschinskis Neigung zu ihr einen weiteren Glücksfall zu sehen, besonders seit sie erwidert wurde und zu einer Verlobung geführt hatte. Diese Verlobung, eine Heirat: was konnte zweckmäßiger sein, meine Schwester dem ehrbaren Bürgertum zurückzugewinnen?

Es war erstaunlich, welche Gewalt Wigottschinski über das schöne Mädchen erlangt hatte. Ihr Eigenwille, ihr aufrechtes Wesen, ihr Widerspruchsgeist waren wie ausgelöscht. Längst hätte ich müssen über die Art des Verhältnisses, das die Schwester mit meinem Freund verband, Verdacht schöpfen. Aber ich hatte zu viel mit mir selber zu tun, und Wigottschinski sowohl als Melanie unterließen nichts, um ihr Verhältnis als ein ernstes, gutbürgerliches erscheinen zu lassen.

Im Lobetheater wurde Abend für Abend die »Reise um die Welt in achtzig Tagen« gespielt. Gegen die neunte Stunde vollzog sich regelmäßig auf der Bühne ein indianischer Überfall, dessen Schüsse man in unserem Zimmer deutlich vernahm. Unsere Sehnsucht zu reisen, die weite Welt zu durchschweifen, wurde natürlich dadurch immer neu angeregt. Wir träumten von Abenteuern, Märchenländern und Reichtümern. Auf solche und andere Weise wurde Zeit vergeudet und Geld vertan, ohne daß mit irgendeinem Geschäft, solid oder unsolid, ein Anfang gemacht worden wäre.

Ich hatte meinen Posten beim Magistrat aufgesagt, sobald ich das Gold der Tante im Sack hatte. Immerhin war mir der Abschied von meinem Büroplatz am Rathausfenster nicht ganz leicht, weil ich damit auch den Blick auf die Staupsäule aufgeben mußte. Meinem Bürovorsteher hatte ich nach und nach ein Märchen von meinem Glückswechsel beigebracht, worin ernsthaft reiche Heirat und beginnender Schriftstellerruhm abwechselnd mehr oder weniger betont wurden. Was aber bei allem das Seltsamste ist, ich habe an dieses Märchen geglaubt.

Wir waren also nun Kaufleute und mußten standesgemäß auftreten. Es war nicht möglich, Geschäfte zu machen ohne das. Wigottschinski machte sehr bald recht gute Figur, obgleich er auf seine Ausstattung nicht die Hälfte soviel als ich verwandte. Man sagt, daß Leute mit Buckeln oder auch Hinker wie ich nicht selten die Neigung haben, sich auf eine lächerliche Weise herauszuputzen. Dieser Neigung verfiel auch ich. Ich glaubte es meinem Geschäft, meiner Bedeutung als Schriftsteller und meinem Liebesidole schuldig zu sein, ein vollkommenes Gigerl aus mir zu machen.

So erwarb ich mir weiße Kragen und kostbare Leibwäsche,

vier oder fünf moderne Anzüge, Lackschuhe, Handschuhe, Krawatten, Hüte, besorgte mir Busennadel, Manschettenknöpfe und goldene Uhr, und wenn ich, dermaßen herausstaffiert, in meinem atlasgefütterten Sommerpaletot die Schweidnitzer Straße auf und nieder schritt, passierte ich kein Schaufenster, ohne meine vergötterte Persönlichkeit darin zu spiegeln.

Es versteht sich von selbst, daß wir uns von dem Kapital der Tante auch sonst bei jeder Gelegenheit gütlich taten. Täglich besuchten wir Bierhäuser und Biergärten, hie und da jene einfachen Weinkneipen, die man in Breslau finden kann.

Man würde sich täuschen in der Annahme, ich hätte auch in dieser Zeit irgend etwas ohne Bezug auf mein unsinniges Ziel getan. Das Bild Veronika Harlans – nicht jenes, das vor mir liegt, sondern das imaginäre – verließ mich nicht einen Augenblick, ebensowenig der Gedanke daran. Sie ist ja in der Tat ein Inbegriff süßester Holdseligkeit und war es noch mehr im berauschenden Dunste meiner Seele. Immer stand ich im Bann eines Zwangs, der mich völlig versklavte, gleichzeitig aber die Sklaverei mir zur Wollust machte. Zuinnerst in dieser Wollust jedoch wohnten Pein und Verzweiflung.

Ich blicke auf mein vollendetes Schicksal von einem fernen, hohen, gesicherten Punkte zurück. Ich überblicke den Weg, das Wegenetz und die Landschaft, daraus doch endlich ein glücklicher Ausgang gefunden wurde. Der Lorenz Lubota von heute, den Schwiegervater und Weib Lenz nennen, hat den Lorenz Lubota von einst zum Gegenstand seiner Betrachtung gemacht. Lenz! Sie nennen mich Lenz! Nun, warum nicht? Sind doch jedem Lenz der stürmische November, der nächtliche Dezember, der eis- und schneebegrabene Januar, kurz Herbst und Winter vorausgegangen. Sie haben am Ende auch nicht ganz unrecht mit dieser Bezeichnung, wenn dabei an neue Keime und Blüten künftiger Früchte gedacht werden soll. Wächst da nicht vielleicht mit den Strichen meiner gelassenen Feder eine Frucht? Ist die Luft meines Geistes nicht mit Keimen und seltsamen Blüten geschwängert? Freilich ist dieser Lenz, den ich heute erlebe, nichts gegen jenen, der damals mit lauen Regenschauern, phantastischen Blüten, glühenden Sonnen und berauschenden Stürmen über meine Seele ging, als wir dabei waren, das erste ergaunerte Gold zu verprassen. Hochgefühle wie damals haben seitdem meine Brust nicht wieder bis zum Zerspringen gedehnt, freilich auch nicht mehr Schmerzen durchwühlt, wie sie damals mein tägliches Brot waren. Denn man soll beileibe nicht glauben, mein Zustand von damals sei nichts als nur eitel Wonne gewesen. Ich hatte vielmehr ein Gefühl, als werde von irgendeiner Spinne Tag und Nacht Blut aus meinem Herzen gesaugt. Darum habe ich auch geschrieben, wie ich beim Blättern sehe, eine Pein sei das Innerste aller empfundenen Wollust gewesen. Diese Pein aber war sehr groß.

Oder was kann furchtbarer sein, als einem durstverbrannten Schlunde die Fata Morgana des frischesten Quells zu zeigen? Eine kranke, lügnerische, betrügerische Gewißheit, durch welche die Stimme der Hoffnungslosigkeit begraben und gewaltsam stumm gemacht worden ist. Was kann peinvoller sein als das gelegentliche Wachen des Nachtwandlers, wenn es ihm auch gelingt, sich vor dem Sturze in den Abgrund zu retten, indem er sich an die Dachtraufe anklammert? Kann ein im Grunde redlicher Mensch völlig vergessen, daß er's ist, und sein Gewissen totmachen? Ich wenigstens hatte nie das Gefühl der Schuldlosigkeit, wenn ich die Gelder der Tante durchbrachte. Wenn ich auch nicht gerade das Gefühl der Schuld in mir aufkommen ließ. Ich würgte die Leckerbissen der Restaurants, wenn ich es äußerlich auch nicht merken ließ, meist wie Gift und Galle hinunter. Außerdem wurde ich von einer furchtbaren Leidenschaft sozusagen ausgebrannt. Eine Feuersbrunst wütete mir im Innern. Ich hätte meinen Richtern zurufen können, alle meine wahnwitzigen Handlungen und Verfehlungen seien auf nichts anderes als dieses verheerende Feuer zu löschen hinausgelaufen. Ich hätte es ihnen beweisen können, oder aber es wird mir möglicherweise mit dieser Denkschrift gelingen, das zu tun. Ich hätte mich wollen unter die Räder von einem Omnibus werfen, habe ich irgendwo gesagt. Nicht einmal, wie ich hinzusetze, sondern unzählige Male erwog ich das. Ich erwog auch, durch Ertränken in der Oder, durch die Kugel oder den Strick ein Ende zu machen.

Aber von alledem hielt mich der Gedanke zurück, daß ich damit eine Erde, auf der Veronika lebte, verlassen würde.

Ich verhehle mir nicht, daß, wenn ich mein damaliges überstiegenes Ziel erreicht hätte, die damit erlangte Glückstufe eine ganz andere und höhere gewesen sein würde, als die ist, auf der ich heute seelenruhig stehen kann. Die irdische Wonne hätte damit einen überirdischen Grad erreicht und würde vielleicht in ihrer alles überstrahlenden, blendenden Herrlichkeit dem sterblichen Menschen unerträglich sein. Ich gestehe mir ein, trotzdem ich vollkommen heiter und in meinem kleinen, friedlichen Kreise beruhigt bin, daß ich in dieser Hinsicht noch nicht völlig verzichtet habe. Nur habe ich alle Erfüllungen dieser Art in das bekannte bessere Jenseits verlegt.

Ich komme nun zu dem Punkt, der auf meiner verwickelten Bahn von Irrtum, Selbsttäuschung, Größenwahn und Verbrechen einer der folgenschwersten war. Ich habe ihn, um ihn nach Möglichkeit zu klären, noch gestern wie unabsichtlich mit meinem Schwiegervater Starke, in der Gartenlaube, beim Glase Bier durchgesprochen. Der gute Alte weiß, daß ich an der Geschichte meines Sündenfalles arbeite, einer verspäteten Verteidigungsschrift, die meinen Richtern das Verstehen und das Verzeihen lehren soll; denn alles verstehen heißt alles verzeihen.

Starke hält mich noch heute, wie in den Zeiten unserer ersten Begegnung, für den kommenden großen Schriftsteller.

Es kann nichts Freundlicheres, nichts Behaglicheres geben als unsere Abende in der Laube. Gestern war es besonders schön. Meine schlicht gute Marie, dieses goldigste aller Herzen, hatte uns wie immer das köstlichste Abendessen zurechtgemacht, bestehend aus Eiern, Käse, saurer Milch, frischer Butter und frischem Brot. Die Mücken summten, Rosen, Holunder und Jelängerjelieber dufteten, dazu die Tannen der nahen Waldgrenze. Trotzdem es dunkel geworden war, hatte die badewarme Luft sich nicht abgekühlt. Der Mond stand ungeheuer groß hinter den Erlen- und Lärchenbäumen des Dorfbaches. Das Rauschen klang in der nächtlichen Stille, darin sich kein Zweiglein bewegte, doppelt laut. Im Gras des Rondells glimmten Glühwürmchen.

Marie war wieder ins Haus gegangen, als ich auf meine hirnverbrannte Werbung um die Hand Veronika Harlans zu sprechen kam.

Doch ich will den Hergang erzählen.

Ich hatte erfahren, das liebliche Mädchen sei verlobt, ja, sie werde in wenigen Tagen heiraten. Wigottschinski hatte die Sache aufgebracht. Das war natürlich vollkommen unsinnig. Allein so, wie einerseits meine Hoffnung nach jedem Strohhalm griff, so vermochten mich die unwahrscheinlichsten Gerüchte in einen kochenden Strudel der Qual zu werfen. Kurz, ich verbrannte vor Eifersucht.

Veronika war nach meiner Ansicht damals ungefähr vierzehn Jahre. Doch ich konnte mich auch getäuscht haben, sie mochte am Ende zwischen fünfzehn und sechzehn sein. Warum sollte ein sechzehnjähriges Mädchen nicht heiraten?

Und was mochte und konnte nicht alles in ihren beneideten Kreisen möglich und üblich sein?

Da verfaßte ich jenen Brief an den Vater des Kindes – Eisenhändler und seit kurzem Kommerzienrat –, der mir noch heute unbegreiflich ist.

Ich konnte nicht anders, ich mußte den Brief schreiben. Es war, als ob mir ein anderer die Hand führte. Aber immer, wenn ich von diesem Umstande redete, überhaupt von Veronika redete, ich meine während der Untersuchungshaft, hieß es, das interessiere nicht, gehöre überhaupt nicht zur Sache. Seltsam genug, daß, wenn man über Schuld oder Unschuld eines Angeklagten befinden will, das wesentliche Bewegende oder Entlastende nicht ins Bereich der Untersuchung gezogen wird.

»Was gehen uns Ihre Briefe an?« hieß es. »Schreiben Sie Briefe, soviel Sie wollen, wir kümmern uns nicht darum, außer wenn sie in bezug auf das begangene Verbrechen belastendes oder entlastendes Material enthalten.«

Mein Brief an Herrn Harlan war hochtrabend und großspurig.

Wie war es möglich, wie konnte der Brief eines im Grunde so furchtsamen, so bescheidenen, ja nüchternen Menschen wie ich, der einen finnigen Teint hatte, hinkte, durch Mangel an Nahrung in seiner Jugend dürftig entwickelt und seiner eigenen Überzeugung nach abstoßend häßlich war, dermaßen frech und hochfahrend ausfallen? Es konnte in meiner Natur sozusagen kein Stein auf dem andern geblieben sein.

»Ich werde noch heute schamrot«, gestand ich meinem Schwiegerpapa, »wenn ich an diesen unbegreiflichen Brief denke.«

Ich erklärte ja doch darin, daß ich die Verlobung, um wieviel weniger die Heirat Veronikas mit einem andern als mir auf keinen Fall zugeben könne.

Darauf sagte mein Schwiegerpapa: »Warum sollte dir nicht der Brief von einem schlechten Dämon in die Hand diktiert worden sein, dem daran lag, dir etwas am Zeuge zu flicken?«

Ich habe zu sagen vergessen, daß mein Schwiegervater lange Jahre, bevor wir uns kannten, ein tätiger Spiritist gewesen ist und während der Zeit auf okkultem Wege mit seiner verstorbenen Frau und vielen anderen Geistern in Verbindung stand. Als wir uns kennenlernten, hatte er die Praxis des Tischrückens und überhaupt den ausübenden Spiritismus bereits aufgegeben. Marie neigte wenig dazu, und er selber hatte jene leidenschaftliche Neugier nach jenseitigen Dingen mit zunehmendem Alter eingebüßt. Er besitzt indessen ein Werk, »Manuskripte von Geisterhand«, durch ihn selber in vierzig schöne Bände gebunden, das in der Welt noch einzig ist und vielleicht dereinst als Fundgrube unerhörter Offenbarungen aus der vierten Dimension allgemeine Bedeutung gewinnen wird.

Ich selber halte mich fern davon.

Wen sollte es wundern, wenn ich auf meinen hirnverbrannten Brief keine Antwort erhielt? Man weiß ja, es laufen Briefe von Verrückten bei reichen Leuten nicht selten ein. Man kümmert sich weiter nicht darum. Sie werden in den Papierkorb geworfen.

Damals war ich indessen weit entfernt davon, mir diesen natürlichen Sachverhalt einzugestehen.

Wird man es glauben? Mein Selbstbewußtsein hatte einen ungeheuren Aufschwung erfahren, seitdem ich an den reichen Eisenhändler geschrieben hatte. Das kühne und entschlossene Schreiben an diesen Patrizier gab mir rückwirkend ein Gefühl gesellschaftlicher Ebenbürtigkeit. Ich trug den Nacken weit höher als bisher und schwamm in einem betäubenden Dünkel. Ich dachte bei mir, wenn ich durch die Straßen ging und die Passanten an mir vorbeiströmten: Ihr werdet es hoffentlich nicht verkennen, daß ich ein sehr ernstes Wort an Herrn Kommerzienrat Harlan geschrieben und welches Hühnchen ich mit ihm zu pflücken habe. Meinetwegen, er antwortet nicht. Gerade daraus kann man ersehen, welche Wirkung mein Schreiben geübt. Was sollte wohl jemand antworten, der, wie Herr Harlan, eben durchaus im Unrecht ist?

Ich sagte mir ganz im nüchternen Ernst, wie mir schien, das Schweigen des großen Eisenhändlers sei ein gutes Zeichen für mich. Die Antwort auf einen Brief wie den meinen müßte von allen Seiten bedacht werden. Die Abwicklung mit dem bisherigen Bräutigam könne nur langsam vor sich gehen, und man werde wohl schließlich auch wegen meiner Person Umfrage halten. Dermaßen aber war ich eingeschlossen in den narkotischen Dunst meines Größenwahns – man hatte mir übrigens gesagt, daß auch der Dichter Byron einen Klumpfuß gehabt habe –, daß ich nicht daran zweifelte, man werde mich der Familie Harlan als den aufgehenden Stern am Dichterhimmel schildern.

Eines Tages, während des Wartens, packte mich wieder das, was mein Schwiegervater einen schlechten Dämon genannt hatte. Ich hatte eben wieder den Briefträger vergebens nach dem erwarteten Briefe gefragt, als ich schnurstracks nach Hause lief, um mich mit einer Sorgfalt umzukleiden und herzurichten, die ich heute unbedenklich als lächerlich bezeichnen muß. Auch was dabei herauskam, war lächerlich. Ich hätte das unschwer können an den Gesichtern ablesen, die mich mit ironischem Staunen verfolgten. Aber ich war weit entfernt davon. Ich erblickte zwar mittels des peripherischen Sehens vielerlei, aber mein geistiges Auge wa starr und fest nur auf ein einziges Ziel gerichtet.

Ich nahm eine Droschke und gab dem Kutscher eine bestimmte – man wird es ahnen welche – Adresse auf.

Alles ging im Handumdrehen, wie ich es eigentlich nicht zu hoffen gewagt hatte. Ich hatte mir auf meiner Visitenkarte den Doktortitel angemaßt. Der Diener, dem ich die Karte gab, verschwand mit ihr in den inneren Gemächern. Er kam zurück, und ich wurde in einen blauen Salon geführt. Ich hatte ein wenig zu warten – es war gegen elf Uhr früh –, bis die schöne Frau Harlan in den Salon rauschte. Sie stutzte sogleich, als ob sie jemand anders erwartet habe, und erklärte, sich auf der Stelle fassend, daß dies in der Tat der Fall gewesen sei. Sie habe einen Doktor von Trotha, einen jungen Assessor und Freund ihres Bruders, erwartet.

Sie sagte alsdann: »Worum handelt es sich? Sie wollen vermutlich meinen Mann sprechen.«

Ich antwortete ihr mit einem Anflug von Zaghaftigkeit, das möchte vielleicht noch nicht nötig sein.

Frau Harlan blickte mich prüfend an. Sie merkte vielleicht, daß ich meine Fassung nur mühsam bewahrte. Ich fühlte, konnte es aber nicht hindern, daß Zuckungen meine Lippen umspielten, ein harter Druck meinen Schlund befiel und mir das Wasser heiß in die Augen drang.

»Mit was kann man Ihnen dienen, Herr Doktor?« sagte sie daraufhin.

Plötzlich aber besann sie sich, und als ob sie nun den Grund meines Kommens erraten habe, rief sie: »Richtig, richtig, nehmen Sie Platz! Ich hätte beinahe vergessen, daß wir die Hauslehrerstelle für unsere Veronika ausgeschrieben haben. Ich gehe gewiß nicht fehl, wenn ich annehme, Ihr Besuch hängt damit zusammen.«

Mir fielen meine pädagogischen Neigungen und meine Studien ein.

Ich gab zur Antwort: »Nein, gnädige Frau, die Zeiten, in denen ich eine simple Hauslehrerstelle angenommen hätte, sind für immer vorbei.«

Ich war selbst einigermaßen bestürzt, als mir diese seltsame Antwort entglitten war. Ich fühlte Schwindel wie jemand, der über einen Abgrund gesprungen ist, aber nach dem tollkühnen Sprung jenseits noch nicht festen Fuß fassen konnte. Auch sonst befriedigte mich meine Antwort nicht. Hätte ich doch das Wort »simpel« nicht eingeflochten.

»Finden Sie eine Hauslehrerstelle bei einem jungen, begabten Kinde als etwas so Geringfügiges?« gab Frau Harlan denn auch mit befremdeter Miene zurück.

Da raffte ich mich energisch zusammen und sagte, wie ich gewiß eine solche Stellung gern annehmen würde, wenn ich nicht in einer andern, weit wichtigeren und weit ernsteren Angelegenheit mir erlaubt hätte zu erscheinen.

Ich war nun an der äußersten Spitze des Felsenvorsprunges angelangt, von dem aus nur noch der Sprung ins Bodenlose getan werden konnte.

Ich bin heute nüchtern und kerngesund. Um so mehr muß ich mir sagen, daß jener Mensch, der damals im Hause des Eisenhändlers persönlich um die Hand seiner Tochter warb, krank gewesen ist. Ist es mir doch unmöglich, mich heute in mein Verhalten von damals auch nur hineinzudenken. Es gibt Wachstumskrisen, Pubertätskrisen, die sozusagen eine unumgängliche, gleichsam gesunde Krankheit sind. Eine solche sogenannte Kinderkrankheit, eine solche Staupe mag es am Ende gewesen sein.

Ich fühlte damals, auch als ich der schönen Frau Harlan gegenüberstand, ich würde nicht so handeln, wie ich handelte, wäre mir nicht eine gewisse Hemmungsgewalt über gewisse Kräfte meines Innern abhanden gekommen.

Mein Betragen war das eine Hochstaplers, wenn es nicht das eines Irrenhäuslers gewesen wäre.

Ich komme zu dem, was mir aus meiner Ansprache und aus meinem Verhalten überhaupt in jener Stunde der Unzurechnungsfähigkeit im Hause des Eisenhändlers im Gedächtnis haftengeblieben ist.

»Gnädige Frau«, sagte ich, »es würde mir eine ganz besondere Ehre sein, den Lehrer Ihrer Tochter abzugeben, wenn mich nicht mein Schicksal und die Hand Gottes auf weit höhere Ziele und besonders ein höheres Ziel gewiesen hätten. Mein Vater war Stabsoffizier« – die grüne Steuerkontrolleursuniform meines Vaters brachte mich auf diesen Gedanken –, »meine Erziehung war die sorgfältigste. Von früh an habe ich deutliche Hinweise aller Art erfahren, die mich auf einen kommenden großen Beruf hinwiesen. Ich möchte nicht renommistisch erscheinen, aber ich darf Ihnen doch der Wahrheit gemäß mitteilen: noch in diesem Herbst wird ein Drama von mir, ›Konradin von Hohenstaufen‹, im hiesigen Stadttheater aufgeführt. Ein großer Gelehrter, den ich nicht nennen will und der die größte Bibliothek in Breslau besitzt« – ich dachte an meinen jetzigen Schwiegervater, den Buchbindermeister –, »hat dieses Werk als wohl das größte seit Friedrich Schiller bezeichnet. Ich bin gutsituiert, gnädige Frau. Wie könnte ich sonst diesen Schritt auch gewagt haben? Meine Vermögensobjekte sind in sicheren Papieren angelegt. Auch bin ich Teilhaber eines gut eingeführten Kommissionsgeschäfts, freilich nur nominell, da meine idealen Neigungen und Fähigkeiten mich für das eigentliche Geschäftsleben untauglich machen. Gnädige Frau, als Genie stehe ich freilich am Beginn einer langen Dornenbahn. Aber ich hoffe, meiner Gaben würdig zu sein und das gottgewollte Martyrium des großen Dichters und Denkers«, setzte ich in Eile noch hinzu, »bis zu Ende zu leiden. Ich bin auf den Spott, die Verkennung, ja die Blindheit meiner Mitmenschen gefaßt, ist doch ein weit Höherer als ich vor dem Gange nach Golgatha nicht zurückgeschreckt. Erlauben Sie mir, meine gnädige Frau, mich demgemäß als den Verfasser jenes Briefes zu präsentieren, den Ihr Herr Gemahl ohne Zweifel vor ungefähr vierzehn Tagen erhalten haben wird. Der Briefschreiber sagt, er habe ein älteres, habe ein höheres Recht auf die Hand Ihrer Tochter als irgendwer, und verbindet damit seine ernstliche Werbung. Seien Sie gewiß, gnädige Frau, daß es mir heiligster Ernst um diese Sache ist.«

Ich weiß nicht, wo ich alle diese gedrechselten Phrasen aufgelesen haben mochte. Sie gingen mir von den Lippen wie Öl und ohne die allergeringste Schwierigkeit.

Ich wurde schon allein durch den bloßen Anblick der Mutter meines Idols über den wirklichen Boden der wirklichen Dinge emporgehoben.

Es war ja im übrigen ein Akt unbegreiflicher Urteilslosigkeit, mich in ein derartiges grobes Lügennetz zu verwickeln, das von jedermann, außer von mir, so leicht zu zerreißen war. Gegenüber lag das Büro, in dem ich als armer Hungerleider für meine Mutter und meine Geschwister gearbeitet hatte. Ein Gang auf das Polizeibüro war hinreichend, auf das genaueste meine Herkunft und meine sonstigen Umstände festzustellen. Aber in dem gehobenen Zustand, in dem ich war, bei der Angst, die mich trieb, bei dem Glanz, der mich lockte, war mir der Gedanke an eine Entlarvung so fern als einem Menschen mit dem besten Gewissen.

Aufmerksam hatte Frau Harlan mich angehört. Es kam mir vor, als ob sie sich mehrmals flüchtig, wie hilfesuchend, umblickte. Als ich nach meiner Meinung alles gesagt hatte und abwartend schwieg, erhob sie sich, ging nach der Wand und schien den Knopf einer Klingel drücken zu wollen. Sie sagte dabei: »Ihr Antrag, mein Herr, ist sehr ehrenvoll.« Dann fügte sie ungefähr hinzu, ihre Tochter sei allerdings noch ein völliges Kind und zu jung, um zu heiraten. Aber, komme Zeit, komme Rat, sie wolle für heut weder ja noch nein sagen.

Während solcher und ähnlicher Reden trat ein Diener und bald darauf Herr Harlan selber ein.

Harlan war schlank, sorgfältig, ja elegant gekleidet und trug Korallenberlocken an der goldenen Uhrkette. Ich nahm mir sogleich vor, mir dergleichen Berlocken auch anzuschaffen. Ich tat es dann auch, aber man hat mir ja, ohne daß ich alledem nachweine, den ganzen damaligen Aufwand als der Tante geraubtes Gut abgenommen. Herr Harlan trat ein und wurde von seiner Frau, wie ich deutlich bemerkte, mit Augenzwinkern in den Gegenstand unserer Besprechung eingeweiht.

Ehe ich vor dem Torweg des Harlanschen Hauses wieder in meine dort wartende Droschke stieg, konnte ich mir nicht versagen, stehenzubleiben und meine Augen, langsam meine Glacéhandschuhe zuknöpfend, über den Ring schweifen zu lassen. Mein Selbstbewußtsein, besser meine Selbsttäuschung, meine Torheit waren auf ihrer höchsten Höhe angelangt. Nach meinen Begriffen hatte ich einen märchenhaften Erfolg davongetragen. Heut weiß ich freilich, warum Herr Harlan sich so stellte und stellen mußte, wie er tat, als ob er vollkommen auf meinen Antrag einginge. Er hielt mich einfach für das, was ich war. Und weil es gefährlich ist, einen Irrenhäusler zu reizen, tut man am besten, man gibt ihm keinen Anlaß zum Widerspruch.

Es waren auf mein beharrliches Drängen, ehe ich ging, noch folgende Fragen erörtert worden: ob ich Veronika sehen und sprechen, ob ich ihr schreiben dürfe und bis zu welchem Termin man die Heirat verschieben wolle. »Ich schlage vor«, sagte Harlan wie obenhin, »wir lassen ein Vierteljahr verstreichen, ehe Sie meine Tochter sprechen. Daß Sie vorläufig mit ihr korrespondieren, würde ich für unnötig halten. Nach Verlauf eines Vierteljahres können wir dann sehen, ob Ihre Neigung, Herr Doktor, dauernd gewesen ist. Zwei Jahre«, schloß er, »müssen wir aber unbedingt noch meiner kleinen Veronika für ihre Entwicklung Zeit lassen, bevor sie unter die Haube kommt.«

Heute glaube ich, meine Werbung ist in dem Harlanschen Hause damals als ein willkommener Spaß aufgefaßt und gründlich und herzlich belacht worden.

Für mich war sie freilich mehr als ein Spaß.

Ich wollte vor Stolz und Dünkel zerbersten, als ich mich noch immer nicht entschließen konnte, in die geschlossene Droschke einzusteigen. Ich blickte an den Fenstern des Harlanschen Hauses hinauf, um womöglich noch einen Blick der Geliebten einzufangen. Einem Kollegen vom Rathaus, der mich bemerkte und grüßte, dankte ich nicht. Ich sah meinen jetzigen Schwiegervater, den ehrwürdigen Weißbart, von Marie geführt – er brauchte seiner schlechten Augen wegen die Stütze –, auf dem Bürgersteig sich annähern. Die lieben Menschen entdeckten mich. Marie wurde über und über rot vor Glück, und der von ihr unterrichtete Alte winkte mir sogleich vergnügt mit dem Taschentuch. Aber jetzt mich mit ihnen gemein zu machen kam mir durchaus unter meiner Würde vor, und so sprang ich fluchtartig in die Droschke.

»Fahren Sie mich zum Restaurant von Hansen«, befahl ich dem Kutscher.

Es sind einige Tage vergangen, während deren ich nicht an diesen meinen Erinnerungen geschrieben habe. Nun, die Sache hat keine Eile. Das Wetter war gut, und ich konnte schöne Wege, Wanderungen sage ich besser, nach Erdmannsdorf, durch den alten Park von Buchwald und nach der Stadt, dem schönen Schmiedeberg, hinüber tun. Die Meinen besorgen den Laden, die kleine Wirtschaft beinahe allein und gönnen mir alle erdenkliche Muße. Als einen alten Büromenschen kosten mich die Buchführung und die Korrespondenz unseres kleinen Betriebes wenig Mühe und Zeit. Ich erledige das im Umblicken.

Ich wollte absichtlich ein paar Tage pausieren und nachdenken, eigentlich mehr mich ablenken, bevor ich darangehe, mir von der folgenreichen Geschichte meiner Beziehung zu Melitta Rechenschaft zu geben.

Die Kleine saß mit ihrer Mutter, der sogenannten Baronin, am Nebentisch in ebenjenem vornehmen Restaurant, das ich dem Kutscher, bevor ich seine Droschke bestieg, wohl hauptsächlich, um den Passanten zu imponieren, genannt hatte.

Eigentlich war ich erstaunt und mußte mich einigermaßen zurechtfinden, als der Wagen nun wirklich vor den Spiegelscheiben des Hansenschen Restaurants stillestand.

Plötzlich war ich, ich wußte nicht wie, in dies Dorado aller Feinschmecker hineingeraten.

Ich glaube zwar, daß ich mich in den ersten Augenblicken leidlich betrug; aber ich hatte Mühe, den Blicken der Gäste ohne Verwirrung standzuhalten. Links vom Eingang des langen Lokals saßen Avantageure und Offiziere des Breslauer Leib-Kürassierregiments. Schöne Menschen, hohe, schlanke Gestalten, reiche, vornehme Jungens, jeder einem alten Adelsgeschlechte angehörend. Sie hatten, so schien es, die Gnade gehabt, sich in dieses Lokal selbst nur herabzulassen. Die übrigen Tische zeigten Gesichter von Männern meist reifen Alters, die unbedingt Respekt einflößen mußten. Sicherlich trugen manche von ihnen, Ärzte, Professoren, Stadträte, die klangvollsten Namen der Stadt. Jemand wurde, ich hörte es deutlich, Durchlaucht genannt. Irgendwie dachte ich auch an Polizei- und Gerichtspräsidenten bei manchen Blicken, deren Kreuzfeuer ich aushalten mußte. Nein, mein Eintritt in dieses Lokal war kein beneidenswerter Augenblick, und ich möchte ihn nicht wieder durchmachen.

Er hätte mich sollen zur Vernunft bringen.

Es wandelte mich tatsächlich in Gegenwart aller dieser Standespersonen eine Art Besinnung an. Als mir jedoch mit ausgesuchter Höflichkeit ein Tisch für mich allein angewiesen worden war und ich daran Platz genommen hatte, fand ich mich von dem Gedanken beruhigt, genügend Geld in der Tasche zu haben, um meine Zeche bezahlen zu können, und es niemandem in diesem Kreise, sondern höchstens meiner Tante schuldig zu sein. Und übrigens war ich ein freier Mensch, nicht mehr der abhängige Magistratsschreiber.

Ganz gewiß blieb es trotzdem seltsam, wie ein kleiner, verachteter Hungerleider, ohne daß er hinausgewiesen wurde, Tisch an Tisch mit den höchsten Spitzen der Stadt, der Provinz, ja des Staates wie gleich und gleich tafeln durfte.

War es nun, um mir Mut zu machen oder um mich hier von vornherein in das rechte Licht zu setzen, oder in meinem trügerischen Triumphgefühl – kurz, ich bestellte sogleich Champagner.

Gewiß, der Luxus der vornehmen Welt schließt ausgesuchte Genüsse ein. Es ist im Grunde nicht zu verwundern, wenn jemand, der sie kennenlernt und dann wieder missen soll, um ihretwillen zum Verbrecher wird. Dies war wohl bei Wigottschinski der Fall. Zügellose Genußsucht hat diesen in seiner Art begabten, ja vielfach bestechenden Menschen zugrunde gerichtet. Diese Gefahr ist bei mir überwunden.

Ich kam durch die kräftige Suppe, den köstlichen Fisch, den duftigen Braten, das Geflügel, die Mehlspeise und nicht zuletzt durch den überaus herrlich mundenden Wein in eine sehr befriedigte Stimmung. Das künstliche Licht, das in jenem Lokal, außer hinter der Spiegelscheibe des einzigen Fensters, auch am Tag immer brennen muß, erhöhte seine Behaglichkeit. Dazu kommt der verschleiernde Dämmer der Rauchwolken, der die einzelnen Gäste bis zu einem gewissen Grade isoliert. Mir war, als ich eine halbe Stunde gesessen hatte, als sei ich in eine geheime Gesellschaft aufgenommen, in der jeder dem andern das Beste gönnte.

Melitta saß, ich sagte es schon, mit ihrer Mutter am Nebentisch. Das Mädchen hatte ein kleines Schoßhündchen, das eine Schelle am Halse trug. Wenn Melitta das Schoßhündchen auf die Erde ließ, dann reichte die Leine gerade so weit, daß es seine feinen Vorderfüßchen an meinen linken Oberschenkel stützen konnte. Natürlich war ich freundlich zu ihm.

Die Baronin bedankte sich mehrmals mit einem leisen Lächeln für diese Freundlichkeit. Einmal wies sie Melitta in einem liebenswürdig schmollenden Tone zurecht, weil der Herr – das war ich – durch ihr Hündchen fortwährend belästigt würde.

Da sah sich Melitta nach mir um.

Bei dem Anblick ihres Gesichtes muß wohl, für die Baronin sichtbar, eine Art Schreck durch meine Mienen gegangen sein. Ich sah, wie sie gleichsam fragend die Augenbrauen nach oben zog.

Und ich war tatsächlich erschrocken, weil Melitta auf eine für meine Begriffe überraschende Weise Veronika ähnlich sah.

Von diesem Augenblick setzte eine wunderbare Verwirrung bei mir ein, in der ich auf mystische, sagen wir lieber auf krankhafte Weise die Bilder der beiden Mädchen vereinigte.

Zwar, sagte ich mir, ist dieses Mädchen nicht wirklich Veronika, aber Veronika gibt mir ein Zeichen durch sie, setzt sich durch sie mit mir in Verbindung.

Melitta schien so alt wie Veronika. Ich wußte später allerdings, daß sie wesentlich älter war, konnte mich aber trotzdem nie recht davon überzeugen. Ob es nun an der Kleidung lag oder ob sie im Wachstum zurückgeblieben war, sie hatte für mich etwas durchaus Kindliches. Sie trug Veronikas offenes, blondes, in langen, herrlichen Wellen fallendes Haar. Ihr Auge war braun, ihr feines Näschen war ganz vorn an der Spitze ein ganz klein wenig gebogen. Und wie sich diese Spitze bewegte, wenn sie, ich möchte sagen, mit einem Säuglingsmunde sprach, das war von besonderem Reiz für mich.

Man konnte beobachten, daß sie am Tische der Leibkürassiere Gegenstand des Gesprächs war. Aber wie auch die Blicke der Herren den Tisch der Baronin bestrichen, die

Kleine schien unempfindlich zu sein, und man sah genau, daß sie keinen erwiderte.

Dagegen zeigte sie seltsamerweise Interesse für mich.

Diese Tatsache überraschte mich einerseits, wurde aber sogleich von mir mit meiner neuen fixen Idee in Verbindung gebracht, wodurch sie mir andererseits nicht weiter merkwürdig schien. Mein Wahnsinn, der mir eine übernatürliche Verkettung vorspiegelte, stempelte das auffällige Betragen des Kindes gegen mich zu etwas, das durchaus in Ordnung war. Und nur dadurch, nämlich durch meine mysteriöse Auffassung von der Sache, gewann ich den Mut, darauf einzugehen.

Um es sogleich vorwegzunehmen: Melitta hatte eine wirkliche Neigung für mich. Ich habe dafür eine Menge Beweise. Wieso das mir gegenüber möglich war, der ich niemals vor meiner großen Krise auf eine solche Erfahrung wirklich zu rechnen gewagt hatte, steht dahin. Wohl hatte ich meine schlichte, ja nüchterne Freundschaftsbeziehung zu Marie, die aber damals weder von ihrer noch von meiner Seite mit Liebesleidenschaft zu verwechseln war.

Bis zu einer solchen Leidenschaft hat sich nun wohl auch die Neigung Melittas zu mir nicht gesteigert. Doch konnte es für dieses Mädchen nichts geben, woran die Liebe, und zwar eine sehr reale Liebe, nicht teilhatte.

Ich will gewisse Züge zusammentragen, die ich durch Überlegung gefunden habe, durch welche die Neigung Melittas zu mir doch einigermaßen verständlich wird.

Sie war das sonderbarste Exemplar der Gattung Weib, das es wohl überhaupt in der Welt geben kann: äußerlich ein kindischer Backfisch, innerlich von unbeugsamer, männlicher Selbständigkeit. Diese Selbständigkeit war im Denken wie im Handeln die gleiche. Alle Versuche, sie zu brechen – von ihrer Mutter waren solche oft genug unternommen worden –, führten immer nur zu dem gleichen Mißerfolg.

Nie werde sie sich, erklärte sie, das Recht auf Liebe verkümmern lassen. Sie sagte ihrer Mutter mit großer Ruhe und Festigkeit ins Gesicht, daß sie sich in dieser Beziehung absolut nichts zu versagen gedenke. Wenn ein Mann ihr gefiele und sich die Gelegenheit irgend herbeiführen ließe, so nehme sie ihn. Es fiele ihr gar nicht ein, womöglich aus der Welt zu gehen, ohne das Beste, was es gäbe, und zwar ganz gründlich, genossen zu haben. Wolle sie jemand daran hindern, so möge er sich in acht nehmen. Wer das tue, der sei ihr Feind. Es sei natürlich, Feinde zu hassen. Sie sei aber eines tödlichen Hasses fähig gegen denjenigen Menschen, der sie um das höchste Gut des Lebens bringen, das heißt nichts anderes als umbringen wolle.

Daß Melitta solche Ansichten nicht nur mit der Zunge vertrat, davon wußte die Mutter ein Lied zu singen.

Wie ich aus meinen Verhören, den Besuchen der Anwälte, der Ärzte und des Geistlichen im Gefängnis und aus meiner stillen Lektüre in der Zelle weiß, gibt es den Begriff der Perversität. Melitta hatte perverse Neigungen. So sagte sie oft: lieber würde sie sterben, als sich mit einem dieser puppigen und geschniegelten Leibkürassieroffiziere einlassen. Hier setzten ihr Widerwille, ihre völlige Abneigung ein, wogegen ein alter, häßlicher, wohl auch unsauberer Kerl ihr einen starken Eindruck machen konnte. Wie die Baronin mir erzählte, war sie einem gichtgeplagten alten Kabarettschauspieler lange Zeit ergeben gewesen.

Nun, einerlei, ich begriff selbst durch meinen narkotischen Nebel hindurch, wes Geistes Kindern ich hier in die Arme gelaufen war. Und nachdem sich über den Hund hinweg zwanglos ein Gespräch entwickelt hatte, nahm ich es mir in der Stille heraus, zugleich mit meiner die Rechnung der Damen zu begleichen.

Ich weiß nicht, wie dieser Umstand von ihnen in Erfahrung gebracht worden war, sie erhoben sich jedenfalls bald darauf, um mit einem bedeutsamen, vielsagenden Lächeln und Neigen des Kopfes gegen mich stillschweigend das Lokal zu verlassen.

Unnütz zu sagen, daß ich nach zwei Minuten ebenfalls auf der Straße an ihrer Seite war.

Man kann sich denken, wie verwickelt meine Umstände sich gestaltet hatten, als ich in weniger als vierundzwanzig Stunden – Melitta ließ mir kaum so viel Zeit – in ein festes Verhältnis zu ihr getreten war. Das süße und höchst verderbte Geschöpf war in den Künsten der Liebe meine erste Lehrmeisterin. Ich empfing durch sie binnen kürzester Zeit alle Weihen des Alkovens. Ich ward ihr Tag und Nacht auf jede erdenkliche Weise tributpflichtig. Da die Tante das Kapital ausdrücklich in meine und nicht in Wigottschinskis Hände gelegt hatte, gab ich ihm zwar reichlich davon, behielt aber den Löwenanteil für mich. Dieser schmolz in rasender Eile.

Da ich mein Verhältnis zu Melitta Wigottschinski und meiner Schwester nicht preisgeben wollte, die aber doch merken mußten, daß eine Entfremdung zwischen uns eingetreten war, so blieb ich auch hier gezwungen, zur Lüge zu greifen. Es war vielleicht gut, daß der Spürsinn Wigottschinskis mir bald auf die Schliche kam und somit mich in dieser Beziehung entlastete. Er sah es als selbstverständlich an, daß ich nun auch in Sachen der Liebe aus den Kinderschuhen herausgetreten und zum Handeln übergegangen war.

Als ich meine Schwester in jenem Nachtlokale wiederfand, war ihr Betragen, gegen früher gehalten, feiner, ja damenhaft geworden. Wigottschinski erst machte sie wirklich zur Dirne.

Wäre ich von meiner Beziehung zu Melitta nicht so in Anspruch genommen worden, ich hätte vielleicht verhindern können, daß Wigottschinski meine Schwester so vollständig mit sich ins Verderben riß. Alleingelassen mit ihr, hatte der Schurke in diesem Betrachte leichtes Spiel. In den ersten Wochen ahnte ich nicht, welche dunklen, unterirdischen Wege er mit ihr zu gehen pflegte. Als ich in der schwärzesten Nacht meines Lebens plötzlich erkannte, wie tief sie gesunken war, kam mich, wie ich mich deutlich erinnere, ein Grauen an. Es wollte mir nicht in den Kopf, daß es mir hatte entgehen können, in welche furchtbare Schule sie durch diesen Halunken inzwischen genommen worden war. Was war aus meiner zwar leichtsinnigen und allzu lebenshungrigen, aber im Grunde stets braven, offenherzig-willenskräftigen Schwester geworden?

Er hat sie durch alle Gossen und Pfützen mit sich geschleift, durch jeden Kehrichthaufen und Abfallwinkel hindurchgezogen. Er hat sie in seine Kreise, die Kreise der dunkelsten aller Ehrenmänner, eingeführt und dort heimisch gemacht. Er hat ihre Gunst verkauft oder beim Kümmelblättchen als Einsatz benutzt. Und wo sich die Arme dawider empörte, brachen Faustschläge ihren Widerstand. Schließlich hatte sie alle Kraft zur Empörung verloren, da die Gewalt des Lasters ihre Unterjochung beendet hatte. Sie konnte den Fuseldunst, den Apachentaumel, die viehischen Genüsse der Lasterhöhlen nicht mehr entbehren.

Ich darf nicht vorgreifen und nicht abschweifen.

Jener Tag, an dem ich meinen wahnwitzigen Heiratsantrag im Harlanschen Hause gemacht, hernach im Hansenschen Restaurant diniert und Champagner getrunken hatte, schließlich von der Baronin und ihrer Tochter mit nach Hause genommen worden war, in deren Armen ich dann am folgenden Morgen erwachte, jener Tag, sage ich, hatte mich von dem Boden meines früheren Lebens nicht nur völlig losgerissen, sondern auch die Stimme der Vernunft in mir endgültig zum Schweigen gebracht.

Ich habe soeben mein Manuskript durchblättert und finde, es sei an der Zeit, wieder einmal von meiner armen, braven Mutter zu sprechen.

Ich bewohnte noch immer mein altes Zimmerchen, das heißt, ich benutzte es noch als Schlafstelle. Allerdings in jeder Beziehung recht unregelmäßig, da ich meist erst gegen Morgen nach Hause kam und wöchentlich einige Nächte ganz in der Wohnung der Baronin zubrachte.

Meine Mutter hatte noch immer das durch meine frühere exemplarische Lebensweise begründete Respektsverhältnis zu mir. Sie sah oder wollte noch immer in mir den guten Sohn sehen, den Fels, auf den man getrost das sichere Asyl des Alters errichten konnte.

Von Veronika Harlan wußte sie nichts, von Melitta ebensowenig, da sie mit niemandem verkehrte, kaum jemals vor die Hausschwelle trat und nur etwa einmal die allernotwendigsten Gänge zum Bäcker, zum Schlächter oder in den nahen Kramladen tat. Marie, meine jetzige Frau, besuchte sie hie und da. Aber weder Marie noch ihr Vater wußten damals mehr als die Mutter von mir.

Meine Mutter hatte zudem etwas Lichtscheues. Es kam nicht vor, daß sie andere Leute aufsuchte oder, wenn es Marie oder etwa der Flurnachbarin gelang, sie in ihrem Verstecke zu beunruhigen – daß sie dann, sage ich, ihr eingezogenes Wesen verleugnete. Hätte es schließlich Leute gegeben, die von allem gewußt hätten, was ich tat, und hätten sie es ihr mitgeteilt, sie würde es nicht geglaubt, ja, sich höchstwahrscheinlich schon den Versuch einer solchen Eröffnung verbeten haben.

Die Wandlung, die sie an mir bemerkte und die sie sich nicht erklären konnte, faßte sie, ich bin dessen gewiß, als Krankheit auf. Darum fiel es ihr niemals ein, mir moralische Vorhaltungen zu machen. Es fehlte ihr mir gegenüber scheinbar überhaupt das Organ dafür. Sie sah mich nur immer bekümmert an, und ich mied diesen Blick nach Möglichkeit, da er das einzige war, was mich bei meinen ekstatischen Künsten – sozusagen auf dem Turmseil – unsicher machte.

Meine Mutter ist tot. Der Gram hat sie unter die Erde gebracht. Ich bin dessen gewiß, obgleich der Arzt mir tröstend sagte, sie habe ihr Leben bis zu der möglichen Grenze gelebt, ihre Organe seien verbraucht, das hätte die Untersuchung ergeben. Aber was habe ich da gesagt von der Rolle des Grams als Totengräber? Nicht der Gram noch die verbrauchten Organe, sondern Faustschläge gegen ihr Herz, unbarmherzig und roh durch das Schicksal geführt, haben ihren Tod verursacht.

Übrigens kam ich in die alte Wohnung stets nur wie in ein moderduftiges Grab zurück. Ich könnte sie ebenso einen Sarg nennen. Sie war der Sarg, darin ich, wie mir damals vorkam, während langer, entsetzlicher Jahre lebendig begraben war.

Meine Mutter, sagte ich, hielt mich für krank. Nach ihrem Tode hat man mir ins Gefängnis einen Brief überbracht, der sich in der Schublade ihres Nähtischchens vorgefunden hatte. Er war sehr lang und an mich gerichtet. Es ging aus diesem Schreiben hervor, sie hielt mich eine Zeitlang für geisteskrank, hoffte jedoch, daß ich eines Tages gesund und ganz als der alte erwachen würde. Etwas Ähnliches hatte sie vor Jahrzehnten mit einem ihrer Brüder erlebt.

Die Baronin und ihre Tochter sogen mich aus.

Melitta aß wenig und niemals Fleisch. Sie trank und sie rauchte nicht; sonst, sagte sie, werde das feine Empfindungsvermögen ihrer Nerven, womit für sie die höchsten Genüsse des Lebens verbunden seien, abgestumpft. Welche Enthaltsamkeit bei so viel Maßlosigkeit! Dabei war sie gut und sagte, sie liebe mich, weil ich so gut wäre.

Melitta behauptete, daß sie bald sterben würde. Sie lebt noch heute, ist aber aus Breslau verschwunden. Es heißt, nach dem Süden irgendwohin. Manche sagten, ein reicher Brasilianer sei ihr lange nachgereist und habe sich, weil sie gegen ihn spröde blieb, an der Klinke ihres Hotelzimmers aufgehängt. Richtig war: sie mochte fast jeden. Alter, Stand, sonstige Vorzüge oder Mängel machten dabei keinen Unterschied. Das zweierlei Tuch allerdings war ihr widerlich, und wen sie wirklich nicht mochte, den mochte sie nicht, und er kam nicht zum Ziele, ob er auch flugs Millionen verschwendet hätte.

Man glaube nicht, daß ich in ihrem Besitze auf die einfache, natürliche Weise geschwelgt hätte. Der Gedanke an Veronika und ihr Bild verließen mich selbst in Melittas Armen nicht. Wir haben eng umschlungen ganze Nächte hindurch gewacht, und es ist nicht selten vorgekommen, daß ich schluchzend in weichlichen Tränen zerflossen bin und daß ich Melitta den Grund meines Elends bekannt habe. Sie äußerte alles andere eher als Eifersucht. Sie umstrickte mich eher noch wilder und zärtlicher. »Ich liebe nicht«, sagte sie, »Menschen, die glücklich sind, ich liebe nur die unglücklichen Menschen. Je mehr du leidest, je brünstiger drängt's mich, dich zu trösten. Tut es dir wohl und lindert es deinen Schmerz«, sagte sie oft, »so schließe die Augen und stelle dir vor, du hieltest die andere umschlungen.«

Sie wußte nicht, welch ein Wahn mich immer in ihrer Umarmung beglückte und peinigte: daß sie nämlich irgendwie ein Gruß, ein Teil, eine mystisch Beauftragte von Veronika Harlan sei.

Gegen Mitte des Sommers mußten Wigottschinski und ich zu einer Beratung zusammentreten. Das Geld der Tante war vertan, und wir mußten Beschluß darüber fassen, wie wir ihr mehr entlocken wollten. Ein solcher Versuch war nicht leicht.

Wir blieben lange über die zu erpressende Summe uneinig, die wir – Wigottschinski bestand darauf – diesmal jeder genau zur Hälfte, wie er es nannte, verwalten wollten. Da ich ihn brauchte und seine Hilfe sonst zu verlieren fürchtete – er hatte mich in bezug auf die Tante, wie ich fühlte, einigermaßen in der Hand –, so mußte ich diesem Modus zustimmen. Er schlug eine doppelte, ja eine dreifache Summe als die bereits verpraßte vor.

Ich blieb immer noch zaghaft, trotzdem ich des Geldes mehr als Wigottschinski bedurfte, da ich allerlei große und kleine Rechnungen für die Baronin und ihre Tochter beglichen hatte, ja sogar schon in Schulden geraten war. Goldschmuck, von mir für die Kleine gekauft, hatte ich unter der Hand bei Tante Schwabe, als von einem Freunde stammend, in Versatz geben müssen. Melitta nie, aber die Baronin ließ mich merken, daß ich entweder zahlungsfähig sei, und dann hätte ich das mit klingender Münze zu beweisen, oder aber ich müßte mir einen anderen Wirkungskreis, wie sie ironisch sagte, aussuchen. Sie müsse leben, müsse für ihre Tochter sorgen, an deren Zukunft denken, und überdies – umsonst sei der Tod.

Die Fiktion, als ob es sich bei uns noch weiter um Geschäftskapitalien handelte, hatten wir unter vier Augen fallen gelassen. Dies war seltsam bei meiner allgemeinen Überstiegenheit. Ich habe wohl hierin so nüchtern gesehen, weil mir das Messer an der Kehle saß. Meinem Freunde konnte ich anmerken, er habe sich früher nur so gestellt, als ob er an meinen Dichterruhm und meine Heiratsaussichten glaube. Was ich inzwischen getan und erreicht hatte, ließ mich in seinen Augen nun weniger närrisch erscheinen als abgefeimt. Er ließ mir darüber keinen Zweifel. Mir lag nichts daran, ihn in meine Mysterien einzuweihen.

Ich sprach bereits von dem sozialen Mäntelchen, das er gern umhängte. Er hatte einen gewissen Dienst bei Tante Schwabe, wenn auch in loserer Form, aufrechterhalten und ließ mich merken, wie er sich, wenn er wollte, auf diesem Wege aus der ganzen Affäre ziehen und mich in der Patsche sitzenlassen könnte. Dennoch aber: er haßte die Tante. Ich war entsetzt zu sehen, in wie unversöhnlicher Form dieser Haß, während wir unsere neuen Pläne schmiedeten, zutage trat. Allein er hing auch ihm das soziale Mäntelchen um.

Mein Spießgeselle erklärte, er sei Anarchist, es sei ihm jegliches Mittel recht, um der bürgerlichen Gesellschaft ihren Raub abzujagen. Er habe dem Ausbeuterstaate, dem Kapitalismus Krieg bis aufs Messer angesagt. Eigentum sei Diebstahl, behauptete er, und es sei das höchste Verdienst, eine Diebsbande zu bestehlen. Glücke ein Raub, so sei wenigstens der Gerechtigkeit im kleinen und besonderen einmal Genüge geschehen.

Weiber nun gar wie Tante Schwabe müsse man als Krebsgeschwüre am Leibe der Menschheit ansehen. Er nannte sie eine Blutsaugerin, nannte sie eine alte Hyäne, die den im sozialen Kampfe tödlich Verwundeten auflauere, die Sterbenden überfalle, um sich von ihrem Aase zu mästen. Und er nannte sie einen alten, widerlichen Aasgeier, der kilometerweit nach seinem ekelhaften Gewerbe stinke und in seiner Behausung sitze wie dieser luderfressende Vogel zwischen den abgenagten Rippen eines gefallenen Rinds.

So gewaltig war Wigottschinskis Haß, so maßlos und wild seine Wut, daß ich leider bis zu einem gewissen Grade – man denke an den Haß und die Mißachtung, die meine Mutter ihrer Schwester entgegenbrachte – in ihren Strudel hineingerissen wurde.

So wurde also der neue Gaunerstreich zwischen uns beiden auf das genaueste durchdacht und, wie man sagt, abgekartet.

Auch dieser Streich, um es kurz zu sagen, gelang.

Er konnte nur deshalb gelingen, weil die alte Wucherhexe, wie Mutter sie nannte, das blinde Vertrauen zu mir noch immer nicht eingebüßt hatte. Freilich waren wir auch mit einer Gerissenheit ohnegleichen zu Werke gegangen. Wigottschinskis Verhältnis zu meiner Schwester und seine zähen Pläne mit meiner Person hatten ihn veranlaßt, seine Intimität mit ihr zur Festigung ihres Vertrauens in meine Redlichkeit, meine Umsicht, meinen Geschäftsgeist zu festigen. Er hatte es auch jetzt übernommen, ganz allein durch ein klug ersonnenes Lügengewebe über meine Geschäftserfolge und durch bewundernde Lobeserhebungen über meinen Charakter sie auf den kommenden Aderlaß vorzubereiten. Es ist wirklich und wahr, daß wir nachher beim Weine über diesen gemeinen Schurkenstreich unsinnig gelacht haben, und besonders über die Halbgottrolle, die er mich spielen ließ, während er sich selber, um ihr noch mehr Gewicht zu geben, in jeder Weise herabsetzte, ja fallen ließ.

Wir erhielten von Tante Schwabe ein gewisses hundertprozentiges Industriepapier, von dem ich ihr sagte, sie werde es unverändert wiedererhalten, da ich es nur auf höchstens ein Vierteljahr auf meiner Bank als Pfand deponieren wolle.

In weniger als sechs Wochen war dies neue Geld durch dieselben Kanäle wie das frühere abgeflossen, und wir wollten eben wohl oder übel darangehen, einen neuen Streich zu besprechen, als auf einmal Tante Schwabe aus ihrem Vertrauensdusel aufwachte.

Eines Tages kam ich nach Hause und erfuhr, daß sie bei meiner Mutter gewesen war. Es hatte sich dieser Fall seit einem Jahrzehnt zum ersten Male wieder ereignet. Ich kann nicht sagen, was damals zwischen den beiden entfremdeten Schwestern vorgegangen ist. Zwar fand ich die Mutter bleich und erregt und mit zitternden Lippen vor; irgendeine Eröffnung von Belang wollte sie mir indes nicht machen. Sie richtete nur ihren alten wehen und kummervoll fragenden Blick, vielleicht mit weniger Scheu als sonst, auf mich.

In einem zurückgelassenen Brief bat mich die Tante, zu ihr zu kommen.

Es kam nun doch eine Art Besinnung, die sich bis zur Bestürzung steigerte, über mich.

Ich hatte die letzten Wochen bereits wie unter dem Druck eines sich immer mehr verfinsternden Gewölkes gelebt. Lichte Momente zeigten mir, in wie gefährliche Klippen und Abstürze ich mich verstiegen hatte. Die Last meiner Sorgen wuchs und drückte mich. Ich schrie in den Nächten nicht selten auf und erwachte in Schweiß gebadet. Ich suchte Trost in der Religion und fühlte den Wunsch in mir aufkeimen, der Welt entsagen zu können, hinter den Mauern eines Klosters den Rest meines Lebens zu verbringen. Ich war Protestant und erwog, zum Katholizismus überzutreten, da die alte, weiträumige Kirche mir noch im ehesten ein Asyl versprach. Mich überkam eine tiefe Müdigkeit. Es war eine Lebensmüdigkeit von der Art, die nichts als Ruhe und Frieden ersehnt und jegliche Auferstehung nur als eine neue Mühsal fürchtet. Ich hatte Veronika in meinem Herzen um diese Zeit bereits wie eine schöne Leiche aufgebahrt. Mein Inneres war gleichsam schwarz ausgeschlagen. Der Katafalk, mit brennenden Kerzen, von Blumen bedeckt, stand mitten darin. Aber es schien der Raum sein Licht nicht von den Kerzen, sondern von dem überirdischen Glanze der Schönheit meiner geliebten Toten zu erhalten. Mit diesem Bilde im Innern wollte ich auslöschen, um, wie gesagt, keiner Auferstehung entgegenzugehen. Freilich gab es auch andere Stimmungen. Weniger körperlich erschöpft, durchbrach ich Lebensüberdruß mit überirdischen Hoffnungen. Ich sah mich dann in der Sphäre Veronikas, die zum Seraph geworden war, und Gott hatte es mir erlaubt, mich allein von dem Glanz ihrer Schönheit in alle Ewigkeit zu ernähren.

In meiner ersten Bestürzung suchte ich Wigottschinski auf. Wir überlegten, was zu tun wäre.

Man mußte zunächst herausbekommen, inwieweit die

Tante von unserem Treiben unterrichtet war oder ob sie vielleicht nur einen vagen Verdacht hatte. Deshalb waren wir einig, daß ich den sauren Gang zu Tante Schwabe unverzüglich antreten müsse. »Denn«, sagte mein sauberer Freund, indem er mich, merkbar beängstigt, zur Eile trieb, »sie ist imstande, uns ohne weiteres im ersten Schrecken dem Staatsanwalt auszuliefern.«

Tante Schwabe hatte mir selbst das Entree geöffnet, als das schwache Bellen der blechernen Schelle verklungen war. Sie begrüßte mich nicht und ließ mich wortlos in ihren Salon treten.

Das rote Plüschsofa knarrte, als sie sich darauf niederließ.

Nun erst sagte ich »Guten Abend« und fragte, es dämmerte bereits, ob ich die Tischlampe anzünden sollte.

Aber es kam keine Antwort darauf. Auch bat mich die Tante nicht, Platz zu nehmen.

Ein Rollwagen rumpelte über das Pflaster der Kupferschmiedestraße. Der Kanarienvogel im anstoßenden Zimmer, ein Harzer Roller, machte eine letzte Anstrengung, der untergehenden Sonne den üblichen Sangestribut darzubringen. Die Tante sprach noch immer kein Wort.

»Du hast mich rufen lassen«, stotterte ich, »um was handelt es sich?«

Noch immer schien es nicht im Plan meiner Tante zu liegen, mir zu antworten, bis sie sich dann nach einiger Zeit doch schlüssig geworden war.

Worauf sie mit fester Stimme deutlich und klar diese Worte sagte: »Lorenz, du bist der gemeinste Lumpenhund, der mir in meinem bisherigen Leben vorgekommen ist.«

Mir war bei diesen überraschenden Worten zumut, als ob das Messer eines Chirurgen mich von der Halsgrube über den Nabel herunter durch alle Gedärme hindurch bis auf das Rückgrat zerteilt hätte. Niemals im Leben habe ich einen ähnlichen Schmerz gefühlt.

Es ist gut, eine kleine Pause zu machen, die ausgekühlte Pfeife wieder in Brand zu stecken, ans offene Fenster zu treten, den Finken und Rotkehlchen zuzuhören und mir zu sagen, wo ich bin, ehe ich weiter in meinen Bekenntnissen fortfahre. — — —

Das habe ich nun ausgiebig getan. Ich habe den Doktor begrüßt, der auf der Straße mit seinem neuen Einspänner vorüberfuhr – die Praxis geht gut, er kann es sich leisten –, ich habe die Unterhaltungen der Kinder belauscht, die Beeren und Pilze bringen, die sie unten im Laden verkaufen wollen. Und ich habe den Duft meiner Zentifolien eingeatmet, der aus dem Vorgärtchen zu mir dringt. Dabei hat sich mein Herzschlag beruhigt. Es muß mir darauf ankommen, klar und kaltblütig in die tiefsten und gefährlichsten Schächte meines Lebens, ihre infernalischen Stollen und Irrgänge, darin tödliche Gifte in Schwaden umherstreichen, hinabzusteigen. Kann es ein größeres Wunder geben, als daß ich heute wieder das Licht eines goldenen Tages genieße?

Tante Schwabe also hatte, im Halblicht auf dem roten Plüschsofa sitzend und zu mir, ihrem vergötterten Neffen, aufblickend, diese Worte gesagt: »Du bist der gemeinste Lumpenhund, der mir in meinem bisherigen Leben vorgekommen ist.« Und ich, wie ich eben niedergeschrieben, fühlte mich durch einen Schnitt bis aufs Rückgrat bloßgelegt.

In diesem Augenblick bekräftigte sich in mir die Einsicht, daß ich Veronikas in der Tat nicht mehr würdig war und sie als eine Tote behandeln mußte.

Immerhin schrie mein Herz in der furchtbaren Stunde nach ihr, wo meiner moralischen Persönlichkeit der Todesstreich versetzt wurde. Ich würde nämlich selig, würde mit Frohlocken gestorben sein wie nur irgendein christlicher Märtyrer, wenn ich, zu ihren Füßen liegend, ihr hätte begreiflich machen dürfen, wie ich gleich einer Motte den Tod an ihrem Lichte gesucht und gefunden hätte.

Ich habe später einmal dem inneren Zwange nachgegeben, dem schönen Kinde, das nie auch nur zwei Worte mit mir gewechselt hatte, in einem Schreiben dies zu eröffnen. Uneröffnet kam es zurück.

Den Sturm im übrigen schildern zu sollen, der bei den Worten der Tante in mir entstand, kann mir nicht einfallen. Gewiß ist, daß ich, ehe ich meinen Lippen erlaubte, den ersten Laut meiner Antwort zu entlassen, meine Fassung wiedererlangt hatte.

Ich fühlte den ganzen Ernst meiner Lage und war entschlossen, kein Mittel unversucht zu lassen, der Entlarvung zu entgehen.

Das direkte und überaus brutale Vorgehen der Tante bot meiner Verteidigungstaktik die erste Grundlage.

»Erlaube, daß ich erst Licht mache«, sagte ich und ging ohne Übereilung daran, es zu tun. Dann fuhr ich fort: »So, nun haben wir Licht, und nun wollen wir alles bei Lichte besprechen.

Du weißt, ich bin kein Freund von Erregungen«, sagte ich, als sie losfahren wollte. »Bin ich wirklich das, was du sagst, so kann das auch unsere Erregung nicht ändern. Übrigens bin ich durstig«, so hatte ich die Frechheit zu schließen, »da ich dich, wie du weißt, nicht gern warten lasse, wenn du rufst, und deshalb ziemlich gelaufen bin. Vielleicht könntest du mir eine Flasche Bier geben.«

Sie fing wieder an: »Lorenz, du bist der größte Lump . . .«

»Gib dir durchaus keine weitere Mühe«, unterbrach ich sie, »denn ich bin gegen alles abgestumpft, was keine vernünftige Grundlage hat, und wenn du etwa so fortfahren willst, wundere dich nicht, wenn ich nach dem Hut greife. Es wird sich gewiß eine Stunde finden, wo du besser bei Laune bist.«

Sie keuchte hervor: »Ihr habt mich betrogen, gib Rechenschaft!« Sie weinte. Sie konnte nicht mehr hervorbringen.

Ich sagte gelassen: »Wer hat dich betrogen? Wer sind die Ihr?«

Natürlich sind mir die Einzelheiten der Unterhaltung nicht mehr erinnerlich. Am Ende war jedenfalls außer Zweifel, daß die Tante, wahrscheinlich durch ihren Kriminalkommissar, über unser Treiben so ziemlich Bescheid wußte.

Es war mir gelungen, wie mir wenigstens vorkam, ihr eine Art Geschäftsverbindung zwischen der Baronin und mir glaubhaft zu machen, weil diese als Agentin sehr gut zu verwenden sei. Die Beziehung zu ihrer Tochter wurde geleugnet und geradezu als gemeine Verleumdung erklärt. Wigottschinskis Verhältnis zu meiner Schwester ebenfalls, da es die Tante ganz besonders in Wut versetzte. Dabei ließ ich sie merken, oder tat wenigstens so, daß ich ihre Beziehung zu Wigottschinski nicht billige. Schon daß ich von einer solchen wußte, brachte sie in Verlegenheit. Es war nur in seinem Sinn gehandelt, wenn ich das Vertrauen der Tante zu mir zu stärken suchte, indem ich Bedenklichkeiten über Wigottschinskis Charakter äußerte. Ich ging weiter und sagte, man könne ihn keinesfalls als Kompagnon der neuen Firma eintragen lassen. So viel sei mir, sagte ich, durch Herumhören klargeworden, daß die anständige Kaufmannswelt ihn unbedingt ablehnen würde. Manchmal schien es, als ob durch solche Winkelzüge die Tante sich doch wieder umstimmen, zu einem erneuten Vertrauen, ja zur Abbitte bringen lassen würde. Ich erhielt nach einiger Zeit mein Bier, ja, ich mußte an ihrem Abendbrot teilnehmen. Immer aber spürte ich doch: der Friede war trügerisch.

Die Rede, bei der sie blieb, war etwa die folgende: »Ich habe vielleicht einen zu starken Ausdruck gebraucht, indem ich dich einen Lumpen nannte. Mag sein, daß ich durch Klatsch und Verleumdung hinter das Licht geführt worden bin und daß die Geschäfte, die ihr treibt, Gewinn versprechen. Heute ist Mittwoch. Bis zum Sonnabend habt ihr Zeit. Entweder Melanie erscheint am Sonnabend mittags um zwölf Uhr in deiner Begleitung mit allen Geschäftsbüchern, oder du kannst damit rechnen, daß du am Abend desselben Tages mit deinen Helfershelfern hinter eisernen Gardinen sitzt. Auch die Baronin mag sich in acht nehmen.«

Bis zum Tagesgrauen wurde von Wigottschinski, meiner Schwester und mir im sogenannten Büro bei Wein und Zigarren Kriegsrat gehalten. Wie immer gegen halb zehn hörten wir aus dem Innern des Theaters die blinden Schüsse des großen indianischen Überfalls. Noch immer wurde der große Schlager »Die Reise um die Welt in achtzig Tagen« gegeben. Der Boden war für uns ziemlich heiß, und wir wären gern nach der Neuen Welt oder sonstwohin ausgelaufen.

Unsere Lage war ziemlich hoffnungslos. Nicht darum, weil wir keine Geschäftsbücher hatten. Wir glaubten nicht, daß die Tante uns deshalb sogleich den Gerichten ausliefern würde. Erstlich wollte Wigottschinski noch einen seiner Versöhnungsversuche machen, und dann hatte auch die Tante aus Gründen höchst ungern mit den Gerichten zu tun. Unsere Lage war darum hoffnungslos, weil wir andere Schulden gemacht hatten und unbedingt neues Geld brauchten, ohne Aussicht, auch nur noch einen roten Heller aus Tante Schwabe herauszuquetschen.

Wigottschinski schien diese Sachlage nicht unerwartet zu treffen; ich dagegen wußte lange nicht aus noch ein. Ich dachte daran, mich aufzuknüpfen, aber ich konnte den Gedanken nicht einmal denken, in meine abgeworfene Haut zurückzukriechen. Lieber tot als einen so jämmerlichen Sturz vor Melitta und ihrer Mutter eingestehen. Und überhaupt: ich konnte sterben und damit von Melitta gerissen werden;

lebend aber mich von ihr loszureißen, war ich unfähig. Nein, wenn alle Stricke rissen, so würde ich vielleicht durch einen Sprung in die Oder ein Ende machen. Wigottschinski, wie gesagt, schien mit der vorhandenen Krise gerechnet zu haben und nun seinem Ziele näher zu sein. Er bedachte die Tante mit den allerunflätigsten Ausdrücken, die alles übertrafen, was sein Haß sonst jemals in dieser Beziehung geleistet hatte, und scheute kein Mittel, mich in die gleiche Wut gegen sie hineinzuhetzen. Ich hatte ihm wortgetreu den Satz berichtet, den die Tante zu meiner Begrüßung gebraucht hatte, und dieser Satz in der Tat, durch den ich als der gemeinste Lumpenhund gebrandmarkt wurde, war wohl geeignet, den Wunsch nach Vergeltung in mir zu wecken und, richtig verwertet, ein wildes Rachegefühl in meinem zerrütteten Geiste auflodern zu machen.

Ich sah Melitta, ich sah meine Mutter am folgenden Tage nicht; denn meine Schwester, Wigottschinski und ich trennten uns nicht voneinander. Ohne daß es gesagt wurde, fühlte ich, daß etwas ganz Neues, Furchtbares zwischen uns war, wodurch wir auf eine nie gekannte Art und Weise zusammengeschweißt wurden. Mir schien es ganz natürlich, daß wir in einem entlegenen Kellerlokal frühstückten, in einem lichtscheuen Winkel, der an einen anrüchigen, verfallenen Hof grenzte, unser Mittagsmahl einnahmen, daß wir dabei Nordhäuser Korn tranken und am Abend noch immer Korn tranken, daß wir die folgende Nacht durchwachten oder höchstens ein wenig schliefen, angezogen, die Arme auf dem Kaschemmentisch, die Stirn auf dem Handrücken ruhend.

Bei dem, was ich bis jetzt in diesen beiden Nächten und dem verflossenen Tage gesehen und getan hatte, war ich in der Hauptsache willenlos. Wir schwammen gleichsam auf einem unaufhaltsam fließenden Strom. Wigottschinski steuerte unser Boot. Wohin er es steuerte, welches Ziel er der Fahrt gesetzt hatte, davon wehte mich wohl eine Ahnung an, ähnlich, wie wenn jemandem, der an einem alten Gemäuer vorübergeht, aus einem Kellerloch der kalte Eisen- und Moderduft eines unterirdischen Foltergewölbes die Seele erschauern macht.

Dem Steuermann ins Ruder zu greifen, fehlte mir alle Kraft. Ebenso dazu, aus dem Boote hinauszuspringen. In den Fluten erwartete mich entweder der Tod, oder ich wurde am Ende trotz meines Fluchtversuches lebendig im Kielwasser des Bootes doch noch an sein gefürchtetes Ziel geführt.

Die späteren Aussagen Wigottschinskis bestritten entschieden meine Passivität. Ich hätte mich vielfach wild gebärdet und zuweilen durch wütendes Auf-den-Tisch-Schlagen seine Bedenken und sein Gewissen übertäubt. Ich habe das vor dem Richter geleugnet. Wenn ich es aber dennoch getan habe, so nahm mir der ungewohnte und maßlose Schnapsgenuß wahrscheinlich jede Erinnerung. Ich habe unzählige Male seither versucht, mir jene furchtbaren Nächte, die dem Verbrechen vorausgingen, ins Gedächtnis zurückzurufen, und wirklich mag es wohl sein, daß ich zuweilen den geschilderten Eindruck gemacht habe. Es dämmert mir dies und das davon. In diesem Falle aber habe ich mich laut gebärdet, um meine innere Schwäche, meinen Mangel an Willen zur Tat zu bemänteln. Vielleicht habe ich das Verbrechen, ohne es zu wollen, gewollt und in meiner Erbärmlichkeit gemeint, ich könne reine Hände bewahren, wenn ich Wigottschinskis Plänen den Lauf lasse.

Es kam zu diesen Nächten noch der folgende Tag. In der Nacht von Freitag zu Sonnabend wollte man an die Ausführung gehen. In diesen drei Nächten sind meine Haare, ohne jede Übertreibung gesagt, grau geworden.

Schon am Abend vor der Tat, die ohne mich vonstatten ging, war ich völlig apathisch. Ich hatte allerlei männliche und auch weibliche Gaunertypen kennengelernt und mich mit einer Art Selbstvernichtungswut in den Strudel der Lasterorgien hineingestürzt. Es geschahen da Dinge, an denen sogar meine Schwester beteiligt war, wie sie viehischer und satanischer nicht zu denken sind und deren Erinnerung noch brennende Schandflecken in die Seele ätzt. Unauslöschliche, stinkende Schandflecken.

Als ich am Abend vor der Tat mich von Wigottschinski verabschiedete, nachdem Ort und Stunde, wo er zu seiner Sicherheit den Raub an mich weitergeben wollte, verabredet war, hoffte ich, die unerträgliche Spannung in meinem Hirn werde nun bald in Wahnsinn ausarten. Und als ich statt dessen später in einer Gefängniszelle zur Besinnung kam, war auch dies eine Wohltat für mich.

Die Tante sollte bestohlen werden. Der Massematten war mit einem geübten Schränker, einem Gaunerfreunde Wigottschinskis, alsdann mit diesem, meiner Schwester und mit mir ausgekocht worden. Ich gebrauche diese Gaunerausdrücke, weil sie mir in jenen furchtbaren Nächten geläufig geworden sind. Man hatte mich sogar durch einen grotesken Tanz und Übergießen mit Kornschnaps in die Zunft aufgenommen. Nach Ansicht der Fachleute konnte der Massematten ohne Schwierigkeiten gehandelt werden. Es kam nur darauf an, daß man nicht gerade das ausgesuchteste Pech hatte.

Selbstverständlich war nicht die Rede davon, der Bestohlenen selbst, wie man sagt, auch nur ein Härchen zu krümmen.

Alles verlief denn auch genau nach dem aufgestellten Programm. Es wurde nur leider in einem einzigen Punkt überschritten, der allerdings Wigottschinski den Hals kostete.

Wigottschinski besuchte die Tante auf Grund seiner alten, etwas abgekühlten Beziehungen, denen er jedoch, falls es ihm ernstlich daran lag, die alte Wärme zu geben verstand. Er brachte der Tante gute Nachrichten. Es erwarte sie, sagte er ihr, mit meinem und meiner Schwester Besuch am morgigen Tag eine große Befriedigung.

Die Tante behielt ihn, wie zu erwarten war, zum Abendbrot, man trank etwas Wein, und so kam es auch weiter programmäßig, nämlich daß sie den Schurken über Nacht bei sich behielt. Dieser hatte ihr vor dem Zubettegehen mit dem letzten Glas Wein ein Schlafmittel eingeflößt, und es war bei seiner Vertrauensstellung in ihrer Nähe, auch falls sie erwacht wäre, ein leichtes für ihn, ihre Aufmerksamkeit zu fesseln und von den Vorgängen in dem anstoßenden kleinen Pfandleihstübchen abzulenken. Es gehörte zu der allgemeinen Entartung im Wesen Wigottschinskis, daß seine sinnlichen Triebe, wenn sein Vorteil dabei in Frage kam, vor keinem Objekte zurückschreckten.

Von zwölf Uhr nachts an mußte meine Schwester bei dem herrschenden regnerischen Wetter auf der Kupferschmiedestraße unten Schmiere stehn. Es waren, worin sie schon viel Fertigkeit besaß, gewisse Zinken, das heißt Zeichen, für den herannahenden Schränker verabredet worden. Auch verstand sie vorzüglich, wie ihre lichtscheuen Kollegen sagten, den Vertuß und das Meistern: das sind die Künste, womit man eine etwa drohende Störung und den Störer vom Ort der Tat abzulenken und hinwegzulocken weiß. Ich bin überzeugt, denn alles war so sinnreich und mit so viel Vorsichtsmaßregeln ausgesonnen, das Gewebe des Planes stammte von langer Hand.

Bald nach zwölf öffnete Wigottschinski ein Fenster und warf, als der Wächter auf seiner Runde vorüber war, meiner Schwester, sobald sie aus dem Schatten eines gewissen Torwegs trat, den sorgfältig in Papier gewickelten Hausschlüssel auf das Pflaster hinunter. Melanie hob den Schlüssel auf und ging, langsam zunächst, schneller, als sie in ein Seitengäßchen eingebogen war, einen bestimmten langen, labyrinthischen Weg, bis an eine verabredete Stelle, wo sie dem Schränker den Schlüssel einhändigte. Er begab sich nun auf den Weg zum Hause der Tante, wohin sie ihm folgte, aber in einer so weiten Entfernung, daß sie ihn gerade noch im Auge behielt. Sie trat in dem Augenblick auf die Kupferschmiedestraße, als der Gauner im Hause der Tante verschwand.

Ich habe mich oft gefragt, warum Wigottschinski seinen ohne Zweifel langgehegten Plan nicht ohne mich ausführen wollte. Er wußte über die Gewohnheit meiner Tante besser als ich Bescheid. Es war ihm genau bekannt, wo sie ihr bares Geld, gewisse Wertpapiere und ihren Schmuck verwahrte, auch wo sie die Schlüssel zu allen diesen besonderen Behältern verbarg. Er hatte die Wohnung der Tante im Laufe mehrerer Jahre zum Objekt eines genauen Studiums gemacht und wußte darin besser als ihre Inhaberin Bescheid. Und wenn er mit der Mechanik des feuersicheren Arnheims nicht zu Rande kam, so konnte ich ihm hierbei gewiß nicht helfen, um so weniger, als die Tante irgend jemand an diese stählerne Festung nicht herankommen ließ. Um den Schränker also und andere Helfershelfer der Gaunergilde kam er auch nicht herum.

Nun also: wozu brauchte er mich, dem er doch einen erheblichen Teil des Raubes, wenn alles gut ging, abgeben mußte? Ich vermute zunächst, um sich selber den Rücken zu stärken, da er doch wohl im Gaunerberuf erst Anfänger war. Aus der Redlichkeit und Solidität, die er in mir verkörpert sah, machte er sich die feste Stütze, den Pfahl, der notwendig war, um die Schlinggewächse seiner verbrecherischen Gedanken daran emporzuranken. Willkommen war ihm außerdem meine mit Narrheit verbundene Treuherzigkeit. Einen solchen Narren wie mich, richtig benützt, konnte man möglicherweise vorschieben und sich durch ihn die Kastanien aus dem Feuer holen lassen. Es war dann am Ende auch nicht schwer, ihn um diese wiederum zu betrügen, ohne daß man sich dabei auch nur den kleinen Finger verbrannt hätte. Mochte er dann immerhin, mit Brandwunden überdeckt, zugrunde gehen. Aber wer kann in das feine und verwickelte Getriebe einer Seele wahrhaft aufhellend hineinleuchten? Es gibt ja oft ganz untätige Menschen, die nur in Gemeinschaft mit einem andern ihre Tatkraft zu entfalten fähig sind. Und wer weiß, vielleicht hatte Wigottschinski ganz einfach nur Sympathie für mich.

Es sollte der Raub vom Schränker, da Wigottschinski die Wohnung nicht verlassen wollte, zum Teil meiner Schmiere stehenden Schwester übergeben werden, zum anderen Teil einem gewissen Vertrauensmann, der noch in derselben Nacht damit die Reise nach Dresden antreten sollte. Meine Schwester dagegen wurde auf dem Freiburger Bahnhof von einer sogenannten Offizierswitwe erwartet, die mit ihrem Söhnchen reiste und den in Händen meiner Schwester befindlichen Teil des Raubes unauffällig in Empfang nehmen und nach Berlin bringen sollte. Es war Ort und Datum des sogenannten Intippel, will heißen Teilung der Beute, in einer kleinen Stadt festgesetzt, auf dessen Einhaltung ohne jede Gefahr der Veruntreuung man sich, nach Wigottschinskis Versicherung, bei der Ehrlichkeit der Gauner unter sich verlassen konnte.

Wigottschinski traute sich zu, an der Seite der Alten morgens erwachend, der Entdeckung des Einbruchs beizuwohnen, den Entsetzten, den Überraschten zu heucheln, die Tante zu trösten, ihr Hoffnung auf Wiedererlangung des verlorenen Gutes zu machen, die Polizei zu verständigen, die ersten Schritte zur Entdeckung der Diebe zu tun. Ich bin überzeugt, daß seine Frechheit seinem Vorsatz gewachsen war.

Es sind in jener Nacht durch Einbruch bei der Pfandleiherin Helene Schwabe bares Geld und sonstige Wertobjekte im Betrage von mindestens hundertzwanzigtausend Mark entwendet worden. Man hat von diesem Raube etwa wohl einen goldenen Ring, eine ebensolche Uhr mit Monogramm, im ganzen aber nur wenig wiedergesehen. Dieser Erfolg indessen, der weder Wigottschinski noch mir zugute kam, konnte nur gerade mit knapper Not erreicht werden.

An der Türe des alten Hauses, dessen zweiten Stock die Pfandleiherin bewohnte, war ein Klingelzug, durch den man sie auch nachts herausklingeln konnte. Es lag bei ihr, ob sie den geldbedürftigen Nachtschwärmer sowohl für vertrauenerweckend als für einen genügend fetten Bissen hielt, um ihm die Haustür aufzuschließen. Einen solchen Nachtschwärmer hatte meine Schwester glücklich abgefangen und durch ihre Reize und weibliche Künste aller Art in eine dunkle Gasse gelockt.

Während sie noch mit dem Menschen zu tun hatte, wobei sie die Kontrolle der Tür nicht mehr ausüben konnte, war die Klingel durch einen Depeschenboten gerissen worden, der eine Adresse suchte, weil er ein Telegramm nicht anbringen konnte. Wigottschinski war sogleich unten an der Tür, und bald darauf lief der Bote bereits wiederum diensteifrig längs der Häuser davon. Aber die Tante, die Wigottschinski schlafend verlassen hatte, schlief nicht mehr, sondern war erwacht, und er fand sie im Kampfe mit dem Einbrecher.

Als ich gestern in meinen Aufzeichnungen bis zu dem eben notierten, höchst kritischen Augenblick gekommen war, blickte mir meine gute Frau über die Schulter. Sie stellte sich so, als ob sie schmolle, weil ich, in mein Zimmer verschlossen, in meine Arbeit allzusehr vertieft, sie vernachlässige. Sie hatte mir Stock und Hut gebracht, drückte mir jenen in die Hand, diesen ohne alle Umstände auf den Kopf und bestimmte mit einem lächelnden Ernst, ich hätte sie auf einem Gange nach Schmiedeberg zu begleiten.

»Mit hunderttausend Freuden«, sagte ich.

Und später, als wir still durch die Felder dahinschritten: »Warum hast du mich eigentlich von meiner Arbeit fortgeholt?«

Sie gab zur Antwort: »Es kam mir vor, als ob ich das tun müßte.«

»War dir nur so ums Herz«, sagte ich, »oder hattest du sonst noch eine Veranlassung?«

»Es war mir nur so ums Herz«, lautete der Bescheid, »und ich hörte dich außerdem so unermüdlich und ruhelos hin und her gehen.« Sie fügte hinzu: »Du siehst nun schon wieder ganz anders aus.«

»Habe ich schlecht ausgesehen, Marie?« fragte ich.

»Du hast jetzt eine bessere Gesichtsfarbe«, sagte sie.

Ich versuchte zu lächeln, indem ich sagte: »Ich bin mit meiner Erzählung nun zu einem ihrer packendsten Augenblicke vorgedrungen.«

Lerchen jubilierten um uns. Wir hörten den Kuckuck, obgleich schon ein Drittel des Monats Juli hinter uns lag.

»Solltest du nicht am Ende ...«, begann sie nach längerem Stillschweigen, brach ab und fing nach einem Weilchen wiederum an: »Solltest du nicht am Ende jetzt eine längere Pause in deiner Arbeit eintreten lassen?«

Warum sagte sie das? Weder sie noch der Alte kannte eine Zeile davon. Sie wußten nur ganz im allgemeinen, in welche Stoffwelt ich mich verwickelt hatte.

Ich sagte leichthin: »An der packendsten Stelle abbrechen?«

Sie schwieg und drückte nur sanft meinen Arm.

»Soll man nicht das Eisen schmieden, solange es heiß ist?« sagte ich. Und setzte hinzu: »Ich kann jetzt nicht abbrechen. Im Gegenteil, damit ich auch wirklich und möglichst schnell weiterkomme, Marie, mußt du mir behilflich sein.«

»Sieh mal den wundervollen Trauermantel«, sagte sie, auf den dunklen Schmetterling hinweisend, der mit gespreizten Schwingen ruhig auf einer gelben Blume ausgebreitet lag.

Ich wiederholte: »Du mußt mir forthelfen.« Ich fügte hinzu: »Du mußt mir über gewisse schwierige Stellen hinweghelfen.«

»Du weißt, ich verstehe von solchen Sachen nichts, und du treibst nur ein bißchen Spaß mit mir«, sagte sie.

»Du und nichts verstehen von solchen Sachen, Marie?« gab ich zur Antwort, indem ich ihren Arm fest an mich preßte. »Hast du nicht schon ganz andere Kräfte bewiesen, ganz andere Kräfte in der Wirklichkeit an mir erprobt? Hast du mich nicht auf deinen Armen wie ein weiblicher heiliger Christophorus – nicht durch Wasser, sondern durch einen breiten Strom von Höllenfeuer hindurchgetragen?

Es konnte nicht anders sein, Marie, als daß du mir, während ich den letzten Satz meines heutigen Pensums schrieb, über die Schulter blicktest. Du warst eben in einer solchen strahlenden Reinheit und Größe vor mir aufgestiegen, so gegenwärtig und so schön, daß ich erschrak. Ich hatte deinen Astralleib gleichsam zitiert, und du konntest nicht anders, als ihm willenlos nachfolgen.«

»Astralleib« war ein Begriff, der Marien durch ihren Vater geläufig war.

Sie sagte nichts weiter als: »Nicht doch, nicht!«, wobei ihr, wie ich wohl merkte, ebenso wie mir die Träne ins Auge drang.

»Du mußt mir helfen, Marie«, sagte ich. »Du mußt jetzt besonders immer ganz nahe bei mir sein und mich stützen und halten, ähnlich wie damals, wenn ich auch nur in Gedanken den Höllenstrom nochmals durchquere.«

»Wie kann ich das tun?« fragte sie.

»Sei nur so gut, Marie«, sagte ich, »immer, wenn ich dich darum bitte, mir hilfreich zu sein und Fragen, auch wenn sie das Schlimmste berühren, auch wenn sie dir Pein bereiten, zu beantworten. Dadurch wird deine Gestalt in meinem Erinnerungsgewebe den ihr gebührenden Raum erhalten. Sie wird zugleich mein jetziger Schutzgeist, der Schutzgeist meiner Erinnerungen, und die liebesmächtige, heilige Retterin aus den Schrecken, Ängsten und Wirrnissen meiner schwärzesten Tage sein.«

»Wie konntest du nur«, war meine erste Frage an Marie, »bereits um sieben Uhr früh am Morgen nach Tante Schwabes Ermordung in Mutters Wohnung sein, ja, an meinem Bette stehen, um mir auf eine Weise, welche die Allbarmherzigkeit selbst in eigener Person nicht übertreffen könnte, die furchtbare Nachricht anzuvertrauen? Es ist eine ähnliche Aufgabe, nur immerhin etwas leichter, als du sie schon gelöst hast, Marie.«

Ich habe erreicht, was ich durch das gestrige Gespräch mit Marie erreichen wollte. Schon als sie mir über die Schulter sah, fühlte ich eine plötzliche Sicherheit und gesunden Mut, mich in meiner begonnenen Unternehmung vorwärtszuwagen. Eine dumpfe Bangigkeit hatte sich meiner bemächtigt, als sie kam und die peinlichen Klammern jener furchtbaren Schicksalsstunden löste, die ich durchlebt hatte; sie hatten sich mit der Beschwörung jener Zeit mehr und mehr wieder um meine Seele gelegt.

Man weiß es längst, ich habe es zu verschiedenen Malen im vorhinein erwähnt, daß Tante Schwabe ermordet wurde. Auch habe ich nicht verschwiegen, daß sie mich noch manchmal im Traume besucht. Solche Träume sind dann mit einem unangenehmen Alpdruck verbunden. Gott sei Dank aber, ein wirklicher Engel Gottes – das ist meine Frau – weckt mich jedesmal auf.

Ich habe mich gestern von diesem starken geflügelten

Boten des Himmels vom äußersten Rande eines Höllenabgrunds auf die andere Seite desselben Abgrunds tragen und auf einem begrünten Hügel absetzen lassen. Von diesem aus blicke ich nun in die kochende Tiefe, in die brodelnde Schlammflut des überwundenen Hindernisses hinunter.

Der Engel aber in ungebrochener Kraft und Macht steht neben mir.

Wir kehrten gestern heim bei Sonnenuntergang. Da war sie einige Zeit wie in überirdisches Licht getaucht, meine Marie. Und da hab' ich in meinem Innern zu ihr gebetet. Zu diesem Seraph gebetet! Zu dem göttlichen Liebeswunder gebetet, das in ihr verkörpert ist.

Und ich bete in Gedanken zu der, die, wie aus der Erde gewachsen, am Morgen nach der Mordnacht in der Wohnung meiner Mutter vor meinem Bette stand.

Soll ich die wüsten Brände schildern? Es versuchen, von der Feuersbrunst, die in den Träumen dieser Nacht mein Hirn durchtobte, jemandem einen Begriff zu geben? Gott möge jeden davor bewahren, durch Erfahrung dahin zu gelangen, sich diesen Begriff bilden zu können. Es war ja nur von einem Diebstahl die Rede gewesen. Allein die Seele ließ sich nicht täuschen, sie witterte Blut. Sie war wie ein edles Roß, das in dem Duft, den der Wind von einem Schlachthaus herüberweht, sich entsetzt und schaudert.

Ich sagte schon, daß ich bald nach der Einlieferung ins Gefängnis in die Krankenabteilung gebracht werden mußte. Ich hatte bereits hohes Fieber, als Marie Starke vor meinem Bett stand, und dieses war naß, buchstäblich zum Auswinden.

Übrigens litt ich seit Wochen an Nachtschweißen.

Warum sollte ich dieses nicht niederschreiben, da es sich hier ja nicht um ein Buch, in Maroquinleder gebunden und mit Goldschrift versehen, für den elfenbeineingelegten Schreibtisch einer parfümierten Dame handeln kann?

Es handelt sich hier um die furchtbarsten Dinge.

Seltsamerweise wurde ich durch Mitschuld zum Verbrecher in einer Zeit, wo Veronika Harlan bereits als schöne Tote auf dem Katafalk meiner Seele lag.

Nun, ich will mich ein wenig sammeln.

Ich hätte alles andere eher vermutet, als gerade an diesem Morgen durch Marie Starke geweckt zu werden. Ich hatte die

Buchbindersleutchen zuletzt gesehen – und davon ist früher gesprochen worden –, als ich nach meiner Werbung im Harlanschen Hause in die Droschke stieg. Ich schämte mich damals dieser Bekanntschaft.

Ich schämte mich ihrer, solange mein Großmannsdünkel nicht in heimlichen Nöten, Sorgen, Ängsten und der steigenden Schlammflut des Verbrechens ertrunken war. Dann aber dachte ich des braven Starke und seiner Tochter nicht, weil ich meine Marter nicht nutzlos steigern wollte. Es konnte mir dabei ja doch nur wie einem gescheiterten Seefahrer zumute sein, der sich erinnerte, irgendwann einmal eine grüne, sonnenbeschienene friedliche Insel betreten zu haben.

Im Buche Jesus Sirach, seinem vierten Kapitel, steht ein Vers, darin der siebenundzwanzigste: »Scheue dich vor deinem Nächsten nicht bei seinem Falle.« Gibt es viele Menschen, die heute noch diesen Weisheitsspruch in seinem ganzen Werte ermessen können? Wie dem auch sei: ihn zu erkennen bedeutet viel, ihm nachzuleben ist höchstes Menschentum.

So viel und nicht weniger bedeutet das, was Marie und ihr Vater an mir getan haben.

Sie erklärte mir gestern: »Du fuhrst aus dem Schlaf und starrtest mich an. In diesem Augenblick wußte ich alles.«

Man stelle sich diesen Umstand vor, wenn man Mariens entschlossene und goldene Seele würdigen will.

Sie wußte alles, wußte, daß ich an dem Raubmord, dem die Schwester meiner Mutter zum Opfer gefallen war und wovon die Nachricht in Extrablättern soeben verbreitet wurde, beteiligt war. Sie konnte nicht überblicken, inwieweit. Und doch sagte sie, während die brüllenden Ausrufer unten auf der Straße vorbeiliefen, indem sie rot wurde und mich scheu ein wenig streichelte: »Lorenz, du hast Schweres durchgemacht und wirst Schweres durchmachen. Aber spare dich auf für mich! Ich warte auf dich.«

Will jemand zu ergründen versuchen, welchen Klang diese Worte, an diesem Morgen von Marie gesprochen, für mich gehabt haben?

Sie ging zwischen Mutter und mir hin und her und verließ uns nicht einen Augenblick. Ihr ist es zu danken, daß Mutter erst acht Tage später und nur durch sie, in abgeschwächter

Form, von der Sache erfuhr. Sie sagte ihr stets: niemand zweifle, ich sei ganz unschuldig. Sie selber zweifelte seltsamerweise in ihrer Art ebenfalls nicht daran. Ihr Wahrspruch hätte etwa »unschuldig-schuldig« gelautet.

Gegen zehn Uhr kam Starke herauf. »Mut«, sagte er, als wir allein für uns waren. Für mich war es ein Wunder, wie diese beiden Menschen so plötzlich an meiner Seite standen, als ich mich für von Gott und der Welt verlassen hielt, und stillschweigend über alles Bescheid wußten.

Ich weinte abwechselnd mit dem Vater und mit Marien, weil entweder sie oder er die Mutter beschäftigen mußte.

Es wurde gar nicht an Flucht gedacht.

Stillschweigend wurde von uns dreien vorausgesetzt, daß der bittere Kelch der Buße und der irdischen Strafen bis zum Grunde geleert werden mußte.

Ich würde nicht auf meine Verhaftung gewartet, sondern mich selbst den Gerichten gestellt haben, wenn mich nicht ein gewisses Ehrgefühl meinen Komplizen gegenüber daran verhindert hätte. Ich wollte vor ihnen nicht so erscheinen, als ob ich etwa durch Scheinheiligkeit bessere Bedingungen für mich herausholen wollte. Auch würde ich, wenn ich mich freiwillig stellte, den Verdacht der Angeberei auf mich gelenkt haben.

Ich wollte andere schonen, so gut es ging, rücksichtslos nur gegen mich selber sein.

Es war mir lieb, daß ich Fieber hatte, daß ich hustete und Schüttelfröste über mich hingingen. Trotz solcher Erscheinungen hatte ich ein Gefühl, als ob die Krisis meiner schweren Krankheit nun überstanden sei und ich der Heilung entgegenginge.

Dem Zuchthaus konnte ich nicht entgehen. Ich hatte indes die ganze Nacht in der Wohnung meiner Mutter zugebracht, was unbedingt zu beweisen war, und so kam direkte Mitschuld am Mord bei mir nicht in Frage.

Mir war an diesem Morgen und in Gesellschaft der Starkes zu Sinn, als ob ich eine sehr lange, gefährliche Reise gemacht und eben wiederum meine vier Pfähle erreicht hätte.

Meine Verhaftung erwartete ich mit Ungeduld. Ich sah in allem, was kommen würde, gleichsam das große Läuterungsbad, durch das ich mich von dem Staub, von den eingeatmeten Giftstoffen der Reise reinigen könne, das meine Wunden heilen, meine entschwundenen Kräfte wiederherstellen werde.

Das ist geschehen, aber ich hatte mir die kommende Kur viel zu leicht, den Heilungsprozeß viel weniger schleppend gedacht.

Merkwürdigerweise war ich auf einmal wieder im Besitz meiner früheren nüchternen Urteilskraft. Meine Vermutung sagte mir, daß bis zu meiner Verhaftung kaum Stunden vergehen würden. Ich dachte dabei an den ihr befreundeten Kriminalkommissar, der die Tante von meinem Treiben unterrichtet hatte. Um Mutter den Vorgang der Verhaftung womöglich zu verbergen, wurde Starke an das Straßenfensterchen des vorderen Zimmers als Beobachter aufgestellt, um mich sogleich von irgend verdächtigen Erscheinungen zu benachrichtigen.

Er kam denn auch nach einiger Zeit mit der Meldung ins Zimmer, daß eine geschlossene Droschke, vier oder fünf Häuser weiter, soeben gehalten habe und daß ihr drei Herren in Zivil entstiegen seien. So nahte sich also der erwartete und doch so furchtbare Augenblick.

Ich war schon lange mit dem Hute in der Hand, den Paletot überm Arm, ruhelos auf und ab geschritten. Nun lag ich plötzlich abwechselnd Marien und dem alten Buchbindermeister im Arm, und ich hätte nicht anders von meiner wirklichen Frau und meinem wirklichen Vater Abschied nehmen können. Hier war meine Frau, und dies war mein Vater. Kein Zweifel, es hatte uns die Stunde der tiefsten Not für immer aneinandergeschweißt.

Die Herren traten unten im engen Hausflur auf mich zu, bis wohin ich ihnen entgegengegangen war. Einer von ihnen war der Freund meiner Tante, der die Aufgabe hatte, meine Persönlichkeit festzustellen. Es tat kaum not. Ich lieferte mich mit den Worten »Bitte, meine Herren, hier bin ich!« aus und kam unauffällig und eilig zur Droschke.

Ich sehnte mich nach der einsamen Zelle.

»Sind Sie krank?« fragte einer der Herren.

Ich sagte: »Ich weiß nicht«, und seltsamerweise: »Ich glaube es nicht.«

»Sie werden sich hoffentlich nicht zu einem aussichtslosen Fluchtversuch verleiten lassen«, sagte der Herr, der neben mir saß.

Worauf ich »Sie haben vergessen, daß ich hinke« erwiderte.

»Ja, er hat ein zu kurzes Bein«, bestätigte ihm der Freund der Tante.

Wir fuhren an der Wohnung Melittas und ihrer Mutter vorbei. Sie war gelüftet, und die Baronin mit einem grünen Gießkännchen begoß am geöffneten Fenster die kleine Orangerie.

Ade, ade, dachte ich, und meine Kehle zog sich zusammen, mein Körper war eine einzige peinvolle Bitterkeit. Die Droschke rumpelte auf den Ring, und als ich aufblickte, sah ich die Staupsäule. Etwas wie ein rosiger, geisterhafter Dunst bewegte sich um sie herum. War es der Schatten einer Verstorbenen? Danach enthüllte sich mir der steinerne Schandpfahl in seiner wahren Furchtbarkeit. Ich selbst fühlte mich an die Ringe gekettet und im Beisein der ganzen Stadt blutig gepeitscht. Im Harlanschen Hause gegenüber lag der Hausherr, lag die Familie, lagen die Angestellten in den Fenstern. Und mir war, abgesehen von mir, als ob dieses alles eigentlich nicht das Schlimme sei, sondern die gräßliche und grausame Fratze, die mich anstierte und von der mir jemand ins Ohr sagte, während ich mein Herz zu Stein werden fühlte, daß sie das wahre Gesicht der Menschheit sei.

Als ich wiederum aufblickte, denn meist hielt ich den Blick auf unsere acht eng aneinandergerückten Knie gerichtet, erkannte ich einen Kollegen und Pultgenossen vom Magistratsbüro, der sich zum Dienst ins Rathaus begab. Er war viele Jahre mein Pultnachbar gewesen, eine heitere, zufriedene Natur, und man konnte ihm das auch jetzt anmerken, als er wie Johann, der muntere Seifensieder, gestikulierend einen Kollegen begrüßte, ehe er mit ihm im Rathausportal verschwand.

Warum gehe ich nun eigentlich nicht mehr aufs Rathaus und bin mit diesen Leuten zufrieden und glücklich? dachte ich. Und war es nicht herrlich, wenn es sich einmal so fügte und wir unter den mächtigen Kellergewölben des Rathauses in der Frühstückspause heiße Würstchen aßen und Bier tranken?

Nun, da war ja ein bekannter Torweg und, darum herumgebaut, richtig! das alte, stadtbekannte Emmo Harlansche Haus. Ich habe doch recht lange an dem Gedanken festgehalten, ging mir durch den Kopf, daß der Eisenhändler mir auf meine Werbung hin doch einmal irgendwelchen Bescheid geben müsse. Mir trat vor die Seele, wie ich dem Wagen der kleinen Veronika nachgelaufen und von den Hausbediensteten auf die Straße transportiert wurde, wie ich dann ein zweites

Mal, von einer Art Siegertaumel benebelt, die Brust von blödem Dünkel geschwellt, aus der Durchfahrt heraus auf den Ring getreten war. Wie kam ich am Ende zu alledem? Und was war wohl alles vorhergegangen, wodurch ich schließlich dahin gekommen bin, mit diesen drei fremden Herren in einer Droschke zu fahren?

Plötzlich zog ich mein Taschentuch und winkte, ehe es die Kriminalbeamten verhindern konnten, während meine ganze Brust sich mit heißen Tränen zu füllen schien, zum Fenster hinaus gegen die blinkenden Scheibenreihen des Harlanschen Hauses. Natürlich dachten die Kriminalisten, die meinen Arm sogleich zurückrissen, daß ich auf diese Weise meinen Komplizen einen sogenannten Zinken, das heißt ein Zeichen, gegeben habe.

Eine Zeitlang war ich geistesabwesend und glaubte auf einer Reise zu sein. Um mich war eine vollkommen fremde Stadt.

Als ich erwachte, war meine Umgebung mir auf eine beklemmende Weise nahegekommen. Ich erblickte bekannte Dinge, von denen ich, wie ich glaubte, in letztvergangener Nacht geträumt hatte. Ich sollte ins sogenannte Inquisitoriat gebracht werden, wie ich aus den Bemerkungen meiner Begleiter entnehmen zu müssen glaubte. Aber dies konnte das Inquisitoriat unmöglich sein. Alles hätte ich eher vermutet, als daß man mich in dieses Haus bringen würde, daß ich diese Treppe noch einmal würde hinaufsteigen müssen, statt in den Frieden und den Schutz der Gefängniszelle einzugehen. Es lag ja bei mir, ob ich sie zur Zelle eines Beters, eines Büßers, eines Heiligen machen wollte.

Dies jedoch war wirklich zuviel. Ich blieb inmitten der Treppe stehen und fragte, ob man sich nicht geirrt habe. Die Antwort lautete: »Keineswegs.« Hundert Male war ich diese enge, knarrende Holzstiege, ohne etwas Besonderes an ihr zu finden, hinaufgestiegen, da es ja die Treppe zur Wohnung von Tante Schwabe war. Jetzt aber stießen unsichtbare Fäuste aus den Wänden, aus dem kommenden Dunkel zahllos und furchtbar von vorn auf mich ein, und ich dachte schon daran, wohl oder übel davonzulaufen.

Das mußten meine Begleiter bemerkt haben, denn sie packten mich stärker an, und ich stolperte, förmlich geschleudert, in den Vorflur der Schwabeschen Wohnung.

Die Wohnung bestand aus dem kleinen, lichtlosen Vorflur,

einer engen Küche mit Speisekammer, dem Zimmer, worin die Tante schlief, dem Salon mit den roten Plüschmöbeln und dem kleinen Büro, das die in viele Fächer geteilten Schränke für die Pfandobjekte, das Hauptbuch, die Korrespondenzen und dergleichen enthielt. Der kleine eiserne Geldschrank war nicht hier, sondern im Salon neben dem Sofa aufgestellt, damit er den mancherlei Elementen, die im Büro aus und ein gingen, nicht in die Augen stechen konnte.

Ich hatte – wir mußten im Vorflur warten – sekundenweise das Gefühl, dicht vor einem Erlebnis zu stehen, das meine Seele für immer umnachten würde, dann wieder war ich allem, was um mich vorging, so ferngerückt, als ob ich als bloßer Zuschauer einem arrangierten Schauspiel beiwohnte.

Die Morgensonne schien ins Büro, dessen Tür geöffnet war. Ebenso standen die Türen zum Salon und zur Küche offen. Man hatte wohl alles nach Möglichkeit unverändert gelassen, wie man es am Morgen nach der Mordnacht fand.

Der Harzer Roller, er hing im Büro, schmetterte ununterbrochen aus voller Brust. Sein ahnungsloser und sorgloser Jubel bildete zu dem, was sich hier vollzogen hatte und noch vollzog, den seltsamsten Gegensatz.

An der Bürotür mußte etwas Gewaltsames vorgegangen sein. Ein Kleiderständer, der in ihrer Nähe stand, mit Tantes Regenmantel und Schirm und, wie ich erkannte, Wigottschinskis Hut und Paletot, war umgeworfen.

Auf dem Tisch im Salon waren die Reste des gestrigen Abendbrotes noch nicht abgeräumt. Man sah Brot, Butter, Aufschnitt, Radieschen, Schweizer Käse und Eierschalen sowie eine halb- und eine ganzgeleerte Weinflasche. Auf einer Schüssel lagen Gräten und Kopf einer geräucherten Flunder. Ein Essen, wogegen Tante Widerwillen empfand, das sie aber Wigottschinski, weil er es liebte, meist vorsetzte.

Mich schauderte leicht, als ich diese Eßwaren sah. Schwer zu sagen, aus welcher Ursache. Vielleicht hatte ich ein Gefühl, als habe hier ein Gespenstermahl stattgefunden.

Warum schienen mir nun aber gerade dieses einfache, höchst wirkliche Brot, diese gelbe Butter und so weiter ganz besonders gespensterhaft? Während mich das Gebrummel der Stimmen hinter der geschlossenen Tür des Schlafzimmers wenig berührte. Allerdings: das Gespenstische wuchs um mich. Es sagte mir ein Instinkt, daß die Zunahme des Spukhaften im Kreise meiner Wahrnehmungen für mich sogar von Vorteil sei. Ich brauchte nur wenig nachzuhelfen, um der gräßlichen, rohen Wirklichkeit das Tatsächliche, Wirkliche fast zu nehmen, das sonst meinen Geist vielleicht zerstört hätte.

Unausgesetzt empfand ich Übelkeit, die sich einige Male zu konvulsivischem Brechreiz steigerte. Weil mich manchmal Ingrimm befiel und ich sogar mit den Zähnen knirschte, erschien ich meinen Begleitern um so mehr als gefährlicher Bösewicht. Allein es packte mich nur unsägliche Bitterkeit jener unbegreiflichen Macht gegenüber, die mir gleichsam das Urbild der Schönheit vorgehalten, um mich damit auf tückisch verschleiertem Wege in eine stinkende Senkgrube zu verlocken.

Aber Zähneknirschen und Fäusteballen nach oben hilft nun nichts. Der Mensch hat einen überstiegenen Begriff von sich. Er wird in einer Lüge erzogen und wundert sich begreiflicherweise, wenn ihm unter einem brutalen Fußtritt des Schicksals bewiesen wird, wie es in Wahrheit mit seiner Göttergleichheit beschaffen ist.

Vielleicht war es aber doch gut, daß mich eben ein finsterer Trotz befallen hatte, als die Tür des Schlafzimmers sich öffnete, wo man, wie mir natürlich längst klargeworden war, mich der Ermordeten gegenüberstellen wollte. Ohne diesen Trotz hätte ich mich vielleicht nicht aufrechterhalten.

Eben wollten die Beamten und ich vorwärtsschreiten, als man uns abwinkte und die Türe wiederum schloß.

Mich kam ein nervöses Lachen an, was mir natürlich als Abgebrühtheit, als Roheit angekreidet wurde. Es hatte sich aber eine Vorstellung aus den Tagen meiner Kindheit in mein Hirn gedrängt, wo wir drei Geschwister, meine Schwester, mein Bruder und ich, ebenfalls, aufs höchste gespannt, auf das Öffnen einer Tür warteten. Hinter ihr hatte man den bekannten Weihnachtstisch aufgebaut und zündete eben am Tannenbaum die Lichte an.

Und ich schluchzte vor krampfhaftem Lachen, weil ich zwangsweise denken mußte, wie das doch heute und hier ganz ähnlich zugehe, aber freilich eine ganz andere Bescherung sei.

Inzwischen wurde die Tür nun wirklich sperrangelweit aufgemacht. Ich sammelte mich einen Augenblick und dachte im Vorwärtsschreiten wie von selbst nur noch an die Worte meiner Marie: »Lorenz, du hast Schweres durchgemacht und wirst Schweres durchmachen. Aber spare dich auf für mich! Ich warte auf dich.«

Nein, ich mache hier kehrt. Ich lasse den unwirklichen Schatten meiner Persönlichkeit, meinen schattenhaften Doppelgänger ohne mich über die Schwelle des in jeder Beziehung besudelten, ekelhaften Alkovens der Tante eintreten, wo sie scheußlich entwürdigt, im Hemd, als Leiche lag.

Oh, Rosen, Rosen! Man muß den Duft von Rosen, von abertausend weihrauchspendenden Rosen einatmen! Oder den Duft des drüben rauschenden kalten und klaren Gebirgswassers! Tannenduft! Stahliger Trank der lauteren himmlischen Bergluft durchdringe mich, sei mir als tägliches Bad willkommen!

Hiermit sei der Entschluß gefaßt, selbst das Bildchen Veronikas heute oder morgen meiner guten Marie auszuliefern.

Seltsam, wie ich plötzlich auf diesen Gedanken gekommen bin.

Wie hängt der Schauder, der mich noch heute in der bloßen Vorstellung des Mordgemaches, an seiner eingebildeten Schwelle, ergriffen hat, mit diesem Brettchen aus Pappe zusammen, von dem Veronikas holdes Kinderköpfchen mich anlächelt?

Wie hängt das Urbild der Reinheit, dieses himmlische Gnadenbild, mit dem stinkenden Höllenloch zusammen, dessen bloße Vorstellung mir die Luft meines reinlichen Hauses vergiftet?

Nun, nicht anders, als eben Beginn und Ziel einer Bahn zusammenhängt.

Ich habe in meiner Zelle, wo ich dazu hinter Schloß und Riegel genügend Zeit hatte, über den Zusammenhang dieses Ausgangspunktes und dieses Endpunktes nachgedacht, und was ich auf diese Weise ermittelt habe, ist allerdings nur ein kleiner Teil, wie dargelegt wurde.

Nämlich durch den Anblick höchster Reinheit bin ich zur tiefsten Häßlichkeit und durch den Anblick der allerniedrigsten Häßlichkeit zur Reinheit, sogar in einem anderen, in einem besseren Sinne, geführt worden.

Ahnten diese Gerichtspersonen, die mich in Gegenwart der

Toten je nachdem heimlich belauerten, anstarrten, mich mit Fragen zu überrumpeln suchten oder mich anranzten, daß mir gerade in dieser Mord- und Pesthöhle, gerade unter diesem Kreuzfeuer mit der Kraft des Blitzes die Erleuchtung kam, die mir die Welt, in der ich jetzt lebe und bis an mein Ende leben werde, aus dem Dunkel hob?

Ich dachte daran, den vorigen Absatz auszustreichen. Ich will ihn aber stehenlassen, weil er von einer gewissen Verwirrung zeugt, in welche mich noch heute die Erinnerung an meine Konfrontation mit der Leiche und an der Leiche mit Wigottschinski bringen kann.

Ich werde aber versuchen, den Hauptpunkt des Absatzes und damit vielleicht auch die andern bis zu einem gewissen Grade zu klären.

Mit einem Schlage nämlich offenbarte mir das Mordzimmer das ganze hoffnungslose Elend, zu dem alles Leben verurteilt ist. Diese Offenbarung geschah, wie gesagt, mit der Macht des Blitzes in einem grellen, wie mir im Augenblick schien, fast tödlichen Licht. Da lag die Tote, bei der die Leichenstarre schon eingetreten war, beinahe nackt und, man kann sagen, den Augen aller in einer entehrenden Stellung preisgegeben. Dieser erwürgte, unschöne Formen zeigende weibliche Mensch mit dem schwarz unterlaufenen Halse hatte nicht einen Zug, der mich an Tante Schwabe erinnerte. Diese geformte Fleischmasse war mir so fremd, daß ich bei ihrem Anblick außer einem tierischen Schauder nichts empfand.

Dazu also hatte die Tante Pfennig auf Pfennig, Mark auf Mark gehäuft, hatte gerechnet und gewuchert, das Elend anderer Menschen systematisch ausgebeutet, um diesem Ende zu verfallen, dem sie ja schließlich auch nicht hätte entgehen können, wenn die Unzucht ihres alten Kadavers sie nicht in die Arme ihres Mörders gelegt hätte.

Und war sie im Grunde allzuviel weniger mit Schuld belastet als er? Mutter erzählte von zwei Fällen, wo sich Klienten der Tante, als die ihnen ausgestellten Wechsel präsentiert wurden, der eine so, der andere so, das Leben genommen hatten.

Nun, und diese Richter, diese Kriminalbeamten, diese Staatsanwälte, durfte man sie als schuld- und sündlose Menschen ansprechen? Haben nicht fast alle Menschen irgendeine geheime Sünde, ein geheimes Vergehen zu verschweigen, wo es nicht viele und geradezu zuchthauswürdige Verbrechen sind? Und was geschieht nicht alles, auch von den Gerichten, teils aus menschlicher Unzulänglichkeit überhaupt, teils aus Nachlässigkeit oder Fahrlässigkeit, wodurch über Glück oder Unglück, Sein oder Nichtsein von schuldlosen Menschen entschieden wird!

Aus diesem Raume ging ich also zwar zerknirscht, aber andererseits auch mit einer seltsam erhobenen Seele hervor. Ich war gleichsam über mich selbst erhoben. Es war mir klar, daß ich, sofern ich meine gewonnene Einsicht recht benützte, wenig verlieren, wohl aber den wahren Gewinn des Lebens einstreichen könne: die Kraft, sich über das Dasein zu erheben. Eine Kraft, die mit der zu entsagen gleichbedeutend ist.

Und nun wird man möglicherweise auch den Entschluß verstehen, mich der kleinen Photographie Veronika Harlans zu entäußern.

Nun bin ich also doch über die Schwelle des Mordgemaches getreten, aber nur so, und zwar im Geiste, hinein und heraus, daß es deutlich werden mußte, wie ich als Mensch hinein- und als ein ganz anderer herausgetreten bin. Nachdem ich unter dem Blitz der Erleuchtung gestanden hatte, sah ich die groben Täuschungen, denen ich zum Opfer gefallen war, etwa wie jemand, der eine grüne, blumige Aue zu betreten glaubt und den Fuß auf eine mit grünen Wasserlinsen völlig bedeckte tiefe Jauchenpfütze setzt, in der er alsbald bis über den Kopf versinkt.

Als ich hinter Riegeln, Mauern und dichten Eisenstäben, meiner Freiheit von Menschen beraubt, in der Gefängniszelle saß, hatte ich in einem inneren Sinne Freiheit erlangt, ich hatte Stricke und Banden schwerer Irrtümer abgeworfen. Ich war aus der Jauchenpfütze wieder emporgetaucht und hatte den Unrat von mir geschüttelt. Vor einem neuen ähnlichen Bade glaube ich sicher zu sein.

Es folgte die Untersuchungshaft, es folgten Verhöre auf Verhöre. Die Untersuchungen brachten Dinge zutage, die von dem wahren Gange meines Erlebnisses so weit ablagen, daß sie für diesen ohne Bedeutung sind. Und da ich nun einmal Schein vom Sein zu trennen gelernt hatte, übte ich das Gelernte auch weiter aus und wurde von der äußerlichen

Prozedur des Gerichtsverfahrens nicht mehr im Kern meines Wesens berührt.

Manchmal während der Sitzung des Schwurgerichts war es mir, als säße nur eine Kleiderpuppe von mir auf der Anklagebank, daran Richter und Staatsanwalt ihr Mütchen kühlten, und ich selber sei in der Zelle geblieben.

In meinem Mitteilungsbedürfnis und Material tritt eine gewisse Ebbe ein. Es ist also wohl das meiste von dem, was die Krise meiner Lebenswende betrifft, allmählich gesagt worden. Dennoch ist mir, als ob noch ein wichtiger Rest bliebe.

Ich werde heute zu Dr. Levin in das Schulhaus hinübergehen – er hat wiederholt nach meinem literarischen Unternehmen gefragt – und werde mit ihm einen Tag verabreden, wo ich ihm das bis jetzt Geschriebene vorlesen kann.

Es ist das Eigentümliche meines Falles, daß ich mit ihm, dem Falle, im Einklang bin. Aus diesem Grunde ist meine Aufzeichnung auch über den Rahmen einer Verteidigungsschrift etwa vor weltlichen Richtern hinausgewachsen. Dagegen kommen solche Richter als Leser für mich in Betracht, die wiederum ihrerseits über den Richterberuf hinausgewachsen sind. Ein solcher Mann ist Dr. Levin, von dem ich ja früher schon gesprochen habe. Es ist der einstige Staatsanwalt, der hier im Dorfe Volksschullehrer ist und keinen höheren Wunsch hegt, als unter den Erlen, Eschen und Birken unseres einfachen Fleckchens seine Tage zu Ende zu leben und einst auf dem dichtverwachsenen Kirchhof des Ortes den Lebenstraum auszuträumen. Darin sowie in manchem anderen stimmen wir überein.

Wenn ich sagte, ich sei im Einklang mit meinem Fall, so will dies bedeuten, ich unterscheide mich von jenen, die, wie ich, im Zuchthaus gesessen haben und nun über den Gram darüber nicht hinauskommen. Ihr Ehrgeiz scheint durch den unauslöschlichen Schandfleck, der ihnen in den Augen des Bürgertums anhaftet, wie der Nerv eines hohlen Zahnes zehnfach rege geworden zu sein und tausendfach Schmerzen zu verursachen. Sie kommen über das »Oh, hätte ich doch nicht . . ., oh, wäre ich doch nicht . . ., oh, könnte ich doch das Geschehene ungeschehen machen . . .« nicht hinaus. Ihr Dasein ist eine Kette von Selbstvorwürfen und Reueempfindungen. Fast wahnsinnig macht sie der immer wiederholte Versuch, das Leben bis auf die Zeit vor der Tat zurückzuschrauben. Wie würde ich doch heute ganz anders handeln, denken sie.

»Warum haben Sie denn«, so fragte ich Dr. Levin, »eigentlich Ihren Juristenberuf aufgegeben?«

»Es erben sich Gesetz und Rechte wie eine ewige Krankheit fort«, sagte Dr. Levin. Und er setzte hinzu: »Richtet nicht, auf daß ihr nicht gerichtet werdet.«

Ich habe mir auch eine Stelle des Kirchenvaters Tertullian, die er mir übersetzte, aufgeschrieben. Sie zeigt, wie die ersten Christen über Machthaber und -ausüber, über Richter und Gericht gedacht haben, und lautet so: »Es ist kürzlich darüber ein Disput entstanden, ob ein Diener Gottes die Verwaltung irgendeiner Ehrenstelle oder eines obrigkeitlichen Amtes übernehmen dürfe. Geben wir zu, daß es jemand gelingen könne, als Inhaber einer Ehrenstelle aufzutreten, ohne zu schwören, ohne ein Urteil über Leben und Tod oder über die bürgerliche Ehre eines Menschen zu sprechen, ohne ein Strafgesetz zu geben, ohne zu verurteilen, ohne jemand fesseln, einkerkern oder foltern zu lassen – dann mag auch ein Diener Gottes ein solches Amt annehmen.«

Nein, ich bin nicht ein »Oh-wäre-ich-doch-nicht«, »Oh-hätte-ich-doch-nicht«. Ich bin ein Seiender, bin ein Lebendiger. Das Leben ist viel zu groß, um es wohl gar restlos in das bürgerliche Kramlädchen und Hinterstübchen zu verstauen, und ich weiß allbereits viel zuviel davon, um mich darin fest, frei und berechtigt zu fühlen. Da ist die Sonne, da ist der Mond, da sind die Sterne, da sind die Milchstraßen. Ich atme Luft, Duft, Wärme, Eis, Nebel, Sturm. Ich genieße das Licht, ich genieße das Nächtliche. Schlösse man mich vom Verkehr mit den kleinen, verknöcherten Menschen aus, nun, was könnte mir Lieberes begegnen? Wenn man mich aber flugs ganz allein ließe – nun, welcher Mensch ist letzten Endes nicht ganz allein? Und ist mein Bewußtsein nicht grenzenlos? Und sollte ich mich unter das Menschliche stellen, unter irgendeinen Menschen, der lebt, da ich mich doch jeden Tag, jede Nacht voll Inbrunst an das Göttliche andränge?

Ich habe meinen Fall in den langen Nächten und Tagen meiner Einzelhaft, wie gesagt, allseitig untersucht und mich schließlich und endlich im Einklang mit ihm gefunden. Der kleine, engbrüstige, enggeistige Magistratsschreiber von einst ist nicht mehr. Meine Brust ist gewölbt, mein Geist ist unabhängig und weit, sogar mein Gang ist besser geworden.

Ich will das Häßliche nicht beschönigen, dennoch könnte man etwa mit einem gewagten Bilde von einer Perle reden, die ich am Grunde der Pfütze gefischt und mit mir emporgebracht habe. Und hätte ich ohne die erlebte Kette von Täuschung und Leiden eine Stunde erleben können wie die, als ich nach der Entlassung durch das Portal des Breslauer Inquisitoriats unter den freien Himmel trat, wo mir sogleich Marie in den Armen lag?

Nein, ich will nicht zu Dr. Levin hinübergehen. Ich werde selbst ihm den Inhalt dieser Blätter nicht preisgeben. Es läge erstlich darin eine gewisse Schamlosigkeit, die an den Tag gelegt zu haben ich mir vielleicht lange nicht verzeihen könnte. Ich würde wahrscheinlich auf Jahre hinaus ein Mißbehagen deswegen mit mir herumtragen. Wer kann wissen, ob dieses Mißbehagen nicht einen Grad annehmen würde, der mich von hier fort in eine neue Fremde triebe: ganz einfach, weil mein Geheimnis, mein heiligstes und tiefstes Geheimnis, in den Händen eines andern wäre? Ich hätte ja auch meinen Schwiegervater und meine Frau ohne ihre Einwilligung in ihren zartesten Regungen der Öffentlichkeit preisgegeben. »Schreibe«, hat zwar mein gutes Weib gesagt, als ich diese Aufzeichnungen begann, »es kann ja möglicherweise ein Buch daraus werden.« Nun, es ist heute ein Buch, aber die gute Marie und Papa Starke möchten doch wohl erschrecken, wenn sie sähen, wie weit ich in der Entblößung meiner selbst und unser aller gegangen bin.

Demnach dürfte ich es auch ihnen nicht zeigen?

Nun, es kommt dafür eines Wintertages, eines Winterabends vielleicht doch noch die Zeit. Vorläufig will ich die Blätter wegschließen.

Es bleibt allerdings zu erwägen, ob ich Mariens Herz durch die Enthüllungen über Veronika ein neues Weh zufügen soll.

Meine Mutter ist, bevor ich das Licht der Freiheit wiedersah, gestorben. Ich hoffe, nicht an gebrochenem Herzen, wie man sagt. Außer Starke und Marie nahm sich, während ich im Gefängnis saß, mein Bruder Hugo ihrer an. Die Mutter hat, sagen Marie und Starke, niemals an meine Schuld geglaubt und den Glauben an meinen guten Charakter und überhaupt an mich nie verloren.

Ich habe keine Ahnung, auf welche Weise meine Schwester Melanie der strafenden Hand des Gesetzes entgangen ist. Ich erhielt von ihr einen einzigen Brief, und zwar aus Bahia in Brasilien. Sie habe, schrieb sie, sich dort verheiratet. Der Schluß ihres Briefes war: »Wenn es mir weiter gut geht, schreibe ich nach zwei Jahren wiederum. Sonst lebe wohl für ewige Zeiten!«

DIE HOCHZEIT AUF BUCHENHORST

Novelle

Entstehungszeit: 1927.

Erstveröffentlichung: In der Zeitschrift »Velhagen & Klasings Monatshefte« 1931.

Erste Einzelausgabe: Berlin, S. Fischer 1932.

Als ich Kühnelle kennenlernte, war ich achtzehn und er etwa zweiundzwanzig. Er kam nach Jena, Gott weiß wozu, und ich war in Jena, um Gott weiß was zu studieren. Er schloß sich unserem studentischen Kreise an, der aus meinem Bruder und mir, einem schwerhörigen Geschichtsprofessor und einigen anderen Freunden bestand.

Kühnelle war ein stattlicher junger Mann von runden Gesichtsformen. Nicht nur die Herzen der Weiber flogen ihm zu. Wir sahen sofort, wir hatten es mit keinem gewöhnlichen Menschen zu tun. Natürlich hatte er sein Abiturium hinter sich und belegte Kollegs, wie wir anderen, wodurch er aber nicht irgendeinem studentischen Typus ähnlicher ward. Bevor wir ihn näher kennenlernten – wenn man bei ihm von einem Näherkennenlernen überhaupt sprechen kann –, wußten wir nicht, was wir aus ihm machen sollten. Eines Tages erfuhr ich, und zwar von ihm selbst, er habe früher eine große Kraft in seinen Händen gehabt, leider aber den rechten Arm überspielt. Kurz: er hatte einer Pianistenlaufbahn entsagt.

Kühnelles Familie war in Leipzig und Dresden ansässig. Sie hatte italienisches Blut.

In seinem Äußeren unterschied sich Dietrich Kühnelle von uns durch Salonfähigkeit. Stattlicher, breitschulteriger, kurzum männlicher als wir, trug er am Tage einen schwarzen, an den Rändern mit Borte versehenen Cutaway, einen schwarzen, großen, weichen Hut, den Sommerpaletot überm Arm, ein paar helle Handschuhe in der Hand.

Er hatte blondes, dichtes, gekräuseltes Haar. Allein diesen blonden, oft etwas faden germanischen Typ widerlegten sogleich zwei dunkle, feurige Augen, widerlegte die ihn erfüllende, in den ersten Wochen unserer Bekanntschaft nicht zutage tretende, leidenschaftliche Innerlichkeit. Wenn sie sich äußerte, war es etwa, als wenn ein Gefäß, von dem man glaubte, es sei mit Milch gefüllt, sich voll feurigen Weins erwiese.

Kühnelle blickte auf uns herab. Er gestand mir später, warum er sich in den ersten Wochen unserer Bekanntschaft still verhalten hatte. Mein Bruder und ich, so sagte er, hätten ihn angezogen. Was wir aber bei Tisch und des Abends auf der Kneipe gesagt, getan und getrieben und wie wir das alles gesagt, getan und getrieben hätten, das kam ihm auf eine peinliche Weise enttäuschend und auf verletzende Weise unreif vor. Es habe ihn geradezu abgestoßen. Sein Gedanke war, plötzlich und ohne Abschied von Jena überhaupt zu verschwinden, da er sich bereits zu tief mit uns eingelassen habe, um, wenn er am Orte bliebe, ohne offenen Bruch von uns loszukommen.

Was ihn schließlich festhielt, war seine Neigung zu mir.

Solche Bekenntnisse machte er mir nach Monaten. Meine Ansichten brachten mich in der Tat seltener mit ihm als mit meinem Bruder und mit meinen anderen Freunden in Gegensatz. Auf was ich hinauswollte, das war die Kunst, nicht die Wissenschaft. Die Frage war: sollte ich Bildhauer werden, oder sollte ich gar auf etwas hinarbeiten, was man eigentlich entweder ist oder nicht, aber nie werden kann? Die sogenannten Meininger, die ich als Knabe im Stadttheater zu Breslau sah, hatten mir eine Leidenschaft zum Theater eingeflößt und den brennenden Ehrgeiz, Dramen zu schreiben. Ich tat es auch, und so konnte es denn nicht ausbleiben: ich las vorhandene Versuche und Fragmente eines Tages Kühnelle vor. Bei solchen Gelegenheiten geriet mein Bruder in Begeisterung. Auch meine übrigen Freunde ließen sich hinreißen. Bei Kühnelle war das nicht zu erreichen. Man spürte auch hier seine unbestechliche Überlegenheit. Er sagte zu dem, was er hörte, nicht nein. Allein sein Begriff von schöpferischer Dichterkraft war mit einer so unerhörten Begnadung gleichbedeutend, daß er in meinen vorgelegten Proben die Anwartschaft auf dergleichen Begnadung nicht sehen konnte. Er selbst, von dessen musikalischen Fähigkeiten ich damals, weil er nicht vorspielte, keinen Begriff haben konnte, versagte sich jedem Versuch zur Komposition. Das wahrhaft Große zu leisten sei unter Millionen kaum einem beschieden, sagte er. Er schließe sich nicht dem ungeheuren Zuge dünkelhafter Narren an, in dem er, wie jeder von ihnen, glaube, er sei der Eine.

Er drückte das übrigens nicht so aus. Seine Proteste waren niemals heftig oder feierlich, sondern eher in Form von Fragen gehalten, wobei er einen scharf wie durch Brillengläser – er trug keine Brille – ins Auge faßte.

In einem gewissen Sinne, durchaus ohne zu verletzen, hielt er sich bei unseren Zusammenkünften wie jemand, der sich anschließt, ohne eigentlich zugehörig zu sein.

Weshalb der vereinsamte alte Junggeselle und Professor der Geschichte sich zu uns gefunden hatte, weiß ich heute nicht mehr zu sagen. Mein Bruder und Pfaff, der fünfte im Bunde, studierten Naturwissenschaft. Der sechste, Haalhaus, war trotz seiner Jugend bereits eine Leuchte auf dem Gebiete der vergleichenden Sprachwissenschaft. Es lag auf der Hand, daß er in sehr jungen Jahren sein Ziel, eine Professur, erreichen würde, da er schon jetzt alle Merkmale des Gelehrten an sich trug, und zwar bereits im Zustand der Verknöcherung. Gespräche außerhalb des Gebietes seiner Wissenschaft kannte er nicht. Es war noch ein Herr von Gabler, ein Balte, da und ein Pole, dessen Name mir nicht mehr gegenwärtig ist. So war ja überhaupt unser Kreis ein bißchen zusammengewürfelt, und wenn er eine Weile beisammenblieb, so lag das nicht an einer Idee, die uns etwa gemeinsam gewesen wäre und uns gebunden hätte, sondern daran, daß Persönlichkeiten einander anzogen, daß sie Gefallen aneinander gefunden hatten, ohne recht zu wissen, warum. Trotzdem, wie gesagt, schien Kühnelle sich noch auf besonders ausgesprochene Weise als von uns allen abgesondert zu betrachten, im einzelnen und im ganzen gleichsam nur unser Gast zu sein.

Von meinem Bruder war er, wie er mir sagte, enttäuscht worden. Vielleicht habe das daran gelegen, meinte er, daß er, nachdem er ihn lange im Kolleg, in den Gasthäusern und auf der Straße beobachtet hätte, von seiner Persönlichkeit derartig hingenommen gewesen sei, daß er seine Bekanntschaft mit allzu brennender Spannung gesucht habe. Worauf die Enttäuschung beruhte, hat er mir mehrmals unter vier Augen dargelegt. Aber es ist mir leider entfallen. Konrad, mein Bruder, lebte damals in einem idealistischen Rausch, einem doppelten Rausch, da er sich nicht nur an Darwin, Büchner, Haeckel, Spinoza und anderen berauschte, sondern am meisten an sich selbst. Das drängende Gären seines allbelebenden, höchst lebendigen Geistes ließ ihm für die echten Schicksale anderer keine Zeit. Gerade dies aber mochte es sein, was der junge Kühnelle erhofft hatte.

Es dauerte nämlich nicht sehr lange, bis man es, oder besser, bis ich es im Wesen dieses scheinbar kerngesunden, allezeit heiteren jungen Mannes wetterleuchten sah. Es traten seltsame Äußerungen zutage, die auf geheimnisvolle Dinge hindeuteten, mit denen sein Dasein belastet schien. Dies berührte mich um so sonderbarer, als mein neuer Freund einen kraftstrotzenden, dabei aber auch wohlgenährten Eindruck machte und auf seinem schönen, heiteren Gesicht nicht die allerkleinste Sorgenfalte erkennbar war. Sah man von der Einmaligkeit seiner Erscheinung ab, so fand man in ihm den wohlerzogenen, reichen Bürgersohn, der immer einen gedeckten Tisch, ein gutes Bett, eine warme Stube und alle und jede Bequemlichkeit des Daseins genossen, Mangel und Sorge nicht kennengelernt hatte.

Die Enthüllungen des gelegentlichen Wetterleuchtens ließen jedoch einen inneren Kampfplatz und darauf ein keineswegs leichtes Kampfleben, natürlich nur flüchtig, sichtbar werden. Es handelte sich dabei um Streitigkeiten, die Kühnelle in sich selbst, mit sich selbst und gegen sich selbst auszutragen hatte. Rings um den jungen Menschen aber tauchten, hastig umrissen, Mitglieder einer Familie auf, die, durch unversöhnliche Gegensätze getrennt, unter einem schweren Verhängnis zu stehen schienen.

Auch in meiner Familie waren Meinungsverschiedenheiten, Streitereien, Entzweiungen aller Art keine Seltenheit, aber sie hatten doch nicht, wie hier, den Charakter des Unversöhnlichen. Auch ich beklagte eine Schulerziehung, die mir, wie ich glaubte, mein Selbstbewußtsein geraubt und mich gleichsam am Rückgrat lädiert hatte. Er dagegen verwarf, ja verfluchte seine ganze Jugendzeit, haßte seine Erzieher, Vater, Mutter und Lehrer, ohne Ausnahme und in einem Geiste, dem jeder Gedanke an Verstehen, an Entschuldigung oder gar Verzeihung nicht entfernt in Betracht kommen konnte.

In langem, unermüdlich zähem Ringen habe er sich, wie er sagte, durchgeschlagen und frei gemacht. Es sei seinen Unterdrückern, seinen Peinigern, seinen stupiden und tückischen Verfolgern, diesem durch Gesetze geschützten Verbrecherkonsortium, das mit sadistischer Lust und niederträchtigsatanischer Entschlossenheit seinen Leib zu schänden, seine Seele zu töten gesucht habe, weder das eine noch das andere gelungen. Ihre Minen wären nicht tief genug, er habe die seinigen tiefer gegraben. Das habe er aber nur darum erreicht, weil er früh das wahre Gesicht aller derer, die ein so unerbetenes und unverschämtes Interesse an ihm nähmen, entlarvt habe. Von da ab habe ihn keine Form von sogenanntem Zuspruch, von Belehrung oder Ermahnung, keine Form von süßlicher Heuchelei mehr getäuscht. Sie habe in ihm den jederzeit entschlossenen Gegner gefunden, der sich mit allen nur immer denkbaren Mitteln gegen sie wappnete und wehrte. Jede Waffe schien ihm erlaubt. Als er nun einmal auf unzweideutige Art und Weise zur Erkenntnis des niederträchtigen Verrates, den man Jugenderziehung nenne, gekommen sei, hätte er sich alle und jede Mittel zugebilligt. Denn was anders sei es, auf was diese sogenannte Erziehung hinauskomme, als das, was man anwende, wenn man einen gefangenen Raubvogel am Fliegen verhindern wolle: man mache seine Schwingen unbrauchbar. Nicht so in die Augen fallend freilich, sondern tückisch, schlau und geheim, aber darum auch um so vollständiger sei die menschliche Verstümmelung. Dem Knaben werde zuerst der Gebrauch seiner Kräfte verboten und dann überhaupt das Bewußtsein seiner Kraft geraubt. Vom Recht dagegen sei nie die Rede. Die Empfindung absoluter Rechtlosigkeit werde dem Gemüte des Menschen mit glühendem Stempel eingeprägt. Man benutze, sobald dies geschehen sei, die Wunde zu Zwecken der Lähmung und Demütigung, wie man es mit dem Stiere tue, den man an einem durch seine Nasenscheidewand gezogenen Ringe führt.

Der Lehrer erlaube keinen Widerspruch, wodurch dem Schüler das höchste Menschenrecht, sich gegen Unbill zu verteidigen, genommen sei. So habe man, sagte Kühnelle, ihn stumm gemacht, um gleich darauf auch für Taubheit zu sorgen. Taub habe man zu sein gegen jede Art von Verletzung, Beschimpfung, Beleidigung. Man habe zu schweigen und taub zu sein, und werde der eigene Vater flugs ein Dieb, die Mutter eine Hure genannt! Das Augenlicht werde reduziert – oder liefen denn nicht Hunderttausende, ja Millionen von armen Menschen herum, die den größten Teil ihrer Sehkraft auf den verfluchten Bänken der Schule gelassen hätten? Werde nicht den meisten ebendaselbst der Brustkorb eingedrückt, so daß sie ein Leben lang zu husten hätten? Und schließlich und endlich: werde man nicht entweder zum Eunuchen gemacht oder mit einem verdorbenen, krankhaft überreizten Geschlechtstrieb entlassen? Ein, wie er sagte, gottverfluchtes Abiturium!!

Kühnelle schloß: »Natürlich, in einem solchen Kampfe steht man allein!« Er sagte das auf die ihm eigentümliche Art, indem er sich dabei die Hände rieb, sich diebisch und triumphierend zu freuen schien und in kaum zu verhaltendem Glücksrausch kicherte. – »Natürlich, natürlich, man steht allein. Das ist es ja eben: man steht allein. Das ist ja das Gute, man steht allein, Erwin. Und, Erwin, das darf man niemals vergessen: man hat keinen Menschen in der Welt, der einem helfen will oder kann. Sie würden einen alle verraten. Das ist es ja eben, daß man sich dazu, allein zu stehen, fest entschließen muß. Man muß sich eisern dazu entschließen. Man ist gerettet, wenn man in diesem Punkte seiner sicher ist.«

Ich war zu jener Zeit schon verlobt. Von meiner Braut, die in der Nähe von Dresden auf ihrer Besitzung lebte, hatte ich mir einen Revolver und eine Spieluhr schenken lassen. Meine Neigungen gingen einerseits in das Enge, andererseits mit übertriebenen Hoffnungen, übertriebenen Wünschen in die Weite der Zukunft hinaus. Und während ich in meiner engen, lieben Studentenbude in süßer Zerflossenheit der Spieluhr lauschte, nährte ich gleichzeitig Wahngefühle von künftiger Größe in mir. Aber auch der Verfolgungsgedanke, von dem, wie es schien, Kühnelle besessen war, beherrschte mich und bewirkte, daß ich überflüssiger- und höchst seltsamerweise das Geschenk meiner Liebsten, den Revolver, immer geladen bei mir trug.

Das alles zeigt eine große Unreife, wenn man es mit den Augen eines älteren Menschen betrachten will. Am Ende indes sind es fruchtbare Gärungen, die dem Jünglingsalter natürlich sind. Man hat unendlich vieles erlebt und doch keinen Boden unter den Füßen. Man ist sich innerer Kräfte bewußt und ist zu jeder Enttäuschung verdammt, wenn man versucht, sie anzuwenden. Bin ich damals Kommunist gewesen? Sicher ist, daß wir, in einem glücklichen Rausche der Jugend befangen, mitten in einen Frühling des Körpers, des Herzens und des Geistes hineingestellt, Pläne für ein neues Gemeinwesen gemacht hatten, für das Amerika der rechte Boden schien. Wie glücklich wir waren, wußten wir aber nicht. Wie hätten wir sonst uns mit Plänen getragen, je eher je lieber dem neuen Deutschen Reiche den Rücken zu kehren und gleich den Kindern Israels aus dem Lande Ägypten zu ziehn?

Weder meine Spieluhr noch mein geladener Revolver, ebensowenig unsre immer wieder laut durchgesprochenen kolonialen Luftschlösser regten Kühnelle zu irgendwelchen

Protesten an. War es Natur oder Disziplin? Ich möchte doch glauben Disziplin. Er, der das Rettende aus den überall drohenden Mächten des Lebens in der Isolierung sah, zog auch die weitere Folgerung, sich jeder Einmischung in das Persönlichkeitsleben anderer zu enthalten. Wie durchaus und immer er es vermied, das erregt mir noch heute Bewunderung. Warum machte sich denn der Musiker nicht über meinen Geschmack an der Spieluhr lustig? Warum äußerte er nie über meine sinnlose, versteckte Bewaffnung Verwunderung, da er doch halbe Nächte lang beim Mondschein furchtlos vom Fuchsturm aus durch die Wälder strich und ihm persönliche Furcht im gewöhnlichen Leben etwas Unbekanntes war? Warum unterstützte er uns sogar durch Geld, als wir einen jungen Studenten der Nationalökonomie als Pionier nach Amerika aussandten, um für die geplante Kolonie den geeigneten Ort auszumitteln? er, der doch an dieser Jugendtorheit nicht den geringsten Anteil nahm.

Was in Kühnelle gebunden war, bekamen wir erst zu spüren, als der Dämon sich frei machte. Unser Freund Pfaff gab seinen Doktorschmaus. O du entzückendes altes Gasthaus Zum Löwen! O du dicker, schüchterner, grundgütig-wohltrauender Löwenwirt! Wir saßen in einem Extrazimmer, in dem sich auch ein Klavier befand. Die Wände waren natürlich mit gekreuzten Rapieren, Zerevis-Käppchen, studentischen Abzeichen und Photographien von Stiftungsfesten behängt. Pfaff spendete schließlich Sekt in Strömen. Das war ein ähnliches Wunder ungefähr als jenes, das durch den Stab des Moses in der Wüste hervorgerufen wurde, als er aus einem Felsen Wasserfluten hervorlockte. Pfaff, eines Stubenmalers Sohn, hatte nicht einen Pfennig Geld zu vergeben, und doch hörte der Sekt nicht zu fließen auf. Unbedingt war es ein rührender Höhepunkt, als der liebe Studentenvater und Löwenwirt, von einer Deputation eingeholt, in das Kneipzimmer trat und sich schließlich, errötend und geschmeichelt, neben dem jungen Doktor niedersetzte. Er genoß den Dank für alle Wohltaten, die er dem alles schuldig bleibenden Pfaff bisher erwiesen hatte, wenn er sich nun an seinem eigenen Sekt nach Herzenslust berauschen durfte. Kühnelle aber brachte einen noch höheren Höhepunkt. Die Stunde war etwas vorgeschritten. Wir hatten uns zugetrunken, mit einem Polen hochverräterisch auf die Wiederherstellung Polens angestoßen, gegen Tyrannen und Pfaffen getobt, das halbe Kommersbuch heruntergebrüllt, als schließlich mit einem wilden Sprung Kühnelle sich den schwarzen Rock von den Schultern riß und in Hemdärmeln an das Klavier setzte. Die Schleuse brach, er konnte nicht anders, obgleich er damit das strenge Verbot der Ärzte mißachtete. Wir wurden still, und nun ging es los.

Wir hörten die zweite Rhapsodie von Liszt. Am Anfang musizierte und meditierte ein Erzengel. Aber aus dem Unterirdischen kroch und schlich ein Dämon herauf, der sich plötzlich mit tückischem Klauenhieb des himmlischen Instrumentes bemächtigte. Hatte der beraubte Erzengel über den neuen Musikanten Gewalt oder nicht? Jedenfalls ließ er ihn schweigend gewähren. Vielleicht sah er und hörte mit majestätischem Staunen, was alles aus der feierlichen Harfe des Himmels sich befreite und in dämonischem Tanze, in dämonischer Raserei durcheinanderfuhr. Wir hörten Feuerstürme hervorsausen, blaue Stichflammen schossen empor. Es waren keine Tänzer des Himmels, die dabei ihre Füße in höllischer Wildheit und Maßlosigkeit umeinander wirbelten und mit ihnen den Rhythmus anschlugen, einen Rhythmus, der unwiderstehlich, unaufhaltsam, allmächtig, gotteslästerlich herausfordernd, also sakrilegisch und schamlos war: es waren furchtbar gellende, schöpferische Tatzenschläge, mit denen dieser höllische Harfenist die himmlische Harfe wütend mißbrauchte.

Das Spiel war aus. Ein Wink des Erzengels vielleicht hatte das Höllengelichter, Harfe und Spieler hinweggefegt. Der Nachhall, ein schwindendes Rauschen, weitete noch den engen Raum einen Augenblick.

Wir saßen wie vor den Kopf geschlagen.

Aber im Nu danach sprangen wir auf, und: Kühnelle! Kühnelle! Kühnelle! klang es eine Viertelstunde lang in wilder Begeisterung durcheinander. Wir wußten bis heute nicht, wer er war, nun hatte er uns seine Hand gewiesen, wie die deutschen Maler des Cinquecento zu sagen pflegten, wenn sie einander Proben ihrer Kunst vorlegten.

Von da an wurde Kühnelle verwöhnt. Er war eine andere Menschenart, außerhalb der studentischen Welt, dieser fremd, aber von ihr mit einem mystischen Respekt gewürdigt. Mein Bruder und ich, die wir mit den Gestalten des deutschen Olymps und Parnasses begeistert umwerbenden Umgang pflogen, kamen ihm, wie gesagt, auch persönlich nah. Ich ihm wiederum näher als mein Bruder. Um so viel, als diesen sein naturwissenschaftliches Studium etwa von ihm entfernte, ward ich ihm durch meine ausschließliche Hingabe an ein künstlerisches Ziel nähergerückt. Die Verwöhnung aber war allgemein. Man umbuhlte ihn, weil man von seinem Können, seinem künstlerischen Vermögen den größten Begriff hatte. Man war, da man zu diesem Vermögen selbst keinen Zugang besaß und es eigentlich als ein Wunder bestaunte, eingebildet darauf, mit Kühnelle umzugehen, und am meisten, wenn man ihn, wie es nun doch hie und da geschah, öffentlich am Klavier produzieren konnte.

Kühnelle hatte mir, ehe der Abend im Löwen sie überraschend enthüllte, Andeutungen über das Ungewöhnliche seiner Begabung gemacht. Aber er hatte die Äußerungen eines hohen Selbstbewußtseins insofern herabgesetzt, als er die reproduzierenden Künste auf eine niedrige Stufe stellte. Ich hatte den damals neunzehnjährigen Eugen d'Albert gehört, der europäisches Aufsehen machte und den man noch heute als das größte klavieristische Phänomen betrachtet nach Rubinstein. Zu den Ausbrüchen meines Enthusiasmus schwieg Kühnelle. Wenn er auf diese Weise schwieg, so wußte man immer, er werde nur dann zu reden anfangen, wenn man ihn dringend dazu auffordere. Er hatte sich dann mit eigensinniger Innerlichkeit das Unmögliche einer Verständigung attestiert.

»Hätte ich nicht monatelang sechzehn Stunden täglich Klavier geübt«, war seine Antwort bei einer solchen Gelegenheit, »so hätten mir alle d'Alberts der Welt nicht bange gemacht, ich steckte sie alle in die Tasche! In meinem Sinne aber wäre dadurch nur wenig gewonnen. Das Schöpferische ist es allein, wodurch der Menschheit etwas hinzugefügt werden kann!« – »Was wäre«, wandte ich ein, »eine Sonate von Haydn, Mozart, Beethoven ohne Klavier, eine Symphonie ohne Orchester?« Dagegen etwas zu sagen lohnte ihm nicht. Er blieb dabei, dem Pianisten, dem Geiger, dem Instrumentalisten überhaupt das Schöpferische abzusprechen.

Eines Abends hatten wir auf dem Fuchsturm gekneipt. Es wurden einem dort Fackeln aus zusammengebundenen Kienspänen für den Heimweg eingehändigt, da er durch den Wald führte und außerdem steil und steinicht war. Das Ableben Richard Wagners bewegte die Welt. In Weimar war eine Totenfeier für den nächsten Tag angesagt. Unsere Feier lag hinter uns. Kühnelle hatte während des ganzen Abends Wagner gepaukt, und jedes Kännchen Lichtenhainer, das wir hinunterschütteten, war eine Wagner-Libation. In die finstere, feuchte, aber merkwürdig warme Februarnacht hinausgetreten, kam uns, während die ersten Fackeln aufflammten, der etwas tolle Gedanke an, vom Flecke weg bis Weimar zu wandern, die heiligen Orte der Deutschen dort tagsüber zu besuchen und am Abend der Wagner-Feier beizuwohnen. Gedacht, getan: bei grauendem Morgen kamen wir in dem noch schlafenden Weimar an. Ohne vom Geist Kühnelles durchdrungen und belebt zu sein, würden wir dem großen deutschen Meister gewiß nicht durch eine dergleichen beschwerliche nächtliche Pilgerfahrt gehuldigt haben.

Dietrich Kühnelle hatte damals nicht die geringste Beziehung zu Philosophie und Religion. Kunst war das ein und alles für ihn. Ich kenne außer ihm keinen Menschen, der einen so hohen, allumfassenden Begriff von Kunst besaß. In diesem Begriffe waren ihm Gott, Welt, Menschheit zusammengeschmolzen. Wo sie nicht war, nämlich die Kunst, wie Kühnelle sie verstand, da gäbe es nur Unzulänglichkeiten. Unter diese rechnete er Philosophie, Religion und Wissenschaft. »Ohne es zu wissen, saugen diese aus den Brüsten der Kunst«, sagte Kühnelle, »was überhaupt noch an ihnen ist.«

Dieser heiter-spannkräftige, beinahe üppige, jedermann mit Herzensgüte begegnende, schöne junge Mensch hatte den meisten gegenüber in Wahrheit etwas entschieden Ablehnendes. Er hatte gesagt, man stehe allein. Aber die Härte des Urteils, eine unbeugsame Härte, die man unausgesprochen spürte, wo er ablehnte, konnte nicht von dieser Erkenntnis herstammen. Sie zeigte sich in einer Umhüllung von unnahbarem Eigensinn. Trug Kühnelle eine ungesühnte Schuld mit sich herum, wie man es aus gewissen Äußerungen gegen mich immerhin schließen konnte, so machte er möglicherweise die böse Welt und die bösen Menschen dafür verantwortlich. Aber dies würde ebensowenig – mein verewigter Freund verzeihe es mir – das störrisch Maultierhafte, das heimlich Entschlossene, Widerspenstige erklären, wodurch seine Abneigungen sich äußerten. Hegte dieser gesellige Einsiedler also einen unversöhnlichen Menschenhaß? War ihm etwas von der philosophischen Galle eines Timon von Athen ins Blut getreten?

Ich sehe ihn an einem Pfingstfeiertage, als die Glocken in den Ortschaften des Elbtales das Ende des morgendlichen Gottesdienstes anzeigten, durch die mit frischem Sand bestreuten Wege eines herrschaftlichen Parkes an der Seite eines Freundes heraufkommen. Beide jungen Menschen, gleich stattlich, von einer überschäumenden Fröhlichkeit, riefen uns schon von weitem lachende Grüße zu, meiner schönen Geliebten und mir, die wir aus dem Fenster eines alten, unvergeßlichen Lößnitz-Landhauses auf sie hinabblickten. An diesem Morgen, an diesem Tage war alles, inbegriffen Kühnelle, nur Heiterkeit. Niemals wird das Leben mehr solchen Sinn haben! Eine Schönheit des Seins, ein Glück ohnegleichen beseligte uns. Der alte Landsitz war von einer nach Kilometerlängen meßbaren Mauer umgeben.

Kühnelle hatte seinen Busenfreund Hasper mitgebracht. Wir wußten, daß er Komponist war und daß Kühnelle ihn bei Abschriften seiner Partituren, ja sogar bei der sogenannten Instrumentation unterstützte. Meine liebe, entzückende Braut, die mit ihrer Schwester und einem alten Onkel den großen, hochbedachten Barockbau allein bewohnte, hatte Neudietendorf, eine herrnhutische Erziehungsanstalt, noch nicht lange hinter sich und außerdem, da ihr jüngst verstorbener Vater vierzehn Jahre als einsamer Witwer gelebt hatte, junge Leute, Künstlernaturen von dieser Art, bisher nicht kennengelernt. Schließlich sind sie ja auch nicht leicht zu finden.

Schon der gesellschaftliche Ton, den sie mitbrachten, war in hohem Grade anziehend. Man fühlte, daß sie sich viel in Salons bewegt hatten, was ja bei Pianisten nicht zu verwundern ist. Ohne aber, wie Virtuosen zuweilen, dünkelhafte und exzentrische Seiten hervorzukehren, gaben sie sich mit Unbefangenheit und Natürlichkeit. Gabriele sah sie zum erstenmal und war sogleich ganz entzückt von ihnen. Man konnte überrascht sein, wenn man bei der sonstigen Zurückhaltung der schönen Schwestern schon nach einer Viertelstunde des Zusammenseins alle Fremdheit diesen jungen Eindringlingen gegenüber schwinden sah. Vertrauen wurde zur Vertraulichkeit. Es wäre nicht freier und heiterer zugegangen, wenn etwa Schulkameradinnen die hübschen Kinder besucht hätten; nicht um ein Gran weniger albern wurde alsbald gescherzt und gelacht.

Erst vor Monatsfrist hatte die ältere Schwester den Gedanken gefaßt, sich im Klavierspielen besser auszubilden, und zu diesem Zweck zunächst einen Bechstein gekauft. Auch das alte Instrument war noch da, in dem gleichen Raum, aber hinter Blattpflanzen sowie unter Gegenständen aller Art so versteckt, daß ein Fremder es nicht entdecken konnte. Wie es nun Hasper doch erkannte und um die Erlaubnis bat, es wieder zu Ehren zu bringen, wie er mit Kühnelle oder auch allein schwere Kübel, in denen Lorbeerbäume standen, abrückte und schließlich mit herkulischen Armen dem alten Flügel die richtige Stellung gab, war nicht nur erheiternd, sondern zur Fröhlichkeit fortreißend. Noch stärker wirkte fast in dieser Richtung Kühnelles begeisterter und begeisternder Übermut. Es war ziemlich heiß. Die Finken geigten. Die Sonne glühte zu den hohen, offenen Fenstern herein. Kühnelle fragte, ob er sehr anstoßen würde, wenn er sich seines Sommerjacketts entledigte. Fast im selben Augenblick, als es geschehen war, saß er an dem alten Klavier und glitt mit den Fingern über die Tasten. Es klang verstimmt. Aber in zwei Minuten war Kühnelle bereits der Klavierstimmer. Mit einer Verve, welche diesem Beruf sonst nicht anhaftet, hatte er die Saiten in Ordnung gebracht. Und nun wurde auf zwei Klavieren musiziert, der Bechstein ward Hasper überlassen, und es waren glückselig überschäumende Phantasien, Jubelausbrüche und Hochzeitsmärsche, in denen sich die Künstlerfreunde austobten.

Diese beiden bejahten das Leben, stürmten in mächtig-musikalischem Anlauf seine Höhen, tauchten unter im Lebensmeere und, vergleichbar dem Dreizackschwinger Neptun und den Seinen, auf und unter im Meer der Musik.

Zwischen unserer nächtlichen Pilgerfahrt nach Weimar und diesem Ereignis lagen nur etwa drei Monate. Aber ich war ein anderer geworden. Ich hatte Neapel, hatte Capri, hatte Pompeji und Herkulanum kennengelernt, hatte unter Blitz und Donner nachts den Vesuv erstiegen, das alles aber nach einer Seereise um den größten Teil von Europa herum. Dann war ich in Rom, wo mich der erste Abhub aus den Schatzkammern dieser ewigen Stadt berauscht, ja betäubt hatte. Ich hatte einen Begriff bekommen von der ungeheuren Macht, welche Kunst und Künste noch vor kurzem in sich vereinigt hatte. Dieser fast ausschließliche Umgang mit Kunst und Künstlern in Kirchen, Palästen und Villen ließ mich diesseits der Alpen eine große Leere empfinden, derart, daß ich mit allen Sinnen in die Fülle zurückstrebte, zurück in ein Element, das ich als lebensnotwendig, als lebengebend und lebenerhaltend für den Künstler und Kunstschüler erkannt hatte. Der Beschluß stand fest, Gabriele war damit einverstanden: im Oktober ging es nach Rom zurück.

Man wird nicht erwarten, ich hätte mit meinen zwanzig Jahren kunstkritische Ambitionen gehabt, obwohl ich einige kunsthistorische Werke mitschleppte. Ich hatte von der Antike genippt, war in Staunen verfallen vor dem Moses und vor der Pietà des Michelangelo, hatte die Sixtina und die Stanzen des Raffael auf mich wirken lassen und eine fast übergroße Fülle anderer Kunstwerke und trug die Musik von allem in mir. Auch diese also wurde angehört, an jenem himmlischen Pfingstfeiertag, und indem sie sich mit der anderen vermählte, konnte von einer wahren Festlichkeit dieser Stunden wohl die Rede sein.

Der Besuch der Busenfreunde wiederholte sich. Gabriele und ihre Schwester hatten aufs herzlichste eingeladen. Als etwa nach dem dritten Zusammensein meine Liebste am Gartenbrunnen, der sich klar und kalt aus einem Löwenmaul ergoß, mir den üblichen Trank aus Weißwein und Wasser mischte, machte sie eine Andeutung, als ob bei Teresa irgend etwas nicht ganz im Lot wäre. Ich fragte, wieso. Kühnelle habe ihr, wie es scheine, einen gewissen Eindruck gemacht. Ich war überrascht. Auch mir waren eine Hinneigung Teresas, verstohlene Blicke, ein Erbleichen oder Erröten hie und da nicht entgangen. Aber nicht auf Kühnelle, sondern auf Hasper deutete ich diese kleinen Sturmzeichen. Es war auch Hasper, so schien es mir wenigstens, der Teresa temperamentvoll auszeichnete.

Um still zu arbeiten, zog ich mich damals in ein kleines, an der Elbe gelegenes Dörfchen zurück, wo mich die Freunde aufsuchten. Zwar war ich verlobt, aber der Postagent hatte drei hübsche Töchter, und mit diesen drei hübschen Töchtern brachten drei hoffnungsvolle junge Männer den Abend zu. Der Postagent war Besitzer einer Stahlquelle. Er hatte ein Kurhaus darum und darüber gebaut, das den braven und guten Sachsen, da wir die einzigen Gäste waren, unter erheblichen Lasten seufzen machte. Badedirektor, Hotelwirt, Oberkellner, Kellner und Postagent in einer Person, war er sehr empfänglich dafür, sich mit seinem eigenen schlechten Rotwein trösten und seine Sorgen verjagen zu lassen.

Wir aßen und tranken an einem Tisch mitten in der Postagentur, von allerlei Waren, Postsäcken, gefüllten und leeren Regalen umgeben, und da wir mit den hübschen und verliebten Kindern allein sein wollten, hatten wir sehr schnell den beklagenswerten Papa von oberhalb nach unterhalb des Tisches gebracht: dies nur bildlich gesprochen natürlich! Starke Arme retteten ihn und leiteten ihn, über ein knarrendes Treppchen hinauf, glücklich und unversehrt zu Bette.

Es wurde nun viel gelacht und geküßt – und als wir von diesen Scherzen genug hatten, sah bereits die Helle des Morgens zum Fenster herein. Ich beschloß, mich den Freunden anzuschließen, die lieber gleich aufbrechen und einen geplanten Fußmarsch nach Meißen antreten wollten, als schlafen zu gehen.

O welche köstliche Wanderung!

Jung muß man sein, will man solche Stunden genießen. Jung geblieben muß man sein, um sich im Alter an den Erinnerungsbildern erfrischen zu können.

Wir wandern zur Linken des breiten, bernsteinfarbigen Stromes, der mit uns zieht. Morgennebel umflattern ihn. Mitunter sind Strom und Landschaft im Nebel verschwunden: allmählich saugt ihn die Sonne auf. Aber so oder so: wir sind glückselig. Wir schwelgen in einem wonnigen Lebens- und Freiheitsgefühl. Mit Jugend füllen wir unsere Lungen. Wir staunen immer wieder darüber, welch eine Lust das bloße Atmen ist. Wir sprechen laut, wir lachen laut, wir fühlen uns wohl bis ins Mark der Knochen. Kühnelle springt, er tanzt vor Freude wie Sokrates. Er schmettert, er trompetet Stellen aus Wagnerschen Opern in die Luft. Die Lerchen der weiten Flußebene übertönen ihn. Wir kommen durch Haine, durch Buchenbestände. Die Drosseln geben ihre zwecklosen Laute im Auffliegen. Schwalben sausen uns gleichsam an der Nase vorbei, allerdings auch Nebelkrähen und Raben nehmen Interesse an den rauschenden Stromufern. Um das Fährhaus herum lärmen Sperlinge. Überall, in der Luft, auf der Erde, erwacht Tätigkeit. Wir rufen: »Holüber! Holüber! Holüber!« und werden über die Elbe gesetzt. Aber was uns betrifft, wir denken durchaus nicht an Tätigkeit. Wir sind da, uns am Wandern zu freuen, an der Welt zu freuen, an der Freude zu freuen. Wir sind da, uns aneinander und an der Freundschaft zu freuen, an den Ideen, die uns vorschweben und die uns gemeinsam sind.

Ich weiß nicht, ob der Sinn für Freundschaft heute noch wie damals unter jungen Menschen lebendig ist. Ich meine die reine, platonische Freundschaft, nicht jene heut unter Weibern und Männern allgemein verbreitete. Das Sein in der Freundschaft, das geistige Werden und Wachsen darin, ist das größte Gnadengeschenk, das jungen Leuten zuteil werden kann.

Was wollten nun meine Freunde in Meißen? War etwa ihre manchmal an Tollheit grenzende Heiterkeit auf dem Wege dorthin durch das bedingt, was sie zu finden hofften? Damals tat ich mir diese Frage und kann sie heut mit ja beantworten.

Ich hatte kaum mein erstes Entzücken über die altertümliche, von der Albrechtsburg gekrönte Stadt hinter mir, als wir bereits an dem Pförtchen eines der noch immer aus lustigen Augen zwinkernden, überlebten Fachwerkhäuschen Einlaß begehrten, die, Giebel an Giebel, an- und übereinander geschachtelt, ein steiles Gäßchen den Burgberg hinan bildeten. Gott sei Dank haben fünfundsechzig Jahre Gewalttätigkeit, Jahre einer zyklopischen Raserei im Niederreißen und Aufbauen, solche Denkmäler einer guten alten Zeit auch bis heut noch nicht auszurotten vermocht. In allen Ländern des Deutschen Reiches und Deutsch-Österreichs sind diese kleinen Wohnbehältnisse noch zu finden: Nord, Süd, Ost und West weisen sie auf. Und wo man auch immer auf sie trifft, wird es einem zumut, als stünde man, unerkannt und verstoßen, nach einem in kalter Fremde verbrachten Leben, vor dem eigenen, ausgestorbenen Vaterhaus.

Unzählige Male und immer wieder hat mein Auge mit Rührung, mit seltsamer Sehnsucht, mit Kopfschütteln auf solchen traulichen Zwergenhäuschen geruht. Wo ich sie treffe, werde ich von ihnen gleichsam wie von innig geliebten alten Verwandten begrüßt, angezogen und festgehalten. Will mir jemand nachreisen und nachschleichen, so kann er mich zu allen Jahreszeiten, besonders bei Mondschein, nach diesen seelensinnigen, trotz ihres gebrechlichen Methusalem-Alters so munter und lustig blickenden Wohnstätten suchen und vor ihnen verweilen sehen.

Eines schönen Tages freilich, wenn sich die Welt der Kanonenrohre, der Großflugzeuge, Zeppeline und Wolkenkratzer im bisherigen Tempo weiterentwickelt, werden alle diese närrischen Liliputhäuschen nur noch im Abbild, etwa bei

Spitzweg, zu finden sein, dann werden sie nur im Volkslied leben, solange es noch lebendig ist, in Jean Pauls und anderen Dichtungen, solange sie jemand lesen wird, am längsten vielleicht in Schuberts Musik, bis auch davon der letzte Ton verklungen ist. Denn selbst das Himmelswunder der »Unvollendeten« ist hinter den freundlich blitzenden Äuglein solcher Knusperhäuschen entstanden, aus ihren winzigen Stübchen hervorgegangen.

Nicht Kühnelle, sondern Alfred Hasper, der Komponist, war es, der die Klingel des Pförtchens gezogen hatte. Kaum ist es geschehen, so beugt sich auch schon das Volkslied in Gestalt eines Rotkäppchens mit zwei langen blonden Zöpfen zum Fenster heraus.

»Marlenchen, ist der Vater zu Hause?«

Ich sah nur, wie Marlenchen blutrot wurde, ehe sie wieder verschwunden war, und dachte bei mir, daß sich der Volksliederschatz durch ein einziges solches Liebchen um Bände bereichern könnte.

Aber schon stand sie vor uns, aufrecht in der geöffneten Tür: ich dachte nichts mehr und mußte betrachten.

Marlenchen konnte nicht viel über sechzehn sein. Obgleich sie Alfred Hasper stumm die Hand entgegenstreckte, uns mit zwei sonderbar veilchenblauen Augen prüfend, merkte man ihr die freudige Überraschung an. Sie war allein. Ihr Vater, Witwer und pensionierter Beamter der königlichen Porzellanmanufaktur, wurde um Schlag zwölf Uhr erwartet, die Zeit, zu der er, pünktlich wie eine richtiggehende Uhr, von seinem geliebten Morgenspaziergang zurückkehrte.

Marlenchen brauchte die beiden Musici nicht lange zum Nähertreten zu nötigen, sie schienen hier zu Hause zu sein. Ich wurde mit einem Händedruck, dessen weiche und herzliche Kraft mir auffiel, willkommen geheißen.

Das rote Käppchen, das aschblonde Haar, in Zöpfe geflochten, das schwarze Mieder und Röckchen nicht viel bis unters Knie, das blütenweiße Hemd und die bloßen Füße gaben der Kleinen weniger mit einem Gretchen als mit einem Gänseliesel von Ludwig Richter Ähnlichkeit.

Sehr schnell verlor Marlenchen ihre Zurückhaltung. Wie sollte das schließlich auch anders sein gegenüber so stürmischen Temperamenten, wie sie aus meinen Freunden hervorbrachen. Marlenchen hin! Marlenchen her! scholl es fast ununterbrochen aus zwei kräftigen Brustkästen mit einer

Gewalt, von der das Beben zu kommen schien, womit aber nur die Wucht unserer Tritte das Liliputhäuschen erschütterte.

Daß Kühnelle und Hasper ein besonderes Wohlgefallen an Marlenchen hatten, sah man wohl. Aber es schien eher onkelhaft, als daß es auf Liebesneigung gedeutet hätte. Mir darüber ganz klarzuwerden vermochte ich nicht. Das Äußerste, worin die herrschende Lustigkeit einmal gipfelte, war der Augenblick, als Kühnelle, in einem Anfall von Übermut, die herrlichen starken Zöpfe wie zwei Zügel zu fassen sich nicht enthalten konnte.

Da aber sah ihn Hasper mit einem befremdeten, leicht verwarnenden Blick an, der mir nicht entging und der Kühnelle mit einem verlegenen Lachen seinen Fehler erkennen und von seinem Tun abstehen ließ.

Dies alles trug sich in der kleinen Küche zu, wo Marlenchen die letzte Hand an das Mittagessen des Vaters zu legen hatte. Nebenan war das Wohnzimmer, in dem ein Kanarienvogel mit geradezu frenetischem Geschmetter den Lärm der Freunde zu überbieten suchte. Natürlich sollten wir zu Tisch bleiben. Was wir aber dagegen auch einwandten, Marlenchen wußte uns umzustimmen. Wenn wir nicht dablieben, sagte sie, bekomme sie es mit dem Vater zu tun.

Die Folge war, daß wir alle mitkochten und so die Kleine, Mädchen für alles im Hause, entlasteten. Hasper hatte die Kaffeemühle zwischen die Knie geklemmt, drehte entschlossen immer wieder den Griff herum, öffnete fortwährend in der Meinung den Deckel, daß keine ganze Kaffeebohne mehr vorhanden sei, worin er sich aber lange täuschte. Kühnelle schälte die Gott sei Dank reichlich vorhandenen, eben fertig gekochten Kartoffeln ab, die ihm, zu seiner und unser aller Freude, trotz allen Pustens die Finger verbrannten. Es wurde ein Heringssalat gemacht. Mich hatte man über die Gasse geschickt, um ein halbes Pfund Hackfleisch zu besorgen, da man die vorhandenen drei kleinen Brisoletts nicht für ausreichend hielt.

Ich wurde in der ganzen Zeit, so gestehe ich, fast ausschließlich vom Anblick Marlenchens hingenommen. Ich war nicht Student, war niemals in Rom, war nicht verlobt, sondern in ein kleines, enges, magisch umschließendes Glück versenkt, das in seiner innigen Wärme eigentlich alles Streben und Suchen im Weiten sinnlos, ja töricht erscheinen ließ. Du und ich, mußte ich denken, ich und du: aber selbst mein Name schien mir zu pompös, wenn ich ihn mit Marlenchen zusammendachte. Würde man hier, in diesem engen Behältnis, zu zweien sein Leben verbringen, könnte von einer Beengung trotzdem nicht die Rede sein. Mir war, als hätten alle guten Geister des Himmels und der Erde freien Zugang hierher, als könnte man, gerade von hier aus, Verbindung mit allen Zauberern des Himalaja und der Pyrenäenschlösser aufnehmen, gerade von hier aus bis zum Zentrum der Erde hinabdringen: so tief, so rätselhaft schien mir dieses windschiefe Fachwerkbüdchen unterkellert zu sein. Und schließlich, gerade von hier aus könnte man herrliche faustische Mantelflüge ausführen.

Warest du nicht, mein holdes Marlenchen, am Ende selbst eine zauberkundige Verwandlungskünstlerin? Deine Augensterne hatten mir anfänglich blau geschienen. Hier in der Küche und, wenn du den Pumpenschwengel bewegtest, vom Gärtchen aus hatten sie etwas meergrün Schillerndes. Warest du nicht demnach am Ende gar eine Nixenfrau, die sich nach Belieben als Frau Venus, als Salome oder als die griechische Helena offenbaren konnte? Wäre es nicht ein leichtes für dich, dieses Häuschen in den ganzen Hörselberg mit allen seinen Wonnen, Listen und Verführungen umzuwandeln und solchermaßen den Tannhäuser selbst, den Träger der ewigen goldenen deutschen Harfe, für immer in deinem kindlichen Schoße, an deinem kindlichen Busen festzuhalten?

Marlenchens Vater wurde Herr Rat genannt. Als Rat Wuttich erschien, stellte sich natürlich ein etwas gesetztes Wesen ein. Nachdem aber erst die Formalitäten der Begrüßung vorüber waren, schien die Stimmung, was sie an Lärmigkeit verloren, an Herzlichkeit gewonnen zu haben. Der Rat war erfreut. Bald saßen wir, fünf Personen, um ein rundes, wohlbestelltes Tischchen herum, das der holde dienende Geist Marlenchens uns gedeckt hatte und mit lautlosem Hin- und Widergehen weiter betreute. Der Rat hatte einige Flaschen lange gehüteten spanischen Weins, von denen er eine, nicht ohne Feierlichkeit, aus dem Keller heraufholte. Es war eine wichtige, in ihren einzelnen Phasen wohlüberlegte Zeremonie, wie die Flasche von ihm gereinigt, das Stanniol entfernt, der Pfropfenzieher in die Rinde des Korkbaums hineingedreht und schließlich der Pfropfen gehoben wurde, treffender gesagt: der dunkelfeurige Schatz, der unter dem Pfropfen war.

Rat Wuttich war über die Sechzig hinaus. Er hatte nach zwanzigjähriger Witwerschaft zum zweiten Male geheiratet, nachdem seine erste Frau mitsamt seinem ersten Kinde im Kindbett gestorben war. Er verlor aber auch seine zweite Frau, allerdings erst nach einer Ehe von einem Jahrzehnt, als die einzige Tochter dieser Ehe, Marlenchen, bereits ihr neuntes Jahr erreicht hatte. Rat Wuttich hatte auf allerlei Weise Trost gesucht. Das erzwungene Sonderlingswesen der ersten Witwerzeit hatte ihn auf die Ornithologie gelenkt. Er besaß auf diesem Gebiete gute Kenntnisse. Sein Häuschen war vom Gezwitscher vieler Vogelarten, die er in Käfigen hegte, erfüllt, die jedoch weichen mußten, als die kleine Bühne des Hauses von der neuen Gattin und den Erfordernissen der Kinderpflege eingenommen wurde. Nun war Rat Wuttich Blumenfreund. Auf einem kleinen Fleckchen Ackers vor der Stadt zog er die seltensten Arten. Auch das Vorgärtchen neben dem Hauseingang zeugte davon. Kein Tag im Sommer verging, ohne daß er seinem geliebten Kinde Marlenchen einen schönen Strauß heimbrachte. Er lebte ja nur noch ihr allein, sonst hätte das Leben ihm nichts mehr geboten.

Um aber nicht zu wünschen, daß Marlenchen nach seinem Tode einen ehrenwerten Menschen und Mann zum Schutze hätte, war er nicht eigensüchtig genug. Und so mochte er wohl in den beiden Freunden, die für ihn und Marlenchen die gleiche Freundschaft an den Tag legten, im Grunde Marlenchens Bewerber erblicken. Sein Sinn neigte mehr zu Hasper hin, obgleich er sich von den Sonderbarkeiten nicht beirren ließ, die wohl auch ihm Kühnelle zuweilen gezeigt hatte.

Es fällt mir ein, daß Rat Wuttich gewisse mystische, insonderheit spiritistische Neigungen hatte. Kühnelle deutete mir das an. Nie spreche der alte Herr, selbst nicht zu seiner Tochter, davon. Diese aber erfuhr und erriet es auf Umwegen. Sie glaubte, er habe im Geiste zwanzig Jahre hindurch mit seiner verstorbenen Frau in Kontakt gestanden. Und lange nachdem ihre eigene Mutter gestorben sei, habe er, von einem Spaziergang zurückkehrend, zu ihr die seltsamen Worte »Mutter läßt dich grüßen!« gesprochen.

Wenn ich mich an den Rat erinnere, so frage ich mich, wie sich ein so harmonischer Gemütszustand wie der seine herausbilden konnte. Wir versuchen es heute, ihn durch Philosophie, durch Studium von Seneca oder Marc Aurel, durch Vertiefung in die Bhagavadgita, in die Veden, in die Reden des

Buddha zu erreichen. Immer vergebens. Bei dem Rat, so möchte ich antworten, wuchs diese fast stabile Harmonie aus der Beschränkung des Beamtentums, aus der Beschränkung auf ein und dasselbe kleine Häuschen und Hauswesen, aus einer regelmäßigen, durchaus nicht bigotten evangelischen Kirchlichkeit, aus der reichen stillen Innerlichkeit eines in sich beruhenden Geistes, dem es nicht schwerfällt, auf alles, was er, ohne es kennengelernt zu haben, dennoch auf wunderbare Weise genugsam kennt, ohne Schmerz zu verzichten. Vereinsamt, nimmt er den Schlüssel und schließt, indem er seine eigene Haustür nach außen öffnet, sich die beflügelte Welt der Vögel auf! Wieder vereinsamt, die der Blumen! Die der Geister zu guter Letzt, an der er nicht zweifelt, da er eben ein Mann der Pflicht und des unabirrbaren Glaubens ist. Es hat sich ein Geistesgewand um ihn gebildet, das ihm paßt, und da sein Wachstum vollendet ist, denkt er nicht daran, es zu erweitern.

Kühnelle, wie ich nun bald erfuhr, sah ein mit Ehrfurcht bewundertes Vorbild in ihm, was auch bei allem, was ich von ihm wußte, erst recht bei dem, was ich heute von ihm weiß, mir innigst begreiflich ist.

Nach Tische begann das Spinett zu tönen. Es stand von Vätersvätern her, mit dem Häuschen selber dem Rat vererbt, in dem gleichen Wohnstübchen, dessen sonstiger Hausrat, besonders der Inhalt eines Glasschränkchens, genauestes Studium wohl gelohnt hätte. Dieses aber enthielt unter anderem einen Schatz alten figürlichen meißnischen Porzellans neben einer Unmenge kleiner Sammlerobjekte, Miniaturbildchen, Dosen, Kettchen aus Bernstein und Granaten, Degenquasten aus Glasperlen: alles Dinge, an die irgendeine Familienerinnerung gebunden war. Kleine, von ovalen Goldrähmchen umschlossene Familienporträts, in Pastellfarben sauber gemalt, fanden kaum hinreichend Platz an der Wand. Einem Altertumsmarder wären die Augen aus dem Kopf getreten, das Wasser im Munde zusammengelaufen. Generationen von Verwandten schienen ihr Anrecht an dieser lieben Wohnstätte neben den Lebenden festzuhalten. Von der braunen Kommode tickte die Pendule. Ihr goldener Pendel, zwischen alabasternen Säulen, vor drei Spiegelwänden, schwang über sich, von ihnen gespiegelt, Phaethon auf dem angemaßten Sonnenwagen hin und her, der Raserei seiner feurigen Rosse ausgeliefert. In einer Schale davor prangten Feldblumen, von Marlenchens schlichtem Geschmack geordnet, die Stiele in nassen Sand gesteckt.

Wenn ich heute über dieses Hauswesen nachdenke, so steigen mir allerlei Zweifel auf, ob man eigentlich recht habe mit der üblichen Geringschätzung des sogenannten Philisteriums. Hier war es ja wohl, dieses Philisterium. Wie wohl aber wurde einem darin! Ich fühle deutlich, daß wir drei Eindringlinge, wir Kinder einer anderen Zeit, durch diese Umgebung zur gleichen Ehrfurcht bewegt, zum gleichen Glück beseelt waren.

Es war kein geringer Augenblick – wir genossen den Kaffee, Rat Wuttich hatte seine lange Pfeife in Brand gesetzt, wir drei Besucher gehörten seltsamerweise unter die Nichtraucher –, es war also kein geringer Augenblick, als Hasper, nachdem er ein Weilchen auf dem Spinett präludiert hatte, Marlenchen fast mit der Miene eines Lehrers heranwinkte und, mit der Bemerkung, sie singe sehr hübsch, erklärte, sie werde ein einfaches Volkslied vortragen. Ich hatte ja längst, ihren häuslichen Wandel mit Andacht verfolgend, Volkslied um Volkslied in meinem Innern erklingen hören. Nun stieg es aus ihrer Seele auf.

Mit Stimmen geht es mir sonderbar: oft sprechen die herrlichsten mich nicht an, während die Stimme eines einfachen Schullehrers etwa mich derart erschüttert, daß ich nur, indem ich die Zähne fest zusammenbeiße, meiner Erschütterung Herr werden kann. So ging es mir, als Marlenchen sang, und ich nahm meine Zuflucht immer wieder zu dem bekannten Mittel, lieber einen Schnupfen zu heucheln und sich zu schneuzen als sich zu verraten, indem man das Taschentuch an die Augen führt.

»Am Brunnen vor dem Tore, da steht ein Lindenbaum« – »Ach, wie ist's möglich dann, daß ich dich lassen kann« – »Es zogen drei Burschen wohl über den Rhein« – »Kein schönrer Tod ist in der Welt, als wer vorm Feind erschlagen« – schließlich sang Marlenchen das Lied: »Muß i denn, muß i denn zum Städtele hinaus...«

Das mußten nun auch die drei Burschen, Kühnelle, Hasper und meine Wenigkeit, nach etwa einer Stunde tun, nämlich durchs Tor des Städtchens davonziehen. Und als sie dann zwar nicht über den Rhein, doch wiederum über die Elbe fuhren, da schwärmten sie noch von den köstlichen Stunden, die sie in dem verwunschenen Knusperhäuschen erlebt hatten. »Ach, wie ist's möglich dann, daß ich dich lassen kann...«

Kühnelle blieb einstweilen bei mir in dem kleinen, noch ungeborenen Badeort, während Hasper durch Pflichtarbeiten nach Dresden gerufen wurde. Einige Tage darauf setzten wir uns eines Morgens wiederum in Gang, um die Herrinnen auf Buchenhorst zu besuchen, von denen die eine, wie man weiß, meine Verlobte war.

Besaß ich nun in Kühnelle einen wirklichen Freund? Manches konnte mich stutzig machen. Wir kamen gut miteinander aus, aber außer in gewissen Fragen der Kunst hatten unsere Ansichten wenig Übereinstimmung. Wenn ich, wie ich heut, beinah ein halbes Jahrhundert später, glauben muß, damals ein Schwärmer in Worten war, so gab es nichts in seiner Natur, was dieser jugendlichen Eigenschaft entgegengekommen wäre. Riß mich irgendein Enthusiasmus hin, so bewirkte das meistens bei ihm nur eine größere Schweigsamkeit.

Ein anderer Zug seines Wesens war noch seltsamer: lobte ich seines Busenfreundes Hasper frische und kerngesunde Art, so schien er geradezu wie gepeinigt. Der schöne Mensch zog dann mit einem hörbaren Zischen heftig den Atem ein, wie wenn er etwas, Tatsachen, Urteile oder dergleichen, zu seinem Leidwesen verschweigen müßte. Das lief in ein Achselzucken aus, in ein Durcheinander von angefangenen Sätzen und endete mit einem Versinken in Abseitigkeit.

Fast ebenso ging es zu, sooft ich mich über die meißnischen Eindrücke äußerte: Achselzucken, unklares Ja und Nein, ein bulstriges Stottern, woraus ich, wenn ich wollte, das Unnütze oder Unangebrachte oder unbewiesen Fragliche meiner Betrachtung solcher Dinge herauslesen konnte.

Ich fragte ihn geradezu, ob sich da nicht zwischen Hasper und Marlenchen etwas anbahne. Es kam unter gleichen Fisematenten etwa die folgende Antwort heraus: »Nun, Gott ja... um des Himmels willen... ein Mensch wie Hasper... das sind ja wirklich Dinge... das muß er mit seinem Gewissen ausmachen...« Und gleichsam mit einem Schlußkrampf seines ganzen Wesens, wobei seine Finger krachten, die er ineinandergeschoben hatte, lehnte er, mit der Bewegung eines Pferdes, das sich schüttelt, die Frage in Bausch und Bogen ab.

Ich hatte geglaubt, in Hasper Kühnelles herzlich geliebten Freund zu sehen. Die Art, wie er jedesmal von ihm ablenkte, wenn die Rede auf ihn kam, stimmte damit nicht überein. Ebensowenig konnte ich mir erklären, wie ein Tag, den er im Zustand des köstlichsten Übermutes mit heiter erschlossenem

Herzen genossen hatte, für ihn zu einer kaum erwähnenswerten Sache herabsinken konnte. Auch der gute Rat Wuttich und das Marlenchen, schien es, lohnten einer Erwähnung nicht mehr, obwohl ich doch glaubte gesehen zu haben, wie Kühnelle das hübsche Bürgerkind, besonders während des Vortrags der kleinen Volksliedchen, mit den Augen verschlang. »O Gott, ja... es ist ja nichts... ist ja nur Spielerei...«, stotterte er heftig durcheinander, wenn ich des tiefen Eindrucks gedachte, den mir dieses Erlebnis gemacht hatte.

Wenn es nun aber so war, daß dieser schwer durchschaubare Mensch in jedem gewünschten Augenblick sein Herz verschließen, sein Gemüt ausschalten, seine Liebe und Neigung in Gleichgültigkeit verwandeln konnte, wenn mit einer sogenannten Anhänglichkeit bei ihm nicht zu rechnen war, so hatte ich einer solchen Veranlagung damals schon einen gewissen eingeborenen Stoizismus entgegenzusetzen. Ich liebte Kühnelle, so wie er war, und da ich im Sinne irgendeiner freundschaftlichen Leistung nichts von ihm wollte, hätte ich, selbst wenn er mich mit abschätzigen Urteilen hinter dem Rücken bedacht oder mich geradezu abgelehnt oder offenkundig gemieden hätte, dieses als den Ausdruck eines im Grunde edlen, labyrinthisch verzweigten, leidenschaftlich leidenden Seelenlebens betrachtet.

Wir waren zum Mittagessen in Buchenhorst. Nachdem der alte Onkel als fünfter im Bunde, wie seines Amtes, die Tafel aufgehoben hatte, verzog sich Teresa mit Dietrich, es hieß, auf die sogenannte Ruine in den Park hinauf.

Meine Liebste berichtete mir einiges von der häuslichen Vox populi, die sich in förmlich verzückter Weise über Kühnelle geäußert hatte. Die Herzen des Personals, und zwar des männlichen wie des weiblichen, flogen ihm zu. Sein Erscheinen sei jedesmal geradezu aufregend.

Keineswegs war es zum erstenmal, daß Teresa mit meinem Freunde allein längere Zeit im Park lustwandelte. Von einer bezaubernden Anmut der Wohlerzogenheit und von zartester, ja holdester Mädchenhaftigkeit, hatte sie doch in wichtigen Augenblicken ihres Lebens stets einen festen Willen gezeigt. Darüber von Gabriele belehrt, war es mir nicht schwer zu bemerken, wie Teresa solche Wanderungen zu zweien nicht durch meinen Freund bewogen unternahm, sondern selbst anregte. Jetzt aber mußte ich überdies von Gabriele Dinge über die Seelenverfassung Teresas erfahren, die, wenigstens was sie selbst betraf, Befürchtung, Hoffnung, Beobachtung, kurz, jede Art von Vermutung überflüssig machten.

Unter dem bekannten Siegel der Verschwiegenheit erzählte mir meine Braut: »Teresa ist seit dem letzten Besuch Kühnelles völlig umgewandelt. Sie liebt ihn, rundheraus gesagt. Das könnte ja an sich eher etwas Erfreuliches sein. Kühnelle ist ein prächtiger Mensch, schließlich aus altem sächsischen Bürgerhause und zu guter Letzt nicht einmal arm. Aber da ist zunächst die Frage: ob er sie wiederliebt. Wenn er sie nun nicht wiederliebt, so muß ich für meine Schwester fürchten.«

»Was aber, wenn er sie wiederliebt?«

Sie gab mir die Hand und ließ mich schwören, nie und zu niemand auch nur einen Hauch von dem verlauten zu lassen, was sie mir nun vertrauen werde. Ich gab ihr die gewünschte Versicherung.

»Teresa«, so sagte sie ungefähr, »ist vielleicht, wie ich es mir zusammenreime, Kühnelle gegenüber in der Enthüllung ihrer Neigung etwas weit gegangen, ganz ausschließlich mit Worten natürlich. Ich weiß es von ihr selber, daß irgendeine sonstige Annäherung nicht stattgefunden hat. Kühnelle hat ihr darauf ein Bild seiner selbst und einer sicher vorauszusehenden Zukunft im Fall einer Ehe mit ihm gemalt, das sie aufs tiefste erschüttert hat. In seiner Gegenwart draußen im Garten ist sie während seiner Eröffnungen vollkommen außer Fassung geraten und in Weinen und Schluchzen ausgebrochen, worauf wieder Kühnelle furchtbar erschrocken ist und gesagt hat, gerade daran könne sie sehen, wie alles, was er beginne, eben zum Schlimmen ausschlagen müsse. Jetzt läuft sie umher und macht sich Vorwürfe, nicht mehr Herrin ihrer selbst gewesen zu sein, denn so schwächlich und weinerlich dürfte gerade die künftige Lebensgefährtin eines Kühnelle am allerwenigsten sich betragen.«

Ich fragte, was sie denn so erschüttert habe.

»Die Art, wie Kühnelle gegen sich selbst gewütet hat. Wenn sie ihn nur zum kleinen Teil kennen würde, hat er gesagt, sie müßte sich auf der Stelle mit Abscheu wegwenden. Es sei, sozusagen, kein guter Faden an ihm. Es ändere gar nichts an der Sache, nämlich an der schrecklichen Zerstörung und Verwüstung seiner Person, wenn er die Hauptschuld daran nicht selber trage. Eine Jugend habe er nicht gehabt. Wie sollte er sie auch haben in einem vom erbarmungslosesten Kriege aller gegen alle durchtobten Elternhaus?! Zwei Todfeinde gleichsam hätten ihn gezeugt und ihm, seinem Innern, seiner Seele die ganze furchtbare Erbschaft ihres ewigen Krieges, ihrer gegenseitigen Zerfleischungswut eingepflanzt. Nicht nur dem Vater, sondern sogar der Mutter habe er hundert- und hundertmal ins Gesicht geschrien: Ich verfluche mein Leben und die noch mehr, die es mir aufnötigten! Dabei mußte er, wie er sagte, alle Augenblicke, nach Art eines Tierbändigers, Friedensstifter sein: zwischen den Eltern, zwischen den Geschwistern, zwischen Vater und Tochter, Mutter und Sohn, zwischen Vater und Sohn und Mutter und Tochter, worauf sie dann alle oft über ihn herfielen, und so fort und so fort.

Er werde nie und nimmer ein so verruchtes und verderbtes Geschlecht weiter fortpflanzen. Er habe an dem Fluche des bisherigen Lebens genug. Er möchte nicht noch die berechtigten Flüche von Kindern auf sich laden. So tief gesunken sei er denn doch noch nicht. Am allerwenigsten möge sie, Teresa, ihm zutrauen, daß er den Inbegriff von Unschuld und Reinheit durch sein verderbtes Blut in Schmutz, Galle, Gram und Verzweiflung hinabziehen werde.«

Bis zu einem solchen Grade hatte sich Kühnelle mir gegenüber noch nicht aufgeschlossen, wenn man hier überhaupt von Aufschluß reden kann. Es konnte hier ebensogut jene leichte Verrücktheit, jenes überspannte Wesen im Spiele sein, das man bei musikalischen Genies, insonderheit Virtuosen nicht selten findet. Eine bequeme Natur war Kühnelle jedenfalls nicht, und meine verwandtschaftliche Liebe zur Schwester meiner Braut brachte es mit sich, daß sich die Sorgen Gabrielens mit womöglich noch größerer Schwere auf mich legten. Schließlich war Kühnelle schon durch die dämonische Erbschaft seiner Kunst und den verhaltenen Ehrgeiz, der in ihm brannte, sowie durch sein Sonderlingstum ungeeignet zum Ehemann. Beruhten wirklich neun Zehntel seiner Bekenntnisse auf Einbildung, das eine übriggebliebene Zehntel Wirklichkeit war hinreichend, um ein Mädchen von der Art Teresas unglücklich zu machen.

Die Eröffnungen Gabrielens brachten leider in mein Verhältnis zu Kühnelle eine Veränderung. Ich liebte ihn, ja ich verehrte ihn. Die ganze Wildheit seiner Natur, deren er im allgemeinen durch ein in hohem Grade wohlerzogenes Wesen Herr wurde, die aber immer und überall sich in kleinen Zügen bemerklich machte, hatte für mich etwas äußerst Reizvolles.

Der ganze ungewöhnliche Mensch zog mich an. Und nun ward ich in eine Lage gebracht, wo ich heimlich gegen ihn wirken mußte. Zwar hätte ich es nicht ändern können, wären Teresa und er ein Paar geworden, aber ich würde für jeden von beiden mir werten Menschen das gleiche Unglück darin erblickt haben.

Nun hatte ja freilich Kühnelle selbst mir des öfteren mit der wegwerfenden und entschlossenen Kürze, die ihm eigen war, die Rede abgeschnitten, wenn ich ihm vom Heiraten sprach. Er hatte das jetzt bei einer wirklich auftauchenden Möglichkeit dieser Art noch weiter getrieben und sich jenes furchtbare Leumundszeugnis ausgestellt, das Teresas Gemüt so tief erschütterte. Solche leidenschaftlichen Vorfälle haben aber, wie ich schon damals wußte, nicht immer und überall den Sinn, den sie an der Stirn tragen. Und wenn es so wäre, sind sie trotzdem ihrer Wirkung durchaus nicht gewiß. Teresas Neigung war durch die eruptiven Bekenntnisse meines Freundes leider durchaus nicht zurückgestoßen oder gar ausgelöscht. Sie hat, erzählte mir Gabriele, in der Folge schlimme Tage und Nächte zugebracht. Jetzt erst war das schwelende Feuer ihrer Neigung zur offenen Flamme geworden. Zur Bewunderung hatte sich Mitleid gesellt: eine Mischung, in der sich die Macht des Eros am stärksten manifestiert.

»Und du weißt ja«, sagte mir Gabriele, »daß Teresa in Neudietendorf erzogen ist. Zwar, von dieser herrnhutisch-zinzendorfischen Frömmigkeit schien nichts, aber auch gar nichts in ihr zurückgeblieben. Jetzt kommt es mir vor, als ob etwas von diesem Geiste doch noch in ihr sei: sie fühlt sich berufen, Kühnelle zu retten oder wenigstens sein guter Engel zu sein. Ihre Rede ist: sie wolle gar nicht in einem platten und banalen Sinne glücklich sein, sie sei völlig bereit, wenn es notwendig wäre, sich aufzuopfern. Die Liebe müsse alles ertragen, hoffen und dulden, behauptet sie mit diesem Zitat aus der Bibelstunde.«

Nachdem Gabriele und ich bis gegen die Vesperzeit immer wieder erwogen hatten, wie wir unser Verhalten in dieser Sache einrichten könnten, traten Teresa und Kühnelle, von ihrem Gange zurückgekehrt, unvermutet bei uns ein. Es war in dem purpurroten Musiksalon mit den schweren Damastvorhängen an den Fenstern. Kühnelle begrüßte uns durch ein Kopfnicken, Teresa blickte uns nur mit starrer, versonnener Miene an, indem sie, zu einer Tür hereingetreten, sogleich durch die andere wieder verschwand. Diese führte zu den Schlafzimmern.

Kühnelle setzte sich ans Klavier.

Unvergeßlich ist mir die Bewegung geworden, mit der er es in leidenschaftlichen Augenblicken zu tun pflegte. Indem er sich duckte, sich gleichsam klein machte und seine Sohlen, mit gebeugten Knien schleichend, vorwärtsschob, schien er wie ein Tier seine Beute ins Auge zu fassen. Im letzten Augenblicke wippte er auf, fast im gleichen saß er schon auf dem Klavierschemel, und immer noch in ebendemselben fingen schon die Läufe zu rollen, die Bässe zu donnern an. So war es auch jetzt – und wir schwammen in einem Sturm von Tönen. Mir kam es vor, als wenn eine Herde verdursteter Büffel, nach einer langen Wanderung durch die Gluten von wasserlosen Wüsten, sich in einen rettenden Strom gestürzt hätte.

Den Winter, etwa vom Oktober des Jahres 1883 bis zum April 1884, brachte ich in Italien zu. In einem feuchten Studio der Via degli Incurabili zu Rom versuchte ich mich und zerquälte mich mit Bildhauerei. Meine Braut war zunächst in Deutschland geblieben. Neue Menschen traten in meinen Gesichtskreis ein: viele, die nur dazu berufen schienen, einen Beweis dafür zu erbringen, mit wie kleiner, ärmlicher und nichtsnutziger Gesinnung man den Begriff Künstlertum verbinden kann, andere – hierbei ist wenig viel –, deren reiner Ernst und menschliche Wärme die üblen Erfahrungen wiederum wettmachte.

Im übrigen waren damals diese Eichendorffschen Verse auf mich und meinen Zustand anwendbar:

> Noch wußt' ich nicht, wohin und was ich meine,
> doch Morgenrot sah ich unendlich quellen,
> das Herz voll Freiheit, Kraft der Treue, Tugend...

Im Januar erschienen meine Braut und meine zukünftige Schwägerin. Meine bisher schon gewonnene Kenntnis von Rom, seinen großen Bauten und übrigen Kunstwerken konnte ich den beiden schönen Schwestern nun dienstbar machen.

Daß Teresa in nicht allzunahen Abständen Briefe mit Kühnelle wechselte, erzählte mir meine Braut. Seit Teresa erkannt habe, Gabriele sei dem Gedanken einer Verbindung zwischen ihr und Kühnelle nicht günstig gesinnt, lehne sie jedes Gespräch über diese Frage ab und spreche auch selber nie davon. Sie wolle nunmehr diese Angelegenheit als eine eigenste, nur sie allein betreffende angesehen und geschont wissen. Ich sah die Briefe meines Freundes übrigens nie, da Teresa ihre Briefschaften persönlich von der Post abholte.

Wir verlebten eine herrliche Zeit, von der ganzen Romantik der Ewigen Stadt berauscht und umhüllt. Schließlich wurde ich leider krank, und es fehlte nicht viel, so hätten mich böse Dämonen schon im Beginn meiner eigentlichen Lebensbahn vom Tarpejischen Felsen hinabgestürzt. Der obere Rand dieser Felswand, von der man auf die Trümmer des Forum Romanum niederblickt, liegt im Garten des Deutschen Krankenhauses auf dem Kapitol, wo ich sechs Wochen zubrachte, die ersten vierzehn Tage zwischen Leben und Tod. Mehrmals hatte der Arzt Gabrielen gesagt, sie möge meine Eltern schonend auf mein mögliches Ende vorbereiten.

Mein Wille, mein Glaube dagegen gehörten dem Leben. An eine Möglichkeit zu sterben dachte ich nicht. Als die Genesung sich langsam festigte, führten meine ersten Schritte in das köstlich wiedergeborene Sein zugleich durch die Welt des »Titan« von Jean Paul. Den »Hyperion« Hölderlins hatte ich unter dem Kopfkissen.

Mit ziemlich vermindertem Gewicht, immer noch schwach, aber doch gesund, kehrte ich Mitte Mai nach Deutschland zurück.

Einmal, in der ersten Hälfte des Winters, hatte ich Kühnelle brieflich gefragt, ob es ihn nicht reize, nach Rom zu kommen. Er hat es freundlich, aber bestimmt verneint. Damit begann und endete unser römischer Briefwechsel. Wenn mein Freund wirklich mit Teresa in Verbindung stand, so hat er sogar vermieden, mich grüßen zu lassen. Meine Typhuserkrankung brachte darin keine Änderung.

Während der ersten Monate nach meiner Heimkehr habe ich in Hamburg, dann in Dresden gewohnt. Bis Dresden hörte ich nichts von Kühnelle. Dieser Mangel an Nachrichten störte mich nicht. Erstlich war er mir überhaupt etwas ferner gerückt, und dann hatte ich mit meiner Kunst, meinen Lebensplänen und den Nachwehen meiner Krankheit genug zu tun.

Wiederum war es Pfingsten geworden, als mir Kühnelle und Hasper untergefaßt auf der Brühlschen Terrasse begegneten, wobei es mir vorkam, als läge zwischen uns kaum eine

Trennungszeit. Mein künstlerisches Ringen in Rom, meine neuen Freunde und Erlebnisse, die Zeit mit Teresa und Gabriele schienen nicht mehr als ein Traum der verflossenen Nacht zu sein.

Wenn Hasper und Kühnelle zusammen auftraten, so war mir ein leises Zurückstehen Kühnelles schon früher aufgefallen. Heut nun dominierte Hasper noch deutlicher über ihn. Auf etwas dergleichen glaubte ich das ein wenig befangene, ja gekniffene Wesen Dietrichs zurückführen zu müssen. Der mit noch größerer Schulterbreite bei weniger guten Proportionen begabte Hasper hänselte ihn, ohne daß ich, nach meiner langen Abwesenheit, wissen konnte, worauf sich seine Spottlust bezog. Es war viel von Konsequenz und von Inkonsequenz die Rede. Endlich aber hörte das auf, und wir tauschten auf alte Art unsere Erlebnisse.

Gelegentlich fiel mir Rat Wuttich ein, und ich fragte natürlich auch nach Marlenchen. Als ich wiederum von dem schönen Meißner Tage und von dem reizenden Bürgerkinde zu schwärmen begann, wurde das zu meinem Befremden von beiden Freunden mit eisigem Schweigen aufgenommen. Wir kamen schnell darüber hinweg. Ich war allzusehr von Rom und allem dort Erlebten erfüllt, um mir über die Ursache dieses Verhaltens den Kopf zu zerbrechen.

Ende des Sommers fand meine Hochzeit mit Gabriele statt. Die kirchliche Trauung, für die ich mir eine Stunde vorher erst den Frack borgte, brachte mir vom Altar herab die erste, mir höchst überraschend kommende Anerkennung meiner Künstlerschaft. Dem Pastor waren einige Unterlagen für seine Traurede gegeben worden, zum Beispiel, daß ich in Rom gewesen, mich dort in der Bildhauerei versucht hatte, und mit der allergrößten Freigebigkeit hatte er einen jungen Meister aus mir gemacht, der in der Ewigen Stadt an den Brüsten der Kunst gelegen und übrigens auch neben der wirklichen, heiligen Taufe die eines Gusses aus dem kastalischen Quell empfangen habe. Zwar lachten wir später viel über diesen Panegyrikus, aber den Versuch einer unwahrscheinlichen Lüge unterlasse ich und vermeide zu sagen, er habe mir, dem bescheidenen Anfänger, nicht wohlgetan.

An dem Hochzeitsessen in einem kleinen Raum des Restaurants Brühlsche Terrasse nahmen, das Brautpaar eingerechnet, sieben Personen teil. Außer Teresa und dem alten Onkelchen, dem Anstandswauwau von Buchenhorst, mein Bruder

Konrad, der von Jena als frischgebackener junger Doktor herübergekommen war, überdies Hasper und Kühnelle als Trauzeugen. Ein anspruchsvolleres Hochzeitsfest hatte ich mit aller Entschiedenheit abgelehnt.

Am Morgen darauf, als wir eben vom Bahnhof Dresden-Neustadt nach Berlin abdampften, wo unsere eingerichtete Wohnung auf uns wartete, fragte mich meine junge Frau, ob ich bemerkt hätte, wie die Sache zwischen Teresa und Kühnelle gestern ins reine gekommen sei. Da ich aber durchaus nichts bemerkt hatte, so ließ ich mir Näheres von ihr mitteilen. Zu ihrem Staunen habe Teresa in einem gewissen Augenblick, ganz wie selbstverständlich, ihren Mund auf Kühnelles ruhende Hand gedrückt, und er sei bis an die Nasenwurzel erblichen.

Aber erst im Januar wurde uns durch Teresa selbst ihre Verlobung mit Kühnelle brieflich angezeigt. Gabriele mußte wohl erst aus dem Hause sein und auch meine Person in eine gewisse Ferne entrückt, bevor eine solche Entwicklung statthaben konnte.

Man streicht die Segel vor einer Tatsache. Ich hatte Kühnelles Bruder kennengelernt, also eines von jenen Familienmitgliedern, die er mir auch als von Dämonen zerrissen und gepeitscht dargestellt hatte. Er erwies sich als ein außergewöhnlich schöner, außergewöhnlich wohlerzogener, schlicht bescheidener Mensch, der, nicht viel über zwanzig Jahre alt, bereits sein medizinisches Staatsexamen hinter sich hatte. Ich habe ihn damals öfter wiedergesehen und später in Zwischenräumen von Jahren, und nie ist mir irgendein Zug von Zerrissenheit, Bosheit oder dergleichen aufgefallen. Sind, erklärte ich Gabrielen, die übrigen Geschwister Kühnelles ebenso, dann ist sein Pessimismus nichts weiter als Einbildung, und er täuscht sich vielleicht auch über die Eltern. Täuscht er sich aber über sie, so täuscht er sich wohl zugleich über sich selber, und wir können mit dem bei einem solchen Schritt überhaupt möglichen Grade des Vertrauens in die Zukunft des neuen Paars blicken.

Da ich nun einmal in dem Bestreben, dem Ereignis seine guten Seiten abzugewinnen, nach dieser Richtung weiterzudenken begann, drängten sich mir mehr und mehr die verläßlich bürgerlichen Seiten meines Freundes auf. Er zum Beispiel borgte nie Geld. Aber er war nicht kleinlich im Ausborgen, nur verlangte er den genauen Termin der Rückgabe und kaufmännisch-korrekte Sicherheit. Die Häuser, in denen er verkehrte und in die er mich gelegentlich einführte, sprachen für ihn. Sie gehörten alle in die obere Schicht des Bürgertums. Überall war er aufs beste gelitten. Er nahm mich eines Tages zu einer Frau verwitweten Bürgermeister Kocher mit, eine sanfte, kluge, belesene Dame, deren ältester von drei Söhnen bereits vierzehn Jahre zählte. Es schien mir, sie verehre Kühnelle und liebe ihn mütterlich. In Fragen der Erziehung schien sie ganz unter seinem Einfluß zu sein. Allein mit mir, deutete sie in menschlich herzlicher Weise an, wie Kühnelle in mancher Beziehung liebevoller Sorge bedürfe, da er, wie alle genialen Menschen, den harten Anforderungen des praktischen Lebens gegenüber in hohem Grade unbeholfen sei. Nun also, so konnte ja alles gut werden, da ein lieberes Geschöpf von größerer Aufopferungsfähigkeit, Fügsamkeit und Zärtlichkeit als Teresa nicht zu denken war.

Der neue Zustand ward allmählich in unserem Geiste eine Selbstverständlichkeit und wurde gewohnheitsmäßig hingenommen. Meine Frau und ich bekamen immer mehr mit uns selbst zu tun, erstlich weil Gabriele ein Kind erwartete, dann aber, weil jener deutsche Pfleger und Rohling, der im Krankenhaus auf dem Kapitol sein Wesen trieb, recht zu behalten schien, der mir schwere Folgeerscheinungen der überstandenen Krankheit voraussagte. Eines Tages bekam ich Bluthusten und geriet durch dieses Symptom, das sich öfter und öfter wiederholte, in eine Gemütsverfassung, die ich mir keineswegs zurückwünsche.

Alles war fraglich, die Zukunft unsicher, die Furcht vor einer jähen Katastrophe, etwa einem Blutsturz, ließ mich nicht los, und damit war Grundstein und alles unterminiert, was sich bisher von dem Bauplan meines Lebens etwa bereits verwirklicht hatte.

Ich hatte vor, von Kühnelle zu sprechen, sonst läge es nah, der Verlockung nachzugeben und der Leiden und Wirrnisse zu gedenken, die sich in meinem Leben und meiner Ehe erhoben und mich von allen Seiten bedrängten. Wir hatten unseren Wohnsitz aufs Land nach einem Ort in der Nähe Berlins, Fangschleuse, verlegt, wo ich reine Waldluft genießen und besser meiner Gesundheit leben konnte. Zwar der Aufenthalt tat mir gut, aber das Durcheinander von Regungen, Strebungen, Sorgen, Gefahren und Schicksalsschlägen staute auch diese Fangschleuse nicht.

Eines Tages wurden wir von der Nachricht überrascht, daß sich ein Vetter meiner Frau, schlechtweg Hugo genannt, in der Nähe von Pichelswerder an der Havel getötet habe. Er hatte brieflich vorher von seiner Mutter Abschied genommen und ihr den Ort der Tat bekanntgemacht. An diesem Orte suchte und fand man ihn: er hatte sich durch den Mund geschossen.

Ich frage mich heut, ob sein Tod, trotzdem er sich seit Jahren mit Selbstmordgedanken trug, mit Teresas Verlobung zusammenhing. Dieser Hugo war Architekt. Er spielte mit malerischen Neigungen. Aus einer gemütvollen Liebe zu Blumen bevorzugte er das Blumenstück. Er verkehrte viel bei den Schwestern auf Buchenhorst. Sein Betragen war still und gleichmäßig. Beruhte eine gewisse Teilnahmslosigkeit, die ihm bei gelegentlichen Zusammenkünften mit mir und selbst mit Kühnelle eignete, auf Scheu oder Überlegenheit? Ich weiß es heute noch nicht zu entscheiden. Daß er die Schwestern verehrte, ist gewiß. Zwei seiner Blumenstücke, die er Gabriele geschenkt hatte, hingen damals an unserer Wand. Mit Teresa war er noch enger befreundet. Er gehörte zu jenen Männern, mit denen ein junges Mädchen alles besprechen kann: eine Stickerei, die Arbeit einer Weißnäherin, ein Paar neue Strümpfe, ein neues Kostüm; Hugo half nach mit Zeichnen von Mustern, Schnitten und Figurinen. Eine Zeitlang konnte Teresa fast nicht ohne Hugo sein. Sie versuchte auch seine Selbstmordgedanken, die sie wohl kaum ganz ernst nahm, zu vertreiben. Gleichzeitig aber sagte sie, sie empfinde ihn nicht als Mann.

Nun war er tot, er hatte sich wirklich umgebracht. Als man ihn in die Erde senkte, war das geistliche Geleit ausgeblieben. Da trat die verwitwete, greise Mutter ans Grab. Was sie, unvorbereitet und ohne Genehmigung der Polizei, aus Herzensgrund, aus Weh und Liebe hervorbrechen ließ, ist mir unvergeßlich geblieben. Sie sprach vor Gott, sprach unter seiner Eingebung und Genehmigung. Ihre Rede war ungewollt eine furchtbare Anklage gegen das Pharisäertum.

Teresa war nicht zum Begräbnis von Dresden herübergekommen.

Als ich beim Trauermahle in einem kleinen Berliner Hotel zur Mutter des Toten von ihr sprach, vermochte sie nichts darauf zu sagen. Die Fassung, die sie inzwischen wiedergewonnen hatte, schien eine Weile gefährdet zu sein. Dann traf mich ein Blick, der sich aber sogleich wieder abwendete, und ich fühlte, wie einen Augenblick lang meine Hand gepreßt wurde.

Dieses Trauermahl endete häßlich und würdelos, weil schließlich das junge, fette Weib, welches der Bruder des tragisch Verschiedenen zur Ehe genommen hatte, immer nur wieder von einer Waldmeisterbowle, einer Ananasbowle, einer Pfirsichbowle und unzähligen Bowlen sprach, bei denen sie frohe Stunden erlebt und sich gütlich getan hatte.

Ich war Familienvater geworden. Gabriele stand bereits wieder im vierten Monat. Ihr Vetter und Vormund, ein Bankier in Naumburg an der Saale, hatte sie um ihr Vermögen gebracht. Acht Tage nachdem sein Bankrott und seine Veruntreuung von Mündelgeldern zu unserer Kenntnis gekommen war und wir plötzlich ganz ohne Mittel dastanden, gefiel es Gott, Gabrielens und Teresas Großmutter aus dem Leben abzurufen, wodurch die Enkelinnen abermals recht wohlhabend wurden. Der Schock aber war keine Kleinigkeit, und Gabrielens Nerven hatten durch das erste Wochenbett, das Nähren unseres Jungen und seine Pflege sowie durch die neue Last, die sie trug, ernstlich gelitten.

Sie und Teresa waren zum Begräbnis der Großmama nach Augsburg gereist, und Gott weiß, wie es kam, daß ich mich aufmachte und nach Dresden fuhr. Ich benutzte gern meine Strohwitwerschaft, um mich zu lüften und einmal wieder außerhalb der Familienatmosphäre zu atmen.

Es mag wohl Anfang November gewesen sein, der Winter war zeitig eingetreten. Am Morgen nach meiner Ankunft in Dresden trat ich, winterlich vermummt, wie es sich gehörte, aus der Tür des Hotels Bellevue in den klaren Frost hinaus. Mit wenigen Schritten, nachdem ich mich am Anblick des schönen Theaterplatzes und seiner Umrahmung erfreut hatte, war die Opernkasse erreicht, wo ich mir einen Platz für den Abend zu »Aida« von Verdi sicherte. Von hier aus begab ich mich in die Galerie, nach der ich anderthalb Jahre geschmachtet und um derentwillen hauptsächlich ich Dresden für meinen Ausflug gewählt hatte. Mein Bluthusten war inzwischen geschwunden, länger als ein halbes Jahr zurück lag der letzte Fleck im Taschentuch. Trotzdem bestand noch Sorge, ja Hypochondrie. Das aber war gerade ein Segen dieser Fahrt, daß sie sich schon auf der Bahn und nun erst unter den Eindrücken der schönen Elbresidenz zusehends verflüchtigte.

Ich bin sehr weitherzig in bezug auf Malerei. Der große Rubens freilich sagte mir damals am wenigsten. Aber die Wucht seiner Farben und Bildkraft gehört schließlich dazu und ist nicht zum Schweigen zu bringen, wenn man nach einem Gang durch die Dresdner Sammlungen den Nachhall ihrer großen Polyphonie in sich hat.

Ob Kühnelle in Dresden war, wußte ich nicht, da er zwischen Leipzig und Dresden zu pendeln pflegte. Obgleich er im kommenden Frühjahr mein Schwager werden sollte, oder gerade deshalb, wie ja des öfteren vorkommen soll, waren wir uns aus den Augen gerückt. Den Wunsch, ihn zu sehen, hatte ich nicht. Aber Zufall oder Bestimmung ließen mich ihm noch am selben Morgen begegnen.

Ich liebe den Großen Garten zu jeder Jahreszeit. Auf meinem Schlendergang war ich, vielleicht im Unterbewußtsein nagezogen, bis in die Nähe des sogenannten Palais gelangt, in dessen Räumen, und zwar vor dem Gipsmodell von Rietschels Luther, ich mich seinerzeit mit Gabriele verlobt hatte. Auf dem Eise des Teiches, in dem sich sommers das Palais spiegelt, war bei den Klängen einer kleinen Kapelle ein winterlich frohes Treiben im Gange. Unter den hübschen Paaren, die auf Schlittschuhen hin und her schwebten, war eines, das mir besonders gefiel. Zunächst natürlich der weibliche Teil: eine schöne, große, blonde Frau mit Krimmerbarett und einem pekeschenartig verschnürten Jäckchen. Ein kleiner Zwischenfall, wie er auf dem Eise nicht selten ist, wobei die Dame nicht allzu sanft zum Sitzen kam, erregte, und zwar bei dem Paare selbst, große Heiterkeit. Bald darauf half der Herr seiner Dame in einen Stuhlschlitten, der herbeigeschafft worden war, und schob sie in schnellstem Tempo vor sich her und über die Weite der Bahn. Irgendwie wurde ich durch diesen prächtigen Kavalier mit dem flatternden Radmantel an das Bild erinnert, das Goethe in Frankfurt beim Eislauf zeigt. Deshalb war es mir nicht ganz leicht, nach und nach zu begreifen, daß ich nicht ihn, sondern meinen Freund Kühnelle vor mir hatte.

Das Geschehnis und die Entdeckung Kühnelles hatten mein Beobachtungsfeld etwas eingeengt, und jetzt erst sah ich livrierte Diener, die an der Stelle stehengeblieben waren, wohin sie den romantischen, mit edlem Pelzwerk versehenen

Stuhlschlitten gebracht hatten. »Wer ist denn die Dame?« fragte ich einen beliebigen Gaffer, der neben mir stand. Er sagte: »Es ist Prinzessin Irene.« – »Wer?« fragte ich nochmals, und die Antwort wiederholte sich.

Ich suchte nun etwas zurückzutreten, um von meinem Freunde und Schwager in spe nicht bemerkt zu werden, und verlegte mich auf Beobachtung. Es war – so verblüffend erschien dies Erlebnis mir –, als wenn ich in ein Märchen von Musäus mitten hinein geraten wäre. Dann hätte ich etwa, ohne davon eine Ahnung gehabt zu haben, mit einem verwunschenen Prinzen verkehrt, der sein Inkognito mit dem seltsamen Namen Kühnelle deckte.

Sein Betragen war ganz ohne Servilität. Als er, mit seiner Dame im Stuhlschlitten an einem der Ränder des rechteckig angelegten Teiches entlangsausend, dicht an mir vorüberkam, fing ich, von der mir so bekannten angenehmen Stimme mehrmals gesprochen, die Anrede »Königliche Hoheit« auf. Nun also, das wurde ja immer seltsamer. Hatte man es etwa bei Kühnelle wirklich mit dem Inkognito eines Prinzen zu tun? Und war er vielleicht mit Teresa nur zur linken Hand verlobt? Und war diese hier seine wirkliche Braut? Wer konnte denn wissen, zu welchen Streichen ein Prinz aus königlichem Hause die Neigung und die Mittel besaß und wozu er ein Recht zu haben glaubte! Die Vertraulichkeit, die Heiterkeit, der Übermut, ja das Glück dieser beiden konnte bei einem Brautpaar in der Tat nicht mehr in die Augen fallen. Das Jauchzen Kühnelles, wie ich es nennen will, zeigte elementare Ausbrüche einer von innen kommenden, kindhaften Freude an. Es war jedesmal das unterdrückte Beben eines Lach- und Lebenskrampfes, eines Lustausbruches, der nicht zur Entwicklung kam, aber die Kraft zur Freude unwiderstehlich auf andere übertrug.

Einige offizielle Paare, wahrscheinlich Kammerjunker und Hofdamen, schwebten hinter dem Stuhlschlitten her, der die Gestalt eines schwarzen Schwanes hatte. Dem Gefolge hatte sich dann so ziemlich die ganze Eisbahn angeschlossen.

Zum andernmal kam der Zug, und zum drittenmal kam er an mir vorbei. Obgleich Kühnelle laut lachend mir mehrmals gerade ins Auge sah, schien er, was mich betraf, mit Blindheit geschlagen. Schneller, als ich vermutete, ging man ans Abschnallen. Jetzt erst bemerkte ich auch die Hofkutschen. Die Hofgesellschaft wurde nicht in Schlitten, sondern in geschlossenen Wagen abgeholt. Von Kühnelle hatte man, noch auf der Eisfläche, heiter und allgemein Abschied genommen.

Auch Kühnelle verließ die Bahn. Ihn überkam im Dahinschreiten unter den kahlen Bäumen des Großen Gartens sehr bald – wie ich, der ihn verfolgte, bemerken konnte – die alte Versonnenheit. Seine Schritte wurden zusehends langsamer. Und als er, mir zwar immer noch auf eine gewisse Weise entfremdet, doch nun wiederum mehr der alte geworden war, holte ich ihn ein und schlug ihm mit der Hand auf die Schulter.

Das Wiedersehen war ganz von der gewohnten Art. Bei ihm temperamentvoll, heiter, hinreißend. Aber bei dem Sturme und Sturz der zur ersten Orientierung dienenden Fragen sparte er geflissentlich die Person Teresas aus. Sie ward übergangen, und den Eindruck, daß er mit ihr verlobt wäre, hatte man nicht einen Augenblick.

Erst als wir im Italienischen Dörfchen frühstückten, hielt ich es für erlaubt, meine Neugier, seine Eisbahnbekanntschaft betreffend, walten zu lassen. »Du hast mich auf der Eisbahn gesehen«, sagte er. »Ach Gott, ja!« er zuckte abwehrend mit den Achseln, »ich gebe ihr eben ein bißchen Klavierunterricht.«

»Wem«, fragte ich, »gibst du Klavierunterricht?« – »Ach Gott, ja«, sagte er, heftiger ablehnend und wie unter körperlichen Schmerzen, »du weißt ja, wenn solche Sachen an einen herantreten... Das ist eben an mich herangetreten... dieser Baron da, der Uexküll, ließ sich das eben nun mal nicht ausreden... für so was eigne ich mich nun einmal nicht! Ihr lieben Leute, ich eigne mich nun einmal ganz und gar nicht für solche Sachen! Ich habe bei Hofe vorgespielt... Nun Gott! diese Leute verstehen doch nichts... Na ja, Irene... na gut... na was... Sie möchte gerne... sie gibt sich ja Mühe... Gewiß, sie würde vielleicht mit mir durchgehen, aber zur Pianistin machen kann ich sie nicht. Professor! Morgen kann ich Professor sein. Ich werde doch nicht meine Freiheit vergeuden! Professor, Gehalt, Anstellung... lieber gleich Steine klopfen und Wolle spinnen!...«

Ich weiß nicht mehr, ob dies genau seine Worte waren, aber sicher so ungefähr. Nirgend habe ich, glaube ich, erwähnt, daß Kühnelle zwar nicht im sächsischen Dialekte sprach, Dorf und Torf also nicht verwechselte, daß aber seine Ausdrucksweise trotzdem auf angenehme Weise den Sachsen verriet.

Wir waren sehr heiter miteinander. Wir waren auf eine sehr sonderbare Weise wie im Komplott. Hatte das etwas mit der Abwesenheit Gabrielens und Teresas zu tun? Für die Veruntreuung des Vermögens der Schwestern durch den Vetter, Bankier und früheren Vormund hatte er nur ein schweigendes Achselzucken. Der Versuch, von dem eigentümlichen Zufall zu sprechen, der im rettenden Tode der Großmutter lag, hatte die Wirkung, ihn stumm zu machen. Erst auf die Frage nach dem Befinden seines Freundes Hasper ging er einigermaßen ein.

Er hatte ein großes Musikstück geschrieben, das man im Gewandhaus zu Leipzig aufführen werde: eine Art Oratorium. – Ob es gut sei? – Achselzucken! – Wo Hasper sich augenblicklich aufhalte? – Vielleicht in Leipzig, in Berlin: er wisse es nicht. – »Ihr seid doch nicht auseinandergekommen?« – »Wieso? Das ist bei mir gar nicht nötig!« sagte Kühnelle, und wieder fiel ihn das glücksrauschartige Kichern an. »Ich habe dir ja schon oft gesagt: man hat eigentlich keinen Menschen in der Welt. Ich vergesse das nie. Man muß das eben niemals, nie, niemals vergessen!« – »Na ja«, warf ich ein, »mir genügen wenige, mir genügt einer, mir genügt auch gar keiner! hat Demokrit gesagt.« – »Das will ich nicht sagen. Was Demokrit gesagt hat, kenne ich nicht. Jeder muß etwas anderes finden, wodurch ihm das Leben möglich wird.«

Hiermit war auch das Thema Hasper abgetan.

Wenn ich mich dieser Szene heute erinnere, so frage ich mich, ob nicht unter dem Gekicher Kühnelles zuweilen die bittere Grimasse hervorschaute. Zwischen Hasper und ihm bestand jedenfalls eine Unstimmigkeit, deren Grad und Tiefe ich nicht beurteilen konnte.

Also war, gestand ich mir vor dem Schlafengehen im Hotel, der Mensch und Fall Kühnelle mir wieder nahegekommen. Wie sonderbar diese Mischung von sorglosem Überschwang auf der Schlittschuhbahn und eigensinniger Halsstarrigkeit im Ablehnen jeder wahren Beziehung zu Welt und Menschen. »Ich verzeihe mir nichts«, hatte er irgendwann im Gespräch gesagt, »ich fasse mich nicht mit Glacéhandschuhen an, aber ebensowenig die anderen, denen ich ebensowenig verzeihen will oder kann, womit sie fortgesetzt furchtbar sündigen, fortgesetzt das Schlechte tun. Menschen wie ich dürften eigentlich gar nicht am Leben sein! Das beste wäre, sich auszumerzen! Teresas Vetter Hugo« – nur dies eine Mal nannte er den Namen seiner Braut –, »Teresas Vetter Hugo ist der einzige, der folgerichtig gehandelt hat und der mir etwas wie Hochachtung abnötigt.« Dies war Menschenverachtung, Menschenhaß, die eigene Person nicht ausgeschlossen.

Am nächsten Morgen vertiefte sich noch der Unterschied zwischen dem glänzenden Kavalier auf der Schlittschuhbahn und dem Ansichsein im Wesen Kühnelles. Es war zwölf Uhr mittags, als ich ihn aufsuchte. Schon als ich den Flur seines Hauses, in der Nähe des Linkeschen Bades, betrat, hörte ich ein Klavier toben. Ich traf Kühnelle im bloßen Hemd, seinen Bechstein-Flügel bearbeitend. Er hatte im gleichen Kostüm bereits von acht Uhr früh ab phantasiert. Das Stübchen schien eigentlich nur eine Kassette für das Instrument zu sein, in die außerdem noch Stöße, ja Berge von Noten gestopft waren. Eine Tasse Kaffee stand kalt geworden, ein trockenes Brötchen lag unberührt.

»Weißt du«, sagte er, »es war mir gestern recht unangenehm, daß ich da auf dem Palaisteich sozusagen Dienst tun mußte. Man verliert ja bloß seine kostbare Zeit. Sie stehlen einem das Kostbarste! Wer kann einem dann das wiedergeben, was man auf diese Weise einbüßen muß?«

Und weiter ging es in der Entfesselung brausender Tonmassen, ohne daß sich der Pianist auch nur seines mangelnden Anzugs wegen entschuldigte. Er sang dazu. Er war vollkommen verrückt und verzückt.

Als ich ihn so zum ersten Male in seinem Gehäuse sah, dachte ich an Diogenes. Ohne zu wissen, vertrat er ja wirklich öfters kynische Grundsätze. Seine Bedürfnislosigkeit war allerdings nicht auf völlige Armut, sondern auf eine Rente gegründet. In ihr sah er die Sicherheit seiner Unabhängigkeit. Und wenn sie ihm diese nur immer sicherte, so schien mir, begehrte er nicht das geringste darüber hinaus. Und was ich hier sah und mehr noch hörte, das war die eigentliche Seele seiner Unabhängigkeit, war die Atmosphäre, die musikalische Aura, in der er vielleicht dereinst als Stern gekreist, die mit ihm in den Mutterleib gekrochen und mit ihm daraus hervorgegangen war, sein Teil, sein Erbe, sein wahres Leben. Statt des Weltenraumes dies fast von Tönen zerberstende Faß des Diogenes, dieser kleine Raum innerhalb der absondernden, schützenden, rettenden Eierschale! Jetzt schrie er mir »Karl Maria von Weber!« zu. »Erkennst du's? Schubert! Schubert:

C-Dur! Bach! Bach! Das ist aus der H-Moll-Messe! Schön! Bei Gott!«

Wagner dazwischen. »Meistersinger-Vorspiel: warum denn nicht? Jetzt paß auf: aus der Letzten von Beethoven!«

Die Schilderung meines Ausfluges würde nicht vollständig sein, wenn ich einer Begegnung vergäße, die ich, auf meiner Rückreise nach Berlin und Fangschleuse, in Leipzig hatte. Ich weiß heute nicht, weshalb ich diesen Umweg gemacht habe. Jedenfalls kam plötzlich, als ich so vor mich hinschlendernd durch die Straßen ging, Hasper mit einer jungen, städtisch gekleideten Dame auf mich zu, in der ich nur langsam Marlenchen erkannte. Beide waren recht froh gestimmt, und die Kameradschaftlichkeit ihres Verkehrstons ließ über das Verhältnis keinen Zweifel mehr, in dem sie nun wohl zueinander standen.

Marlenchen lernte in Leipzig so allerlei, ich nehme an: ein wenig Französisch, etwas Literatur, wie man sich in Gesellschaft betragen, Messer und Gabel führen muß. Ich vermute, sie sollte ein bißchen Schliff bekommen. Daß sie zu Neste trugen, war klar. Sie sprachen von Wohnungsschwierigkeiten. Es war nicht leicht, das Rechte zu finden, da man auch an den alten Vater, den alten Rat, denken mußte, der sein Häuschen in Meißen, das er verkauft hatte, nur noch ein Jahr bewohnen durfte. Fräulein Maria Helene, das war ihr wirklicher Name, erklärte, daß es in Meißen doch zu langweilig sei und daß es einem dort an allem fehle, was dem Leben Wert und Gehalt gebe. So war denn auch dieses Idyll erloschen und kaum noch eine Erinnerung.

Ich erzählte, ich hätte Kühnelle in Dresden getroffen, und dies gab bei dem großen, ein wenig derben Menschen einen vielfach stockenden Wortschwall der Überraschung, Neugier, Verlegenheit: »Ach so! Nun ja! der gute Kühnelle! der gute Dietrich!« Was er treibe? was er mache? und so. »Wenn er nur nicht ein so schwieriger Mensch wäre. Er ist äußerst schwierig, das wissen Sie ja. Ich bin gespannt, was noch mal mit ihm werden wird. Vieles an ihm ist geradezu lächerlich. Er meint, man soll ihn auch darin ernst nehmen. Ich muß bedauern, ich kann das nicht: mir fehlt die Demut, mir fehlt der Glaube! Der Gute verlangt von seinen Freunden die völlige Willenlosigkeit!« – Mein Bericht, wie ich ihn mit der Prinzessin getroffen hätte, löste bei Hasper ein nicht ganz neidloses, übertriebenes, mit Spott durchsetztes Lachen aus:

»Nun ja, der gute Dietrich wird hoffähig! Da geht es hin. Darauf kommt es hinaus. Er darf auch nicht zuviel von Konsequenz reden. Sie fehle mir, warf er mir täglich vor. Bei ihm wird sie auch nicht mehr lange vorhalten.«

Ich erkannte auch hier: der Bruch war da. Weiter machte ich mir für jetzt keine Gedanken.

In Augsburg sowie auf der Hin- und Rückreise waren die Schwestern nach langer Trennung wieder einmal vereint. Das hatte die alte Wärme, die alte Familienliebe erneuert.

Die Hochzeit, erzählte Gabriele, wäre ja nun für die erste Hälfte des kommenden Mai angesetzt. Das sei nun auch richtig, sei geradezu notwendig. Warum sollten Leute, die nun einmal so miteinander stünden wie Teresa und Dietrich, Dietrich und Teresa weiter in einem Zwischenzustand, nicht Fisch, nicht Fleisch, verschmachten, der sie ja beide im Grunde nur martere. Was ihr Teresa von Dietrich erzählt habe, sei wundervoll. Wenn nur die Hälfte davon zutreffe, sei er nicht nur einer der größten und edelsten unter uns Menschen, sondern auch der kommende große Komponist, obgleich er, wahrscheinlich nicht ohne eine gewisse Absicht, irgendwelches schöpferische Talent zu besitzen eigensinnig ableugne. Oder mache das seine Bescheidenheit? »Sie gibt«, erzählte mir Gabriele, »wirklich erstaunliche Beweise von seinem Edelmut, seiner untadeligen Charakterfestigkeit. Beinahe finde ich diesen Grad von Tugend ein bißchen zu weitgehend. Teresa ist hingerissen davon. Er gestattet sich, wie sie sagt, keine irgendwie auch nur entfernt verletzende Vertraulichkeit. Sie ist ihm eine Jungfrau Maria an Unnahbarkeit. Wie zu einer Göttin, dem Inbegriff aller Schönheit, aller Güte, aller reinsten Mütterlichkeit blicke er zu ihr auf!

Das ist alles ein bißchen überstiegen«, fuhr Gabriele fort, »und mitten in den begeisterten Lobeserhebungen dieser Art brach denn auch sonderbarerweise Teresa unvermutet in Tränen aus. Sie sagte, das wäre daher gekommen, weil sie einem Achselzucken von mir entnommen habe, daß ich glaube, sie übertreibe. Sie gehöre durchaus nicht unter die Bräute, welche in ihrem Geliebten immer den Ausbund aller Tugenden sehen müssen... Ich hatte nicht mit den Achseln gezuckt. Ich glaube auch nicht, daß sie darum weinte. Vielleicht weinte sie, weil sie eben ein reifes junges Weibwesen und, wie die meisten Buchenhorster, heißblütig ist:

Tugend in einem solchen Falle muß auf die Dauer nervös machen.«

Gabriele schloß: »Aber sonst ist ja alles soweit in Ordnung, denke ich. Und wenn erst die Hochzeit stattgefunden hat, wird wohl ein von Gesundheit strotzender Kerl wie Dietrich nicht mehr durchaus auf Reinheit, Tugend und so weiter bestehen.«

Obgleich ich nun, besonders nach meiner jüngsten Erfahrung, mir Kühnelle als Bräutigam oder gar Ehemann nicht vorstellen konnte, unterdrückte ich alle Befürchtungen, weil alles vermutungsweise Denken doch der Wucht des Lebens und der Tatsachen nicht gewachsen ist. Was dir wahrscheinlich ist, unterbleibt, und es geschieht das scheinbar Unmögliche.

Das Ehepaar wollte in München wohnen. Eine reizende Wohnung an der Isar war gefunden. Teresas Briefe schwelgten davon. Dietrich sei in Verbindung getreten mit Meister Humperdinck. Er werde bei den Bayreuther Festspielen mitwirken. Wenn es auch sozusagen eine etwas untergeordnete Detailarbeit sei, die man ihm zudächte, schrecke er doch jetzt nicht mehr davor zurück. – Was doch Teresa aus ihrem Geliebten zu machen verstand! Es war eben die unendliche Güte dieses entzückenden lieben Geschöpfes, war ihre rührende Hingebung, welche die Dämonie und das Eigenbrödlertum dieses Sonderlings schließlich überwand. Er hatte sogar in die kirchliche Trauung eingewilligt.

Kühnelle sprach allerdings nie über Religion, also auch niemals gegnerisch. Trotzdem war zu erkennen, daß er jeden Eingriff in seine persönliche Sphäre unerträglich gefunden hätte. Nun aber: selbst die kirchliche Trauung gewann seine Zustimmung. Noch mit anderem war er einverstanden, Lieblingsideen seiner Braut, die dem Patrizierkinde im Blute saßen. Ihr schien ein Hochzeitsfest wie das unsere nicht würdig genug. Sie plante einen großen Polterabend und dann eine große Fête auf Buchenhorst. Sie wollte dazu die ganze Verwandtschaft einladen. Die Gäste sollten in Dresden oder in den Dörfern um Buchenhorst Quartier nehmen. Wenn sie Kühnelle dazu gebracht hatte, dies zu wünschen oder zu dulden, war es, was weibliche Taktik betrifft, ein Meisterstück.

Was soll ich sagen: der Tag der Hochzeit nahte heran. Alle Vorbereitungen waren getroffen und ganz im Sinne Teresas durchgeführt. Um Gabrielens willen, die sich erst Anfang Mai von ihrem zweiten glücklichen Wochenbette erhoben hatte, war das Fest auf den 2. Juni verschoben worden. Die Schwester sollte, wünschte Teresa, ihren eigenen Glückstag voll genießen, sollte ausdauernd tanz- und genußfähig sein.

Man hatte das alte, verwaiste Landhaus Buchenhorst, in dem nur noch das Onkelchen als Kastellan residierte, von oben bis unten scheuern, hatte seine unzähligen Fensterscheiben putzen, alle Winkel kehren, den angesammelten Unrat, Asche, Staub, Lumpen, Scherben, Spagatreste, Zeitungsfetzen, fortschaffen lassen, hatte den Schimmel der Wände abgerieben, Spinnweben fortgekehrt, schadhafte Stellen in der Tapete ausgebessert. Wochenlang hatte der Tapezierer mit den Fenstervorhängen zu tun gehabt. Verläßliche Lohndiener waren in Tätigkeit. Unter Aufsicht des Onkels wurde das alte Familiensilber, Messer und Gabeln für sechzig Personen, aus dem Verschluß genommen und durchgemustert. Die alten Damasttischdecken wurden aus den Schränken geholt, sie stammten noch von der Urgroßmutter, und eine siebenzackige Krone war in das Gewebe eingewebt. Es war wohl Teresas Lieblingsgedanke, gleichsam zum Abschied den alten Familienglanz noch einmal aufleuchten zu lassen. Die Uckermanns hatten von Bünau ihre prächtige Dame für alles, Frau Raue, gesandt. Breit und behäbig anzusehen, mit altertümlichem Wellenscheitel unter der ebenso altertümlichen Haube, leitete sie, immerwährend Bonbons kauend, einen Schwarm von Mägden durch ein Zucken der dunkelbeflaumten Oberlippe. Diese Mägde und Mädchen waren ebenfalls von Verwandten, die in Sachsen und in Schlesien Güter besaßen, zur Verfügung gestellt. Man kannte das herrliche Buchenhorst und wollte gern einige frohe Tage darin zubringen, zumal bei der schönsten Jahreszeit. Aber man wußte auch, daß man nachhelfen mußte, wenn es dort an nichts fehlen sollte, da es die Schwestern gewiß nicht ausfüllten, ja der weitläufig schloßartige Häuserkomplex einige Zeit überhaupt nicht mehr im Betriebe war.

Was die Wahl des Gatten betrifft, so nahm man sie als gegeben hin. Der Alte von Buchenhorst hatte als exzentrisch gegolten, und die Töchter, welche ebendies Wesen geerbt hatten, waren nun einmal nicht zu beeinflussen. Alle Absichten, die man mit ihnen gehabt hatte, waren durch die Bank fehlgeschlagen. Die zigeunerischen, wenn nicht gar plebejischen Instinkte der Mädchen wichen aus, wenn von einer reichen und standesgemäßen Verbindung die Rede war. Sie pflegten in allem Ernste zu sagen: »Onkel, ich habe Angst vor der Reitpeitsche!« – »Tante, ich habe Angst vor dem Pferdestall!« – »Lieber Vetter, ich sehe dich lieber auf dem Kutschbock vierelang fahren als in meinem Musikzimmer!« und so fort und so fort. – Und so kamen denn diese katastrophalen Heiraten. Wären zwanzig Schwestern statt zweien da, so würde eben an zwanzig Zigeuner und Hungerleider das reiche Familienerbe verschleudert werden. So war denn auch klar, daß Buchenhorst auf den neuen Besitzer wartete, und schon deshalb lohnte es sich, nach dem Rechten zu sehen.

Mein Bruder Konrad und ich hatten auf sinnreiche Weise in der Halle von Buchenhorst ein Podium aufgeschlagen. Ich hatte ein kleines Festspiel verfaßt, in dem wir Brüder gemeinsam auftraten. Es hieß »Der 29. Februar«, weil sich Kühnelle und Teresa im letzten Schaltjahr an diesem Tage verlobt hatten. Ich glaube fast, daß ich mit diesem Stück gegen Müllner und seine schon damals vergessene Schicksalstragödie protestieren wollte. Während wir spielten, ahnten wir nicht, daß wir am Vorabend eines Datums standen, das weit merkwürdiger war, sich aber Gott sei Dank nicht alle vier Jahre wiederholte.

Jedenfalls hatten wir da einen Polterabendscherz inszeniert, der wirklich erheblich das übertraf, was sonst auf diesem Gebiete geleistet wird. Er wurde entsprechend aufgenommen. Der Abend steht mir in heiterster Erinnerung. Kühnelles Laune war großartig. Er wollte sich wohl noch einmal austoben durch sie, bevor der steife Ernst des eigentlichen Hochzeitstages über ihn kam. Oft strich er Teresa über den Scheitel, die mit ihrem für den Polterabend bestimmten, halb häuslichen Kleide entzückend anzusehen war. In Betrachtung des Paares schlug ich mir insgeheim sozusagen an die Brust und fragte mich, wie ich jemals an der wahren Zusammengehörigkeit von Teresa und Dietrich zweifeln konnte. Sie hatte Gott selbst zusammengefügt.

Gabriele trat erschüttert zu mir und sagte mit Tränen in den Augen: »Wie schön sie sind! Wie richtig das ist! Sie sind ja doch füreinander geboren!« Ich drückte ihr einen Kuß auf die Stirn.

Der Hochzeitsmorgen kam heran. Damit war einer jener Tage begonnen, die schon mittags beendet sind, jener Tage, darf man auch sagen, deren Vor- und Nachmittag dem Avers und Revers einer Münze gleichen, die auf dem Tische liegt: bei diesem ist Nacht, bei jenem Sonne. Es war ein finsterer Nachmittag.

Oder war es ein finsterer Vormittag?

Gegen zehn Uhr früh stand Teresa, die Braut, zur standesamtlichen Trauung bereit. Vor dem Gartentor waren die Wagen angefahren. Was nun geschah, kann mit wenig Worten erzählt werden.

Teresa wartete, die Trauzeugen warteten, die Wagen warteten, die übrigen Gäste standen herum: sie wollten das Brautpaar abfahren sehen.

Aber der Bräutigam war nicht zu finden.

Das Warten versetzte alle zunächst in eine leichte Heiterkeit. Konnte der Standesbeamte nicht pünktlich trauen, so kam vielleicht der ganze Zug ehedurstiger Paare in Unordnung: sie sind keine Freunde von Behinderungen oder Verspätungen. Aber die Pendeluhren schlugen ein Viertel nach Zehn, ohne daß sich der Bräutigam gezeigt hätte. Da mußte etwas geschehen sein. Die Unruhe, die wir alle empfanden, nahm begreiflicherweise bei Teresa beängstigende Formen an. Es gab damals noch kein Privattelephon. Kühnelle hatte in Kötzschenbroda Wohnung genommen, aber er war bereits unterwegs, wie der Bote erfuhr und erklärte, den man nach ihm geschickt hatte. War Kühnelle jedoch unterwegs, so gab es durchaus keine andere Erklärung für sein Ausbleiben, als daß ihm ein Unglück zugestoßen sei.

Es wurden Vermutungen über Vermutungen laut, Boten an alle möglichen Orte ausgesendet. Inzwischen war es elf Uhr geworden. Um diese Zeit wurde vom Hausdiener eines kleinen Hotels ein Schreiben an meine Frau abgegeben.

Der Brief an Gabriele lautete: »Ich konnte nicht anders. Es ist besser jetzt als später, wenn das Unglück geschehen ist. Sie hat nichts verloren, darum muß sie darüber hinwegkommen. Wohin ich gehe, weiß ich nicht. Ich möchte die Sache nicht komplizieren und diesen Tag mit einer Tat, wie Hugo sie getan hat, kennzeichnen. Aber ich verschwinde auf Nimmerwiedersehen. Lebt wohl!«

In den Umschlag des Schreibens, das natürlich von Kühnelle kam, war ein anderes an Teresa eingeschlossen. Man kann sich die Schwere der Aufgabe vorstellen, die somit Gabriele und mir zugefallen war.

Die Lage, in der wir uns befanden, war auf eine furchtbar lächerliche Weise tragisch und auf eine furchtbar tragische Weise lächerlich. Sie ist hie und da über Menschen gekommen, nicht allzuoft, und wird sich auch künftig nicht leicht wiederholen. Ob Kühnelles Verhalten nicht doch dem blinden Vorwärtsgehen auf einer als falsch erkannten Bahn vorzuziehen ist, mag ein jeder bei sich selbst entscheiden.

Die Hochzeit ward also abgesagt.

Uns bot sich eine Menge von Aufgaben. Die wenigst wichtige bestand darin, den Skandal nach außen abzudämpfen, der schadenfrohen Öffentlichkeit eine plausible Lüge hinzuwerfen, einen Knochen, woran ihre Sensationswut zu nagen hatte. Den Standesbeamten, den Pastor mußte man ins Vertrauen ziehen. Unter den Hochzeitsgästen waren zunächst die einflußreichsten, wohlwollendsten und intelligentesten zu verständigen, die es dann auf sich zu nehmen hatten, einen sofortigen, panikartigen Abbruch der Festlichkeit zu verhindern. Diese wurde in der Tat – ein Stadtkoch aus Dresden mit seinen Unterköchen arbeitete ja schließlich schon in der großen gewölbten Küche des Landhauses – bis zu einem gewissen Grade durchgeführt. Vor allem natürlich das Hochzeitsdiner: ein solches überaus seltsamer Art, wie ich es nicht zum zweiten Male erleben werde. Endlich jedoch, Fama hin, Fama her: Teresa selber war hier die Hauptsache. Man mußte sich klarwerden, wie Teresa vor einem geistig-körperlichen Zusammenbruch bewahrt werden konnte. Sie war in der allergrößten Gefahr. Gabriele, hinter verschlossenen Türen, in einem entlegenen Zimmer mit mir allein, wiederholte fortwährend: »Sie kann es nicht überleben!« Und als ich sah, wie Gabriele, die in ihrem Wesen viel einfacher und viel widerstandsfähiger als die Schwester war, sich mehr und mehr einem Nervenzustand näherte, glaubte ich selber, daß sie recht hatte, wenn ich es auch trotzdem bestritt.

Mit Worten geschont habe ich begreiflicherweise in diesen schwersten Minuten meinen Freund Kühnelle nicht. Ich habe vielmehr die Stunde verwünscht, in der ich beschloß, ihn auf Buchenhorst einzuführen. Es fielen nur unparlamentarische Ausdrücke. Ich sah Kühnelle in einem Licht, das jeden, aber auch jeden Reiz von ihm abzehrte, und stimmte alledem vollkommen zu, was er gegen sich selbst und für die Ruchlosigkeit seines Innern vorgebracht hatte.

Da mit Gabrielens Ruhe und Fassung nicht mehr zu rechnen war, die Beratung mit ihr auch kein Resultat ergab, ließ ich sie dort zurück, wo sie war, und gebot ihr, das Zimmer nicht zu verlassen. Mit Frau Raue, die ich zuerst ins Vertrauen zog, ging ich dann, nachdem sie ihr tiefes Entsetzen überwunden hatte, zu Teresa hinein. Zwar das Zimmer kreiste mit mir, ich wußte nicht, was ich sagen würde, doch der Zwang der Tatsache war allmächtig. Du wirst vielleicht in wenigen Augenblicken eine Tote im Arm halten, sagte ich mir, aber schweigen durfte ich nicht.

Nein! Es kam anders, als ich gedacht hatte. Wir trafen Teresa ganz allein. Wie oft im Leben, wo ein Hindernis unübersteiglich, eine Gefahr unüberwindlich, Ende und Untergang unausweichlich scheinen, zeigt es sich, daß man von einem wesenlosen Gespenst beängstigt worden ist. Wie gesagt: wir trafen Teresa allein. Sie trug ein sogenanntes Tailormade-Kleid, graubraun, anliegend und an ein Reitkostüm erinnernd, auf dem schlichten Scheitel eine Art Herrenhut. Ihr Gesicht war bleich. Die Weiße dieses Gesichts, in der zwei dunkle, brennende Augen lagen, hat sich mir unvergeßlich eingeprägt. Ich glaubte nicht recht zu hören, als sie sagte: »Ich weiß! Ich weiß!« und dabei sehr langsam den Hut vom Kopfe nahm.

Ich fragte: »Was weißt du, liebe Teresa?«

»Ich brauche den Brief, den du für mich hast, gar nicht zu lesen!« sagte Teresa. »Ich will ihn überhaupt jetzt nicht lesen, – man hat ja schließlich gekämpft und gekämpft und gerungen genug!«

Nun versuchte ich die Sachlage zu vertuschen, ihr Unabänderliches fortzulügen, die Aussichtslosigkeit mit lockenden Möglichkeiten und Hoffnungen auszustatten. Es war ein abgetanes Programm, auf eine andere Sachlage zugeschnitten, das sich nun rein mechanisch abwickelte. »O nein, das ist aus!« sprach Teresa mit einem irren Lächeln der Verzweiflung vor sich hin.

Nun begann sie langsam umherzugehen. Als sie nahe an mir vorbeikam, stand sie still. »Höre«, sagte sie dann mit fester Stimme, »sage es jedem, der etwa über den anderen herfallen will: ganz allein ich! ich bin die Schuldige! Und nun müßt ihr schon alles da draußen für mich tun. Ich mache es, wie ich's manchmal in der Kindheit getan: wenn mir ein Glas zerbrach und womöglich noch was mißlang, ging ich zu Bette.«

Nun bewegte sie sich nach der Schlafzimmertür. Und erst genau in dem Augenblick, als sie deren Klinke berührte, da schluchzte sie einmal auf und ward ohnmächtig. Ich war schnell genug, zu verhindern, daß sie zusammenbrach. –

Diese Vorgänge sind vergessen. In der Gegend, wo sie geschehen sind, weiß heute niemand davon. Auch bei jenen Beteiligten, die noch leben, sind sie von der Zeit ausgelöscht.

Sollte man glauben, daß, da die Sorge um Teresa wenn nicht verschwunden war, so doch nicht mehr mit den schlimmsten Befürchtungen zu rechnen hatte, das Hochzeitsdiner bei verminderter Gästezahl einen ziemlich heiteren Verlauf hatte? Natürlich war den Beteiligten eine gewisse Zurückhaltung in der Stimmkraft auferlegt, aber mit Hilfe der guten eßbaren Dinge und des Weins gewann das Komische in dem tragikomischen Erlebnis die Oberhand und gab zu Scherzen und Witzen Veranlassung. Man wurde nicht müde, auf die gerettete Braut anzustoßen, weil ihr angeblich dadurch, daß sie diesen Menschen losgeworden war, ein Hauptgewinn in der Lotterie des Lebens zugefallen sei. Augenscheinlich hatte sie einen Schutzengel.

Über Teresas Befinden wurden von Zeit zu Zeit Berichte heruntergebracht, und da hieß es denn auch, daß sie mit Gabriele einige Male herzlich, wenn auch unter Tränen, gelacht habe.

Teresa hat bis heut nicht geheiratet. Eine Anzahl Jahre lebte sie in Zurückgezogenheit, fast ausschließlich der Erinnerung an Kühnelle. Allerlei Sonderbarkeiten, Gänge zu Wahrsagerinnen, eine gewisse Erregung bei Ankunft der Post, eine Vorliebe für Schiffsnachrichten, konnten glauben machen, daß ihr die Hoffnung noch nicht ganz geschwunden sei, Kühnelle werde zu ihr zurückkommen.

Man wußte, er war in Amerika. Ich war persönlich nach Leipzig gereist, hatte Hasper aufgesucht und von ihm diesen Umstand erfahren. Er nannte den Dampfer, mit dem der Sonderling, Eheflüchtling und Musikus Europa, und zwar nicht als Passagier, sondern als Kohlentrimmer, verlassen hatte. Damit war mein Interesse an ihm sowie an Hasper vorläufig abgetan, und nur durch Zufall erfuhr ich später, daß seine Heirat mit Marlenchen auch nicht zustande gekommen war.

Als nach Jahren nichts von Kühnelle verlautete, veranstaltete Teresa ein großes Autodafé, in dessen Flammen sie alle Photographien, alle Briefe, alle Notenwidmungen, kurz alle Andenken an Kühnelle opferte. Freilich, auch nach dieser Zeit blieben alle Annäherungen von Werbern um ihre Hand von vornherein aussichtslos. Sie werde nie und nimmer heiraten. Der Wink, sagte sie, den sie vom Himmel erhalten habe, sei deutlich genug. – An Hochzeiten nahm Teresa niemals teil. Obgleich wir nach Jahren in heiteren Augenblicken, Teresa, Gabriele und ich, herzlich über das Komische des mißglückten Hochzeitsfestes lachen konnten, war dieses doch zum Angsttraum geworden, der, wie mir Gabriele verriet, Teresa immer wieder heimsuchte.

Als aber auf die ersten drei Jahre weitere gefolgt waren und Teresa ihr dreißigstes Lebensjahr überschritten hatte, ließen auch diese Angstträume nach. Sie wohnte in Leipzig. Sie hatte sich in eine Rentnerlebensform eingesponnen, nach verfrüht altjüngferlicher Art, aber äußerst behaglich und für den Besucher wohltätig. Ohne daß sie viel Wesens davon machte, schien nun gerade von ihr die Idealform des Lebens, die Kühnelle für sich erstrebte, verwirklicht zu sein.

DIE SPITZHACKE

Ein phantastisches Erlebnis

Entstehungszeit: 1930.

Erstveröffentlichung: Einzelausgabe. Berlin, S. Fischer 1931.

Das wunderbare Erlebnis, von dem die Blätter dieses kleinen Büchelchens handeln, wurde durch das folgende Schreiben an mich ausgelöst:

Badedirektion

Bad Salzbrunn,
den 31. XII. 1929.

Sehr verehrter Herr Doktor!

Da es nicht ausgeschlossen erscheint, daß im Laufe der nächsten Jahre das Hotel zur Krone in Bad Salzbrunn der Spitzhacke zum Opfer fällt, hat die Badedirektion eine photographische Aufnahme des Hauses machen lassen und erlaubt sich, Euer Hochwohlgeboren einen Abzug dieses Bildes zu überreichen mit der Bitte, demselben in Ihrem Heim ein bescheidenes Plätzchen zu gönnen.

Mit vorzüglicher Hochachtung Euer Hochwohlgeboren

ganz ergebener
Dr. Wagner

Ich bleibe dem Verfasser dieses Briefes zu Dank verpflichtet.

Gerhart Hauptmann

So! – Der Kellner mit dem speckigen Frack hat mich verlassen. Ich wohne in Numero Sechs, ich schlafe in Numero Sieben nebenan, ein Zimmer, das durch sein einziges Fenster mit dem Korridor verbunden ist. Es ist überdies der stets dämmrige Raum, in dem ich vor achtundsechzig Jahren von einer Mutter geboren wurde.

Ist es denn wirklich wahr, daß ich seit mehr als einem halben Jahrhundert eine Nacht wieder einmal in dem alten Gasthof zur Preußischen Krone zubringe?

Leicht geworden ist der Entschluß dazu mir nicht.

Ich habe aber die Geste doch für unumgänglich gehalten, da dieses aus Ziegeln, Mörtel, morschen Balken und Brettern bestehende Inventar meiner Seele der Spitzhacke verfallen ist. Man hat es bereits auf Abbruch verkauft – für wie viele Silberlinge, weiß ich nicht.

Fern von hier, am Strande der Ostsee, hatte ich einen Traum: ich sah einen rauchenden Trümmerhaufen; Balkenenden, die einige hundert Jahre das Licht nicht gesehen hatten, starrten daraus empor. Mit einem Haken und einem Korbe versehen, kroch ein fadenscheinig gekleideter Greis auf dem grauen Trümmerberge herum, der dort ich weiß nicht was zu finden hoffte.

Oder weiß ich es etwa und sage es nicht?

Es war am Morgen nach diesem Traum, als ich unwiderstehlich hierher fortgerissen wurde.

Ich wollte noch einmal in die Hut der steinernen Mutter meiner Seele zurücktreten, bevor sie von der Erde verschwand. Ich wollte etwas Ähnliches wiedergenießen wie den süßen Schlaf des Kindes im Mutterleib, jenen Schlaf, in dem gewisse heilige Anachoreten einen Zustand sehen, darin sich das verlorene Paradies noch erhalten hat.

Wir leben im Herbst. Der Mond tritt über den Hochwald heraus, es ist eine seltsam atemlos schweigende Nacht. Vergeblich hoffe ich auf ein Blattrascheln im Park, einen Menschenlaut von der Kurpromenade – kein Hund im weiten Umkreis gibt Laut.

Da ist ein Schweigen, das auch durch die wenigen Worte,

die ich niederschreibe, nicht gebrochen werden kann, wird mir doch die Ohnmacht des Wortes hier überzeugender als je zu Gemüte geführt.

Denn dieses Schweigen da draußen und überhaupt um mich her ist auf eine, auf seine Weise beredt. Es gleicht dem Schweigen des Trappisten, der innerlich sein Gelübde in jeder Sekunde zehnmal bricht. Dieser stumme, versiegelte Mund hat sintfluthafte Beredsamkeit. Ich könnte nicht enden, wenn ich mit meiner schweren Zunge auch nur etwas davon zu verraten mich unterfinge.

Ich weiß nicht, ob es einer oder zwei totgeborene Brüder gewesen sind, die mein Vater in der Düsternis des gegenüberliegenden Gartens eigenhändig begrub.

Weshalb bin ich hierhergekommen? Um den Schlaf des Ungeborenen zu schlafen, sagte ich. Um das Leben des Neugeborenen zu leben, setze ich hinzu. Aber schließlich auch, um, im Drange eines gesunden Alters, dem mir so ehrwürdigen Gehäuse meine Reverenz zu machen, bevor sein Staub in die Winde verweht.

Als ich die vorstehenden Blättchen beschrieben hatte, ahnte ich nicht, was mir in dieser Nacht noch begegnen sollte. Meine Uhr zeigt vier. Ich will versuchen, von meinen Gesichten festzuhalten, was in aller Eile festzuhalten ist, denn ich höre schon reden rings ums Haus, es wird eine Leiter angelegt, der Schnabel irgendeiner Spitzhacke holt sich da und dort eine Kostprobe, das unbarmherzige Werkzeug der Vergänglichkeit, der böse Laut der Vernichtung dringt brennend in meine Seele ein. Und trotzdem: in dieser Nacht, alter Gasthof zur Krone, hat man dich unverwundbar gemacht! Laß fahren dahin deinen morschen Leib! Deine Seele ist unsterblich geworden. Die Herrscher der intelligiblen Welt haben diese Stunde in deine wahre Geburtsstunde auslaufen lassen. Mag man dir nun die Mütze vom Kopfe schlagen, die Fensteraugen eindrücken, die Türverschalungen absprengen, das goldene Kronensymbol von der Stirn reißen: du bist, du bleibst, du erstehst schöner, als du gewesen bist! Und was du gewesen bist, sieht man erst jetzt, wo es klarwird, mit welcher über ganz Europa verzweigten Familie du in Blutsverwandtschaft verbunden bist und welchen Rang du in ihr zu beanspruchen hast!

Ich war also gestern abend mit der letzten Pächterin meines

Elternhauses in den bekannten Keller hinuntergestiegen, wo ich so oft beim Abfüllen der Fässer geholfen hatte. In einem verborgenen Winkel, wie sie sagte, lägen noch Flaschen aus jener Zeit. So nahm ich vier Bouteillen davon, die sich als einundsiebziger Johannisberger auswiesen. Mit ihnen zog ich mich in Numero Sechs, vor die Tür der bösen Sieben, also gleichsam an den unteren Rand meines Lebens zurück. Diese kleine, kaum erhabene, ausgetretene Holzschwelle des dumpfen Gemachs war also die allererste, über die ich gestolpert bin.

Ich hatte die erste Flasche noch nicht geleert, als ich erkannte, daß ich von ganz anderen Mächten und zu einem ganz anderen Zweck hierherberufen worden war, als ich mir vorstellte.

Das erste, was mich seltsam berühren mußte, war die Anwesenheit einer Spicknadel. Ich wußte nicht, wie und aus welchem Grunde sie in den Eimer, in dem das Eis um den Johannisberger, Jahrgang einundsiebzig, klirrte, gekommen war und weshalb ich mich, als ich nach einer Flasche griff, in den Finger stechen mußte. Ich nahm sie heraus und fragte sie. Als sie mir keine Antwort gab, wollte ich wissen, ob sie vielleicht eines jener geheiligten Werkzeuge sei, das die gichtischen Finger meiner Mutter gebraucht hatten, um so manchen Hasenrücken, so manche Kalbskeule mit Speck zu garnieren. Plötzlich hüpfte eine kleine grünschwarze Kohlmeise auf dem Tisch herum und übernahm es, für die Spicknadel zu antworten, da, wie sie sagte, diese begreiflicherweise nicht gerade geübt im Sprechen sei.

Sie hat aber doch eine spitze Zunge!

Diese Bemerkung überging die Meise. Die Spicknadel sei in einer Beziehung nur ein Symbol, sagte sie. Dieses Symbol freilich sei in höherem Auftrage hier: bei den kommenden Feierlichkeiten vertrete sie den ausgezeichneten Gasthof Zur Spicknadel, der irgendwo in Schwaben gelegen sei.

Ich hatte allerdings eine Spicknadel niemals, aber ebensowenig eine Meise sprechen gehört. Sie tat das auf eine ganz selbstverständliche Weise. Sie hüpfte rechts, sie hüpfte links, piepste und plusterte sich und sagte plötzlich, ein alter holländischer Ratsherr nach Haltung und Halskrause, daß sie den Gasthof Zur Meise in Worms am Rheine zu vertreten habe. Ich kam aus dem Staunen nicht heraus, als ihre Eloquenz nicht abreißen wollte, mit der sie sich weniger über meine verstorbenen Eltern als über den Gasthof zur Krone ausbreitete.

Nun, was sollte ich tun?! Ich trank ein Glas Wein und verwunderte mich.

War ich in einem halbwachen Zustand, oder träumte ich? – Gleichviel, das Erwachen war eigenartig. Mit einer Wut ohnegleichen, förmlich schreiend, schoß die kleine Kohlmeise auf meine Nase ein, die sich zu meinem nicht gerade geringen Schrecken mit dünnen, doch heftigen Worten verteidigte. Ich bitte, sprach sie, ich bin immun. Ich vertrete nämlich das Gasthaus Zur Spinne!

Jetzt erst begriff ich, daß sich eine dicke Kreuzspinne von der Stubendecke genau auf meine Nasenspitze heruntergelassen hatte. Da ich allmählich zu ahnen begann, was im Gange war, und ein Spielverderber nicht sein wollte, mischte ich mich in versöhnlichem Sinne ein und hatte die Freude, zu sehen, daß sich ein Modus vivendi zwischen Meise und Spinne sieghaft durchsetzte. Übrigens war die Meise nicht wenig erstaunt, als die Spinne den Nachweis führte, sie habe die Reise hierher auf dem Rücken des intelligenten Vögleins gemacht.

Ein feines Lachen berührte mich.

War es die Spinne, die nun sprach, oder war es ein Etwas, das diese selbst in Staunen versetzte? Ein Stimmchen sagte: Ich kam auf dem Rücken der Spinne aus Dinkelsbühl und vertrete den Gasthof Zum grünen Kreuz!

Man wird sich nicht wundern, wenn mich bei dieser Eröffnung das allerherzlichste Lachen anwandelte. Ich lachte, lachte, laut und in mich hinein, bis ich die dritte Flasche entkorkt hatte.

Man sieht, ich feierte eine Vigilie.

Es ist mir nicht klar, ob ich in diesem Augenblick den Boden der Wirklichkeit noch unter den Füßen hatte. Im nächsten war er jedoch ganz gewiß wieder da. Es klopfte, die Tür nach dem Flure öffnete sich, und jemand, ein Neger, ein Mohr mit Strohhut, Stöckchen, Schnallenschuhen und elegantem Cutaway, fragte, ob er eintreten dürfe. Meine Stimmung hatte bereits, wie ich meine, einen Grad erreicht, der mir jeglichen Kneipkumpan genehm machte. Auch hatte mein Geist, wie ich glaube, die Grenze jenes Gebietes bereits hinter sich, wo etwas Befremdliches noch befremdlich ist.

Der Mohr konnte meine Gedanken durchschaut haben. Ein

bloßer Kneipkumpan, sagte er, sei er nicht. Gäbe er sich auch dazu her, so habe er eine dreifache Aufgabe: nächst der Trinkkumpanei sei es die, eine Art Vermittler zwischen den kommenden Vorgängen und mir zu sein, da man denn doch noch Überraschungen aller Art zu gewärtigen habe. Falls er nämlich in die bevorstehende, gewiß sehr ehrenvolle Veranstaltung nicht einige Ordnung zu bringen in der Lage sei, so könne es kommen, daß ich zur Salzsäule würde. Schließlich, drittens, hätte ihn die Stadt Fulda abgesandt, der Gasthof Zum Mohren insonderheit, den er bei dem einzigartigen nächtlichen Spektakel dieser Weltsekunde zu vertreten habe.

Man beabsichtigt doch am Ende keine neue Walpurgisnacht? fragte ich.

Nein. Höchstens feiern wir auf unsere Art und Weise einen zugleich Geburts- und Todestag. Gemeines Blocksberggesindel kommt nicht in Frage.

Das aus dem Munde des Mohren zu hören war mir immerhin angenehm. Vielleicht hätte ich eine allzu große Beruhigung daraus nicht gesogen, wenn ich über das, was bevorstand, wirklich Bescheid gewußt hätte. Zunächst ließ sich mit Hilfe des Mohren, dem ich ein Glas Johannisberger einschenkte, die Sache recht harmlos an.

Meise, sagte nämlich der Mohr, betrachte dir einmal das Bett an der rechten Wand von Numero Sieben. Und dann kannst du, wenn es dir recht ist, deine Programmnummer einmal abhaspeln.

Mit zwei hellen Pink-Schlägen flirrte die Meise in einem Augenblick durch die offene Siebentür, und wir hörten, wie sie zwei Pulsschläge später loszwitscherte.

Sie gehören dazu, sagte der Mohr, wir wollen ein bißchen nähertreten.

Man gewöhnte sich langsam an die Dunkelheit des Gemachs, in der ein einziges Nachtlicht knisterte. Ich erkannte sogleich, es war Gläschen, Schwimmer und Docht, wie sie einst meinem Vater gedient hatten. Stets wurde das Lämpchen abends von ihm eigenhändig zurechtgemacht.

Von der Wand gegenüber sah ich die Meise auf jemand in Positur stehen, der zugedeckt schlafend im Bette lag. Ihr Liedchen bezog sich auf jene Person, deren Schnarchen jedoch bewies, daß sie davon nicht berührt wurde. Oder wurde sie doch im Traume berührt?

Uns ist ein Kindlein geboren, schien mir der wesentliche

Teil des schmetternden Vogelliedchens zu sein, da ich ihn immer wieder heraushörte.

Der Mohr und ich saßen auf einem Kinderbett, dessen Bretterwände wir nicht berechnet hatten. Die Folge war: wir sanken ein. Wir klappten wie Taschenmesser zusammen, so daß zum Beispiel der Mohr Kopf und Fußgelenke in gleicher Höhe hatte. Er brach darüber in ein hohles, doch schnell unterdrücktes Lachen aus. Ein Haar, und ich hätte beigestimmt. Eben da jedoch fing etwas unter dem Fuße der Meise zu blinken an. Parole d'honneur: es war eine Krone! Auf dem Deckbett lag eine Krone, die ein gewisser gewölbter Teil des Schläfers stützte.

Ich denke, einer besonderen Vorstellung, sagte der Mohr, bedarf es nicht. Sie werden wissen, mit wem ich Sie konfrontiert habe.

Mich stieß, wie man sagt, der Bock, da mich eine rätselhafte Empfindung weich machte. War in dem Wein ein Zaubersaft? – Und nun brachte gar das Vögelchen in seinem Lobgesang die Geburt des Kindes mit dem verborgenen Schläfer oder der verborgenen Schläferin in Zusammenhang. Ich fragte, ob ich richtig gehört hätte.

Ja, hieß es, Sie haben natürlich richtig gehört. In jener Schläferin, jener alten, schnarchenden Frau, ist ja eben die alte Krone inkarniert, die wir heute noch einmal zu wecken und zu feiern gedenken, bevor sie ins Nichts hinüberschläft.

Die Meise sang, sich mühsam auf der Spitze der goldenen Krone haltend: Uns ist geboren ein Kind, ein Kind!

Ich fragte: Was ist denn das für ein Kind?

Der Mohr war erstaunt: Wie? sind Sie denn nicht in der Krone geboren?

Jetzt fing sich auf einmal ein wüster Lärm auf dem unteren Platz vor dem Hause an. Als ich entsetzt in Numero Sechs stürzte, stand aber der Mohr bereits wieder begütigend neben mir: Es geht ganz nach der Schnur. Es ist nur der Wilde Mann.

Nein, es geht keineswegs nach der Schnur! sagte plötzlich ein alter Herr mit besorgtem Gesicht und in Schlafschuhen. Er konnte zwischen sechzig und siebzig stehen und trug graumelierte Bartkoteletten. Oberlippe und Kinn waren ausrasiert. Seine eingesunkenen Augen mit dicken Lidern erinnerten mich an ein Bild meines Großvaters.

Das Abbild des Bildes meines Großvaters fuhr weiter fort,

wobei es mich über und über schauderte. Ich hörte zum erstenmal die Stimme eines Mannes, oder glaubte wenigstens sie zu hören, den ich im Leben nicht gekannt hatte, da er lange vor meiner Geburt gestorben war.

Ich habe Gäste, sie wollen schlafen. Ich bin für die Ruhe meiner Gäste verantwortlich.

Dies waren die Worte, die er sagte. Mir wollte scheinen, als ob sich dabei die feine Spitze seiner markanten, etwas vogelartigen, stark geröteten Nase weiß färbte.

Der Mohr nahm eine unterwürfige Haltung an. Der Mann in Vatermördern und Spitzenjabot, in abgetragenem Schoßrock und prall anliegender grauer Hose schien ihm großen Respekt aufzunötigen. Später erfuhr ich den Grund davon: In seinem Dienst war ich Hausknecht, einmal Türsteher, stieg dann zum Kellner und Oberkellner empor und verdanke ihm, was ich heut als Seele des Gasthofs Zum Mohren bin.

Herr Gottlieb Gustav Lebrecht, redete er den Alten an, es sind heut außerordentliche Umstände. Ich möchte glauben, daß auch Sie nur um dieser außergewöhnlichen Umstände willen aus Ihrer unterirdischen Schlafstelle bemüht worden sind. Gäste, für die Sie zu sorgen haben, gibt es, mit Erlaubnis zu sagen, heutigentages wohl leider nicht. Außerdem wird das Haus morgen abgebrochen. Es will mir scheinen, Sie sind aus demselben Grunde hier wie jener Herr dort, der auf dem grünen Sofa hinter dem Weinglase sitzt: von einer heimlichen Stimme zu einer heimlichen Abschiedsfeier berufen. Ihr folgte auch der natürlich draußen wie immer lärmende Wilde Mann.

Mich traf ein erstaunter, unvergeßlicher Blick, als der alte Herr sich zum Gehen wandte. Aber er drehte sich wieder um.

Ein Wink, ein metallisches Klirren ließ mich aufstehen, es half mir nichts; ob ich nun wollte oder nicht, folgte ich ihm und seinem leise klingelnden Schlüsselbund. Ein lebensmüdes, traurig abgefundenes Auge schien mehrmals Interesse an mir zu nehmen, als ich ihm durch muffige Gänge, über knarrende Treppen bis in unbekannte Verliese des Hauses nachfolgte, Tiefen, von denen ich gehört hatte und wo in ewiger Nacht ein Brunnen rann.

Es war ein Korb uralten Weines, den ich nicht ohne Mühe von dort heraufschleppte. Wo der Alte geblieben war, der mir den Schatz gezeigt hatte, weiß ich nicht. Er hatte wohl keine Lust mehr, irgend etwas hier oben mitzumachen.

Draußen tobte noch immer der Wilde Mann. Oder meint man, ich phantasiere dies alles im Delirium? Nun, den Saft der Traube, den Wein, adelt noch heut das höchste irdische Mysterium. Warum sollte ich seinen Anteil an diesem nicht zugeben? Er schafft eine zweite Realität.

Eigentlich eine dritte Realität.

Der gewöhnliche Mensch bescheidet sich bei der ganz gemeinen, grobsinnlichen Wirklichkeit. Eine Reihe von Wissenschaften, die der denkende Forscher betreibt, befaßt sich mit der geistigen Wirklichkeit. Ich befasse mich mit der wieder reales Objekt gewordenen geistigen Wirklichkeit. Sie entstammt meinem intelligiblen Charakter, dessen bloße Äußerung mein empirischer ist: und zwar nach Kant. Das bedeutet nichts anderes, als ob er gesagt hätte: Es ist der Geist, der sich den Körper baut. Und dieser wieder, nämlich der intelligible Charakter, behauptet der Philosoph, sei die Innerung des empirischen, sozusagen von ihm das Ding an sich.

In dieser Behauptung stimmt etwas nicht. Jemand, der in einem Hause wohnt, hat dies Haus vorher gebaut. Das Haus ist der Ausdruck des Bewohners. Wie soll nun aber daraus folgen, daß der Bewohner die Kreatur des Hauses ist?! Er war ja schon da, ehe das Haus entstand, und es würde ohne ihn überhaupt nicht dastehen.

Immerhin besitzt nach Kant der intelligible Charakter reale Schöpferkraft. Was könnte mir besser in den Kram passen?! Darum hatte auch alles in dieser Nacht die von mir als dritte bezeichnete volle Wirklichkeit: die Spicknadel hatte volle Wirklichkeit, die Meise hatte volle Wirklichkeit, die Spinne hatte volle Wirklichkeit, das Grüne Kreuz hatte volle Wirklichkeit, der Mohr hatte volle Wirklichkeit, der Herr mit der weißen Nasenspitze hatte volle Wirklichkeit, und die Frau unter der Bettdecke in Numero Sieben mit der goldenen Krone auf der hohen Hüfte, von der herab die Meise ihre schmeichelhaften Reden hielt, hatte volle Wirklichkeit. Von dem Wilden Manne gar nicht zu reden, der mir das Trommelfell mit seinem Gebrüll fast zerschmetterte.

Was lärmt ihr denn hier? schrie der Mohr durchs Fenster.

Zu Befehl, hier: Freie Reichsstadt Frankfurt am Main, Gasthof Zum wilden Mann, Lehnsverhältnisse zur Preußischen Krone! Ich hörte, wie etwas mit der Wucht einer Straßenramme aufstampfte. Dieser lärmige Kerl war also gar nicht so schlimm, wenn er sich auf beinahe militärische Weise zum Rapport meldete.

Vom Fenster, an das mich die Neugier getrieben hatte, bemerkte ich einen athletischen Mann, der eine eiserne Keule von mindestens zwei Zentner Schwere vor sich auf die Erde gestemmt hatte und am oberen Ende mit beiden Fäusten umklammert hielt.

Ich fragte den Mohren: Wird er heraufkommen?

Um Gottes willen, wo denken Sie hin?! Ich bitte gefälligst, das Monstrum doch etwas schärfer ins Auge zu fassen.

Das tat ich und konnte folgendes feststellen: Fünf Meter Höhe und zweieinhalb Meter Schulterbreite sicherlich. Brustumfang einer mittleren Biertonne, jeder Oberschenkel für sich der von mindestens drei Schwergewichtsweltmeistern zusammengenommen. Große Zehen, bei denen ich wie unter einer plötzlichen Erleuchtung begriff – nun eben, warum eine große Zehe gerade den Namen Große Zehe erhalten hat. Himmelherrgottsakramentnochmal, ich kann diese Vorstellung nicht mehr loswerden! Sie wird sich mir nachts auf die Brust legen oder, mich fast erstickend, auf den Mund, wobei sie nicht nur meinen ganzen Kopf bedecken wird, sondern beinah das ganze Kopfkissen.

Auch einen Bart hatte dieser Wilde Mann. Es war ein Gestrüpp, sozusagen, rotblond-schwarz, das unter den Augen begann und zwischen den Beinen endete; man konnte Hirschjagden darin anstellen. Seine Augen aber waren zwei Brandfackeln – man wunderte sich, daß die Wildnis von Haaren nicht Feuer fing.

Allerdings, dieser Goliath konnte nicht heraufkommen, die Treppen wären unter seinen Schritten zusammengekracht. Hätte er seine Keule im zweiten Stock aufgesetzt, sie wäre bis in den Keller gefahren. Hier aber, im ersten, hätte er müssen ins Zimmer kriechen. Der geringste Versuch, sich zu erheben, würde aus dem ganzen Gasthof zur Krone einen Umhang für ihn gemacht haben, ein Klunkermäntelchen, mit dem er hätte können tanzen gehen.

Was heißt das: duse, duse, duse! sagen Sie? Wünschen Sie, daß ich zwei Finger hebe und einen Eid leiste?

Dieser unüberwindliche Riese hat heute die Ehrenwache vor der Krone am Hauptportal! sagte der Mohr.

Man kann Zweifel hegen, ich will es zugeben, ob meine Schilderung dieses Abgesandten zutreffend ist. Manchem scheint sie vielleicht übertrieben. Wir wollen uns aber dabei nicht aufhalten: Wasser im Mörser zerstampfen führt zu nichts. Genug, daß der Wicht den Befehl erhielt, sich vor der Hauspforte aufzupflanzen, und daß er diesen Befehl vollzog.

Danach sagte der Mohr: Wir müssen aufpassen!

Ich hatte zwar das gleiche Gefühl, doch wollte ich wissen, inwiefern.

Der Bursche liebt es, sich zu betrinken, wie überhaupt diese ganze Clique, um die es sich hier handelt, auf dem Gebiete der Herzstärkungen tonangebend ist.

Mit dieser Eröffnung hatte sich der Mohr mir wiederum gegenüber an den Tisch gesetzt und goß sich eine gläserne sogenannte Bierkufe, die er irgendwoher hatte, ganz voll Wein, als ob er mir für seine letzte Behauptung den Beweis liefern wollte. Denn daß er selbst zu besagter Clique gehörte, bestritt er nicht.

Ich hätte nun gern erfahren, was alle diese Anstalten bezwecken sollten, insonderheit der Wachtposten vor der Tür.

Wir brauchen äußeren Schutz und innere Ordnung bei dem, was geschehen soll!

Ich bat, er möge mich, wenn es ihm beliebe, einigermaßen darüber ins Bild setzen.

Er holte aus. Aber da wurden wir von einem sonderbaren Jechen und Rabatzen irritiert, das sich wie eine wilde Jagd über Treppen und Gänge des alten, der Vernichtung geweihten Hauses von unten nach oben, von oben nach unten durch alle Stockwerke bis in den Keller und Dachboden fortsetzte, auf und ab, her und hin und hin und her.

Die alte Frau in der Sieben fragte, erwachend, was denn los wäre. Der Mohr ging hinein, sprach mit ihr und sagte, als er zurückkehrte, es sei nicht gut, wenn die alte Dame jetzt schon erwache: sie werde übrigens gleich wieder einschlafen, sie verlange nur in allen Ehren und in aller Eile ein Glas Wein.

Kusch! sagte bald darauf der Mohr an der Tür zum Flur, deren Klinke er niederdrückte, nachdem er die Alte durch den verlangten Labetrunk wieder eingeschläfert hatte. Augenscheinlich wollte ein Hund herein, was sich durch heftiges Kratzen und Winseln ankündigte.

Kusch! kusch! kusch! klang es zum ersten-, zum zweiten-, zum drittenmal, als eine graue, unangenehme Bestie sich durch den schmalen Türspalt hereingedrückt hatte und mir mit einem wilden Sprung gegen die Waden fuhr. Ein Hieb des Mohren mit einem kurzen, metallenen, szepterartigen Gegenstand ließ die Kanaille heulend unter das Sofa kriechen. Du scheinst nicht gewußt zu haben, donnerte der Mohr unters Sofa, wen du vor dir hast! Und zu mir gewendet, erklärte er, ich möge keine Furcht haben, das Tier sei eben nur ein Symbol und deshalb vollkommen unschädlich, es vertrete ein minderwertiges Gasthaus irgendwo auf dem Spessart oder im Rhöngebirge, das Zum grauen Wolf heiße.

Es war mir nicht angenehm, dieses verprügelte Raubtier dort zu wissen, wo es war. Es konnte mir jeden Augenblick, wenn es ihm einfiel, ein Pfund Fleisch aus der Wade reißen. Denn ich sah alles um mich als Wirklichkeit. Wenn der Mohr das Raubtier zum Symbol machte, so preßte mir das nur ein krampfhaftes Lachen ab.

Inzwischen hatte sich auf dem Vorplatz ein seltsames, erst leises, dann lauter werdendes Durcheinander von Geräuschen geltend gemacht, dessen Ursache ich zu erfahren suchte. Der Mohr hatte wieder ein Fenster geöffnet und wies mir ein anderes daneben an. Es war dasselbe, durch das ich als Kind zuerst in die Welt geblickt hatte, auf jenen Berg in der Ferne, der Hochwald hieß und wo sie zu Ende war: man konnte von ihm in den Himmel steigen. Nun aber war es finstere Nacht. Man glaubte, man lehne die Stirn an eine kohlschwarze Brandmauer. Ich hatte das peinliche Gefühl, als ob ich mich in dem Gang einer reisenden Menagerie befände, wo plötzlich die Lichter erloschen sind.

Da knitterte etwas wie Papier, und es war mir, als ob der Mohr etwas Weißes entfaltete, was mich an eine Speise-, Weinkarte oder überhaupt Liste denken ließ.

Einen Augenblick, sagte der Mohr, ich werde gleich Licht machen. Dann rief er ins Dunkel: Ist der Gasthof Zur Sonne da?

Hier Sonne! kam augenblicklich die Antwort.

In der gleichen Sekunde wurde es Licht, so daß ich, wenn auch nicht wie am Tag, doch wenigstens wie bei einer elektrischen Bogenlampe zu sehen vermochte. Die Lichtkugel selbst hing über der Spitze einer aufgeregt wehenden und immerfort mit den Blättern zitternden hohen Pappel in der Luft.

Ich stelle jetzt fest, rief der Mohr auf den krähenden,

krächzenden, klappernden, klirrenden, brummenden, röhrenden, brüllenden, meckernden, wiehernden und bellenden Vorplatz hinunter, ob die einberufene Versammlung beschlußfähig ist, und werde zu diesem Zweck die Namen der Deputierten ausrufen. Wer zugegen ist, wird es mit einem vernehmlichen »Hier!« beantworten.

Der Gasthof Zum Rappen?

Der Rappen hier!

Der Weiße Hahn?

Hier Roter Hahn. Der Weiße Hahn noch nicht gegenwärtig.

Ich habe gefragt nach dem Weißen Hahn!

Jawohl! hier Gasthof Zum Pelikan!

Zum Donnerwetter, nicht Pelikan! Ich habe gefragt nach dem Weißen Hahn!

Endlich kam es zurück: Hier, kikeriki, der Weiße Hahn! Der Hahnenruf kam noch aus weiter Ferne, der Kongreßteilnehmer mußte verspätet sein.

Einstweilen hatte ich Zeit, einen seltsamen Umstand zu beobachten, der mir bisher noch nicht aufgefallen war. Am Rande des Vorplatzes fangen nämlich die Kurpromenaden an, die von alten, teils hundertjährigen Bäumen bestanden sind. Sie brillieren besonders in Kastanien. Von dort, nämlich aus den Wipfeln aller dieser Bäume, fing auf einmal ein überaus seltsames Winken und Wehen an. Erst dacht' ich an Nebel, dann kam es mir vor wie geschwungene Handtücher. Das wilde Geflatter war schneeweiß. Was aber schneeweiß ist, nämlich in solchen verzauberten Nächten, das ist natürlich gespensterhaft. Ich kann mich im Wachen noch gar nicht fassen, wenn ich mir klarmache, was sich hinter dem Wimpelgeschwinge endlich entpuppte, nämlich lauter Leute im Frack! Man mag mir nun glauben oder nicht, ich will es jedem sofort beeiden: an den Stämmen hinauf, auf den Zweigen, bis wo sie hielten, saßen junge und ältere Leute, dicke und dünne, hübsche und häßliche, wohlgepflegte und schmuddlige männliche Wesen im Frack, was ich mir gar nicht erklären, was ich überhaupt nicht begreifen konnte.

Einer der Herren, unter denen eigentümlicherweise die Bäume nicht einbrachen, erkannte wohl meine Verlegenheit. Aber Gerhart, rief er, du kennst mich doch! ich hab' dich doch dutzende Male aufgenommen, ich bin doch der Oberkellner Schorsch!

Als aber dieses Zauberwort »Ich bin doch der Oberkellner Schorsch!« mit einem wehmütig begeisterten Timbre durch die heilige Spuknacht schallte, da brach ein frenetischer Jubel aus, und ich mußte erkennen, daß er unter rasendem Serviettenschwingen von allen Kellnern der Welt in fledermaushafter Verwandlung ausgestoßen wurde. Wunderbar: es herrschte dabei zugleich eine Lautlosigkeit!

Es waren also die Kellner, die der todgeweihten Krone ebenfalls die letzte Ehre erweisen wollten.

Der Mohr hatte seine Liste weiter verlesen, und die Drei Raben, der Sperber, der Bär, der Ochse, der Bock hatten mit »Hier!« geantwortet. Es waren sehr viele Tiere da, weshalb es an sich wohl trotz des gemeinsamen edlen Zweckes zu Unstimmigkeiten kommen mußte. Ein Bär und ein Bock vertragen sich nicht. Nun aber gab es einen gewöhnlichen Ochsen und einen von Gold. Der Gasthof Zum goldenen Ochsen wollte natürlich vor dem Ochsen schlechthin das Prä haben. Und nun erst die Löwen: ein Roter Leu, ein Weißer Löwe, ein Silberner und ein Goldener Löwe gingen brummend und mit den Schweifen rollend umeinander herum. Ihr Ingrimm drohte mit furchtbaren Ausbrüchen. Es war so, daß der Gasthof Zum Luchs sich mehrmals in den Keller der Krone verkroch.

Da brüllte der Mohr: Heute nacht herrscht Burgfriede! Mache sich jeder im Angesicht dieses hochverdienten alten Hauses, nämlich der Preußischen Krone, klar, wie alles und alles vergänglich ist.

Nun schluchzten drei Stimmen bitter auf. Gott weiß es, riefen sie, daß wir es uns klarmachen! – Es war niemand anders als drei gekrönte Häupter, die der Gasthof Zu den drei Königen in Basel zu den Funeralien abgeordnet hatte.

In meinem Kopfe fing es eigentümlich zu schaukeln und zu verschwimmen an. Es war mir, als ob sich diese doch nur private Vigilie zu einer hochpolitischen ausweiten wollte. Das schien ein Umstand zu bestätigen, der ein irgendwie gewaltiges neues Element in den Kreis der Gesichte brachte. Man hörte ein Brausen, beinahe war es ein Brausen wie von Flugzeugen, und gleich darauf weitete sich das Licht und schien mit einer stechenden Zunge bis an die obere Grenze des Luftmeers hinaufzulecken, von wo ein riesiger Vogel herunterstieß, der sich als Schwarzer Adler entpuppte und über die Kellner-Wälder herniedersenkte. Er baumte in einer tausendjährigen Eiche auf.

Wie diese tausendjährige Eiche gerade hierher gekommen war, wußte ich nicht, empfand aber deshalb keine Kopfschmerzen. Freilich blieb mir der riesige Baum recht wunderlich. Je mehr ich rückschauend über sein Wesen nachdenke, um so rätselhafter will mir der Baum erscheinen und zugleich auch das Wesen des Traums.

Jedes Blatt nämlich an dieser Eiche schien eine Zunge zu sein. Und nicht nur das, alles an ihr schwitzte gleichsam Sprache: die geborstene Rinde, der vielfach vom Blitze gespaltene Stamm, der nebst einigen Ästen – selbst gewaltige Bäume – durch eiserne Bänder künstlich zusammengehalten wurde. Sie schwitzte Sprache, die alte Eiche, und machte zugleich auf unerklärliche Weise mit ihren Wipfeln Musik. In diesem Fall eine große und irgendwie stille Musik, die ununterbrochen in mir förmlich orgelte. Es konnte nicht ausbleiben, daß der eigensinnig greinende Schrei des Schwarzen Adlers vor dieser Musik klein wurde.

Wir lehnten noch immer im Fenster, der Mohr und ich. Das weitere Ausrufen der Liste ergab eine Anzahl anderer Vögel, die sich in der Eiche und unter der Eiche unbemerkt niedergelassen haben mußten. Es meldeten sich, außer dem Schwarzen, ein Weißer Adler, ein Goldener Adler, ein Schwarzer Schwan, ein Weißer Schwan und schließlich eine Goldene Gans.

Ein Storch wurde allgemein geehrt, der das Gasthaus Zum Storchen vertrat. Es bedurfte nur eines ganz kurzen Geklappers, ehe der Mohr ihn ersuchte, ins Haus zu treten. Gravitätisch kam er die Stiegen herauf, und ebenso trat er zu uns ins Zimmer. Ein kurzes Knurren des Grauen Wolfes unter dem grünen Sofa störte ihn nicht.

Der Vertreter des Gasthofs Zum Storchen in Straßburg war überaus selbstsicher. Mir wurde ich weiß nicht wie bei seiner Gegenwart und Gelassenheit. Er versteckte behaglich sein linkes Bein und ließ, ohne sonst die kleinste Bewegung zu machen, den Blick seines linken Auges mit einer durchdringenden, vertraulichen Kennermiene auf mich, den des rechten mit gleicher vertraulicher Kennermiene auf die Flaschenreserve fallen, die dem alten geisternden Herrn von 1848 zu verdanken war.

Oh, wir haben viel Zeit! sagte der Mohr, der die Fenster geschlossen und mich auf dem grünen Vätersofa der Nummer Sechs wiederum Platz zu nehmen veranlaßt hatte. Es wird lange dauern, bevor die Menagerie da draußen vollzählig ist.

Er fügte hinzu: Ich darf wohl vorstellen...

Nun, ich bin Epiker. Zugegeben, daß im Traum alles schneller ging. Die schriftliche Mitteilung, die ich nun einmal gewählt habe, entwickelt sich nur langsam in Raum und Zeit. Eine Episode vom Storch ist naturgemäß langwierig.

Es war also nun wirklich der Storch, der gekommen war, um bei den geplanten letzten Ehrungen meines Vaterhauses nicht zurückzustehen. Es lief mir seltsam den Rücken hinab. Ich setzte ihm eine entkorkte Flasche vor, in deren Hals sein langer Schnabel sogleich hineinschlüpfte. Als er ihn nach einiger Zeit wieder ans Licht brachte, waren zwei Drittel der Flasche leer. Natürlich, die Gilde, zu der er gehörte, ist von jeher trinkfest gewesen. Ich glaubte ein Lächeln auf seinem Gesicht zu sehen, als er mich immer noch mit dem linken Auge anblinzelte. Er würde mir nun ganz gewiß etwas Freundliches sagen, vermutete ich.

Ich erinnre mich ganz genau, klapperte er, wie ich am 15. November 1862 die leichte Eisschicht auf dem Demuthteich aufhacken mußte, bevor ich Euer Hochwohlgeboren, wirklich das appetitlichste Fröschchen, welches mir je vorgekommen ist, herausziehen konnte. Sie waren sehr ungeduldig, mein Herr, denn ich sah Sie schon lange wie unter Glas mit langen Beinstößen dicht unterm Eise hin und her streichen.

Ich konnte nur stammeln: Ich bin Ihnen sehr verbunden, mein Herr.

Ich Ihnen, mein Herr, war die klappernde Antwort, der Tropfen war herrlich. Ich nehme an, er ist in der besten Lage des Rheins, spätestens in Ihrem Geburtsjahre, reif geworden. Es wird Sie vielleicht interessieren, wie es bei Ihrem ersten und wahren Geburtstage zugegangen ist. Wenn Sie mir noch eine Flasche Wein genehmigt haben, wird es mir ein besonderes Vergnügen sein, Ihnen persönlich den Schornstein zu zeigen, durch den Sie in die Preußische Krone gekommen sind. Ich mußte nämlich sehr vorsichtig sein, weil damals die Frau des Fuhrmanns Krause im Kellergeschoß ebenfalls ein Kind erwartete. Das Mädchen, das sie dann auch richtig gebar, hatte ich versehentlich in den Schornstein von Numero Sieben, wo Ihre selige Mutter schlief, fallen lassen. Aber ich merkte den Irrtum sofort. Ich glaube, daß sich in meinem Schreck damals mein Schnabel gut um einen Meter verlängert hat. Ich hatte das Mägdlein kaum losgelassen, als ich mit einem gewaltigen Stoß in den rauchigen Schlot nachpickte und es, Sie raten wohl wo, noch glücklich zu packen bekam. Die kleine Krause hat lebenslang an ihrem kleinen Allerwertesten ein Muttermal davon zurückbehalten.

Sie wurden dann richtig, ganz programmgemäß, von mir durch die schwarze Tüte in Numero Sieben hinabpraktiziert.

Ich mußte lachen. Die Erzählung des Vogels hatte mich amüsiert. Mag sein, ich vergriff mich ein wenig im Ton, als ich ihn gleichsam auf familiäre Weise mit »Braver Storch!« oder ähnlich anredete. Da sagte er: Nennen Sie mich doch, wenn es Ihnen recht ist, ohne viel Umstände einfach Exzellenz Adebar.

Exzellenz Adebar wurde sehr redselig. Ich weiß nicht, wie lange und was alles er gesprochen hat. Er habe die sieben oder acht letzten Päpste zur Welt gebracht, von Kaisern und Königen gar nicht zu reden. Die Mütter von Päpsten seien, behauptete er, die bedauernswürdigsten Geschöpfe, die es geben könne. Sie gerieten, wenn nicht völlig verleugnet, bald in Vergessenheit. Das Keuschheitsgelübde der katholischen Priester, Mönche und Nonnen gefiele ihm nicht. Der eine Fall von unbefleckter Empfängnis, sagte er, möge hingehen. Was aber Geistliche, Mönche und Nonnen anbetreffe, so könne er vor Gericht beeiden, woher sie gekommen sind. Ich habe sie alle, ohne Ausnahme, aus dem großen Sumpfe hervorgezogen, sagte er, und zugesehen, wie man jeden von ihnen erst lange, lange mit heißem Wasser abgespült und gereinigt hat.

Es hält leider nicht vor, sagte jemand dagegen, und zwar eine Eule, die den Gasthof gleichen Namens vertrat und sich schon seit einigen Tagen nicht etwa in Zimmer Numero Sieben nebenan, sondern oben im Dachgeschoß, in der sogenannten Siebenkammer, aufgehalten hatte. Schnabelklappend und zischend fragte sie, ob ich mich denn nicht einmal wieder in der Siebenkammer umsehen wolle. Sie enthalte alles Spielzeug, womit ich nicht nur in meiner Jugend, sondern mein ganzes Leben hindurch gespielt hätte.

Ich fühlte sogleich, daß der Vogel der Weisheit recht hatte. Aber es war nicht nötig hinaufzusteigen, da mich die Siebenkammer mit ihrem Plunder bereits sozusagen im Geist umgab. Da lagen Bauklötze, mit denen ich wacklige Babeltürme errichtet und wieder zerstört hatte, Hütten und Schlösser zusammengesetzt, Wolkenkuckucksheime aller Art. Da lagen Menagerien, bunt bemalte Bestien und Teile tropischer Gärten umher, es fanden sich Pferdeställe und dabei Roll- und Kutschwagen, Trommeln, Flöten und Trompeten für Instrumentalmusik, das unsterbliche Wiegepferd, das Bayard, Grane, Bukephalos und alle berühmten Heldenrosse zusammengenommen darstellte. Es gab zerbrochene und ganze Steckenpferde ohne Zahl, Kleidung für Indianer auf dem Kriegspfade, und so fort und so fort, und schließlich war die ganze preußische und österreichische Armee von 1866, die ganze deutsche und französische des Deutsch-Französischen Krieges in zahllosen Schachteln aufgestapelt.

Ich hätte mich leicht vergessen können und würde vielleicht zu trommeln und zu pfeifen oder sonst zu spielen angefangen haben, wenn meine Aufmerksamkeit nicht trotz der zwei hochbedeutsamen Vögel wieder nach außen gelenkt worden wäre. Es fing sich nämlich dort ein geradezu schauderhaftes Trompeten an, das ganz gewiß nicht an eine Kindertrompete denken ließ, sondern das Haus wie ein Erdbeben erschütterte.

Es ist nur der Gasthof Zum Elefant!

So sagte der Mohr und erörterte, welche hohe Ehre sein Kommen bis von Brixen in Südtirol für die alte Krone bedeute.

Ich war entzückt, weil die Familie Heiß, die seit 1501 zu Brixen im Elefanten saß und mit der ich befreundet war, unsere Feierlichkeiten beschickt hatte. Ich war gerührt, ich ließ einer stolzen Träne den Lauf. Aber die Eule hatte dafür nur ein Kopfschütteln. Und wirklich brachte der nächste Augenblick einen so schrecklichen, einen so alles übertäubenden Laut hervor, wie er außerhalb solcher mystischen Nachtstunden trommelfellsprengend sein würde. Ich dachte – so war die Erschütterung –, es bedürfe nun weiter keiner Spitzhacke, der Zusammenbruch des alten Gebäudes und damit das Ende der seltsamen Festlichkeiten müsse gekommen sein.

Der Gasthof Zum Lindwurm! hörte ich den Mohren hervorkeuchen. Dann machte er Zeichen der Beruhigung. Alles ist vorgesorgt, sagte er dann. Gleich darauf hörte ich, wie, wahrscheinlich unter Leitung des Wilden Manns, schwere Fässer, Oxhofte Bieres und Oxhofte Weines, gegen den Lindwurm gerollt wurden, der dann wie durch Zauber zur Ruhe kam.

Nun war es wirklich gut, daß sich irgendwie etwas Heiteres

ankündigte. Es setzte nämlich ein höchst übermütiges Krähen, Meckern, Wiehern und drolliges Rasaunen draußen ein. Wir begrüßten es alle, obgleich es bei einer Abschiedsfeier wie dieser beinahe anstößig genannt werden mußte. Aber es brachte eben eine gewisse, die allmählich zutage tretende Ungeduld wenigstens vorübergehend bannende Beschwichtigung. Die Meise war nämlich auch schon sehr unruhig. Die Schläferin in der Numero Sieben – nicht der Kammer, sondern meinem Geburtszimmer –, die mit der Krone auf der Hüfte ihren letzten Traum träumte, hatte wieder und wieder nach Wein verlangt.

Die Salzbrunner Esel hätten sich, hieß es, unten im Warschauer Hof bereits formiert, mit der festen Absicht, in geschlossenem Aufmarsch dem Unfug, von dem sie Wind bekommen hatten, zu steuern und jedenfalls die Vollstreckung des Todesurteils an der alten Krone sicherzustellen, ja zu beschleunigen. Solchen üblen Absichten konnte nur äußerste Ruhe gewachsen sein.

Ein Zufall hatte den Umschwung herbeigeführt.

Der Grüne Hund! waren die Worte, die man aus der lustigen Wallung der Trauer- und Ehrengemeinde heraushörte. Der Grüne Hund! der Grüne Hund!

Nun ja, da war wirklich ein Grüner Hund, durch den ein Gasthof des gleichen Namens vertreten wurde.

Apropos, die Salzbrunner Eselherden: Auf der Promenade des Kurorts wurden die Bänke getragen von erzgegossenen, mit grüner Ölfarbe angestrichenen Schlangen des Äskulap. Vor der auf dorischen Säulen ruhenden Wandelhalle war Hygieia, die Tochter des alten Wundertäters, abgebildet, die eine Schlange aus einer Schale trinken ließ. Man behauptet, daß Schlangen gerne Milch trinken. In Salzbrunn schwor man auf die Heilkraft der Eselinnenmilch. So wurden von der fürstlichen Badeverwaltung Herden von Eseln unterhalten: naturgemäß eine Eselzucht, weil ja eben nur Mütter Milch geben. So viel zur Erklärung der obengenannten langohrigen Lebewesen im Warschauer Hof. Ihre Feindschaft gegen die Krone mochte mit Hebe zusammenhängen, Hygieias Gegenfüßlerin. Denn diese war in der Krone die Schutzheilige, Heras Tochter und die Tochter des Lattichs, wie man sagt. Unter ihrer Protektion wurden Wein, Bier und allerlei starke Getränke, aber nur wenig Milch kredenzt.

Ich war besorgt und teilte es auch dem Mohren mit, nicht

nur das Hallo um den Grünen Hund, sondern das immerhin nicht ganz trockene Treiben vor dem Kronenportal möchte in eine Orgie ausarten, zumal sich plötzlich ein Sturm erhob, plötzlich erhob und plötzlich abflaute, was draußen das Durcheinander zu vermehren schien. Der Mohr indessen beruhigte mich: es sei nichts zu fürchten, sagte er, weil sich nun erst nach und nach zu diesem ein wenig wüsten Unterhaus das vornehme Oberhaus gesellen werde.

Noch hatte der Mohr nicht ausgesprochen, da entfachte sich draußen eine geradezu wundervolle Illumination.

Besonders im Lichte stand die Elisenhalle. Ein Ritter im silbernen Panzer kam durch die dorische Säulenordnung der Giebelseite und stieg die Freitreppe langsam und glanzvoll herab. Er stotterte lange, bevor ich, der ich wieder im Fenster lag, den Halbbruder meines Vaters erkannte: den besten Onkel, der mir als Kind manchen Groschen für Spritzkuchen zusteckte. Er hatte den Gasthof Zum silbernen Panzer in Görlitz gekauft und war leider damit in Konkurs geraten. Das hindert nicht, hi-hi-hi-hindert nicht, l-l-l-lieber G-G-G-Gerhart, daß ich als w-w-w-wesenloses G-G-G-Gespenst beim H-H-H-Hingang unserer Mu-Mu-Mu-Mutter hiermit den S-S-S-Silbernen P-P-P-Panzer vertrete!

Ich fühlte mich bis zu Tränen gerührt, denn ich hatte diesen grundguten, dicken Onkel mit den hervorquellenden Augen, der seine Vornamen mit dem großen Gustav Adolf teilte, zuletzt als stotternden Trambahnschaffner in Erinnerung.

Bald aber konnte ich sehen, wie sich der befreite gepanzerte Geist auf einem Goldenen Esel beritten machte, der wartend vor der Freitreppe stand. Sie mochten zu einem Trust gehören. Den Esel führte ein Abgesandter des Gasthofs Zum Schwert. Auf der Frontspitze der Tempelhalle hatte sich ein Goldener Greif niedergelassen. Nicht nötig zu sagen, wessen Abgesandter er war.

Von nun an aber steigerte sich das Bild schlechterdings ins Erhabene hinauf.

Ins Erhabene: was will das heißen?

Eine Kraft wird uns vorgestellt, gegen welche die unsrige verschwindet, die wir aber doch damit zu vergleichen genötigt werden. Entweder ist es ein Gegenstand, der sich unserem Anschauungsvermögen zugleich darbietet und entzieht und das Bestreben zur Vorstellung weckt, ohne es Befriedigung hoffen zu lassen. Oder es ist ein Gegenstand, der gegen unser Dasein selbst feindlich aufzustehen scheint, uns gleichsam zum Kampf herausfordert und für den Ausgang besorgt macht. Das Gemüt wird in eine unruhige Bewegung versetzt und angespannt. Ein gewisser Ernst, der bis zur Feierlichkeit steigen kann, bemächtigt sich unserer Seelen, und indem sich in den sinnlichen Organen deutliche Spuren von Beängstigungen zeigen, sinkt der nachdenkende Geist in sich selbst zurück und scheint sich auf ein erhöhtes Bewußtsein seiner selbständigen Kraft und Würde zu stützen. Weil sich nun das Gemüt bei solchen Vorstellungen begeistert und über sich selbst gehoben fühlt, so bezeichnet man sie mit dem Namen des Erhabenen. Es gibt zwei Gattungen davon: das Erhabene der Erkenntnis und das Erhabene der Kraft.

Um einen Begriff der Erhabenheit des Erlebnisses zu geben, habe ich auf Friedrich Schiller zurückgegriffen. Trotzdem wird es mir schwer genug werden.

Bedenken wir nur allein, daß ich zunächst vom Auge Gottes zu reden gezwungen bin.

Die Sache scheint sich zunächst zu vereinfachen: ein Deputierter mehr, weiter nichts. Zum Auge Gottes liest man auf dem Schild eines Wirtshauses, das in Wien seit manchem Jahrhundert besteht und eben auch seinen Vertreter gesendet hatte. Aber schließlich war es ja doch ein Bereich dämonischer Mittelwesen, in das mich meine Marotte, die letzte Nacht im alten Gehäuse meiner Kindheit zu verbringen, unrettbar verwickelt hatte, und ich fühlte, wie ich selbst, allmählich ein Dämon unter Dämonen, mich dieser Zwischenwelt einverleibte. So sprach mich auch das gegenwärtige Auge Gottes auf eine überaus mysteriöse Weise an.

Es war zugegen, man fühlte das. Weder war es aber ein Licht, wie der Gasthof zur Sonne, noch hatte es die Form eines Auges, wie es unter der Stirn des silbergepanzerten Onkels Gustav etwas glotzend bemerkbar ward, noch hatte es überhaupt irgendeine Sichtbarkeit. Am ehesten zeigte sich im veränderten Sehen meines eigenen Auges seine Gegenwart. Der dorische Tempel, der Greif, die schwankenden Parkbäume, inbegriffen das ganymedische Frackgelichter, nahmen andere Dimensionen an. Teile des Himmels, glänzende Ringgewölke wurden in die Vigilie eingestellt. Engel traten daraus hervor, wie Tauben ließen sie sich auf den Tempel herunter. Es überkam mich bei diesem Schauspiel etwas wie eine Ahnung der ewigen Seligkeit. Ich begriff frohlockend, welche letzte und höchste Ehrung die alte, sonderbar gekrönte Frau in Numero Sieben zu gewärtigen hatte. Das waren Himmelsboten, nicht Landboten. Mir ward zumut, als verkündige sich ein neues Sein. Die gefürchtete Spitzhacke ward mir gleichgültig. Man brauchte ja nur zu wissen, in welcher Glorie sich der Staub des Einsturzes meines lieben Elternhauses verflüchtigen würde. Drei oder vier Sterne lauerten schon: ein Goldener Stern, ein Silberner und ein Blauer Stern. Fast schien es, als ob in den sieben Himmeln zum Empfang der Schläferin aus der Numero Sieben bereits Hymnen geprobt wurden.

Es tat mir körperlich weh, als ich, von der Stimme des Mohren berührt, in die nun fast kleinlich erscheinende Enge des Hotelzimmers Numero Sechs zurückversetzt wurde. Klang mir doch etwas wie eine unausdrückbar süße Melodie noch im Ohr, die möglicherweise durch einen Riß in der Himmelspforte gedrungen war und die das Thema, die Sonne sei nur erst ein Morgenstern, variierte. Aber da stand der Storch, war die Eule, flog die Meise hin und her, stand der Korb voller Flaschen, standen voll Weines die Weingläser.

Die Eröffnung des Mohren lautete so:

Wir erwarten jetzt nur noch den Vertreter des Gasthofs Zum störrischen Engel in Wittenberg und der in Orplid gelegenen Hohen Lilie.

Nun sah ich die Hohe Lilie ins Zimmer eintreten, während sich draußen gleichzeitig der Störrische Engel mit schnellem Blitz und lang rollendem Donner ankündigte. Im Anblick der Hohen Lilie indessen machte es kaum einen Eindruck auf mich.

Sie stand in einem schmerzlichen Licht. Ich mußte bei dem Anblick der süßen bleichen Erscheinung an etwas wie ewig verlorenen Besitz denken. Zugleich aber war es mir, als ob sie durch Schmerzes Gnaden eine so außerirdische Schönheit erlangt hätte. Nicht durch Körperschmerz, sondern durch Seelenschmerz. So möchte am Ende Seelenschmerz zu den höchsten Begabungen gezählt werden.

In dieser Phase der Nacht schien ich weniger mit dem Erhabenen der Kraft als mit dem Erhabenen der Erkenntnis ein und dasselbe zu sein. Wer wüßte nicht, welcher betörenden Wahrheiten und Erkenntnisse wir zuweilen in Augenblicken des Traumes teilhaftig geworden zu sein glauben oder wirklich teilhaftig geworden sind. Mir war es, als begriffe ich jetzt die vier Formen des Wissens, von denen indische Weisheit spricht: die Leerheit des Seins, die Leerheit des Nicht-Seins, die Leerheit der höchsten Wahrheit und die Gleichheit aller Dinge in der Leerheit.

Nicht lange genoß ich dieser ins Weiteste weitenden Diastole, da draußen diesmal ein geradezu unschöner Lärm entstanden war. Stimmen schrien: Der Henker! der Schinder! der Abdecker! Wieder am Fenster, erblickte ich auch wirklich den Mann, der mit solchen und anderen haß- und wutgetränkten Schreien begrüßt wurde. Nun, sagte der Mohr, ganz so schlimm steht es mit ihm freilich nicht. Es ist nur eben der Unternehmer, dem sie die Preußische Krone auf Abbruch verkauft haben.

Der Auftritt und Aufzug des Unternehmers hatte immerhin etwas Seltsames. Abgesehen davon, daß er von Männern mit Spitzhacken und verwogenen Gestalten in der Tracht von Hamburger Zimmerleuten umgeben war, folgte ihm eine Gestalt, in der ich einen Abbé zu erkennen glaubte. Er schien den Auftrag zu haben – das von einem Knaben getragene brennende Lichtchen deutete darauf hin –, einer Sterbenden letzten Trost und die Versicherung ewigen Heiles für das Jenseits mitzuteilen. Ich fing nun doch allmählich zu zweifeln an, ob es sich bei dem, was hier vor sich ging, noch um gute Geister und ein dem Himmel wohlgefälliges Treiben handle.

Ich sah, wie ein Hahn, ein Pelikan, ein Türke, ein Sperber, ein Weißer sowie ein Schwarzer Adler, ein Schwarzes Roß und eine Meerkatze, ein Goldener Ochse und ein Schwarzer Bär auf den Unternehmer einstürmten, wie der Goldene Greif auf dem Tempeldach seine Krallen krampfte und feuerspeiende Augen bekam und wie der Grüne Hund dem Manne in die Waden fuhr. Der Unternehmer verteidigte sich. Er schwang mit der Rechten einen Knüppel, während seine Linke ein Pergament, den Abbruchsvertrag, in die Höhe hielt. Aber nicht nur ich, sondern auch die schlummernde Frau in Numero Sieben, wir verrieten durch ein unwillkürliches schweres Röcheln unsere Beängstigung, weil die Gruppe des Unternehmers rastlos vorrückte, bis sie dann allerdings vor der mächtig aufgestoßenen Keule des Wilden Mannes zum Stillstand kam.

In dieser Atempause fühlte meine Seele ihre schmerzliche Zerrissenheit. Ich hatte die alte Frau zu trösten, deren letztes

Stündlein sich unaufhaltsam annäherte und an deren Bett nun die Eule und Exzellenz Adebar sorgenvoll getreten waren. Andererseits stand vor mir noch immer die Hohe Lilie, deren betörender Reiz mir fast die Besinnung nahm. Ich mußte, um aufrecht zu bleiben, nicht vor ihr niederzufallen, ihr nicht die tollsten und verwegensten Vorschläge zu machen, Glas Wein auf Glas Wein hinunterstürzen. Aber murmelnde Laute im Sterbezimmer verstärkten sich. Da beschlich mich ein grenzenloser Druck, ein grenzenloses Weh kam über mich. Es war, als ob man dadrin einen verurteilten Verbrecher durch Ausrasieren des Nackens und ähnliches für das Beil des Henkers zurechtmachte. Hier aber war eine gute alte Frau, ich hörte sie flennen, stöhnen und greinen, weil sie es augenscheinlich nicht begriff, womit und wodurch sie ihr grausames Ende verdient hatte. So bin ich denn doch nicht vor der Hohen Lilie, sondern schließlich vor ihr ins Knie gebrochen.

Könnte ich nicht für dich sterben, alte Preußische Krone? dachte ich einen Augenblick. Kaum aber schoß es mir durch den Kopf, als das Haus von Sturmbö auf Sturmbö wie ein kämpfendes Schiff in allen Fugen, Balken und Wänden zu knistern und zu knacken begann. Nicht nur die Tiere warfen sich erneut über das zunächst ja durch den Wilden Mann sistierte Abbruchkommando her, sondern von durcheinandersausenden Fledermäusen mit quirlenden Frackenden war die Luft kohlschwarz geworden.

Hierauf ward es dann still, und es wurde vernehmlich parlamentiert.

Zuweilen heulten die Tiere auf, wenn von dem cholerischen Unternehmer, dem der Pater oder Abbé, oder was er sonst war, soufflierte, Ehrenrühriges von der alten Krone behauptet wurde. Der berechtigte Abdecker steigerte sich zum Ankläger. Schließlich fielen für das ganze Wirtshausgelichter übelklingende Worte ab. Gastwirte seien Betrüger, Kellner, die bei ihnen in die Lehre gingen, noch mehr. Gasthäuser seien Stätten der Trunksucht, des verbotenen Spiels und der Prasserei. Hier werde von Alten und Jungen jeder möglichen Sünde gefrönt und sauer verdientes Geld zum Fenster hinausgeworfen. Die alte Krone, hieß es, mache davon keine Ausnahme, ihr Sündenregister sei schauderhaft.

Eine so unverschämte Frechheit empörte mich. Ich hielt eine Rede, und zwar vom Fenster über dem Hauptportal, die von allen, die Kompanie der Spitzhackenträger ausgenommen, begeistert applaudiert wurde. Was ich alles darin gesagt habe, weiß ich nicht. In der Hauptsache war es ein Panegyrikus. Ganze Partien flossen mir von den Lippen in ciceronianischem Latein. Es handelte sich um ein Lob der Gasthäuser. Zuvörderst gab ich einen historischen Überblick. Ich begann ungefähr achtundvierzigtausend Jahre vor dem Schwarzen Walfisch zu Askalon. Vielerlei kam mir durcheinander. Einmal sprach ich anstatt vom Krug zum grünen Kranze von Sanssouci. Der Alte Fritz stand mir vor der Seele. Beinah kam es mir vor, als wäre die ganze nächtliche Ruhestörung um seinetwillen in Szene gesetzt und er, nicht die alte Krone, wäre auf Abbruch verkauft worden. Dann hätte freilich der gute Abbé mit dem Lichtchen und seinen Sakramenten einen schweren Stand gehabt.

Der auf Abbruch verkaufte Alte Fritz!

Seine Apotheose hat Chodowiecki in Kupfer gestochen. Der Sterbende sitzt auf einer Wolke, nach oben blickend, gegen den Sternenkreis gelehnt. Aus diesem beugt sich eine verhüllte Frau. Durch eine andre wird ihm von unten der Lorbeer nachgereicht. Ein schwebender Genius stützt ihm Beine und Rücken: so würde auch wohl die alte Krone gen Himmel reisen!

Gasthäuser sind die frühesten Stätten, in denen Menschen dem geselligen Leben gewonnen worden seien, erklärte ich. Die anthropoiden Affen, fuhr ich fort, leben einsam und ungesellig. Nicht nur, daß Geselligkeit die Mutter der Sprache ist, sie ist auch die Mutter aller Kultur. Die Gleichgültigkeit der Menschen gegeneinander, ja ihre eingeborene Gegensätzlichkeit, die beim Tier in Haß, Wut und Feindschaft ausartet und ebenso beim Menschen, soweit er tierisch ist, wird in der Gaststube vorübergehend aufgehoben. Man drängt zueinander, ißt und trinkt miteinander, ohne daß der Neid eine Stätte hat. Es entsteht überwiegend Kameradschaftlichkeit und Einigkeit. Man faßt Gedanken und führt sie aus. Man streitet über abstrakte Falschheit oder Richtigkeit. In phantasiebelebten Geschichten stellt der eine dem anderen Vergangenheit, in ihr aber Erfahrungen und Begebnisse seines Schicksals dar. Und da jeder mit dem, was er ist, kann, weiß und besitzt, glänzen will, so wirkt er belehrend auf die anderen, wodurch das Gasthaus zu einer natürlichen Stätte der Bildung werde, sagte ich. So und in ähnlicher Weise trumpfte ich auf, bis ich mit meinem Latein zu Ende war.

Als man darauf nicht hin und her, nicht aus noch ein zu wissen schien, fragte ich, ob man den Abbruch-Kauf nicht rückgängig machen könne. Wie wär's, wir würden beim Bürgermeister vorstellig?

Jetzt sah man den Unternehmer dunkel anlaufen.

Ich kann verstehen, begütigte ich, Sie wollen Ihren Profit nicht preisgeben. Die alte Dame hat ihre Meriten, gewiß. Die Erbschaft kann über Vermuten gut werden. Aber Sie sehen ja wohl, wie viele in hohem Grade solvente Freunde sie hat. Sie zu vergüten und schadlos zu halten, mein bester Freund, dürften allein schon bei einigem guten Willen Ihre Majestäten die Trois Rois aus Basel die Mittel an der Hand haben.

Leider kam aus dem Munde der Drei Könige aus Basel kein Wort der Bestätigung. Es war, als ob sie mich gar nicht gehört hätten.

Es griff der Störrische Engel ein.

Er vertrat, wie ich seinerzeit schon gesagt habe, einen Gasthof in Wittenberg. Ich glaube, daß er vorzeiten von Lucas Cranach, dem Maler, gebaut und gehalten worden ist. Ich schildere sein Aussehen und sein Auftreten. Er kam, man sah es von Anfang an, in einer durch die vorhandenen Exequien nicht erschöpfend zu erklärenden Mission. Vielleicht hatte jemand in Wittenberg am Weiterleben der Preußischen Krone Interesse.

Der Störrische Engel war durchaus nicht schlechthin Luzifer. Er konnte höchstens an dessen bestrittenen Lichtsphären teilhaben. Trotz verschönte sein leuchtendes, knabenhaft edles Angesicht, das von goldenen Locken umringelt wurde. Daß man es mit einem Unsterblichen zu tun hatte, blieb nicht zweifelhaft. Freilich schien es, als habe sich auch ein unsterblicher Gram um seine herabgezogenen Mundwinkel eingenistet. Es muß gesagt werden, daß sein Auge zuweilen abgrundhafte Blitze schoß. Aber Flügel bewiesen, daß man es dennoch mit einem himmlischen Engel zu tun hatte.

Die alte Preußische Krone, hub er an, ist in einem gewissen Sinne ein deutsches Palladium...

Ich sah, wie der gespenstische Kleriker sich gegen den Anhauch einer solchen Gesinnung mit drei Kreuzen verwahrte.

Wenn das allerdings ein wenig gealterte Haus nun baufällig sei, so wäre vielleicht ein fortgesetztes Flicken, Kleistern, Leimen und Stützen nicht angebracht. Aber es enthalte unersetzliche Materialien.

Wieder bekreuzigte sich der geisternde Geistliche.

Nicht nur unersetzliche Materialien enthalte die alte Preußische Krone im Gehäuse sowohl als im Kern, sondern ein Zauber sei in ihr eingeschlossen, den man nicht in Verlust geraten lassen könne.

In die schwarzweiße Tunika, die der Engel trug, war über der Brust ein sogenannter Terafim, ein schlangenhaariger Kopf, eingewebt, der, seine Schlangen bewegend, jetzt fürchterliche Grimassen machte, was dem Abbé zu neuen Bekreuzigungen Anlaß gab.

Man brauche dieses Etwas nicht zu nennen, fuhr der Störrische Engel fort, es würde einem auch schwer werden, da es mit allerlei Namen bezeichnet werden könne. Rom nenne es den Geist der Unbotmäßigkeit, der Häresie, will sagen der Ketzerei. Geistesfreiheit würde es von anderen genannt, die man durchaus nicht als die Schlechtesten ansprechen könne. Ich und einer der bekannten Zinnsoldaten, Fridericus Rex, in der Siebenkammer der alten überlebten Kronenwirtschaft, stammen aus diesem meiner Ansicht nach heiligen Geist. Auch der unüberwindliche deutsche Berserker Martinus Lutherus hat seine beste Kraft aus ihm gesogen.

Der Abbé aber rief in diesem Augenblick: Das ist nichts weiter als Blasphemie. Dieser sogenannte Engel ist wahrscheinlich nicht mehr als ein verkapptes und verkleidetes Tier, da wir nun einmal einer Versammlung dämonischer Bestien ausgeliefert sind! – Der Lärm war ungeheuer, aber den Sprecher störte das nicht. – Ja, ja und nochmals ja, wir sind in das Reich unvernünftiger Tiere mitten hineingeraten! – Es gibt auch andere..., schrie er mit einemmal.

Es trat daraufhin ein Umstand ein, der die Ursache seiner Selbstkorrektur ins Licht setzte.

Als würde nämlich von ganzen Husaren-, Ulanen- oder Dragonerregimentern eine Attacke geritten, so bebte die Erde, donnerte die breite Straße von Niedersalzbrunn nach Obersalzbrunn herauf.

Gott sei Dank, sie kommen! sagte der Unternehmer. Und gleichzeitig rang sich aus den Brüsten der Spitzhackenträger und des Pfäffleins ein »Gott sei Dank!«.

Es wirbelte Staub, so daß eine Zeitlang wie durch Londoner Nebel der ganze dämonische Jahrmarkt verhüllt wurde.

Er verzog sich, und es stand eine dicke, bewegliche Mauer von Eseln und wieder Eseln da, die mit den Vorderhufen aufstampften und herausfordernd mit den Köpfen nickten.

Der Engel aber sagte mit einer feurigheiteren Selbstverständlichkeit: Was soll uns das ausmachen? Diese Ohren- und Schnutenparade stört uns nicht. Der Bote Gabriel bin ich natürlich nicht: quel' angelo, che ebbe l'uffizio di salutarla, quando Christo s'incarnò. Auch vertrete ich nicht, wie derselbe Bote im Islam, den Heiligen Geist. Trotzdem bin ich kein Tier, sondern ein geflügelter Ritter vom Geist und entledige mich meines geistlichen Auftrags. Aber wohlgemerkt, ich habe keinen Auftraggeber als wieder den Geist. Ansonsten wär' ich kein freier Geist, und dann wäre ich, da Freiheit das Wesen des Geistes ist, überhaupt kein Geist.

Der Zelot stieß ein höhnisches Lachen aus.

Hier Matthäus! sagte darauf ein ähnlicher Engel wie der Störrische, neben den er trat. Der Bruder hat recht, durch den freien Geist ist mein Geist befreit worden.

Ein mächtiger Stier hatte von rückwärts sein gehörntes und schnaubendes Haupt auf die linke Schulter des Störrischen Engels gelegt: Hier Lukas! Er hat recht! stieß er brüllend hervor.

Hier Markus! brummte ein Löwe, der sich vor die Füße des Störrischen Engels niederließ.

Der große Schwarze Adler aber flog dem wittenbergischen Engel auf den Kopf. Zwei gewaltige Flügel hielten ihn mühsam dort im Gleichgewicht. Er greinte fortwährend: Er hat recht! er hat recht! Hier Johannes!

Ihr seid Lügengeister! Die heiligen Evangelisten, die ihr nachäfft, würden euch mit Entsetzen und Grausen abschütteln! Dies sagte der Priester und hielt sich die Hände vors Gesicht.

Da fing es von oben herab zu singen an, als ob alle großen und kleinen Sterne des Himmels Stimmen erhalten hätten. Die Tiere aber, die der Abbé so übel geschmäht hatte: Weißer Hahn, Roter Hahn, der Rappen, der Sperber, der Bär, Lindwurm, Ochse, Bock und Wolf, umarmten sich. Ein Strauß reckte seinen langen Hals nach oben, ebenso der Goldene Greif. Der Goldene Esel aber benützte die Gelegenheit, seine grauen Brüder mit einer Rede zu ermahnen, die ihnen zu Gemüte führen sollte, daß auch sie zur geschmähten Tierheit gehörten, jener himmlischen Tierheit, die eben ihre Gesänge wie Manna vom Himmel der Seelen herunterträufle. Nämlich der seltene Fall war eingetreten: der Tierkreis am Himmel hatte seine seligen, ewigen, überirdischen Weisen angestimmt, was die mit den allerfeinsten Sinnen behafteten Tiere überrascht durch die Worte quittierten: Der Tierkreis singt! der Tierkreis singt!

Ich hatte das triumphale Gefühl, der Engel und seine vier Evangelisten seien vom Himmel bestätigt worden. Er faßte es selbst nicht anders auf. Es war, als sei die Musik ein von oben fallendes Licht und ein Wind, von dem seine Flügel mit allen Farben des Regenbogens gefärbt und die feinsten Federchen abwärts gesträubt wurden.

Nun wurde deutlich, wer die berückende Hohe Lilie eigentlich war, die ihren Standort in Numero Sechs bis jetzt nicht verlassen hatte, nämlich die Sternenjungfrau aus dem Tierkreise. War es die einzige Abgesandte von dort? Es ist mir beinah, als ob ich außer Löwe und Stier auch den Krebs, den Skorpion und den Steinbock gesehen hätte. Von dem Schützen weiß ich: er nahm einen goldenen Pfeil, legte ihn kunstgerecht auf Senne und Bogen und schoß ihn dem Abbruchsunternehmer durchs Herz.

Ich kann ihn nur lähmen, sagte er dann, er wird nach einiger Zeit wieder aufwachen.

Die Eule aber hatte sich aus irgendwelchem abgekarteten Grunde an den Abbé herangemacht und verwickelte ihn in Diskussionen: Bester, lesen Sie bitte den Traktat über Freiheit von John Stuart Mill.

Zu meinem Staunen trat dann die alte Frau, als ob es so sein müßte, aus Numero Sieben in Numero Sechs heraus. Nicht im Schmuck ihrer Krone seltsamerweise: Es geht auch so! hatte die alte Dame gesagt und sie abgelegt. Sie blieb in der Tat noch im reichen Besitz vieler unersetzlicher Tugenden, die sie mir und den anderen ehrwürdig machten.

Der Mohr aber klopfte ihr jovial auf die Schulter: Ja, ja, sagte er, laß fahren dahin! bald wirst du die Krone des Himmels erwerben, altes Haus.

Die Keule des Wilden Mannes draußen hatte Grabesruhe geschafft. Von Fuhrmann Krause und dem Hausknecht Barabbas wurde einer jener alten Galawagen vor das Kronenportal geschoben, die, von Golde starrend, an prächtigen Gurten von hochgeschwungenen Federn getragen werden. Nicht nötig zu sagen, daß man um Zugtiere nicht verlegen war.

Einstweilen wurde die liebe, gute, gefeierte alte Dame vom Mohren links, von Hohe Lilie rechts zu der imponierenden Karosse hinabgeleitet. Als oberster Marschall funktionierten dabei Exzellenz Adebar. Im Fond der Kutsche, darin die alte Frau Krone zur Rechten saß, machte Hohe Lilie zur Linken die Hofdame. Der Grüne Hund und der Graue Wolf saßen hinten als Bediente auf. Den Kutschbock besetzten mein Onkel Gustav Adolf, der den Silbernen Panzer trug, und der Abgesandte des Gasthofs Zum Türken, ein Türke. Die Meise flog vielbeschäftigt umher und sorgte dafür, daß die alte Majestät im Prunkwagen weder von Fliegen noch anderen Insekten belästigt wurde.

Ich stelle fest, sagte hierauf der Störrische Engel, wir haben den Kern der Schale, von dem ich sprach, mit Beschlag belegt. Nun tut eure Pflicht, wandte er sich an die Trauergemeinde, und bringt ihn in Sicherheit.

Dies alles war schlicht und wirklich vorgegangen. Was nun geschah, entbehrt durchaus der Begreiflichkeit. Im Nu hatten alle Tiere, und zwar vom größten zum kleinsten, sich, nach vorn geordnet, an den Wagen gespannt, die Esel vom Warschauer Hof ausgenommen. Aber wie würde sich, dachte ich, die unbeflügelte Tierheit vom Boden erheben, zum Beispiel Bär, Ochse oder gar Elefant!? Beim Rappen, beim Schwarzen und Weißen Roß konnten Wunder geschehen, denn geflügelte Pferde sind bekannt.

Da aber trat etwas ein, das mich vor Staunen stumm machte. Es erbrauste der Park: ein Riesengewölk von Fledermäusen, in Wirklichkeit jene befrackten Gespenster, jene Kellner, die aus den Bäumen geglotzt hatten! Sie verdeckten die Prunkkutsche einen Augenblick, dann lagen sie, als diese, schon von der Erde erhoben, wieder funkelnd sichtbar ward, wie eine riesige Zugvogelwolke unter ihr, und alles zusammen begann in Richtung des Berges Hochwald schräg gen Himmel zu steigen. Die Tiere, vom Elefanten bis nieder zur Meerkatze, hatten ein sonderbares Trillern angestimmt und wurden, entschwindend, kleiner und kleiner. Der Störrische Engel funkelte mit einem goldenen Lorbeerkranz in der hohen Hand jubilierend voran...

Leb wohl, alte Krone! weinte ich. Ich leerte mein Glas auf ihre göttlich gerettete Seele und zerdrückte es dann, damrt es nicht mehr entweiht werden konnte.

Ich war allein. Das Zimmer, die Numero Sechs, war leer, es brannte die Lampe auf dem Tisch, dazu das Nachtlicht in Numero Sieben, das Bett war leer, wo die Alte mit der Krone auf der Hüfte gelegen hatte, ich sah es genau, wenn ich mich im grünen Sofa zurücklehnte.

Nun kam es mir vor, als ob ich aufwachte und das seltsame, wunderbar eindrucksvolle Traumerlebnis abschüttelte. Ich fiel aber nur von Traum zu Traum, als es hinter der Tapete des alten Gemaches zu knistern und von Kalkteilchen zu rieseln begann. Es folgte ein plötzliches, mir wie durch völlige Taubheit so lange verborgen gebliebenes, allgemeines, wütendes Picken von Spitzhacken. Da war nun der Unternehmer mit seinen Leuten herrlich im Gang.

Jetzt sieh, wo der Zimmermann das Loch gelassen hat! dachte ich. Aber, o Schurken! da brach schon ein Schuß und Strom von Mörtel, Steinen und Schutt durch ein Deckenloch, das sich wie eine blutende Wunde ausweitete. Dann begrub mich ein ungeheurer Schutthaufen.

Ich weiß nicht, was ich geschrieben habe und wieviel von dem bemerkenswerten Erlebnis dieser Nacht, das ich mit jagendem Griffel festzuhalten suchte, in meinen Manuskriptseiten hängengeblieben ist.

Es ist acht Uhr morgens, und ich packe sogleich mein Bündel Blätter zusammen.

Begraben bin ich nun freilich nicht; ich könnte sonst kaum in das Auto steigen, das, meiner wartend, vor dem Portal der Krone steht. Niemand wird mir trotz alledem ausreden, was mir diese Nacht offenbart worden ist.

Fahre hin, fahre hin, altes Elternhaus...

DAS MEERWUNDER

Eine unwahrscheinliche Geschichte

Entstehungszeit: 1933–1934.
Erstveröffentlichung: In der Zeitschrift »Die neue Rundschau« 1934.
Erste Einzelausgabe: Berlin, S. Fischer 1934.

In einer italienischen Stadt am Mittelmeer, die ein freundliches Hafenviertel besitzt, lernte ich einen jugendlich aussehenden Mann kennen. Er stand mit den Droschkenkutschern auf du und du, erwies aber im Gespräch einen Bildungsgrad, der mein Erstaunen erregte.

Nachdem wir einmal Bekanntschaft gemacht hatten und Begegnungen an den Kaianlagen und auf der Piazza fast täglich stattfanden, war es mir leicht, ihm näherzukommen. In seiner Kindheit, erzählte er, hatte die Kirche sich seiner, da er arm und verwaist war, angenommen und ihm seiner Begabung und Neigung gemäß die Erziehung gegeben, die sie ihren Priestern zuteil werden läßt. Aber der Priesterzögling war vor Erlangung der höheren Weihen abgesprungen.

Das Studium der Alten in Sprache und Literatur, sagte Filippo Otonieri, habe ihn frei gemacht.

Ich selbst war damals ein noch junger Literat, doch erlaubten mir meine Erfolge, in einem guten Hotel zu wohnen und im Smoking zu dinieren. Dadurch in allem verwöhnt, was Körperpflege anbelangt, konnte ich nur vermöge einer gewissen Selbstverleugnung mich näheren Umgangs mit Otonieri erfreuen. Da er, außer von einem Gericht Makkaroni hie und da, nur von Salami, Brot und einem Schluck Wein lebte, entströmte seinem Munde beim Sprechen gewöhnlich jener bekannte Knoblauchgeruch, der einem Menschen mit verfeinertem Geruchsinn Gespräche mit ihm hätte verleiden können, wäre er selbst Sokrates gewesen.

Ich weiß nicht wie, jedoch ich kam darüber hinweg.

Ich nahm bei ihm italienischen Sprachunterricht. Die Stunden, die von mir honoriert wurden, fanden auf mehr oder weniger weiten Spaziergängen statt. Am Schlusse wurde meistens eine bessere Trattoria aufgesucht, in der ich Otonieri zu Gast hatte.

Einmal brachte er mir ein vergilbtes Oktavbüchelchen mit Kupferdrucken aus dem siebzehnten Jahrhundert mit. Ich hatte meine Freude daran. Es war natürlich, daß sich unsere Unterhaltung eine Weile um das weite Gebiet des Antiquitätenhandels bewegte und überhaupt um die Liebe zu sogenannten Raritäten, um Sammler und Sammelwut. Bald wurde mir klar, daß Otonieri selber von dieser Liebe und Sammelwut besessen war und sich nicht wenig auf seine Erfahrung und sichere Hand in diesem Gebiet einbildete. Wenn ich ihn einmal besuchen wolle, erklärte er, so könne ich, falls ich Interesse dafür hätte, allerlei hübsche Sächelchen bei ihm finden, die er zusammengebracht habe.

Er verbesserte sich sogleich und ergänzte: nicht er allein.

Einige Tage darnach folgte ich seiner Einladung. Dort, wo die Stadt in die Landschaft überging, stand ein weißgetünchter Würfel, der an eine Automobilgarage erinnerte. In der Tat befand sich neben zwei kleinen Gelassen nur ein garagenartiger, durch Oberlicht erhellter Raum darin. Die beiden Kämmerchen wiesen kaum Spuren eines Bewohners auf, obzwar sie Otonieris Heim darstellten. Der garagenartige Raum, zu dem man auf einer schmalen Treppe hinunterstieg, zeigte an der kahlen, ebenfalls weißgetünchten Hinterwand die Inschrift: Klub der Lichtstümpfe.

Nachdem ich einen Blick darauf geworfen und hernach mit fragendem Ausdruck mich an Otonieri gewandt hatte, erklärte er mir, daß er seit einigen Jahren Kustos im Klub der Lichtstümpfe sei, einer Vereinigung, die er vor fünf oder sechs Jahren mit einigen Freunden begründet habe. Ich fand und erwiderte ihm demgemäß, als Mitglied einer solchen Vereinigung zu gelten könne doch für ihn, bei seiner Jugend, nicht in Betracht kommen. »O doch, ich komme sehr in Betracht«, begann er seine Erwiderung. »Erstlich bin ich beinahe vierzig Jahre, und wenn ich auch zehn Jahre jünger wäre, würde ich dennoch in Betracht kommen. Ich fasse das Leben im Bilde eines herunterbrennenden Lichtes auf. Ist aber einmal ein Licht angesteckt, so ist es nicht mehr ein ganzes Licht, und mag es mehr oder weniger heruntergebrannt sein, so kann man es immer einen Stumpf nennen. Einmal war ich Kellner in einem kleinen Hotel, das noch kein elektrisches Licht kannte. Jeder Gast bekam zwei neue Kerzen ins Zimmer gestellt. Oft genug wurden sie, kaum einige Zoll lang heruntergebrannt, zurückgelassen. Sie wurden zu kläglichen Stümpfen aller Art in ein und denselben großen Wäschekorb geworfen und in Abwaschwinkeln, Kellern, Bodenkammern, Schuhputzräumen und noch ganz anderen Lokalen verbraucht. Die repräsentativen Räume, Zimmer, Salons und Säle des Hotels, blieben ihnen für immer verschlossen.

Ich gebe zu, ich bin vielleicht noch nicht bis zur Hälfte heruntergebrannt, dennoch ist mein Ausschluß aus der Front des Lebens längst eine Tatsache. Wenn Sie uns aber einmal die Ehre Ihres Besuches in einer Klubsitzung gönnen wollen, so werden Sie erkennen, was wir, und am meisten die kürzesten Stümpfe, für das Verlorengegangene einsetzen. Auf Grund unserer kynischen Philosophie, die wir mit einer Art magischen Mantels aufputzen, ergänzen wir das Verlorene nicht nur, sondern schwelgen in einer Luzidität, welche von der Wirklichkeit nie erreicht werden kann.«

Nach dieser Erklärung, die begreiflicherweise mir manches zu denken gab, fing der Kustos seine Führung durch eines der sonderbarsten Museen an, die ich zeit meines Lebens durchforscht habe. Mehrere polierte Bretter übereinander zogen sich längs der Wände herum, die mit allerhand Gegenständen besetzt, bestellt und belegt waren. Zunächst fand sich da Büchermakulatur in allen Sprachen, eine verstaubte, moderduftige Bibliothek, in der sicherlich mancher Fund zu machen gewesen wäre. Fragmente von Dante, Petrarca, Boccaccio, Cervantes, Lope de Vega, Shakespeare streifte mein flüchtiger Blick. Darüber ging Otonieri hinweg, als ob er sich wenig dafür interessiere. Dagegen wies er mir plötzlich einen alten Stiefel auf, den, wie er sagte, Kolumbus bei seiner ersten Entdeckungsreise getragen hätte. Hier stutzte ich, aber doch wohl mehr bei dem echten Schweißtuch der heiligen Veronika, das einem bedruckten Schnupftuch aus deutschen Kattunfabriken zum Verwechseln ähnlich war. Einen gebogenen Knochen nahm er als Rippenstück einer Seeschlange und erklärte zugleich, das zweite Exemplar dieser Art werde in einem Museum zu Hammerfest aufgehoben. Da der Katalog dieser Sammlung über dreitausend Stück zählte, muß es genügen, durch das Gesagte von ihrem Charakter einen Begriff zu geben. Sie wies Pilgerflaschen, Narrenschellen, Fuhrmannspeitschen, Rapiere und alte Reitersäbel, einen Steigbügel des Prinzen Eugen, Halstücher und Hüte, unzählige große und kleine Dinge auf, und ich will nur noch ein Schiffsjournal erwähnen, das aus einem gesunkenen Schiff, der sogenannten »Seekatze«, stammte, die mir später bedeutsam wurde, und eine hölzerne Galionsfigur, unter der ein Schild mit dem Namen »Chimaera« zu sehen war.

»Leider ist der Besitzer dieser beiden Gegenstände, der ›Chimaera‹ und des Schiffsjournals, schwer erkrankt, und wir müssen fürchten, ihn zu verlieren.« Mit diesen Worten schloß Otonieri seine hie und da gegebenen Belehrungen ab.

Als ich ihn daraufhin vielleicht mit einem gleichsam gefrorenen Lächeln forschend anblickte, weil ich wirklich nicht wußte, ob er seinen Scherz mit mir trieb oder nicht, stimmte er zwar in mein Lächeln ein, ja lachte sogar herzlich und laut mit mir, als ich mir diese Freiheit gestattete, ging aber sofort danach in einen tiefen Ernst über. »So leicht, wie Sie zu glauben scheinen«, sagte er, »bricht man den Stab über uns Lichtstümpfe nicht. Nach dem, was Sie hier gesehen haben und wie Sie es hier gesehen haben, liegt es allzunahe, uns für ausgemachte Narren zu halten. Aber solche Narren schlechthin sind wir nicht. Wenn nicht alle Narrheit, was ich nicht weiß, zwei Seiten hat, unsere Narrheit hat zwei Seiten. Was Sie hier sehen, ist der Avers unserer Münze. Wenn man mit seinem Studium verhältnismäßig rasch zu Ende ist, so dauert es mit dem Revers um so länger, weil – Sie mögen getrost wieder lachen – der Revers der Inbegriff dieser Weisheit ist.

Bevor unser Orden jemand zum Mitglied macht, muß der Ansucher eine Lehr- und Probezeit meist von mehreren Jahren hinter sich haben. In besonderen Fällen, bei außergewöhnlicher Eignung, kann Ballotage auch schon früher beantragt werden, wo dann Mehrheit der weißen Kugeln die Annahme entscheidet. Man muß nun einmal, will man uns verstehen oder gar unserer Eudämonien teilhaftig werden, längere Zeit in der Atmosphäre unserer besonderen Welt geatmet haben.«

Zeit zu einer Vorbereitung, selbst wenn sie nur ein halbes Jahr dauern sollte, stünde mir nicht zur Verfügung, sagte ich. Wenn es aber Otonieri Ernst gewesen sei mit der kürzlich geäußerten Einladung, einem Klubabend beizuwohnen, würde mir das eine ganz besondere Ehre sein.

»Dazu ergibt sich schon morgen«, sagte der Kustos, »eine gute Gelegenheit. Mausehund allerdings, der Besitzer des Schiffsjournals und der Galionsfigur, wie ich schon sagte, ist leider krank. Er hatte, bevor er bettlägerig wurde, zum erstenmal auf den morgigen Tag einen Vortrag angesagt. Wir sind alle der Meinung, daß dieser Vortrag einen Höhepunkt in unseren Annalen darstellen würde. Unser Protokollführer, ein ehemaliger Bankbeamter, außer Stellung, weil er Kleinigkeiten veruntreut hat, forderte darauf sogleich zwanzig Lire von mir, um einige Ries Papier zu kaufen. Ich hoffe, daß ihm das Geld nicht unversehens anderweitig durch die Finger gelaufen ist.

Geben Sie sich übrigens, was den Gesamtavers unseres Klubs betrifft, den Sie ja morgen erleben werden, keinen Illusionen hin. Durch reine Wäsche, ungeflickte Hosen, unzerrissene Schuhe oder Schuhe überhaupt, durch gewaschene Gesichter und Hände, geputzte Nasen, gekämmtes Haar, volle Börse und dergleichen glänzen unsere Mitglieder nicht. Im ersten Augenblick werden Sie denken, geradezu unter schlechtes Gesindel geraten zu sein. Auch an ein Irrenhaus werden Sie denken, obgleich Leute mit einer erwiesenen psychiatrischen Diagnose von der Mitgliedschaft ein für allemal ausgeschlossen sind.«

»Dieser Mausehund«, sagte ich, »scheint doch ursprünglich ein Deutscher zu sein«, was der Kustos bejahte.

»In vielen Hafenorten, werden Sie finden«, fuhr er fort, »sind einzelne dorthin verschlagene Deutsche sitzengeblieben, völlig aufgenommen und einverleibt in die autochthone Bevölkerung. Viele wissen kaum noch, wie sie dahin gekommen sind. Manchmal wird so ein blonder Junge, etwa ein desertierter Matrose, von irgendeiner italienischen Fischerfamilie mit einer närrischen Liebe betreut, so daß man versucht ist, an einen jungen Kuckuck zu denken, den etwa ein Finkenpärchen ausgebrütet hat und der nun das Nest ungebührlich beengt.

Unser Logenbruder Mausehund ist eine seit undenklichen Zeiten hier ortsbekannte Persönlichkeit, von der man nicht annimmt, sie sei irgendwann nicht hier gewesen. Er hat nie einen Groschen erbettelt, ein Almosen nie angenommen, obgleich manche, durch sein ärmliches Äußere irregeführt, ihm dergleichen anbieten. Denn sicher ist keines seiner Kleidungsstücke, Kalabreser, Radmantel, ein roter Schal um die Hüften, der das Beinkleid hält, ausgenommen die Leinwandschuhe, unter einem halben Jahrhundert alt – wovon er sich aber ernährt, weiß keiner.

Ist er aufgelegt, so kann es vorkommen, daß er, etwa unter den Fischern der kleinen Flotte, die im Hafen liegt, plötzlich ein Goldstück zückt, einen Louisdor oder einen Dukaten, Geld, das nicht mehr im Kurse ist, und dafür die ganze Gesellschaft traktiert.«

»Es handelt sich also bei Ihren sogenannten Lichtstümpfen um einen Kreis von Originalen?« bemerkte ich, was Otonieri mit Ja und mit Nein beantwortete: »Irgendwie freilich, muß ich zugeben, ist jeder von uns ein Original, aber im Geiste des Klubs sind wir unverbrüchlich ein und dasselbe.« Ich bat, mir vom Geiste des Klubs doch nach Möglichkeit einen Begriff zu geben, denn ich möchte seiner morgen auch einigermaßen teilhaftig sein. Die Antwort war: Mysterien blieben nun freilich Mysterien, etwas Gründliches ließe sich da kaum mitteilen. Das beste würde sein, ich gäbe mich morgen dem, was ich sehen und hören würde, geduldig und gläubig hin. In jedem Fall möge ich es ernst nehmen. »Unsere Gemeinschaft«, erklärte er weiter, »baut sich auf gegenseitigem Vertrauen auf. Zweifel des einen von unsern dreißig Mitgliedern gegen ein anderes sind völlig unzulässig und ziehen den Ausschluß des Zweifelnden nach sich, unweigerlich.« Er machte ein Kompliment gegen mich: »Gäste natürlich ausgenommen.«

Otonieri besaß Besuchskarten. Ich wollte nicht fragen, was das »Re« unter seinem Namen bedeute. Am nächsten Tage bei der Eröffnung der Sitzung, der Otonieri präsidierte, erfuhr ich es. Ich mußte bemerken, daß ihn die Mitglieder seines Klubs »Re«, also »König« nannten. Hier war er der König, er war der Re.

Ich wurde von ihm etwa einem Dutzend, ich sage getrost Bassermannscher Gestalten vorgestellt, die mir nicht anders erschienen, als er vorausgesagt hatte. Es wird im einzelnen später von ihnen zu sprechen sein. Ein Umstand drängte sogleich das Interesse an ihnen zurück, den der Re mitteilte, nachdem er mit dem Szepter Heinrichs IV., durch Canossa berühmt, die Tagung eröffnet hatte. Nämlich das in Aussicht stehende Erscheinen Mausehunds.

Das Erstaunen war allgemein, da in dem kleinen Hafenörtchen bereits Gerüchte von seinem Ende kursiert hatten.

Nach kurzer Zeit trat dann in der Tat der Kranke, ja Totgeglaubte ein. Natürlich, daß er lebhaft begrüßt und beglückwünscht wurde. Man nannte ihn aber nicht Mausehund, sondern Cardenio, ein Name, von dessen vielfacher Wiederholung die weißen Wände des hallenden Raumes Echo warfen.

Cardenio dankte auf spanisch mit den Worten: »Muchas gracias.« Ohne Zweifel war dieser Mann eine Merkwürdigkeit. Schon im ersten Augenblick, als ich ihn sah, wußte ich, daß meine Neugier und mein Besuch sich gelohnt hatten. Er stammte irgendwie, wenn nicht leiblich, so doch ideell, aus der Mancha her, jenem spanischen Landstrich, der den berühmtesten unter allen Rittern hervorbrachte, den von der traurigen Gestalt. Nun war ich schließlich doch nach Kleidung, gesellschaftlichem Rang und überhaupt als Fremder eine Erscheinung, die ihm auffällig sein mußte, aber sein Auge glitt mit königlicher Grandezza über mich hinweg. Um so bequemer wurde es mir, ungestört scharf aufzuhorchen, ebenso zu beobachten, ja sogar mir Notizen zu machen, wozu mich Otonieri, als ich mich von seinem Blick ertappt glaubte, sogar durch ein ernstes Kopfnicken ermunterte.

Cardenio machte auf mich den Eindruck, als sei er von dem Verlangen beseelt, um jeden Preis etwas Versäumtes nachzuholen, eine unumgängliche Pflicht zu erfüllen, sozusagen vor Toresschluß. Was das Versäumte war und worin diese Pflicht bestand, werde sich, wie ich glaubte, bald enthüllen. Und ich täuschte mich darin nicht. Schon bei seinem Eintreten hefteten sich seine düster glimmenden Augen, wie ich deutlich bemerkte, auf die Galionsfigur, deren bemaltes Antlitz der grauenvolle Ausdruck eines wirrsäligen inneren Lebens schien, nicht ohne verführerische Züge. Später, als er sich niederließ, seinen braunen Umhang gravitätisch zurückwerfend, ebenso, als er sich wieder erhob und das zermürbte, zerschlätterte Schiffsjournal an sich nahm, um dann wieder mit seinem Raub in den Sessel zurückzusinken, befand er sich mit dem hölzernen Bilde gleichsam in einer magischen Kommunikation, was sich in unwillkürlichen Lippenbewegungen und bedeutsamen Blicken ausdrückte.

Von diesem Schiffsjournal, das vielfach versiegelt war und die Aufschrift »Seekatze« trug, hatte Otonieri mir manches erzählt. Bei seinem Eintritt in die Gesellschaft der Lichtstümpfe war es von Mausehund ebenso wie das Holzbild feierlich deponiert worden. Es sollte zeit seines Lebens hochgehalten, aber nicht eröffnet werden. In feierlicher Sitzung hatte die Loge die Verpflichtung auf sich genommen, dieser Bestimmung Cardenios und auch der weiteren nachzukommen, wonach die Zeremonie des Siegelbruchs erst dreimal vierundzwanzig Stunden nach Eintritt seines Todes erfolgen durfte. Kein Wunder also, daß sich meiner wie aller übrigen Zeugen eine merkbare Erregung bemächtigte, als der Testator selbst vor unseren Augen die Schnüre seines Testaments zerriß, die Siegel ungeduldig zerbrach, in dem aufgeschlagenen Buche blätterte und dann wie in einen unergründlichen Abgrund hineinstarrte.

Ich weiß nicht, was für Kräfte von diesem wie dem Grabe entstiegenen Menschen ausgingen, ich weiß auch nicht, was ihm das Schiffsjournal bedeutet hat, da es nur belanglose Bleistiftnotizen enthielt, wie ich mich später überzeugt habe, und nichts, was mit dem, das wir zu hören im Begriffe standen, zusammenhing. Und doch schien Cardenio die von uns allen gehörte und von mir nach Vermögen festgehaltene Erzählung beinah daraus abzulesen. Er bot dabei einen wunderlichen, fast gruseligen Anblick, da ihm, wie schon gesagt, etwas Exhumiertes anhaftete.

Was sich zutrug, bevor der erste Laut über Cardenios Lippen trat, schien mir und den übrigen Anwesenden gleich merkwürdig, gerieten wir doch alle in eine Art magischen Zwang hinein, einen Zustand, der uns nicht nur für Außergewöhnliches, sondern für Übernatürliches empfänglich machte. Die Lippen nämlich des Vereinsmitgliedes bewegten sich, als ob Geisterhände die Zulänglichkeit einer Klaviatur prüfen wollten, auf der die Sinfonie oder Sonate eines jenseitigen Meisters gespielt werden sollte.

Und übrigens schien der so Besessene aus Asche zu sein. Der Hut, den er auf dem Kopfe behielt, der Mantel, das Röckchen, die Bekleidung der dünnen und langen Beine, die Farbe der Haut, des spanischen Bärtchens, der Brauen waren gleichsam graugelbe Asche.

Während ich den Augenblick kaum erwarten konnte und vor jeder möglichen Störung zitterte, die Cardenio ablenken könnte, schlug plötzlich der Hammer des Re auf den Tisch, und dieser, Otonieri, mein Freund, hielt es für angebracht, den Versammelten seine Stellung zum Bewußtsein zu bringen. »Ich begrüße«, sagte er, »mit besonderer Freude unseren Vereinsgenossen Cardenio, der im Begriffe steht, eine Schuld an den Klub mit Zins und Zinseszins abzutragen. Die Statuten der Lichtstümpfe sehen vor und haben zur Bedingung gemacht, daß jedes Mitglied einmal im Jahr das Wort zu ergreifen hat, um die unwahrscheinlichste Geschichte, die ihm begegnet ist, zu erzählen. Cardenio hat dies niemals getan, und wir Lichtstümpfe sind übereingekommen, ihm diese Unterlassung nicht in das Schuldkonto aufzunehmen. Erstens teilte er in Wort und Tat Unwahrscheinlichkeiten, sozusagen in kleiner Münze, in Menge aus, und dann war uns das ver-

Kelten Sonne
Naturreligionen endet bei Christen.
Religion entsteht jetzt
natürliches Leben propagieren
Reform – vegetarisch etc.
Ernährung, Umwandlung
Wandel etc.
Die Heilige Schrift d. Natur
Prozesse unverändert (Ziege)
Alva: die lebenspendende
Vater > Mensch
S. 57

siegelte Geheimnis eines Lebens in dem nun eröffneten Schiffsjournal anvertraut. Heut nun, ich spreche im Sinne aller, belohnt sich die Ausnahme von der Regel, die wir gemacht haben. Man soll ein Prinzip nicht übertreiben, es verwandelt sich sonst in sein Gegenteil. Es ist mit allen guten Dingen das gleiche, ob es die Arbeit, die Liebe, der Verstand, die Disziplin oder der Zucker bei Konditorwaren sei, obgleich er doch ihr Wesen ist. Ein gesundes Prinzip ist zugleich Natur. Was Cardenio heute tut, was er heute freiwillig tut, krönt, möchte ich sagen, unsere Grundsätze, indem er ihnen sozusagen naturgesetzlichen Charakter gibt.

Es bleibt mir nur übrig, Cardenio den Dank der Vereinigung auszusprechen, und – ich erteile ihm das Wort.«

Etwas ganz anderes, als man erwartete, war die erste Manifestation Cardenios. Wenn die sachliche Rede Otonieris es nicht bereits zum Teil getan hätte, würde der Bann von den ersten Worten Cardenios und durch sein Gebot »Nostrano!« gebrochen worden sein. Man wiederholte: »Nostrano! Nostrano!«, was wiederum die geweißten Wände echoten. Ich erkannte sogleich, wie wenig die allgemeine Zustimmung der armseligen Lichtstümpfe eine wirkliche Aussicht auf den Göttertrank zu stützen vermöchte, zögerte aber noch, meine Börse zur Verfügung zu stellen, da ich nicht wußte, ob nicht etwa imaginierter Nostrano hier der gemeinte war und echter einen Verstoß bedeutete. Schon aber hatte Cardenio mit der lässigen Hand eines Grandseigneurs einige Goldstücke hingeworfen. Alles Hin und Her wurde schnell geklärt, und während der Mann, aschenhafter Gestalt, der zur stillen Freude aller wieder einmal Gold ausgeschieden hatte, weiter im schweigenden Leerlauf seiner Lippen verharrte, waren eine Menge Flaschen Nostrano aus dem benachbarten Weinhaus herbeigeholt und mit heiligem Eifer entkorkt worden. Man stieß zunächst auf den Spender an, dem sich, nachdem er dankend getrunken, mit einem sprudelnden Ruck die Zunge entband.

»Ich lüge nie!« war Cardenios erste Expektoration. Expektorieren bedeutet aushusten, und es ist nicht zu leugnen, daß die nun folgende Geschichte mit einem Aushusten ihren Anfang nahm. Ein Beweis dieser Tatsache war noch das mit Nostranoflecken durchsetzte Schiffsjournal, als ich es studienhalber Wochen darnach durchblätterte. Damit aber erschien das Husten ein für allemal abgetan. Erstaunlich genug, da eine hohle Stimme allzu deutlich verriet, daß die Lunge des Sprechers zerrüttet war. Selbst dieser hohle, anfangs fürchterliche Klang aber veränderte sich allmählich ins Weiche und Schmiegsame, bis sich zu guter Letzt eine Art des Vortrags herausgebildet hatte, die den Hörer durchaus gefangennahm.

»Wie wurde ich«, fragte Cardenio, »eigentlich ein Sonderling und gewann die Reife, unter euch aufgenommen zu werden, um hier, liebe Logenbrüder, bis auf den Stearinfleck am Schluß herabzubrennen?« Und er fuhr fort: »Aus so und so vielen Gründen, pflegt man in solchen Fällen zu sagen und nennt ihrer meistens drei, weil Drei eine heilige Zahl bedeutet. Erstens also: ich wurde ein Sonderling, weil ich Sonderbarstes erlebt habe. Zweitens: weil das Leben nach dem Erlebnis nur noch Erinnerungswerte besaß. Und drittens: weil ich von allen, denen gegenüber ich die Torheit beging, mein Erlebnis preiszugeben, als Lügner gebrandmarkt wurde.

Ich sehe von der dadurch bedingten Diffamierung ab. Sie ist nebensächlich. Das Bedürfnis, mich mitzuteilen, war das Bedürfnis nach Erleichterung: indem ich mir Mitwisser machen wollte, suchte ich für das Gewesene eine neue und starke Idealität, die für mich zugleich eine Art zweiter Realität bilden sollte. Statt dessen wurde die Sache selbst, deren Erinnerung meinen höchsten Besitz bedeutete, durch frivolen Unglauben, ja geradezu Hohn in Frage gestellt. Diese Gesinnung des Zweifels, ähnlich einem Höllensteinstift, drang bis zu jenen Gehirnzellen, die das Wunder meines Lebens enthielten.

Hier setzte der Kampf um mein Dasein ein.

Gewiß, er hat seltsame Formen gehabt. Er ist eine äußerst verwickelte Sache, die schwer zu entwirren ist. Wenn man jemandem die reine Wahrheit nicht glaubt, hat man kein Recht, sich zu beklagen, falls er es mit der Lüge versuchen will. Ich sage nicht, ob, in welchem Ausmaß und mit welchem Erfolg dies geschehen ist. Wie es aber auch sei: in dieser Halle, in eurer Gesellschaft, unter den Augen unsres Königs wurde in mir die Wahrheit zu einem alldurchdringenden Dasein geweckt, wenn ich sie auch in der Furcht meines Herzens nur versiegelt und als Geheimnis unter euch niedergelegt habe.

Daß ihr sie gläubig ehren würdet, im Verschluß oder nach Eröffnung der Siegel, wußte ich.«

Unter den Lichtstümpfen ging ein Hüsteln herum. Sie erwarteten, wie mir vorkam, Dinge zu hören, die mit einem Schlage alles Geheimnisvolle von diesem bisher undurchdringlichen Menschen hinwegnehmen würden.

»Wenn ich nun die Siegel meines Testamentes persönlich erbrochen habe und im weiteren sogar mein Schweigen darüber brechen will, so bedeutet das ein Vertrauen zu euch, das Gott selbst bewundern würde. Mehr Glauben und Vertrauen in seine Würde und Güte, müßte er sich gestehen, habe er selbst nie verlangt, um seinen Kindern die Himmelstür zu entriegeln. Gebe ich euch damit doch, bevor ich abscheide, das Urteil über Wert oder Unwert meines Lebens, ja über Leben und Tod meiner Seele nochmals in die Hand. Ich weiß, ihr vertretet die edelsten Grundsätze, eure Seelen haben sich befreit vom Schmutz der Wirklichkeit, ihr habt erkannt, daß die Wahrheit nur im Geiste zu finden ist. Und sie ist nirgend anders zu finden. Aber ich muß eurem gläubigen Sinn immerhin Leistungen zumuten, die mit ernsthafter Erprobung, ja einer schweren Prüfung gleichbedeutend sind. Mag sein, es ist ein Fürwitz von mir: als ich auf meinem Bette lag, habe ich hin und her erwogen, ob ich nicht schweigenden Mundes, wie ich meist unter euch gelebt, dahingehen soll. Aber ich habe mich anders entschieden. Ich konnte nicht ohne meine Beichte, also unverrichteter Dinge, von dannen gehen und ohne den reinen Abschluß, der ganz und für immer vom Diesseits befreit.

Weh mir und weh euch«, schloß Cardenio, »wenn ihr mir etwa nicht glauben könnt!«

Otonieri, der Re, ergriff das Wort. Er sah den Abend gefährdet, wenn Cardenios Zweifel sich steigern sollten. Er dachte gewiß auch an mich dabei. War ich nun einmal eingeladen, so fühlte er sich in gewissem Sinne für das Gelingen des Abends verantwortlich. Und gerade weil sich alles über Erwarten angelassen, zitterte er, es könne doch noch einen banalen Verlauf nehmen und damit der große Eindruck, den er bei mir zweifellos feststellen konnte, leiden oder verlorengehen.

»Hier wird geglaubt«, sagte er und fuhr also fort: »Hier wird an alles geglaubt und an nichts gezweifelt. Unsere Wahrheit ist Wahrheit im Geist.

Ein Glaube an Dinge, die auf der Hand liegen, kann kein Glaube sein. Die allerhöchsten Dinge, die wir nennen, sind beschränkt im Geist. Nicht das Wissen trägt sie, sondern allein der Glaube. Der Glaube, nicht Atlas ist es, der den Himmel trägt.«

Ich hatte den Eindruck, daß Otonieri bei dieser Gelegenheit nun auch seine vom Priesterseminar her stammende scholastische Gelehrsamkeit und seine philosophisch eigenwilligen Erkenntnisse ins Licht setzen wollte. »Der Mensch«, sagte er, »ist ein Zoon noumenon, ein anschauender Intellekt. Die Noumena, die Verstandesdinge, sind trotzdem Gegenstände oder können es sein, Gegenstände einer Anschauung, freilich nicht der eigentlich sinnlichen. Wir hier bilden gleichsam einen Mikrokosmos freiwollender, ewiger Intelligenzen, und unsere Welt, ins Universum hinausprojiziert, wird doch einem alles umfassenden Spiegel gleich, wird ganz und gar geistige Intuition, die überall erleuchtend in den Makrokosmos einmündet. Unsere Schutzpatrone, außer Platon und Aristoteles, sind Philon, Plotin, Proklos, Thomas und Augustin, Gelehrte, denen ich meine Persönlichkeit gleichsetze. Meine und unsere Erkenntnis steht in keinem Punkte hinter der ihren zurück.

Vertraue also, Cardenio! Sprich!«

Bedeutete das für Cardenio eine Ermutigung?

»Ich verlange heut nicht euren Klubglauben«, sagte er, »sondern den Glauben an eine große Offenbarung, also an eine große und höhere Wahrheit, an der nichts Täuschung ist. Schon im Ephebenalter ist es mir, und ich denke auch euch andern, klar gewesen, daß jeder Mensch einmalig ist, nie vorher gewesen und nie wiederholbar, für ewige Zeit. Auf die Würde und das Wunder dieser ungeheuren Tatsache berufe ich mich, ehe ich fortfahre. Hierauf allein, auf nichts anderes kommt es an. Was ich euch jetzt eröffnen werde, stammt aus dieser Einmaligkeit. Es ist durchaus nicht der ganze Inhalt und das ganze Wesen meiner Einmaligkeit. Das Abenteuer der Einmaligkeit ist nicht zu erschöpfen, es geht über alles kollektivistische Wesen weit hinaus. Und wenn ich wie Scheherezade tausendundeine Nacht hindurch statt zu schlafen erzählen würde von dem Wunder, in dem das Ganze des menschlichen Wesens allein und restlos beschlossen ist, so würde ich über die Anfänge nicht hinauskommen.

Es kann also nur eine Episode meines Daseins in Raum und

Zeit bedeuten, was ich mitteilen will. Wenn es trotzdem den Wert einer hohen Wahrheit und Offenbarung hat, so darum, weil irgendwie im Teil das Ganze enthalten ist. Ihr werdet euch selbst davon überzeugen.

Ich stamme vom Prinzen Heinrich dem Seefahrer, der ein Sohn Johanns I., Königs von Portugal, gewesen ist. Die Entdeckungsreisen und Entdeckungen, die unter seiner Führung gemacht wurden, sind bekannt. Mein Urahn war nicht sein legitimer Sohn. Meine Mutter gehörte dem Stamme der Guanchen an, die auf den Kanarischen Inseln saßen. Sie waren ein kraftvoller Menschenschlag, den man, blond und blauäugig wie er ist, dem Blute nach für germanisch hält. Besiegte Vandalen und Westgoten, heißt es, sollen sich geflüchtet haben und nach den Kanarien verschlagen worden sein.«

Eine Bewegung der Weichheit bemächtigte sich nach diesen Feststellungen Cardenios, in der für Augenblicke seine ganze makabre Dämonie unterging. Es kam mir vor, als wenn seinen Blick Tränen verschleierten, als er ihn wiederum auf das Holzbild richtete.

»Du!« sagte er, »du weißt es, was alles mit der Bark, die du ziertest, untergegangen ist. Ich hatte ihr in einem Augenblick wildester Abenteurerlust, die um jeden Preis eine neue Welt suchte, alles anvertraut, was sich unter dem Schutze unserer Penaten an alten Familienstücken und dokumentarischen Herkunftsnachweisen angesammelt hatte. Freilich, nicht nur Abenteurerlust aus dem Blut meines Urahns, sondern auch Schmerz, ja Verzweiflung war Ursache dafür. Ein Schicksal hatte mein ganzes Dasein umgewühlt.

Nicht nötig zu sagen, daß ich das Kapitänspatent für Große Fahrt habe. Ich war noch nicht dreizehn Jahre, als ich zum erstenmal von einem solchen Patent erfuhr und von den zwei Worten ›Große Fahrt‹ auf rätselhafte Weise getroffen und erregt wurde. Was liegt nicht alles in diesen zwei Worten: Große Fahrt! Man könnte das eigene Leben – es wird ja gern mit einer Reise verglichen – als das bezeichnen. So dachte ich aber als Knabe nicht. Ich sah die große Seereise vielmehr als wirklich und auf eine fast schmerzhafte Weise verlockend. Das feste Land erschien mir fortan beinahe als eine Banalität. Man wanderte oder rollte lärmend auf schlechten und guten Straßen hin, oder man stieß mit jedem Schritt auf Hindernisse. Das Meer, so dachte ich mir, ist die Weite an sich. Man bedient sich des unsichtbaren Windes, der die Segel schwellt, und Unfaßbares drängt das Schiff ins Unendliche. Das Meer ist die überall offene Pfadlosigkeit. Sich auf dem Meere Wege zu suchen müßte eitles Bemühen bleiben. Von der Sonne am Himmel erfragen wir sie und mehr noch des Nachts von den himmlischen Sternen. Dort, zwischen den Sternen, laufen eigentlich unsere Wege hin, und insofern wir sie mit dem Geiste beschreiten, haben wir erst unsere irdische Wasserbahn bestimmt. Kurz und gut, alles, was man auf dem Land unternehmen konnte, erschien mir als Knaben kleine Fahrt, die große Fahrt ging ins Grenzenlose.

Man hat mich wieder und wieder gefragt, warum ich in den fünfundzwanzig Jahren, die ich hier bin, niemals ein Boot betreten habe. Weil mir durch Umstände, die ich erzählen werde, am Schluß meiner großen Fahrt, um die es hier geht, das Element verleidet ist. Auf meiner ersten Reise als Kapitän hatte ich einem Seemann im Hafen von Sydney sein Weib abspenstig gemacht. Sie war auf ebensolche Weise sein Weib, wie sie meines gewesen ist. Die Kirche hat nichts damit zu schaffen. Der törichte Mensch, dem sie vor mir angehörte, hatte sie mir durch eine Seemannsgeschichte interessant gemacht: sie sollte Fischblut in sich haben.

Fischblut hatte diese Seekatze, wie ihr Vorbesitzer sie nannte, nun freilich nicht: es war sehr heiß und von Wind und Woge, die wirklich ihr Element waren, keineswegs abgekühlt. Vielmehr schien, es sei in den Spelunken der Hafenviertel, darin sie jahrelang zu Hause gewesen war, bis zu den gefährlichsten Siedegraden nur immer weiter und weiter erhitzt worden. Sie selber stand in Gefahr, daran zu verbrennen, kam mir vor.

Wie gesagt, übernahm ich nun diese Seekatze und hatte mehrere Jahre hindurch mit ihr als Kapitänsfrau an Bord Glück in Geschäften und gute Fahrt. Ich leugne nicht, daß ich ihr hörig war, ja, in qualvoller Eifersucht hatte ich sie meist mit der ganzen Mannschaft vom Steuermann bis zum Schiffsjungen in Verdacht. Als wir im Hafen von Hamburg eine Ladung Orangen löschten, machte ich, ohne daß meine Frau eine Ahnung davon hatte, kurzen Prozeß, verkaufte mein Schiff und beschloß, der Seefahrt Valet zu sagen. Fast gleichzeitig erwarb ich eine Hallig, ein Inselchen, mit einem kleinen Anwesen, wo ich ungestört von der Welt und der eigenen Eifersucht mit meiner Frau zu leben gedachte. Sie war von alledem verdutzt, doch sie fügte sich ohne Besinnen sogar in den kirchlichen Segen unsrer Vereinigung.

Ihr werdet nun fragen, wieso ich denn meinen ganzen Lebensplan so von Grund aus verändern, ja in sein Gegenteil umkehren konnte. Die Veränderung meines Wesens mußte vorausgehen, und das hatte eine alles andere beherrschende und verdrängende Liebe bewirkt. Alle tausend Begehrlichkeiten meiner Natur waren im Begehren nach meiner Geliebten untergegangen. Ohne ihren Besitz war mein Leben keines mehr, mit ihm entwertete sich jeder andere.

Die Veränderung meines Wesens war da, aber der Rückschlag sollte bald eintreten. Das Leben zu zweien auf der Hallig erwies es bald, daß ich kein gewöhnliches Menschenkind, sondern wirklich etwas wie eine menschliche Seekatze, einen menschlichen Fisch zum Weibe hatte. Während der ersten vier Wochen ging alles gut, aber die Einsamkeit inmitten des Wattenmeeres, nur noch von einem alten Knecht und seiner Frau mit uns geteilt, schien sie nach und nach krank zu machen. Ihre Haut wurde bleich, es ging eine Kälte von ihr aus, obgleich ein phosphoreszierendes Glimmen ihr dunkles, stechendes Auge belebte. Aber wie es bei Liebenden ist, die Heftigkeit meiner Begierden nach ihr fühlte ich fast im gleichen Maße zunehmen, wie die rätselhafte Entfremdung wuchs. Ja, sosehr ich erschrocken war, konnten mich doch die elektrischen Schläge nicht abkühlen, die eines Nachts ihr Körper wie der eines Rochen austeilte.

Des öfteren fuhr sie in einer kleinen Bark aufs Wasser hinaus, und zwar so weit, daß ich sie selbst mit dem Fernrohr nicht zu entdecken vermochte. Dagegen half weder Bitte noch Gebot. Sie fand Mittel und Wege, besonders des Nachts, wenn der Mond am Himmel stand, die meiner Wachsamkeit hohnsprachen und dem Aufpasserdienst, den ich mit den alten Hausleuten organisiert hatte.

Bisher war sie immer zurückgekehrt, aber ich blieb mißtrauisch. Ich glaubte zu spüren, daß der Gedanke an Flucht sie beschlichen hatte.

Ich will euch mit Einzelheiten nicht langweilen. Stellt euch vor, welchen Zustand ich auf der verlassenen Hallig zu überwinden hatte, als ich eines Morgens, nachdem meine Frau zweimal vierundzwanzig Stunden ausgeblieben war, ihre angeschwemmte Leiche am Strande fand.

Auf diesen Zustand muß ich nun eingehen.

Nehmen wir an, es brenne in unserm Geist ein natürliches Licht. An seine Stelle trat von Stund an ein mystisches. Die Welt erlitt dadurch allenthalben eine Veränderung, ja, sie war eine andere geworden. Es war ein Licht, das sich mit der Finsternis auf andere Weise als Sonne und Mond zu vermählen, ja andere Gebiete der ewigen Nacht zu erhellen schien. Ich bin, indes ich unter euch sitze, wiederum ganz darin eingesponnen und eigentlich eurer Welt entrückt.

Als ich mein Weib beerdigt hatte, habe ich, wie ich beschwöre, weit draußen auf dem Wasser ein markdurchdringendes höhnisches Lachen gehört, was mir die gewollt-ungewollte Überzeugung aufdrängte, daß ich von einem dämonischen Wesen gefoppt worden war. Ich wußte nun, glaubte zu wissen, die Seekatze oder Chimaera sei nicht tot, sondern habe nur eben den Weg in ihr Element zurückgefunden. Und ich sagte mir plötzlich: ja – es gibt sie noch heute, es gibt noch Meerweiber.«

Mit diesen Worten erhob sich Cardenio und trat unter einem ingrimmigen Grimassieren seines Aschengesichts dicht unter die Galionsfigur, wie ein Lehrer vor seine Wandtafel. Auch eines dünnen Stöckchens bediente er sich, um eine Erklärung, die zu erwarten stand, durch einzelne Hinweise deutlich zu machen. »Sie weiß alles und mehr als ich«, fuhr er fort, »sie lebt, ob sie auch scheinbar nur aus Klötzen von Lindenholz zusammengesetzt und gebildet wäre. Ich selber habe sie noch auf der Hallig in einem Zustand erleuchteten Wahnsinns geschnitzt. Erklärt es euch, wie ihr mögt und könnt: Chimaera selbst hat Modell gestanden. Während des Vierteljahres, in dem das Holzbild entstanden ist, habe ich mit Dämonen gerungen. Sie machten mitunter einen so betäubenden Lärm des Nachts, daß ich vor mein Haus hinaustreten und mir solche Ruhestörungen verbitten mußte. Ich habe in die Augenhöhlen, wie ihr seht, große schwarze Kugeln aus Glas eingesetzt. In ihnen verbergen sich magische Kräfte. Ich habe das Haupt mit einem dicken blauschwarzen Zopfe gekrönt, das bleiche ovale Angesicht mit ganz besonderer Liebe gebildet. Auch unter dem Kinn die milchweiße Brust.

Ich weiß heute noch nicht, ob du ein guter Dämon oder ein

höllischer Sukkubus bist, verfluchte und geliebte Seekatze! Trotzdem gehöre ich dir in Leben und Tod!«

Der Re griff ein. Es war mir klar, warum es geschah. Es sollte bei Cardenio etwas Ähnliches erreicht werden wie durch einen kühlen Wasserguß. Ohne eine Dusche bestand Gefahr, daß eine gewisse Anlage des Erzählers, die man kannte, in eine Überreizung ausarten würde, die sich von der eines Geisteskranken kaum unterschied.

Otonieri dekretierte demnach:

»Alle Schiffermärchen sind wahr. Das uns Bekannte, erklärt ein Philosoph, aus dem Ganzen der Natur verhält sich wie eine kleine Insel des Ozeans gegen den Ozean. Auch ich habe Reisen gemacht und mehr noch Studien. Auch meine allezeit offenen Augen haben mich vielerlei gelehrt. Warum sollte es keine Sirenen und Nereiden gegeben haben? In abertausend Sagen, in Stadt und Land, Fluß, Weiher, Teich und Tümpel leben sie. In den zweitausend Jahren nach Christi Geburt tauchen sie immer wieder auf, mit ein und zwei Fischschwänzen. Unzählige Miniaturen und Tafeln der Maler zeigen sie, ebenso abertausende Steingebilde der gotischen und romanischen Dome. Auf den braunen Segeln der Schiffer und Fischer von Venedig sind sie zu sehen, gemalt und eingewirkt.

Ihr habt vom Geheimnis der Südsee gehört. Sie ist heute noch ganz und gar ein Geheimnis. Wer könnte ahnen, was in ihren Tiefen verborgen liegt und was diese Mutterlauge aller und jeder Kreatur noch an Lebensgestalten hervorzubringen fähig ist. Entbinden wir nur unsere Phantasie und machen sie zum Erkenntnisorgan: das ist der höchste und letzte Sinn unsres Lebens.«

Cardenio wurde blaurot im Gesicht. Wir erschraken alle, ich wenigstens ganz gewiß, als er die Worte »Ich erzähle keine Schiffergeschichten!« förmlich herausbrüllte. Die meisten der Vereinsgenossen erhoben sich, und bald gelang es, ihn zu beruhigen.

»Ich hatte von einer Bark gesprochen«, fuhr er fort. »Damals, nachdem ich dies Kultbild, darf ich wohl sagen, auf der Hallig vollendet hatte, erwarb ich die Bark, und im Hafen von Hamburg geschah in Gegenwart der neu geheuerten Mannschaft die Nagelung, will heißen, Chimaera wurde am Bug der Bark, dicht unterm Bugspriet, festgemacht.

Das Schiff erhielt ihren Namen: ›Seekatze‹.

Bei der Feier, die darauf folgte und bei der sehr viel Rum in Gestalt von Grog vertilgt wurde, stießen wir auf die Seekatze an, die allgemein als lebendig und als unsere Patronin betrachtet wurde. Es war in der ganzen Mannschaft keiner, der nicht einen übermenschlichen Einfluß auf den Gebieten der weiten Wasserwüsten von ihr erwartete. Wozu hatte sie denn sonst ihre Fischschwänze? Sie war Patronin, war unsere Protektorin.

Nach allem, was ich bereits erzählt habe, mögt ihr wenigstens ahnen, was sie mir im besonderen bedeutete.

Ich habe vorhin zu dieser dämonischen Frau die Worte gesagt: ›Du weißt, was alles mit der Bark, die du ziertest, untergegangen ist.‹ Und sie weiß es, kann ich versichern. Sie weiß alles, sogar über euch, nicht nur über mich, weil sie ein Doppelwesen ist. Wer es bezweifelt, möge nur auch bestreiten, daß unsere Seele im Fleisch gebunden ist. Mir ist es eben gelungen, durch meine Art von Nekromantie Chimaeras Seele an Holz zu binden.

Ich weiß nicht, ob ich an meine Macht geglaubt habe, als ich das Holzbild der Toten schuf. Was sich darin als Geisterbann verwirklicht hat, hat jedenfalls alles überboten, was ein Totenbeschwörer heraufbeschwören kann. Und in der Tat, Chimaera war tot, als menschliches Wesen war sie gestorben, nur daß ebendieses menschliche Wesen bloß als ein Teil ihres wahren Wesens zu gelten hat. Freilich, auch der andere, der dämonische, der göttliche Teil hat nicht mehr seinen vollen und reinen Bestand, nachdem sich das Meerweib, was sie ja wirklich war, mit der Menschheit vermischt und den Tod als Mensch unter Menschen erlitten hatte.

Nur so viel sage ich von der Fahrt, daß wir von Stund an, als wir in See stachen, günstigen Wind hatten. Durch die Nordsee, den Kanal, den Golf von Biskaya lief die Bark fliegende Fahrt, an den Kapverdischen Inseln vorüber rauschte sie wie ein brünstiger Schwan mit Gott weiß welcher Knotengeschwindigkeit. Seltsam der Zustand, in dem ich mich damals befand. Ein Trieb, eine Sucht, etwas Unwiederbringliches wiederzugewinnen, beherrschte mich unter Qualen seelischer und fast körperlicher Art. Aber zugleich befand ich mich in einem immerwährenden Rausch von Glück, dem Kern des Unergründlichen näherzukommen. Es war keine Seereise, die ich tat wie die andern vorher. Als ich diesmal die Anker gelichtet, war ich befreit von der alten Welt und befand mich in einer, die ich mit einigem Recht als Zwischenreich bezeichnen könnte. Es war eben das Reich meiner Galionsfigur, nur daß ich von der Seite des menschlichen Lebens, sie von der Seite des menschlichen Todes mit ihm verbunden war.

Es ist gleichgültig, wie und wo mein Schiff unterging. Genug, es versank alles mit ihm, was ich als Erbgut meiner Familie bezeichnet habe, und alles, was ich bis dahin erworben und als Kaufgeld wie als Frachtgut in die Bark gesteckt hatte. Die Barsumme, die ich als Kapitän mitführte, hatte ich allerdings beim Verlassen des Wracks zu mir genommen, und es war mir mit vieler Mühe gelungen, mein Idol vom Bug des sinkenden Schiffes zu lösen und in meinem Boote unterzubringen.

Ich übergehe das meiste, was bei einer Verzweiflungsfahrt im Rettungsboot nach einem Schiffbruch unumgängliches Beiwerk ist. Ohne den unentwegten Humor des Kochs und ein Fäßchen Rum, das wir mit uns hatten, würden wir nie und nirgend mehr gelandet sein. Bald nachdem wir uns rudernd mehr und mehr von der Stelle entfernt hatten, wo mein Vermögen in Gestalt eines traurigen Wracks hoffnungslos gegen das Versinken ankämpfte, verschwand auf Nimmerwiedersehen das andere Rettungsboot, das ich dem Steuermann übergeben hatte. Wir in dem unsern waren sechs Mann.

Der Durst kann zum Mord, der Hunger zum Kannibalismus führen. Gott sei Dank, so weit kam es nicht. Aber wir hatten drei tüchtige Kerls von Matrosen verloren, als wir nach einer Fahrt von sieben Tagen und Nächten Boden unter den Füßen fühlten. Der eine ist über Bord gesprungen, der andere hörte plötzlich, vom Schlage getroffen, zu rudern auf, den dritten mußten wir über Bord stoßen, da er einen Tobsuchtsanfall bekam und uns sonst allen unfehlbar den Untergang bereitet hätte.

Wie die Insel hieß, auf der wir nach einer Woche gelandet oder besser gestrandet sind, weiß ich nicht. Es ist auch für meine Erzählung gleichgültig. Wollte man sich allerdings eine Zauberinsel ausmalen, so würde die stärkste Phantasmagorie, verglichen mit ihr, zur Ohnmacht verurteilt sein: Tote Vulkane, kalte Laven, stachlige Kakteen, riesige Schildkröten, meterlange vorsintflutliche Meerechsen, der urzeitliche Drusenkopf, Tigerhaie in den Buchten, die aus dem Wasser emporfahren, junge Seelöwen packen und mit ihnen zur Tiefe stoßen. Von Fischen aber und Vögeln an Zahl und Art eine rätselhafte Unendlichkeit. – Das war nun eine Umgebung, die meinem Zustand durchaus entsprach. Auf diesem Südsee-Eiland landen und stranden schien nur die Verwirklichung meines schon auf der Hallig vollzogenen Übertritts aus der Welt gemeiner Wirklichkeit in eine andere zu sein, die man wohl eine übersinnliche nennen mag, aber besser noch eine, die anderer und höherer Sinne bedarf, um erkannt zu werden.

Auch meinen beiden Schicksalsgenossen konnte ich anmerken, daß sich ihnen die Grenze zwischen dem, was bisher als wirklich galt, und dem andern, was sie als unwirklich hinzunehmen gewohnt waren, verwischt hatte. Am meisten war dies beim geretteten Maat, einem Schweden, der Fall, der zu träumen behauptete und die wirklichen seltsamen Gegenstände um sich her mit wirrem Protest und Gelächter für äffenden Alpdruck nahm. Dies konnte wohl manchem so leicht passieren wie ihm, wenn sich ihm nach der übermenschlichen Anstrengung einer siebentägigen Fahrt im kleinen Boot heimische Drosseln, Finken und viele fremdartige Vögel auf Schultern, Arme und Hände setzten und furchtlos trinkend den Rand des gefüllten hölzernen Wassereimers besetzt hielten, den er trug.

Diesen Schweden übrigens haben wir leider – oder sage ich Gott sei Dank? – bald eingebüßt. Er ist von einer Streife ins Innere der Insel nicht wiedergekehrt. Zehn Jahre später habe ich ihn im Gewirre von Piccadilly getroffen und angesprochen, aber der Schuft erkannte mich nicht, denn er war immer noch nicht wieder vernünftig genug geworden, um Träumen und Wachen zu unterscheiden.

Blieben demnach als Rest der Besatzung der Koch und ich. Er führte den Namen Sarrazin. Wir beide stimmten recht gut miteinander. Mit dem sachlich gebliebenen Teil unseres Wesens ergänzten wir uns. Er gehörte zu jenen Naturen, die dem Leben in jeder Lage mit Gleichmut gewachsen sind und immer bereit, darauf zu verzichten. Beim Gemüseputzen, Kartoffelschälen, Schotenauspalen, Eieraufschlagen, Hühnerschlachten und -ausweiden hatte er seit dreißig und mehr Jahren über das Dasein nachgedacht, und das Endergebnis war immer das gleiche. Er pflegte zu sagen: Die Geburt ist eine......., die Zeugung eine......., der Tod desgleichen. Und auf diese Meinung versteifte er sich.

Bei alledem hatte der alte Bursche Humor, er strotzte förmlich von lustigen Einfällen. Ohne seinen unerschöpflichen Witz und sein Fäßchen Rum hätten wir wohl nie mehr festen Boden getreten. An Gott und Teufel glaubte er selbstverständlich nicht, obgleich gerade der Teufel ihm unverkennbar und immer wieder boshaft aus beiden Augen schielte und ›Hol' mich der Teufel!‹, ›Hol' dich der Satan!‹, ›Teufel noch mal!‹ und so fort seine ständige Rede war. Es gibt keinen noch so zynischen Menschen, der nicht trotz grundgründlichster Verachtung der Welt ein besonderes eigenes Rezept hätte, sie zu verbessern. So hatte denn auch Sarrazin seine Utopie, mit der er die Welt verglich und vergleichend als unentsprechend verwarf; er hatte die Fehlerquelle entdeckt, die ihrer Miserabilität zugrunde lag, und er hielt es für möglich, zur Fehlerquelle umzukehren und von dort aus für die Menschheit den rechten Weg zu finden.

Ich komme nun, meine lieben Lichtstümpfe, einen Augenblick auf die Theorie Sarrazins. Der Mensch sei ein Tier, sagte er, und habe den falschen Weg einzuschlagen begonnen, als er von seinem Eigendünkel bestimmt wurde, sich für etwas Höheres zu nehmen als ein Tier und auf die Tierheit in sich und um sich herabzublicken. Es war seiner Ansicht nach der Augenblick, wo er den freien und leichten Gang über die Muttererde einbüßte und zu hinken begann. Er nannte sich Mensch und betrachtete sich als bevorzugtes göttliches Wesen, das zur Beherrschung aller übrigen Kreatur bestimmt wäre. Mit dieser Überheblichkeit seines geistigen Wesens überhob sich zugleich sein eines Bein, während das andere nicht nur die alte Länge behielt, sondern zusehends schrumpfte, da die ganze Schwere des Körpers unzählige Male des Tages aus der Höhe seiner Überhobenheit darauf herunterfiel. ›Hätte der Mensch sich als Tier begriffen‹, argumentierte Sarrazin, ›sich als Tier ins Bewußtsein gefaßt, so hätte er seine Entwicklung in die höhere Tierheit erstreben und durchführen können. Wir würden dann keine falsche Moral als Widernatur mit allen ihren verderblichen Folgen erzeugt haben. Wir hätten dann auch nicht‹, fügte er an, ›die unzähligen Krücken gebraucht – wir nennen sie Zivilisation –, die unser eines Bein immer länger, das andere immer kürzer machen, so daß wir im großen ganzen hinkende Krüppel geworden sind.«

Diese Mitteilung Cardenios aus dem philosophischen Hausrat des Kochs überraschte mich, weil ich Ähnliches auch gedacht hatte: deshalb jagte mein Bleistift bei diesen Eröffnungen fieberhaft über die Blätter meines Notizbuches hin. Und so konnte ich noch das Folgende festhalten:

Der Mensch auf seiner gegenwärtigen Entwicklungsstufe sei bereits mehrere Millionen Jahre alt. Bei der Bevorzugung vor dem meisten anderen Getier hätte er sich, bewußt in der tierischen Richtung kultivierend, zu einer Art Universaltier entwickeln können. Er hätte dann vielleicht den Geruchsinn eines Hundes, die Flügelkraft einer Schwalbe, die Schnelligkeit einer Gazelle oder eines Wildpferdes, das Auge eines Adlers erworben. Er wäre im Meer gleich wie in der Luft zu Hause gewesen. Er hätte dann mit der zehnfachen Schnelligkeit von Delphinen die Erde umkreist. Selbst in der größten Tiefe der Ozeane hätte er wahrscheinlich ebensowenig wie über dem Wasser und über der Erde Licht gebraucht, weil er die Fähigkeit beliebigen Selbstleuchtens besessen hätte. Ich aber setzte hinzu: das Menschentier hätte dann, mehr als heut der Mensch den Menschen, das Menschentier als einzigen Feind gehabt, was bei der ungeheuren Kraft und Ballung der Natur, in diesem Fall, die grausige Macht und Leidensfähigkeit der Natur, also sein Schicksal, ins Unbegreiflich-Fürchterliche gesteigert haben würde. Somit hatte der Koch sein cum grano salis gutes Prinzip zur Absurdität übersteigert: ohne diese Übersteigerung könnte es allerlei Segensreiches heraufführen, unter anderem durch Abbau einer gewissen Übermoral und quälenden Übergeistigkeit, die sinnlose Schmerzen und Leiden schafft und von der manche ein Liedchen zu singen wissen.

»Wir stimmten also, ich und der Koch, der Koch und ich«, fuhr Cardenio fort, »recht gut miteinander und ergänzten uns auch in praktischer Tätigkeit. So hatten wir uns am geeigneten Ort, etwa hundert Meter über dem Meeresspiegel, eine Schutzhütte mit ziemlichem Glück zurechtgemacht. Wir nannten den Prachtbau unsere Bark. Zu dieser Bezeichnung hatte die Ironie des Kochs geführt, und immer wieder behauptete er, daß es die alte ›Seekatze‹ sei, in der wir ununterbrochen mit hundert Knoten Geschwindigkeit unter vollen Segeln dahinrauschten.

Um diesen Eindruck zu verstärken, hatte er eines Tages zu meiner Überraschung auch die da mit ihrer schwarzen Zopfkrone, ihren zwei weißen Brüsten und ihren zwei Fischschwänzen über dem spitzen Giebel der Bark angebracht. Ihr wißt bereits, welch mysteriöser Doppelcharakter sie war und wie ich sie anzusehen mich gewöhnt hatte. Sie hatte mein Schiff ins Verderben geführt. Das würde mich schwerer und tiefer enttäuscht haben, wenn ich sie für einen Schutzgeist, also für einen guten Dämon genommen hätte. Das war sie mir nicht. Ich sah voraus und wartete eigentlich mit einer gewissen krankhaften Spannung darauf, daß sie mir Abenteuer ganz neuer Art und nicht etwa ein plattes Gelingen bescheren würde. Natürlich waren die Nerven des Kochs, desgleichen die meinen, durch die erlittenen Nöte, Ängste und Strapazen krankhaft erregt. Und so nahm ich als Wahrheit hin, was der Koch behauptete: ein sardonisches Lächeln habe den hölzernen Mund Chimaeras verzogen, als er sie über der Hütte festmachte.

Schon in den ersten Tagen und mondhellen Nächten, in den folgenden mehr und mehr, übte diese verwünschte Puppe auf allerlei Getier der Insel eine höchst wunderliche Anziehungskraft. Sarrazin wollte das im Anfang der grellen Bemalung zuschreiben, kam aber sehr bald unter dem Zwang höchst seltsamer Umstände von dieser seichten Vermutung ab. Chimaera lockte Vögel an, wobei allerdings die kluge Neugier der gefiederten Kleinwelt dem fremden Gebilde gegenüber in Anschlag zu bringen ist. Bald aber kamen der Koch und ich überein, es herrsche ein schwebendes Treiben, Picken, Zwitschern und Flattern um das Bild, das zu erklären die gewöhnlichen naheliegenden Gründe nicht ausreichten. Wäre hier unter den Vögeln Hungersnot und Chimaera aus Brot oder Kuchen gewesen, so hätte man eine Zeitlang den aufgeregten Zudrang verstehen können. Auch dann aber würde man sich über das Gemisch von Arten, die sich vertrugen, Falke, Eule, Drossel, Fink, kopfschüttelnd gewundert haben.

Wir hörten das brausende, zwitschernde Treiben, solange wir in der Hütte waren. Traten wir unter die Tür, verscheuchten wir es. Am besten ließ es sich aus der Ferne durch das Zeißglas beobachten und dann wiederum besonders des Nachts, wenn das Mondlicht grell auf dem Holzbild lag und es gleichsam aus einsamer Höhe durch klare Luft bis herunter zum Strande leuchtete. So konnte man sehen, glaubte vielleicht zu sehen, wie etwas Fremdartig-Sinnvolles um das Idol sich ereignete. Eine Eule strich ab, die andere zu. Die eine schien von Chimaera beauftragt zu sein, die andere, soeben auf ihrer Schulter angelangt, ihr eine Nachricht ins Ohr zu raunen. Je mehr wir zuschauten, um so deutlicher erkannten wir, oder glaubten zu erkennen, eine sinnvoll dienende Beschäftigung unter allem, was kreucht und fleucht, denn auch meterlange farbige Eidechsen gingen in Chimaeras Umkreis ab und zu, und drachenartige Drusenköpfe nahmen sich, gelegentlich in der Krone ihrer Zöpfe sitzend, wie eine königliche Helmzier aus.

Kaum eine Woche aber vor Vollmond trat etwas ein, wodurch uns unsere Chimaera anscheinend das Gruseln lehren wollte. Wir spürten plötzlich den unwiderstehlichen magischen Druck ihrer Gegenwart. Über eine Felsenkante blickten wir in eine Bucht, und plötzlich belebte sich nachts diese schwarze Bucht durch das Geheul und Gebell unzähliger Seehunde. Kleinere Robben, Walrosse, Seelöwen, Seekühe tummelten sich dort in wachsender Anzahl herum und machten einen ohrenbetäubenden Lärm.

Obgleich der Gedanke sinnlos war, fürchteten wir manchmal, sie würden uns in unserer für sie doch gänzlich unzugänglichen Höhe angreifen; dermaßen steigerte sich das Toben, das, wie wir in unserer Erregung glaubten, gegen uns gerichtet war. Wir waren in eine Urwelt verschlagen, und so verloren wir die Maßstäbe, mit denen die Zivilisation so sicher hantiert.

Und nun in der wütenden Überreizung unserer Schlaflosigkeit schoben wir diese unerträgliche Peinigung irgendwie auf die Bosheit der Galionsfigur, sprangen vom Lager, rannten ins Freie hinaus, legten eine Leiter an und warfen ihr knallend ein schweres Focksegel über.

Der Lärm in der Bucht verstummte im Augenblick.

Mit der Zeit gewöhnten wir uns wie an vieles andere unseres neuen Zustandes auch an das Robbenkonzert und dachten nicht mehr daran, unsere hölzerne Seekatze oder Nereide zu verhängen. Wir hatten uns leidlich eingerichtet: der dunkelhaarige, an Gestalten aus Tausendundeiner Nacht erinnernde Sarrazin hatte auf seine Weise mit erstaunlicher Umsicht für eine Robinsonade vorgesorgt, so daß wir auf lange hinaus mit den Segnungen einer Bratpfanne, eines Suppentopfes, einer Teetasse, einer Kaffeemaschine rechnen konnten. Hie und da ein oder zwei Gläser Grog lieferte das Rumfaß, aus dem wir uns, wenn wir nur wollten, das Delirium tremens antrinken konnten. Den Koch befähigte ein Geruchsinn von rätselhafter Schärfe, eßbare Früchte und Kräuter aufzuspüren. Ihm hatten wir auch die Entdeckung der eiskalten Quelle zu verdanken, an der wir uns allzeit mit frischem Wasser versorgen konnten. Das war ebenso nötig für den Tag, da wir äquatoriales, also tropisches Klima hatten, wie der heiße Grog für manche recht kalte Nacht.

Wochenlang allerdings war die Hitze durchgehend, so daß ein Schutz vor ihr weder tags noch nachts und weder im Freien noch in der Hütte zu finden war. Der Vollmond selbst schien sie auszustrahlen.

In einer solchen Nacht wurden die lärmenden Seehunde plötzlich still. Kalte Kompressen um den Kopf, saßen wir in Gesprächen wach, da man auf Schlaf nicht hoffen durfte. Wir hatten zwischen uns ausgemacht, nichts zu berühren, was mit unserm Schiffbruch und unserer Lage zu tun hatte, weil wir uns in der ersten Zeit durch immerwährendes Erwägen unserer Rettungsmöglichkeit bis zum Wahnsinn zermürbt hatten. Nun aber begingen wir die Inkonsequenz, ein nahendes Schiff zu vermuten und spähend vor die Hütte zu treten, wo aber selbst mit dem Zeißglas nichts zu entdecken war.

Mochte nun ein Tigerhai unter die Robben gefahren sein oder was immer, es war uns gleichgültig, da wir eine erregte Hoffnung getäuscht sahen. Anders als wir geendet, also erheblich niedergeschlagen, setzten wir unsere Gespräche fort.

Der Koch ritt immer sein Steckenpferd und wollte auch jetzt nicht heruntersteigen. Mehr in der Tierheit ruhend als heut, erklärte er, würden wir der Schwierigkeit unserer Lage ganz anders und besser gewachsen sein und uns nach der Widernatur der Zivilisation nicht zurücksehnen. Was er sagte, konnte für mich nicht zutreffen, da ich ein ganz besonderes Schicksal mit einer ganz besonderen Erwartung in mir trug, Umstände, die ihm fremd geblieben wären, selbst wenn ich sie nicht so vollständig, wie ich tat, verschwiegen hätte. Freilich, was bedeuteten schließlich auch solche Äußerungen Sarrazins, da sein Humor im großen und ganzen nicht gelitten hatte. Er brachte denn auch, seine Phrasen abbrechend, die Herdglut mit einem Federwisch bewedelnd, ein Feuer in

Gang und hatte im Handumdrehen auf unserer Pfanne ein Gericht aus vielerlei Vogeleiern fertig. Essen und Trinken erhalte den Leib, sagte er, gebe Mut und schütze vor Langerweile.

Auf dem Wege vom Herd zum Tisch stutzte der braune Kerl, die Pfanne mit dem duftenden Mahl am Stiel haltend. Seine grauschwarzen Haare sträubten sich. Schweigend wies seine Linke gegen das Dach, wo sich schleifende, trappelnde, gurrende und piepsende Geräusche hörbar machten. ›Nun ja, die Seekatze‹, sagte ich, ›hält wieder einmal eine ihrer nächtlichen Assembleen ab. Das ist man doch nachgerade gewohnt, Sarrazin.‹ Er winkte mir Schweigen, um weiterzulauschen.

Ebenso außergewöhnlich scharf wie sein Geruchsinn war das Gehör Sarrazins. Er hörte in Wahrheit das Gras wachsen. Mitunter machte er mir von Eindrücken dieser Art Mitteilung, die ich nur als Halluzinationen verstehen konnte. Etwas dergleichen geschah wiederum.

›Horchen Sie, horchen Sie, Kapitän‹, sagte Sarrazin. So hätte er komisch wirken müssen: die Haltung wie ein Bild im Panoptikum, die Augen wie künstlich bewegt und eingesetzt, die noch brutzelnde Pfanne in der Rechten. Allein mir starben die Hände ab, ich fand sein Betragen schauerlich. ›Es geht irgend etwas vor, Kapitän‹, fuhr er fort. ›Die Teufelin da auf dem Dach will sich losmachen, die Teufelin will in das Wasser zurück.‹«

Cardenio schwieg. Er fuhr mit der Totenhand von unten nach oben über Stirn und Glatze hin, er schloß die Augen, wie wenn er sich gleichzeitig sammeln und Mut machen wollte. Ich habe notiert, daß ihm Schweißtropfen über das Gesicht rannen. Dann aber nahm das Antlitz einen unaussprechlichen Ausdruck an, der es schön, der es jung machte. Ein kindliches Lächeln umspielte die Mundwinkel des alten Hidalgo so rätselvoll, wie ich es sonst nur noch einmal erblickt habe: bei einem träumenden Säugling, zwei Monate alt, wo es mir eine Offenbarung schien, eine Erinnerung an verlassene Himmel.

Aber Cardenio atmete schwer. Er keuchte, als dieses Lächeln vorüber war. Es schien ihn ein Schwindel zu befallen, weshalb man ihn stützte und in seinen Lehnstuhl zurückbrachte. Er stürzte ein Glas Nostrano hinunter und konnte fortfahren.

»Der Koch stand, wie ich euch erzählt habe, liebe Lichtstümpfe, nachdem er etwas behauptet hatte, was nur mit Wahnwitz zu erklären ist, nämlich daß ein Holzbild von einem Balken sich selbsttätig losmache – ein Holzbild von einem Balken: bedenket das! Mich lange deshalb zu verwundern, blieb keine Zeit, da Sarrazin seine Pfanne fortschleuderte und, wie von einer Unfaßbarkeit berührt, wie jemand, der erstickt, nach Atem, vergeblich nach Worten rang.

In der nun folgenden Stille, die wie ein Bann oder Alp auf uns lag, wußten wir nicht, ob uns einer jener gefährlichen Zustände, die wir fürchteten und um derentwillen wir unsere Schweigegesetze beobachtet hatten, doch in seine Gewalt bekommen habe oder ob das, was wir fühlten und vor allem hörten, wirklich war: im ersten Falle hatte sich einer für den anderen in ein fremdes, grauenvolles Gespenst verwandelt, im andern Fall mußte ein Mensch, mußte ein Weib, und zwar eine Sängerin, eine, die unerhörte, nie vernommene Klänge in der Kehle hatte, nahe sein.

Daß die Sage von den Sirenen keine Mythe ist, mußte mir in der gleichen Sekunde überwältigend aufgehen.

Sicherlich hatte der Koch so gut wie ich den Gesang gehört. Aber der Blick, den er nun auf mich richtete, ein gräßlicher und gehässiger Blick, schien zu fragen, ob ich ihn gehört habe. Mit dem Zweifel darin verband sich die Hoffnung, es möge nicht so sein.

Blitzschnell drangen nunmehr in mein Gehirn allerlei Erklärungsversuche, darunter auch dieser: es könne in der Bucht ein Luxusdampfer vor Anker gegangen sein, er könnte eine Operndiva an Bord haben. Was der Koch vermutete, weiß ich nicht, aber sicherlich konnte bei ihm so wenig wie bei mir eine platte Deutung wie diese der unbegreiflichen Erfahrung gerecht werden, die wir gemacht hatten. Noch war ich mir nicht schlüssig geworden, als Sarrazin bereits mit einem Sprung aus der Tür war.

Ich wußte genug von den gefährlichen Anfällen, denen Schiffbrüchige unserer Art unterworfen sind, um das Schlimmste für ihn zu befürchten. Stürzt sich jemand wie er blind und rasend in die Nacht hinaus, so hat man Grund, mit seiner Wiederkehr nicht zu rechnen. Aus solchen Zuständen gibt es höchstens ein kurzes Erwachen, wenn nach dem Sturz vom hohen Steilufer die Woge über ihrem Opfer zusammenschlägt.

Ich selber war eigentümlicherweise grade durch das Verhalten des Kochs zur Vernunft gebracht. Wir waren einfach, so sagte ich mir, durch einen satanischen Kniff um die Frucht unserer Diätetik der Seele betrogen worden. Nunmehr allein, hatte ich die Aufgabe, das Schicksal des Kochs von mir fernzuhalten.

Um mich sachlich zu unterrichten, trat ich ins Freie hinaus. Chimaera hing unbeweglich an ihrem Ort mit nur einem kleinen Kauz als Gesellschafter. Mein bewaffnetes Auge sah nichts als die graue, dämmrige Öde der See und die leere Bucht, die übrigens so durchsetzt von Klippen war, daß sich ein Schiff nicht hineinwagen konnte.

Und doch, mochte das Verhalten des Kochs immerhin Geisteszerrüttung gewesen sein, es gelang mir nicht, das, was mir als Sirenengesang die Seele umwühlte, für ihren Ausfluß zu halten. Es gab keinen Wahnsinn, konnte keinen geben, durch den eine solche Erscheinung entbunden würde. Wenn ich auch vielfach in Schmökern las, man wisse nur etwas von der eigenen Vorstellung, nicht aber von ihrer Ursache: ich konnte mich nicht dazu verstehen, mich bei dem Gedanken zu beruhigen, der gehörte Gesang habe seinen Ursprung nicht außer mir, sondern allein in meinem Innern.

Nein, mir hatte vielmehr die überall um mich entbundene Allnatur durch den Gehörsinn Berührung mit einem unbekannten Gebiet gewährt und zugleich unstillbare Sehnsucht in mir erzeugt, sein Geheimnis ganz zu ergründen.

Wie alle hatte ich einen Vater«, sagte Cardenio. »Als er auf dem Sterbelager wenige Tage vor seinem Ende mit gefaßter Seele den Tod erwartete, wachte er einmal aus kurzem oberflächlichen Schlummer auf und beteuerte mir, der an seinem Bette saß, daß er etwas unaussprechlich Schönes, etwas unausdenkbar Himmlisches eben erlebt habe. Um es wieder zu gewinnen und festzuhalten, legte er seine Kopfkissen so und so zurecht und damit seinen Kopf, weil er es an eine gewisse Lage der Kissen und des Kopfes gebunden glaubte. Zum zweiten Male jedoch wurde ihm die beseligende Tröstung nicht.

Es bestand, wie ich glaube, zwischen meiner Erfahrung und der, die mein Vater gemacht hatte, in Ursprung und Ausdruck eine Wesensähnlichkeit und zugleich Gegensätzlichkeit. Das

Geläut der Sirenenstimme hatte nichts mit Schwäche und Todesnähe zu tun, sondern es sprach von Kampf und Leben. Nicht der Zephir süßseliger Paradiesesruhe, mit Wonnen ohnegleichen geschwängert, lag darin, als Versprechen an eine müde Seele, sondern man könnte es eher einem brünstigen Weckruf gleichsetzen, dem die göttliche Kraft entströmt, ohne die ihm der Geweckte nicht folgen kann. Während ich wiederum den Gesang vernehme, der unvergeßlich und unverlierbar ist, wird es, je mehr ich in mich hineinhorche, um so schwerer, euch auch nur ein schwaches Echo davon zu vermitteln. Die Stimme war weiblich, das mögt ihr festhalten. Aber ihre Koloraturen voll strömender Melismen gingen von der Höhe des Soprans bis zum tiefsten heroischen Alt. Tagelang konnte ich nicht begreifen, um so weniger, je länger die Erscheinung hinter mir lag, wie sich das gleichsam unendliche Phänomen in einer Sekunde verwirklichen konnte.

Mit diesen Tönen wie in unmeßbaren Pfeilern baute sich eine andere Welt, ein Weltendom, durch welchen gleichmäßig und erhaben der Strom unendlichen Werdens, unendlichen Schwindens hindurchrauschte. Dabei riß sich der Raum der Götter, der Raum der Dämonen auf, die mit mehr behaftet sein mußten als Todesmut, da sie nur Leiden, nicht den Tod kannten. Irgendwie war in diesem Gesang eine wilde, alles zum Kampfe herausfordernde, unendliche Trostlosigkeit. Er mußte mein Ohr verwandelt haben, bevor es ihn, ohne zerstört zu werden, vernehmen konnte. Es lag etwas Freches, Furchtloses in dem Gesang, er erhob sich, so schien es, über einen Fluch, den er ewig bekämpfte. Keine Verhüllung, keine Beschönigung kannte diese urgewaltige, fluchbeladene allmächtige Welt, aber sie war nicht glücklos zu nennen. Sie erzwang sich mit den Waffen unendlicher Kräfte ihr furchtbares, ihr verderbliches Glück, und es war ein dämonischer Jubel deshalb, der sich, gesättigt mit Hohn, in diesen Gesang mischte.«

Cardenio priemte wie alle Seeleute. Indem er jetzt mit Entrüstung und Ekel einen braunen Speichel von sich spie und, mit der Fußsohle auf ihn tretend, gleichsam alles zertrat, was er selber sowie was um ihn war, schloß er seine Beschreibung des Gesanges mit diesen Worten:

»Pfui Teufel, pfui Teufel! Wie jämmerlich, wie erbärmlich, wie miserabel leben wir!«

Die Gesellschaft der Lichtstümpfe brach unisono in ein lautes Gelächter aus. Ich hatte den Eindruck, sie waren froh, durch das Ausspucken des Erzählers und seine Beleidigung des Klubs diese Gelegenheit zu erhalten. Hatte doch die Schilderung des Gesangs ihre Aufmerksamkeit auf die bisher schwierigste Probe gestellt und ebenso ihre Fassungskraft, die dem neuesten Abschnitt der Erzählung in keiner Weise gewachsen war. So aber waren sie rege geworden und erhoben die Gläser, um im allgemeinen Zudrang mit dem Sprecher anzustoßen, was dieser als Begeisterung deuten konnte.

Und wahrlich, meine eigene Auffassungsfähigkeit ließ mich vor dem zuletzt Gehörten vielfach im Stich. Und weil ich wissen wollte, ob der Vereins-Protokollführer, genannt Annibale, besser im Bilde sei und gegebenenfalls aushelfen könne, sah ich mich lebhaft nach ihm um. Ich fand ihn, und seine und meine Augen trafen sich. Als ich kopfschüttelnd meinen Bleistift erhob, womit ich meine Unfähigkeit zu folgen ausdrücken wollte, gab er die gleiche Geste zurück und zuckte hoffnungslos mit den Achseln.

Es konnten aber in diesem Bericht trotzdem einige seiner Notizen benutzt werden. Er gewinnt dadurch keine Vollständigkeit, aber doch annäherungsweise Richtigkeit. Leider kann er von dem pathetischen Feuer keinen Begriff geben, in das Cardenio-Mausehund sich verstieg, noch von den höllischen Strahlen, die dabei zwischen seinen Wimpern hervorschossen.

Ich setze seine Erzählung fort:

»Die Nacht bis zum Morgen war immerhin eine der erregtesten. Die Fundamente, die ebensowenig ein Geist wie ein Haus entbehren kann, waren ins Wanken geraten. Vom Morgen aber, vom Licht des Tages, von der Sonne erwartete ich neue Fassung und Festigung.

Den Verlust des Kochs, wunderlicherweise, beklagte ich nicht, eher war ich froh, mit seiner Gegenwart nicht mehr rechnen zu müssen. Warum ich plötzlich so und nicht wie früher zu ihm stand, hing irgendwie mit dem Erlebten zusammen. Somit war ich denn keineswegs erfreut und beinahe entsetzt, als der Verlorengegebene im Dämmer des Morgens hereinstürzte und wortlos auf sein Lager sank.

Unser Verhältnis war in der Tat, wie die nächsten Wochen immer deutlicher zeigten, abgekühlt. Es war Entfremdung eingetreten mit allen ihren Begleiterscheinungen, wortkargem

Wesen, ja einer Art von Schweigsamkeit, die deutlich zeigt, daß man lieber allein wäre.

Also lag etwas zwischen uns.

Es konnte die Furcht vor den Mächten sein, die in uns schlummerte und die jeden von uns, wie wir wohl gespürt hatten, in einem nicht vorauszusehenden Augenblick zur Gefahr für den andern machen konnte.

War Urfeindschaft zwischen uns ausgebrochen oder in uns bloßgelegt? Jener Instinkt, der etwa den Hund zum tödlich hassenden Gegner des Bären macht? Dann waren vielleicht die Verkleidungen unserer Seelen in demselben Fall wie unsere Kleider, die in morschen Fetzen mehr und mehr von uns abfielen und den Körper entblößten.

Vielleicht gab es etwas, das jeder dem andern verbergen wollte. Es hatte zum Beispiel keiner von uns den andern gefragt, ob er in der bewußten Nacht den Sirenengesang gehört habe. Vom ersten Augenblick an behauptete sich immerwährend das Hindernis.

Früher machten wir gemeinsame Ausflüge. Nun blieb Sarrazin Stunden, halbe und ganze Tage weg.

Heimlich verfolgte ich den Koch. Was hatte ich eigentlich für ein Mißtrauen? Ich weiß keine Antwort, ich wußte es nicht. Furcht konnte eine der Ursachen sein. In seinem dumpfen und möglicherweise kranken Hirn konnte die Absicht entstehen, mich aus dem Wege zu schaffen. Ein solcher Gedanke war Widersinn und mochte für Sarrazin Selbstmord bedeuten. Indes, man weiß, daß ein Geisteskranker auf die Stimme der Vernunft keine Rücksicht nimmt. Hier wollte ich möglicherweise vorbeugen.

Nein, der stärkste Beweggrund meiner immer leidenschaftlicher durchgeführten Spionage schien Eifersucht. Mir war, als wolle er mir irgendwie und bei irgendwem den Rang ablaufen.

Kein Wunder, wenn Sarrazin mit meinem Zeißglas die Kimme der See immer wieder absuchte: wir erwarteten beide das Rettungsschiff. In menschenferner Einöde ausgesetzt, pflegten wir dieses Durchforschen der Weiten als unsere liebste Beschäftigung. Konnte doch jede, die nächste, die übernächste Sekunde die Wendung bringen. Eher fiel es schon ein wenig auf, wenn er seine Beobachtungen nicht von der Plattform unserer Bark oder höher oben anstellte, sondern unten am Strand, ja wohl gar an der Seehundsbucht, wo überragende Klippen die Aussicht raubten.

Hier bevorzugte er, wie ich feststellte, eine Nische im Fels, von der er mitunter stundenlang auf ein und denselben Punkt starrte. Ich wollte dahinterkommen, was er dort sah, und es gelang mir eines Tages, unbemerkt seinen Platz einzunehmen, als er zu Hause betrunken im Schlafe lag. Es war nicht schwer, in der Blickrichtung, die er bevorzugte, den Eingang in eine Höhle festzustellen, deren Wölbung dicht über dem Wasserspiegel einem kleinen Boote die Einfahrt ermöglichte, freilich nur bei ruhiger See. Stärkerer Seegang schloß nach gleichmäßigen Intervallen das Tor, und zwar nicht selten mit einer gewaltigen, schußartigen Detonation.

Es kam eine Nacht, in der ich Sarrazin mit hohem Fieber daheim wußte. Wir hatten Vollmond. Die Nacht war aufregend, die Seehunde tobten in der Bucht und um den Eingang der Höhle herum.

Ich konnte von meinem Beobachtungsplatz auch die Bark sehen und, mit einer beinahe unverständlichen Deutlichkeit, meine Galionsfigur. Wer war sie nun eigentlich, diese Chimaera, diese Seekatze? Und die, nach der sie gebildet war? Wer ist jene Kapitänsfrau gewesen, die ihr erster Besitzer in einer Hafenspelunke aufgelesen hatte? Lag ihr Übergang zu mir im Plane der Vorsehung? Oder habe ich etwas an mir gehabt, was schon das Meerweib lüstern gemacht hatte? Sie hatte ihre dämonische Seele in Holz gebannt, sie hatte uns mancherlei Zeichen gegeben. Mein Schiff war dahin, wir hatten sie an die Hütte gehenkt. Stillstand, schien es, kannte sie nicht. Immer war sie in mystischer Fahrt sozusagen. Was war hier Leben, was war Tod? Sie war eine Tote und trotzdem lebendig. Dort hing sie noch immer, wie gesagt, trotz der Entfernung unheimlich nah. Ich sah, wie die Eulen im Mondschein ab- und zuflogen. Und siehe: das fahle Haupt, die funkelnden Augen, der weiße Leib belebten sich. Sarrazin hatte es mir geschworen, daß gewisse große Seevögel nachts ihr Fische zutrügen, eine Behauptung, die gespielter oder wirklicher Wahnwitz war. Ist sie ein Vampir? dachte ich und erinnerte mich an die Gepflogenheiten des Aberglaubens, wo man Gräber öffnet und Leichen pfählt, weil man annimmt, daß sie in Nächten aufstünden und schlafender Menschen

Blut tränken. Hing sie vielleicht dort oben am Kreuz, um etwa im nächsten Augenblick sich, spottend der Kreuzigung, mit einem Brunstschrei loszulösen?

Dem Felsen entströmte zitternde Glut, das Meerwasser war ein heißes Bad. Wenn ein Mensch in der Lage wie ich Phantasien und Wirklichkeiten vermischte, so läßt sich das wahrlich leicht erklären. Ich fürchtete jeden Augenblick, meine vampirische Seekatze werde sich loslösen und auf Fledermausflügeln, gierig nach meinem Blute, herabschweben. Es konnte also auch eine durch meinen erregten Zustand bedingte Täuschung sein, wenn ich plötzlich wiederum den Gesang zu vernehmen glaubte, der mich und den Koch so verändert hatte.

Freilich, was man gemeinhin Täuschung nennt, war die Erscheinung nicht. Was an ihr Täuschung war, hatte eine Verbindung mit einer realen Macht geschlossen, die mich höchst unsanft anpackte. Der übermenschliche Klang und Gesang, den ich nun wiederum vernahm, schien mich mit seinen fast mechanisch spürbaren Schallwellen aller Schwere zu entkleiden und machte mich widerstandslos bis zur Hilflosigkeit. Die magische Macht dieser unsichtbaren Sängerin wuchs und wuchs in wenigen Minuten so unwiderstehlich an, daß ich für die Aufnahmefähigkeit nicht nur meines Gehörs, sondern auch meiner Seelenkräfte bangte. Und wenn es Worten niemals gelungen ist, die flüchtigen Tiefen und noch so kurzen Tonrätsel irdischer Meister wiederzugeben, wie sollte es mir gelingen an diesem mich völlig übermannenden Phänomen? Dieser Gesang kam aus einer Welt, der meine schwache Natur nicht gewachsen war: deren Erbärmlichkeit aber nahm beschämende Formen an, als ich mich, ähnlich als stünde ich mitten in einem Wirbelsturm, an Gesträuchen und Felsen angstvoll festklammerte, bis ich, wie ein dürres Blatt, widerstandslos landeinwärts getrieben wurde.

Ich war über und über mit kaltem Schweiß bedeckt, als ich in unserer Hütte landete. Sarrazin lag in der Koje und röchelte. Mein Eintritt belebte nur seine Träume, erweckte ihn nicht. – Da lag dieser einst gesunde, so heitere Mensch und war einer Krankheit anheimgefallen, die ihn von innen her schon fast zerstört hatte. Ich aber hatte mir zu gestehen, daß ich nicht frei von der gleichen Krankheit war und von dem gleichen Dämon besessen, wenn ich ihm auch vielleicht noch erst in einem geringeren Grade als der Koch verfallen war. Da schwur ich mir, den verborgenen Dämon mit höchster Entschlossenheit niederzukämpfen, mit der Wurzel auszurotten auch jenen Geist des Fürwitzes und der Lüsternheit, der, gefährlich verlockend, eine Art Neugier ist, ein Versprechen, daß selbst die Krankheit etwas Wunderbares enthüllen werde.

Die sicherste Rettung auch vor diesem beinahe unabwendbaren Übel war natürlich ein Schiff. Und mit der plötzlichen Hoffnung, ein Segel oder den Rauch eines Dampfschiffes zu entdecken, trat ich wieder ins Freie hinaus. Eine körperliche Spannung dehnte, so daß mich die Rippen schmerzten, meine Brust wie gegen Fesseln, die sie zusammenschnürten. Ich wollte sie sprengen, wollte wieder frei, vernünftig und nüchtern sein.

Leider unterstützte, was ich sah, nur sehr schwach meine Anstrengung. Das Wunder, das mich süß und vielleicht tödlich belastete, erlosch wie die Kerze im Tageslicht, denn nun war das Wunder lückenlos überall ausgebreitet. Oben die Milchstraße, das Sternbild des Schiffes und das südliche Kreuz. Das wirkte auf mich ein, als ob ich in einer Moschee wäre und die Sterne wie Lampen an unsichtbaren Schnüren aus der blauschwarzen Kuppel herunterhingen. Unten das unendlich gebreitete Meer, jener Große oder Stille Ozean, der die südliche Hälfte der Erde beinahe überdeckt. Fast ertrage ich die bloße Erinnerung an die Schönheit des Meeres, an die Tiefe des Meeres nicht und an seine Furchtbarkeit. Und ebensowohl könnte ich sagen, ich verschmachte ohne die Größe des Meeres, ich verschmachte ohne die Weite des Meeres und nach den furchtbaren Rätseln des Meeres. Es ist nicht anders, so wahr mir Gott helfe! Was liegt noch alles in ihm verborgen, in dieser Mutterlauge aller und jeder Kreatur, in der sich noch immer bewegt und ausgetragen wird, was kein noch so wilder Phantast zu erdichten verstünde.

Nun, mit dem trotz allem festgehaltenen Gedanken, mich zu ernüchtern und ein Schiff zu sehen, legte ich meine Augen an die Okulare des Zeißglases. Ich richtete es eine Zeitlang nach Süden, Osten und Westen hin, bis mich von der glänzenden Straße, welche der Vollmond aufs Wasser warf, eine gewaltige Blendung traf. Und dort sah ich etwas, ihr lieben Lichtstümpfe, was mir die Furcht vor der möglichen Umnachtung meines Geistes keineswegs von der Seele nahm, sondern sie fast durch die Gewißheit ersetzte, daß diese Umnachtung bereits vollständig war...«

Hier unterbrach Otonieri den Erzähler Cardenio unter Zustimmung aller Lichtstümpfe. »Auch bei uns, lieber Vereinsbruder«, sagte er, »nimmt diese beklemmende Spannung zu. Würdest du nicht die Güte haben, diese Spannung, diese Umstrickung unserer Brustkästen etwas aufzulockern? Du lebst ja noch, bist also aus dieser schweren Prüfung deiner Verstandes- und Nervenkräfte hervorgegangen. Sage es, denn du weißt es ja, was es mit dieser Stimme auf sich, was es mit dem Verhalten deines Kochs auf sich hat und was die Linsen deines Glases dir gezeigt haben.«

Wie ein Nachtwandler, den man aus dem Schlafe geschrien, zitterte nach diesen Worten Otonieris, des Re, Cardenio.

»Ich schwöre!« schrie er, »und will es beschwören, daß ich ein Meerweib sah. Auch damals konnte ich daran nicht zweifeln. Aber eben die unabweisbare Tatsache und ihre Stärke warf mich zunächst in Bestürzung und Ratlosigkeit. Im Anfang dachte ich, es sei ein Seelöwe. Auch bei dieser Robbenart war ein Mondscheintaumel, eine sich gleichsam in Verzückung auslebende Trunkenheit wie hier nicht unmöglich. Aber etwas, das mir sogleich befremdlich war, sprach dagegen. Das seltsame Lebewesen tauchte wie die Robbe im Glitzern des Mondes unter und auf, aber es hatte Glieder wie Arme, mit denen es große silberne Fische immer aufs neue, aus der Tiefe zurückkehrend, lachend um sich schleuderte. Und ich hörte ein Lachen, wahrhaftig. Es war, wollt ihr glauben, jenem ähnlich, das ich auf der Hallig vernahm, als ich die angetriebene Leiche meines Weibes am Strande entdeckt hatte.

Nun also, ich schraubte an meinem Glase herum und konnte bald deutliche Formen erkennen. Und da sich das Ungeheuer, immer spielend und springend und Kobolz schießend, auf mich zubewegte, konnte sehr bald kein Zweifel mehr standhalten. Erstlich sprach ich laut meinen Unglauben aus, dann mit wachsendem Staunen die nicht mehr zu leugnende Tatsache, dann wiederum Zweifel, wiederum Unglauben, um endlich in einer Empfindung zu verstummen, die unaussprechlich ist.

Es ist kein Kleines, wenn man, von der Natur überführt, das gänzlich Neue und Wunderbare verwirklicht sieht. Mag sein, man ist vor dem Vorhang herumgeschlichen und hat allerlei hinter ihm geahnt, ist auch vielleicht von magischen Strömungen aus dem Jenseits berührt worden, dennoch ist das Geheimnis gewahrt. Alles dies aber galt nicht mehr. Hier war ein Geheimnis innerhalb der unendlich geheimnisvollen, unergründlichen Fülle der Natur wirklich preisgegeben. Ich stand mit beiden Füßen in einer Region, zu der es mich dunkel getrieben hatte. Alle Götter tragen das Merkmal der Sterblichkeit, heißt es, alle Sterblichen das Merkmal des Göttlichen. Die Abermillionen Jahre der Erdgeschichte, die wildere, mächtigere Ballungen brauchten, um lebensfähige Wesen zu schaffen, als sie heute am Werk sind, hatten also eines dieser nie gesehenen, überall geglaubten Geschöpfe doch zurückgelassen.

Ich hatte es im Gefühl, es müsse diese wundervolle Kreatur für den Kampf, in den die Erdgeschöpfe nun einmal geworfen sind, mit ganz andern Kräften ausgestattet sein als wir. So schätzte ich auch den Kampf, den sie kämpfen mußte, um so viel furchtbarer. Kurz, ich brachte sogleich den gehörten Gesang, dessen Wesenheit ich vergeblich zu schildern versuchte, mit ihr in Zusammenhang.

Sagt mir etwas über den Sinn der Welt. Sagt mir etwas über die Schickung, in die wir hineingeworfen sind. Sagt mir, warum der Seeigel sich in die Kalkriffe dieser Südsee bohrt, innen wächst und eine Höhle höhlt, in die, ein und aus, das Wasser strömt. Er wird wie eine Orange groß und verläßt nie mehr bis zum Tode seine Höhle. Sage mir, Allmächtiger, warum dies geschieht, warum dieses arme Wesen sich hinter kleiner Öffnung im Dunkel verstecken und vom Zustrom des Wassers in seine Nacht ernähren muß! Warum ist es da, warum muß es leben?

Ist es auf Warten angewiesen, wie ja so vieles auf Erden auf Warten angewiesen ist? Lautet die Antwort ›Ja‹: auf was wartet es? Und, frage ich, auf was warten wir alle? Auf den Frieden nach dem Kampf? Das ließe sich hören, liebe Lichtstümpfe! Dann müßte es etwa Welten geben, wo alles, was hier durch Kampf, Raub und Mord im Zwange qualvoller Triebe nur kläglich und spärlich verwirklicht wird, in unendlicher Fülle des Friedens sich Göttern darbietet.

Ich komme von meiner Erzählung ab«, fuhr Cardenio fort, »und gerade in einem Augenblick, wo mein Erlebnis in die erste schwere Krise tritt. Von der Wundererscheinung hingenommen, mit dem Glase am Auge in sie vertieft, hörte ich plötzlich röchelndes Atmen. Solche durch Selbsttäuschung entstehenden Geräusche erlebt man viel in der Einsamkeit, wie ich aus Erfahrung wußte. Obwohl ich darum die Täuschung, wofür ich das Röcheln hielt, nicht weiter beachten wollte, warf ich mich jäh wie geschleudert herum und sah die höllische Fratze Sarrazins, der wie sein eigenes Gespenst mich anstarrte.

Es begann ein Ringen, das nicht um einen olympischen Ölzweig ging, sondern um etwas unausgesprochenes anderes: auf Leben und Tod.

Nicht lange war der Ausgang des Kampfes zweifelhaft. Der Überfall war, wie es bei einem Koch naheliegend ist, mit einem spitzen Messer erfolgt. Sarrazin hätte, bevor ich mich wandte, zu einem Meuchelstoß in meinen Rücken ausholen können. Er tat es nicht – das war sein Verderben. Sofort richtete ich meinen Gegenangriff auf die blitzende Waffe in seiner Hand und packte sein Handgelenk mit beiden Fäusten. Der verzweifelte Druck, den sie ausübten und durch den die Finger des Mordbuben kraftlos wurden, zwang Sarrazin, das Messer fahren zu lassen: es flog in großem Bogen davon.

Ich mag damals wohl ein starker und ziemlich entschlossener Mensch gewesen sein, obgleich ich an Raufereien wenig Geschmack hatte. Der schwammige, durch seinen Beruf etwas verfettete und verweichlichte Koch konnte nicht ernstlich gegen meine stählernen Muskeln und Sehnen aufkommen. Ich schlug ihn nieder und schnürte ihm Hände und Füße, so lange, bis er bewußtlos war: das verlangte, es ging nicht anders, meine persönliche Sicherheit.

Eine Stunde später, als er wieder zur Besinnung gekommen war, begann eine peinliche Inquisition. Ich hatte ihn auf sein Lager geschleift: ich mußte wissen, was ihn zu seinem tückischen Überfall veranlaßt hatte. Es mochte das Fieberdelirium sein. Delirium hin, Delirium her: es war für mich die gleiche Gefahr, ich durfte mich ihr nicht nochmals aussetzen. Und übrigens faßte ich den Verdacht, daß er das Fieber ganz oder teilweise simuliert hatte, um, falls sein Anschlag mißlang, seine Verantwortlichkeit herabzumindern.

Weshalb wollte er mich nun aber hinwegräumen? Etwa weil ihm meine Person seit jener Nacht, wo wir zum erstenmal den Gesang hörten, widerwärtig, ja unerträglich geworden war wie mir die seine? Und wirklich, es fehlte damals nicht viel, so wäre ich aus Ekel und Abscheu und einem noch andern – Gott weiß welchem andern! – Gefühl an dem Gefesselten zum Mörder geworden. Dabei hätte ich vollauf recht gehabt, mich nicht als Mörder zu fühlen, sondern als Rächer und als Richter, überdies war ich ja zur Notwehr gezwungen.

Ich betäubte den Koch mit Veronal, zumal er mir immer verwirrter antwortete. Ich konnte ja mein Verhör nicht ins unendliche fortsetzen. Als er glücklich in Schlaf gesunken war, warf auch ich mich aufs Lager.

Da kam es mir vor – ich mochte wohl in eine Art Halbschlummer eingegangen sein –, da kam es mir vor, als ob ich geweckt würde. Als ich auffuhr und krampfhaft aufhorchte, war im Ohre die Erinnerung an einen gräßlichen, Mark und Bein durchdringenden, übel krähenden Schrei. Die Stimme hatte Worte geschrien: ›Ich will kein Mensch sein!‹ oder so. Und wirklich, während ich noch zweifelnd darüber nachdachte, wurde mit den gleichen Worten ein zweiter, noch viel wilderer Schrei ausgestoßen. Holzbilder, dachte ich, können nicht schreien, strafte jedoch meinen Unglauben Lügen, indem ich aufsprang, vor die Tür der Hütte trat und meinen Blick auf Chimaera heftete. Sie hing wie immer und regte sich nicht.

Aber sie hatte die Augen geschlossen.

Und nun, wie jemand, der durch Schließen der Augen seine Kräfte zu größerer Leistung sammeln will, schien sie in sich hineinzulauschen, um festzustellen, ob sie für eine ihr verhängte furchtbare Pflicht genügend gesammelt sei. Und jetzt riß sich ihr Mund gewaltig zum dritten Rufe des gleichen Protestes auf, der weithin über den Wogen verhallte. Der Sinn jedoch dieses gräßlichen Schreis ›Ich will kein Mensch sein!‹ hatte die grausigsten Tiefen in sich, weit über den Wortlaut des Wunsches hinaus: er lehnte die Menschheit nicht nur ab, sondern warf sie dem Schöpfer als ein aufgezwungenes, qualvoll Abscheu erregendes Höllengeschenk vor die Füße. ›Ich will kein Mensch sein!‹ war Empörung gegen die dünkelhaften Götter, war ein laut hinausgekreischtes Wort der Aufkündigung gegen das Übermächtige, die offene, haßerfüllte Anklage. – Ich schlug mir die Hände vor die Stirn und kann mich an weiter nichts erinnern.

Ich fand mich wieder auf dem Gesicht liegend, als die Sonne schon hoch am Himmel stand.

Der Schrei und die Worte jedoch, die er formte, lebten fort in mir. Ich hatte lange daran zu zehren und darüber nachzudenken: wie ein Blitz für eine Sekunde lang das schwärzeste Nichts der Nacht zum Tage macht und über Nähe und Ferne, Berge, Täler, Flußläufe, Wälder, Haine und Ortschaften, kurz alle unzähligen Einzelheiten einer Erdenlandschaft das Licht der Mittagssonne verbreitet – so wirkte hier eine schwarze Gewalt, welche im Gegenteil die Mauer trügerischen und schönfärberischen Lichtes durchschlug und alles Schwarze, Infernalische am Schicksal und Geschick des Menschen zum Bewußtsein brachte. Wenn ich nun an mein früheres Leben unter Menschen dachte und mir wie gewöhnlich alles vor die Seele stellte, was ich von Kindesbeinen an erfahren hatte, sah ich alles und alles fratzenhaft. Ich sah nur das Häßliche, Widerwärtige, und daß ich je etwas für schön gehalten hatte in dieser allseitig grausigen Welt und Menschenwelt, konnte ich, so verwandelt, nicht mehr begreifen.

Ich will euch mit Einzelheiten nicht aufhalten, ich könnte sonst auf das durch und durch kalte, grausame, mörderische Handeln der Menschen hinweisen und wie sie über dies gar nicht verhüllte Tun den Mantel der frechsten Lügen breiten. Ich könnte auf das Geplärr guter Lehren hinweisen, das doch nichts anderes als das Beingeraspel gefräßiger Heuschreckenschwärme ist. Kurz, den hellen, heitergläubigen Wimpel des Menschheitsschiffes sah ich nicht mehr, dafür einen schwarzen, in Blut gefärbten.

Ich habe nur wenige Schritte bis dorthin, wo ich euch und der menschlichen Gesellschaft Valet sage. Seit ich den Ruf ›Ich will kein Mensch sein!‹ zuerst vernahm, blieb dieser Satz mein schweigend bewahrtes Losungswort bis heut. Und heut soll er meinen nahen Zufallstod mit meinem begründeten Willen vereinen.

Lange schon, ohne daß ihr es ahntet, liebe Lichtstümpfe, hatte ich mein Menschenlos von mir geworfen. Es ist auf jener Hallig gewesen, auf der ich ein Glück verewigen wollte, was niemals gelingen wird: Damals, als jenes Meerweib, das ich dem Kapitän in Sydney abspenstig gemacht hatte, auf dem Wege des Todes von mir ging, trat ich in ein Zwischenreich und habe euch das auch angedeutet. Aber nun muß ich euch auch bekennen, daß ich dieses Weib, dieses lodernde und zugleich fischschuppenfremde kalte Wasserweib mit einer aushöhlenden, einer verzehrenden Liebe geliebt habe. So ist es allen ergangen, die ihren vampirischen Kuß erlitten haben. So ging es dem letzten Besitzer, dem Kapitän, der, wie man mir sagte, nach der Erkenntnis, daß sie für ihn auf ewig verloren war, über Bord gesprungen ist.

Aber man liebt Chimaera nicht, ohne sie gleicherweise zu hassen. Sie entband einen Haß, welchen man recht wohl den Urhaß nennen kann, einen Haß, der am Grunde des Werdens unlöslich mit Liebe verbunden, ja ein und dasselbe gewesen ist. Es war etwas Furchtbares, als ich ihn wie ein fremdes, schauerlich-schlangenartiges, giftiges Tier aus der schwarzen Tiefe des Ozeans, ein Fabeltier, in mir auftauchen fühlte. Doch es war nun einmal nicht anders. Man konnte Chimaera, konnte die Seekatze nicht anders lieben als mit Haß. Und diese Haßliebe flößte sie unweigerlich ein, weil sie nur eben durch eine solche zu beglücken war.

Die Haßliebe stammt aus den wilden Verknäuelungen des Urkampfes in der Natur, der überall noch im Gange ist, – in unserem Sonnensystem wohl am wildesten in den geilen und brennenden Sümpfen des Planeten, den der Mensch Venus nennt. Vielleicht wird, es wäre denkbar, im Wollustkampf und Sterben der Haßliebe der Schrecken des Todes aufgehoben.

Aber diese Chimaera, diese wilde und arme Seekatze, teilte nicht nur Tatzenhiebe und Bisse aus und forderte dawider das gleiche, sondern nach und nach entstand in ihr ein edlerer Wesensteil, der mehr auf die Weise der Heiligen unter den Menschen litt. Sie empörte sich gegen die Natur, sie empörte sich gegen die Urnatur in ihr selber. Das Menschenwesen war ebendas, was sie letzten Endes gesucht hatte. Sie wurde fromm, sie ging zur Messe, aber ihrer Enttäuschung im höchsten Sinne konnte alles dieses nicht steuern. Das Menschentum, so erklärte sie, habe sie die ganze Furchtbarkeit des Daseins erst sehen gelehrt, ihr die ganzen irdischen und grenzenlosen Höllen erschlossen. Es habe ihr dann die Fata Morgana eines außer- und überweltlichen Seins, eine Einheit und Reinheit jenseits von allem vorgegaukelt; vorgegaukelt, das heißt: vorgelogen, eine Fata Morgana als Wirklichkeit. Da sei ihr denn in der Menschenwelt nichts anderes als die Unendlichkeit und die Unentrinnbarkeit der Hölle zur Gewißheit geworden.

Ihr hättet es sehen sollen, wie Chimaera im Sarge lag. Wir hatten sie aufgebahrt in einer kleinen, altertümlichen Dorfkirche. Ein Fischer war da, der den Strang des blechernen Glöckchens zog, der Pastor und meine beiden Dienstleute. Beim Schall des Erzes rann Blut aus Chimaeras linkem Mundwinkel. Der Kopf lag hoch, und so verlängerte sich ein schwarzer Faden in sonderbaren Ringen und Schlingen über Hals und Brust. Und, bei meinem Eid!« – Cardenio hob die Hand zum Schwur – »in Blutschrift las ich schon damals die Worte des Schreis: ›Ich will kein Mensch sein!‹

Und welchen Ausdruck legte der Tod in Chimaeras Gesicht! Wißt ihr, was eine Verdammte ist?! Ihr wißt es nicht. Dazu lebt ihr ein viel zu kleines, erbärmliches Leben. Das Antlitz Chimaeras, umwogt von der Finsternis ihres schwarzen Haares, war von dem furchtbaren Trotz der Verdammten beseelt und vom Glorienschein der Verdammnis umwoben. Der Priester floh und bekreuzigte sich, sobald er nur seiner Amtspflicht genügt hatte.

Und darum: ich gehe den gleichen Weg wie sie und werfe es hin, mein Menschentum. Und wenn es mir nicht von der Schulter will, dieses Nessushemd, diese beißende Katze, diese Lüge der Lügen, so schüttle ich mich und schreie – vergebt es mir, ich muß es hinausschrein –: Ich will kein Mensch sein, ich will es nicht!«

Ich muß Atem holen, muß mich sammeln, indes ich mich dieses gruseligen Höhepunktes in Cardenios Vortrag erinnere. Ich war als erster hinzugesprungen, der Re und die andern folgten mir, weil viele unter uns überzeugt waren, daß Cardenio nach diesem Ausbruch und Aufwand von Kraft in Tobsucht verfallen würde, die andern, daß seine schreckliche Erregung auf einen apoplektischen Anfall hinauslaufen müsse. Er trat, Gott sei Dank, nicht ein. Dagegen wehrte Cardenio unsere Besänftigungsversuche ab, trocknete mit einem blutroten Seidentuch seinen geradezu schäumenden Mund und herrschte uns an, ihn nicht aufzuhalten, da er, solange das letzte Wort der Geschichte noch nicht gesprochen wäre, an das Leben gebunden sei.

Ich muß nun etwas über mich selbst einflechten.

Ich weiß nicht, was mit mir geschehen war. Das Leben da draußen, aus dem Otonieri mich aufgegriffen und in den Kreis seines seltsamen Klubs versetzt hatte, war nicht mehr.

Vergeblich suchte ich es zurückzurufen. Schraubstockartig hielt eine gewisse magische Atmosphäre meine Schläfe eingepreßt. Es schien, als ob ich durch alle Sinne vergiftet wäre. Ich roch fauligen Tang, empfand den Geschmack von bitterem Seewasser, Tropenfeuchte und Schwüle lastete mir auf der Brust. Was ich hörte, immer zwischen die Worte des Redners hinein, waren Fetzen eines betörenden Sirenengesangs und das Gebell und Geheul vieler Seehunde. Schlimmer als alles war, was ich sah: Erscheinungen, die ich als Täuschung des Gesichts nehmen mußte, wenn ich nicht annehmen sollte, geisteskrank oder von einem Traume betäubt zu sein. Oder sie waren Wirklichkeit, und dann mußte ich freilich mein ganzes bisheriges, durch Ausschluß von seinem Wesen und seiner Tiefe erlangtes Wissen vom Leben wegwerfen. Wieder und wieder nämlich schossen bläuliche Stichflämmchen aus dem Munde und aus beiden Augen des Sprechers heraus, gleichsam von Gluten unter der Asche herstammend. Konnte es Menschen geben, die aus Asche bestehen und von deren ewiger Glut leben? so fragte ich mich und fand die Frage so natürlich wie die Möglichkeit. Da hätten wir ja, dachte ich, den unsterblichen Träger unsterblicher Höllenpein.

Hielt sich der Re ein Tuch vor den Mund? Hatten die Blätter des Protokollführers Feuer gefangen? Bewegten sich die Augen der Holzfigur, oder bewegten sie sich nicht? Legte sich nicht ein Dunst von Kohlengasen auf die Brust? War es so, oder täuschte ich mich? Ich will mich gern in dem allen getäuscht haben. Eines dagegen ist gewiß, daß dieser Cardenio sich zu infernalischer Größe aufrichtete, jetzt völlig ohne jede Spur von Lächerlichkeit und Dürftigkeit. Es hatte sich dieser Mann gewiß nicht aus seinem Bett erhoben, auf dem er als Kranker den Tod erwartete, viel eher war er aus einem Jenseits in das Diesseits zurückgekehrt.

Ahnte Cardenio meinen Gedankengang? Erkannte er auch, was unter den Hörern der eine oder andere Teil befürchtete? So schien es zu sein, denn er stürzte ein Glas Nostrano hinunter und erklärte, er werde nun ruhig fortfahren.

Ich war von seinem Ausbruch allzusehr hingenommen, um seiner Erzählung sogleich in der alten Weise folgen zu können. Meine Notizen beweisen das. Er sprach jedenfalls davon, daß er sich an die nahe Quelle begeben habe, um einen erneuernden und erfrischenden Trunk zu tun, und dabei etwa dieses erlebt habe:

Im Dämmer der Frühe löste sich nicht weit von ihm mit einem durchdringenden, brüllenden Aufröcheln eine Robbe vom Boden los, ward flüchtig und kollerte förmlich den Abhang hinunter. Cardenio nahm, wie er sagte, mit dem ihm eigenen Jägerinstinkt die Verfolgung auf. So schnell er aber auch über Lavageröll zwischen allerlei Stachelpflanzen hindurch den Strand zu erreichen versuchte, um die Robbe dort abzufangen, sie kam ihm zuvor und tauchte erst in Rufweite vom Strande entfernt im Wasser auf, und dann, wie er behauptete, soll sie mit jenem Lachen gelacht haben, das er auf der Hallig nach dem Funde des Leichnams seiner Frau gehört haben wollte.

Jedoch, ich verfalle in Nüchternheit. Gott sei Dank erlaubt mir mein unter dem starken Eindruck der Wirklichkeit geführtes und bald darnach ergänztes Protokoll, Cardenio selbst wiederum das Wort zu geben.

Er steigt nach Verfolgung des rätselhaften Tieres also den Berg zu seiner Hütte hinan und macht in einer Wallung des Selbsterhaltungstriebes den Versuch, das beklemmende Rätsel-, Geister- und Wunderwesen abzuschütteln.

»Aber so leicht, wie ich dachte«, fuhr er fort, »fand ich mich aus den Dämonien, die mich nun einmal in Bann gehalten hatten, nicht heraus. Meine zopfumkränzte Chimaera wollte ihr hölzernes Dasein nicht wiederaufnehmen. Von der ersten Röte des Morgens angehaucht, hing sie wie immer am Giebel der Schutzhütte. Gewiß ist, daß sie immer dort hing, aber sie selbst war durchaus nicht wie immer: außer, wenn Tod und Leben, Fleisch und Holz, Bewegung und Starrheit dieselben Dinge sind. Ich stand, ich forschte, ich blickte sie an. Ich sah mir die Augen aus dem Kopfe und konnte nur immer das gleiche feststellen: es war eine Lebende, die dort hing! Jetzt zuckten die Schultern, jetzt rollten die schwarzen Glasaugen; die Fischschweife, wie an das Rudern gewohnt, taten krampfhaft kraftvolle Schläge, wovon die Konsole erschüttert wurde. Zwei Eulen wurden davon verscheucht. Aber auch die Hände meiner Chimaera regten sich und schließlich und endlich ihr Mund. Diesen verzog qualvoll, sardonisch ein Lächeln. Wahrlich, ein satanischer Zug, doch tötete er ihren Liebreiz nicht.

So war sie abstoßend und war anziehend, so wie es immer auf unseren gemeinsamen Reisen und auf der Hallig gewesen ist, nur daß sie jetzt jene fremde Glorie der Verdammten umstrahlte, die sie auf dem Katafalk in der Dorfkirche gezeigt hatte. Umwogt von der Finsternis ihres Haars, erneuerte sich auch jener bleiche und furchtbare Trotz, der sich, laut geworden in ihrem Ruf, nicht wieder verloren hatte.

Ich fing, dies schien mir durchaus natürlich, ein Gespräch mit Chimaera an, worauf sie die Antwort lange mit finster gezogener Stirn verweigerte. Als ich sie bat, von ihrem Platze herabzusteigen, tat sie wie jemand, der, erwachend, eine bequemere Lage sucht. Seltsamerweise wurde sie weich, je mehr ich mit zitternder Stimme ihr zuredete. Endlich wollte mir scheinen, sie weine still, es flössen Tränen aus ihren Augen.

Das alles setzte mich nicht mehr in Verwunderung. Mir war, als gäbe es nichts, als habe es nie etwas anderes gegeben als ebendiese Nacht und dämmrige Frühe mit unserer bitteren Gemeinsamkeit: ewige Nähe, ewige Ferne, ewiges Glück, ewiges Leid, Wiederfinden und Abschiednehmen schienen in ein und demselben Gefühl lebendig zu sein.

Das seltsame Marmorbild über einem Portal hier in der Nähe«, fuhr Cardenio gar nicht mehr diabolisch fort, sondern sich schneuzend und förmlich flennend, »das seltsamste Marmorbildwerk über einem Portal zeigt eine in voller Kleidung gekreuzigte Frau. So schien mir, daß Chimaera am Kreuze hinge. Sie war gekreuzigt durch Schicksalsbeschluß, dem grellen Mond und den stechenden Blitzen des Sternenhimmels, den brennenden Gluten des Tages unsterblich und ohne Erquickung preisgegeben.

›Wir liegen alle im Bett der Vergänglichkeit‹, sagte ich, gleichsam um sie zu trösten.

Ich weiß nicht, was noch gesprochen wurde, ehe eine schöne, hingebende Körperlichkeit mich in die süßeste aller Vergänglichkeiten auflöste.

Bald darauf hing Chimaera wieder am Kreuz.

Nun habe ich eine Überraschung zu verdauen. Ich könnte heute nicht mehr sagen, ob angenehmer, ob unangenehmer Art. Der Koch Sarrazin, den ich gefesselt und betäubt hatte und der, als ich ihn verließ, schlafend auf seinem Lager röchelte, mußte seine Fesseln gesprengt und sich frei gemacht haben, jedenfalls war er spurlos verschwunden. Ich suchte die Gegend nach ihm ab, fand aber bis zum Abend nur eine einzige Spur, nämlich in der Felsennische, von der aus er den Grotteneingang der Bucht zu beobachten pflegte, ein Stück von dem Tau, womit ich ihn gefesselt und das er abgestreift hatte.

Den ganzen Tag über hatten die Flossenfüßler, Seehunde und Walrosse, einen unbegreiflich großen Lärm gemacht, so daß mich beinahe die alte, von mir wie vom Koch längst verlernte törichte Angst beschlich, sie möchten unsere Schutzhütte angreifen. Immerhin kam ich darüber hinweg, da nach dem süßen Schlußerlebnis des Morgens eine Art heiteren Genügens mich beschlichen hatte und in mir gleichsam zufrieden summte.

Wie stand es aber um die Seejungfer? Nur durch einen Überfall wie den Sarrazins und solche Ereignisse, wie sie ihm nachfolgten, konnte das Bild im Zeißglas verdrängt werden: durch sie allein war es möglich, daß sich die Gewißheit seines Vorhandenseins wiederum in Zweifel auflöste. Endlich aber, als ich tagsüber alle erlebten Vorgänge überdachte, fühlte ich ihren Zusammenhang. Ich sah ihn nicht, ich fühlte ihn, woraus sich ergibt: das Wie war mir unbekannt geblieben, während das Was von mir klar und deutlich empfunden wurde.

Bei meinem Grübeln über das Wie hielt ich dafür, Chimaera und das Fischflossenweibchen draußen im Meer hätten einander angezogen, wobei mein hölzernes Kunstwerk in der Art eines Lockvogels gewirkt haben konnte. Sirenen treiben, man weiß es, mit Hilfe der unwiderstehlichen Angel ihres Gesanges Menschenraub. Und Menschen waren plötzlich in diesen entlegenen ozeanischen Gebieten aufgetaucht. Da hing ein Halbwesen bei den Menschen, und sie wurden anscheinend von ihm beherrscht. Von diesem verwandten Halbwesen bekam vielleicht eine jüngere, wilde, freie Sirene Witterung. Und sofort auch ergriff sie naturhaft ein Drang, die leckere Beute ihr abzujagen.

Oder trieb das Meerweib vielleicht ebenderselbe Vorwitz, ebendieselbe Neugier, welche die lebende Chimaera unseligen Angedenkens aus ihrem angeborenen Element unter Menschen getrieben hatte? Wollte sie eine Lust genießen, die sie nicht kannte, da sie vielleicht niemals einen Menschen umarmt, erstickt und sein Blut getrunken hatte? Wußte sie, wie der Mensch, der seine Liebesbeute ergreift, Hunger und Liebe auseinanderhält? Und wollte sie, von einem dunklen Erlösungsgedanken betört, sich an Menschen belehren?

Nach dem, was ich kurz darauf entdeckte, falls es mit ihr zusammenhing, hätte sie diesen Gedanken nicht gefaßt. Über irgend etwas, das im Wasser schwamm, flatterten, sich balgend, die Seevögel. Ich stieg ins Boot, von einer Ahnung bewogen, die, ich weiß nicht wie, in mich kam.

Diese Ahnung trog mich keineswegs. Ich fand wirklich die schwimmende Leiche Sarrazins mit durchbissener Kehle und auch sonst weidlich mitgenommen und aufgeschlitzt. Ich war froh, wieder aus seiner Nähe zu sein und, wie die Parsen, ihn den Geiern überlassen zu können. Fraß und Liebe, Liebe und Fraß, raunte mir eine Satansstimme bei der Rückfahrt immerwährend ins Ohr. Fraß und Liebe, Liebe und Fraß, aber mehr noch Fraß als Liebe. Fraß, Fraß und wiederum Fraß.«

Als Cardenio dies sagte, hatte er seine höllische Gravität und, sagen wir, seine infernalisch-skurrile Majestät reichlich wiedergewonnen. Seine Erwähnung vom Ende des Kochs, an sich überaus widerlich, erhob sich damit einigermaßen ins Gräßliche. Jetzt aber brach er in ein widerstandsloses, schadenfrohes und häßliches Gelächter aus, das ihn am Sprechen hinderte. Schließlich krächzte er diese Worte hervor: »Der Lumpenhund hat seinen Lohn erhalten.«

Er schneuzte sich, er beruhigte sich, goß Wein hinunter und fuhr dann fort:

»Ich bitte nun, liebe Lichtstümpfe, um eure ganz besondere Aufmerksamkeit. Ich bitte um mehr, denn der Teil meiner Beichte, in den ich nun eintrete, stellt an euren Glauben sowie an euren Respekt vor dem Geist höherer Wahrheit die bisher stärkste Anforderung. Meinethalben will ich euch träumen machen. Wirklichkeit oder Traum sind Worte, die man ohne Schaden für beide vertauschen kann. Der Vergänglichkeit unterliegen beide. Ich führ' euch also in ein Gebiet der Wahrheit und Unbegreiflichkeit. Das sind ja freilich die beiden Augen, welche überall die Natur auf uns richtet: Wahrheit und Unbegreiflichkeit.

Gleich nachdem ich Chimaeras, des Holzbildes, mystisch-ätherische Umarmung genossen hatte, zog in mich eine neue Unruhe, ja eine Regung der Reue ein, als ob ich jemand untreu geworden wäre. Der Sirenengesang, den der Koch und ich gehört hatten, hatte ihm eine tödliche Wunde, mir eine tiefe Qual uneingestandener leidenschaftlicher Sehnsucht zurückgelassen. Sie verließ mich nicht einen Augenblick. So wollte auch ich sie nicht von mir lassen. Mit der eifersüchtigen Angst, sie irgendwie abzuschwächen oder gar einzubüßen, pflegte ich sie. Ein Nichts, eine Unsichtbarkeit, einen fast wesenlosen Gegenstand behandelte ich, als ob es mein höchster und liebster Besitz wäre. Nun aber, ich hatte Verrat geübt, meine Reue wuchs, meine Selbstvorwürfe steigerten sich. Ich fühlte ein dunkles, verzweifeltes Wesen in mir zunehmen, ein Nicht-aus-und-ein-Wissen kam in mir auf. Es war das gefürchtete Ziel, wo sich Einsamkeit wie ein Fels auf den hoffnungslos Gescheiterten legt, ihn erstickt oder ihm eine letzte Flucht erlaubt, besinnungslos in den Rachen des Todes.

Das Ende Sarrazins wirkte ernüchternd und machte mich nachdenklich. Zugleich wurde ich auf gewisse Erscheinungen meiner durchseelten Körperlichkeit aufmerksam: es konnten Übertragungen von beruhigenden Gedanken sein, da sie in dieser Richtung sich merklich auswirkten. In Wahrheit würde ich sie als sanfte elektrische Schläge bezeichnen. Man hat mir erzählt, daß Schiffe, die ohne Bemannung sind, vom Lande aus durch elektrische Ströme gelenkt werden können. Eine ähnliche Lenkung fand, kurz gesagt, bei mir statt. Irgend etwas wirkte auf mich aus der Ferne in einem Sinn, der mir Vertrauen gab und der mich in stille Ergebung einlullte. Doch ich möchte diese Art der Ergebung anders bezeichnen: sie war still, aber mehr noch erwartungsvoll. Erwartungsvoller und gespannter, als je die eines Kindes am Schlüsselloch hinter der Tür einer Weihnachtsstube gewesen ist. Und sie war überdies feierlich, als ob mir der Einblick in die Welt eines anderen Planeten bevorstünde.

Währenddessen handelte ich wie ein Nachtwandler. Ich ruderte oder ruderte nicht, jedenfalls hatte ich wieder das Boot bestiegen und schwamm damit gegen die Walroßbucht, wo die lärmenden Tiere bei meinem Nahen stumm wurden. Bald befand ich mich unweit des Felsentors, das Sarrazins Auge Woche um Woche nicht loslassen wollte. Was ich, hindurchgelangt, finden würde, wußte ich und wußte ich nicht. Die Einfahrt geschah, als eine Flutwelle sich eben puffend zerschlagen hatte.

Nun, meine Lieben, wenn ich die Blaue Grotte von Capri nenne – gewiß ein himmlisches Wunder –, sie reicht nicht im entferntesten hin, euch einen Begriff von der meinen zu geben. Ich glitt geradezu auf einem leuchtend blauen unendlichen Himmel hin, auf dem ich mich anfänglich ganz allein fühlte.

Allmählich drängte sich mir ein Vorgang im kristallklaren

Wasser auf, wo ein Wesen, gleich wie versilbert oder aus Silber, hin und wider schoß, sich im Kreise bewegte und schließlich hoch in die Luft aus dem Wasser fuhr, sich überschlagend zurückklatschte auf den Wasserspiegel und dann verschwand. Dabei sah ich genug, um jeden Zweifel an der Tatsache zu verlieren, daß ich ein Einzelwesen jener gleicherweise behaupteten und geleugneten Spezies lungen- und kiemenatmender Fischmenschen, nämlich ein Meerweib, vor mir gehabt hatte.

Ich hatte sie mit den Augen verfolgt, bis sie in die Tiefe entschwunden war, als sich plötzlich etwas blitzschnell, triefend und Wasser um sich sprühend, über dem Bug aufrichtete. Es war wieder die eben entschwundene Seejungfer. Beide Arme stemmte sie auf die Spitze des Bootes mit einem wilden, halb katzenartigen, halb zwitschernden Schrei, dessen gefährliche Forderung und Deutung mir das Blut in den Adern gefrieren machte. Dieser herrliche ozeanische Dämon in Weibsgestalt, über dessen Scheitel, Stirn, Antlitz, Schultern und Brüste Wasser einen Augenblick lang in Strömen schoß, erwies sich mir sogleich von der Art, daß, was Mensch heißt, nur im guten mit ihm anbinden konnte. Die furchtbar rätselhaft entfesselte, gnadenlose Allgrausamkeit der See sprach aus ihm. Konnte dieses Geschöpf jene Sängerin gewesen sein, die meine und meines Leidensgenossen Sinne verwirrt hatte? Viel eher schon jenes Raubtier, dem der Koch zum Opfer gefallen war.

Ob nun aber dieser Elementargeist das gleiche Wesen wie die Sängerin sein mochte oder nicht, jedenfalls war er die Meerfrau aus meinem Zeißglas. Das bewies mir ihr Lachen, das ich wiedererkannte, von dem jetzt ohrenbetäubend die Grotte erscholl und Höhlung auf Höhlung, in die Tiefe des Berges sich fortsetzend, echote.

Da gestand ich mir freilich, daß ihr in der Nähe begegnen zu wollen arger Fürwitz war. Stand ich ihr aber nun einmal wie jetzt gegenüber, mußte ich der Lage gewachsen sein.

›Du wohnst in dieser Höhle?‹ begann ich und log sogleich weiter: ›Das wußte ich nicht. Habe ich unwissentlich gesündigt und bin in deinen geheiligten Bezirk eingedrungen, so sage mir, welche Sühne ich dafür geben kann. Ich werde sie willig und treulich bezahlen.‹

Ich fuhr fort: ›Wahrscheinlich verstehst du indes meine Sprache nicht und siehst im Menschen hassenswerte erbärmliche Wesen, Sterbliche, die schon im Leben hinsterben, worin ich mit dir einig bin. Du dagegen bist von der Gottheit selbst mit der Natur im Feuer gezeugt worden, im Blitz und Donner, der den Schoß der Erde selber mit dir befruchtet hat.‹

Ich sagte noch viel, ich weiß nicht, wer mir die Überfülle fremder berauschender Worte in den Mund gelegt, mit denen ich sie überschüttete.

Nachdem sie mehrmals ähnlich einem einfachen Kinde der Natur verlegen gelacht hatte, nahm ihr Aufmerken sichtlich zu, das wilde Übermenschliche trat zurück, und ein schamhaftes Rot übergoß ein mädchenhaft süßes Gesicht, als ich die bestimmte Erklärung ablegte, wie ich niemals unter Menschen und nirgend in allen Ländern der Welt ein Weib, ein Mädchen gesehen hätte, an Schönheit auch nur von ferne der ihren gleich.

Jetzt trat eine seltsame, durchaus nicht erwartete Wendung ein. Die Kraft entwich diesen schönen gestemmten Armen, diesem schönen Haupt, diesen blanken Hüften und Brüsten, die dem Traume eines griechischen Meisters an Fülle und Adel entsprossen schienen, und langsam, langsam ließ sich das wundervolle Geschöpf, wie um seine Erschütterung zu verbergen, unter die Wasserfläche hinab.

Als ich aber gegen den Ausgang zurückruderte, stieg sie dicht vor dem Boote wieder auf und stieß es mit großer Gewalt zurück. Zwar bestand der Liebreiz ihres Gesichtes noch, aber Farbe und Ausdruck des Zornes hatten von ihm Besitz ergriffen.

Irgendein Mittel, sich der Gewalt eines solchen Wesens zu entziehen, gab es für Menschen nicht. Ich konnte mich eben nur Gott befehlen, wie ich, ein Häufchen Unglück, in meinem Boote saß. Ob diese gewalttätige Nereide meine Worte verstanden, ob sie selbst und in welcher Sprache reden konnte, wußte ich nicht. Als habe sie durchaus keine Eile, hatte sie ihr rastloses Hin und Her unter und über dem Blau der Wasserfläche wiederum aufgenommen. Diese Bewegung verglich ich mit einem Tanz: sie schien mir eine Art Selbstgenuß.

Ich fuhr nun, da ich nichts anderes zu tun hatte, damit fort, mir die Merkmale dieses Meerwunders einzuprägen. Fischschuppen, wie ich am Anfang glaubte, hatten die schlangenhaft schönen Beine mit den starken Endflossen nicht. Ihre glatte Haut, rot punktiert, war bräunlich grau und erinnerte an die der Forelle. Schnell und diesem kleinen Raubfische ebenfalls verwandt war die Art, mit der sie Bewegungen ausführte, im Technischen eine fast völlige Unbegreiflichkeit. In etwas freilich ähnelte diese Technik dem Kraul, dem modernen Schwimmen der beruflichen Sportsleute. Es war zu erkennen, wie die Schöne ihre Beine blitzartig bald von rechts nach links, bald umgekehrt umeinander ringelte. Es vollzog sich mit einer Schnelle, wie gesagt, daß der Vorgang für das menschliche Auge nur bei schärfstem Hinsehen deutlich wurde.

Der menschliche Teil des kraftvoll schönen Gebildes kündigte sich nahe unter der Teilungsstelle auf den Oberschenkeln an. Hier begann die zarteste Fleischfarbe, die an die Glasur gewisser großer Muscheln erinnerte. Dieses Rosenfarbene, Porzellanhafte dehnte sich über den ganzen vollen, ebenmäßigen weiblichen Körper aus, nur daß dieses porzellanhafte Kolorit von dem Auf und Nieder des Atmens und allen herrlichen Äußerungen wohlig sich genießender Kräfte belebt wurde.

Ich merkte wohl, daß mich die Nereide nicht, wie sie eine Zeitlang glauben machen wollte, vergessen hatte. Zum erstenmal wurde mein banges Warten in eine hoffnungsvolle Freude verkehrt, als sie, auf dem Rücken schwimmend, in einem Bogen aus dem Wasser schoß und, wirklich wie eine Kuhmagd lachend, wiederum auf das Wasser platschte, wo sie, wie von einem Spaß geschüttelt, mich wunderlicherweise ins Innere ihrer Mundhöhle sehen ließ. Es war das gleiche rosenfarbene Porzellan, in das ich hineinblickte, über Zahnreihen, die mir durch die Perlenhaftigkeit des köstlichen Materials unvergeßlich sind. Da begriff ich zuerst die kindhafte Unschuld dieses Naturwesens, ihre Drolerie, ihre kaum zu bändigende Lustigkeit und wagte es, ihm mit einer gewissen pantomimischen Übertreibung meine Bewunderung auszudrücken.

Da schwamm es nahe ans Boot heran und legte, wie um seine Huldigung zu empfangen, seine rosenfarbene Hand auf die Bordkante.

Da ich nun mehr und mehr das menschliche Weib mit allen seinen Eigenschaften in der Nereide zu spüren glaubte, hielt ich einen Handkuß für angebracht. Wer weiß aber, ob ich noch lebte, wenn ich nicht erst mit meiner Hand, und zwar auf die zarteste Weise, die ihre berührt hätte. Ich wurde nämlich sogleich, von einem elektrischen Schlage betäubt, ins Boot gestreckt. Hätte mein Mund dagegen die Hand der Nereide berührt, derselbe Schlag würde mein Gehirn zerstört haben. Ihr tolles Lachen, wie über einen gelungenen Streich, begleitete mich ins Unbewußte.

Bevor ich nach allerhand Träumen von Paradiesen auf dem Meeresgrund wieder ganz zu mir kam, war mein Gedanke: dieses junge Meerweib ist, ähnlich wie die Menschen, im Besitz von Kräften, die es selbst nicht kennt. Ohne Wissen und Wollen hätte es mich beinahe umgebracht. Auch der Mensch hat die Kraft zu töten, aber die, Getötetes wiederzuerwecken, hat er nicht – man müßte denn Zeugung für eine solche Kraft nehmen. Und sei es auch ein Halbgott, der im Wasser lebt, die Südsee bewohnt und sich mit überlegener Macht allem Terror im Innern der Sintflutgewässer gewachsen zeigt und übrigens dem Menschen weit, weit überlegen ist: er kann ebensowenig wie dieser vom Tode erwecken. Dies nahm ich mir vor, ihr deutlich zu machen.

Als ich aber die Augen öffnete, hing ein tiefbesorgtes süßes Mädchengesicht dicht über mir. Wasser und blondes schweres Haar troffen zugleich auf mich nieder. Der Ausdruck des ovalen Gesichtes schien einem klugen Kinde von kaum vierzehn Jahren anzugehören, der zu heftigem Atmen geöffnete Mund verriet sowohl Spannung als Sorge. Nur das Auge schien ohne Alter und vielleicht deshalb ohne Seele zu sein. Und gerade durch die Unergründlichkeit seiner grünen Tiefe wurde der Eindruck von etwas wie göttlicher Blindheit erzeugt.

So erkannte sie auch nicht sogleich, daß ich die Augen geöffnet hatte. Oder hatte ich nur gezwinkert und so schon gesehen, was zu sehen war? Wie immer, ich fand jedenfalls für gut, noch eine Weile den Schlaf zu heucheln und weiter das Meerweib zu beobachten.

Hatte sie eigentlich einen Fischgeruch? Nein. Der Oberkörper, der allein ja mir nahe war, als sie, mit vollgerundeten Brüsten mich fast berührend, über mir hing, war ohne Arom, wie Elfenbein. Bei den Dauerbädern im salzigwarmen Äquatorialwasser konnte das wohl nicht anders sein. Daß sie beiläufig Fische oder andere Meertiere griff, das Beste mit schnellem Biß verschlang, das übrige aber von sich warf, glaubte ich unter und über dem Wasser erkannt zu haben.

Nach kurzem Erwachen muß ich wieder in Bewußtlosigkeit verfallen sein. Als ich abermals erwachte, lag ich noch immer im Boot, seltsamerweise im freien Meer und unweit des Strandes vor Anker, ebendort, wo es nach dem Schiffbruch zuerst gelandet war.

Es war kurz vor Nacht, doch noch heller Tag. In den Tropen vollzieht sich bekanntlich der Übergang in die Nacht ohne Dämmerung. Mich beherrschte eine nicht unangenehme, nie gefühlte schwere Müdigkeit, der ich, ins Innere der Hütte gelangt, ohne weiteres nachgeben mußte. Wie lange ich schlief und auch sonst geschlafen habe, konnte ich, nunmehr allein auf der Insel, nicht feststellen. Immerhin mochte es eine Spanne von mehreren Tagen gewesen sein.

Liebe Freunde, seltsam genug: wir können uns selber die Wahrheit von etwas gestern Erlebtem nur mit Hilfe von vielerlei Zeugen beweisen. Eine gestrige Wirklichkeit ist ein heutiger Traum. Aber irgendwie wissen wir doch den wirklichen Traum der Nacht von der Wirklichkeit zu unterscheiden, wenn dies auch ebenso nur noch im Wachtraum vorhanden ist. Nein! Ich hatte das Höhlenerlebnis durchaus nicht geträumt, ich wußte vielmehr, und das Wissen saß mir im Blut, daß mir vielleicht als einzigem unter lebenden Menschen eine ungeheure Offenbarung zuteil geworden war. Aber, das war meine nächste Erkenntnis, die wie ein Richtspruch über mir lag: ich bin des Todes, wenn das Tor in dies andre Reich sich fortan nicht mehr öffnet.

Etwas jedoch, das diese Befürchtung zunichte gemacht hätte, ereignete sich in den ersten Tagen nicht. Dennoch ging ich meistens trällernd wie in Ahnung eines kommenden Glücks herum, eines Glücks allerdings, dessen besondere Art und Möglichkeit ich mir nicht vorstellen konnte. Mein Zustand ähnelte dem eines Nachtwandlers. Statt des Mondes schien bei mir wiederum jene leitende Fernwirkung tätig zu sein, von der ich schon einmal gesprochen habe. Sie bewog mich unter anderm dazu, den Bau einer zweiten Hütte an einer schöneren und versteckteren Stelle weiter vom Strand zu beginnen.

Wie gesagt, ging ich meistens trällernd und Liedchen summend umher, schwang auf ebendie Weise die Axt und trug, emsig wie ein Vogel zu Nest, allerlei Baumaterial zusammen. Trotzdem ist nicht erschöpfend, was ich von einem erwarteten Glück gesagt habe. Es war eher ein unvermeidliches Schicksal als ein Glück. Wie sollte ein klägliches

Männchen, wenn es nicht flugs endete wie der Koch Sarrazin, und bei den nur menschlichen Maßen seiner Geistigkeit, dem Einbruch dieser entschleierten, dieser allseitig grundlosen neuen Erscheinungs-, Gefühls- und Gedankenwelt gewachsen sein?

Nun, mochte ich auch ein Opfer sein: jeder Rückblick auf die ja sowieso verlassene Menschenwelt erregte mir Gefühle der Erniedrigung. Ich konnte nie mehr dahin zurückkehren, bin nie mehr dahin zurückgekehrt. Der Mensch war mir fremder als eine Ameise, aber diese mir nicht so widerlich. Daß er den ganzen Planeten bekrochen hat, schlimm genug, dachte ich. Was schiert mich das. Er ist deshalb weder innerlich besser noch größer geworden. Er verehrt einen Gott und ergeht sich vor ihm in Demütigung. Das ist eine Form von Größenwahn, die das Universum vor Lachen sprengen könnte. Ich will kein Mensch sein und wollte kein Mensch sein, aus diesem und jenem und jedem Grund. Denn: ich kannte, im feurigen Hauch des Infernos gebadet, nicht himmlische, sondern höllische Seligkeit.

Es gibt kein Wort – auch das Wort tollkühn ist unzulänglich –, das die Summe meines Bewußtseins erschöpfend bezeichnen könnte. Was ist selbst der große Verbrecher anderes als ein kleiner, unappetitlicher menschlicher Wicht – aber meine Chimaera, meine Seekatze, fürchtete ich. Es kam so weit, daß ich in der Bark nicht mehr nächtigen mochte.

Es war in einer schlaflosen Nacht, als ein finstrer Gedanke über mich Herr wurde. Ich wollte die Seekatze aus der Welt schaffen. Sie erregte mir mehr und mehr nicht nur Furcht, da sie doch ein lemurisches Wesen war, dessen Machtkreis ich nicht überblicken konnte, sondern ich schämte mich geradezu, und besonders im Hinblick auf Kommendes, meiner Abhängigkeit, meiner Hörigkeit. Schließlich war sie ja doch ein Halbwesen, das in seinem vampirischen Liebeskuß mir Leichengift infizieren und Ärgeres als den Tod, das qualvolle Siechtum mitteilen konnte. Das Höhlenerlebnis hatte mir gezeigt, was Gesundheit ist, von der ich den rechten Begriff seit Chimaeras Eintritt in mein Leben denn doch wohl verloren hatte. Und außerdem, spürte ich deutlich, bildete die verwünschte Holzpuppe auf dem Wege zu dem Neuen, das mich nicht mehr loslassen wollte, das Hindernis. Mir war, als bestünde zwischen ihr und dem Lebensraume der Seejungfer eine Verständigung und als habe sie Macht, Wesen ihrer und ähnlicher Art in Furcht zu versetzen und fernzuhalten.

Wie ein Nachtwandler stand ich auf, trug allerlei brennbare Dinge zusammen, bis ein stattlicher Scheiterhaufen zustande gekommen war, und wollte eben Feuer anlegen, als mir wieder der gräßliche Schrei Chimaeras ›Ich will kein Mensch sein!‹ von der Bark her ins Ohr gellte. Er brachte mich zu mir selber und lähmte mich.

Ich konnte nicht zweifeln, daß sie vermöge ihrer übermenschlichen Sinne meine Absicht, ein Autodafé mit ihr als Opfer zu veranstalten, erkannt hatte und daß diese in ihren Augen alles überbietende menschliche Niedertracht, deren Erfinder der eigene Gatte war, ihrer Brust diesen abermaligen Ruf des Abscheus entriß. Ich ging also in mich und schlich erst wie ein verprügelter Hund zurück in die neue Schutzhütte, als ich den Scheiterhaufen mit Sorgfalt zerstreut und so die Spuren meiner verbrecherischen Absicht, deren ich mich jetzt schämte, verwischt hatte.

In der neuen Schutzhütte aber waren andere, in euren Augen nicht minder sinnlose Vorbereitungen im Gang. Ich hatte aus angeschwemmtem Holz und Seegras eine weiträumige Laube mit Eifer und hübschem Gelingen errichtet und ihren Boden mit einer hohen Schicht ebenfalls von trokkenem Seegras bedeckt. Das Ganze glich einer Polsterung, besonders als ich eines der geretteten Segel von meiner untergegangenen Bark darüber gespannt hatte. Warum ich ein solches Lager machte, scheint euch rätselhaft. Ich hätte es ebensowenig erklären können. Nein! Ich will bei der Wahrheit bleiben, liebe Lichtstümpfe: es hatte sich eine ganz bestimmte Erwartung in mir festgesetzt.

Ich war ein andrer, ein ganz andrer als der erste Robinson. Meine Ernährung war nicht schwer. Es gab Kaktusfeigen in Hülle und Fülle. Die zahmen Vögel ließ ich in Ruhe, sonst hätte ich Krammetsvögel für meinen Tisch mehr als genug gehabt. Nach Fischen brauchte man nur zu greifen oder die Tümpel auszuheben, in die sie geraten waren.

Am Strande gaben mir verendete Robben Tran, so daß ich mit Hilfe von einigen Stoffresten immer Licht haben konnte. Eine Muschel voll Öl mit einem Docht hatte ich an der Decke der neuen Laube wie ein Nachtlicht oder eine Ampel aufgehängt.

Tage vergingen, und ich geriet tiefer und tiefer in die Umklammerung der Einsamkeit. Ich empfand sie jedoch nicht als etwas Quälendes, sondern als meinen höchsten Besitz. Mütter, die ein geliebtes Kind verloren haben, klammern sich an den wilden, herzzerreißenden Schmerz, der ihnen statt des Lieblings geblieben ist, und verteidigen dieses kostbare Gut wie Löwinnen gegen jeden und alles, was es ihnen nehmen zu wollen scheint. Aber ich, wie ihr ahnen werdet, liebte die Einsamkeit nicht nur, weil es mir Genuß bereitete, mich in sie zu verwühlen, sondern sie gab mir die Möglichkeit, meinem Höhlenerlebnis und der damit verbundenen Furcht und Hoffnung ohne Störung nachzuhängen. Das Schlimmste aber, von den möglichen Rapporten Chimaeras abgesehen, war für mich nunmehr der Gedanke, der früher die mit Sehnsucht erwartete Befreiung aus aller Not bedeutet hätte, es könne ein Schiff die Insel anlaufen.

Mitunter steigerte sich diese Furcht ins Alpdruckartige, wo ich dann mit einer der früheren ganz entgegengesetzten Empfindung den Horizont absuchte. Wut und Verzweiflung fielen mich bei dem Gedanken an, daß plump-brutales Menschenwort die Fülle meiner Gesichte verjagen und mich in das banale Dasein zivilisierter Menschheit zurückreißen könnte. Mit jedem Tag vermehrte sich der Reichtum meiner Einsamkeit. Er stieg am Ende ins Ungeahnte. Die persönlichen Grenzen weiteten sich und löschten endlich völlig aus, wodurch dann, ich möchte sagen, das Universum in mich eindringen konnte. Ein süßes Gefühl des Unbeengten, des Befreiten, ja gänzlich Freien beseligte mich, ein geradezu schöpferisches, übermenschliches, göttliches Freiheitsgefühl, das alles erlaubte, alles besaß oder doch geschenkt erhielt, sich mit allem verband, alles Erträumte wahr machte, alle Wünsche bejahte, aber doch, gleichsam ohne Leitung, geleitet wurde. Manchmal ließ mich ein höheres Sein völlig vergessen, wer ich, daß ich und wo ich war. Es war Selbstgenuß, es war Allgenuß, welchem mein ganzes Wesen frönte.«

Bis hierher gelangt, stockte Cardenio. Eine Zeitlang war es, als ob er sich und uns alle vergessen habe. Dabei ruhte sein Blick auf der Galionsfigur, die er fragend und nachdenklich anstarrte. Wir wußten nicht, welche Wendung das schließlich nehmen würde, und verhielten uns still, selbst das Räuspern vermieden wir, als ob unser Leben davon abhinge.

Als dies eine Weile gedauert hatte, streckte Cardenio seine Linke aus, ergriff seinen Radmantel, der ihm im Eifer der

Erzählung entsunken war, näherte sich der Holzfigur und warf ihr das braune Kleidungsstück über den Kopf. Er tat es mit seltsamen Gesten der Sorgfalt und List, als ob er ein Tier mit dem Lasso fangen wollte. »So«, sagte er dann, »so ist es recht. So habe ich es damals mit ihr gemacht, als das geschah, was ich jetzt erzählen möchte. Und nicht einmal erzählen könnte ich es in ihrer freien Gegenwart.

Und doch ist es nur ein Traum.

Ich hatte mich das erstemal auf meiner großen Seegrasmatratze ausgestreckt, einigermaßen feierlich, denn es war kein gewöhnliches Ruhelager. Das Ölflämmchen knisterte über mir. Kaum daß ich den Blick darauf richtete, überfiel mich auch schon der Schlaf; denn wirklich, ich schlief, wie ich heute weiß, obgleich ich es damals nicht empfand, weil meine Umgebung sich zunächst nicht veränderte. Es war ebendie Laube, die ich mir gebaut hatte, das Seegras mit der Segelbedeckung unter mir.

Da plötzlich lag irgend jemand neben mir, ein Wesen, ein Mädchen, ein junges Kind, das ich wohl beschreiben möchte, wenn ich auch nicht mehr hoffen oder erstreben kann, als euch nur ganz obenhin ein Bild zu geben.

Was zuvörderst das Blut betraf, so schien diese Fremde nur wenig in sich zu haben. Eine Haut wie die ihre ist von der größten Seltenheit. Am ehesten ließe sie sich mit einem grauen, abgeschliffenen Gestein, etwa Travertin, vergleichen: schwach bläulich, mit Flecken, als wären vergilbte Blätter darauf gefallen. Dies alles, mochte es immerhin etwas Lemurisches an sich haben und an Herbst, Tod und Gruft erinnern, war von einem magnetischen Reiz. Schien der zarte, ein wenig schlaffe Körper, den ein dünnes gegürtetes Hemd nur wenig verhüllte, innen ohne Wärme zu sein, so widersprach dem die Kohlenglut zweier Augen, wie ich deren nie zuvor und nachher je wieder erblickt habe.

Diese Fremde, die einer andern in keiner Weise glich, war doch, wie ich sicher wußte, die andre. Und hätte ich es nicht sogleich gefühlt, würden es mir ihre Worte verraten haben. ›Dies ist die erste‹, flüsterte sie mir heiß ins Ohr, ›von drei Nächten, die uns bewilligt sind. Dann trennen wir uns für ewige Zeiten.‹

Ich sage nicht, wie die Nacht bis zum Morgen verging. Zuletzt zerging mir das Bild in den Armen. Mir blieb noch im

Wachen lange das süße Gefühl seiner vollen Körperlichkeit. Das ganze Erlebnis war ein Mysterium, das mich auf und ab im Bewußtlos-Bewußten körperlich-entkörpert umherbewegte. Der Bewegung, die an ein Getragensein von lauen Wasserwogen erinnern mochte, antwortete von meiner Seite eine letzte Hingegebenheit. Es sei genug! Es wäre Torheit, Worte in einer Sache zu verschwenden, die unaussprechlich ist.

Nur eines meinethalben erwähne ich noch: den unfaßbar seligen Rausch der Farben, in den ich versunken war. Die Segelbespannung, auf der wir lagen, hatte sich mit Sternen bestickt, man sah zwischen ihnen hindurch in blauschwarze Abgründe. Über uns wölbte sich wechselnd schweflichtes Gelb, Grünspangrün, blutiger Purpur, feuriges Ziegelrot, Farben in ungeahnten brennenden Mischungen.

Vom Körper Astliks aber, so hatte sich der Dämon genannt, gingen durchsichtig silberne Strähnen von Phosphor aus, die meine trunkenen Handflächen selbstleuchtend und gleichsam durchsichtig machten.

Dies war ein Traum und war kein Traum. Als ich erwacht war, wollte ich nichts mehr vom Wachen wissen und beschloß, kein Glied zu rühren bis zu Astliks Wiederkehr.«

Unschwer zu sehen, was dieses Erlebnis für den Erzähler bedeutete. Er rang nach Atem. Es überkam ihn zum erstenmal eine gefährliche Atemnot, die uns um sein Leben besorgt machte, aber er konnte sie überwinden und fortfahren:

»Alles ist nichts, was ich seit diesem Traum erlebt habe, als die wilde und freie Meerfrau zu mir kam und sich in süßer Demut mir hinschenkte. Schon in der zweiten und dann in der dritten Nacht rückte sie ferner und ferner von mir, nicht mehr fähig zur letzten und ganzen Hingabe.

Ich rief mir zurück, was der Bote aus jener Welt, wo Hölle und Himmel verschmelzen, mir alles zuraunte. Er schilderte mir die heiligen Tiefen des Ozeans mit ihren Ebenen, lieblichen Tälern, Hügeln, Felsengebirgen und Bergspitzen, sprach von den freien unendlichen Wonnen, deren die Kinder jener Bereiche zu genießen gewürdigt sind.

›Wir wissen‹, sagte er, ›nichts von Müdigkeit und bewegen uns mühelos über die Tiefen der Abgründe, über alle Gipfel hinaus. Fast ist die Oberfläche des Wassermeeres das Gebiet unserer höchsten Seligkeit, während ihr die des Luftmeeres nicht kennt. Alles Getier der kristallenen Höhen und Tiefen ist uns göttlichen Töchtern und Söhnen des Meeres untertan. Wir bedienen uns seiner im freien Spiel. Der Wal, das Walroß, die großen und kleinen Raubfische müssen uns auf Wink gehorsam sein. Ich nenne dir nur, ohne ihn dir beschreiben zu können, unsern Vater, der zugleich unser allgewaltiger Herrscher ist. Er ist die Freude und auch der Schrecken des Meeres, durch sich selbst und uns, seine Kinder. Wir sind ein unbändiges, wassergewaltiges Göttervolk. Wehe, wenn einmal die Wut uns packt und Nacht und Grauen um uns verbreitet! Wir winken den Stürmen und drehen mit unseren Fingern die Windhosen. Tornados, Taifune peitschen wir auf. Dabei reiten wir wilde, weißschäumende Rosse und Stiere, deren fliegende Mähnen den Schiffen Tod bringen. Und sieh: alles dieses gebe ich auf. Die unendliche Kraft, das unendliche Leuchten des blühenden Wassers, wenn die Sonne des Frühlings es küßt. Der Vater hat mich all dessen entkleidet. Und ich habe es hingegeben für dich.‹

Ich behandle den Traum als Wirklichkeit. Damals habe ich das gelernt, und heute im Alter rechtfertigt es sich immer mehr. Mein ganzes Leben ist mir ja doch zum Traume geworden.

Laßt euch ein Intermezzo berichten, das sich zwischen Astliks erstem und zweitem Besuch eingeschoben hat. Sein trauriger Held ist noch einmal der Koch Sarrazin. Er verlegte sich törichterweise, um mir womöglich noch etwas am Zeuge zu flicken, auf die Gepflogenheit der Klopfgeister. O du verblendeter Sarrazin, du Tierapostel und kleiner Schuft, der du gewesen bist! Du wolltest mit mir in Wettbewerb um den herrlichen Dämon treten? Was weiß ein Molch von Cardenio, von dem Manne, der innerlich mit der silbernen Rüstung des Ritters ohne Furcht und Tadel bekleidet ist und dessen Seele von ihren Strahlen schimmert?! Was weißt du von einem Adel, der sich nicht vor Göttern, geschweige vor Menschen zu bücken hat!

Ich sagte zu Astlik in der zweiten Nacht: ›Geh in dein Element zurück!‹ Sie gab zur Antwort: ›Nicht ohne dich!‹ – Ich muß gestehen, daß es mich kalt überrieselte bei dem scheinbar unabwendbaren Ernst, mit dem sie die Worte sprach. Damals, noch keineswegs vorbereitet auf den Tod, glaubte ich, daß sie mich eher töten als loslassen wolle. Da sie aber jeden meiner Gedanken las, als hätte ich ihn laut ausgesprochen, erklärte sie mir, daß mir in ihrem Element der Tod nach Ablauf vieler Tausende von Jahren einmal bevorstünde, aber nicht im Augenblick, vielmehr würde sich im Augenblick mein menschliches Leben ins Göttliche steigern und so auch meine Liebeslust.

Wie sie den Gott des Meeres nannte, ist gleichgültig. Geringer als die des Zeus kann seine Macht nicht gewesen sein, und übrigens war ja Zeus nicht nur mit der Aerosphäre und der Lithosphäre, sondern auch mit der Hydrosphäre vertraut, er wäre sonst wohl nicht als Stier mit der Europa auf dem Rücken durchs Meer geschwommen. Dieser Meeresvater, erklärte Astlik, habe ihre Sehnsucht gespürt und ihr von der Menschwerdung abgeraten: ›Siehe dir die Gekreuzigte an der Schutzhütte an! Du kannst nur verlieren, um schließlich in einer üblen, dämonischen Haut oder in einem Stück Holz unterzukriechen. Bei dir wäre Abstieg, was bei dem Menschen Aufstieg bedeuten würde.‹ Und der Meeresvatergott hatte sich bereit erklärt, mich in ein Meerwesen umzuwandeln, in ein Meeresroß, einen fischschwänzigen Stier, einen Triton oder was sonst mir erwünscht wäre. Oder aber, so hatte er sich verbessert, wie Astlik schalkhaft hinzusetzte, weniger wie mir, sondern wie es ihr, nämlich Astlik, genehm wäre.

Als dieser Vorschlag geschehen war, revierte ein großer Vogel um unsere Laubhütte, unser blättergepolstertes Liebesnest. Sein Schatten drang geradezu durch das Dach, und vom Wind seiner Flügel fing die Matratze, in die wir gewühlt waren, gleichsam zu tanzen an, wir waren von trockenen Halmen umstoben. Zugleich aber drang ein mefitischer Dunst herein, der an eine Moschusratte oder verwandtes Getier erinnern konnte. Wer es sein mochte, ahnte ich wohl und gedachte gebieterisch aufzutreten. Astliks Hand verschloß mir den Mund. ›Schweig!‹ hauchte sie, ›schweig! und soweit es dir möglich, denke auch nichts! Auch für die draußen liegen alle Gedanken offen da, diese Fähigkeit hat sie zurückbehalten.‹

Mäuschenstill aneinandergedrückt, suchten wir Sprache und Denken zu unterdrücken und fuhren in diesem Bemühen fort, bis sich das Flatterwesen mit einem letzten Geschrille, erinnernd an das von Fledermäusen, entfernt hatte.

Aus einer niedrigen Sphäre in eine höhere aufzutauchen erfordert einen ebenso großen, vielleicht größeren Entschluß als unterzugehen. Ich faßte den Entschluß und sagte ja.

Allsogleich schwamm ich als Triton im Meer und hatte Astlik auf meinem Rücken. Oh, meine lieben, lieben Lichtstümpfe! Das waren Minuten, halbe Stunden, Ewigkeiten eines unaussprechlichen Lebensgefühls! Lust ist nicht Lust, nämlich, liebe Lichtstümpfe, was ihr so nennt. Es ist jämmerliche, kraftlose, schäbig zusammengefaßte Lust. Es sind Reste, es sind Neigen, sind Überbleibsel von Lust, verdorbener Abfall vom Tische der Götter. Umwogt und umstoben von einem nächtlich flutenden Himmel unter uns, wühlend im Abglanz der Milchstraße, fuhren wir im Schrei und Rausch toller Wassergemeinschaft dahin. Strähnen von Feuer, herrliches Meeresleuchten, flossen überall um uns hin, unsere Leiber wohlig umbuhlend, statt sie zu verbrennen. Ich hielt eine große Muschel am Mund, mit der ich, wenn ich Pausbacken machte, wie eine ganze Menagerie von Raubtieren brüllen konnte, wobei mir Astlik, die nun üppige, strotzende Astlik, deren Fischschwänze mich umschlossen, Beifall jauchzte und mir Rücken und Fischschwanz klopfte. Dieser war stark wie der Leib einer Seeschlange. Wenn ich das Wasser kraulend schlug, so brausten wir fort wie vom Bogen geschossen, und selbst die Delphine blieben zurück. Wir wälzten uns bald in Tiefen, bald auf der Oberfläche der Gewässer herum. Um uns wieherten selige Sirenenrosse. Mit jeder Umarmung steigerten sich die Kräfte zu neuen, und schließlich ward alles durch eine göttliche Gesundheit gekrönt, gegen die alle menschliche Krankheit ist.

›So‹, sagte Astlik. ›Dies war eine Probe: entscheide nun! Morgen komm' ich, die Antwort zu holen.‹ Sie hatte mich, den wiederum Mensch Gewordenen, mit diesen Worten wie ihr Kind auf unsere Laubmatratze zurückgelegt.

Sollte man denken, daß ich nach allem Erlebten nicht sogleich den rechten Entschluß zu fassen vermochte? Es heißt, der Gefangene verliebt sich in seinen Kerker, wenn er lange genug darin festgehalten worden ist. Konnte ich dem menschlichen Resteressen, den Beengungen und Beängstigungen, den Sorgen, den Schmerzen, dem ganzen Hokuspokus menschlicher Geistigkeit und chaotischer Unzulänglichkeit nicht absagen? Wollte ich nicht zehntausend Jahre weiterleben in göttlich-seligem Saus und Braus? Was mich zunächst daran hinderte, weiß ich nicht. Bald aber bin ich, sozusagen mit Pauken und Trompeten, zum rechten Entschlusse durchgebrochen. Ade, ade! so sagte ich, auf Nimmerwiedersehen, o Menschenwelt! Zwar hatte Astlik mir erklärt, ich müßte die menschlichen Eierschalen noch einige Tausende von Jahren ins Göttliche mitschleppen, dann gebe mir der Dreibeherrscher von dreien Sphären, also Zeus oder wie er hieß, mit seinem Blitzstrahl den Götterschlag. Eine Wartezeit aber von der Art, wie ich sie doch eben genossen hatte, besaß naturgemäß keine Schrecken für mich. Nun, meine lieben Lichtstümpfe, wir sind Lichtstümpfe, unglückselige Halbwesen sind wir, weiter nichts. Das wahre Feuer der Erde kennen wir nicht, nicht die Lust, die sie hat und geben kann, freilich ebensowenig auch ihre Qual. Einmal bin ich aufgeflammt, brave Lichtstümpfe, und etwas dergleichen wieder zu erleben, bin ich nahe daran.

Jetzt aber schreite ich fort zur Anklage.«

Mit den letzten Worten näherte sich Cardenio der verhängten Holzfigur, die er darauf feierlich abdeckte. Ich weiß nicht wieso, aber selbst meine Augen wollten erkennen, wie sich im bleichen Antlitz des zopfgekrönten Holzbildes ein leichter Schrecken zu erkennen gab. »Bevor ich herkam«, erörterte weiter Cardenio, »habe ich euch gebeten, genügend Holz in unseren Kamin zu tun, alles bis zum Anzünden fertigzumachen und besonders ein kleines Beil in die Nähe zu legen, da man es benötigen könne. Ihr habt gedacht, daß ich Fieber habe und frostig bin und deshalb wünschte, daß man dawider vorsorge.

Das ist ein Irrtum, es wird sich hier um mehr handeln.

Nämlich um ein Autodafé, eine Verbrennung, ein Strafgericht.«

Die Lichtstümpfe hatten in der Tat alles für ein großes Feuer in dem nach italienischer Art geräumigen Kamin zurechtgemacht, das sie auf Wink des Sprechers nun anzündeten.

Dieser fuhr, als es brannte, fort:

»Als ich in der nächsten Nacht die Tochter des Meeres, die Nereide Astlik, erwartete, um mich auf immer ihr und ihrem Element anzuvertrauen, als ich in süßer Erwartung zitterte, legte sich plötzlich ein dunkles Etwas über mich und an meine Brust. Es war das Tier, der Vogel, das Flattergespenst, wie ich fühlte, das tags zuvor den Unterschlupf meiner Liebe umkreist hatte.

Von diesem allen ist zu sagen, daß er haarig, weich und wie mit hunderten Saugnäpfen saugend war, daß er mir seine stachlige Zunge in den Hals steckte, daß seine feuchte Nase Moschus um meine Augen blies und sein Rachen, in dem ich beinahe stak, einen giftig betäubenden Atem ausströmte. Ich ward paralysiert. Ich sah dann noch, daß Astlik erschien, konnte mich aber weder rühren noch atmen noch sprechen. Ich war selber zu einem Stück Holz geworden. Worauf ich mich dann mit dieser hier«, er wies auf die Galionsfigur, »in der Kabine eines Ozeandampfers wiederfand.

Das war dein Werk, meine süße Chimaera, süße Seekatze«, wandte er sich wiederum an die Holzpuppe. »Und weil du mich nicht losließest, lasse ich nun auch dich nicht los! Du arme Patronin der Lichtstümpfe mußt mit mir durch den wahren großen Flammenschoß in die Ewigkeit. Vielleicht ist diese Strafe weniger als das, was sie wollte. Jedenfalls wird keiner von uns beiden von einem von uns mehr zu finden sein.«

Keiner der Lichtstümpfe sprach ein Wort, nur das Feuer knackte und knisterte. Man spürte, daß eine Art schauerliches Opfer gebracht werden sollte. Cardenio hatte Chimaera angefaßt und mit beiden Händen zum Feuer getragen. Vor dem Kamin ergriff er das Beil und zerkleinerte sie mit rasenden Schlägen zu Holzsplittern. So grausam erschien uns diese Tat, daß dem ersten Schlag ins Gesicht der Figur ein allgemeiner Aufschrei antwortete. Als Cardenio hierauf einen Augenblick innehielt, hörte man deutlich an die Wand pochen. Der schreckliche Opferpriester ward gelähmt davon. Daraufhin ging das Pochen um alle Wände hin.

»Schweig, verfluchter Hund!« rief Cardenio, und zu uns gewendet: »Es ist Sarrazin. Er haßt mich, er will nicht, daß ich frei werde. Doch ich werde frei, meine lieben Lichtstümpfe, sicherlich! Lebt wohl! Wir lösen uns auf in der Milchstraße!«

Darauf sank er auf einen Sessel, vornübergebeugt, und starrte unbewegt in die Flamme, bis der letzte Splitter verkohlt war, den er hineingeworfen hatte. Da ging eine Zuckung durch ihn hin, und auch er war, so schien es uns allen, zu Asche geworden.

DER SCHUSS IM PARK

Novelle

Entstehungszeit: 1938 – 1939.

Erstveröffentlichung: In der Zeitschrift »Die Dame« 1939.

Erste Einzelausgabe: Berlin, S. Fischer 1941.

I

Eines schönen Herbstmorgens kam mir der Gedanke, einen alten Onkel zu besuchen, den ich seit zwanzig Jahren nicht gesehen hatte. Es war die Zeit des Zweirads. Automobile machten die Straßen noch nicht unsicher. Ich wohnte damals etwa achthundert Meter über dem Meeresspiegel im Riesengebirge, mein Onkel dagegen an seinem Fuß, und zwar in Jauer, einer alten schlesischen Stadt. Ich bestieg mein Zweirad und ließ es bergab laufen.

Das tat es nun wohl zwei bis drei Stunden lang.

Was bei der leichten Bewegung an frischer Bergluft in meine Lungen drang, was an landschaftlicher Schönheit und Weite überall meine Augen entzückte, erneuerte mich und gab meinem wohl ein wenig belasteten Geist die Befreiung, die er gesucht hatte.

Ich fand meinen Onkel in seinem Herbarium. Der Forstmann, über die Siebzig hinaus, befand sich seit kaum einem Jahr im Ruhestand. Bis dahin war er Förster, Oberförster, zuletzt Verwalter eines mächtigen Güterkomplexes des Fürsten P. an der polnischen Grenze.

Seine Freude über mein Kommen war groß.

Es gingen von ihm, nicht nur im Familienkreise, allerlei Geschichten um, die ihn als Original kennzeichneten und übrigens seinen Humor und seinen Appetit zum Gegenstand hatten. Was nun den Humor betraf, so funkelte er noch jetzt aus seinen hervorgequollenen Augen, obgleich dabei die Züge um seinen Mund nicht mitsprechen konnten, da sie von einem immer noch rötlichen, gewaltigen Vollbart verdeckt waren.

Nachdem, immer unter einem trompetenden Lachen, die Zeremonie des Wiedersehens erledigt war und ich seine seit dreißig Jahren gelähmte Frau, Tante Ida, begrüßt hatte, wurde – es war gegen elf Uhr am Vormittag – im Herbar eine Flasche Burgunder geöffnet, wir setzten uns nieder und stießen an.

Der Onkel, im Familienkreis Adolf genannt, war ein großer Botaniker, als Weiden- und Rosenforscher bekannt. »Siehst du, mein lieber Neffe«, sagte er, auf die Regale weisend, die alle vier Wände des kleinen Zimmers bedeckten und in denen, zwischen Bündeln von grauen Löschblättern, seine Sammlung getrockneter Pflanzen verborgen lag, »siehst du, mein lieber Neffe, das ist alles, was mir von einem langen Leben geblieben ist. Ich war ja allerlei anderes gewöhnt: Auerhähne schießen, Hirsche, Dachse, Lüchse, Füchse, wie man sagt; Holzschläge kontrollieren, in die Kreisstädte fahren und die Verkäufe bewerkstelligen, und so fort und so fort. Als junger Leibjäger, wie du ja weißt, bin ich mit dem Bruder meines Fürsten – er nannte sich van der Diemen – herumgereist. Ich war sogar mit ihm in Afrika und habe dort Antilopen geschossen, einmal sogar einen Wasserbock. Auch sonst, lieber Neffe, war ich nicht faul. Ich habe mich, Gott sei Dank, tüchtig 'rangehalten. Nein, das muß wahr sein, mir haben's die hübschen Mädels nicht schwergemacht. Beinah war es zuviel, doch man hatte ja eben was zuzusetzen... nun, wie gesagt: geblieben ist das Herbarium.«

»Getrocknete Blumen«, sagte ich, »das ist ja wohl immer alles, was bleibt.«

»Nein, lieber Konrad, das meine ich nicht. Sieh mal: Jauer bietet mir nichts. Ich kenne hier niemand und will niemand kennenlernen. Ich gehe nicht aus, ich meine, in keine Gesellschaft und kein Lokal. Man könnte vielleicht den Eindruck gewinnen, daß ich hier verlassen und trostlos vereinsamt mein Ende erwarte. Nun, sieh mal hierher, betrachte dir diese Briefschaften. Ich stehe in Verbindung mit Botanikern aller Welt. Hier hast du ein Schreiben aus Paris, das ist aus Wien, andere kommen aus Rom, Prag, Budapest, da ist eine Sendung aus Athen, hier eine aus Christiania, und so fort und so fort. Überallher kommen getrocknete Pflanzen und erzählen mir von ihren Standorten. So sitze ich hier und klettere bald in den Felsen an einem norwegischen Fjord herum oder am Col di Tenda, wo ich aufs Mittelmeer niederblicke; eines Morgens streiche ich auf einer Donauinsel umher, am andern Tage bin ich vielleicht auf Java gelandet. Meine Freizügigkeit geht sogar bis Tokio; in Tibet selbst unterhalte ich Beziehungen.«

Als wir die erste Flasche Wein vertilgt hatten und mein Onkel die zweite entkorkte, wußte ich, daß er ein Krater war, der ununterbrochen aus den Tiefen seiner Vergangenheit, gleichsam achtlos, Schätze emporschleuderte. Das tat er, obgleich er am Sprechen merklich behindert war und wieder und wieder nach Atem ringen mußte. Die Tage des Onkels waren bemessen, zufolge der heimlichen Nachrichten, die sich im

Kreis der Verwandten herumsprachen, und einer schlimmen Prognose, die eine Autorität gestellt hatte. Wie seltsam, daß die gelähmte Frau aller Voraussicht nach ihren zeitlebens von gesunden Kräften strotzenden Mann wahrscheinlich überleben würde!

Trotzdem war es nicht möglich, diesem unverwüstlich fröhlichen Mann gegenüber anders als fröhlich zu sein. Etwas wie Furcht vor einem nahen Ende bemerkte man nicht. Er schien seiner Atemnot nicht zu achten. Er behandelte sie wie ein widerspenstiges Tier, das man mit einigem Aufwand zur Räson bringen muß. Nachdem er mir noch ein Faszikel geöffnet und die zahllosen Verbastardierungen einer Distel gezeigt und erklärt hatte, fragte er, ob es mir recht sei, ihn bei seinem ärztlich befohlenen kurzen Morgenspaziergang zu begleiten.

Die Wohnung des Onkels lag am Markt, der nur wenig Bewegung zeigte. Die alten Gebäude, Rathaus, Kirche und dergleichen, die ihn begrenzten, schliefen ringsherum. Sie schraken nur scheinbar auf, wenn mit ohrenbetäubendem Lärm ein Wagen über das Pflaster rumpelte. Wir bogen in irgendeine Gasse, die irgendwohin führte und sich auf einen Friedhof öffnete. Die Straße setzte sich dann zwischen Grabhügeln fort, Grabtafeln aller Art aus Stein und Metall, Kreuzen aus gleichem Material oder auch aus Holz, nur mit Inschriften oder mit dem Kruzifixus daran. Die Hügel waren mit Efeu bedeckt, da und dort von Zypressen bewacht; ein frisches Grab lag unter einem Haufen von Kränzen.

Ich hatte meinen Onkel wieder auf seine Reise mit van der Diemen gebracht, über die im Verwandtenkreise manches im Schwange ging, und konnte zu meiner Freude bemerken, daß mein Interesse an diesem Thema dem seinen entgegenkam. Die Art, wie er sich darüber verbreitete, bewies, wie gern er sich dieser Epoche erinnerte.

Ich weiß nicht, was sich die Leute gedacht haben, die im Vorübergehen zuhörten, wie der alte Rotbart immer wieder stillestand und trompetete und dann wieder nach Atem rang und ich mich dabei vor Lachen bog: zwei Schritt von den Kränzen und Schleifen des frischen Grabhügels.

»Ach«, rief er, »was war das für eine Zeit! Wenn ich alles in allem nehme: unsere Besuche auf den Schlössern in Ungarn bleiben doch der Höhepunkt. Donnerwetter, Konrad, ich bin auch kein übler Kerl gewesen! So 'n Leibjäger, alias Adjutant, muß irgend etwas sein. Mit einem Schneidergesellen läßt sich auf solchem Posten kein Staat machen. Wir standen sehr gut, der Graf und ich, schließlich waren wir drei Jahre zu zweien. Es ist nicht zu leugnen, daß man manchmal was Ähnliches wie Kammerdiener ist. Aber doch nur was Ähnliches. Ich war van der Diemens Reisemarschall. In Afrika wuchs sich der Posten beträchtlich aus. Ich befehligte schockweise Eingeborene. Ich stand ihm auch wissenschaftlich nicht nach. Als Jäger war ich ihm überlegen. Einmal hab' ich sogar sein Leben gerettet. Er hatte ein Nashorn angeschossen. Es nahm ihn an, er war verloren, hätte ich das Luder nicht mit einigen gutsitzenden Kugeln zur Strecke gebracht.«

Er kam ins Lachen, und ich merkte, daß dieser unaufhaltsame Ausbruch seiner Heiterkeit sich auf etwas bezog, was in seiner Erinnerung eben auftauchte.

»Ja, Ungarn, Ungarn!« sagte er. »Wir trafen in der Nähe von Szegedin auf der Poststation ein. Ein Wagen des Fürsten X. wartete auf dem Vorplatz. Es war eine windige, offene Karrete mit drei Pferden davor. Der Ungar in Nationaltracht, der das Gespann lenkte, lehnte den Rücken an unsere Knie. Die ganze Geschichte war nicht sehr einladend. Wir sahen uns recht bedenklich an, van der Diemen und ich, aber schon war es losgegangen. Ja, losgehen ist das richtige Wort. Eine Flinte geht los, und so unser Wagen. Der Ungar hieb auf die Pferde ein, und es ging in Karriere vom Flecke weg. Es war wie ein Kutschbock, auf dem wir saßen. Wir klammerten uns an die niedrigen Eisenstäbe an. Wir dachten, die Pferde sind durchgegangen. Was sollten wir anderes denken? Nichts. Und wir dachten auch nichts, als daß wir nun bald überhaupt nichts mehr denken würden. So befahlen wir unsere Seelen Gott. Denn in der Tat waren die Gäule durchgegangen. Es waren Teufel und sahen wie Himmelsziegen aus. Natürlich verließen sie den Weg und rasten ziellos in die Pußta hinein. Pferde, die durchgehen, haben kein Ziel. Bodensenkungen, Gräben bildeten ihnen kein Hindernis. Seltsamerweise: der Wagen hielt aus, er zerbrach nicht in tausend Stücke. Wir wurden in die Luft geworfen, kamen aber, wie durch ein Wunder, mit dem Hintern wieder auf unseren luftigen Kutschbock zurück.«

Der Onkel schwieg und rang lachend in heftiger Atemnot.

»Donnerwetter, das war eine Fahrt!« fuhr der Onkel fort. »Allmählich begriffen wir, daß wir uns geirrt hatten: so drauflos zu preschen und zu kaleschen war hier der übliche Schnellpostbetrieb. So klammerten wir uns krampfhaft fest und waren denn auch, als das Schloß in der Ferne auftauchte, noch nicht über Bord. War nun der Schlag einer Uhr herübergedrungen und glaubte der Kutscher vielleicht sich verspätet zu haben, kurz, er peitschte nun erst recht auf die Pferde ein, so daß wir unsere Geschwindigkeit verdoppelten. ›Er hat sie geweckt!‹ brüllte mein Graf mich an, ›denn sie haben ja wirklich bis jetzt geschlafen.‹ Endlich rasten wir mit unverminderter Schnelligkeit durch eine lange Pappelallee, rauschten durch den ersten, den zweiten Torbau in einen weiten Hof des gewaltigen Schlosses hinein, in dessen einem Winkel vor dem Eingang des Treppenhauses unser fürstlicher Gastgeber mit einer Menge vornehmer Gäste, Herren und Damen, auf uns wartete. Gott sei Dank verlangsamte nun unser Rosselenker mehr und mehr die Fahrt. Aber als wir dachten, er würde nun halten und wir könnten aussteigen, fuhr er den Gästen im Hof zwei oder drei kunstreiche Achten vor. Dies war eine Probe seiner Kunst, die wir gewiß mit dem gleichen Wohlwollen wie die Zuschauer betrachtet hätten, wären wir nur von der schauderhaften Karrete, mit der sie ausgeführt wurde, herunter gewesen. So balancierte der Wagen bald auf den zwei Rädern der rechten, bald auf der linken Seite, wir prallten gegeneinander an, und es ist nur natürlich, daß wir dabei keine gute Figur machten. Diese Sache jedoch schien hier üblich zu sein, denn die Tragikomik wurde – das merkten wir, als wir endlich ausstiegen – von der Gesellschaft nicht empfunden.

Auf diesem Schloß«, fuhr der Onkel fort, »haben wir dann acht Tage gelebt, und ich will nicht mit Vornamen Adolf heißen, wenn ich in dieser Woche auch nur zwölf Stunden ruhig geschlafen habe. Du bist ja verheiratet, lieber Konrad, und nicht zimperlich: in meinem Zimmer standen statt des Trinkwassers gefüllte blinkende Karaffen mit rotem und weißem Wein. Am Morgen nach der ersten Nacht – halte mich meinethalben für einen Aufschneider: es war die einzige, die ich allein in meinem Bett zubrachte –, also am ersten Morgen, nachdem ich geklingelt hatte, brachten einige Diener mein Frühstück herein. Konrad, wahrhaftig, ich mußte mich festhalten. Schließlich brach ich, ich konnte mir anders bei diesem Eindruck nicht helfen, in ein den Dienern völlig befremdliches Lachen aus. In großen silbernen Kannen wurde mir Kaffee und Schokolade serviert, Tee in chinesischem Porzellan, gekochte Eier, unter dem Dutzend ging es nicht, kalter gekochter Schinken, Rebhuhn, Fasan, Honig und allerlei Marmeladen, drei- oder viererlei Gebäck, allerhand Kuchen, was weiß ich.

Nun, Konrad, ich ließ mich nicht lange bitten, ein Kostverächter bin ich noch heute nicht. Ich hieb also ein, daß es eine Art hatte. Ich weiß wahrhaftig nicht, ob von dem ganzen Kram sehr viel übriggeblieben ist.

Aber nun, Konrad, die Weiber! Du kannst dir nicht denken, wie die, mir nichts, dir nichts, drauflosgingen – und Donnerwetter, wie schön, feurig und lustig sie waren. Parlamentieren war völlig überflüssig, wenigstens bei einem hübschen Kerl, der ich damals gewesen bin. In dem ungeheuren Keller beim Kellermeister habe ich mit ihm alle Weine durchprobiert – und dann oben im Schloß und ringsherum die fuchsteufelswilden Mädels und Weiber. Dann ging es wieder zurück zur Weinprobe, dann wieder hinauf, dann wieder hinunter, und so fort und so fort. Ich schweige davon, bis in welche Höhen ich hinaufgestiegen bin. Konrad, man wurde einfach befohlen. Es geht einem manchmal gegen den Strich, aber wenn man dann eben doch von einer schönen, übermütigen jungen Gräfin in lockerer Gewandung empfangen wird, setzt man sich über allerlei Bedenken hinweg. Ich war wie in Mohammeds Paradiesen.

Tokaier, Gulyas, Paprika!

Nach dem Souper, etwa so gegen elf Uhr nachts, gingen die Herren zu den Zigeunern. Da wurde die wilde, betäubend schöne Musik gemacht, wovon etwas in die fünfte Rhapsodie von Liszt geraten ist« – mein Onkel war ein recht guter Klavierspieler –, »es wurde getanzt. Die schönsten Mädchen, und du kannst dir nicht denken, welche geradezu brennende Schönheit ihnen mitunter eigen ist, saßen auf den Knien der Kavaliere. Dukaten wurden dem Primas zugeworfen und den Mädels in den Busen gesteckt. Es ging manchmal recht weit – aber wer könnte sich da, wenn er ein Mann ist, zurückhalten? Meist wurde bei den Zigeunern bis zum lichten Morgen durchgetobt.«

Dies ist nur ein kleiner Auszug der Erinnerungen, die meinen Onkel mitten auf dem Kirchhof und dicht an dem frischen Grabhügel überwältigten. Es war nicht möglich, über den Kontrast zwischen seinem körperlichen Zustand und seiner feurigen Erzählung sowie zwischen ihrem ganz dem vollen Leben gehörenden Inhalt und der todgeweihten Stätte des Friedhofs hinwegzusehen. Hier ist er kaum anderthalb Monate später begraben worden.

Wir schritten nun eine Weile fort, bis wir an eine breite Straße kamen, die vom Lande in die Stadt führte. Die Turmuhren schlugen die Mittagsstunde. Mein Onkel zeigte sich plötzlich gerührt und sagte, indem er mir seinen linken Arm um die Schultern legte: »Ich freue mich wirklich sehr, mein lieber Konrad, daß du deinen alten Onkel, ehe es zu spät ist, noch einmal besuchen gekommen bist.« Seine Rührung ging auf mich über, und ich fühlte mich gedrängt zu erwidern: »Es ist doch jammerschade für mich, Onkel Adolf – ich bin heute über dreißig Jahre –, daß ich so wenig, und zwar nur vom Hörensagen, von dir gewußt habe. Ich muß bedauern, daß ich durch fünfzehn Jahre nicht wieder, wieder und wieder mit dir zusammengewesen bin und deine Gegenwart genossen habe.«

Er schwieg und klopfte mir nur auf die Schulter.

In diesem Augenblick wurden wir durch eine herrschaftliche Equipage gleichsam aufgeweckt: Kutscher und Diener in Livree und eine nicht mehr ganz junge vornehme Dame im Fond der Halbchaise. »Donnerwetter«, sagte mein Onkel, »das ist ja...« Er schwieg, als der Wagen, die Pferde in abgezirkeltem Trab, vorüberfuhr. Nun aber neigte die Dame sich und grüßte mit freundlichem Lächeln herüber.

»Herrgott, wie seltsam«, sagte der Onkel, als das Gefährt verschwunden war. »Gerade jetzt, wo wir so viel von van der Diemen gesprochen haben, fährt diese Baronin Weilern vorüber. Sie hat wohl das seltsamste Schicksal gehabt. Der Zufall machte mich zum Zeugen der Katastrophe in ihrem Leben: der unwahrscheinlichsten, seltsamsten übrigens, die es geben kann. Aber Mutter wartet, es ist zwölf Uhr, und wir sind mit dem Essen sehr pünktlich. Doch, Konrad, es lohnt. Ich erzähl' dir später mal mehr davon.«

Die Tante und der Onkel hielten auf einen guten Mittagstisch. Wir aßen Rebhühner, die aus den alten Jagdgründen stammten, deren oberster Verwalter Onkel Adolf gewesen war. Er wurde von dort noch regelmäßig versorgt.

Der alte Barbarossa hatte trotz seines Leidens den Appetit nicht eingebüßt. Sein drittes Rebhuhn war aufgezehrt, als ich mit meinem ersten zu Rande gekommen war. Er trank dabei Mosel in vollen Schlucken.

Die Tante, von der Magd im Nebenzimmer bedient, blieb unsichtbar. Aber sie hatte Mausöhrchen und nahm an der Unterhaltung teil. Sie tat es mit lauten Einwürfen und Zurufen, die der Onkel gleich laut beantwortete.

Nach dem Käse wurde Obst und hernach Likör und Kaffee gebracht, wobei der Onkel sich heiter ächzend erhob und umständlich eine lange Pfeife in Brand steckte. Er war an den Pfeifenständer getreten und hatte sie sorgsam ausgewählt. Nachdem er die ersten Züge mit Behagen und stehend gepafft hatte, öffnete er die Glastür eines Bücherschranks: »Das ist nur der kleine Teil meiner großen Bibliothek, der mir unentbehrlich ist. Die gesamte unterzubringen, würde ich ein kleines Haus brauchen. So liegt sie denn in Kisten verstaut...«

Ich war zu ihm getreten und las die Buchtitel: Musikerbiographien, Afrikareisen, Schlagintweit, Nachtigal, Schweinfurth und andere. Natürlich auch van der Diemen war da. Ein ganzes Regal nahm Brehms Tierleben ein. Von den Dichtern war nur Scheffel vertreten.

Mir ging durch den Kopf, daß die einige tausend Bücher, die den Onkel durchs Leben begleitet hatten, nun aber in Kisten begraben lagen, ein Wiedersehen mit ihm wohl in dieser Welt nicht mehr feiern würden. Dabei griff ich mir einen Band von Brehms Tierleben und erzählte dem Onkel, wie ich einmal in einem Bahncoupé mit einem nahen Freunde Brehms ins Gespräch gekommen war und von ihm allerlei Einzelheiten über seine Reisen mit dem österreichischen Kronprinzen Rudolf erfahren hätte. Es wäre so ein bißchen »als wie, als ob, als wenn« gewesen – wobei Brehm sich recht überflüssig gefühlt hätte.

Der Onkel nahm mir das Buch aus der Hand – die Magd hatte einen Lehnstuhl herangezogen – und machte sich's wieder am Tisch bequem.

»Das mag stimmen«, sagte er. »Ein Sprichwort sagt: ›Herrendienst – Narrendienst.‹ Van der Diemen war keineswegs zimperlich, aber es war mit seinen Forschungen immer doch auch nur soso-lala.«

»Warum existiert eigentlich von dir, Onkel, kein Buch über Afrika?«

»Ich konnte dem Grafen nicht Konkurrenz machen.«

»Aber du erzählst doch so fabelhaft, schilderst so anschaulich, ganz vorzüglich.«

»Mündlich, Konrad, schriftlich nicht. Sieh mal, ich bin so'n alter Forstbüttel, denen stecken ja immer allerhand Flausen im Kopf. Wir machen uns ja gegenseitig manchmal bis zum Morgen ganz blöd und dumm mit Jagdgeschichten. Aber es gab ja in der Tat bis vor kurzem auch noch eine mündliche Erzählerkunst. Heut ist sie vollständig ausgestorben. Diese Kunst sozusagen in ihrer Entfaltung habe ich zweimal erlebt: das eine Mal bei einem Balten, einem Baron, das andere Mal bei niemand Geringerem als Alfred Brehm, den ich gekannt habe.«

Er leerte nunmehr seine Kaffeetasse und setzte einen Kognak darauf. »Ja«, sagte ich, »Brehm soll ein Meistererzähler gewesen sein. Auch das erfuhr ich von seinem Freunde.«

»Ich habe ihn selbst gehört, Konrad. Doch der andere, der Balte, war auch nicht von Pappe. Der Balte hieß Baron Degenhart. Und da muß ich dir wenigstens etwas andeuten. Er steht nämlich in sehr enger Verbindung mit dem seltsamen Schicksal der Baronin Weilern, die du vorhin in der Kalesche gesehen hast. Ich will dir davon nur einiges andeuten.

Wir, van der Diemen und ich, stießen zuerst auf den Baron Degenhart im Inneren von Afrika. Hatte er sich dort irgendeiner Expedition angeschlossen oder sich auf eigene Faust weitergeholfen, kurz, er saß eines Abends an unserem Lagerfeuer. Male dir die Szenerie nach Belieben aus. Du kannst dir Löwen, Hyänen, Schakale, Zebras, Antilopen, kurz, was du willst, einbilden, ich überlasse dir alles ad libitum. Woher der Baron plötzlich kam, was er trieb? Entweder hatte er es uns gesagt, und ich habe es vergessen, oder er ließ uns darüber im unklaren. Kaum war er da und hatte seine Freude über unser Erscheinen ausgedrückt, auch uns sein ungefähres Signalement gegeben, als er auch schon zu erzählen begann. Wir konnten ihm, ohne gelangweilt zu sein, mehrere Stunden zuhören. Wir hatten ungefähr hundert schwarze Träger mit, dazu eine Anzahl Lasttiere, so daß unsere Versorgung mit Konserven und allerhand Genußmitteln nichts zu wünschen übrig ließ. An Geld war ja auch bei van der Diemen kein Mangel.

Da wir einige Tage Rast machten, nützte der Baron unsere Gegenwart weidlich aus, wir dagegen die seine desgleichen.

Er konnte uns manchen guten Rat geben, da er den Charakter der Eingeborenen, ihre Lebensweise und Sitten recht genau studiert hatte, ja sogar ihre Sprache verstand. Seltsam genug: mitten in Afrika wurden wir durch seine Erzählungen nach Rußland versetzt, reisten mit ihm in der Troika oder im Schlitten von Petersburg bis Sibirien, kämpften Schlachten mit Wölfen und Räubern, jagten Schneehühner und Wisente, schossen Hermeline, Zobel und was nicht sonst. Wirklich, wir klapperten fast vor Frost, während die afrikanische Hitze um uns brodelte.«

Onkel Adolf trompetete dies, zugleich herzlich lachend in der Erinnerung. Er sog schweigend an der Pfeife und wurde nachdenklich. Dann stieß er hervor und hatte dabei einen Hustenanfall zu überstehen:

»Ja, ja, der Baron! Eine gar nicht alltägliche Sache, dieser Baron Degenhart. Am zweiten Tage, den der Baron bei uns zubrachte – er blieb auch nachts bei uns im Zelt –, trat eine junge Farbige in Erscheinung. Sie suchte jemand und fragte nach ihm. Da niemand von uns Kisuaheli verstand und der Dolmetscher nicht zugegen war, konnten wir nicht herauskriegen, wen sie meinte. Bis dann der Baron aus dem Zelte trat und das junge Geschöpf mit dem blitzschnellen Sprung eines Panthers plötzlich zu seinen Füßen lag. Sie umklammerte seine Knie. ›Sie ist so ein kleines Spielzeug von mir‹, sagte er, zu uns gewandt, in einem brutalen und leichtfertigen Ton, der uns aufs äußerste mißfiel. ›Ich habe die Kleine Käthchen genannt. Sie ist wirklich ein schwarzes Käthchen von Heilbronn. Sie klebt, man kann sie nicht loswerden. So hat sie mich nun auch wiederum aufgespürt. Ich bitte mich deshalb zu entschuldigen.‹

Diese kleine Episode, lieber Konrad, die damals bei uns kaum Beachtung fand, sollte sich später seltsam auswirken. Donnerwetter«, so unterbrach er sich, »Donnerwetter, sehr seltsam! Überaus seltsam! Weiß der liebe Gott!

Als wir einige Tage mit dem Baron zusammengewesen waren, setzten wir unsere Reise fort, wir haben kaum noch von ihm gesprochen. Dergleichen Abenteurer trifft man ja in der ganzen Welt und so auch im afrikanischen Busch. Und wahrhaftig: er war einer. Aus seinen Erzählungen ging hervor – und wir zweifelten keineswegs daran –, wie er den Gegenwert von fünf oder sechs Erbgütern durchgebracht hatte. Den Hauptteil hatten die Pariser Kokotten verzehrt, die Spielbank von Monte Carlo den anderen, raffinierte Diners, bei denen Champagner in Strömen floß, rissen nicht ab. Immerhin, ein gewöhnlicher Verschwender war er nicht, dazu hatte er zu viel Geist. Mit großer Entschlossenheit hatte er sich einem Kultus des rücksichtslosen Lebensgenusses verschrieben, in den auch Kunst, Literatur und Musik verflochten waren. Einmal schloß er sich Zigeunern an, die auf einem Wolgaschiff reisten: er unterhielt sie durch mehrere Monate.

Nun aber genug, und ein andermal mehr von diesem Baron.«

»Onkel, ich will nicht in dich dringen«, sagte ich. »Aber du sprachst vorhin von dem Schicksal der Baronin Weilern, in das der Baron Degenhart verflochten ist. Ich sehe ja ein, ich darf dich nicht länger belästigen. Ich werde auch im Augenblick aufbrechen. Aber wenn du mir nicht wenigstens einen kleinen Hinweis gibst, wie die Verflechtung des innerafrikanischen Abenteurers mit der schlesischen Gutsfrau möglich geworden ist, so entläßt du mich mit einem quälenden Fragezeichen, das mir vielleicht auf Wochen den Schlaf rauben wird.«

Aus dem Nebenzimmer ertönte die Stimme der Oberforstmeisterin:

»So erzähl ihm doch die Geschichte, Mann!«

»Gut, Alte«, parierte sogleich mein Onkel. »Bedingung: du mußt uns noch eine Flasche Wein zubilligen.«

»Na ja, na ja, warum denn nicht?«

»Siehst du« – der Onkel schlug mit der Hand auf den Tisch –, »da stimmen wir mal genau zusammen. Das Leben ist doch bald zu Ende gelebt, wofür will man sich aufsparen? Man muß die Feste feiern, wie sie fallen. Und heute feiern wir eben ein Fest. Ist es ein Wunder, wenn man jemand, den man als dreizehnjährigen Nichtsnutz zuletzt gesehen hat, als einen Mann von Geltung wiedersieht und neben sich sitzen hat? Warum sollen wir mit dem Abschied eilen: da man sich diesmal doch wohl für immer trennen wird.«

Er sagte dies alles mit Heiterkeit. Die Flasche kam, ich entkorkte sie, ein volles Glas trug die Magd in das Zimmer der Tante. Der Onkel trank, entleerte und stopfte von neuem den Pfeifenkopf und begann dann nach kurzem Besinnen die Geschichte, die meine Tante vorhin verlangt hatte. An ihrem Aufbau und einigermaßen klugen Zusammenhalt konnte man merken, daß er sie oft erzählt und so in der Form mehr und mehr vervollkommnet hatte.

II

»Die Herrschaft Konern, die heute noch im Besitz der Baronin Weilern ist, besteht aus ungefähr dreizehntausend Morgen, Äcker, Wiesen und Wald zusammengenommen.

Ich hatte die Dame durch van der Diemen kennengelernt, der ohne Zweifel ein Auge auf die schöne, begüterte Baroneß geworfen hatte. Ich weiß nicht, woran die Verbindung scheiterte.

Ihre Mutter befand sich seit Jahren im Irrenhaus, ihr Vater starb, als sie gerade zur Not majorenn geworden war. So trat sie in den Besitz der Güter. Noch im Todesjahr des Vaters, also im Trauerjahr, verkehrten der Graf und ich in seinem Gefolge oft bei ihr. Ich bin ja einigermaßen durchgesiebt in der Land- und Forstwirtschaft und konnte ihr manchen guten Rat geben. Zwei Jahre nachher starb leider van der Diemen, ohne, wie gesagt, in seiner ziemlich deutlichen Werbung mit ihr weitergekommen zu sein.

Ich wurde dann bald an die polnische Grenze versetzt und verlor die Weilern ganz aus den Augen.

Dann, nach fünf Jahren, erfuhren wir wieder etwas von ihr durch – ja, warte mal –, Alte, wer war das doch?«

Die Antwort erklang: »Ökonomierat Grieshammer.«

»Na also, durch Ökonomierat Grieshammer. Sie hatte Scherereien gehabt. Sie war in einen Prozeß verwickelt. Ein Zweig der Familie Weilern erklärte, nur männliche Erbfolge bestünde zu Recht, sie müsse die Güter an ihren Onkel, den Bruder ihres Vaters, abtreten. Man weiß ja – bitte sehr um Entschuldigung –, daß gewisse vornehme Leute einander wie die Geier anfallen, wo sie vermuten, daß irgendwie eine Beute zu machen ist.«

»Wie die Geier!« Vom Nebenzimmer erscholl die Bestätigung.

»Baronin Weilern ist heute eine Landfrau, die sich gewaschen hat. Die Zeit war ihr unbarmherziger Lehrmeister. Die Habgier umgab sie mit hundert glühenden Augen, als sie den Besitz angetreten hatte. Aber sie hat sich durchgekämpft.

Meine Verwaltung an der polnischen Grenze lag eine Stunde weit von der nächsten Ortschaft entfernt, mitten in einer Lichtung der Forsten. Die Ställe mit den Pferden und dazugehörigen Heuböden, einige Förstereien, die Büros und mein Wohnhaus umgaben einen weiten Hof. Als Selbstversorger trieben wir einige Schweine auf Eichelmast, machten sie auch im Stalle fett, züchteten Hühner, Enten und Gänse. Not, lieber Konrad, kannten wir nicht. Wer uns besuchte, blieb meistens über Nacht bei uns – öfters auch mehrere Tage und Nächte.

Was der Ökonomierat von der Baronin Weilern erzählte, zeigte, daß allerlei um sie her und mit ihr vorgegangen war. Vor allem: sie hatte sich verheiratet. Sie hieß nun nicht mehr Baroneß Weilern, sondern Baronin Degenhart. Ich habe ein schlechtes Namensgedächtnis, deshalb brauchte es Tage, bevor ich mich an den Baron gleichen Namens erinnerte, den wir in Innerafrika getroffen hatten. Solange der Ökonomierat da war, dachte ich mit keinem Gedanken daran.

Der Gatte der Baroneß war arm. Deshalb und aus Gott weiß welchen Gründen hatte sich die ganze Verwandtschaft gegen die Heirat aufgelehnt. Die Hochzeit hatte denn auch fast ohne Beteiligung dieser Kreise stattgefunden. Sie wurden dann insofern enttäuscht und ins Unrecht gesetzt, als die Ehe geradezu exemplarisch glücklich wurde. Nach dem ersten, ungetrübten Ehejahr kam ein Knabe zur Welt, der Stammhalter. Der Vorname des Großvaters Weilern, Ulrich, wurde ihm beigelegt – heut ein prächtiger Junge von sieben Jahren, wie der Ökonomierat versicherte. Als zweites Kind erschien dann ein Mädchen, heute sechsjährig und, sagt man, wie ein Engel so schön. Das dritte Kind, wieder ein junger Baron, war nach Grieshammer schon fünfjährig. Mit ihm schnitt der Kindersegen einstweilen ab.

Der Ökonomierat reiste ab, und die Angelegenheit der Weilern geriet abermals bei mir in Vergessenheit. Ich wußte vor Arbeit kaum ein und aus. Die Forstverwaltung von über sechzigtausend Morgen, die völlig in meinen Händen lag, sog mich auf. Ich habe der Herrschaft, der ich diente – dies, lieber Konrad, sage ich beiläufig –, alle meine Jahre gewidmet und unter dem Druck der Verantwortung den Arbeitstagen unzählige Nächte zugelegt. Wahrhaftig, ich konnte Bäume ausreißen. Aber da ich es immer wieder tun mußte und gerne tat, habe ich es nur mit Dreingabe meiner Gesundheit durchgeführt. Lassen wir das! Wovon sprachen wir doch? Richtig: immer noch von der Weilern.

Eines schönen Herbsttages, etwa wie heut, lag – ich war nicht wenig erstaunt – ein Brief der Baronin auf meinem Arbeitstisch. Sie bat mich darin, sobald es mir möglich wäre, zu ihr zu kommen, um sie in einigen Punkten ihrer Forsten wegen zu beraten. Es handelte sich unter anderem um Maßnahmen gegen gewisse Forstschädlinge, darin ich große Erfahrung besaß. Auch würde sich ihr Mann freuen, so schrieb sie, einen engen Bekannten des verstorbenen Afrikareisenden van der Diemen kennenzulernen, dem er im afrikanischen Busch einmal begegnet sei. Es stand bei mir fest, daß ich der Einladung folgen würde. Nicht nur die Achtung für die Baronin gebot mir das, sondern die Pflicht, nach Kräften wo immer in der deutschen Forstwirtschaft nützlich zu sein. Und schließlich, die Eröffnung über Degenhart ließ keinen Zweifel, daß dieser Degenhart mit dem afrikanischen, der an unserem Feuer gesessen hatte, ein und derselbe sei, was mich einigermaßen aufregte.

Die Besonderheit dieser Aufregung war mir neu, und ich habe sie nachher nie wieder erlebt. Sie wuchs und wuchs, je mehr ich über Degenhart nachdachte und mir Einzelheiten meiner Begegnung mit ihm ins Gedächtnis rief. Also dieser Mann war der glückliche und beneidete Gatte der schönen und reichen Weilern geworden und hatte sich in ihren prächtigen Grundbesitz als Herr mitten hineingesetzt! Wie kam dieser Mann überhaupt nach Schlesien? Richtig, da fiel mir plötzlich ein: es gab im Waldenburger Gebirge irgendwo die letzten Trümmer einer Ruine, die er das Stammschloß seines Geschlechtes genannt hatte. Möglicherweise hatte seine Begegnung mit uns den Gedanken, seine Urheimat einmal wiederzusehen, in dem Abenteurer aufgeweckt.

Ich erschrak bei dem Wort Abenteurer. Heute war er ein großer Herr, und nach dem, was der Ökonomierat gesagt hatte, auch in seinem Wesen über das Abenteurertum weit hinaus: ein rührender Gatte, ein rührender Vater. In dieser letzten Eigenschaft ging er so weit, erzählte Grieshammer, daß er im Schloß und in den Kreisen des Adels ringsum belächelt wurde. Es wurde gesagt, er habe die Kleinen nicht selten gebadet und trockengelegt. Die Kinderfrauen und Ammen durften nur zuschauen. Die Baronin, also die Mutter selbst, war durch ihn fast völlig entlastet. Er wählte die Anzüge für die Buben, ja selbst die Kleidchen der kleinen Tochter aus, die er Solveig genannt hatte. Bei alledem – wie sagte doch Grieshammer? – lege er seiner Gattin die Hände unter den Fuß, damit sie sich nicht an einem Stein stoße, so daß die kluge Baronin ihrerseits ebenfalls mitunter lächle. Hatte der Ökonomierat recht, so hielt die Baronin, trotzdem er auch in Hof, Feld und Wald gesehen wurde, doch unmerklich die Zügel.

Ich sprach von der Seltsamkeit meiner Aufregung. Sie wuchs und irritierte mich fast, je mehr sich der Tag meiner Reise nach Schloß Konern näherte. Der Graf, genannt van der Diemen, war sieben oder acht Jahr älter als ich. Unsere Besuche bei der Baroneß Weilern fanden statt, als ich schon längst nicht mehr sein Leibjäger war, sondern bereits in Vertretung eines Forstmeisters amtierte. Unser Verhältnis von Diener und Herr hatte sich in Freundschaft verwandelt. Wir sahen uns oft und standen uns bei mit Rat und Tat. So war ich auch bei seiner Werbung um die Baroneß Vertrauensmann. Die junge Schloßherrin wußte das. Sie suchte deshalb nicht selten Gespräche unter vier Augen. Sie wollte von mir allerlei wissen über des Grafen Charakter, Gesundheit und Lebensart, und ich hatte die schwierige Aufgabe, allerlei zu verschweigen, ohne sie merken zu lassen, daß ich verschwieg. Die Gespräche, es ist nicht zu leugnen, trugen mir ihr Vertrauen ein. Ich war drauf und dran, wie mir schien, auch für sie eine Art Vertrauter zu werden. Ja, hätte ich etwa ein kleines ›von‹ vor meinem Vatersnamen gehabt: wer weiß, ob mich nicht schließlich mein Freund van der Diemen einen schleichenden Schurken und Verräter genannt hätte? In meiner Aufregung also verdichtete sich ein Gefühl, als ob ich vielleicht nicht nur wegen der Fichtenspanner und Nonnenraupen berufen würde, sondern in einem gewissen früheren Sinne als allgemein menschlicher Ratgeber. Dann müßte auf Konern etwas wie eine Krise im Gange sein.

Dies war mir, als ich die Bahn bestieg, um nach Konern zu reisen, schon irgendwie zur Gewißheit geworden. Warum, das weiß ich wahrhaftig nicht.

Ich selbst hatte nun einen jungen Forstmann zur Seite, so wie dereinst van der Diemen mich. Ich mochte ihn bei den geplanten Waldgängen nicht entbehren. Er war in der Schädlingsbekämpfung praktisch geschult und konnte die Mikroskope bedienen, die er im Koffer mit sich führte, nebst Büchsen, Flaschen, Kruken mit Chemikalien aller Art.

Die Reise war lang und ziemlich umständlich. Aber endlich,

nach sechs oder sieben Stunden, landeten wir an der Bahnstation, auf der uns der Wagen von Konern erwarten sollte.

Statt eines aber warteten zwei: ein mit grauem Atlas gepolsterter Phaethon mit zwei köstlich geschirrten vierjährigen Litauern, Kutscher und Diener in Livree auf dem Bock, der andere ein zweispänniger Gepäckwagen, der das schwere Gepäck von zwanzig Reisenden bequem hätte aufnehmen können. Mein kleiner Koffer und zwei Handtaschen, eine dem jungen Forstmann gehörig, wurden ihm anvertraut.

Konern hat ein Schloß mit Anbauten aus mehreren Jahrhunderten. Der Haushalt wird nahezu fürstlich geführt. Allein für den Luxusgebrauch stehen im Marstall vierzig bis fünfzig Pferde. Ein Stallmeister und ein oberster Bereiter ist da. Berühmt sind die Warmhäuser der Gärtnerei. Man nimmt dort im Winter Brüsseler Weintrauben von den Spalieren. Eine ganze Armee von Gärtnern und Gartengehilfen steht im Dienst. Die Küche besorgt ein Franzose als Küchenmeister. In Zimmern und Sälen bedient eine erbliche Dienerschaft. Ihr Majordomus ist ein Deutscher, dessen rangnächster Diener ein Engländer. Es ist in allem Wesentlichen die unveränderte Erbschaft des verstorbenen Barons Weilern, die von seiner Tochter, nunmehr Baronin Degenhart, pietätvoll unangetastet gelassen wurde.

Wie eine Insel feinster Kultur liegt das Schloß mit seinen Türmen, Terrassen, gepflegten Gärten und Parkanlagen mitten in einer reichen, aber baumlosen Nutzgegend. Sommers bilden die Getreidefelder das unendliche wogende Meer ringsum. Dieser Herrschafts- und Herrensitz mutet fast wie ein Märchen an. Aber Schlesien hat dieser Märchen viele, dieser Wunder aus Tausendundeiner Nacht, die sich aus der Provinz herausheben und Ausdruck der besten Kultur von Europa sind.

Was mir bevorstand, wußte ich. Man wird nach der Ankunft, solange man wünscht, allein gelassen. Eine Schaffnerin meldet das warme Bad, man hat sein Wohnzimmer und sein Schlafzimmer. Man hat einen Kammerdiener zur Seite, der jeden unausgesprochenen Wunsch errät und sogleich erfüllt. So stand ich denn bald gescheuert, gebürstet, geschniegelt und gebügelt, hatte meinen Leichnam in die Galauniform gepreßt und wurde, kaum war ich fertig, zur Tafel gerufen.

Doch ich wurde zunächst in das Zimmer des Hausherrn

geführt. Als ich eintrat, schien mir, ich wäre allein. Der hohe, getäfelte Raum ward flackernd erhellt von einem Kaminfeuer. Außerdem, ich erinnere mich dessen genau, sah ich durchs Fenster den Vollmond wie einen riesigen Ball kirschrotglühenden Metalls über den noch dämmrigen Feldern aufgehen. Im nächsten Augenblick erhob sich blitzschnell eine Gestalt am Kamin, die wohl kein anderer als der Hausherr sein konnte. Er war im Frack, der im Schlosse gebotenen Abendtracht. Dies und die vornehme Eleganz der Erscheinung machten mir in den ersten Minuten meinen einstigen Afrikaner unkenntlich. Es ging ihm mit mir, wie er später bekannte, ebenso. Nun ja, ich war stärker geworden und hatte mir einen Bart wachsen lassen – meine Galauniform mit Schnüren und allerlei Krimskrams kam hinzu. Durch diese Vermummung mußte auch er sich erst durchfinden.

Kleider machen Leute, wie ein Sprichwort sagt; aber inwieweit diese Behauptung zu Recht besteht, ist von nicht allzu vielen Menschen erkannt worden. Allerdings ist mit dem Begriffe Bekleidung nicht allein Rock, Weste, Hose und Stiefel gemeint, sondern die Umwelt im engeren Sinne, der Franzose nennt es Milieu.

Der afrikanische Degenhart und dieser waren zwei völlig verschiedene Leute. Der flotte, abgehärtete, im Denken und Tun verwegene Fallensteller und Löwenjäger war nicht mehr. An seine Stelle trat, als der englische Kammerdiener zwei silberne Armleuchter mit brennenden Kerzen brachte, ein mittelgroßer, schlanker Herr, dem der Friseur einen Scheitel von der Stirnmitte bis zum Nacken gezogen, das glattanliegende Haar und das Schnurrbärtchen pomadisiert hatte, der zwei dicke Perlen als Hemdknöpfe und noch zwei dickere an den Manschetten trug, dazu schwarzseidene Strümpfe und niedere Lackschuhe. Seine Hände, mit vielen Ringen geziert, schienen in einer chemischen Waschanstalt gereinigt zu sein. Dazu kamen sorgsam polierte Nägel. Er roch, ich weiß nicht nach welchem Parfüm; ja, eine Art Narzissenarom – du weißt ja, Konrad, ich bin Botaniker – strömte sogar aus seinem Munde.

Wir erkannten uns also nach und nach und richteten uns miteinander ein. Wenn ich geglaubt hatte, wir würden in Erinnerungen an den Schwarzen Erdteil schwelgen, so hatte ich mich durchaus getäuscht. ›Wir kennen uns ja, jawohl! jawohl?! Ach Gott, wie weit liegt das alles zurück.‹ Das waren so ungefähr die Worte, mit denen er seine Begegnung mit uns, van der Diemen und mir, streifte. Er wurde alsdann sehr liebenswürdig, aber doch wohl auf eine Art, die an Herablassung grenzte. Es war irgendwie eingelernte Leutseligkeit. Ich war verblüfft, wenn ich an denselben Mann am Lagerfeuer im afrikanischen Busch dachte, an seine Einfachheit, seine Offenheit, die Enthüllungen seiner vielen, mitunter gewagten Abenteuer.

›Also, was werden Sie unternehmen, Herr Oberforstmeister? Die Nonne greift meine Wälder an.‹ Damit ging er sehr bald zur Sache über. Er hat umgelernt, sehr schnell umgelernt, dachte ich. Er spielt seine Rolle ausgezeichnet.

Dann war an mir wiederum das Umlernen.

Plötzlich hörte ich Lachen von Kindern. Der Thronerbe Ulrich, die kleine Solveig und der jüngste Bube von fünf stürzten herein. Kaum konnte der Vater sich ihrer erwehren. Die Liebe der Kinder war grenzenlos. Er wurde mit Armen und Beinen umhalst, sie behandelten ihn als Kletterstange, was er sich alles geduldig gefallen ließ. Noch mehr: er vergaß seine Künstelei. Er wurde wahrhaft zärtlich mit ihnen. Auf ihr Geschwätz ging er lachend ein. Man sah seinen Stolz, als er die reizend gekleideten Sprößlinge einzeln vorstellte. Ulrich, sagte er, sehe der Mutter ähnlich, und manches dergleichen. In diesen Minuten kam es mir vor, als ob sich der einstige Afrikaner wiedergefunden habe.

Immerhin blieb noch ein Rest, soll ich sagen: eine leichte Befangenheit in ihm zurück.

Zwei oder drei Diener mit Bürsten und ein altes Fräulein mit einer weißen Haube und Fleckwasser stellten, nachdem die Kinder fort waren, den Anzug des Barons ziemlich umständlich wieder her.

Nun kam die Baronin mit ihrer Hausdame.

Anders, aber ebenso groß war die Veränderung, die sie von der Baroneß Weilern zur Baronin Degenhart durchgemacht hatte. Heliodora – kein geringerer Name war ihr in der Taufe zuteil geworden – rauschte in einer braunatlaßnen Abendtoilette herein, mit langer Schleppe und tiefem Dekolleté. Das seidige Gold des Haupthaares stimmte in seinem Glanz prächtig dazu. Ihre Schühchen trugen Glasknöpfe, während ihre reine und schöne Stirn von einer Spange mit echten Brillanten gekrönt wurde. Ich erfuhr später, daß die Eheleute, auch wenn sie allein waren, abends immer in großer

Toilette zu Tisch gingen. Aber der Pomp solchen Auftretens machte bei der Baronin nicht die Veränderung, vielmehr war aus dem klugen, jungen Mädchen eine selbstbewußte, schöne Frau geworden, in der man auch nicht sogleich das Wesen von einst wiederzuerkennen vermochte. Ihr Betragen war sicher und frei und nicht, wie beim Baron, künstlich angenommen. Sie ging, mir beide Arme entgegenstreckend, auf mich zu mit dem unverhohlenen Ausdruck der Freude darüber, daß ich ihrem Ruf gefolgt und überhaupt ihr Gelegenheit gegeben hätte, mich nach so langen Jahren wiederzusehen.

›Ich habe für heut abend nur unseren Generaldirektor, Geheimrat Kranz, und eine alte Tante von mir, Gräfin Feldheim, gebeten. Ich dachte, es würde Ihnen lieber sein, wenn wir uns ein bißchen intim unterhalten können. Eine größere Herrengesellschaft, ein Frühstück, das mein Mann morgen seinen Jagdfreunden gibt, wird allerdings nicht zu umgehen sein.‹

Entschuldige, Konrad«, unterbrach sich der Onkel, »wenn ich mich nun indirekt loben muß. Baronin Heliodora setzte hinzu: ›Man darf Sie den Herren nicht vorenthalten, Sie sind Jäger, nicht nur von Beruf, sondern haben den größten Ruf in der Jägerei und den Forstwissenschaften. Sie sind Afrikaner und Löwentöter, von dessen nie fehlender Büchse van der Diemen Wunderdinge verbreitet hat.‹ Sie schloß: ›Ach ja, der arme van der Diemen! Er hat früh fort müssen. Er hat sich doch wohl aus Afrika den Todeskeim mitgebracht.‹

Wir saßen also zu fünfen bei Tisch. Über die Speisen ist nichts zu sagen. Ich hatte immer nur von Lampreten gehört – ›Ich werde dir wohl Lampreten kochen‹, schalt meine Mutter, wenn ich mit ihrer Brotsuppe nicht zufrieden war –, aber hier gab es wirklich Lampreten. Wirklich ein ganz vorzüglicher Fisch. Die Unterhaltung ging gut vonstatten, nur daß sie im Anfang vom Generaldirektor und mir allein bestritten wurde. Seltsam, wie wenig der Hausherr sich einmischte. Ein Beobachter ist ein Jäger ja wohl, und so war es zu bemerken, wie die Baronin heimlich forschende Blicke bald auf ihren Gemahl, bald auf mich richtete: als liege da etwas heimlich Verbindendes über uns, hinter das sie zu kommen wünschte. Was die Weine betraf, so begann es mit einem Champagner rosé, es folgte darauf ein unvergeßlicher alter Burgunder, hernach ein Steinberger Kabinett. Beim Braten dann wiederum trat der Champagner in sein Recht, mit dem man die Gläser der Herren fortwährend nachfüllte. Der Hausherr tat es im Trinken uns allen voran.

Aber dieser am Lagerfeuer so geistig rege und gesprächige Mann, der Meistererzähler seiner Abenteuer in drei Erdteilen, blieb hier, wo er als Regierender inmitten eines märchenhaften Reichtums saß, in Glücksumständen, die man wohl ebenfalls märchenhaft nennen darf, besonders in Anbetracht seiner Vergangenheit, einsilbig.

Ich wagte mich um so mehr hervor, besonders da ich bei meinem unter dem Einfluß des Weines zunehmenden Übermut immer mehr die dankbare Teilnahme der fürstlichen Heliodora und der Gräfin Feldheim buchen konnte. Man lachte viel, manchmal sogar der Baron, ja selbst der Generaldirektor mitunter in sich hinein. Wenn mich nämlich der Teufel reitet, Konrad, so setzt mein Humor über alle Barrieren. Nun war es nicht anders an jenem Abend, ich gebe es zu, als daß mich der Teufel ritt.

Die Feldheim war etwas plump und geradezu. Mehrmals sagte sie in befehlendem Ton: ›Erzählen Sie uns Pikantes von Afrika!‹

Einmal gab ich darauf zur Antwort: ›Da darf ich denn doch dem Hausherrn nicht vorgreifen.‹

Ich traf auf einen erstaunten Blick.

Hier räusperte sich der Generaldirektor. Er meldete sich so gleichsam zum Wort: ›Ist Ihnen denn bekannt, meine Herrschaften, daß seit einigen Tagen ein farbiges Weib, eine Art Negerin, mit einem zwölfjährigen Sohn, der heller ist als sie, die Gegend unsicher macht?‹

Die Nase des Barons war weiß geworden. Aber es schien, als wollte er nun das Reden nicht mehr ausschließlich den andern überlassen, sondern der Unterhaltung Richtung und Inhalt aufzwingen. ›Sie wollten Pikantes hören, Gräfin‹, sagte er zur Feldheim, ›Pikantes von Afrika?‹ Und er gab sich den Anschein, herzlich und überlegen zu lachen. ›Pinsler, Moralisten – Heliodora, du wirst mir recht geben – sind wir nicht. Wir sind Männer, die die Welt kennen.‹

Er stieß mit seiner Gemahlin an.

›Meinethalben, was wollt ihr hören? Ein Geschichtchen im Kopfe fertigzumachen ist eine Kleinigkeit.‹

Ich sagte schon, daß mich der Teufel ritt, und so war es, als ich eine taktlose Dummheit begangen hatte und begriff, daß es eine war, unmöglich, sie wieder gutzumachen.

Ich hatte nämlich mein Glas erhoben, und zwar gegen den Baron, meinen Gastgeber, und dazu die Worte gesagt: ›Erzählen Sie uns die Geschichte vom Käthchen von Heilbronn.‹

Es sind neun Worte. Aber sie waren verhängnisvoll. Ich hätte sie morden sollen vor der Geburt. Es entstand eine allgemeine Betretenheit, die zunächst das Ehepaar ergriffen hatte.

Dem Hausherrn aber verschlug es die Sprache.

Er faßte sich dann und sagte mit scharfem und schnödem Ton: ›Käthchen von Heilbronn ist, soviel ich weiß, ein ziemlich läppisches Drama von Kleist. Ich interessiere mich nicht für dergleichen poetische Luftblasen.‹

Dann schloß er, zu der Baronin gewandt: ›Ich denke, wir wollen die Tafel aufheben.‹

Wir Männer blieben noch ein kleines halbes Stündchen in einem hohen, mit Jagdtrophäen ausgestatteten Raum, wo Kaffee und Likör gereicht wurden. Die Damen hatten sich verabschiedet, Heliodora mit den Worten: ›Also auf morgen, Herr Oberforstmeister.‹

Im Anfang ging der Baron noch ein wenig erregt auf und ab. Dann schien die Importe ihn zu beruhigen, deren Rauch er genießerisch einsog und in Ringen von sich blies. Er lud uns alsdann zum Sitzen ein und nahm selber Platz am Kaminfeuer.

Ich war höchst unzufrieden mit mir und entschlossen, kein Gespräch zu beginnen, sondern nur auf ein solches einzugehen, das der Baron begonnen und dessen Gegenstand er gewählt hatte. Afrika schien bei ihm nicht beliebt zu sein. Also warten wir ab, dachte ich, ob er für sein schroffes Verhalten mir gegenüber eine Erklärung vorbringen oder ob er den Vorfall ignorieren wird.

Das tat er und sprang auf die Jägerei über.

Er sprach von den Wisenten des Fürsten Pleß, von dem Sechzehnender, den er zuletzt erlegt hatte, von dem Wildbestand seiner Felder und Forsten, sprach von seiner Fasanerie, erging sich in Bewunderung für die Leistungen eines Vorstehhundes und ließ durch einen jungen Förster zwei weiß und braun gefleckte Dackel hereinbringen, die ihm sogleich auf den Schoß, ja ins Gesicht sprangen: stürmische

Liebkosungen, die er sich, wie jene der Kinder, geduldig gefallen ließ.

Wir kamen dann auf Gewehre, die neuen und neuesten Erfindungen auf dem Gebiet der Jagdwaffen, und er gestand eine ihn mitunter quälende Schießleidenschaft: Er habe schon als Knabe nicht nur auf Goldfische, sondern auf Frösche und Unken gezielt. Manchmal sei es ihm schwer geworden, das zu unterlassen, was ein Markgraf von Ansbach getan habe, nämlich einen Schornsteinfeger, wenn er ihn zufällig sah, vom Dach zu schießen. Er redete sich, wohl um dieses irgendwie zu rechtfertigen, in einen allgemeinen Pessimismus gegen Welt und Menschen hinein, für den gerade er, wie mir schien, durchaus keinen Grund hatte.

Es hatte vom Schloßturm noch nicht zehn geschlagen, als wir beiden Beamten, der Generaldirektor und ich, im Mondschein über den Schloßhof gingen, dann fünf oder sechs Minuten durch den Park, wo Geheimrat Kranz in einem von Efeu umsponnenen, traulichen Haus eine Dienstwohnung hatte. Seine Frau war abwesend. Sie gebrauchte in Bad Salzbrunn die Kur.

Es war mir sehr lieb, daß der kluge und gebildete Rheinländer mich mit sich nahm, denn ich war doch ein wenig aus dem Lot und mochte mich gern noch mit ihm aussprechen. Dazu kam es denn auch sehr bald in seinem behaglichen Heim, wo wir ungestört plaudern konnten. Wir tranken Rheinwein, köstliche Flaschen, die von ihm in die Gläser gleichsam zelebriert wurden.

›Machen Sie sich nur nichts aus dieser Eskapade des Barons‹, sagte er, als ich mein Befremden über sein Verhalten ziemlich frei von der Leber weg geäußert hatte. ›Was der Grund ist, wissen wir nicht; aber seit einiger Zeit hat sich unser Herr auf seltsame Weise verändert. Ich bin gewiß, daß die Baronin davon betroffen ist und darunter zu leiden hat. Sehen Sie‹ – der Geheimrat wurde nun leiser –, ›dieser Mann, der doch nicht mehr, sagen wir, im Vollbesitz eines jugendlichen Haarschopfes ist, hat ein immenses Glück gemacht. Das wird ihm naturgemäß geneidet. Auch ist leider wahr, daß die Neider nicht müßig sind. Die Onkel und Tanten der Baronin und deren weiterer Anhang sind gemeint. Es wird spioniert. Auch die Gräfin Feldheim, die heute bei Tische war, ist in dieser Hinsicht nicht zwecklos hier. Nichts entgeht ihr, und so entging ihr denn auch, wie ich deutlich an ihrem Blinzeln bemerkte, der heutige kleine Auftritt nicht. Du lieber Gott: der Baron ist kein unbeschriebenes Blatt, bei seinem Alter ganz selbstverständlich...‹

Aber ich heiße ja schließlich nicht Kranz, bin weder Geheimrat noch Generaldirektor, und so will ich nur sagen, daß er allerlei Dinge berührte, die sehr nahe an das streiften, was van der Diemen und ich über des Barons Vorleben aus seinem eigenen Munde erfahren hatten. Unter anderem fragte mich Kranz, ob ich gesehen hätte, wie der Baron bei der Erwähnung einer Afrikanerin, die sich mit ihrem Kinde seit einigen Tagen in der Gegend herumtreibe, kalkweiß geworden sei.

Nein, ich hatte das nicht gesehen. Aber als ich nachdachte, trat mir sogleich wieder ins Bewußtsein, daß der Geheimrat von einer Farbigen erzählt hatte.

›Gut‹, sagte ich, ›eine Afrikanerin ist aufgetaucht. Darum braucht der Baron doch nicht kalkweiß zu werden.‹

›Freilich nicht‹, unterstrich der Geheimrat, ›doch man sieht jedenfalls daraus, unser hoher Herr hat gegen die afrikanische Periode seines Lebens eine allmählich ins Pathologische gesteigerte Abneigung. Ob sich da eine Nervenkrisis vorbereitet oder ob die Sache harmlos ist, kann ich nicht sagen. Jedenfalls bin ich wirklich beunruhigt, wie auch die Baronin – es ist nicht zu leugnen – deshalb beunruhigt ist.‹

Und nun sagte er mir, ich werde ja selbst Gelegenheit haben, mich von dieser Besorgnis der Dame zu überzeugen, da sie mich nicht nur wegen der Insektenplage hergebeten habe, sondern einer geheimen Aussprache wegen, um die sie mich bitte. Dabei handele es sich um ihren Mann.

Da mußte ich nun daran denken, lieber Konrad, daß ich von dieser Wendung schon zu Hause ein Vorgefühl, eine Ahnung gehabt hatte. Vor der Ausholung aber durch die Baronin unter vier Augen grauste mir, weil ich schon einmal in ähnlicher Weise – mit Bezug auf van der Diemen – von ihr ins Gebet genommen worden war und der neue Fall weit gravierender als der vergangene, dazu auch viel gefährlicher schien, weil er die Einmischung in eine Ehe bedeutete. Aber ich beruhigte mich, indem ich mir schwor, nur alltägliche Belanglosigkeiten über meine Begegnung mit dem Hausherrn im afrikanischen Busch auszusagen.

Der Geheimrat hatte ein Fenster geöffnet, es ging auf den Park, über dem eine jener sommerlich warmen Mondnächte aufgegangen war, die der Spätherbst zuweilen zeitigt. Käuzchen greinten durch die Hunderte von Jahren alten Baumriesen, die ihre Blätter meist noch nicht abgeworfen hatten. Ich drückte meine Verwunderung darüber aus, daß dies kleine Raubzeug hier so zahlreich vorkomme. Die Antwort war: ›Nur in diesem Jahr.‹ Der Geheimrat führte dann aus, wie sich das fliegende Gespenstergesindel in diesem Herbst fast zur Plage entwickelt habe. Die Baronin sei davon beunruhigt. Nur zweimal hätten die kleinen Eulen in solchen Mengen um den Schloßbau reviert. Im Jahre, da ihre Mutter starb, und in dem, als der Tod ihr den Vater genommen habe.

Nun ja, dergleichen gruslige Erfahrungen und Behauptungen sind alten Schlössern und Schloßbewohnern nicht fremd.

Mitten im Zimmer stand ein Klavier. Um die Lampe flatterten Nachtschmetterlinge. Wir beiden Strohwitwer stimmten, wie sich zeigte, auch darin überein, daß uns gelegentlich ein außerberuflicher Zug anwandelte. So sahen wir beide die Natur mitunter nicht nur vom land- und forstwirtschaftlichen Standpunkt an, sondern verwandelten uns in Romantiker. Der Geheimrat besaß Autographen von Bach, Haydn, Gluck, Mozart und Beethoven, und ich schämte mich nicht, am Feierabend auf dem Piano zu dilettieren. Der Wein hatte die Fremdheit zwischen uns neuen Bekannten einigermaßen aufgehoben, wir stießen auf unsere Frauen an, die Gegenwart mit ihrem Dienst- und Abhängigkeitsverhältnis versank, wir erinnerten uns unserer Steckenpferde, er zog das seine, ich meins hervor, und so saß ich denn plötzlich am Klavier und spielte die Mondschein-Sonate mit schmelzender Hingabe.

Das war die Lage, in der eine Detonation, ein Schuß im Park, uns aufstörte.

Der Geheimrat erklärte, es sei der Baron.

›Was jagt der Baron um diese Zeit?‹ fragte ich.

Er hole die Käuze herunter, fuhr der Geheimrat fort. Ihn erfülle mit Haß, was die Hausfrau ängstige. Im übrigen komme es ihm, dem Geheimrat, vor, als gehe die nächtliche Parkjagd auf eine afrikanische Gewohnheit des Hausherrn zurück: wo er vielleicht seinen Kral bewachen mußte. Der Generaldirektor lächelte: ›Bei uns hier ist das natürlich überflüssig. Wir unterhalten sechs Nachtwächter, die mit Revolvern ausgestattet sind. Diese Neuerung hat der Baron eingeführt.‹ Vielleicht habe ein langes Jägerleben ihm die

Sicherungsinstinkte der in Freiheit lebenden Tierwelt wieder ins Blut gebracht; leider – wieder dämpfte der Geheimrat die Stimme – sei diese noble Passion des Barons zur Nachtwache nicht immer durchaus ganz harmloser Art. So habe er vor fünf Jahren einen harmlosen Bauern angeschossen, der betrunken aus dem Kretscham kam und, weil er glaubte, vor seiner eigenen Tür zu sein, am Parktor rüttelte, vor zwei Jahren einen Postboten, der, fremd am Ort, den rechten Zutritt ins Schloß nicht wußte und eine Depesche abgeben wollte. Die Verhandlung habe viel Geld verschluckt.

›Ich dachte daran, noch etwas im Park Luft zu schöpfen‹, sagte ich, ›aber nun will ich das lieber unterlassen.‹ Der Geheimrat sagte: ›Ich kann Sie in diesem Entschluß nur bestärken.‹

Ich war Erregungen nicht mehr gewohnt, deshalb hat es eine Stunde und länger gedauert, bevor ich, in meinem Bett liegend, einschlafen konnte. Mit dem Bärenschlaf, den ich von zu Haus gewohnt war, hatte der dieser Nacht keine Ähnlichkeit. Ich schlief wie der Hase mit offenen Augen.

Ich hatte den jungen Forstmann, der mich begleitete – wie hieß er doch gleich? wahrhaftig, ich weiß seinen Namen nicht mehr –, also ich hatte ihn nach dem Frühstück zu mir bestellt. Ich wollte das Tagesprogramm mit ihm durchsprechen. Aber da fiel mir das große Jagdessen ein, das mittags um ein Uhr beginnen sollte. Ein solches Bankett dehnt sich ja meist bis zum Abend aus. So sagte ich mir, es werde sich schwerlich heut etwas Rechtes tun lassen. Als ich meinem strebsamen Forstgehilfen einige Instruktionen für gewisse wichtige Vorarbeiten gegeben hatte und ihn eben entlassen wollte – sonderbarerweise entlud sich an diesem Morgen mit Blitz, Donner und Regen ein kurzes Gewitter –, fragte er mich, ob ich von dem Vorfall gehört hätte, von dem man allenthalben im Schlosse munkele.

Nein, ich hatte davon nichts gehört.

Man habe im Park eine bewußtlose Frau im Grase liegend gefunden, deren linker Arm geschweißt habe. Sie trug ein einfaches Straßenkleid, und der linke Ärmel war feucht. Zufällig hatte mein Assistent den Wächter selbst soeben im Park gesprochen. Er hatte ihn noch sehr erregt gefunden und von ihm erfahren, wie er einen Kollegen zum Polizeiwachtmeister geschickt habe, wie dieser dann gekommen war, nachdem er den Amtsvorsteher verständigt hatte, wie am

Ende auch dieser mit einigen Leuten kam, worunter sich der Kreisarzt befand, und wie man die langsam zu sich kommende Fremde abtransportierte. Der Forstgehilfe setzte hinzu: mit der Rechten habe das Weib, das wahrscheinlich eine Zigeunerin war, den Griff eines scharfgeschliffenen dreikantigen Dolches so fest umklammert gehalten, daß man die Waffe ihr kaum entwinden konnte.

›Nun, und was weiter?‹ fragte ich.

Aber weiter hatte er nichts erfahren.

Da an dem Bericht meines Gehilfen nicht zu zweifeln war – er hatte den Wächter, der das Weib gefunden, selbst gesprochen –, blieb mir beinahe der Bissen, ich war mit dem Frühstück noch nicht fertig, im Halse stecken. Die Mondschein-Sonate, der Schuß im Park ging mir durch den Sinn – doch vermochte ich mich zu beherrschen und entließ den Berichterstatter mit den Worten: Die Geschichte scheine mir, was den Dolch betreffe, ausgeschmückt. Unglücksfälle und Eifersuchtsdelikte kämen überall vor. Ich sei ja selbst Amtsvorsteher gewesen und könnte ein kleines Buch etwa unter dem Titel schreiben: Diebstahl, Bettel, Lumpengesindel und Mordgelichter – kurz, was die Landstraße mit sich führt.

Als ich allein war, stockte mir das Herz. Ich hätte nicht sagen können, warum. Aber zwischen der Angeschossenen im Park, dem Schuß und dem Verhalten des Barons erzeugte sich in meinem Geist ein Zusammenhang. Es spukte ja überdies eine Farbige in der Gegend herum. Schließlich war ich damals ein forscher, robuster Kerl, und trotzdem, ich sah es im Spiegel, hatte eine wunderliche Erregung mich unnatürlich blaß gemacht. So stand es mit mir, als die Baronin mich bitten ließ, mit ihr eine kleine Ausfahrt zu machen.

Bald saß ich nun also neben ihr, vielleicht in ebenderselben Kutsche, in der die Baronin heut vorüberfuhr.

Seitdem ist sie freilich älter geworden. Ihr ältester Sohn steht als Offizier bei den Breslauer Kürassieren, der zweite studiert und ist Bonner Borusse. Die Tochter ist ein liebes Ding, ist aber viel in den Händen von Orthopäden, denn sie hat mit dem Hüftgelenk etwas zu tun. Aber dies beiseite, ich will nicht abschweifen.

Ich habe mich natürlich gehütet, als ich, zur Linken der Baronin sitzend, durch die Felder und Wälder fuhr, auch nur andeutungsweise von dem zu sprechen, was zwischen dem Generaldirektor und mir verhandelt wurde. Ebenso von dem Schuß in der Nacht und dem häßlichen Fund, den der Wächter im Park gemacht hatte. Auch sprach die Baronin kein Wort davon, was mir bewies, daß sie nichts davon wußte.

Als wir die üblichen Anfangsphrasen einer Begegnung hinter uns hatten, sagte sie ungefähr dies in lückenlosem Zusammenhang: ›Es ist vielleicht eine Wunderlichkeit in unseren Kreisen, Herr Oberforstmeister, gleichviel, es ist wahr: nämlich, ich liebe meinen Mann. Ich habe Alfons aus Liebe geheiratet. Es ist keine Änderung eingetreten in nahezu einem Jahrzehnt, seit wir verheiratet sind. Indessen seit einem Jahr oder anderthalb Jahren vielleicht kommt mir vor, nicht in seiner Neigung zu mir, aber in seinem Wesen zeige sich eine Veränderung. Sie ist langsam, langsam fortgeschritten. Es kam eine Zeit, wo sie zu übersehen nicht mehr möglich war. Es drängte zugleich sich die Frage auf: Von welcher Art ist ihre Ursache? Ist sie körperlich-seelisch, dann wäre er krank. Dann sollten Sie mir zu seiner Behandlung raten. Man muß dann die ersten ärztlichen Autoritäten heranziehen. Ist aber wirklich etwas in seiner Vergangenheit, das sein Gewissen drückt, so muß man mir helfen, es aufzudecken. Ich würde in diesem Fall gemeinsam mit ihm an der, wie soll ich sagen, Ausradierung dieses dunklen Punktes arbeiten. Ich habe Charakter, bin nicht die erste beste und bin nicht zimperlich. Ich bin entschlossen, mit meinem Mann, an seiner Seite, für meinen Mann zu kämpfen. Meine Onkels und Vettern sollen sich nur nichts einbilden; ihre Schnüffeleien sozusagen über den ganzen Erdball machen keinen Eindruck auf mich. Sie infizieren nichtsnutzige Menschen zu anonymen Briefen an mich, wüstes Geschreibsel, hundsgemein. Ich habe sie in den Kamin geworfen. Einige sind bereits wieder eingelaufen. Sie sollen sie lesen, ich stelle es Ihnen anheim. Sie enthalten Verleumdungen meines Mannes, wilde Behauptungen, die sich widersprechen. Einer dieser verächtlichen Schmierer nennt ihn sogar einen Zuchthauskandidaten. Ich habe bisher weder meinem Mann noch irgend jemandem etwas von diesen Briefen mitgeteilt. Wenn ich zu Ihnen darüber spreche, so werden Sie, unnütz zu sagen, mein Vertrauen gewiß zu würdigen wissen. Es geht manchmal über meine Kraft. Ich fühle bereits, wie es mich erleichtert, einem

Freunde, als den ich Sie schätze, davon zu sprechen. Zum ersten, zum allerersten Male, bedenken Sie das.‹

Nun, Konrad, du kannst dir denken, das war für mich ein seltsamer Augenblick. Die Baronin hatte zwar nichts Bestimmteres über die Briefe geäußert, als daß es eben Schmähbriefe waren. Aber meine Beobachtung bei der Abendtafel, das Auftauchen einer Afrikanerin, das Gerücht von dem angeschossenen Weibe im Park, alles das rumorte in mir, während wir lautlos auf Gummireifen durchs Land fuhren und nur der abgezirkelte Hufschlag des Trakehnergespanns zu vernehmen war. Wilde Vermutungen stiegen mir auf, obgleich ich wahrhaft nicht wußte, welche so arg gravierende Verfehlung in der Vergangenheit des Barons sich herausstellen sollte.

Aber weiter im Text. Jetzt höre gut zu!« Das sagte der Onkel, indem er mich mit seinen wunderbar sprechenden Kuhaugen gleichsam durch und durch blickte. »Es fängt nun an und wird interessant.

Nachdem die Baronin gesprochen hatte, war an ihrer tiefen Bewegung, als sie schwieg, unschwer zu erkennen, daß irgendeine Katastrophe zwischen den Eheleuten, ohne Zusammenhang mit der Farbigen, nahe war. Aber diese Frau neben mir erregte meine tiefe Bewunderung durch die entschlossene Art, mit der sie ihr begegnen wollte. Ich weiß nicht, was mich dabei mehr ergriff: die Klugheit, die darin zutage trat, die Selbstüberwindung, die unverbrüchliche, liebende Hingabe?

Diese Bewunderung sprach ich ihr aus. Bei solcher Gesinnung, sagte ich, sei ich gewiß, was auch immer im Gange sei, welches Gewölk sich ballen mochte, sie, diese Gesinnung, werde dessen gewiß Herr werden. Wir sprachen dann über praktische Dinge, Wald, Feld, Wiese, Wasser und Moor. Allein als wir ausstiegen, hatte ich ihr versprochen, zu versuchen, dem Baron sein Geheimnis zu entlocken oder wenigstens ihn zu überzeugen, seine Frau stünde allzeit fest und ohne Wanken neben ihm, es möge sein, was es wolle. Gewönne ich aber die Überzeugung, er sei einfach nervenkrank, so sollte ich ihn bewegen, endlich Heilung bei großen Ärzten zu suchen. Ich gab das Versprechen, obgleich ich mich keineswegs als den rechten Mann für eine solche Aufgabe fühlte, weil eine Stimme mir sagte, ich käme wohl kaum in die Lage, es auszuführen.

Als ich den von Efeumauern umgebenen Schloßhof kreuzte,

setzten bereits Jagdwagen auf Jagdwagen Bankettgäste vor dem Portal ab. Die grünen steirischen Hüte mit Spielhahnfeder und Gamsbart mehrten sich in der weiten Garderobe. Ebenso Stöcke mit Hirschhornkrücken und Lodenjacketts. Die Jäger sollten als Jäger kommen, war vereinbart worden.

Die Tafel für etwa achtzig Personen war in einem Saal aufgestellt, dessen vier Wände von der Decke bis zum Fußboden mit Hirschgeweihen behängt waren. Die Kerzen steckten auf einer Reihe von Kronleuchtern, jeder ein Kranz ineinander verschlungener Hirschgeweihe. Sie wurden, als ich im Vorübergehen vom Flur aus in den Saal blickte, unter Aufsicht des Barons in Brand gesteckt. Es kann natürlich nicht anders sein, denn selbst am Tage wirkt ein Kronleuchter, der nicht brennt, wie ein toter Fremdkörper.

Konrad, wenn ich an diesen Anblick denke, hüpft mir mein Jägerherz. Die Jagdtrophäen von Generationen, Sechzehnender aus Jahrhunderten der Jägerei, mit den Schädeln daran, dicht bei dicht, wie gesagt, an der Wand. Wie eine wunderbare Zaubergrotte, meinethalben unter Wasser, sagen wir, ein Korallensaal im Schloß Neptuns, aber wärmer, sah es sich an. Man hörte jahrhundertelang gesammeltes und gehäuftes Waldrauschen. Ich gäbe, könnte ich ein solches Fest, wie es damals im ersten Teile war, noch einmal mitfeiern und nach Herzenslust Champagner trinken und Wildbret essen, die Hälfte meines noch übriggebliebenen kurzen Lebens darum. Aller Spuk des Waldes war gegenwärtig, die Quellnymphen und Baumnymphen, alle Rotkäppchen und Dornröschen – dann klangen plötzlich im Hofe die Jagdhörner...

Ja, aber das war der Augenblick.

Ich wurde nämlich hinausgerufen. Die Baronin war nicht beim Bankett. Dagegen hatte mich das Verhalten des Barons über die Sachlage insofern beruhigt, als er sich freier und sorgloser als am Abend vorher betrug. Er lachte viel, trank und aß nicht wenig, schüttelte aus dem Ärmel Jagdgeschichten. Als er als erster den mächtigen mit jagdlichen Bildern gezierten Silberhumpen zum Umtrunk an die Lippen hob, improvisierte er ein Gedicht, das durch tosenden Beifall geehrt wurde. Er war lauter und lauter geworden, ja schließlich, ich glaubte nicht recht zu hören, sprach der Baron von Ostafrika.

Wie gesagt, ich wurde hinausgerufen.

Die Stimmung war bereits fortgeschritten, niemand hatte

beachtet, daß sich der Generaldirektor entfernt hatte. Ich wurde in sein Büro geführt. Dort traf ich ihn, den Kreisarzt Talmüller und den ortsansässigen Amtsvorsteher. Man erhob sich, man tat es mit ernster Miene, von fern drang der Lärm des Gelages herein.«

III

Als der Onkel in seinem Bericht bis zu diesem Punkt gekommen war, trat etwas ein, was mich nicht nur obenhin überraschte, sondern gewissermaßen bestürzte, weil mit einem Male fraglich wurde, ob ich das Ende dieser Geschichte je erfahren würde. Der Onkel ließ die erkaltete Tabakspfeife los, die jedoch an seinem sogenannten Großvaterstuhl lehnen blieb, legte den Kopf zurück und schlief ein.

Ich schlich mich zu Tante Ida, um mich – was sollte ich anderes tun? – zu verabschieden. »Aber Junge, was ist denn los?« fragte sie. Worauf ich den Stand der Dinge berichtete. »Ach, nicht doch«, sagte sie, ohne die Stimme zu dämpfen, »er macht sein Nickerchen, und in fünf Minuten wacht er gestärkt wieder auf.«

Und wahrhaftig, so war es auch!

Als ob der Onkel von seiner kurzen Bewußtlosigkeit nichts wüßte, leerte und stopfte er wiederum seine Pfeife und entzündete sie mit dem Fidibus. Dann setzte er, als ob er sich nicht unterbrochen hätte, seine Erinnerungen fort. Mit seinen sinnenden Glotzaugen las er weiter die Geschichte der Vergangenheit gleichsam aus den quellenden, sich vor ihm lagernden und über ihm verschlingenden Rauchwolken.

»›Wer wünscht zu sprechen?‹ fragte der Generaldirektor. ›Ich denke, Herr Amtsvorsteher, Sie haben zunächst das meiste zu sagen. Wir wollen uns setzen, denn Übereilen und Überhasten führt zu nichts. Die Sache muß im Interesse der Herrschaft nicht nur geheimgehalten, sondern in Ruhe allseitig durchdacht werden.‹

Ich erfuhr also nun zunächst alles das, was der Nachtwächter meinem Forstassistenten gesagt hatte. Der Vorfall mit dem angeschossenen Weib, den ich gerüchtweise kannte, hatte sich wirklich zugetragen. Nur der Dolch war hinzugedichtet, wie ich bereits vermutet hatte. Die gefundene Frau war tatsächlich Mischblut, eine Farbige. Man hatte sie in ein

Gasthaus getragen, wohin sie verlangt hatte. Es lag ziemlich einsam an der Landstraße. Man fand dort ihren Sohn, den sie Scipio nannte, einen schönen zwölfjährigen Knaben von hellerer Farbe, schlummernd vor, dessen Gesichtsschnitt erstaunlich europäischen Charakter hatte.

Der Generaldirektor bat jetzt den Kreisarzt, zu sprechen. Er stellte sich vor, er sei Kreisarzt Talmüller. Er habe die Armwunde untersucht, die nicht bedeutend sei, und einen Verband angelegt. Freilich habe der Blutverlust die Fremde geschwächt, und sie habe auch Temperatur. Nicht zu verwundern, sie habe ja die Nacht auf der Erde im feuchten Grase zugebracht. Sie liege zu Bett, und er habe ihr eine Pflegerin beigeben müssen.

Dies sei der Punkt, sagte Kreisarzt Talmüller, um dessentwillen er und der Amtsvorsteher den Herrn Generaldirektor aufgesucht hätten. Die Fremde sei nicht angemeldet, das Wirtshaus sei sehr abseits gelegen. Wirte an solchen Plätzen, wenn sie von ihren Gästen bezahlt werden, beachten meistens Polizeiverordnungen nicht. Die Kranke, die ein wenig deutsch mit englischem Akzent spreche, habe der Pflegeschwester gegenüber erklärt, sie sei eine Baronin Degenhart. Der Kreisarzt zuckte die Achseln und lachte: ›Diese Behauptung läßt verschiedene Schlüsse zu. Erstens auf eine Abenteuerin, zweitens auf einen typischen Fall von Irresein. Daß diese Frau eine Geisteskranke ist, hat für mich neunzig Prozent Wahrscheinlichkeit. Ihre Wunde ist eine Schrotwunde, eine entsprechende Waffe fand man bei ihr nicht. Es kann eine Art Revolver gewesen sein, und den hat sie dann eben fortgeworfen, ich nehme an, man findet ihn noch. Denn ihr Mann, sagt sie, habe sie angeschossen, was den Schloßherrn von Konern betreffen würde. Eine Absurdität, wodurch sich das typische Bild einer Paranoia abrundet.‹

Sie seien gekommen, sagte wieder der Amtsvorsteher, um den Generaldirektor zu veranlassen, den Fall persönlich in Augenschein zu nehmen, um gemeinsam zu verhüten, daß die Herrschaft davon belästigt werde, ja davon auch nur erfahre.

Sogleich erhob sich Geheimrat Kranz. Er habe den Eindruck, daß ich als alter Afrikaner ihnen bei Untersuchung des Falles sehr nützlich sein könnte.

Und so ward beschlossen, ohne Verzug nach dem einsamen Wirtshaus aufzubrechen. Daß man uns vermissen würde, war bei dem Toben des Jagdfestes keine Gefahr. Wir entfernten uns durch ein Seitentor, der Generaldirektor und ich auf dem schnellsten Gefährt, das im Schlosse zu finden war, der Kreisarzt mit dem Amtsvorsteher in eigener Kutsche.

Während des Fahrens sagte der Geheimrat zu mir: ›Unser allerhöchster Herr Baron ist doch überaus sonderbar. Im Stall steht zu einer Stunde jedes Tages sein Leibpferd gesattelt und gezäumt, eine Trakehner Stute, fünfjährig, die unter ihm alles tut, was beinahe unmöglich ist. Sie nimmt zunächst jedes Hindernis. Sie stürzt sich mit ihrem Reiter in jeden Strom, ich würde mich nicht wundern, wenn sie wie eine Eichkatze an den Bäumen hinaufkletterte. Und ihre Schnelligkeit auf kupiertem Gelände ist märchenhaft.‹

Unwillkürlich zitierte ich – ich erinnere mich genau –, indem ich den Geheimrat bedeutsam anblickte:

›Knapp', sattle mir mein Dänenroß,
daß ich mir Ruh' erreite!
Es wird mir hier zu eng im Schloß;
ich will und muß ins Weite!‹

Wie sehr sollte ich, was ich nicht ahnte, recht behalten!

Nun, lieber Neffe, würde ich, wenn ich ein Schriftsteller wäre und von diesen ereignisreichen zweimal vierundzwanzig Stunden nicht nur wie jetzt so unverantwortlich vor mich hin schwatzte, sondern ihnen eine schriftliche Kunstform gäbe, ein neues Kapitel anfangen.«

Er schmauchte und lachte in sich hinein.

»Der Mensch ist ja eben sehr zwiespältig. Daß ich einen Stiefel vertrug, ist ja selbstverständlich. Immerhin hatte mich der Wein in eine etwas gehobene Stimmung versetzt, weshalb mir denn auch der Vierzeiler über die Lippen rutschte. Von dem nackten Ernst, der dahintersteckte, ahnte ich in der Tat noch nichts.

Es ist keine halbe Stunde vergangen, eh wir uns in der Schenke des kleinen, entlegenen Wirtshauses wiederum gegenüberstanden, der Amtsvorsteher, der Arzt, der Geheimrat und ich. Ich sollte mit dem Arzt zu der Patientin hinaufgehen, wurde beschlossen, da ich etwas Englisch und einige Worte Kisuaheli verstand.

Bevor ich mich aber zu ihr begab, erschien plötzlich bei uns, ziemlich erregt, die Pflegerin, die einesteils nicht genug

Liebes und Gutes von ihr erzählen konnte, dann aber, sehr erschrocken, ja bleich, eine lederne Aktentasche auf den Tisch legte, und zwar mit den Worten: ›Herr Amtsvorsteher, prüfen Sie selbst, der Inhalt ist fürchterlich!‹

Die Tür der Schenkstube wurde geschlossen, wir alle vier gelobten Stillschweigen, auch die Pflegerin wurde darauf verpflichtet und hernach – es vergingen dreiviertel Stunden darüber – der Inhalt der Tasche durchgeprüft.

Nun, Konrad, zum Donnerwetter nochmal, das fuhr uns doch allen recht stark in die Glieder. Die Prognose des Kreisarztes Talmüller erwies sich als falsch, sie wurde durch den schrecklichen Inhalt der Tasche völlig über den Haufen geworfen.

Der Generaldirektor kannte genau die Handschrift des Barons Degenhart. In etwa dreißig Briefen an eine Geliebte, deren Namen nicht zu entziffern war, konnte er sie feststellen. Völlig gestützt durch die Unterschrift des Barons: Alfons Degenhart.

Die Briefe waren ein seltsames Sprachgemisch, Englisch, Kisuaheli und Deutsch. Zwanzig Briefe ungefähr, die unzweifelhaft die gleiche Adressatin hatten, zeigten auf den Umschlägen, die erhalten waren, den Namen Baronin Degenhart und hatten Daressalam als Bestimmungsort. Das Schlimmste aber war eine Heiratsurkunde, von einem Missionar ausgestellt und von einer englischen Behörde gestempelt. Die Heirat hatte stattgefunden zwischen der Tochter eines eingeborenen Großkaufmanns und Baron Alfons Degenhart.

Du kannst dir denken, wie wir uns anstarrten.

Die Frage war: Gibt es auf der Welt außer unserem noch einen anderen Baron Degenhart?

Aber da griff die Pflegerin ein und nahm aus einem getrennten, mit einem Knopf geschlossenen Fach zwei Photographien, die leider unverkennbar unseren, wenn auch erheblich jüngeren Degenhart vorstellten. Auf der einen trug er die sehr mitgenommene Tropenuniform, mit der er bei uns am Lagerfeuer gesessen hatte.

Es war auch für mich nicht mehr möglich zu zweifeln, wen ich vor mir hatte.

Also die Lage, mein Junge, war eindeutig.

Auch damals standen die Inhaber solcher Herrensitze wie Konern nicht über dem Gesetz, weshalb selbst der Amtsvorsteher, vom Generaldirektor und von uns anderen nicht zu reden, die wir die gar nicht abzusehenden schlimmen Folgen von dem Baron und besonders seiner Gattin und deren Kindern abhalten wollten, an dem Gelingen dieser Absicht zweifelte. Wurde der Sachverhalt mit der Bigamie ruchbar, so war der Baron nicht zu retten, so hoch seine Stellung auch sein mochte.

Das Wort Zuchthaus ist schauderhaft auszusprechen, und doch hing die Zuchthausstrafe zweifellos über ihm. Was ist das Damoklesschwert dagegen: es droht ja nur mit dem physischen, nicht aber mit dem bürgerlichen Tod.

Die ersten Schritte zur Rettung des schlesischen Hauses Degenhart-Weilern hatten festzustellen, ob Bibi – so ward in den Briefen die farbige Gattin von dem Baron genannt – irgendwie mit sich reden ließe. Die Lage war wohl so gut wie gerettet, wenn sie, meinethalben mit einer gehörigen Abfindungssumme, stillschweigend, wie sie gekommen, wieder im dunklen Erdteil verschwand.

Sie konnte jedoch ein Werkzeug sein, eine Puppe, in Händen von rücksichtslosen Drahtziehern. Dann freilich erschwerte sich die Aufgabe.

Der Geheimrat befürchtete es.

Er deutete an, alles wäre einem bestimmten, unversöhnlichen Konsortium naher Verwandter der Herrin von Konern zuzutrauen. Sie hatten es sich Geld kosten lassen, dem Vorleben Degenharts nachzuspüren, und hatten vielleicht, ja sehr wahrscheinlich den schwarzen Schatten der glänzenden Glücksumstände des Barons in Ostafrika aufgestört. Im Zusammenhang hiermit hatte der Geheimrat, wie er mir später sagte, auf einen vielgereisten Pastor und Missionsdirektor Leblanc Verdacht.

Ich ging dann also, und zwar allein – man hielt es für gut –, zu Bibi hinauf.

Konrad, der Eindruck war fürchterlich! Eine Frau lag da im Bett, deren Körper und Geist, wie sich bald herausstellte, Entbehrungen, Mühsale und Überanstrengungen aller Art zerrüttet hatten. Das zerfaltete, europäischen Formen angenäherte alte Gesicht hatte vom Negertyp eigentlich nur das Kraushaar behalten. Um die keineswegs wulstigen Lippen liefen viele Fältchen zusammen; das war äußerst ausdrucksvoll und zeugte von harter Verbitterung. Alle Leiden und Qualen der Seele, die möglich sind, hatten sich mit deutlichen Schriftzeichen in ihre ausgebildete Stirn gegraben.

Sie lag mit geschlossenen Lidern da. Als sie aber die Augen öffnete und mich ohne Verständnis anblickte, schienen diese Augen an sich durch und durch Schmerz zu sein.

Die kleine Mansarde war von der Pflegeschwester in einen leidlich wohnlichen Zustand versetzt worden. Die Lappen, Lumpen und Kleiderfetzen der erbarmungswürdigen Frau hingen nebenan in der Dachkammer. Dort lag auf einem Strohsack ohne Bettstelle ihr ebenfalls ausgemergelter, etwa zwölf Jahre alter Sohn, genannt Scipio, bei dem der Kreisarzt schwere Unterernährung, leichten Lungenspitzenkatarrh und Temperatur festgestellt hatte. Es blieb ein Rätsel, wie diese Frau den Weg bis hierher gefunden, zurückgelegt und überlebt hatte. Später wurde dann festgestellt, daß sie mit einer Hamburger Dampferlinie gekommen war. Ihre Zwischendeckkarten waren in Daressalam gekauft, und dort hatte sie auch das Schiff bestiegen. Sie hat, wie man heute annimmt, die Fahrt um das Kap bis Hamburg aus eigenen, mühsam ersparten Mitteln bezahlt.

Von dort aus hat sie sich mit Scipio auf alle möglichen Arten und Weisen zäh bis an das ihr fest im Sinne sitzende Ziel durchgeschlagen. Meist hatte sie gebettelt und wurde mit ihrem Sohn deshalb mehrmals festgesetzt. Die Nächte wurden im Freien, manchmal in Strohschobern, manchmal in verfallenen Baracken zugebracht. Eine Gruppe Zigeuner hatte die seltsame Mutter und ihren Sohn aufgegriffen und mehrere Tage lang in den Wagen mit sich geführt. Dann hatte sie hier, in Konern angelangt, und zwar in diesem Gasthaus, zuerst eine eiserne Ration angegriffen, die sie versteckt mit sich führte und die aus fünf oder sechs alten Dukaten und ebenso vielen Zwanzigmarkstücken in einem seidenen Beutel bestand.

Es war nicht viel mit ihr anzufangen, das hatte mir schon der Arzt vorausgesagt, der gleich bei der Ankunft seine Patientin besucht hatte.

Das Wundfieber hatte zugenommen.

Sie stützte sich auf den gesunden Arm und durchbohrte mich mit den qualvollen Augen, vergeblich bemüht zu wissen, was oder wer ich war.

Sie verfiel darauf in ein Kauderwelsch, mischte Kisuaheli, Englisch und Deutsch durcheinander und erzählte mir so sehr hastig, dringlich, dabei intim und geheimnisvoll: eine Baronin Degenhart sei hier eingetroffen, sehnlich von ihrem Mann erwartet, den böse Dämonen von ihr getrennt hätten.

Bald saßen wir wieder in der Kutsche, der Geheimrat und ich. In beschleunigtem Tempo mußten die Pferde uns nach dem Schloß zurückbringen. Mir lag der furchtbare Eindruck im Sinn, den ich in der Mansarde gehabt hatte. Ich vertrug einen Puff, doch hatte mich diese Wirklichkeit, die einer gänzlich unwahrscheinlichen Erdichtung an Unwahrscheinlichkeit überlegen war, völlig aus der Fassung gebracht.

›Ich kann nicht denken‹, sagte ich, ›daß irgendein Mensch die Lage, in der sich unser Baron jetzt sieht, zu überleben imstande ist. Ein Haufen Lumpen, ein mit Haut überzogenes Skelett, unzweifelhaft seine erste Frau und sein wahrscheinlich todgeweihter Sohn, beide von ihm zugrunde gerichtet.‹

›Ich denke darüber nicht nach‹, sagte der Geheimrat.

Die Papiere der Fremden waren in seiner Hand. Ich merkte, er schwieg in tiefem Nachsinnen. Wie zu sich selber bemerkte er dann, es wäre ja möglich, ja beinahe wahrscheinlich, daß es mit der Fremden zu Ende ginge. Auch der Kreisarzt deutete das an. Auch ich vermochte das nur zu bestätigen. Ich hatte tatsächlich den Eindruck einer vom Tode Gezeichneten.

So bereichert durch ein bleiernes Wissen, das wir gern von uns geworfen hätten, bogen wir in den Schloßhof ein, wo uns die Musik und der Lärm des Banketts, als wäre durchaus nichts geschehen, entgegenrauschten.

Unterwegs hatte ich dem Geheimrat auch noch meine Unterredung mit der Schloßherrin von Konern genau erzählt und ihm dabei zu bedenken gegeben, ob man nicht diesen edlen und starken Geist von allem sofort unterrichten solle. Sie wisse, was für sie und ihre Kinder auf dem Spiele stehe. Sie werde gewiß ihren Mann nicht preisgeben und ihrerseits in der Berührung mit der armseligen Mitschwester von Frau zu Frau das Richtige tun.

Darauf kam der Geheimrat zurück.

Wir wollten ein halbes Stündchen verschnaufen, in seinem Haus uns wieder treffen, meinen Vorschlag nochmals erwägen und, falls wir ihn gelten ließen, ihn ohne alles Zögern ausführen. Der Baron selber konnte für irgendeine Mitwirkung in der Sache, darüber waren wir beide uns einig, zunächst durchaus nicht in Betracht kommen.

Um mich ein wenig abzukühlen, suchte ich meinen Adlatus, den bei gegebenen Umständen gänzlich überflüssigen Forstgehilfen, auf, der in einem Zimmer über dem Marstall wohnte. Ein Bereiter, gestiefelt und gespornt, stand vor der Tür. Er sah mich und schlug die Hacken zusammen.

Die Pferde von Konern waren berühmt; ich sagte dem Bereiter etwas dergleichen. Sie hätten, war seine Antwort, wieder ganz herrliche Dreijährige. Er würde dies und das gern vorführen. Die Stallknechte führten mir Pferde vor. Es tat mir gut, denn es konnte mich ablenken. Ich vergaß für Minuten die schwarze Wolke, die niedrig über dem Haus hing.

Ich tat auch einen Blick in den Stall.

In der ersten Box stand ein gesatteltes und gezäumtes Pferd. Es war Bibi, das Leibpferd des Barons. Wehe, wer sich auf Bibi setzen wollte, sagte der Bereiter, er bekäme es mit unserem gnädigen Herrn Baron zu tun.

Bibi! Bibi hatte der Baron in den Briefen das afrikanische Käthchen von Heilbronn immer wieder genannt.

Weshalb das Pferd so gesattelt stehe? Obgleich ich es wußte, fragte ich. Der Baron wolle, hieß es, gegen Schluß des Banketts ausreiten. Er habe von ihm konstruierte Satteltaschen mit einigem Inhalt heruntergeschickt. Der Bereiter zeigte mir, wie sie festgemacht waren.

Mein Forstjüngling war nicht aufzufinden, und die Zeit zur Wiederbegegnung mit dem Geheimrat war da.

›Man darf keine Zeit verlieren‹, sagte er. ›Wenn Sie meiner Meinung sind, suchen wir die Baronin auf.‹

Wir wurden sogleich vorgelassen.

In den entlegenen Flügel, dahin sie sich zurückgezogen hatte, drang von dem wilden Bankett kein Laut.

›Seltsam, da sind Sie‹, sagte die schöne Schloßfrau, indem sie uns forschend anblickte. ›Ich weiß nicht, wieso, aber daß Sie kommen würden, wußte ich.‹

Wir schwiegen zunächst, weil wir spürten, daß sie noch mehr zu sagen wünschte.

Sie sei, sagte sie, voller Unruhe. Seit dem Beginn des Banketts habe sie allerhand anzufassen versucht, aber alles wieder fortgeworfen. Sie habe über allerlei nachgedacht und sei dabei mit ihren Gedanken vom Hundertsten ins Tausendste geraten. Plötzlich jedoch unterbrach sie sich und erklärte, uns scharf anblickend, sie glaube sich nicht zu täuschen, wenn sie annähme, wir seien gekommen, weil wir den dunklen Punkt im Vorleben ihres Gatten entdeckt hätten.

Wir waren vor so viel Sicherheit konsterniert und konnten nicht einmal mit dem Kopfe nicken.

›Nehmen Sie also Platz, meine Herren‹, sagte sie, und als es geschehen war, ohne Übergang: ›Diese angeschossene Frau im Park, was ist das denn nun für eine Geschichte?‹

Ich hörte den Geheimrat sagen: ›Frau Baronin haben davon gehört?‹

›Ja‹, gab sie zur Antwort, ›mir nicht genug.‹

Wir wüßten Genaues darüber nicht.

›Ich will Ihnen etwas sagen, meine Herren, doch es bleibt unter uns: Der Baron hat sie angeschossen.‹

Wir hatten das wohl für möglich gehalten, aber ohne Beweise dafür. Wir konnten es deshalb füglich bezweifeln.

Sie wies uns ein kleines Vogelgewehr, das man im Park gefunden hatte. Es war ein Geburtstagsgeschenk von ihr an den Gatten. Ihr Vorname Heliodora war in den Lauf graviert und das soundsovielte Geburtstagsdatum des Barons.

Nun, Konrad, wir gingen an unser Werk.

Einer Frau, die von sich aus bereits so weit vorgedrungen war und dabei die Entschlossenheit der Baronin, hinter alles zu kommen, zeigte, durfte man die ganze Wahrheit nicht vorenthalten. Wenn irgend jemand, so war sie selber dazu geschaffen, in dieser Sache sich und ihr Haus zu vertreten.

Zunächst hatte das Wort der Generaldirektor. Er trug das ganze Geschehnis, angefangen mit der Auffindung der Verwundeten, den Vermutungen des Kreisarztes, dem Besuch im Waldwirtshaus bis zum Fund der schrecklichen Dokumente und ihrer Untersuchung vor. Die mit ihnen gefüllte Mappe legte er auf das Nähtischchen.

Hiernach schilderte ich meine Eindrücke.

Während des Zuhörens ließ die Baronin sich einmal auf einen Stuhl nieder und legte die Hände vor das Gesicht. Das andere Mal, als ich ihr den erbarmungswürdigen Zustand der Mulattin und ihres Sohnes schilderte, preßte sie beide Fäuste vor den Kopf. Dann aber – allen Respekt vor dem männlichen Geist und Charakter dieser Frau – fragte sie uns mit Entschiedenheit, ob wir schweigen und ob wir ihr beistehen wollten.

Nachdem wir bejaht hatten, sagte sie, sie danke uns, wir hätten ihr einen wahrhaften, nie zu vergessenden Dienst getan. Alle weiteren Schritte seien ihr nun auf das bestimmteste vorgezeichnet. Es sei zu bedauern, daß der Amtsvorsteher und der Kreisarzt von der Existenz dieser Briefe und der anderen Papiere wüßten. Aber wie es auch sei, niemand werde je wieder Einblick in sie erhalten. Sie sterbe lieber, als daß sie ihre Kinder mit Schmach bedeckt, enterbt und verachtet sähe. Sie bäte den Geheimrat, sofort die Überführung des armen Weibes und ihres Sohnes in die Wege zu leiten, und zwar die Überführung ins Schloß. Sie nannte den Trakt, in dem man sie unterbringen, mit den besten Ärzten und Pflegerinnen versehen und alles tun werde, um sie wiederherzustellen. Sie selber werde nicht müßig sein und bei dieser Arbeit nach bestem Vermögen mithelfen. Sie fahre sofort mit ihrem Juckergespann zu dem Weibe hinaus.

Das alles geschah in der gleichen Stunde, nachdem sie uns verpflichtet hatte, dem Baron gegenüber von allem zu schweigen: ›Wie mein Mann sich aus der Affäre ziehen wird, weiß ich nicht. Ich kann ihm das nicht vorschreiben. Wenn ich aber meinen Charakter besäße und er wäre, so gäbe es für mich nur einen Weg. Der eine liebt mehr das Leben und der andere die Ehre.‹

Am folgenden Morgen ließ die Baronin mich zu sich rufen. Es war für zwanzig und mehr Jahre mein Abschiedsbesuch. Er brachte die Schlußsensation.

Der Baron war nach dem Bankett auf Nimmerwiedersehen davongeritten.

Ich darf dies heute sagen, denn in Wahrheit hat man bis heute nie wieder etwas von ihm gehört.

Die Baronin zeigte mir seinen Abschiedsbrief.«

Der Onkel stand auf und nahm die Kopie aus einem Schreibpult. Er setzte sich wieder, griff eine Brille, setzte sie auf und las:

»Forsche nicht nach mir, gräme Dich nicht um mich, vergiß mich. Sei sicher, daß ich nie mehr auftauche.«

Dann sagte er: »Zwar, die verwitwete Frau las diese Worte unter Tränen vor, auch gelang es ihr nicht, einen Schluchzer zu unterdrücken. Dann aber sah sie mich klar, entschieden und, wenn ich nicht irre, befriedigt an.

Du magst noch erfahren, lieber Neffe, daß die Baronin ihre afrikanischen Gäste völlig gesund pflegen ließ und pflegte. Erst nach zwei oder drei Jahren ging die Mulattin, die an der Baronin mit rührender Liebe hing, aus Heimweh nach

Daressalam zurück. Die Baronin ließ sie auch dort nicht aus den Augen.

Scipio ist von der Baronin zu Verwandten in England gegeben und dort mit aller Sorgfalt erzogen worden.

Von den Papieren in der Mappe hat niemand mehr gehört.«

Mein Onkel schloß: »Plaudite, amici, comoedia finita est.«

IV

Die Erzählung von Onkel Adolf im Kopf, machte ich am nächsten Tag den langsamen Anstieg vom Fuße des Gebirges durch die Vorberge über Bolkenhain und Hirschberg bis Schreiberhau zurück. Ich führte mein Zweirad oder nahm es bei ebenen Strecken in Anspruch. Ich dachte natürlich auf meine Art über alles Gehörte nach, hatte zuletzt auch noch den Erzähler mit dieser und jener Frage belästigt. So wollte ich wissen, was nach der Vermutung des Onkels aus dem Baron geworden sei.

Der Onkel zuckte die Achseln: »Er ist gestorben, wenn er gestorben ist, Konrad, und lebt, wenn er lebt. Das Leben selber genommen hat er sich nicht. Dazu hing er zu sehr daran und nahm es durchaus als ein ihm aufgedrängtes Abenteuer. Er ist meiner Ansicht nach aus seiner schlesischen Ehe wie ein Wildpferd aus dem prunkenden Marstall gesprungen, in den man ihn eingeschlossen hatte und wo er Hafer und Heu und – Gott weiß – ad libitum zu essen bekam. Lebt der Baron, dann wiederum nur versteckt und ohne Namen in irgendeinem Teil von Afrika. Keinesfalls aber in einer unserer jüngst erworbenen Kolonien. Vielleicht im Süden, bei den Buren als Knecht oder in einem Kafferndorf unter Kaffern – möglicherweise auch irgendwo am Kongo versteckt.«

Mein Besuch beim Onkel, so überaus denkwürdig durch sein Gastgeschenk, hatte Ende September stattgefunden.

Gegen Ende November wiederholte ich ihn.

Aber der Onkel war tot. Eine schwarzgeränderte Anzeige hatte sein Ableben mitgeteilt und das Datum, an dem er begraben wurde.

Diesmal erreichte ich Jauer mit der Bahn.

Dem Sarge folgte zunächst eine Abordnung der fürstlich

P.schen Jägerei, hernach der ganze Kriegerverein, diesem ein halbes Hundert nicht sehr tragisch gestimmter Zylinderhüte und Schwarzröcke. Dazwischen gingen auch einige Frauen. Im ersten Wagen saß die Tochter des Onkels, meine Base, mit ihrem Mann. Er war ein einfacher junger Revierförster. Der Rücksitz war mit Kränzen belegt. Im zweiten Wagen saßen der Sohn des Onkels und ich. Kaum fünfunddreißigjährig, war mein Vetter schon Oberlehrer. Die Equipage der Baronin Degenhart, in der sie mit einer Begleiterin saß, folgte. Die Honoratioren der Stadt Jauer schlossen sich in einer Reihe anderer Kutschen an. Zuletzt kam der leere Galawagen des Fürsten, in dessen Dienst mein Onkel gelebt hatte und gestorben war.

Die Exequien am offenen Grabe, über dem der geschlossene Sarg zu schweben scheint, sind bekannt. Das des Onkels lag seltsamerweise neben dem Grabhügel, über dem noch die frischen Kränze geraschelt hatten, als der Onkel, mit den Stiefeln an sie streifend, mir von den Tagen in Ungarn erzählte. Zwangsweise dachte ich daran und hatte Not, meinen Ernst zu bewahren, während der Pastor mit gefalteten Händen gleichsam auf den Sarg und den darin Ruhenden einredete. Mir war, als hätten wir beide ein Geheimnis, der Tote und ich, und wären durch eben das gleiche verhaltene Lächeln verbunden.

Mein Vetter und sein Vater verstanden einander nicht, ihre Naturen waren zu gründlich verschieden. Der Sohn besaß eine mimosenhafte, schwer zu erfassende Innerlichkeit, der Vater war mit überschäumender Kraft dem Leben verschworen. Er hätte wie Tizian am Südabhang der Alpen geboren sein können, das Meer und die Sonne, Bewegung und Glut in den Adern.

Ich hatte Tante Ida besucht, die wie immer in ihrer Kammer lag. Wo stammte sie her? Es war ein volles Deutschtum in ihr, aber irgendwo in der Fremde aufgesäugt und mit tschechischem oder ruthenischem Blut gekreuzt. Ihre hohe Stirn, ihre gewölbten Schläfen, die bleiche Haut und die blauen Adern darin, ihren Ernst, ja die Melancholie ihres Organs hatte der Sohn.

Wie seltsam, daß seine Mutter ihn dem Vater fernergerückt, meine Mutter, die dessen Schwester war, mich seinem Vater näher. Ich hatte ihn als Erwachsener nur einmal gesehen, und es gab keine Fremdheit zwischen uns.

Mir gegenüber unter den Leidtragenden, am anderen Rande des Grabes, stand, in einen kostbaren Pelz vermummt, die Baronin Degenhart. Die Erde war hart, frühzeitiger Frost war eingebrochen. Ich konnte die Dame in Ruhe beobachten. Der Sermon des Geistlichen war vorüber. Der Generaldirektor des Fürsten sprach, es folgte ein Oberförster, eine Ehrensalve ward über dem Grab gelöst, und schließlich erfolgte eine musikalische Huldigung der Jägerei, es ertönten die Jagdhörner.

Während dieser ganzen Zeit konnte ich nur die Baronin anblicken, die hie und da mit einem befremdeten Blick gleichsam herüberfunkte. Mir war dabei, als ob mir der Tote im Sarge ununterbrochen mit leisem Geflüster zuspräche:

»Sie lud mich ein, als ich in Jauer auftauchte. Sie bewohnt noch immer ihr altes Mädchengelaß. Sie hat in der schwierigen Sache reine und gründliche Arbeit gemacht. Der Amtsvorsteher ist gestorben. Er erhielt bis zuletzt sein Deputat, Milch, Butter, Eier, Kartoffeln. Der Kreisarzt Talmüller, der sein Amt aufgegeben hat, ist in der Familie Leibarzt geworden. Er bezieht Jahr für Jahr ein festes Gehalt.«

Als der Sarg in die Tiefe der Erdöffnung niedergesunken war, auch ich meine Erde auf ihn geworfen hatte, trat auf der Gegenseite die Baronin heran, um das gleiche zu tun.

Meine Nerven waren sehr aufgepeitscht. Deutlich, so daß ich diese Erscheinung noch heute, wäre ich ein Maler, malen könnte, blickte über ihre linke Schulter der Baron, die Afrikanerin über die rechte.

DAS MÄRCHEN

Entstehungszeit: 1941.

Erstveröffentlichung: In der Zeitschrift »Die neue Rundschau« 1941.

Das Märchen des wundervollen Weimaraners berichtet zunächst von einem übergetretenen Flusse – ich sage lieber Strome –, einem alten Fährmann, der wohl irgendwie mit dem Weimaraner identisch ist, und zwei charmanten jungen Herren oder Irrlichtern.

Diese drei Gestalten sind naturgemäß unsterblich, desgleichen die Erde, darauf sie wohnen, der Strom und der Nachen.

So geschah eines Tages wiederum alles, womit das Märchen beginnt: der alte Fährmann lag überanstrengt in seiner Hütte und schlief, wurde von den Irrlichtern nachts gegen Morgen aufgeweckt; sie hatten Eile – wo wären Irrlichter gemächlich? –, wünschten am andern Ufer zu sein – wann würden Irrlichter das nicht wollen? – Er tat ihnen den Gefallen und setzte sie über.

Auch diesmal waren die Burschen so unruhig, daß wenig fehlte, und der Kahn wäre gekentert. Sie lachten auch wieder, als der alte weise Fährmann ihnen ihre unzeitige und fahrige Spaßhaftigkeit dringend verwies.

Als die Fähre des Stromes Mitte erreicht hatte, wurde ihr ein Holüber nachgerufen. Zum Ärger der Irrlichter kehrte der Fährmann um und nahm einen alten, weißgelockten Mann an Bord, der ihm eine kleine Kupfermünze schweigend einhändigte und Platz ergriff. Die beiden Irrlichter fanden ihn merkwürdig, aber in seiner Merkwürdigkeit lächerlich.

In der Tat, er sah nicht modisch aus, wie die Irrlichter, ging barfuß und trug eine Art Talar, den Motten und Schaben durchlöchert hatten. Sein Gesicht, so schien's, kannte kein Rasiermesser. Er war ein anachronistischer Greis und, wie es den kichernden Irrlichtern schien, an keinem der beiden Ufer zu Hause.

Auf der gleichmäßig ziehenden Fläche des Stromes jedoch entwickelte sich zwischen ihm und dem Fährmann ein Gespräch. Die Irrlichter konnten es nicht verstehen, da es in einer ihnen ganz fremden Sprache geführt wurde. Ihre Neugier ärgerte das; aber sie würden es in keinem Fall verstanden haben.

Es bleibt überhaupt ziemlich rätselhaft, was immer davon zu berichten ist. Bist du nun doch so weit? sagte der Fährmann. – Ja! der Gast. – Bist du traurig darüber? so der Fährmann. – Ja und nein, gab der Fremde zur Antwort. Aber du weißt ja, daß selbst ein Gott, der das Leiden nicht kennt, auch auf das Glück verzichten muß.

Was erwartest du dir auf dem anderen Ufer?

Nun ja, die Irrlichter reisen mit.

So wären sie überall zu Hause?

Ich glaube fast. Allein es gereicht zum Trost, daß sie doch wohl überall Lichter sind. Übrigens erquickt mich die Luft, die von drüben kommt.

Kannst du mir sagen, inwiefern?

Das Eisen ist fort: das eiserne Zeitalter! Man hört dort keine Maschinen auf Geleisen donnern, der Flug der Vögel, der großen und kleinen, ist in der Luft – aber nichts vom gewaltigen Brummen der Flugzeuge. Und Vögel sind außerdem nicht so bösartig.

Von den Vögeln habe ich übrigens nicht viel dort drüben bemerkt. Aber freilich, ich hantiere nur immer hart am Ufer.

Die Irrlichter hüpften und lachten dazu und fragten den Fährmann, was der Alte gesagt habe. Hierauf sprudelten sie recht taktlos heraus:

Was weiter? Dann sind es ganz einfach Traumvögel!

Der Fährmann war in die Spitze der Fähre gelangt, hatte die Stange ins Wasser gestoßen, ihr Ende in die Schulter gedrückt und kam nun kraftvoll stemmend zurück.

Hast du Bekannte am anderen Ufer, und wirst du ihnen willkommen sein? fragte er seinen Fahrgast weiter.

Viele hoffe ich wiederzusehen und zweifle auch nicht, willkommen zu sein.

Das ist eine Hoffnung, die vielleicht trüglich ist. Das Alte lebt drüben in neuen Formen. Andere Länder, andere Sitten, heißt es ja wohl.

Ich werde den alten Mann Theophrast nennen.

Als die Fähre ans Ufer gestoßen war – doch nein, man merkte die Berührung des Landens nicht! –, ging Theophrast geradezu: ohne Weg und Steg. Das Gehen schien ihm erheblich leichter als an dem anderen Flußufer. Erheblich stärker als dort waren die Farben um ihn her, aber gewissermaßen verschwommen. Ich könnte beinahe denken zu schweben, sagte er zu sich selbst, statt Schritt um Schritt auf den Boden zu setzen.

Es war ein weiter grüner Plan, über den er schritt. Er hatte kein Ziel, er war nicht zielstrebig; auch dieser Umstand entging ihm nicht. Es herrschte eine Art Dämmerlicht, von dem man nicht wußte, wo es herstammte. Theophrastus konnte nicht denken, daß es durch einen Weltkörper wie die Sonne zustande kam; dagegen blitzte die Frage in ihm auf, ob nicht vielleicht er selbst seine Ursache wäre.

Er wurde in diesem Gedanken bestärkt, als es ihm vorkam, er könne an der um ihn sich breitenden Schöpfung allenthalben mitwirken. Kaum hatte er nämlich an einen Löwen gedacht, so schritt der gelbbemähnte König der Tiere neben ihm: kein Zweifel, vorher war er nicht dagewesen. An Hunde war Theophrast gewöhnt, er hatte sich viel mit solchen beschäftigt. Er hatte sogar noch eben den häßlichen Köter des Fährmanns mit Brot gefüttert; aber die Nachbarschaft eines Leuen war ihm zweideutig. Der Löwe blieb. Versuche, ihn wegzudenken, fruchteten nicht.

Kein Zweifel, das Raubtier zeigte für seinen Schöpfer Anhänglichkeit: es mochte sein, daß sie bis zur Liebe ging, wodurch Theophrast sich indes nicht besonders erbaut fühlte. Der Löwe blieb eine ungewohnte Nachbarschaft.

Theophrast ermutigte sich. Man wird sich in diesem Lande an vieles erst nach und nach gewöhnen, sprach es in ihm. Und weiter fort: es ist eine liebliche Landschaft um mich her, die Hügel, die Hänge, die Bäume, die Büsche, die Seen und schlängelnden Bächlein, alles bietet sich lieb und traulich dar, man muß an den Garten Eden denken. Wo anders als dort könnte auch wohl ein so zahmer und menschenlieber Löwe zu finden sein. Vielleicht, denkt er, bin ich im Paradiese.

Dergleichen sinnend, ist er unter einer Gruppe dunkler Steineichen angelangt, Riesenstämme und Riesenwipfel, deren Alter nicht abzuschätzen ist – immer den Löwen neben sich –, als ihn etwas am Kopfe berührte. Er würde jenseits des Flusses aufs tiefste erschrocken sein, sofern ihm das Gleiche passiert wäre: der Kopf einer grünen Schlange nämlich hing dicht über ihm, die ihren Leib, Windung auf Windung, um einen schwarzen, knorrigen Ast gewickelt hatte. Wie gesagt, statt des Schreckens stellte sich hier bei Theophrastus nur ein Stutzen der Überraschung ein und entriß ihm die Frage: Bist du die Schlange des Paradieses, die Eva verführt und Adam ins Unglück gestoßen hat?

Du hast es erraten, sprach sie, ich bin's! Freilich, so setzte sie hinzu, ich habe auch mich ins Unglück gestoßen.

Sie sagte nicht mehr und brauchte es auch nicht, um sich dem Wanderer verständlich zu machen. Ich weiß, dachte er – er brauchte nicht zu sprechen, um vernommen zu werden! –, ich weiß, daß du drüben wie hüben zu Hause bist. – Ja, zischte es, nur nicht am dritten Orte.

Theophrastus fand, daß in Gesellschaft der Schlange Rast zu halten von Vorteil sein müßte. Das schöne Reptil schien der gleichen Meinung zu sein. Eine kleine erzene Quellennymphe stand in der Nähe, die ein kristallenes Wasser bewachte, das aus dem Fels hervorsprudelte und in einem granitenen Becken gesammelt wurde, bevor es hüpfend weiterfloß. Hier löschte der Löwe sogleich seinen Durst, während sein Herr es sich bequem machte, eine lederne Tasche ablegte, aus der er dann dies und das für den Imbiß nahm.

Wer war nun eigentlich Theophrast? Nicht einmal er selber vermochte darauf zu antworten. Was der Spiegel des Beckens, über das er sich beugte, wiedergab, war ein Pilgrim mit Kutte und Wanderstecken.

Er konnte achtzig Jahre gewandert sein. Aber, sprach er zu sich – mit einer Erkenntnis, die neu in ihm war –, zwar von Ort zu Ort, von Ziel zu Ziel, eigentlich aber doch ohne Ziel. Und als er den Löwen ins Auge faßte, der grimmig knurrte und Miene machte, mit ihm zu spielen, schwebte die Frage ihm auf der Zunge: warst du nicht immer unsichtbar neben mir? Man müßte dich lieben, weil du so furchtbar gewaltig und dem Pilger dabei so nützlich bist: er genießt deine Anhänglichkeit und Liebe – doch vielleicht: du willst ihn streicheln, und der Schlag deiner Pranke tötet ihn! So wären wir durch die Jahrzehnte gewandert, unzertrennlich, jedoch in Angstliebe, soweit die meine in Frage kommt.

Die grüne Schlange hatte sich langsam von dem knochenharten Ast ihrer Steineiche herabgewunden. Der Pilgrim hörte sie zischeln und flüstern. Tausenderlei, wovon er nur wenig im Gedächtnis behalten konnte. Eines aber war klar: sie billigte seinen Aufenthalt. Während er nun sein Frühstück verzehrte, konnte er sie genau betrachten, da sie geringelt vor ihm im Grase lag. Ihre Augen waren Rubin, ihre Haut im wesentlichen Opal, ohngeachtet der überall blitzenden, funkelnden und allerlei Strahlen durcheinander schießenden Schuppen. Wogen gingen vom Schwanz zu Kopf und Rachen durch ihren sonst in Ruhe befindlichen Leib, als wäre sie von dem hier doch sehr fernen Meere nicht nur in Farbe, sondern auch in Bewegung abhängig.

Der Schlange schien es genug, auf den langsam Kauenden befriedigt hinzublicken, während dem Löwen eine deutliche Freßlust anzumerken war. Es sah so aus, als ob er, gierigen Blickes dasitzend, jeglichen Bissen mitgenösse. Als der Esser die Speisereste zurück in die abgebrauchte Umhängetasche tat, schien somit auch der Löwe gesättigt. Er strich das Maul mit der Pranke nach Katzenart. Indem aber nun sein Herr den Durst löschte, sprang er ganz in das Wasserbecken hinein und leckte vom Spiegel schmatzend und gierig mit glühender Zunge.

Theophrast konnte bemerken, wie auch das Verhältnis der Schlange zum Löwen eine Angstliebe war. Oft blickte das mächtig bemähnte Tier sich aber auch nach ihr um, als ob es ihren Einfluß, Rat, ja Befehl für seine Bewegungen brauchte. Wandern ist das Wesen der Pilgerschaft; Theophrast, im Begriffe weiterzugehen, ward aber noch eine Weile, und zwar durch die Erscheinung der beiden Herren Irrlichter, festgehalten, die aus einem Geißblattgebüsch hervortraten.

Seltsam war die Erscheinung, die sie, im Hinblick auf die Schlange, darboten. Sie verloren, je näher bei ihr, um so mehr ihr Licht. Jungens, hörte der Pilgrim die Schlange sagen, ihr habt hier eigentlich wenig zu tun. Euer Weizen wächst auf der anderen Flußseite. – Ach, Mütterchen, riefen sie, hab dich nicht! Wenn der sich anmaßt – sie meinten den Pilger –, hier zu sein, und du scheinst ihn sogar willkommen zu heißen, so stoße doch deine Söhne nicht von dir fort. Wir wissen, was gut und böse ist, wir haben vom Baum des Lebens gegessen. Auch ist dir bekannt, wir haben auf dieser Seite, einige hundert Meilen von hier, einen Tempel der höchsten Erkenntnis errichtet und darin auch ein Krematorium. Von tausend Irrlichtern wird es bedient. Sie arbeiten eifrig Tag und Nacht und brennen menschliche Torheit zu Asche: bald werden sie und wir beide sein wie Gott!

Kaum war dieser Unsinn all'unisono zu Ende gesprochen, als sich der Leu auf die Hinterpranke erhob, einen gewaltigen Sprung ausführte und die Herrchen mit beiden Tatzen niederschlug.

Aber die Wirkung dieser grausamen Tat war eine heitere, keine furchtbare. Statt der beiden Herrchen, die keineswegs tot waren, standen jetzt vier lebendige Irrlichter da, die sich, von dem Betragen des Löwen durchaus nicht erschrocken, befremdet anblickten. Ihre Befremdung war merkbar mit einem gewissen Hochmut vermischt.

Während die Schlange den Vorgang mit einer Art von Zischen begleitete, das wie Lachen klang, fiel den Pilgrim offen eine ganz herzliche Lache an. Es war ihm mit einem Male klar, daß der gewaltige Wüstenkönig Geschöpfen vom Schlage des Irrlichts nichts anhaben konnte.

Ich hätte übrigens nicht gedacht, sprach er bei sich, indem er sich zur Weiterreise bereitmachte, daß die Irrlichter hier wie drüben zu Hause sind und ebendieselben Tollheiten treiben.

Denke tiefer, sagte ein Irrlicht darauf, als ob es seine Worte gehört hätte. Als unser Oheim solltest du ohnedies besser unterrichtet sein. Bilde dir nur nicht ein, daß du selber kein Irrlicht bist: du bist und bleibst vom gleichen Geschlecht.

Ich habe euch deshalb nicht befragt, sprach der Wandersmann. Und so machten sich die vier Herrchen davon.

Der Löwe lag und leckte die Tatzen; es schien, er hatte sich in seiner Wut wider die Irrlichter wehgetan. Sie sind, bemerkte die Schlange, nicht auszurotten. Man muß sie irgendwie gelten lassen, wenn man überhaupt leben will. Sie verbreiten immerhin eine Art von Licht, leider freilich genährt von Sümpfen. Ihnen nach dem Leben zu trachten heißt nichts weiter als sie vermehren. Ist doch der tragisch-komische Vorfall, den wir soeben erlebten, beispielhaft.

Ich muß hier lernen auf Schritt und Tritt. Ich bin namenlos, ich bin arm, bin unwissend und ein Barfüßler. Wie kommt das: die Irrlichter nannten dich Mütterchen? Die Schlange darauf, die übrigens ein diamantenbesetztes Krönchen trug: Ich brauche vor Mönchen, wie du bist, nichts geheimzuhalten. Nimm also an, daß mein Leben nicht ohne Sünde war. Der Apfel vom Baum des Lebens, den ich Eva gab, die ihn an Adam weiterreichte, war weniger für sie als für Adam bestimmt. Bald hab' ich denn mit ihm gebuhlt und seinen Söhnen, durch die Jahrtausende. Natürlich suchte ich mir unter ihnen die schönsten und besten aus: Kaiser, Könige, Weise und Heilige! Aber wie das eben so ist, ich ging auch mitunter auf die Gasse und nahm wahllos, was ich so traf: danach wurden dann eben auch meine Kinder.

Eine Beichte, die jenseits des Stromes nicht überrascht, hier aber immerhin einigermaßen. Allein ich sage dir nun Lebewohl! Eine Frage, Königin, hätte ich nur noch: gibt es hier herum keinen Mann meiner Art, mit dem ich ein wenig plaudern könnte? Ich lechze nach einem vertrauten Wort, in der mir geläufigen menschlichen Sprache.

Oh, sehne dich, sagte sie, nicht zu sehr danach! Du bist hier in ein Delta geraten – sagen wir, Euphrat und Tigris umschließen es. Du bist vom Osten lebendig hereingekommen, der Tigris wird im Westen von Toten durchquert.

Wer bist du, fragte Theophrastus – der Namenlose, der Arme, der Unwissende, der Barfüßler –, und zwar einen Mann, der nach Art eines Försters, aber nur mit einem knotigen Stocke versehen, ihm entgegengeschritten kam, auf einer Ebene von Moor und Heide.

Ich weiß ebensowenig wie du, wer ich bin, war die Antwort. Doch heiße ich Johann Operin.

Im Gedächtnis des Pilgrims arbeitete es. Er wußte nicht, wo er den Namen gehört hatte. Sein Gedächtnis für Namen war sehr schlecht. Der Mann indessen war ihm auf ähnliche Weise vertraut wie jemand, den man unter einer Verkleidung ahnt, etwa beim Maskenball.

Es kommt ja am Ende nicht darauf an, sagte Johann Operin, ob wir uns in der Körperlichkeit gekannt haben. Was indessen den Geist betrifft, so ist der deine mit meinem verschlungen und der meine mit deinem drüben lange gemeinsam gewandert. Aus dieser Zweiheit ist manche Einheit hervorgegangen, wenn sich die Geister auch endlich getrennt.

Ganz deiner Meinung, sagte der Barfüßler. Nun fällt mir indessen ein, daß vor einigen hundert Jahren – es mögen vier oder mehr gewesen sein – ein gewisser Arzt, namens Theophrastus Paracelsus Bombast von Hohenheim, in Deutschland gewirkt hat. Sein Famulus hieß Johann Operin: bist du vielleicht verwandt mit ihm?

Ebender bin ich und kein anderer.

Oh, dann bin ich dem rechten Manne begegnet – so der Barfüßler –, denn ich setze voraus, du wirst, deinem Meister ähnlich, auf diesem Delta besonders Bescheid wissen. Versag mir denn nicht deinen Unterricht.

Der Löwe scheuerte zutunlich seinen Kopf am Knie Johann Operins. Der sagte: Es ist hier im Grunde dasselbe Ding wie am östlichen Flußufer. Die Dinge sehen genauso wie drüben aus, sind jedoch losgelöst von der Materie. Du hast sie trotzdem auch, hier wie drüben, nur zum Teil in der Hand und kannst sie darüber hinaus bewußt nicht beeinflussen. Ich rate dir im Genuß auch dieser außerirdischen Dinge Mäßigkeit.

Die Schlange war plötzlich wieder da und begrüßte auch ihrerseits Operin. Euch beisammen zu sehen, sagte sie, macht mir Vergnügen.

Nun ja, war die Antwort des scheinbaren Forsthüters, unsere Begegnungen sind ja doch irgendwie gesetzmäßig in Gegenwart und Vergangenheit – ob in Zukunft, das müßte sich erst noch herausstellen.

Theophrastus dachte: Gibt es denn eine Gegenwart? Weiter sinnend, gestand er sich ein, daß Johann Operins Dasein seinen Zustand in einem belastenden Sinne veränderte: er war zu ertragen, er war zu lieben, aber es schien, als ob er von sich aus Lebenskraft nicht besäße und die des Pilgers notwendig habe.

Wenn ich, so dachte er, diese Belastung nur aushalte.

Nicht ohne Unruhe brachte er ein schreckliches Gähnen des Löwen damit in Zusammenhang: der zwinkerte schläfrig mit den Augen und streckte sich wie zum Schlafe aus. Unmöglich, sagte bei sich der Barfüßler und fand – er wußte kaum wie – den Mut, seinen Stecken, der unten einen eisernen Stachel trug, in die Hinterbacke des Tieres zu stoßen. Die Katze sprang denn nun auch mit Ingrimm auf, sogleich im Begriff, sich auf ihn zu stürzen. Aber sie ließ davon ab, als sie der Pilger entschlossen anblickte.

Oh, was habe ich doch mit diesem Tier, sagte Operin, dem nichts an dem Vorfall entgangen war, drüben bei euch für Not gehabt, ich und vor allen Dingen mein Meister. Tag und Nacht hat dieser gegrübelt, wie es mit ihm zu halten sei. Bücher hat er darüber geschrieben. Um seiner Launen Herr zu werden, hat er Himmel und Erde nach Mitteln durchforscht. Die Geheimnisse Gottes hat er, gewissermaßen diebisch, um und um gekehrt, die Geheimnisse der Natur desgleichen, Kräuterbücher durchforscht und die Küchen von Goldmachern, in die Labyrinthe der Theologie hat er sich hineingewagt, unter Talmudisten und Rosenkreuzer. Um dieses Tier zu zähmen, vor Krankheiten zu bewahren, in seinen

Raubinstinkten unschädlich zu machen und ihm, das er doch auf Schritt und Tritt gefürchtet hat, ein wenig Leben zu vermitteln.

Operin unterbrach sich, er mußte lachen: Er hat diesem Tier die Krallen bald ausgeschnitten, bald eingesetzt, hungern lassen hat er es oder gefüttert, eingesperrt oder im Kreise herumgejagt. Er hat es chloroformiert und viviseziert. Aber es ist daran nicht gestorben. Und da es nicht umzubringen war, ist er darauf spazierengeritten.

Das Lachen schlug auch bei Theophrastus ein.

Aber schließlich wurde er ernst.

Trotzdem, so nahm er die Rede auf, hat ihm – wie dir – denn doch der unvermeidliche Tatzenschlag dieser unberechenbar-tückischen Bestie ein Ende gemacht: darum ist mit ihr nicht gut Kirschen essen.

Gott, freilich, darüber spricht man nicht.

Der Löwe knurrte scheinbar demütig. Er leckte die Pfote, als hörte er nichts. Dagegen wurde die Schlange lebendig.

Ich kenne deinen Herrn, begann sie, weit besser als du, guter Operin. Wir waren zeit seines Lebens die besten Freunde.

Sie beliebte darauf einen langen Sermon.

Ihr unterschätzt den guten Bombast! Wie darf man über den Meister lachen, den Gott selbst mit hoher menschlicher Weisheit erleuchtet hat? Und ich habe im übrigen nachgeholfen, wo dieser, wie oft, ein wenig knauserig gewesen ist.

Was diesen sehr zu schätzenden kleinen Löwen anbelangt, so ist er ein Sohn des Allerweltslöwen. Er spielt mit dem Menschen, wie dieser mit ihm. Und ohne das wäre das Dasein langweilig. In einer tiefen, dunklen Höhle steht ein Kreuz mit einem ewigen Lämpchen darunter. Seit mehreren tausend Jahren, ohne daß jemand Öl oder Docht erneuert, brennt es schon. Ans Kreuz genagelt hängt ein Gott, der sich selber aus unsäglichem Durst nach Leiden hat daran nageln lassen. Denn ihr müßt ja wissen, daß ohne Leid keine Freude ist.

Der Pilgrim ergänzte: Allerdings! Ohne Leid keine Freude, keine Gesundheit ohne Krankheit, ohne Gefahr keine Sicherheit. Und ich habe es selbst erfahren, wie die grimmigsten Launen des Löwen mitunter ein weitaus höheres Dasein vermitteln als das trügerische Bewußtsein träger und fauler Sicherheit.

Die vier Irrlichter gingen vorüber – Gott weiß wohin – in

heiter-überzeugter Gesprächigkeit: ihr Schein ging flüchtig über das gekrönte Haupt der grünen Schlange, die Mähne des Löwen, den Pilger und Johannes Operin. Man muß sagen, daß die nun acht Lebewesen sich gegenseitig so lange in einem überirdischen Glanz sahen.

Man hörte die Stimme von einem der Irrlichter.

Ohne Gefahr keine Sicherheit – zu guter Letzt: kein Licht ohne Irrlichter!

Kannst du mir übrigens sagen, so wiederum Operin, warum du den festen Boden unter den Füßen aufgegeben und dich in dies Mittelreich über den Strom hast setzen lassen? Wahrheiten, wie sie beim Schnuppen der Dochte solcher Irrlichter, schnell verlöschend, auf die Erde fallen, gibt es doch überall.

Nicht aber Leute wie dich! sprach der Pilger.

Er fuhr fort: Eine erschöpfende Antwort zu geben dürfte vielleicht erst bei längerem Hiersein möglich werden. Vorläufig ist mir nicht einmal klar, ob die Überfahrt freiwillig oder unfreiwillig gewesen ist – ingleichen, ob ich sie das erstemal oder schon zum tausendsten Male gemacht habe. Du wirst vielleicht denken: nun, da bewundere ich dein Gedächtnis nicht. Immerhin wäre dawider zu sagen, daß ja dem Erinnern notwendig ein Vergessen zur Seite steht. Der Strom des Erinnerns ohne Ufer und ohne Wehr würde eine Sintflut bedeuten, die alles überschwemmen und alles Leben, von Pflanze, Tier und Mensch, verderblich vernichten würde.

Mir scheint, der Alte vom Berge läßt seine Puppen tanzen, und du bist eine Puppe, so wie ich! bemerkte mit plötzlicher Schroffheit Operin.

Der Pilger: Darauf mag dir die Schlange antworten.

Ich bestreite die Macht des Alten vom Berge nicht. Ich würde mich sonst einer größeren Sünde als der mit dem Apfel und der Verführung von Adam und Eva schuldig machen.

So die Schlange, und sie fuhr fort: Wir haben indessen hier in dem Besucher unseres Mittelreichs, in dem Pilger, meinem Freund, eine Kreatur, die ihm nicht unähnlich ist. Ohne den Löwen geht es nicht. Aber auch ich bin, als er noch ein Kind war, bereits bei ihm gewesen. Schon in den Seifenblasen, den unendlich regenbogenfarbigen, die der Knabe mit dem Strohhalm wie kleine Weltkugeln bildete, als ob die ihn umgebende wirkliche Welt des Alten vom Berge nicht vorhanden sei und er eine solche erst schaffen müßte: was er davon ins Blaue hineinmalte, suchte er anderen mitzuteilen, die ihn allerdings – weil sie nichts sahen – auslachten. Nach und nach lernte er besser malen, und nun fand er, eigentlich erstaunlicherweise, Toren genug, die seine Wolkenkuckucksheime schön fanden und sich in ihnen tatsächlich einnisteten. Wer weiß, wir sind vielleicht hier, inbegriffen du, in einem solchen von ihm geschaffenen von ihm verborgen.

Nehmen wir an, es wäre so: dann würde ich gern noch einige meiner im Tode verstummten Freunde in meinen Mikrokosmos hereinbitten. Ich brauche freilich den Segen des Alten vom Berge dazu – ihn zu erhalten, zweifle ich nicht –, er ist ja hier und deutlich spürbar und umgänglich.

Kaum war dies gesagt, als schwarze Nacht über die Landschaft fiel und Adler – unsichtbar – über die seltsame Kumpanei hinbrausten.

Die Schlange sagte, als es wieder ein wenig dämmerte: Dies war er! Er markiert einen gefährlichen, einen zornigen Augenblick. Wenn er das tut, erlöschen mit eins in der Welt alle Irrlichter. Doch schon glimmen sie wieder ein wenig auf.

Du willst doch die Sonne kein Irrlicht nennen, dummes Reptil? sagte Operin.

Theophrastus hatte die Hände gefaltet, der Löwe schmiegte sich an ihn an. Soeben habe ich den Befehl erhalten, einige Meilen weiterzugehen, sagte er.

Doch wohl nicht, um das Nichts im Nichts zu suchen? ergänzte die Schlange.

Du nennst es ein Nichts, so der Barfüßler, weil es letzten Endes farblos, tonlos, geruchlos und geschmacklos ist und der Berührung nicht zugänglich. Täusche dich nicht, oder besser, gebrauche eifriger deine besondere Fähigkeit: so erkennst du vielleicht, daß es ein Allerhöchstes umschließt, was uns Menschen gegeben ist.

Die Schlange ringelte sich zusammen. Sie behauptete, müde zu sein. Ich danke dem Alten vom Berge am meisten, daß er uns den Schlaf gegeben hat: er offenbart seine größte Liebe.

Tu, was du willst, sagte der Pilgrim, den die Schlange zum kleinen Göttlein ernannt hatte, und ging, begleitet von Operin.

Der Löwe war beiden nachgefolgt, bog aber plötzlich ab, weil er Zebras und Gazellen auf schönen Prärien grasen sah, und ward eine Weile nicht gesehen.

Die Freunde bemerkten nicht seine Abwesenheit, wurden

aber ohne ihn lebhafter, ja, es übermannte sie eine gewisse Heiterkeit.

Sie unterhielten sich über vergangene, gemeinsam verübte Torheiten in jener Welt, wo man Tiere schlachtet, um sie zu essen, Kartoffeln aus der Erde gräbt, grüne Kohlköpfe zerschneidet und Brot aus gelben Körnern bäckt, die in Ähren auf Grashalmen reifen.

Was taten wir da nicht alles, lachten sie, um den Cherub am Tore des Paradieses zu beschämen, das uns verschlossen ist! Wir wollten ihm zeigen, was wir können, und es schließlich so weit bringen, daß er das Paradies für die Hölle hielt und die Erde der Ausgestoßenen für das himmlische Paradies.

Sehen wir alles von einer neuen Seite an, sagte Operin, will heißen: beginne ein neues Leben!

Der Pilgrim lachte und gab ihm recht.

Es weitete sich nun vor ihnen ein See. Durchaus überraschend war sein wechselndes Aussehen. Allerlei atmosphärische Zustände spiegelten sich drastisch auf seiner Oberfläche: alle vier Jahreszeiten, im wesentlichen des nördlich-gemäßigten Klimas, wirkten dabei mit, Tag und Nacht nicht zu vergessen.

Operin sagte: Welch eine seltsame Malerei! Der Maler an sich ist unsichtbar. Er gestaltet durch Schatten und Licht, Tag und Nacht malend, an seinen Bildern. Seine Leinwand ist nicht nur der Seespiegel, sondern auch wir, das heißt, was man in uns Seele nennt. Das ist aber eine Leinewand, die auf eine besondere Weise lebendig, will sagen empfindlich ist. Und so werden, durch den unaufhörlich tätigen Pinsel dieses rastlosen Malers, Empfindungen zahllos wie Sand am Meere in ihr ausgelöst. Sturm, Gewölke, solche von Sommergewittern und winterlich allverdüsternd graue, die weiße Flocken ausschütten, werden mit trüben Gefühlen beantwortet; verwunschen, mit Sehnsucht nach dem Licht jauchzen sie gleichsam auf, wenn der sieghafte Strahl der Sonne und ihre Wärme die Gewölke durchbricht. Es scheint mir, ich spreche zugleich von dem, was wir Gemüt nennen: es enthält die Liebe, die Freude, die Sorge, den Gram. Das alles, scheint mir, sind Spiegelungen. Sicher ist freilich, daß sie auch sonst noch etwas sind: das aber wissen wir nicht.

Mein lieber Bombastus, so weiter Operin, hatte um sich viel Umbraten, was soviel als Schattengebilde sind. Wenn wir nun, wie es nicht anders ist, überall mit solchen Schattengebilden leben – tausende fallen immer auf eine sogenannte Wirklichkeit! –, ja einzelne unter ihnen anbeten, so ist es zweifellos reichlich merkwürdig. Du wirst zugeben, daß selbst der Alte vom Berge eine solche Umbrate ist. Dem Beten – was nichts anderes als Bitten heißt – geht die Empfindung einer Bedrängnis, einer Bedrohung voraus, die Empfindung einer Not, einer Hilflosigkeit: erst daraus sprießt der Gedanke des Hilfesuchens. Also allem und jedem Gedanken gehen Zustände des Gemütes voraus, die auf sehr verschiedene mysteriöse Arten und Weisen mit Umbraten verbunden sind.

Ich bin eigentlich nicht hierher verschlagen worden, um lange Reden anzuhören und solche zu halten, sagte Theophrastus, sondern um etwas Neues zu sehen, mehr noch zu erleben, was meine sogenannte Erkenntnis bereichern kann. Und so wollen wir jetzt ein wenig aufmerken! – Kein Wunder, daß der Pilger diesen Entschluß faßte, denn der weite und wundersame See bot dafür von Augenblick zu Augenblick mehr Gelegenheit. Er war nicht so groß, daß ein gesundes Auge ihn nicht überblickt hätte, wenn man auch die fernsten Teile seiner buschigen oder waldigen grünen Ufer mehr ahnte als sah.

Er hatte tiefe und flache Teile: über die flachen – da und dort am Gestade sowohl als in der Mitte – erhoben sich Wälder von Schilf, über den tiefen schwebten Kähne, die, wie es schien, mit Fischern besetzt waren. Da der Himmel, von weißlichem Dunst überzogen, völlig ruhig war, schien auch die ganze Gegend ohne Bewegung, traumhaft stumm.

Was tun diese Fischer? fragte der Pilgrim.

Du wolltest ja keine langen Reden und selber aufmerken, meinte Operin.

Nun ja, sie werfen Netze ins Wasser und ziehen sie immer leer heraus.

Die Antwort war: Sie selber sind dieser Meinung nicht.

In der Tat, der See hat es in sich, so weiter Operin. Ich denke, es kann nichts schaden, wenn wir es uns hier ein Weilchen bequem machen.

Man hörte plötzlich Hundegebell. Die mächtige Stimme, die tiefen Tons aus der Erde zu kommen schien, erregte dem Pilgrim ein leises Grausen. Der andere sagte: Es ist nicht zu ändern, beachte sie nicht!

Die Fischer oblagen unentwegt ihrer wunderlichen Tätigkeit. Es blieb dabei, daß sie immer das Nichts aus dem Wasser herausfischten. Ein Umstand jedoch, von dem sich der Pilger, trotzdem es augenscheinlich war, nur schwer überzeugen ließ, regte ihn nicht wenig auf. Andere Erscheinungen, nicht weniger seltsam, sollten ihm nachfolgen.

Ein Nachen, in dem zwei schöne Jünglinge gemeinsam dasselbe Netz bedienten, sank plötzlich mit seiner Last – sofern man von einer solchen sprechen kann – unter die Fläche des Sees hinab. Es schien dies ein ganz natürlicher Vorgang, wie auch später ein anderer, als sich ein Kahn aus der Tiefe erhob, und zwar so, daß die Scheitel der Fischer zuerst, dann ihre Schultern, die tätigen Arme, das Netz und zuletzt das hölzerne Fahrzeug erschienen.

Die Alten verlegten an sehr verschiedene Orte Eingänge zum Hades. Man könnte übrigens, ohne von diesem das Genaue zu wissen, wohl behaupten, ihrer sei Legion. Operin verfiel nun darauf, dem immerhin doch wohl vorwitzigen und eigensinnigen Pilger vom Hades zu sprechen: Persephoneia war von einem dir verwandten Geiste ungenannt, das heißt unbesungen geblieben, so sagte er. Pindar hieß dieser verwandte Geist. Da träumte ein altes Weib in Delphi das fehlende Lied und stellte die Kore damit zufrieden. Pindar selbst war damals schon tot. Wenn er somit schon im engsten Bezirk Persephoneiens war, ist es nicht leicht verständlich, warum er sein Gedicht nicht der Göttin selber vorsagte, sondern es die Alte auf der Oberwelt träumen ließ.

Auf diese Worte hin setzte ein allgemeines Kichern ein: der See, die Ufer, die Luft erfüllten sich allenthalben damit, so daß auch den Pilgrim das Zwerchfell kitzelte. Hades wird übrigens in dem Lied der Gott mit den goldenen Zügeln genannt.

Wenn ich jemals aus diesem Bezirke wieder herauskomme, sagte der Barfüßler, so werde ich darangehen, über diese goldenen Zügel des Todesgottes ein Werk zu schreiben. Es würde vielleicht zu dem Resultat kommen, daß ein goldenes Nichts besser als ein bleiernes Etwas ist. Und dann würde es mir zugute kommen, daß ich kühnlich über den Fluß setzte und hier, wenn auch vorübergehend, heimisch gewesen bin. Ich sehe dort einen leeren Nachen, schloß er dann, und wir werden den Mut haben, ihn zu besteigen.

Gesagt, getan.

Unzweifelhaft ging – sobald sie den Nachen betreten,

noch mehr aber, als sie abgestoßen hatten – mit dem Pilger eine Verwandlung vor. Den Boden des Kahns deckte kohlschwarzes Wasser: es lag ein goldenes Netz darin. Als wenn es so sein müßte, hoben die Freunde es auf und begannen fleißig damit zu fischen. Es war, als ob sie nie etwas anderes getan hätten. Sie brachten höchstbefriedigt während vierundzwanzig Stunden – oder waren es Jahre? – alles Erdenkliche über die Oberfläche des Sees herauf: Gold, das sich von der Sonne gelöst hatte, azurene Bläue, die sich im Wasser nach unten wölbte, Möwen, die den unendlichen Raum in der Tiefe des Sees durchsegelten, den Mond in der Dunkelheit, der wie eine große glühende Eisenkugel schwer zu bewältigen war. Wunders genug, daß Schiffer und Kahn nicht zu Asche brannten! Schwerer wurde die Arbeit, aber auch lohnender, als die Planeten, die funkelnden Sterne und die Milchstraße aus dem schwarzen Meer des Hades heraufblinkten, wo denn die Ernte der Netzwerfer unendlich war und ein Rausch des Reichtums sie fast betäubte. Seltsam, daß ihr Boot nicht sank und ebensowenig die Nachen der anderen, die um sie her das gleiche Geschäft trieben.

Der Pilger hatte lange Jahrzehnte gelebt unter Kartoffeln, Rüben und Kohlköpfen, und viele seiner Freunde, wie Operin, waren so schnell verschwunden wie aufgetaucht. Nun gab es hier unter den Fischern dieses Sees ein eigentümliches gläsern-schweigendes Anblicken und Zunicken. Sollte ich je den Fluß nach rückwärts überqueren, auf dem ich hier herübergekommen bin, so werde ich feststellen, wem ich hier wiederbegegnet bin.

Man sollte nicht glauben, daß die Spiegelungen der Tiefe Gewicht besaßen: wögen sie nach den Normen der Schwere, so genügten, sie zu verfrachten, nicht die gesamten Flotten des Stillen Ozeans. Aber sie wiegen auf andere Art. Der Pilger fühlte, daß er, zwar langsam, aber unaufhaltsam, mit Kahn und Fang in die Tiefe gezogen würde. Schmerz und Sehnsucht im Anblick der hier spukenden einst Gewesenen nahm bei ihm überhand. Ja, ja, es war nicht dieser und jener, sagte – als ob er so wie Theophrastus fühlte – Operin: nein, es waren schon drüben die großen Zauberer; herrliche Musikanten des Alten vom Berge waren sie, ohne deren Musik die Welt der Kartoffeln, Rüben und Kohlköpfe irgend etwas Begehrenswertes nicht haben würde. Diese seltsamen Nahrungsverschlinger nahmen zwar auch, ohne danach zu fragen, geschlachtete Tiere als Nahrung an, aber alles an ihnen setzte sich zuletzt in Geist, will heißen ins Göttliche um.

Nun trat etwas ein, was die Empfindung des Pilgers bis zum leichten Entsetzen steigerte. Am Ufer des Sees lagen unzählige silberngeschuppte Schlangenhäute herum. Aber was jetzt seinen Weg durch Wasser suchte, war die grüne, gekrönte Viper wiederum. Sie schlängelte durch die Flut in höchster Eile. Als sie die Freunde erreicht und den Kahn mit regenbogenschillerndem, leuchtendem Leib umschlungen hatte, ließ sein langsames Sinken nach. Es ist höchste Zeit, bemerkte sie dann. Gleichzeitig aber geschah etwas anderes, was in seiner Bedeutung richtig aufzufassen der Pilger nicht sogleich in der Lage war. Der Löwe nämlich, wasserscheu – zum mindesten wollte er sich in diesen besonderen See nicht hineinwagen –, raste am Ufer hin und her. Er gebärdete sich wie wahnsinnig, er sprang die alten Bäume hinauf, was Löwen für gewöhnlich nicht tun, und knurrte, als wollte er alles auffressen. Es schien, er war so besinnungslos, daß er den rechten Weg nicht zu finden wußte und ziellos hin und her rannte.

Das Raubtier, dachte Theophrastus, hat es satt, den Zahmen zu spielen, und sieht mich als gute Beute an. Der furchtbare Hunger ist über ihm, sagte Operin, der den Tiger und den Löwen dermaßen schmerzt, daß ihm der grausame Tatzenschlag und der Biß in den Hals einer Giraffe Erlösung ist.

Man suchte das Ufer zu erreichen, obgleich man dort dem Löwen erreichbar war, weil der Kahn unrettbar sank und sank.

Sobald aber der Pilger den Boden betrat, fand das Raubtier sogleich den rechten Weg: als ob es nur aus Sorge gerast hätte, schmiegte es sich befriedigt an die Beine des Pilgrims an.

Der Schrecken, den das Sinken des Bootes sowie das Verhalten von Schlange und Löwe dem Pilger verursacht hatten, gab ihm den Gedanken der Rückkehr zur Fähre ein. Hatte dies eine Wirkung auf Operin? Er wollte das Ufer des Sees nicht verlassen, ja, er verlor nach und nach seine Körperlichkeit. Mit einem Male war er verschwunden, Schlange dagegen und Löwe blieben auch weiterhin in des Pilgers Geleit.

Eine größere Gesellschaft von Irrlichtern schien es zu verdrießen, daß der Besucher ihres Deltas auf der Rückwanderung begriffen war. Sie fragten ihn: ob er nicht ihre reizenden Tempel mit den Opferfeuern in allen Farben, blau, grün, gelb, rot, an den Ufern des Sees besucht und bewundert habe, darin die schönsten Priesterinnen dem Besucher in jeder Beziehung zu Willen seien?

Nein, das habe er nicht getan.

Ob er nicht wenigstens einen Apfel der Hesperiden in deren Gärten gekostet habe, die ja schließlich ganz in der Nähe seien?

Er habe deren genug gegessen und im Augenblick keinen Appetit darauf.

Ob er denn dieses zauberische Gebiet verlassen wolle, ohne das höchste Institut mit seinem Krematorium kennengelernt zu haben, den höchsten Sammelplatz aller Irrlichter, wo man Tag und Nacht menschliche Torheit zu Asche brennt?

Er werde dies Krematorium nicht besuchen, denn es gäbe dergleichen Zermalmungsmühlen auch auf dem Acker der Kartoffeln, Rüben und Kohlköpfe, ja, er, einst Theophrastus geheißen, habe den Irrtum begangen, sich an ihrer Gründung hervorragend zu beteiligen.

Die Irrlichter aber berührte das nicht. Sie wiesen auf Wolken grauen und blauen Rauches hin, die von einem bewaldeten Hügel aufstiegen, aus den Schornsteinen einer gewaltigen Burg. Seine Mühlen, so hieße es, bedeuteten nichts. Hier nur werde die Torheit eingeäschert.

Theophrastus sprach: Vielleicht gewinnt ihr dafür meinen einstigen Famulus Operin. Ich selber weiß zu gut, daß die Torheit kein Leichnam, sondern ein unsterbliches Leben ist.

Und damit ließ er die Irrlichter stehen, verschmähte es, weiter ein Wort zu reden, und flog, weil das Schreiten ihm nicht mehr Genüge tat und sein Wunsch nunmehr darauf stand zu fliegen, dahin zurück, wo er hergekommen.

Allein wo er herkam, wissen wir nicht!

MIGNON

Novelle

Entstehungszeit: 1938–1940; 1942–1944.

Erstveröffentlichung: Einzelausgabe. Berlin, Suhrkamp 1947.

Goethe an Schiller:

Ich will nun an die Gespenstergeschichten gehen.

Weimar, den 23. Dezember 1794.

Erster Teil

Was eigentlich ist es gewesen, wodurch ich nach etwa dreißig Jahren wieder auf den Dichter Jean Paul und seinen Roman »Titan« gelenkt wurde? Ich erhoffte mir wohl eine doppelte Wiedergeburt: die meiner selbst und die des Werkes. Zu Rom, als deutscher Jüngling, der die Schönheit so inbrünstig suchte wie Winckelmann, sah ich mit ihr zugleich den Tod dicht an mich herantreten. Die damals in den meisten Städten der Welt wegen der unsanitären Wasserversorgung herrschende Typhusepidemie hatte auch mich aufs Krankenbett geworfen, das beinahe mein Sterbebett geworden wäre. Langsam genesend, hielt ich – ich weiß nicht, durch welchen guten Geist mir auf die Bettdecke gespielt – den »Titan« in meiner Hand.

Die Welt dieses Buches ergriff mich damals tiefer als Goethes »Faust«, und ich fand, man tue ihr Unrecht, wenn man ihr nicht den Rang über diesem Gedichte einräume.

Es wurde gesagt: ich erhoffte mir wohl eine doppelte Wiedergeburt, die des Werkes im Sinne von damals und die meiner selbst, die letztere auch im gleichen Sinn! Denn obwohl die Schwäche infolge der Krankheit mir kaum erlaubte, den Kopf und die Hände auch nur wenig zu erheben, war ich doch mit dem Diesseits und Jenseits auf wunderbare Weise zugleich verbunden: die rätselhafte Harmonie, die ebenso Jugend wie Alter umschloß, habe ich immer wieder gesucht und in der Erinnerung heiliggehalten.

Im »Titan« von Jean Paul werden gleich zu Beginn die Borromeischen Inseln glorifiziert, die aus dem Lago Maggiore auftauchen. Ich hatte ihre beglückende Umwelt erst durch das Buch, später durch einen kurzen Aufenthalt kennengelernt. Nun aber fand ich mich plötzlich entschlossen, sie abermals aufzusuchen, um diesmal gleichsam auszuschöpfen, was sich mir früher zwar in einem köstlichen, aber doch kleinen Becher als Trunk gereicht hatte.

Bei Entschlüssen solcher Art wirkt gewöhnlich auch ein äußerer Anlaß mit. Wir lassen dahingestellt, wie sich ein solcher Zufall mit einer Schicksalsstunde verbindet. Ich hatte seit längerer Zeit die liebenswürdige Einladung des Commendatore Barratini im Ohr, der einer glänzenden Hotelanlage in Stresa vorstand – Isola Bella und Isola Madre gegenüber –, die sich Hôtel des Îles Borromées bezeichnete.

Meine Familie, voran meine Frau, zwar mit den eigensinnigen Bedürfnissen einer Natur meiner Art keineswegs unbekannt, war doch ein wenig verdutzt von der Eile, mit der ich meine ihnen nicht recht verständliche Reise ins Werk setzte. Mir selber war sie vielleicht noch befremdlicher.

Den Tunnel durch das schweizerische Gotthardmassiv habe ich, dem Himmel sei Dank, seit drei Jahrzehnten und länger jährlich mehrere Male auf der eisernen Schiene durchfahren, und wer hätte nicht eine ähnliche Freude gehabt über das Auftauchen in Airolo, nachdem sich der Zug von Göschenen aus ins Dunkel gestürzt hat.

Die Wagenschlange tritt plötzlich verstummend, gleichsam mit geruhsamer Feierlichkeit, aus dem Innern des Berges ans Licht einer neuen Welt, und wenn wir in Göschenen tiefhängende Wolken, Dunkelheit, Nässe und Kälte zurückgelassen hatten, umgab uns hier eine linde Luft, und der südliche Himmel in makelloser Bläue wölbte sich über uns.

Der Drang nach dem Süden, der meine im großen ganzen eigentlich zwecklose Reise mitbestimmt hatte, schien sich auf eine beglückende Weise schon hier zu rechtfertigen. Ein ermüdetes, freudloses Dasein löste sich von der trübseligen nordischen Scholle los, aus einem Tag, der die Nacht nicht recht abschütteln konnte, und erlebte wiederum jenes Wunder, das in seinem Reichtum durch das unzulängliche Medium der Sprache nicht auszudrücken ist.

Es mochte um die Mitte Oktober sein. Während der Zug längs des Flusses Tessin und mit seinen immer hurtig springenden Gewässern langsam, wegen der vielen Tunnel und Kurven, zu Tale rollte, überkam mich wieder der gleiche Rausch, den ich schon oft hier erlebt hatte. Indem man sich der Bewegung freut, will doch der Blick nichts von alledem zurücklassen, womit ihn die südliche Bergnatur in ununterbrochener Fülle beschenkt. Man ist versucht, selbst im Erinnern wenigstens einige der unzähligen Bilder festzuhalten, von himmelansteigenden Klippen, grünen Matten in schwindelerregender Höhe und Steile mit entlegenen zwerghaften menschlichen Anwesen, vornehmlich der allenthalben auf märchenhafte Weise herniederschwebenden, flatternden, springenden, stäubenden, gischtend zerflatternden Wasserstürze, die in ihren silbernen Gestaltungen wie lebende Wesen erscheinen, die Lust haben an einer wilden, ja toll-seligen Existenz.

Wie dem nun auch sei: es bleibe dahingestellt, was alles zu der wunderbaren und heiteren Erneuerung beitragen mag, die einen bei dem plötzlichen und überraschenden Eintritt in das glückhafte Klima jenseits der Alpen überkommt. Ich verhehle mir aber nicht, daß auch hier menschliche Sorgen und Schmerzen durchaus keine unbekannten Dinge sind und daß die ersten glückhaften Atemzüge für die folgenden keine Gewähr geben.

Bei meiner Ankunft in Stresa schien sich zunächst das prunkvolle Weltgetriebe des Riesenhotels meiner Absicht nach innerer Sammlung entschieden zu widersetzen. Der Direktor jedoch, mein Gastfreund, wußte es einzurichten, daß ich ein stilles Quartier erhielt, zwei Räume mit allem Zubehör, darin ich ungestört lesen, schreiben und meinem Denken nachhängen konnte.

Als somit eine Art mönchischer Einsamkeit gewährleistet war und nun der Geist Jean Pauls seine Verjüngungskraft ausströmen sollte, ward ich in diesem Punkte enttäuscht. Zwar erregte der zweite Hirten- und Zirkelbrief im »Jubelsenior« meine Teilnahme, doch zugleich meinen Widerspruch. Er handelt von dramatischen Dichtern, Dramen und Schauspielern. Wenn ich nun aber Zeilen las, die behaupteten, nichts werde »leichter kallös und schwieligt als das mitleidige Gefühl«, so wurde mir klar, daß der übrigens allenthalben »kallöse«, das heißt schwülstige Stil des Dichters augenblicklich weder in die Atmosphäre meiner Seele noch die meiner Umgebung hineinpaßte.

Immerhin wirkte der Jugendzauber der römischen Krankheitswochen, der meine seltsame Unternehmung veranlaßt hatte, fort, indem er die Landschaft auf eine mich fast bestürzende Weise poetisierte.

Aber so wie Jean Paul in einer Beziehung zunächst versagt hatte, versagte anfangs trotzdem der ganze gläubig gesuchte Aufenthalt.

Üble Träume plagten mich!

Oft mit einem angstvoll-wütenden Schrei erwacht, schloß ich dann vor Tagesanbruch die Glastüren zur Veranda auf, stieß die knarrenden Läden zurück und klammerte mich mit den Augen, Erlösung suchend, an den dunkeln Massen der

Borromeischen Inseln fest, die sich über die Wasserfläche des Lago Maggiore erhoben. Mitunter war der Eindruck besonders feierlich, wenn etwa der Vollmond, wie der Bernsteinknauf einer dunklen Kuppel, über den weitgedehnten silbrig schillernden Fluten stand und eine Art Höhlenmagie verbreitete.

Solche Eindrücke hatten mitunter die Kraft, einen Überdruß an der menschlichen Existenz und ihrer vielfach tieftragischen Brüchigkeit in reine Ehrfurcht umzuwandeln.

Aber war dies die gesuchte Erneuerung?

Ich fing an, meine Reise als eine Torheit zu beurteilen.

Zwar, seit ich über meine Zukunft nachzudenken begann, zog es mich aus dem Bereich der übervölkerten Welt. Trotzdem war ich seltsamerweise nicht ungesellig. Frau, Kinder, Bedienstete und Besucher aller Art sah mein Haus, und der Zustand war mir nicht peinlich. Zuweilen aber und immer wieder befiel mich, wie jetzt, die Neigung zum Anachoretentum. Dann war mir, als könnte man, ihm verfallen, erst ganz zu sich selbst kommen und damit zu mehr als sich selbst.

Auch dieser Zustand freilich begründet, wie mir vorkommt, eine Art Geselligkeit: sie spielt sich ab in dem Zauberspiegel der Seele. So bevölkert sie scheinbar das Nichts, und sie kann es auch übervölkern.

Einstweilen war dieses bei mir, Gott sei Dank, nicht der Fall.

Ein etwas gedankenloser Zustand kam über mich, der Geist und Körper wahllos teils da-, teils dorthin bewegte und mich eines Abends in meinen Koffer greifen ließ, wo ich irgendein Buch in die Hand bekam, das sich als Goethes Urfaust entpuppte.

Nicht auszudenken, daß diese reiche, unzerstörbare, universelle Gestalt aus der Seele eines nicht viel über Zwanzigjährigen geboren worden ist.

Der große Schöpfer, gegen sich selber zuweilen seltsam ehrfurchtslos, bezeichnet zwanzig Jahre später sein Werk, das er fortführen will, als Tragelaph, was soviel wie Bockhirsch, ein Monstrum, bedeutet.

Unter den Deutschen, die lesen und schreiben gelernt haben und diesen Künsten einigermaßen huldigen, wird es nur wenige geben, die das Erlebnis des Doktor Faust in einem hochgewölbten gotischen Zimmer und seinen Monolog nicht kennen. Schon durch das gotische Zimmer, das der

Dichter fordert, wird der Inhalt des Selbstgesprächs richtig umrahmt und charakterisiert. Die Zeit Fausts ist das ausgehende Mittelalter, sein Denkerhaupt verbindet die Kenntnisse der Fakultäten, etwa einer Sorbonne, mit Alchimie und Astrologie. Nostradamus ist für ihn eine Autorität und beweist diese auch, da es Faust gelingt, mit dessen Formel einen Geist zu zitieren. Von diesem wird der Adept als Übermensch angerufen.
Ich hielt das Faust-Buch in der Hand und dachte im gleichen Augenblick:

> Die Geisterwelt ist nicht verschlossen;
> Dein Sinn ist zu, dein Herz ist tot!

Der Corso Umberto erstreckt sich in der ganzen Länge von Stresa dicht am Seeufer. Er besteht aus einer breiten Fahrstraße und einer ebenso breiten Promenade in reicher Gartenkultur. An seinem Ende liegt zusammengedrängt die kleine Stadt. Um die Piazza sind Kaufhäuser, Cafés und Speisehäuser gereiht. Ein Laden mit Antiquitäten zog mich an, und ich fand darin allerlei hübsche Sachen. Manche Lokale besuchte ich, weil ich überall gern das Treiben der Menschen beobachte.

Das Wetter war wechselnd, finster und naß oder sonnenhell, womit es wieder für die Trübsal des anderen Zustands auf göttliche Weise entschädigte.

Man lebt hier alsdann ertrunken in einem blendenden Farbenrausch. Himmel und See fließen ineinander. Das Weiß der Alpenkette tritt silbern daraus hervor. Es ist eine Überwirklichkeit – aber von den Quälgeistern meiner Nachtstunden konnte sie mich nicht frei machen.

Ich hatte – mit mir selbst allein – hinreichend Zeit, zu beobachten und nachzudenken. In einem gelegentlichen Gespräch mit Herrn Barratini und dem, was das alltägliche Leben an Wortwechsel verlangt, erschöpfte sich alle Ablenkung.

Natürlich war ich viel unterwegs, durch Betrachtung zur Meditation und durch Meditation zur Betrachtung angeregt; für diese wahrlich bot sich Stoff genug in der wunderbaren Gegend, deren Anziehungskraft Schlösser, Parkanlagen und überall verstreute Landhäuser verrieten. Fast alle Anwesen strömten eine gewisse Schwermut aus. Geistliche und weltliche Fürsten waren ihre Begründer, reiche Kaufherrn und kleine Kaufleute aller Art, die der Wunsch, sich von dem Lärm der Welt zu lösen, aus der Großstadt, wie mich, in die Stille der schönen Natur verlockt hatte, wo sie ein Leben suchten, das vielleicht nirgends zu finden ist.

Die meisten Anwesen standen leer. Steineichen, Buchen, Kastanien und Rüstern ringsherum waren zu Baumgiganten angewachsen. Wo waren wohl die Begründer solcher Herrlichkeiten? Tot oder enttäuscht davongegangen.

Würde ich Stresa wie sie verlassen?

Das Leben eines Menschen, der einsam ist, erweist sich überwiegend als unwirklich. Er weiß, daß er Freunde, nahe und ferne Verwandte hat, aber er nimmt sie nicht sinnlich wahr, sie leben in seiner Einbildung. Und da es so ist, treten die Toten beinahe gleichwertig neben die Lebenden. So bewegte sich eine seltsam gemischte Gesellschaft in mir – will sagen in meinem Vorstellungskreis –, die mich mit jedem Tag mehr über Zeit und Ort erhob.

Der Einsame ist somit besonders fühlbar in zwei getrennte Bereiche gestellt: das Sinnenbereich und das Übersinnliche! Man kommt um den Ausdruck nicht herum.

Hat er diesen Doppelzustand ins Auge gefaßt, so wird es dem Einsamen schwer, sich von den Reizen des Übersinnlichen nicht betören zu lassen, besonders in der Dunkelheit, aber allmählich auch am Tag, wenn die Absonderung von den Menschen länger dauert.

Was mich betrifft, so war ich wenig gefährdet. Gewohnheitsmäßig hatte ich sehr bald meinen Zustand geistig umrissen und objektiviert und wurde sein kühler Beobachter. Auch lenkte ich mich immer wieder durch den Besuch von Läden, volkstümlichen Trattorien, durch improvisierte Gespräche mit Landleuten, Mädchen und Jünglingen, Kindern und Greisen in das gesunde alltägliche Leben ab und ermüdete mich durch Ruderpartien. Und so kam es mir auch gelegen, als Commendatore Barratini mir eines Abends nach dem Dinner in lustiger Weise darlegte, Stresa habe heute eine gewaltige Sensation: auf der Piazza, im Freien, gäbe es eine Produktion berühmter Seiltänzer.

Wenn ich an das Ereignis denke, das ich nach dieser Eröffnung auf der Piazza erlebt habe, so komme ich über ein Etwas nicht hinweg, das sich mir in den nüchternen Gang des Lebens nicht fügt.

Schon als ich, aus Vorsicht in meinen Regenmantel vermummt, auf die Straße trat, fielen die ersten Regentropfen. Aber ich strebte nach dem bezeichneten Schauplatz hin, obgleich ich nicht annahm, daß die Vorstellung wie geplant im Freien stattfinden könne. Es erhob sich Sturm, und Wetterleuchten kündigte ein Gewitter an.

Als ich am Schauplatz der erhofften Vorstellung anlangte, stellte ich zunächst fest, inwieweit der Spaß, den sich Barratini mit mir gemacht hatte, das Erlaubte übertraf. Die angekündigte Artistengesellschaft, die ein Zelt und zum mindesten einige dressierte Ponys und Hunde, den Spaßmacher, den Trapezkünstler und etwa eine bescheidene Drahtseiltänzerin erwarten ließ, bestand in Wirklichkeit aus drei ärmlichen Personen, die, im strömenden Regen unter freiem Himmel hantierend, ein wahrhaft herzbrechendes Elend zu Gemüte führten. Daß es einen so jämmerlichen Zustand wie diesen unsäglich mühsamen Broterwerb gab und daß Menschen darauf verfallen konnten, ihn zu ergreifen, hatte ich bislang nicht gewußt.

Die Anstalten, die man für die kommende Schaustellung getroffen hatte, bestanden aus einem Teppich, der auf der Erde lag, und einem derben Holzstuhl, den man wohl zu turnerischen Zwecken daraufgestellt hatte. Die drei Akteure – Mann, Ehefrau und Tochter – hatten, von einer aufgestellten, gegen den Regen kämpfenden Fackel flackernd belichtet, lange nasse Mäntel über ihren Trikots, die ein Windstoß zuweilen sichtbar machte. Es war ersichtlich, daß diese frierenden Jammergestalten innig wünschten, der Regen solle aufhören, die Abendsonne noch ein wenig hervortreten, damit sie vermöge ihrer Kunststücke vielleicht zu einem bescheidenen Nachtessen kommen und so ihren Hunger stillen könnten.

Daß dies übrigens unter allen Umständen zu geschehen habe, dazu hatte ich meinen Entschluß gefaßt.

Die irgendwie statuarischen Gestalten auf dem leeren Marktplatz wurden, da ich in ihrer Nähe blieb, naturgemäß auf mich aufmerksam. Daß sie im Regen aushielten, wie sie es taten, mochte geschäftliche Gründe haben. Es sollte wahrscheinlich bedeuten, das Unternehmen sei keineswegs abgesagt. Seltsam genug: mir war, als sei ich beteiligt daran.

Wie gesagt, ich fühlte mich sehr bald bemerkt, zum mindesten von dem Elternpaar, das öfters die Köpfe zusammensteckte.

Mich aber zog ausschließlich die Tochter an.

Man kann dies wohl kaum befremdlich finden. Ich war in der Tat nicht alt genug, um gegen die Aura der Jugend immun zu sein. Aber der Reiz, den dieses verhüllte Mädchen auf mich ausübte, war weniger erotisch als rätselhaft. Ich weiß nicht, welch ein Lichtreflex von irgendwoher ihr im Auge blitzte – ihr Antlitz war durch den Mantel verhüllt –, aber er drang gleichsam in mich ein und schien jene Seite vorherrschend zu machen, die ich übersinnlich genannt habe.

Zunächst war ich zeitlich gut anderthalb Jahrhunderte zurückversetzt, und zwar in jene vergangenen Zeiten, als der Großvater die Großmutter nahm, wie man sagt. Es klingt nach in diesem und jenem Gedicht von Eichendorff und diesem und jenem Lied, das uns Kindern etwa die alte Nähterin mit zahnlosem Mund heimlich sang und das meist von einem Posthorn, dem dazugehörigen Postillion und der Postkutsche handelte.

Kein Zweifel, ich war in den Zeiten der Postkutsche:

> Seht ihr drei Rosse vor dem Wagen
> und einen jungen Postillion?
> Von weitem hört man ihn schon klagen
> mit seines Hörnleins dumpfem Ton.

Es fehlte nicht viel, so hörte ich Hufschläge, hörte die Postkutsche klirrend heranrasseln und das Posthorn erklingen, zumal da der Regen ein wenig nachließ und die Poesie einer Mondnacht sich andeutete, erklingen in jenem schmerzlichen Sehnsuchtston, den das Liedchen der Nähterin dumpf nannte. Was war es, was mich so jählings ergriff? Es war die Romantik, die ich im Elternhause als Kind noch erlebt, noch wahrhaft gefühlt hatte. Ein holder ätherischer Zauber, auf den Auge, Ohr und Herz überall im Bürgerhause der Eltern und Großeltern traf.

Ich bebte bei dieser Erinnerung, ich erschrak: wer ahnt wohl, was uns damit verlorengegangen ist!

Meine Veränderung ging so weit, daß ich, als ich den Blick unverwandt in den der Zigeunerin bohrte – es konnte leicht eine solche sein –, in ihr ein Kind der Romantik sah, in unsere banale Zeit verstoßen. Ich ging dabei über die Frage hinweg, ob sie vielleicht nur ein Schemen sein mochte und so nur in meinem Geiste lebt: sie blieb sowieso für mich

– freilich mit dem Geheimnis, das sie umgab – eine mich bannende Realität, die mir meine Reise nach Stresa plötzlich als Bestimmung verständlich machte.

Warum wurde meine Neugier auf das, was sich bei dem Fallen des Mantels von den Schultern des Mädchens darbieten würde, auf eine schmerzliche Weise angespannt? Was wollte ich erleben, erblicken, feststellen? Die bloße Wirklichkeit war es nicht! Viel eher wohl schon in diesem Augenblick ein Phantasma, um das meine Wünsche kreisten: ein Gebilde aus jener Welt, darin sich der Monolog des Faust und die Sehnsucht der Romantik bewegt.

Bei alledem war ich mir darüber im klaren, daß ich keine Enttäuschung erleben würde.

Goethe also, und nicht Jean Paul, hatte sich meinem abenteuerlich-suchenden Geist zugeordnet. Sein unsterblicher Agathodämon hatte die Hand auf mich gelegt, und ohne daß ich den Umstand ins Bewußtsein faßte, umgab mich schon jetzt seine Geistesluft. Strömte sie von dem Kinde aus, oder ward sie durch meinen Atem auf es übertragen?

Mit einem Entschluß, der meine Alltagsgefühle wohl kaum überrumpelt hätte, ging ich festen Schrittes auf das mitleiderregende, kläglich durchnäßte Stückchen menschlichen Elends zu und preßte in Eile in die sich widerwillig vorstreckende Hand Banknoten. Ein braunes Gesicht, ein spitzes Näschen enthüllten sich, an dem Regentropfen herabliefen. Der geöffnete Mantel verriet ein schlankes, knabenhaftes Geschöpf, das nackte Ärmchen, ein rotes Westchen über der flachen Brust, verschlissene Puffen um die Hüften, Trikots an den Beinen und an den winzigen Füßchen Tanzschuhe zeigte. Ich erhielt einen mißtrauisch-lauernden, ja fast feindlichen Blick und mußte erleben, daß mein Geschenk mit verächtlicher Handbewegung dem vermutlichen Vater zugeworfen wurde, wie man sich von einem Unflat befreit.

Zu meinem Entsetzen ereignete sich daraufhin, und zwar blitzschnell, eine Brutalität. Der dickbäuchige Artist, dessen feuerrotes Gesicht einen starken Konsum an Chianti verriet, hatte kaum die Größe der Summe erkannt und das Betragen der Kleinen damit verglichen, als er auch schon den Mantel von sich warf, seine Mignon buchstäblich beim Kragen nahm, sie unter allerlei italienischen Scheltworten niederduckte und zwang, mir die Hand zu küssen.

Dieser Vorfall zog Menschen an, um so mehr da ich heftig

wurde, meine italienischen Brocken mit deutscher Entrüstung verband und nichts weiter erreichte, als daß der Akrobat die Tochter backpfeifte. Aber die Leute, die sich nun mehr und mehr sammelten, ergriffen keineswegs meine und des Mädchens Partei, sondern nahmen, was vorging, meist lachend und wie ein Stück des nun beginnenden Schauspiels hin.

Das Gewitter war abgezogen. Der Artist hatte eine Peitsche ergriffen und regte mit heihopp Frau und Tochter zur Arbeit an. Die Schmitze knallten um ihre Ohren.

Ein endloser Traum setzte in dieser Nacht das Mignon-Erlebnis fort – denn diesen Namen hatte ich ihm gegeben. Die Produktionen des Kindes stießen mich ab. Ich war geradezu vor ihnen geflüchtet, als sie sich, wie ganz ohne Knochengerüst, rückwärts bog und den Kopf zwischen ihren Fußknöcheln hervorstreckte. Alpdruckartig verfolgte und wiederholte sich im Traum diese Vorstellung. Es dauerte am Morgen nach dem Aufwachen lange, bevor ich wieder in einer natürlichen und befreiten Weise dem Tage gehören konnte. Ehe dies erreicht war, hatte ich – wie nicht selten – mit dem Niederringen lebensfeindlicher Mächte zu tun, die das Dasein in Sinn und Gehalt angreifen.

Am Morgen, nach dem Frühstück, überreichte mir Commendatore Giuseppe Barratini ein schön ausgestattetes Buch, das den Titel trug: »Le Roman des Îles Borromées«. Es ist in französischer Sprache geschrieben und enthält Landschaftsbilder und Porträts, Stiche und Photographien, die teils aus dem Museum der Mailänder Scala stammen, teils aus der dortigen Ambrosiana, der berühmten Bibliothek. Der Text hat folgende Abschnitte: Erstens: Preludio – Rêves et Réalité; zweitens: Notturno – L'Esprit de Mignon; drittens: Eroica – Napoléon; viertens: Appassionata – Poètes et Amants; fünftens: Pastorale – Les Sœurs Cadettes.

Ich überging das Preludio, Rêves et Réalité, das mit dem Namen Goethes beginnt. »Die Stätte, die ein guter Mensch betrat, ist eingeweiht« – dieser Satz von ihm wird französisch in einer etwas gesteigerten Form zitiert und darauf gesagt, daß die Borromeischen Inseln dann allerdings eine im höchsten Maße geheiligte Stätte darstellen, da sie von geradezu unzähligen großen und edlen Menschen betreten worden seien.

Es wird dann gehandelt von der Familie Borromeo, deren

legendäre Herkunft auf Antenor, den Gründer von Padua, zurückgehen soll. Die heilige Justine wird erwähnt, die sechzehnjährig den Märtyrertod erlitten hat; das diesen Akt glorifizierende Altarbild zu Padua von Paolo Veronese ist auf der Nebenseite reproduziert. Ein weiteres Bild des weitausholenden Textes zeigt Barbarossa, der dem Papst Alexander III. vor dem Markusdom in Venedig die Füße küßt, vorher aber die Worte spricht: »Non tibi, sed Petro.«

Man sieht dann ein Bild des heiligen Carlo Borromeo mit dem Familienwappen und seiner Devise »Humilitas«, das wohl hier mit Demut zu übersetzen ist, der edelsten seiner vielen Bedeutungen. Man gerät damit in eine hohe Gemeinschaft von Kardinälen und sonstigen Kirchenfürsten der Familie hinein, deren uns am nächsten stehender, ein Kardinal Frédéric, durch die herrliche Schilderung Alessandro Manzonis in seinem Roman »I Promessi Sposi« berühmt geworden ist. Von ihm ward die Biblioteca Ambrosiana begründet.

Mit dem Comte Vitaliano Borromeo, dem Gründer der Isola Bella, tritt ein weltlicher Geist in die Familie ein. Dieser prunkliebende, vornehme Mann zauberte ein Paradies auf öde Felsen und versammelte bei seinen Festen Herzöge, Prinzen, Kardinäle, Gesandte, große Denker, Dichter und Schriftsteller. Seine Banketts, Serenaden, Konzerte, Feuerwerke und Regatten haben ihr Echo in aller Welt und sind Gegenstand der Bewunderung der brillantesten Höfe Europas, ebenso seine theatralischen Repräsentationen.

Freilich, wo blieb da die Devise »Humilitas«?

Von hier aus tritt es sich leicht in das sogenannte Notturno »L'Esprit de Mignon« ein. Dieses Kapitel besaß nach meiner Begegnung mit dem armseligen Hungertrio der Artisten für mich begreiflicherweise die größte Anziehungskraft. Feste, wie sie der Graf Vitaliano Borromeo auf der Isola Bella gefeiert hatte, konnten recht wohl der leuchtende Hintergrund einer verirrten, geraubten und verschleppten Gestalt wie Goethes Mignon sein, auch wenn sie dergleichen persönlich nicht miterlebte. Vielleicht war die Seele von solchen Festen oder etwas von ihr in sie eingeboren. Sie war etwa eine Atmosphäre gewohnt, in der eine buhlerische Luft, vom betäubenden Duft der Gärten erfüllt, zugleich beseligend musizierte, wo die goldenen Äpfel der Hesperiden sich zu ihrem Munde herniederneigten und alle köstlichen Früchte sie zu erquicken wetteiferten. Sie war vielleicht ein kaum beachtetes, vater-

und mutterloses Kind in der zu Hunderten zählenden Dienerschaft, das man nicht störte in seiner Eigenart, vielleicht manchmal neckte, aber gern mochte. Wer weiß, wie verschiedenes Blut sich in Mignon gemischt hatte! Warum sollte nicht auch das Blut eines Vitaliano Borromeo in ihr sein?

Der mit »L'Esprit de Mignon« bezeichnete Teil des Buches sucht zu beweisen oder nimmt an, daß eben der Geist Mignons am Lago Maggiore der Borromeischen Inseln beheimatet sei und daß ihre Nostalgia hierher weise.

Kennst du das Land, wo die Zitronen blühn,
im dunkeln Laub die Goldorangen glühn,
ein sanfter Wind vom blauen Himmel weht,
die Myrte still und hoch der Lorbeer steht?
Kennst du es wohl? Dahin! Dahin
möcht' ich mit dir, o mein Geliebter, ziehn.

Kennst du das Haus? Auf Säulen ruht sein Dach,
es glänzt der Saal, es schimmert das Gemach,
und Marmorbilder stehn und sehn mich an:
Was hat man dir, du armes Kind, getan?
Kennst du es wohl? Dahin! Dahin
möcht' ich mit dir, o mein Beschützer, ziehn.

Es unterliegt keinem Zweifel, daß diese unsterblichen Verse an keinem Platz der Erde sich so wie auf der Isola Bella in die Umgebung einweben. Der unsichtbare Geist Mignons in seiner unstillbaren Melancholie scheint sie auch hier überall zu hauchen, da es für ihn nicht einmal Erfüllung ohne Schmerz geben kann.

Sollte ich mir eine Barke mieten und nach Isola Bella hinüberrudern? Ich war ungeduldig und aufgeregt. Aber nein: ich wollte mich lieber von allem romantischen Zauber loslösen und entschloß mich zu einer längeren Wanderung.

Den Marktplatz zu meiden, um das Luftspringertrio aus meinem Gedächtnis zu tilgen, konnte ich mir jedoch nicht abringen.

Wie zu erwarten: die Piazza war leer, meine sogenannte Mignon war mit ihren Peinigern weitergezogen.

Bald befand ich mich nun wieder, bergan steigend, in den schon geschilderten Gebieten der Parkanlagen, Villen und kleinen Landhäuschen, die von ihren in Mailand, Como oder sonst irgendwo verschwundenen Besitzern seltsamerweise durch dicke Mauern um die Gärten von der Welt abgeschlossen waren. So lagen sie noch in Verwunschenheit, geflohen von denen, die schließlich ihre selbstgeschaffene Einsamkeit nicht ertragen und eigens errichtete Mauern wie die eines Kerkers durchbrochen hatten.

Während ich durch die engen Gäßchen langsam schritt, blieb ich nicht selten stehen, wie jemand, der nachsinnend etwas ergründen will, etwas, das der schweigsame Äther, ohne daß man es sah oder hörte, bereithielt. Irgendwie schien sich mein Geist im Kreise um den Einsiedlergedanken immer noch zu bewegen, der ja auch meine Reise verursacht hatte. Ich erinnerte mich dabei, am frühen Morgen einen Brief erhalten zu haben, der den Poststempel Pallanza trug und von einem älteren, reichen Manne stammte, der mir seinen Besuch ankündigte und den meinen in seinem Landhaus jenseits des Sees erwartete. Dieses Anwesen hatte auch er »Eremitage« genannt.

Nun, der Morgen mit seinem köstlichen Sonnenlicht, das er über die schönsten Gebiete der Welt ergoß, die blumigen Berglehnen bis zum hohen Monte Mottarone hinauf, der weite See und die wie Silber in den Äther gehauchten Hochalpen dahinter hatten wohl Kraft, mich im Sinnenbereiche festzuhalten. Mich ergriff jene Heiterkeit, die im Betrachten beglückt, im bloßen Sein sich dankbar beseligt fühlt und Grübeleien als Spiel empfindet. Dies alles befreit von der Schwere des Lebensmysteriums und läßt an den Schöpfer als einen beglückten und allbeglückenden Künstler denken, einen Meister, der sich nicht genugtun kann in der seligen Verspieltheit seiner Kraft.

Die Freude, von allem Nagenden, Suchenden durch tiefe gesunde Atemzüge frei geworden zu sein, beherrschte mich noch, als ich, von meiner Wanderung zurückgekehrt, das besuchteste Café der Piazza betrat, um einen Vermouth zu mir zu nehmen und so mein Wohlbehagen vielleicht noch zu steigern. Hier traf mich jenes Erlebnis, das nüchtern und unbegreiflich zugleich begann und sich in ebendem Sinne fortsetzte – und Ursache dieser Erzählung geworden ist.

In dem Café wurde von einem Klavier, einer Geige und einem Cello musiziert, was indessen die Gespräche um die besetzten Tische nur anregte. Als ich meine Augen durch das Lokal schweifen ließ, wie üblich in der Hoffnung, irgend etwas nicht Uninteressantes, besonders unter den immer vorhandenen Liebespärchen, aufzufinden, bemerkte ich plötzlich in einem Kreise lebhafter älterer Damen einen alten Herrn, der mir – ja, wie sag' ich doch gleich? – Entsetzen erregte. Ich blickte weg und wiederum hin und konnte bemerken, daß der würdige Mann auf gelegentliche Fragen aus dem Frauenkreis ernst und gelassen antwortete und sich im übrigen bei der bauchigen Korbflasche auf selbstverständliche Weise behaglich zu fühlen schien.

Was war nun an ihm entsetzenerregend?

Der Mann war Goethe von Kopf zu Fuß, und zwar jener starke, etwas bäurische Herr, wie ihn die Zeichnung von Jagemann uns überliefert. Er trug sich, wie er sich diesem Künstler dargeboten, aber der dunkle Rock und der hohe Überschlagkragen daran deckten die weißen Halsbinden und nahmen dem Anzug das Befremdliche. Wie sich in solchen ungewöhnlichen Fällen der Mensch verhält, verhielt ich mich auch. Hier ist, so dachte ich, eine Ähnlichkeit zweier Menschen, wie die Natur sie nicht selten dartut. In den Archiven der Polizei werden frappante Fälle dieser Art in Zeichnung und Photographie aufbewahrt. Zwei Jünglinge, sagen wir, gleichen sich so durchaus, daß der eine – bevor die Tatsache überzeugend zutage tritt – für das Verbrechen oder das Vergehen des andern zu Unrecht büßen muß.

Auch ließ sich die Ähnlichkeit anders ergründen: Goethe hatte bei seinen Reisen in Italien manches Liebesabenteuer gehabt. In seinen »Römischen Elegien« schildert er eines davon. Eros, der unermüdlich Schaffende, verließ diesen naturhaften Menschen nie, und so konnten wohl da und dort Söhne und Töchter geboren werden, die von dem Blute nichts wußten, das in ihnen floß: so mochte der Fremde, den ich sah, ein Enkel oder Urenkel Goethes sein.

Indem ich ihn an- und wiederum wegblickte, ging mir dies alles durch den Kopf. Ich verlor mich in eine gewisse Versonnenheit, und als ich daraus erwachte, war der lebhaft schwatzende Kreis der Damen und mit ihnen mein bäurischer »Goethe« verschwunden.

Weder der Kellner noch das Fräulein an der Bar konnten mir über Namen und Herkunft des würdigen Alten Auskunft geben. Die Erscheinung aber hatte für mich eine unauslöschliche Merkwürdigkeit, und die Lösung des Rätsels, das sie darstellte, ließ nicht nach, mich zu beschäftigen. Allzu überwältigend war diese Ähnlichkeit. Was hätte ich wohl für eine Entdeckung gemacht, gelänge es mir, einen Enkel oder Urenkel, etwa aus dem Bannkreis der »Römischen Elegien«, nachzuweisen und der deutschen Nation diesen zweiten Goethe vorzustellen.

Als ich wieder in meinem Hotelzimmer war, hüllte sich das Erlebnis bereits in eine Art Unwirklichkeit. Ich wäre vielleicht in allerhand müßige Phantasien verfallen, wenn die Erscheinung nicht ein so überaus nüchternes Dasein besessen hätte.

Etwas, das an einen Dichter erinnerte, hatte sie nicht.

Dieser Mann besaß meinethalben Äcker und Wälder, er hatte Scheuern und Böden, um die Feldfrucht unterzubringen, er besaß Stückfässer, in denen der junge Most arbeitete – und wenn er wirklich Dichtwerke geschrieben hatte, so waren sie mit fester Hand, sagen wir in schwerer goldener Kufe, wie Jahrgänge köstlichen Weins, aus seinem Keller hervorgeholt! Er hätte gelacht, wenn man Dichten einen bürgerlichen Beruf und ihn einen Dichter genannt hätte.

Als ich mit Commendatore Barratini in der Bar des Hotels nach Tisch einen Espresso trank, kam ich auf mein Erlebnis zu sprechen. Er wies mich auf einen überspannten Engländer hin, der dicht unter dem Gipfel des Mottarone eine Art Observatorium, Sternwarte oder dergleichen, darin er auch wohne, errichtet habe. Er werde von allerlei Sonderlingen besucht, die der Volksmund als Mottaronegespenster bezeichne.

»Seltsam«, so fuhr Barratini fort, »daß diese Gespenster immer wieder dem oder jenem, dem sie begegnen, die Gestalt eines Abgeschiedenen hervorrufen: verstorbene Väter, Brüder und Schwestern« – wie ja auch in meinem Falle geschehen sei. »Denn«, so schloß er mit schalkhaftem Lächeln, »ich zweifle nicht, daß wir es auch in Ihrem Falle mit einem solchen Gespenst zu tun haben.«

Wenn ich heut an die Tage von damals zurückdenke und besonders an jene, die der Begegnung mit dem Doppelgänger Goethes nachfolgten, so scheinen sie mir erfüllt von einer Aura magica.

Es lohnt wohl, darüber nachzudenken.

Ich frage zunächst: Sind wir überhaupt jemals außerhalb einer Aura magica? Ich möchte entschieden mit einem Nein antworten. Der naive Mensch, der zugleich einsam ist, sucht Gesellschaft von Menschen, Tieren und Gegenständen, um diesen Zustand loszuwerden: aber er bleibt ihm ausgeliefert. Ist er genügend mit sich vertraut, so steht ihm das über allem Zweifel. Der Aura magica des nordischen Winters zum Beispiel steht die Aura magica der südlichen Landschaft, des südlichen Lichts, der südlichen Farben, der südlichen Sonne gegenüber. Die eine weckt Ernst, Kraft und Widerstand. Die andere aber schenkt Jugend und Glück.

Das ist die einfachste Form der Aura magica.

Das durch die größere Wärme und den höheren, prächtigen Glanz der Sonne vermehrte Entzücken war in mir. Ich war der göttlichen Magie jener herrlichen Regionen um den Lago Maggiore unterworfen. Jede Monade meines Körpers und meines Geistes antwortete darauf.

Auch die Erscheinung von Goethe im Café manifestierte in wohl schon verstärktem Grade die Aura magica. Es konnte trotzdem nicht fehlen, daß ich zunächst wiederum in das alltägliche Leben einmündete und darin einige Tage lang, ohne etwas Außergewöhnliches zu erleben, weiterschritt. Auch der verwunschene Engländer trat in meinem Bewußtsein zurück. Dergleichen Käuze waren überall zu finden, und die Macht der nüchternen Wirklichkeit und ihrer Bedürfnisse ist ja trotz allem nicht zu entthronen.

Dem Brief, den ich vor einigen Tagen aus Pallanza erhalten hatte, folgte nun der Besuch des Briefschreibers und bald darauf mein Gegenbesuch.

Ich erzählte Barratini, bevor ich in den Wagen stieg, der mich nach Pallanza bringen sollte, wohin ich mich zu begeben gedachte. Nach seiner Art schalkhaft lächelnd, bemerkte er, ich käme wohl von den Mottaronegespenstern nicht recht los, denn Cavaliere Graupe gelte ja halb und halb auch als ein solches. Den seltsamen Namen Graupe hatte mein Gastfreund in der Tat.

»Ein Mottaronegespenst, wieso?« fragte ich.

»Ja, du mein lieber Gott, er hat Verkehr mit der ganzen Welt, und so machen die Leute sich eben Gedanken.«

In den Wagen gestiegen, dachte ich über die Worte des klugen Hoteldirektors nach. Graupe hatte auch mir in der Tat schon bei unserer ersten Begegnung einen seltsamen Eindruck gemacht. Er war ohne Zweifel ein Sonderling. Der nahezu sechzigjährige Mann, der Junggeselle geblieben war, trug sich auf sorgsam ausgewählte Art, die mit der Mode von achtzehnhundert sozusagen liebäugelte. Seltsamerweise fiel er nicht auf, wenn man ihn mit Zylinder, Schoßrock, hoher Halsbinde, Glacéhandschuhen und spanischem Rohr auf der Straße traf.

Auf seine Eremitage war ich gespannt. Er hatte mir viel von ihr erzählt, ihren Malereien, Fußteppichen und Gobelins, woraus ich entnahm, daß sie unter seinen Schlössern und Landhäusern sozusagen das jüngste Kind und ihm das liebste war. Ich wußte nicht, was ich erwarten sollte: die Geschmacklosigkeit eines Renommisten oder im Gegenteil eine Perle von Reichtum und gutem Geschmack, da Worte allein keine Gewähr bieten. Nun aber überzeugte ich mich schnell, daß es sich bei dieser Eremitage am lieblichen Ufer von Pallanza um ein wahres Juwel, eine Perle im Golde, handelte.

Ein Majordomus im schwarzen Rock mit weißer Halsbinde empfing mich am Wagenschlag. Ich wurde von ihm ins Haus geleitet. Er nahm meine Karte und entfernte sich einen Augenblick. Im nächsten bereits war der Hausherr erschienen, und nachdem er mich herzlich begrüßt hatte, erklärte er, daß ein glücklicher Zufall einen Kreis lieber Freunde bei ihm vereinigt habe und daß er mich bäte, meinen Besuch ein wenig auszudehnen und bei einem bescheidenen Lunch ebenfalls sein Gast zu sein.

Ich hatte dagegen nichts einzuwenden.

Ich war recht angenehm überrascht, in seinen Besuchern einige alte Bekannte zu finden, namhafte Männer in Kunst und Wissenschaft, die ich hier nicht vermutete. Ich erfuhr, daß sie am Lago Maggiore kleine Landsitze innehatten, ebenfalls Eremitagen, in die sie sich von Zeit zu Zeit aus dem Getriebe ihrer Arbeit – da und dort, hauptsächlich in Deutschland – zurückzogen.

Der eine war Komponist, ein bekannter Anthropologe der andere, der dritte nicht mehr und nicht weniger als ein Königlicher Theaterintendant, der in der Hauptstadt Sachsens fungierte. Es waren noch einige hübsche, nicht unelegante Jünglinge da, die sich den älteren Herren gegenüber, wo sie nur konnten, nützlich machten.

Im Salon vor dem Speiseraum wurde ich einer Marchesa Gropallo vorgestellt, die eine ältere, lebhafte Dame war und eine überaus schöne Frau, der einige weiße Fäden im braunen

Haar keinen Abbruch taten. Zu eindrucksvollen braunen Augen trug die Rubenserscheinung sich in mönchsbraunem Samt, der ihre üppigen Schultern nicht bedeckte. Graupe nannte die Dame schlechthin Teresa oder mit einem anderen Vornamen.

Bei Tisch, der eine Tafelrunde von etwa zehn Personen vereinte, wurde von Dienern unter Aufsicht des Majordomus serviert, und da mit Veuve Cliquot begonnen wurde, gewann die Unterhaltung sehr bald den Grad einer heiteren Lebhaftigkeit.

Von Anbeginn waren die Themen sehr vielfältig. Hierin ging die Marchesa voran. Sie mischte Italienisch, Französisch und Deutsch durcheinander, bald Graupe über die Fresken an seinen Wänden, bald den Gelehrten über seine neuesten Forschungen und so den Musiker über seine letzte Oper interpellierend. Schon nachdem die Vorspeisen und die Bouillon genossen, war auch das ganze Gebiet der Literatur, hauptsächlich der französischen und der deutschen, entrollt, für welche die Italienerin seltsamerweise eine Vorliebe hatte. Sie habe, erfuhr ich, eine deutsche Gouvernante gehabt.

Der Intendant, Graf S., einer der wenigen Grandseigneurs, die sich in unsere Epoche sozusagen gerettet hatten, ließ Drama und Oper auf sich beruhen und sprach hauptsächlich von der Jagd, die bei ihm als eine Passion zu bewerten war, welche die fürs Theater übertraf. Seine Stimme klang guttural, da er eine französische Mutter hatte.

Als der üppige Lunch dann noch ein wenig fortgeschritten war, flüsterte mir der Gelehrte ins Ohr, daß diese Gesellschaften Graupes, die selten stattfanden, meist von diesem nicht ganz durchsichtigen Mann mit einer Überraschung, gleichsam einer Pointe, ausgestattet würden. Es käme ihm vor, etwas Ähnliches würde auch heute geschehen.

Ich wußte mit dieser Bemerkung nichts anzufangen, wurde aber plötzlich abgelenkt, als die Marchesa, in der Art so vornehmer Damen, sich gleichsam befehlend meinem gelehrten Nachbar zuwandte: »Erzählen Sie uns jetzt etwas von Ihren letzten Reisen durch Afrika.«

»Sie sagen ›etwas‹, Marchesa, und verlangen damit wenig und viel: wenig, denn ich habe zwölf ausgiebige Reisen in Afrika hinter mir und Einzelentdeckungen zurückgebracht, zahllos wie Sandkörner der Wüste in einer Hand. Viel verlangen Sie deshalb, weil Sie voraussetzen, daß ich in Ihrem

›Etwas‹ das Wesentliche aus meinen Forschungen gebe. Über sie zu reden, man weiß es« – er lächelte voll Selbstironie –, »bin ich immer bereit. Ihren Kern aber zu berühren ist gar nicht so einfach. Nun: meine Forschungen gelten einer Kulturmorphologie. Ihr Grundsatz, ihre Grunderkenntnis besteht darin: Nicht der Wille des Menschen bringt die Kultur hervor, sondern die Kultur lebt ›auf‹ dem Menschen. Ich stelle Kultur als Subjekt dem Menschen als Objekt gegenüber. Das klingt meinethalben wunderbar, aber das Wunderbare ist immer das Wahre.«

»Da haben Sie mit wenigem viel gesagt, es ist gar nicht leicht, darauf zu antworten.«

So die Marchesa, und dann der Gelehrte wiederum: »Es liegt mir fern, irgend jemanden mit einer Frage und somit einer Antwort zu belasten. Kultur hat etwas Seelenhaftes, das einer ungeheuren Gemeinsamkeit entstammt und darauf fortgesetzt übertragen wird: Paideuma nenn' ich dieses Seelenhafte. Ich gebrauche das Wort auch schlechthin für Kultur.«

»Das Wort Seele ist eigentlich ziemlich abgekommen«, sagte der Musiker.

»Der Materialismus weiß für diesen Begriff in der Tat keine Realität«, so der Gelehrte. Und er fuhr fort: »Sie aber wissen ja wohl sozusagen alles von diesem Begriff. Sie leben und wirken ja rein in dem Meere der Seele. Oder was anderes ist die Musik?«

Graupe lachte: »›Tatsachen, Tatsachen, Tatsachen!‹ lehrt bei Charles Dickens ein Schulmeister.«

»Ja, die krankhafte Tatsachensucht!« Mit Achselzucken sprach's der Gelehrte. »Gott sei Dank haben wir nolens volens noch Dichter.«

Graupe sagte, wie angenehm überrascht er sei, daß ein strenger Forscher und Mann der Wissenschaft sich über das Dasein von Dichtern freue.

»Goethe war Dichter und Forscher zugleich«, so darauf der Gelehrte. »Sie sehen daraus, daß sich beides recht wohl vereinigen läßt.«

So war der Name Goethe gefallen, und dieser Umstand durchzuckte mich.

Der Gelehrte fuhr fort: »In den Briefen, die Goethe und Schiller gewechselt haben, gilt der Dichter schlechthin als höchste Kulturstufe, und selbst der größte Philosoph, Kant im Hintergrund, muß sich durchaus im Vergleich mit ihm degradieren lassen. Höchste Kultur bewegt sich in einem Seelenraum: sie ist damit wesentlich immateriell, und – es klinge absurd oder nicht – so ist und bleibt es das Immaterielle, das ich im roten Erdteil gesucht und durchforscht habe.«

Der gräfliche Intendant machte als Feinschmecker die Bemerkung, daß man die Freuden an gewissen Tatsachen – die Tafelfreuden waren gemeint – trotzdem nicht verachten dürfe.

»Gut«, war die Antwort. Aber es bleibe die Schicksalsfrage, ob man dem Dämonischen im Menschen oder dem Tatsachensinn den Vorrang geben solle.

Man ist wohl erstaunt, daß ich ein zusammengewürfeltes Gespräch so genau zu rekonstruieren mir anmaße. Vielleicht aber zieht man auch hier das Problem der Tatsachen und des Dämonischen heran. So bäte ich denn um Zubilligung gewisser eigener Kräfte des Dämonischen. Die Theorien des Gelehrten waren mir übrigens nicht fremd, ich stand ihnen nahe mit Ja und Nein. Daß die Kultur »auf« dem Menschen lebe, dafür sprach auch in mir mancherlei, voran die Erfahrung, welche man an der Beobachtung des sogenannten Homo sapiens ferus gemacht hatte. Der Typ des wilden Menschen – der letzte war halb und halb Kaspar Hauser –, ohne Berührung mit menschlicher Kultur aufgewachsen, hatte das Stadium eines Tieres nicht überschritten. Außerhalb jeder menschlichen Genossenschaft, verschlang es die Nahrungsmittel roh und kannte weniger als ein Hund die menschliche Sprache und Sitte.

An Gestalt ist der Homo sapiens ferus ganz und gar ein Mensch, sonst aber ganz und durchaus ein Tier. Woraus erhellt, daß dem einzelnen Menschen die menschliche Sprache durchaus nicht angeboren ist, sondern daß er sie in der menschlichen Gemeinschaft nach und nach lernt und sich also bewußt, als etwas Fremdes, aneignet. Und ohne Sprache keine Kultur.

Ich erlaubte mir, bescheiden natürlich, das hier Gesagte laut anzudeuten. Man nahm es mit freundlicher Nachsicht auf. Die Sprache, sagte ich einigermaßen ermutigt, sei ein Meer, ebenso unerschöpflich wie rätselhaft, das alles Furchtbare, alles Gefährliche, alles Verderbliche, aber auch alles Gute, Schöne und Letzterhabene in sich schließe.

»Und«, ergänzte mich der Gelehrte, »sie, diese heilige Schenkung, zu der ich auch Musik rechne, erfüllt durchaus und durchum den menschlichen Seelenraum. Was ist unser ganzes Geistesleben anderes als Sprache, und was ist Sprache anderes als Erinnerung, und was ist Erinnerung, wenn Sie das Wort wortwörtlich nehmen, als sich seinem Innenleben verhaften. Oder – liebe deutsche Sprache – alles ist, sofern wir Geister, Denker, Dichter, Magier sind: Er-innerung, Er-innerung!«

»Um diese Erinnerung dauernd zu ermöglichen«, sagte ich, »haben wir die Schrift. Mit ihr und durch sie hat ein Kultus der Sprache, sozusagen ihre Religion, eingesetzt. Da sie durch und durch künstlich ist, könnte sie ebenfalls als Beweis für die Übernatur der Kultur angeführt werden. Der Analphabet, dessen Innerlichkeit das Meer der gesprochenen Sprache, einer Art geistiger Luft zugleich, zwar geistig ernährt, kann in die höheren oder tieferen Phasen der Kultur nicht hinunter- oder emporsteigen. So schreibt Thoreau-Walden: ›Nur von dem Gipfel eines Berges von Büchern können wir selbst in den Himmel emporsteigen.‹«

Es wurde jetzt eine Pastete gereicht, ein kulinarisches Meisterwerk, das den Ernst des Gesprächs in ein Schweigen und dann in ein allgemeines Gelächter auflöste.

Graupe nahm das Gespräch wieder auf. Er sagte ungefähr folgendes: »Wir haben uns nun sozusagen den festen Boden unter den Füßen genommen. Aber das hat uns nur gutgetan und unseren Standpunkt für allerlei Bodenloses befestigt. Die Glorifizierung des Dichters legt uns zunächst das Dichten nahe und jene Realität, die wahrhaftiger Dichtung eignet: durchaus unendlich ist ihr Bereich. Was werden Sie sagen, wenn ich von hier aus einen Schritt ins Land der Gespenster tue?«

»Am hellen Tag«, lachte der Kreis, »das ist wahrhaft kühn!«

»O glauben Sie nicht, daß es im herrlichen südlichen Klima und Licht weniger Gespenster als im finsteren und kalten Norden gibt. Ich hätte nun also dieses zu berichten: Goethe, der etwa sechzigjährige Goethe, in Fleisch und Blut, wie er leibt und lebt, geht am Lago Maggiore um.«

Man wird sich nicht wundern, daß mir bei dieser Nachricht das Herz bis unter die Halskrause schlug.

Es entwickelte sich sogleich eine allgemeine Neugierde der Ungläubigkeit, die Graupe durch einen Bericht in Staunen verwandelte.

Goethe, schlechthin Il Poeta genannt, werde in Stresa,

Pallanza und Baveno gesichtet. Es sei immer dieselbe Persönlichkeit, aber man wisse nicht, wo sie herkomme und wo sie hingehe, nachdem sie in Erscheinung getreten sei. In keinem der Hotels und Villen um den Seezipfel habe die Polizei sie festgestellt.

Ob Graupe sie selbst gesehen habe?

»Jawohl, so unwiderleglich deutlich«, gab er zurück, »daß ich, gefragt, ob ich Goethe gesehen habe, vor dem Eid nicht zurückschrecken würde.«

Warum trat ich nun nicht hervor und bestätigte ihn durch jenes Erlebnis im Café zu Stresa, das ich erzählt habe? Nun, ich schwieg, wie auf strenges Gebot.

Nachdem der Wunsch, dem Gespenst zu begegnen, das Gespräch eine Weile beherrscht hatte, ging man auf jenes Gebiet im allgemeinen über, zu dem man wohl oder übel die spukhafte Tatsache rechnen mußte.

Wer weiß nicht, daß dieses Gebiet eine ungeheure Weite besitzt? Der Begriff eines Wunders ist wohl durch das Bibelbuch eingeführt. Für mich freilich ist das Wunder von allem Leben Voraussetzung, hat aber gleichsam von Schritt zu Schritt neue Erschließungen. Herder entwickelt ein menschlich-übermenschliches Bereich, das er als Humanität bezeichnet. Ich warf es in die Debatte, als wir bei Kaffee und Zigarette nach Tisch in Graupes Salon saßen. Der Gelehrte gab zu, daß dieses Wort, wie es Herder gebrauche, seinem Paideuma sehr ähnlich sei.

Die Gebiete des Spiritismus wurden berührt, Mesmer und die modernen Hypnotiseure genannt, der »Groß-Cophta« Goethes wurde herangezogen, Totenbeschwörungen aller Art und selbst das Tischrücken. Es wurde dabei auch viel gelacht und einer gewissen Frivolität nicht vergessen, die übrigens von den liebenswürdigen Fresken des Raumes einigermaßen genährt wurde: Eroten – nackte Mägdlein und Knaben – waren in lieblicher Grazie farbig dargestellt, und es schlugen Flämmchen, wie die von Kerzen, lüstern aus jenen Körperteilchen hervor, die sonst schamhaft verhüllt werden.

»Ich bin recht neugierig«, raunte mir der Gelehrte ins Ohr, »worauf unser Wirt mit seinem sensationellen Bericht über den Goethe redivivus hinauswill. Ich wette, daß er irgend etwas in petto hat.« Und in der Tat, als einige unter uns den Augenblick sich zu verabschieden gekommen glaubten, ersuchte er herzlich und ganz ausdrücklich, ihm noch eine halbe

Stunde zu schenken. Er habe ein Stück Land oberhalb seines Tuskulums gekauft, das, jenseits der Straße gelegen, vom Strandgarten aus durch einen Viadukt zu erreichen sei. Es sei halb und halb in einen Naturpark verwandelt, den er uns gern einmal weisen wolle.

Es geschah, nachdem wir uns einigermaßen gereckt und gestreckt und eine Art »Rührt euch!« hinter uns hatten.

Goethe, zwar nicht als Barratinis Mottaronegespenst, war geistig unter uns. Die Marchesa, als Mittelpunkt unserer kleinen Prozession, in einer goldenen Portechaise getragen, war von uns älteren Herren umgeben, die ihrem lebhaften Geiste allerlei Meinungen über den Olympier vortrugen. Jemand sagte: es gebe keinen zweiten großen Mann von der gleichen Ehrlichkeit. Selbst das Gebiet einer beinahe grandiosen Unanständigkeit verleugne er bei sich selber nicht.

»Ja«, klang es irgendwoher, »Goethe vermag es, ganz und gar von sich abzurücken. Er sieht sich wie ein fremdes Objekt. Ebenso sieht er auch seine Dichtung. Hans Sachs und seine Schuhe waren keineswegs eins, ebensowenig Goethe und seine Dichtungen. Der Nürnberger Schuster machte seine Lieder wie Schuhe. Er war ein Meister der Meistersinger und kannte genau die Tabulatur. Fast ein Leben lang hat sich Goethe bemüht – so im Gedankenaustausch mit Schiller –, ein neuer Meistersinger zu werden und eine neue Tabulatur aufzustellen.«

Wir schritten allgemach jenseits des Straßendurchgangs bergan in ein Gebiet gepflegter Parkwege. Gespräch, Wein und die unvergleichliche Landschaft hatten uns mehr und mehr angeregt. Über uns stand die milde Herbstsonne. Die jungen Leute tollten umher. Ihre Lustigkeit wirkte ansteckend. Der gräfliche Intendant schoß nichtvorhandenes Wild mit seinem Spazierstock ab. Der Musiker machte athletische Übungen. Ich weiß nicht, welcher Kobold mich plötzlich veranlaßte, Graupe zu fragen, ob er jemals von Mottaronegespenstern gehört habe. Es war ihm, schien es, nicht angenehm, so daß ich meine Frage bedauerte.

Der Gelehrte sah mich bedeutsam an.

Unvermutet waren wir in ein kleines Naturtheater eingelenkt, einen Halbkreis alten Gemäuers, von feierlich-hohen, schwarzen Zypressen eingefaßt. Es umgab uns plötzlich ein Halbdunkel. Das Theaterchen war uralt, Graupe hatte es vorgefunden. Die Totenbäume waren gewachsen, während

Gemäuer und Bühne verwittert und verfallen waren. Die einzigen Gäste seit einem Jahrhundert und länger waren im Zuschauerraum wohl die Grashalme. Der Übermut, der uns denn doch in dem Rausche des »Carpe diem« ergriffen hatte, wich nun einer schweigend-verdutzten Besinnlichkeit.

Ich hörte den Afrikaforscher plötzlich laut werden: »Hätten wir doch den Groß-Cophta mit seinen dienstbaren Geistern hier. Sie müßten uns, wie man sagt, an die Hand nehmen, sein Assaraton, Pantassaraton, seine Ithruriels und Uriels – das Theaterchen fordert irgendeinen Zauber förmlich heraus.«

War es Zufall, daß er dabei Graupe seltsam anblickte?

Hingenommen von der lebendigen Totenstille des Zypressenrondells, die viele Jahrhunderte in sich zu bergen schien, vernahm ich anfänglich nichts als ein außerordentliches Klingen der Luft in den Zypressen. Plötzlich jedoch umquoll mich ein duftender Rauch, der meinen Blick auf einen silbernen Dreifuß hinlenkte, in dessen Schale Flämmchen züngelten.

Dann, sollte ich meinen Augen trauen, erblickte ich einen alten Mann – war es Ossian oder Homer? –, dem ein Mägdlein, ein halbes Kind, die Harfe aus der Umhüllung wickelte. Wie wenn sich etwas aus Nebeln klärt, erkannte ich, daß es dieselbe Erscheinung war, die ich in Stresa gleichsam als Mignon erlebt hatte.

Sollte, was vorging, die mir prophezeite Graupesche Überraschung sein, so ging sie weit, nicht nur für mich, wie ich meinte, über eine solche hinaus. Mir schien, daß wir alle fast entrückt Platz nahmen. Rêves et Réalité hieß das Preludio zu Commendatore Barratinis Buch. Hier schien beides vermischt zu sein.

Was hör' ich draußen vor dem Tor,
was auf der Brücke schallen?
Laß den Gesang vor unserm Ohr
im Saale widerhallen!
Der König sprach's, der Page lief;
der Knabe kam, der König rief:
Laßt mir herein den Alten!

Gegrüßet seid mir, edle Herrn,
gegrüßt ihr, schöne Damen!
Welch reicher Himmel! Stern bei Stern!

Wer kennet ihre Namen?
Im Saal voll Pracht und Herrlichkeit
schließt, Augen, euch; hier ist nicht Zeit,
sich staunend zu ergetzen.

Der Sänger drückt' die Augen ein
und schlug in vollen Tönen;
die Ritter schauten mutig drein,
und in den Schoß die Schönen.
Der König, dem das Lied gefiel,
ließ, ihn zu ehren für sein Spiel,
eine goldne Kette holen.

Die goldne Kette gib mir nicht,
die Kette gib den Rittern,
vor deren kühnem Angesicht
der Feinde Lanzen splittern;
gib sie dem Kanzler, den du hast,
und laß ihn noch die goldne Last
zu andern Lasten tragen.

Ich singe, wie der Vogel singt,
der in den Zweigen wohnet;
das Lied, das aus der Kehle dringt,
ist Lohn, der reichlich lohnet.
Doch darf ich bitten, bitt' ich eins:
Laß mir den besten Becher Weins
in purem Golde reichen.

Er setzt' ihn an, er trank ihn aus:
O Trank voll süßer Labe!
O wohl dem hochbeglückten Haus,
wo das ist kleine Gabe!
Ergeht's euch wohl, so denkt an mich,
und danket Gott so warm, als ich
für diesen Trunk euch danke.

Ein goldener Pokal war von drei jungen Herren dem Sänger im rechten Augenblicke gereicht worden. Er war bis zum Rande mit Wein gefüllt. »Er setzt' ihn an, er trank ihn aus...«

Ein Wink von Graupe verbot, sich zu rühren, bevor sich Homer und Mignon entfernt hatten.

Zweiter Teil

Der Lunch bei Graupe lag hinter mir. Er hatte mich in einem veränderten, ja gewissermaßen entwurzelten Zustand zurückgelassen. Auf Spaziergängen, die ich unternahm, dachte ich viel über die zum zweiten Male wiedergeborene Mignon nach. Gerüchte sagten, sie sei aus Meran, ladinischen Ursprungs und habe einen Kroaten zum Vater. Ich konnte von der Erscheinung nicht loskommen, obgleich ich allerlei zu diesem Zweck unternahm: vertiefte Lektüre und Wanderungen. Ich verfiel auf den zweiten Teil des »Faust«, das Problem unzähliger Interpreten.

Die Faustgestalt ist im zweiten Teil als Dominante kaum noch vorhanden. Der wirkliche Goethe nennt diese Dichtung insgesamt eine »barbarische Komposition«, ja eine »barbarische Produktion«. – »Es käme jetzt nur auf einen ruhigen Monat an«, schreibt er an Schiller, »so sollte das Werk zu männiglicher Verwunderung und Entsetzen wie eine große Schwammfamilie aus der Erde wachsen.« Und in der Tat, weitüberwiegende Texte des zweiten Teiles der Faustdichtung muten als diese geil aus der Erde gewachsene Schwammfamilie an. Trotz solcher Erkenntnis aber unterlag ich doch den narkotischen Einflüssen dieser Pilzkolonie und ward einigermaßen davon betäubt.

Aber sobald die Betäubung wich, stand Mignon wieder vor meiner Seele.

Ein Fluchtgedanke kam über mich. Ich bestellte die Karte zur Heimfahrt auf dem Reisebüro. Allein als am folgenden Morgen der herrlichste Tag heraufdämmerte, verschob ich die Heimreise wiederum.

An diesem Tage wanderte ich, wie schon oft, die Höhen hinter Stresa hinan, einer erregten Wirrnis vieler Gedanken hingegeben. Der Monte Mottarone ist 1491 Meter hoch. Ich hatte nicht bemerkt, daß ich beinahe bis zu seinem Gipfel vorgedrungen war. Ohne Ursache stand ich still, um – ich weiß nicht worauf – zu horchen. Schließlich begriff ich es: es war mein Herz, dessen Schlag die Höhe beschleunigt hatte. Ich war, so schien mir, wie nie zuvor mit diesem ringenden Herzen allein. Auf einmal beschlich mich panisches Grauen.

Zweifellos war mir der Tod nicht fern in diesem Augenblick. Es fielen vereinzelte schwarze Schleier über mich, aus jener Nacht, die den Tag gebiert. Als einer dieser Schleier zerriß, erblickte ich einen Kuppelbau, in dieser entlegenen Gegend errichtet. Zweifellos war es das seltsame Observatorium, von dem Commendatore Barratini gesprochen hatte.

Daß ich mich in ein besonderes Bereich verirrt hatte, spürte ich. Ähnliches habe ich einmal im Dom zu Prag auf dem Hradschin in einer Nebenkapelle erlebt. Jahrhunderte waren dort gegenwärtig. Die stehende Luft in dem Raum war von zusammengedrängtem Schicksal erfüllt und dem gegenwärtigen Geiste derer, die es gelebt hatten. Ich fühlte, daß ich in das Bereich einer geheimnisvollen Gilde verschlagen war, zu der auch, spürte ich, Graupe gehörte. Und jetzt klang es plötzlich in mir: Alle Geburt ist Wiedergeburt.

Es würde ein kleines Buch erfordern, die Zeichen wiederzugeben, die der Gründer des seltsamen Baues am Monte Mottarone auf seine Wände gesetzt hatte. Monogramme des Heilands, der Dreieinigkeit und andere waren darunter. »Honny soit qui mal y pense« stand auf einer uralten Steinplatte und Ähnliches mehr. Nun ja, es war alles Mystik hier: aber ist strenge Wissenschaft etwas anderes?

Ich vernahm Musik. Sie war durchaus ohne menschliche Stimmen. Gegen sie gehalten, ist die Musik der Konzertsäle materiell. Ich ging in sie auf, sie ersetzte zum Teil mein Denken. Ich hatte durch sie Erkenntnisse, die mir längst wiederum verlorengegangen sind. Es war, als habe das All in ihr eine Sprache. Als verkündeten Himmel und Erde darin ihren Lebenssinn. Beweisbar freilich, in diesem stummen Getön, war nichts. Es zerstörte vielmehr die Beweisbarkeit. Ich hätte nicht einmal ein Mittel gewußt, Gewißheit zu haben, ob ich lebte. Aber selbst die Frage berührte mich nicht.

Ich weiß nicht, wie lange dieser entrückte Zustand gedauert hat, bevor ich am Ohr eine Stimme hörte: »Dein Genius hat dich blind über eine gewisse Grenze geführt, über die nur selten Fleisch und Blut eines lebenden Menschen getreten ist. Sei mutig, nütze die Zeit einer solchen Würdigung.«

Hatte ich einen unsichtbaren Führer, der mit mir in Verbindung getreten war? So ist es an mir, mich der Art unseres Kontaktes zu erinnern. Es ist nicht anders: ein unsichtbares Etwas ergriff meine Hand. Ich mußte Schritte getan haben, denn über den Rand der Alm sah ich Köpfe einer gewaltigen

Schafherde herauf- und herankommen. Ein ländliches Mädchen, kaum fünfzehnjährig mochte es sein, ging mit einer Art Thyrsosstab in der Hand ihr voran. Wer war dies Kind? Ich stand sogleich, ohne geschritten zu sein, neben ihm.

»Du bist die Hirtin einer so großen Herde?« fragte ich.

Ich sah einen blauen Himmel mich anlachen: der Blick einer lieblichen Göttin ruhte auf mir. Es war unmöglich, vor so viel Anmut und Süße nicht zu erzittern. Sie senkte die Wimpern über die Augen, als ob sie mich vor ihnen schützen wollte. Mir flog durch den Sinn, sie habe Erbarmen mit mir als mit einem niederen Geschöpf, das sich in höhere Welten verirrt hatte. Ihr holdes und mildes Lächeln ermutigte mich. Wieso sie mit einer so ungeheuren Herde allein wäre, fragte ich.

Ihr Vater, sagte sie, sei ein Großschäfer, er heiße allgemein »Der gute Hirte«. Er liebe die Menschen, sei aber ein Gott und leide als Gott all ihre Leiden. Sie seien, diese Leiden nämlich, um so größer als die der Menschen, als er größer sei als sie: eben ein Gott.

Treffe ich auch dich hier wieder, dachte ich. Und mir fielen die Holzbilder ein, die Jesus Nazarenus als Schmerzensmann darstellen. Vergrämt und sinnend stützte er in diesen Werken das Haupt.

Ich bin ein guter Hirte, sagt die Schrift. Mag sein; ich ließ es auf sich beruhen. Ich wollte den Himmel des Himmels nicht trüben, der inkarniert in Gestalt der Hirtin über mir stand und wunderbar in mich drang.

Jungfrau, Mutter, Königin, dachte ich und vernahm es, wie von Goethe selber emporgeflüstert: die heilige Maria in dreierlei Form. Dann aber war das Gesicht verschwunden.

Es kann Augenblicke und Zustände geben, darin wir für unsere Vernunft fürchten. Die Psychiatrie kennt als zwei Seelenzustände Illusion und Halluzination: in dieser wird eine bloße Vorstellung zu Wirklichkeit, in jener ein wirklicher Gegenstand verkannt. Beides löste sich in mir ab. Die Vernunft behielt noch die Oberhand, aber ich hatte Not, mein Verstandesschifflein zu lenken. Außerdem ähnelte meine Verfassung einem Sehertum, das mir auf unerhörte Weise, wenn auch nicht die Zukunft, so doch meine ganze Vergangenheit bis ins einzelne sichtbar machte. Will ich dieses jemandem verdeutlichen – wie es doch meine Absicht ist –, so stehe ich vor der Aufgabe, eine Zeit von fünfzig Jahren zusammenzufassen in einen einzigen Augenblick. Und wie soll das geschehen, da doch kein Mensch dazu gelangt ist, in Wahrheit seine Biographie zu schreiben? Um aber in einem kleinen Beispiel, was hier gemeint ist, anzudeuten: Abertausend Male habe ich im Leben diese holde Hirtin geboren werden, wachsen, blühen, Mutter werden und verblühen sehen – das holdeste Mädchen als verhutzelte Vettel herumhumpeln. Sie wurden mir alle gegenwärtig. Ich hätte die einzelnen aufrufen können, um mit ihnen vergangene Gespräche wieder zu führen. Das Vermögen ist vielleicht allgemein, vielleicht ließe sich sagen, daß wir mit allen Verstorbenen tiefer und wahrer verbunden sind als mit den Lebenden, mit den Fernen enger als mit den Nahen. Und in dem ich so dachte, sah ich einen Mann aus dem tempelartigen Kuppelhause hervortreten, der erstaunlich dem Goetheähnlichen glich, den ich im Caféhaus erblickt hatte. Er war nicht mehr jung, aber die volle Manneskraft konnte man seiner Erscheinung nicht absprechen. Derbe Stiefel, ein langschößig-brauner Rock, auf dessen linker Seite ein Stern haftete. Halskrause, Hut und Stock zeigten einen vornehmen Herrn, der sich in dieser freien Natur jedoch heiter und jovial bewegte. Was aber diese Halluzination, wie ich die Erscheinung nennen will, auch für mich, der ich sie nicht leugnen kann, heute ganz besonders bedeutsam macht, ist der Umstand, daß er seine rechte Hand auf der Schulter eines Mägdleins hielt, das sich langsam mit ihm bewegte und niemand anders als Mignon sein konnte.

Nun aber trat hier etwas hinzu, das schwer zu glauben, mir aber zu tiefster Bedeutung geworden ist. Der alte Herr nämlich sah mich an. Er tat es mit jenen magisch-quellenden Goethe-Augen, die zum Mythos geworden sind. Es war unmöglich, aus ihnen etwas anderes zu lesen als einen Hinweis auf seine Begleiterin. Indem aber sein rätselhaft fester Blick sich tiefer und tiefer in mich versenkte, floß ein bestimmtes Gebot in mich ein, das mich sogleich zum Sklaven machte.

Die Erscheinung schwand mit dem Blick. Ich aber fand mich gleichsam gezeichnet und war fortan in eine ganz neue Sphäre meines Zustandes entrückt.

Was Mignon betraf, so hatte ich plötzlich eine Aufgabe. Es betraf natürlich die Kleine, die mir dafür galt und von Graupe als Mignon auf seiner Bühne gezeigt worden war. Ich würde sie nunmehr ausfindig machen und sie von wem immer befreien, der sich eine üble Gewalt über sie anmaßte. Ein anderes starkes Gefühl aber drang zugleich in mich ein, das man als eine erwachende Leidenschaft nicht verkennen durfte.

Commendatore Barratini, den ich zunächst einigermaßen ins Vertrauen zog, half mir willig und mit angeborener Heiterkeit, die Mottaronegespenster, wie er den Sänger und seine Begleiterin nannte, ausfindig zu machen. Er brachte heraus, daß sich die beiden aus Furcht vor dem Kunstreiter versteckt hielten, der der Kleinen, die für ihn ein Vermögen bedeutete, rastlos nachsetzte.

Die Spuren, die der möglicherweise blinde Straßen-Homer und seine Begleiterin zurückgelassen, führten uns in ein Gebiet, wo die Menge von kleinen Villen zerfallen in ihren verwucherten Gärten langsam dahinstarb. Wir fanden zunächst die Gesuchten nicht, da sie das Nachtquartier täglich wechselten. Hier und da aber, wo ein Raum, wenn auch mit papierverklebten Fenstern, einigen Schutz gewähren konnte, fanden sich Haarnadeln, eine Darmsaite und dergleichen.

Man erzählte mir, der alte Vagabund sei ein Sonderling, der jede dauernde Hilfe abweise, sofern sie mit irgendeinem Zwange verbunden sei. Auch ein größerer Aufwand, ihm nahegebracht, bringe sein Freiheitsgefühl nicht zum Schweigen. Nicht geradezu blind, vermöge er auch allein sich fortzuhelfen, besäße aber in seiner ihm ganz ergebenen Begleiterin zwei große und scharfe Augen, die ihn leiteten. Er schleppe den Hausrat in einem umfangreichen Ballen mit sich herum und pflege, wo immer möglich, sein Nachtquartier damit einzurichten. Es befänden sich wertvolle Stücke darin: Ringe, Kettchen und seltsame Büchelchen, seidene Wäsche, Bildchen und anderes mehr, kurz: ein Pack voller Lebenserinnerungen. Ich sollte davon bald Zeuge werden.

Ich hatte beinahe die Hoffnung aufgegeben, als ich den Sänger und Mignon in einem entlegenen Häuschen der kleinbürgerlichen Nekropole endlich fand. Es geschah in tiefer Dunkelheit, nachdem ich einen Lichtschein verfolgt hatte, der aus einer Ruine drang. Vorher freilich hatte ich Hauche von Musik gehört, die ich aber zunächst als Einbildungen registrierte.

Ich hielt mich still, als ich die rätselhaften beiden, wie gesagt, durch den Spalt in der Mauer erblickt hatte. Ein bläuliches Feuerchen gab das Licht. Mignon war daran beschäftigt, sie kochte ein Süppchen, das sie hernach, als ich bei beiden nicht ohne Zagen eingedrungen war, dem Harfner und Sänger darreichte. Ich darf nicht verschweigen, wie noch während meines Horchens und Schauens die Harfe des Harfners zu klingen begann. Ich stelle fest, daß ich dergleichen Töne weder vorher noch nachher je gehört habe.

Seltsamer Alter! Er konnte die Finger nicht von den Saiten tun, obgleich ihn das Spiel verraten mußte. Als ich nach allerlei Vorbereitungen ins Innere ihres Raumes trat, war ich einigermaßen erstaunt über die Ruhe, mit der mich die beiden aufnahmen. Ich fragte den Alten unwillkürlich: »Kennen Sie mich?« Daß Mignon mich kannte, war schließlich nicht verwunderlich nach dem, was dem Kinde mit mir und mir mit ihm auf dem Markte von Stresa begegnet war. Was wäre nun schließlich hier weiter zu sagen?

Die Luft war lind. Mit freundlichen Worten nötigte mich der Greis zum Sitzen, während ich von Mignon, wenn auch schweigend, so immerhin ebenfalls willkommen geheißen wurde.

Ich hatte für alle Fälle eine Schachtel Konfekt und ein halbes Fläschchen Chartreuse mitgebracht, was gern und dankbar genossen wurde.

Als die Unterhaltung einigermaßen in Gang gekommen war, war leicht zu erkennen, daß der alte Mann ein bewegtes und ziemlich reiches Leben hinter sich haben mußte. Zweifellos hatte er sich dabei eine gewisse Bildung angeeignet, abgesehen von einer Beherrschung der europäischen Hauptsprachen, wobei das Französische wohl an der Spitze stand. Berlin, Rom, hauptsächlich Paris waren ihm bekannt, und besonders in dieser Stadt schien er als Obergärtner vornehmer Herren und Familien auf deren Landsitzen gewirkt zu haben. Auch mit Größen des Theaters und der Konzertsäle war er bekannt. Während er sprach, konnte ich das Bettlergenie genau betrachten. Er hatte einen bedeutenden Kopf. Jupiterlocken umgaben ihn. »Ich habe ein kleines Augenübel«, sagte er, »und dieses Mädchen, das sich mir angeschlossen hat, ist mir deshalb besonders willkommen. Es hängt an mir wie, sagen wir, an einem Großvater. Ich habe dafür wahrhaft den Göttern dankbar zu sein.

Aga, hörst du, komm einmal her!«

Woher Aga stamme, fragte ich.

»Das müßte sie Ihnen selber sagen, aber das eben tut Aga nicht. Sie kommt wohl aus Deutschland über die Alpen herüber, nicht anders und ähnlich gelenkt wie ein Zugvogel: vermöge eines Triebes, einer Sehnsucht, einer Traurigkeit. Sie ist da und dort erniedrigt und mißbraucht worden. Aber ein Etwas in ihr, ich möchte sagen eine unendliche Traurigkeit, hebt sie über Gemeines hinweg.«

Nach solchen und ähnlichen Reden wurde mir klar, daß ich es hier mit keinem gewöhnlichen Bettelmann zu tun hatte.

Ich fragte ihn, wie er zu Graupe gekommen sei. Er zuckte die Achseln und wollte darüber nichts aussagen. Vornehme Herren hätten, behauptete er, mitunter in manchen Punkten nichts, was sie von einem rüden Artisten unterscheide. Ein hübsches Mädchen und ein Tier in der Dressur seien für sie derselbe Gegenstand. Daran ändere nichts, daß sie ihre Laster vergolden könnten. Er schloß: »Wir haben uns eilig fortgemacht.«

Ob der Harfner den Kuppelbau auf dem Monte Mottarone kenne, fragte ich.

Er zuckte die Achseln: »So obenhin!« Während Aga-Mignon blitzschnell aufblickte.

Wir hatten ein Wiedersehen verabredet, aber ich fand die beiden an der alten Stelle nicht mehr, und wie ich auch suchte, sie blieben verschwunden. Es ist wohl nicht schwer bei dem philosophischen Bettelmann zu ergründen, was von seinem Versteckspiel die Ursache war. In seinem alten, aber immer noch jungen Herzen hatte sich eine Liebe zu meiner Mignon festgesetzt, die mir nur allzu begreiflich war. Ich selbst war in ähnlicher Weise vergiftet.

Wie sich dergleichen Vergiftungen äußern, ist allzu bekannt. Es ist ein Zauber, den man bekämpft und genießt zugleich, ein Zauber, der martert und verzückt, vor allen Dingen aber versklavt. Es unterliegt keinem Zweifel, daß ich meiner Mignon gegenüber ebenfalls dieser unheilbar kranken Gesundheit verfallen war.

Und so befiel mich dem beinahe hilflosen Greise gegenüber eine Art Haß und Eifersucht.

Man mußte dem Menschen das Handwerk legen. Da ich den Reichtum, den der alte Gauner – wie ich ihn jetzt nannte – genoß, nicht besaß, behalf ich mich mit kläglichen Pfennigen. Aga-Mignon hatte mich mehrmals von unten herauf, wie ihr eigen war, angeblickt, und zwar bedeutsam, wie ich mir einredete. So als hätte sie ein Verständnis gesucht und mich vielleicht als Retter gewinnen wollen. Es konnte ja schließlich nicht anders sein, sie fühlte sich auch bei dem alten Narren in Gefangenschaft.

Ich wurde nicht müde, mir das und ihr qualvolles Ringen nach Befreiung einzureden.

Über acht Tage waren vergangen, als ich mich auf einer Wanderung verirrt hatte und gezwungen sah, vor dem Regen in ein ländliches Gasthaus zu flüchten. Ein Unwetter war heraufgezogen und erneuerte sich durch Donner und Blitz fortwährend, so daß ich mich noch spät abends an das Gasthaus gebunden sah. Endlich entschlossen, hier zu nächtigen, bezog ich ein kleines, sauberes Quartier. Schon im Begriff mich schlafen zu legen – das Zimmerchen lag im ersten Stock –, hörte ich unten einen Wortwechsel. Der Wirt verweigerte jemandem die Aufnahme. Es ging mich nichts an, aber – mochte es der Chianti sein, den ich getrunken hatte, oder nur obenhin menschliche Teilnahme – ich machte trotz Sturm und Regen das Fenster auf und sah zwei Gestalten an der Haustüre. Was soll ich sagen: bald wurde mir klar, daß die um Unterkunft bettelnden beiden Menschen niemand anders waren als der Harfner und seine Begleiterin.

Es stand nicht in Frage, was ich zu tun hatte. In weniger als zehn Minuten waren beide im Hause untergebracht.

Sie verzehrten ein Abendessen, das ich für sie bestellt hatte, und ich ließ sie dabei allein. Als der Alte, wie ich auf meinem Zimmer feststellen konnte, nach der Mahlzeit redselig wurde – denn er bediente sich reichlich der Korbflasche –, zog es mich nochmals zu ihm hinunter. Er kam mir wiederum vor wie der blinde Homer. Die Harfe war an die Wand gelehnt. Mit dem Kopf auf den Saiten war Mignon entschlafen, und wie sie dasaß, glich sie für mich seinem schlafenden treuen Genius. Das niedrige Gastzimmer, das allenthalben schwarzverräuchertes Holzwerk zeigte, besaß einen riesigen Kamin mit einem uralten Gesims in Mannshöhe. Zwei Bauern saßen behaglich darunter und wärmten ihre Fäuste an der Glut, die ein schwelender Kloben Holz ausstrahlte. Auf der Wandbank hatten Hausierer, Mann und Frau, gewaltige Hucken abgelegt und sich selber niedergelassen. Sie genossen wie üblich etwas Wein und vom Proviant, den sie bei sich hatten. Nicht weit von Mignon nahm ein junger Bauer Platz, der sich ihr langsam näherpirschte, aber zurückfuhr, als die Kleine, jäh erwachend, ihn mit einem gefährlichen Blick anstarrte. Dies nahm ich beiläufig in mich auf, als ich mich schon in ein kleines Begrüßungsgespräch mit dem Harfner verwickelt hatte.

Er schien in einem Vortrag begriffen zu sein, den er mit Gedichten vermischte. Er hatte, bemerkte ich, Dichterehrgeiz. Auch mochte er einmal Klassen eines Gymnasiums besucht haben, denn er verwandte klassische Reminiszenzen. Ich glaubte, die Worte »Musen geneigte Delphine, Meereszöglinge, nereidische Götterfrauen, Amphitrite« und lateinische Zitate gehört zu haben.

Die ländlichen Gäste, soweit sie gelegentlich zuhörten, sahen sich wohl mit einem verständnisvollen Lächeln an, das keinen Zweifel darüber ließ, wie sie die Geisteskräfte des musikalischen Bettlers einschätzten. Das Hausiererpaar, schien es, kannte ihn. Sie waren ihm wohl zuweilen begegnet. Er möge doch lieber, sagte der Mann, statt gar so viel dummes Zeug zu schwatzen, einmal seine Puppe tanzen lassen.

Mignon horchte erschrocken auf.

Neue Gäste waren gekommen. Ich weiß nicht, wieso ich auf Mignons Abneigung, irgendwie hervorzutreten, keine Rücksicht nahm. Ohne Schwierigkeit hätte ich ja durch eine für ihn erhebliche Summe Geldes den Alten zu einer kleinen Vorführung stimmen können. Statt dessen aber bestellte ich Wein für das ganze Gastzimmer und schlug ihm vor, Mignon mit dem Teller herumgehen und einsammeln zu lassen. Er befahl, doch sie tat es nur widerwillig.

Ich erhielt einen bitterbösen Blick. Ihr ganzes Verhalten war jenem ähnlich, das sie in der Fron des Gauklers auf dem Platze zu Stresa geübt hatte. Sie überging mich beim Sammeln geflissentlich.

Ich weiß nicht, was damals über mich kam. Allein ich zwang sie, mein Geld zu nehmen. Dann hielt ich sie am Gelenk fest. Sie wand sich fort, und ich hatte dabei Gelegenheit, die zartesten Knöchel zu empfinden und ihre edle Hand zu bewundern. Ich entdeckte dabei, daß meine Mignon um den Oberarm eine Spange trug, um das Fußgelenk eine zweite. Es schwelten wohl Abenteuer in ihr, die über jene von Goethes Mignon weit hinausgingen. Sie war wohl mit Ozeanwasser getauft und kannte das Schicksal der Sklaverei.

Hatte ich sie schon sprechen hören?

Ich möchte mir mit Ja und Nein antworten. Wo kommen wir, wenn wir über uns nachdenken, unsere Herkunft und Zukunft ins Auge fassen, mit unserem Denken hin? Uralt ist die Meinung von unserer ewigen Wiederkunft, und dem müssen wir wohl irgendwie ein Wissen von allem zuschreiben.

Tiefer und tiefer, je länger wir leben, steigen wir in die Rätsel und somit in die Erkenntnis hinein. Ein Aufblitzen, das mich darüber meditieren ließ, war mit dem Augenblick vorbei, als Mignon den Blick in meinen senkte und damit gleichsam für einen Nu in mich überging: nicht etwa als Schwester, sondern in einer jähen, mystischen Art, die man allein mit dem Namen Liebe bezeichnen kann.

Ich half Mignon dem Sänger die Harfe zurechtrücken, was sie, nun wieder trotzig, geschehen ließ. In mir aber war ein Etwas lebendig, das mich in eine seltsame universelle Beziehung zu Mignon gebracht hatte und ohne Anfang und Ende war. Verschwunden war alles Gleichgültige: wir waren von jeher vereinigt gewesen.

Mit einer gewissen eingelernten Mechanik präludierte der Sänger gewohnheitsmäßig und meinte banal und trivial, der sterbliche Mensch müsse lustig sein.

Vielleicht weil ich mir einen Tanz Mignons nicht recht vorstellen konnte, bestand ich darauf, ihn zu sehen. Bei Goethe war es der so kunstreiche Eiertanz, den sie vorführte. Sie machte hier keine Anstalten, die auf so Schwieriges hindeuteten. Neigung zur Grazie schien mir in ihr nicht vorhanden, und ich wurde an Friedrich Schiller erinnert, der jener von Goethe erdichteten Mignon eine »abstoßende Fremdartigkeit« beilegte. Ich gestehe, daß ich bei meiner lebenden Mignon gelegentlich dergleichen auch empfand.

Der Tanz begann. Etwas wesentlich Reizvolles war nicht dabei. Auch der Harfner war nicht zufrieden. Er munterte auf und gebrauchte Scheltworte. Die Tänzerin, schien es, berührte das nicht. Plötzlich aber geriet sie in Wut und begann zu rasen. Zunächst löste diese Raserei Gelächter, dann schweigsames Entsetzen bei den Zuschauern aus, denn man konnte nicht sagen, daß sie eingelernt, ebensowenig, daß sie kunstlos sei. Ich will mich darüber nicht weiter auslassen. Allein das etwas verschlafene Dasein des Kindes war dermaßen aufgehoben, daß man an einen Feuerwerkskörper denken mußte, der erst ein totes und gleichgültiges Aussehen hat, dann aber in Flammen und Funken verlodert.

Es geschah nun etwas immerhin Seltsames. Vom Tanz erschöpft bis zur Bewußtlosigkeit, fiel Mignon taumelnd in meine Arme, so daß ich die Pflicht hatte, sie mit Stärkungsmitteln ins Leben zu rufen. Dem Harfner, der es anders auffaßte, gefiel das nicht. Er stand auf, rief sie mit unverständlichen Namen und drängte, das Gasthaus zu verlassen, da es draußen indessen ruhig und mondhell geworden war. Jedoch ich verbot ihm das ganz entschieden.

Man trat allgemein auf meine Seite. Besonders jemand, der einen gewaltigen dunklen Radmantel trug und den Kopf unter dessen Kapuze hatte, nahm entschieden meine Partei. Der alte Gauner, so sagte er, ruiniere das Mädchen durchaus, man müsse die Polizei verständigen.

Der neue Homer aber fuhr empor: »Du bist hier? Das ist ja recht schön«, sagte er. »Er hat das Mädel seiner Mutter geraubt«, fuhr er fort, »hat sie gebunden in seinen Landstreicherkarren geworfen und fortgeführt. Er hat sie dressiert wie einen Hund, durch Prügel und Hunger gefügig gemacht.«

Er schalt noch lange auf diese Weise. Ich verschweige, was der Radmantel antwortete. Es betraf sehr unsaubere Dinge, die er dem Alten zum Vorwurf machte. Mir aber wurde klar, daß ich in ihm niemanden anders als den Gaukler von Stresa vor mir hatte, in dessen Sklaverei meine Mignon mir zuerst begegnet war. Ich war Zeuge gewesen, wie er das Mädchen mit Ohrfeigen und Peitsche mißhandelt hatte, und bezweifelte daher die Anklage nicht.

Auch entstand im Gastzimmer eine Stimmung gegen ihn, die in Tätlichkeiten auszuarten drohte und ihn veranlaßte, schnell das Weite zu suchen.

Ich war in eine immerhin seltsame Lage geraten, so gestand ich mir ein. Zweifellos lastete nun auf mir dem kleinen vater- und mutterlosen Findling gegenüber eine Verantwortung. Ich war nie der Mann, dergleichen Verpflichtungen abzulehnen. Aber hier hielt mich noch ein anderes, nunmehr unbezwingliches Band. Wie ich zu meinem leisen Entsetzen mir eingestand, war es unzerreißbar geworden.

Ich kehrte also den Herrn, da es mein Italienisch erlaubte, sehr entschieden heraus, bestimmte, daß der Alte und so seine Mignon im Gasthause die Nacht zu verbringen hätten, wartete, bis man ihn in einem Zimmer und in einem anderen, möglichst entfernten, das Kind untergebracht hatte. Dann ging ich zunächst beruhigt zu Bett.

Mir schien, daß ich wenig geschlafen hatte, als ich mich morgens wiederfand. Vielleicht hatte ich mich darüber getäuscht und in einer Art Wachtraum gelegen, der aber doch wohl als Schlaf zu bezeichnen war. Denn als ich nach meinen Schützlingen fragte, hieß es, sie wären nicht mehr im Haus und, ohne daß jemand es merkte, davongegangen. Das Haus war klein, seine Dielen und Treppen knarrten erheblich, und so wollte es mir nicht in den Kopf, daß ich die Flucht der beiden Menschen hatte überhören können. Die Entdeckung traf mich auf eine Weise, wie ich es kurz vorher für unmöglich gehalten hätte.

Hastig nahm ich mein Frühstück ein, heuerte einen Jungen von dreizehn Jahren, der den alten Bettler zu kennen behauptete, und begab mich mit ihm auf seine Spur. Ich sage zuviel, denn es war durchaus keine Spur zu finden. Ich lohnte mittags den Knaben ab, weil er mich in die Irre geführt hatte und ich mehr und mehr in Gegenden kam, die mir völlig fremd waren. Irgendwo nahm ich dann eine Stärkung ein und ging eine Weile mit mir zu Rate.

Ich gestand es mir ein, meine Lage war gegen gestern völlig verändert: das will soviel heißen als ich selbst! Bewußter Betrachter, freier bewußter Genießer bisher, sah ich mich plötzlich, und zwar qualvoll, gebunden. Ein Fach meines Wesens, das man recht wohl als Geheimfach bezeichnen kann, hatte sich aufgetan und mit seinem Inhalt mich völlig durchtränkt. Meine Reise nach Stresa hatte ich frei und heiter bestimmt – jetzt lag Bestimmung über mir, die eine Rückkehr unmöglich machte, ob nur zunächst oder überhaupt, ergab sich mir nicht. Mit leisem Grauen stellte ich fest: meine Heimat, mein Haus, mein Weib, meine Kinder entbehrten der alten Anziehungskraft. Soll ich sagen, sie waren mir gleichgültig? Leider war vielleicht Abneigung hier das rechte Wort. Im übrigen hatte ich einen Beruf: es stand mit diesem Berufe nicht anders. Ich wünschte mir, irgendwie verschollen zu sein, nichts von Verwandten und Freunden zu wissen, vielleicht in einem entlegenen Erdteil – aber freilich mit Mignon an der Seite.

Ich trug meine Hand in mein Taschentuch eingehüllt. Es wurde immer von neuem rot. Auf der Wanderung hatte ich es an Bächen und Rinnsalen ausgewaschen. Die Wunde sowohl wie ihr nagender Schmerz war mir eine Kostbarkeit.

Ich hatte sie schweigend davongetragen, als ich die vom Tanze Erschöpfte im Schoß hatte. Es fehlte nicht viel, und ich sah meinen Zustand im ganzen als eine Krankheit an.

Nun ja: der Wildling hatte gebissen, krampfhaft, ja bewußtlos vielleicht, aber ein Etwas in mir, das von einer anderen Ursache wissen wollte, ließ sich keineswegs ausreden, und jedenfalls bestimmte sie mich. Ich war und blieb krank an diesem Biß. Auch äußerlich war es mir anzumerken.

Ob mir ein Mottaronegespenst begegnet sei, fragte Commendatore Barratini. Denn diese Gespenster wirkten, behaupte der Volksmund, bald so, bald so – ein Kranker könne von einer solchen Begegnung gesund, ein Gesunder krank werden. »Aber Scherz beiseite«, sagte er dann, »Sie gefallen mir nicht. Sie müssen bei weitem mehr Makkaroni essen und Wein trinken.«

Mignon war, um es kurz zu sagen, meine fixe Idee. Weder der Harfner noch sie noch der Kunstreiter war auf der italienischen Seite des Lago Maggiore aufzufinden. Ich suchte zu Fuß und im Automobil Städte und Dörfer des Ufers ab. Aber wie jemand, der Hunger und Durst leidet und nirgends Wasser noch Brot findet, verfiel ich einer Art Auszehrung, die bei Begegnungen mit Bekannten des Graupe-Kreises mir ebenso erstaunte als bedauernde Äußerungen eintrug. Die Ursache meiner Krankheit, wie selbstverständlich, verriet ich nicht.

Obgleich ich mich lange sträubte, Graupe selbst in meiner Angelegenheit anzugehen, tat ich doch endlich diesen Schritt. Ich gab dem neuen Besuch bei ihm nach Möglichkeit einen Zufallscharakter. So gelang es mir, ihn zu stellen, aber es war mir nicht möglich, etwas Bestimmtes über Mignon und ihren Homer herauszubringen. Er habe das Paar damals von der Straße geholt, wo sie vor irgendeinem Hause musizierten. Das Mädchen habe ein Stimmchen, das ebenso rührend sei wie jämmerlich.

Ob Graupe in dieser Sache die Wahrheit sprach, bezweifelte ich. Beinahe hatte ich das Gefühl, als ob mir der Schwerenöter mit vollem Bewußtsein etwas verheimlichte. Diese Sorte von Landstreichern, sagte er, tauche unerwartet auf und verschwinde spurlos, als ob sie die Erde verschluckt hätte.

Ich zog weitere Erkundigungen ein und verteilte viele Lire für Auskünfte. Die Reisen, die ich deshalb unternahm, stellten sich immer als Nieten heraus. Mit Bestimmtheit erklärte schließlich jemand, daß er, nicht etwa in Begleitung des Sängers, wohl aber des Kunstreiters und seiner Frau, dieses Mädchen, das ich suchte, bei einer Produktion zu dreien auf dem Platze vor dem Dom zu Como gesehen hatte.

Como besaß für mich von jeher eine große Anziehungskraft, sowohl als Geburtsstadt des älteren und des jüngeren Plinius wie wegen der Gestalten Alessandro Manzonis und dessen Roman »I Promessi Sposi«. Zudem liebte ich seinen gotischen Dom. So bestieg ich denn bald die Bahn, um einmal wieder in Como zu landen.

Es war Abend geworden, als ich von meinem Hotel am See die Straßen der Stadt betrat und mich nach einigem Wandern auf der Piazza vor dem Dom niederließ. Ich war von Italienern umgeben, die an den Tischen der Cafés den Abend genossen.

In einer Korbflasche brachte auch mir der Kellner Wein. Im Anblick der Fassade des Doms vergaß ich Mignon vorübergehend. Die Fassade war da als Zeugin ihrer Zeit. Nicht Musik, sondern ein heiliges, tiefes Schweigen war hier das Medium. Das Gebilde gewann nach und nach eine Größe, gegen die jede moderne Architektur stumm und klein wurde, wobei denn auch mich ein Gefühl der vergangenen Größe beinahe berauschend überkam.

Nun aber erlebte ich plötzlich hier wiederum jenes Wunderbare, woran ich nicht im geringsten gedacht hatte. In die Fassade des Doms vertieft, stand Goethe, die Hände auf dem Rücken vereint: sie legten sich um den Griff eines spanischen Rohrs und hielten zugleich den Zylinderhut. Der Anzug war der im Anfang des vergangenen Jahrhunderts übliche, befremdete aber die Leute nicht.

Er blickte sich um, er sah mich an. Es schien, als ob er eine Übereinstimmung zwischen mir und ihm in Bewunderung der Kathedrale freundlich feststellen wollte. Dann aber zog er die Brauen empor und schien mit forschendem Blick ergründen zu wollen, ob ich mit meinem Suchen nach Mignon etwas erreicht hätte. Ohne daß ich mir irgend bewußt war, ihm daraufhin ein Zeichen gegeben zu haben, ging er nach einem bedauernden Achselzucken davon und verschwand nach und nach in der Menge.

Diese dritte Begegnung mit Goethe hatte wie die erste volle Realität. Deshalb war es nicht zu umgehen, über das Rätsel dieser Erscheinung tieferschreckt wiederum nachzudenken. Der Dichter konnte mir näher kommen, mich ansprechen: er tat es nicht, und das konnte verschiedene Gründe haben. Vielleicht war es eine bewußte Verkleidung, durch die man sich mit mir einen Spaß machen wollte. Ich verwarf jedoch diesen Gedanken sofort. Dafür war dieses Erlebnis zu schlagartig und fand in mir eine allzu feste Bestätigung. Auch lebte die stumme Frage in mir, die sich mit seiner und meiner Mignon beschäftigte, diesem Mädchen, dem ich im Geiste und Körper verfallen war. Der Schemen, den ich verfolgte, überwog den der Goethe-Erscheinung bald wiederum, und ich kam der Verzweiflung nahe, als ich die lebende Mignon auf meiner Suche durch Como in den nächsten Tagen nicht fand.

Dabei hatte ich Zeit, über das Wesen einer Verzauberung durch Liebe nachzudenken, dieses Thema, über das die größten Dichter aller Zeiten geschrieben haben. Ich werde mich ihnen nicht anschließen, aber es mag ganz einfach hier gesagt sein, daß es mit meinem Befinden zu tun hatte, das man am zutreffendsten mit einem quälenden Durst vergleicht. Wo aber ein Durst ist, will sich ein innerer Brand löschen. So war in mir dieser innere Brand.

Es gibt doch zahllose schöne Frauen und Mädchen in der Welt! Weshalb werden sie einem so nichtsbedeutend, wenn sich die Liebe unlöslich auf irgendeine gerichtet hat?

Ich besaß von der lebenden Mignon kein Bild. Was würde ich nicht für ein Bild von ihr gegeben haben! Ich machte mir Vorwürfe, daß ich nicht eine Locke von ihrem Haar gestohlen hatte, um Fetischismus damit zu treiben. Beinahe zehrte mich der Versuch, sie mir sichtbar und greifbar vorzustellen, langsam auf. Aber in der ersten Nacht, die ich wieder in meinem Hôtel des Îles Borromées in Stresa zubrachte, trat eine neue Phase in meinem Befinden ein: Mignon besuchte mich im Traum.

Von solchen Träumen anderen den rechten Begriff zu geben wäre wohl vergebliche Bemühung. Sie hatten eine weit ausgedehnte, vollkommene Realität. Man genoß darin Gastmähler, Landpartien, ging durch erleuchtete Gassen mit Schaufenstern, hinter denen die kostbarsten Dinge lagen. Man hatte die Geliebte am Arm und kaufte ihr alle möglichen Dinge.

So innig war man mit ihr verbunden, und so genau war die Kenntnis ihrer Wesensart, daß nichts von dem ungenossen blieb, wodurch Menschen die Welt bevölkern.

Schließlich kam es in dieser Hinsicht so weit, daß ich Nacht für Nacht im Fieber lag, obgleich ich bei mir am Morgen Temperaturen nicht feststellen konnte.

Uneröffnete Briefe lagen in Stößen auf meinem Tisch, darunter auch von meiner Frau. Ich dachte nicht daran, sie zu öffnen. Hätte mein Wohnzimmer einen Kamin gehabt, so würde ich sie kurzweg verbrannt haben.

Mein Zustand wurde schwerer zu ertragen von Tag zu Tag. Und doch bedauerte ich die Menschen, die um mich herum gesund, heiter und leer dahinlebten: sie wußten vom wahren Dasein nichts.

Ich verfiel darauf, mir über Goethe hinaus eine mögliche oder wahrscheinliche Geschichte seiner Mignon vorzustellen und damit, wenigstens im Geiste Mignons (L'Esprit de Mignon), Linderung zu fühlen, ja mehr als das. Ich besuchte um dessentwillen Isola Bella, um dann auf Isola Madre zu landen.

Obgleich nun natürlich die hier befindlichen Gärten in ihrer Vielfalt nach der Zeit Mignons gepflanzt sein mußten, stellte ich mir doch vor, daß sie die hier vorhandenen Bäume und Sträucher mit den Augen und mit den Händen berührt habe. Ich tat das gleiche, um gleichsam Mignon selbst zu berühren, mit einer indischen Zypresse, einem arabischen Kaffeebaum, einer Tamariske und indischen Weiden. Ein Eukalyptus, ein chilenischer Eisenbaum waren, wie die andern, mit Tafeln bezeichnet. Ich berührte, wie andere mehr, auch sie.

Mir ging ein Wort von Guardini durch den Kopf: »Das Gewesene weilt in einem Bereich der Welt, der entrückt ist, aber dennoch zu ihrem Ganzen gehört.« Ich setzte hinzu: Das Entrückte hätte sonach seine eigene Wirklichkeit. Und da Jean Paul doch auch irgendwie bei dieser seltsamen Reise mein Weggenosse war, mußte mir seine Behauptung einfallen, wir befänden uns in einem Vorhof des Seins und hätten, solange es so wäre, darin, also im zeitlichen Leben, was wir irgend vermöchten, zu tun.

Ich konnte, auf Isola Madre herumwandernd, nicht umhin, etwas zu empfinden dem ähnlich, als ob ich auf einem Kirchhof sei. Mein Zustand war dem Tod sehr nahe, ich bewegte mich, weit mehr als sonst, auf der Grenzscheide von Leben und Tod. Nicht unähnlich einem Schreitenden auf dem Grat eines hohen Gebirges, tat ich schwindelnde Blicke nach beiden Seiten.

Bei alledem war ich in Schönheit getaucht. Mir raunte mein Agathodämon Worte von Jesus Sirach ins Ohr wie eine selig-quälende Melodie, die man nicht loswerden kann: »Ich bin die Mutter der schönen Liebe und Furcht, der Erkenntnis und heiligen Hoffnung.«

Das sagte die Weisheit in diesem Falle, und ich fand darin Stütze und Trost.

Es ist unmöglich, über die ausschließliche Kraft der Liebe hinwegzusehen, wenn sie die Harmonie der obigen Sätze zerreißt. Es gab in der Welt beinahe nichts anderes mehr als Mignon für mich. Überall war ich mit ihr allein. »Streng, scharf, trocken, heftig und in sanften Stellungen mehr feierlich als angenehm« zeigte sie sich Wilhelm Meister in ihrem Tanz. Er empfand, was er schon für sie gefühlt hatte, er sehnte sich, dieses verlassene Wesen an Kindes Statt seinem Herzen einzuverleiben, es in seine Arme zu nehmen und mit der Liebe eines Vaters Freude des Lebens in ihm zu erwecken.

Die neue Mignon hatte es mir im gleichen Sinne angetan. Liebe ist Mitleid, sagt der Philosoph, und Mitleid Liebe. Mitleid ohnegleichen war meine Liebe zu Mignon von Anfang an: ich wollte ihre Wunden streicheln, ihre Qualen lindern, sie beschützen, retten und behüten.

In diesem Sinne suchte ich sie: aber wie, wo und wann würde ich sie finden?

Die Mignon Goethes, soweit wir sie kennen, bestand nur in dessen Haupte als Phantasie, die meine war eine Wirklichkeit – war mir jedoch abhanden gekommen.

Da mein Zustand von damals mir durchaus keine Wahl zu lassen schien, ohne das seltsame Kind weiterzuleben, war er nicht wie der des Dichters beglückend, sondern bedauernswert. Er wollte mich zur Verzweiflung treiben.

Als ich von dem eingebildeten Mignon-Bereiche beinahe widerwillig in mein Hotel zurückkehrte, fand ich in meinem Zimmer eine Visitenkarte, auf der mit Tinte »Der Geheimbderat von Goethe« geschrieben stand. Natürlich traute ich kaum meinen Augen. Die Karte und Schrift aber blieben unwandelbare Wirklichkeit. Und so mußte sich jemand einen Scherz mit mir gemacht haben. Konnte es Barratini sein? Oder sonst einer unter denen, die von meiner Halluzination Goethes gehört hatten?

Barratini, nachdem er die Karte von allen Seiten geprüft und sich selber von meinem Verdacht reingewaschen, erklärte bestimmt, die Karte sei alt und die Tinte der Handschrift eingetrocknet. Das kleine Objekt, sagte er, könne gut hundert Jahre in Schränken und Truhen zugebracht haben. Er begann nun Portier und übriges Personal auszuforschen, wie die Karte in mein Zimmer gekommen war. Sie war dem Portier nicht abgegeben. Ein Page wollte gesehen haben, wie ein alter, seltsamer Herr, der ihm einen fremdartigen Eindruck machte, mit einem anderen Pagen gesprochen, ihm Geld gegeben und mit einem Auftrag fortgeschickt hatte. Genaueres aber wußte er nicht.

Ich hatte beinahe vergessen, daß eine Telefonanlage in meinem Zimmer war. Ich benutzte sie nun zum erstenmal mit einem Anruf meines Gastfreundes, der in Pallanza saß. Ich wußte, er war Autographensammler. Er konnte auf den Gedanken verfallen sein, sich einen Spaß und mir eine kleine Freude zu machen. Seine Antwort klang sehr belustigt, überzeugte mich aber, daß er die Hand nicht im Spiele gehabt hatte.

Wie sich aber auch immer der rätselhafte Umstand mit der Zeit aufklären mochte, er machte mich selbst für Barratini zu einem irgendwie gezeichneten Mann. Ich, der ich doch seltsamerweise gläubig und blind sozusagen einem Liebeswunder entgegenging, wollte hier an ein Wunder nicht glauben. Der nüchtern-vernünftige Rest meines Geistes meldete sich, und ich glaubte mich eines Falles zu erinnern, wo ich mehrmals auf der Plattform einer großstädtischen Straßenbahn einem komischen Mann begegnet war, der sich auf Goethe hinausspielte. Der harmlose Narr war stadtbekannt. Er sammelte alles, da er recht wohlhabend war, an Goethe-Reliquien, dessen er habhaft werden konnte, und zahlte die höchsten Preise dafür.

Ich glaube, daß es Leipzig gewesen ist, wo er lebte und sein Vermögen erworben hatte, durch welches Gewerbe, weiß ich nicht. Dort trat er mitunter in Auerbachs Keller voll in Erscheinung, andeutungsweise auch sonst hier und da. Am meisten aber geschah es auf Reisen, die er bis Norditalien ausdehnte. Man wollte wissen, er habe sich hier sogar an einigen Orten als der Geheimbderat von Goethe in die Fremdenbücher der Hotels eingetragen.

Nun ja, am Zipfel des Lago Maggiore spukte ja eine Goethegestalt, die schlechthin vom Volk Il Poeta genannt wurde. Ich selber hatte sie nie gesehen. Mag sein, daß sie von dem albernen Narren agiert wurde. Mein Goethe aber – ich hätte heilige Eide geschworen – stand mit diesem reichgewordenen Schuhmacher- oder Bäckermeister nicht im Zusammenhang.

Er konnte indessen von mir gehört und versucht haben, mich mit der Karte zu düpieren.

So ließ ich die Sache auf sich beruhen und blieb von der Suche nach Mignon hingenommen. Allein sie war und blieb verschwunden.

Daß ich den »Wilhelm Meister« mir vornahm und die Mignongestalt darin neuerdings studierte, wird niemanden verwundern. Besonders das zweite und dritte Kapitel im achten Buch beschäftigte mich. Mit meiner lebendigen Mignon stimmten diese mitunter recht ernüchternden Schilderungen nicht wohl überein. Ihre »bedeutenden« Antworten hätte sie nicht zu geben vermocht, sie waren roher, versteckter, trotziger. Ihre »gebildeten« hätte sie nicht zu geben vermocht: sie wären roher, versteckter, trotziger ausgefallen. Mir kam in den Sinn, daß ich mich früher einmal mit dem vereinzelten Vorkommen von Homo sapiens ferus abgegeben hatte. Das ist, wie schon bei dem Graupeschen Tischgespräch erwähnt, der Mensch, der nicht unter Menschen, sondern in Wäldern unter wilden Tieren aufgewachsen ist. An solche Erscheinungen, von denen man Beispiele weiß, hatte sie mich bisweilen erinnert. Daß meine Mignon lesen und schreiben konnte, glaube ich nicht. Die vielen offenen Kirchen des katholischen Glaubensbekenntnisses hatten wohl Spuren in ihr zurückgelassen. Verkleidet, von einem Kinde gefragt, ob sie ein Engel sei, hätte sie wohl, wie Goethes Mignon, antworten können: »Ich wollte, ich wäre es« – aber nicht ohne bitteren Hohn und Verfinsterung.

Unter den inneren Anlagen von Goethes Mignongestalt sind poetische. Sie spielt die Zither und improvisiert Gedichte im Gesang. Genauer betrachtet, beträgt sie sich oft auf eine Weise, die ihrer Rätselhaftigkeit Abbruch tut und ebenso ihrer Ursprünglichkeit. So tritt uns nunmehr die Frage nahe, wieso in der Phantasie von anderthalb Jahrhunderten sich die Schöpfung des Weimaraners eine so einzigartige, irdisch-überirdische Schönheit bewahren konnte, die das Original nicht durchaus besitzt. Das Publikum hat weitergedichtet: so fielen die irdischen Schlacken, selbst die des gedruckten Buches, von dieser Mignon ab. Sie ist in ein gleichsam immaterielles, ewiges Leben eingetreten.

Sie ist sozusagen von jeder Fixierung im Dichtwort frei geworden. Übrigens ist es erstaunlich, wie die Wahrhaftigkeit

Goethes vor keinem Schönheitsfehler zurückbebt. Er spricht von dem unerkannten Verlangen einer dunklen Begierde bei Mignon. Ihr Herzschlag stockt, eine bleierne Last drückt ihren Busen, sie hat schwere asthmatische Zustände, eilt zu dem alten Harfner, dessen Harfe sie hört, und bringt die Nacht unter entsetzlichen Zuckungen zu, vor seine Füße hingeworfen.

Meine Mignon war, schien mir, gesund.

Die einzelnen Ortschaften am Lago Maggiore verbinden einigermaßen bequeme Dampfschiffe. Ich hatte schon daran gedacht, an Deck eines dieser Fahrzeuge die Schweizer Grenze zu überschreiten, um einen Jugendfreund zu besuchen, der in Locarno eine große ärztliche Praxis betreute und als Chef einem Krankenhaus seine Dienste widmete.

Wir hatten uns auseinandergelebt, empfanden aber, sofern wir uns einmal wiedersahen, aneinander noch viel Vergnügen und die alte Kameradschaftlichkeit. Seine Trockenheit und Respektlosigkeit hatte für mich oft etwas Erlösendes. Ins praktische Leben hineingestellt, war er zwar einer der ersten gewesen, die gewisse ideelle Begabungen in mir wahrnahmen, blieb aber selbst in einem beinahe provokanten Maße Materialist. Natürlich war er allem Theismus abhold, höchstens für eine Art Pantheismus zu haben und gebrauchte für Gottesgläubige im christlichen Sinne derbe Ausdrücke. Er war ein ausgezeichneter Arzt und betrieb daneben, ähnlich dem großen Robert Koch, bakteriologische Forschungen. Er impfte weiße Mäuse und hielt allein für den gleichen Zweck ein Pferd. Er wollte den Bazillus des Kindbettfiebers zur Strecke bringen. Es ist wohl nicht schwer zu erraten, warum ich ihn aufsuchte: gewissermaßen, so seltsam es klingt, als Seelenarzt.

Meine Mignonbesessenheit hatte einen mir selbst bedenklichen Grad erreicht, und ich wollte versuchen, vielleicht durch ein Bad in einer so ganz anders gearteten Seele wenn nicht Heilung zu finden, so doch einige Linderung.

Erstaunt und im hohen Grade vergnügt, mich hier im Tessin wiederzusehen, schlug er mir sogleich vor, ein Restaurant zu besuchen, da seine Frau seit Monaten bettlägerig sei, und brachte mich in eine Trattorie, die das Beste an italienischer Küche zu bieten hatte und ebenso einen vorzüglichen Wein.

Wir nannten einander bei den Spitznamen, die wir uns als

Studenten gegeben hatten, und ich fühlte mich bald, da unser Gespräch ebenfalls in den alten Formen vor sich ging, um dreißig Jahre zurückversetzt. So vergaß ich zunächst auch mein Seelenleiden.

Plarre hieß mein ärztlicher Freund.

Noch heute, wie in der Jugend, agierte er eine Art Unverwüstlichkeit. Er lachte viel, redete laut und gebrauchte derbe und kernige Ausdrücke. Sein Vater war in Schlesien Tapezierer gewesen. Er selber hatte es bis zum Doktor und Professor gebracht.

Jugenderinnerungen auszutauschen ist für Freunde ein großes Glück. Verstorbene wurden gegenwärtig. Plarre zerbrach sich nicht den Kopf darüber, wie solche fast mystisch beglückenden Stunden möglich sind. Wir gingen erst spät in der Nacht auseinander.

Da ihn das Krankenhaus und darüber eine private Praxis anforderten, mußte er überlegen, wie er am folgenden Tage Zeit für mich erübrigen könnte.

»Also – zum Frühstück«, sagte er, »kommst du zu mir ins Krankenhaus und begleitest mich nachher in die Praxis. Mein Weib erwartet mich nicht vor Abend zurück. Bleibe ich länger, so ist sie bei meiner Art Leben auch daran gewöhnt.«

Was er vorschlug, geschah den folgenden Tag. Natürlich, daß unsere Umgebung im Krankenhaus unsere Gespräche beim Frühstück beeinflußte. Unzählige Fragen aus dem Gebiet der Medizin und der Naturwissenschaft wurden nach alter Gewohnheit zwischen uns durchgesprochen. Von meiner Goethe-Erscheinung und den übrigen Abenteuern in Stresa sprach ich nicht. Was mich davon zurückhielt, weiß ich nicht, wenn es nicht eine Ernüchterung meines Wesens war, in die mich das praktische Wirken des Freundes versetzte.

Auch die allgemeinen Zustände von Europa und der übrigen Welt interessierten Plarre nicht.

»Mir fehlt ganz einfach die Zeit dazu« – und der Atheist versäumte nicht, ein »Gott sei Dank« hinter diese Behauptung zu setzen. »Schade«, sagte er, »daß man manches andere nicht verfolgen kann, was man als praktischer Arzt an Personen und Schicksalen erlebt. Romane, wahrhaftig, braucht man nicht zu lesen. Ein ärztlicher Kuli, wie ich es bin, steht um und um in gelebten Romanen mitten darin. Eigentlich ist es ziemlich bitter zu sehen, wie sich Reiche und Arme mit Sorge und Not durch die Jahre hindurchwinden.«

Den Gedanken aufnehmend, sagte ich: »Warum richtet es die von Goethe überall so hochgelobte Natur nicht dermaßen ein, daß wir geboren werden, wachsen und sterben in einer gewissen sorglosen Sicherheit. Statt dessen sind wir im Anfang hilflose Kinder, werden manchmal schon im ersten Jahre blind, bekommen Krämpfe, müssen Kinderkrankheiten aller Art überstehen, bleiben nur durch Ernährung am Leben angetrieben durch Hunger und Qual, müssen uns gegen Erfrieren und Verbrennen abwechselnd verteidigen, entdecken immer neue Gefahren in uns und der umgebenden Welt, und so fort und so fort.«

Plarre brach in ein lautes, derbes Lachen aus. »Ja, lieber Junge« – er nannte mich dann beim Spitznamen –, »es wäre ja scheußlich langweilig ohne das. Und was sollten wir armen Ärzte anfangen? Erstmals verdienten wir keinen Heller Geld, und zweitens wäre mir ohne die ärztliche Wissenschaft das Leben im höchsten Grade langweilig.«

Dem ersten folgte der zweite Tag. Ich besuchte mit Plarre diesen und jenen Saal im Krankenhaus, einen und den anderen Patienten in seiner Privatpraxis. Wir machten uns teils im Wagen, teils zu Fuß auf den Weg. So kam es zu einer steilen Kletterpartie, die uns zu einer malerisch gelegenen, gleichsam über dem Tale hängenden Kirche führte, die, wie Plarre mir sagte, für Notfälle während der dort üblichen Wallfahrten eine kleine Apotheke und einige Krankenzimmer besaß.

Ich weiß nicht, was plötzlich über mich kam, daß ich mich gedrungen fühlte, den Besuch bei dem Freunde abzubrechen. Ihm von meinem Erlebnis zu sprechen, hatte ich keinen Mut gehabt, weil ich sein gesundes Gelächter fürchtete. Dieser Mut würde auch nicht mehr kommen, dachte ich. Fast ohne zu wissen, was ich tat, gab ich ihm plötzlich meine Hand mit den Worten: »Leb wohl, Plarre.«

Er war verdutzt. Ob er mich irgendwie verletzt habe?

»Aber nicht im allergeringsten, lieber Freund«, sagte ich. »Wenn aber ein gewisser Zustand über mich kommt – du kennst mich ja von früher –, vertrage ich nicht die beste Gesellschaft.«

»Willst du nicht wenigstens noch den einen Krankenbesuch mitmachen?« fragte er. »Ich dachte mir, wie ich dich kenne, er wird dir unter allen, die du gemacht hast, vielleicht der interessanteste sein.«

»Mein Entschluß ist gefaßt: Ich möchte abbrechen.«

Wenn ich heute an diese Sekunden denke, so weiß ich keine genaue Erklärung dafür. Die Erinnerung an mein gesamtes Stresa-Erlebnis kam jedenfalls wieder mit zwingender Deutlichkeit über mich, ja, es war mir, als habe Mignon selbst den von mir gefaßten Entschluß gefordert.

Aber dies, sofern man an Übertragung von Gedanken glaubt, müßte sich dann um eine falsche Deutung von meiner Seite gehandelt haben, sonst wäre das Folgende nicht eingetreten.

Um was für einen Fall es sich bei diesem Besuche handle, fragte ich, nur um nicht mehr als nötig bei diesem jähen Abschied formlos zu erscheinen. Der Prior des Klosters, gab Plarre Antwort, das die Wallfahrtskirche der Madonna del Sasso betreue, habe ihm telefonisch eine reichlich verworrene Geschichte erzählt, von der er glaube, daß sie eigentlich in mein Gebiet falle. Mit schalkhaftem Schmunzeln fuhr er fort: »Seit du hier bist, ist es mir vorgekommen, als hättest du dir einigermaßen Zwang angetan, auf mein nüchternes Niveau herabzusinken.«

»Ich habe dir allerdings«, sagte ich, »eine höchst unwahrscheinliche Sache, die mich nun seit Wochen beschäftigt hat, nicht erzählt. Sie ist derart, daß du sie mir nicht glauben würdest. Ich sah voraus, du würdest unseren gemeinschaftlichen Besuch der psychiatrischen Klinik im Zürcher Burghölzli zu ihrer Erklärung heranziehen. Das hätte dann keinen Zweck gehabt.«

»Siehst du, irgend etwas war nicht im Lot«, sagte er. »Und gerade das könnte ich vielleicht durch einen romantischen Bissen, dachte ich, wiedergutmachen. Ich dachte im Augenblick daran, als der Prior mir seinen wunderlich durcheinanderlaufenden Bericht fernmündlich, wie man so schön sagt, ins Ohr posaunte.«

»Ich bin, entschuldige, lieber Plarre«, gab ich ziemlich erkältet zur Antwort, »für sogenannte romantische Bissen nicht.«

»Darf man dir nicht mal etwas andeuten?«

»Tue, was du willst, aber wundre dich nicht, wenn ich ein schlechtes Gehör habe.«

»Es ist hier oben«, so sagte Plarre, »ein seltsamer alter Mann gestorben. Er liegt schon vier Tage unbegraben im Leichenhaus. Im Grunde ein zahnloser Straßensänger, weiter nichts, aber von eigentümlichem, wie gesagt, romantischem Aussehen. Er hat sich bei dem Prior durch ich weiß nicht was für ein deutsches Gedicht eingeführt und auf der Harfe dazu begleitet, obgleich seine Muttersprache, so schien es dem Geistlichen, die französische sei. Man habe Mitleid mit seinen weißen Locken gehabt und war drauf und dran, ihn dem Krankenhause Locarno zu melden, da sein Gesundheitszustand ein recht übler war. Drei Tage genoß er Quartier im Kloster und die üblichen Almosen, am vierten morgens fand man ihn tot im Bett.«

Man mache sich klar, wie mich diese Nachricht treffen mußte. Mein Freund bemerkte sofort an mir eine jähe Veränderung.

»Und nun? Warum begräbt man ihn nicht?«

»Das Nähere müssen wir jetzt erst erfahren«, war Plarres Antwort. »Aber ist dir nicht gut? Ich habe immer etwas Geistiges mit.« Er reichte mir seine kleine Korbflasche.

In der Tat, mir war seltsam zumute geworden. Der Himmel, die Landschaft tanzten um mich.

Trotz alledem aber konnt' ich erwidern: »Du bist doch aber kein Totenbeschauer. Mußt du denn darum hier heraufklettern?«

»Gewiß, um den wirklich eingetretenen Tod festzustellen, muß ich das. Hier aber ist noch das Leben im Spiele. Der Tote hat eine Begleitung gehabt, der Prior meint, seine Enkelin. Es soll ein etwa fünfzehnjähriges Mädchen sein. Der Tod des Großvaters hat das Kind, scheint's, einigermaßen mitgenommen. Sie soll Krämpfe haben; und ich werde möglicherweise veranlaßt sein, sie ins Krankenhaus überführen zu lassen.«

Ich legte die Hände über die Augen.

»Frage jetzt nicht danach«, sagte ich, »weshalb deine Nachricht mir einen so starken Eindruck macht. Ich nehme hiermit den Entschluß, dich zu verlassen, zurück – weiß aber zunächst noch nicht, ob ich dich auf deinem Pflichtgang begleite oder vor dem Klosterportal auf dich warten werde. Ich setze mich, wenn du erlaubst, einen Augenblick.«

»Ich denke nicht daran, dich zu zwingen«, pulverte Plarre lachend los. »Den Anblick von Toten verträgt mancher nicht, bei unsereinem ist es Gewöhnung. Der Alte soll einen Wust von Papieren in allen Sprachen in seinem Packen mit sich geschleppt haben. Ein junger gelehrter Mönch sitzt darüber und behauptet, sie seien höchst interessant. Vielleicht ist das Mädel auch nicht des alten Streuners Enkelin. Er hat sie möglicherweise irgendwo aufgegabelt, da er halb blind ist und Führung nötig gehabt haben muß. Wie denkst du nun darüber – ich kann es kurz machen –, wenn du hier draußen auf mich wartest? Ich muß jedenfalls jetzt zum Prior hinein.«

Obgleich ich nun einigermaßen von dem inneren Zustand, der mich ergriffen hatte, beunruhigt, ja mehr als beunruhigt war, sah ich wohl ein, daß es für mich jetzt kein Zurück geben konnte.

»Wie willst du meine Begleitung erklären?« fragte ich.

»Nichts leichter als das! Du bist ein Kollege.«

Der Schrecken hatte mich fast gelähmt, als wir uns in Bewegung setzten. Ich vertrat mir die Füße, lachte reichlich nnmotiviert. Und Plarre, wie wenn er mich wecken wollte, schüttelte mich. Er sagte: »Wie seltsam, solche Zicken hast du schon als Student gemacht, und ich mußte dich damals schon immer wachschütteln.«

Der Prior führte uns in die Kirche. Ein junger Mönch, wohl der gelehrte, der sich über die Papiere des alten Stromers gesetzt hatte, begleitete ihn. Plarre war erstaunt und ich auch, weil wir nicht wußten, weshalb wir nicht gleich zu der Leiche geführt wurden. Aber der heilige Dämmer des gotischen Raumes, seiner Gewölbe, Pfeiler und Schiffe nahm uns ein. Selbst der antichristliche Plarre hielt seinen Hut mit sichtlicher Ehrfurcht in den Händen und blickte sich einigermaßen dumm und betroffen um.

Langsam gewöhnten sich die Augen an das durch bunte Fenster gedämpfte, höhlenartige Licht im Raum. Die Lichter auf den Armleuchtern entwickelten gleichsam Heiligenscheine. Ein Domherr, oder was er sonst sein mochte, betete laut im Chor, und von alledem hingenommen, merkten wir erst in einem jähen Augenblick das, was wir nicht sogleich als jenes erkannten, was wir gesucht hatten. Man hatte den Straßensänger mitten in die Kirche, nicht weit vom Chor, aufgebahrt.

Was der Geistliche und mein Freund halblaut miteinander verhandelten, weiß ich nicht, selbst in den Anblick des Toten versunken. Ich hatte den Eindruck, der heilige Raum sei um seinetwillen da und durch ihn auf eine mystische Weise lebendig geworden. War er derselbe Mann, der das Goethegedicht mehr gesungen als gesprochen hatte, der hernach den

Kelch zum Munde hob und den blutroten Wein bis zur Neige in sich sog?

Immerhin: das konnte wohl sein! Nicht aber war er noch der Obdachlose, Besitzlose, der Bettelmann von der Straße und aus den Gasthäusern.

Seltsam befremdlich war meine Erschütterung, die mich mehr und mehr vom alltäglichen Denken und Empfinden abrückte. Der Altar war nahe, auf dem ein anderer goldener Becher stand, dessen roter Wein das Blut des Weltenheilands symbolisierte: die Beziehung ließ sich im Geiste nicht ausschalten. Der Tote lag in einer Art heiligen Existenz unter dem Schatten der Sakramente.

Man hatte die Harfe gereinigt und an den Sarg gelehnt. Es ist nicht anders: sie schien zu klingen. Stumm strömte sie mir Harmonien aus, Musik, die den Bettler wie Silber und Purpur einhüllte. Mit welchem Adel und welcher Hoheit blickte das nun doppelt blinde Gesicht wie das eines Sehers in die Gewölbe!

Der Mensch überfliegt heut weit die höchsten Gipfel des Himalaja. Aber mir tat sich über dem Haupte des Toten, das in dem weißen Kissen seines Haares fast versunken lag, eine Weite auf, die nirgend mehr eine Grenze zeigte. Ein Heiliger war er und ruhte in der Unendlichkeit.

»Wir sind, wie Sie, durch den Besuch dieses Greises bewegt und erschüttert worden«, sagte jemand mir dicht am Ohr. Es war, so erkannte ich, der junge Geistliche. »Er paßt durchaus nicht in unsere Zeit. Man wundert sich einerseits, daß er gelebt hat, und andererseits, daß er gestorben ist. Ich nehme an, er hat lange vor dem Auslöschen seine Erdengeschichte in sich begraben und die Sargdecke unverbrüchlichen Schweigens darüber gelegt.«

»Er könnte«, flüsterte ich zurück, »einer der größten Weisen, Dichter oder Herrscher gewesen sein. Größere Ehre ist keinem geworden als Glanz und Größe, die hier sich im Tode um einen Bettler breitet.« Ich hörte die Stimme Plarres, die mich ziemlich gewöhnlichen Tones anredete: »Er hat eine Begleitung gehabt, und die wollen wir uns jetzt einmal betrachten.«

Der Schrecken, den ich bei den ersten Nachrichten über meinen Sängergreis erhalten hatte, erneuerte sich, denn die Wirkung des noch gegenwärtigen Eindrucks hatte mich Mignon vergessen lassen.

»Da steht uns, nach der Erzählung des Priors, noch etwas

Besonderes bevor«, sprach mein Freund. »Wo hatte dieser alte Homer dieses Kind aufgelesen, und wie kommt es, daß beide unzertrennlich gewesen sind! Denn eine Verwandtschaft bestehe nicht, haben die Clerici nunmehr festgestellt. Das arme Ding ist ebenfalls krank, durch Hunger, Kälte und allgemeine Verwahrlosung mitgenommen.«

Ungefähr dieses hatte man über das Mägdlein herausgebracht: Ihr Vater, verwitwet, habe einen adligen Namen gehabt. Er habe einige städtische Mietshäuser verwaltet für eine Kellerwohnung und schlechten Lohn. Er habe sein Kind zwar in allerlei Konzerte, Opern und Schauspiele mitgenommen, aber sonst sich wenig darum gekümmert. Das sei diesseits des Gotthard gewesen. Ein regelmäßiger Schulbesuch fand nicht statt, eine gewisse scheue Wildheit des Kindes hatte ihn mehr als schwierig gemacht. Es ähnelte hierin gewissen wenig bekannten Typen des Homo sapiens ferus. Auch lebte das Kind mit dem Vater so versteckt, daß beide auch von den Behörden unbeachtet dahinvegetierten.

Als der Vater starb, wurde die Tochter dadurch kaum einsamer, als sie gewesen. Er pflegte Gitarre zu spielen. Die Liebe zu diesem Instrument übertraf bei weitem seine Talente. Ihr aber schenkte das Instrument sich durchaus ohne Schwierigkeiten, weshalb sie es – nunmehr heimatlos und allein – überallhin am Band um die Schultern mit sich trug. Es brachte ihr hier ein Stück Brot, dort eine Suppe ein, immer wieder ein Nachtquartier und gelegentlich einen Groschen.

Die Aussicht, meine Mignon wiederzusehen, ließ mich alle Willenskräfte aufrufen, denn ich fühlte eine Wirrnis heraufkommen, die schwer zu beherrschen war. Eine zitternde Sucht, die Geliebte wiederzufinden, verband sich mit ahnungsvollen Ängsten, sie könne einer hoffnungslosen Krankheit verfallen oder aber ihr Zauber könne verflogen sein. Seltsamerweise stand der Gedanke an den Tod meiner Liebe dem eines peinvollen wirklichen Todes nicht fern, und ich mußte ihm gegenüber einen sozusagen heroischen Mut aufrufen.

Plarre bemerkte meine Erschütterung – ich mag wohl sehr bleich geworden sein – und fragte den Prior, ob er nicht einen Schluck Wein für uns zur Hand hätte, wir seien heftig gestiegen und eine Stärkung würde am Platze sein.

Kaum ausgesprochen, war unser Wunsch erfüllt. Wir genossen den Trunk, den ein Frater kredenzte.

»Er setzt' ihn an, er trank ihn aus...« ging mir durch den Sinn, als ich das Glas an den Mund nahm. Und eh ich noch recht zum Bewußtsein kam, sah ich meine Mignon mit weitgeöffneten verglasten Augen auf ihrer Bettkante sitzen.

Das Häuschen, in dem ihr Zimmer gelegen war, stand im Gebiet des Klosters. Man hatte das Mädchen bei einigen frommen Schwestern, sogenannten Beginen, untergebracht. Sie waren nach der schematischen Art solcher Frauen gütig zu ihr, ohne sonst auf sie einzugehen. Sie starrte uns an, sie gab uns die Hand, und als sie mich eine Weile betrachtet hatte, fiel sie jählings zu Boden und schlang die Arme um meine Knie.

Mit diesem Augenblick war ich allen, auch Plarre, eine rätselhafte Person geworden, zumal mein Verhalten keine Zweifel darüber ließ, daß es sich bei dem Mädchen und mir um eine Wiederbegegnung handele. Zudem sagte sie weinend: »Verlaß mich nicht, o verlaß mich nicht!« Die Art aber, wie ich nicht ohne Ergriffenheit die gewünschte Versicherung gab, überzeugte Arzt und Prior davon, daß eine ernste Beziehung obwalte.

Es gelang mir, den Findling zu bewegen, sich von meinem Freunde wenigstens obenhin untersuchen zu lassen. Der erfahrene Arzt hatte jedoch sogleich erkannt, daß sie einer ernsteren Erkrankung verfallen war, beobachtet und gepflegt werden müsse. Er übernahm die Verantwortung. Ich selber erklärte mich bereit, für das Begräbnis des Sängers einzustehen, desgleichen zur Deckung aller Unkosten, die er und das Mädchen dem Kloster verursacht hatten.

Am folgenden Tage ward meine Mignon von mir und einem Pfleger des Hospitals zu Locarno im Kraftwagen meines Freundes abgeholt.

Es begann nun für mich eine Zeit, deren Erinnerung ein lebendiger Teil meines Wesens geblieben ist. Ich war plötzlich der Vormund, ja Vater einer heimat- und obdachlosen Waise geworden. Rätselhafte und halb phantastische Begegnungen waren in nüchterne Wirklichkeit eingemündet. Ich hatte mit Krankenhaus, Ärzten und Behörden zu tun, immer den helfenden Freund jedoch an der Seite. Aga, so war des Findlings Vorname, wurde von ihm schließlich in seiner privaten Klinik untergebracht, die von einer mütterlichen verwitweten Baronin betreut wurde. Sie ist die erste gewesen, die meiner immerhin etwas phantastischen Erzählung, meiner Beziehung zu Aga Verständnis entgegenbrachte. Ja, sie gelangte bald auf den Punkt, mit mir in der Kleinen Mignon zu sehen und ihr nur noch, wie ich, diesen Namen zu geben.

Mignon bewohnte ein hübsches Quartier, sie hatte ein Wohnzimmer und ein Schlafzimmer. Die ersten acht Tage lag sie zu Bett, und die Pflegemutter sorgte dafür, daß durch sauberstes Linnen und buntseidene Decken die Lieblichkeit ihres Wesens wie die eines Bildes durch den Rahmen gesteigert wurde. Mit bleichem Antlitz und dunkel brennenden Augen lag sie da, das schwarze Haar über die Decken gebreitet.

Mein Umgang mit ihr war durch Plarres Gebot geregelt, und ich sah sie während der ersten Zeit nur minutenweise. Wenn ich mich aber von ihr entfernte, nachdem ich zum Abschied die Hand auf ihre schöngebildete Stirn gelegt hatte, ging ich mit der Beruhigung, daß sie sich nie so geborgen gefühlt hatte und des Schutzes gütiger Seelen und auch des meinen sicher war.

Plarre ging seiner Praxis nach, und wenn wir auch manche gemeinsame Stunde verbrachten, war ich meistens tagsüber allein. Leicht zu begreifen, daß ich dabei nur an Mignon dachte und mir sie samt ihrer Wohnung im Geist vorstellte.

Seltsamerweise war der Haushalt der Baronin wie für die echte Mignon gemacht. Die Bettstelle, dunkel gebeizt, trug altertümliche Schnitzerei, die Fenstervorhänge Muster des Rokoko, Polsterstühle sowie die ganze Einrichtung von Schlaf- und Wohnräumen der Baronin hatten den Charakter der Goethezeit. In einem Glasschrank gab es unzählige Nippes und Souvenirs, die auch aus den Zeiten des achtzehnten Jahrhunderts stammten.

Überaus seltsam berührte es mich, daß im Wohnraum, in dessen Großvaterstuhl Mignon nach Verlauf der ersten Woche einige Stunden zubrachte, die bekannte von Rauch modellierte Statuette Goethes stand. Sie war in heller Bronze gegossen und machte, die Hände auf den Rücken gelegt, den Eindruck, als ob sie hier Mignon in aller Ruhe erwartet habe.

In diesem Gemach stand zudem ein Bücherschrank mit Glasscheiben, in dem die Literatur der Goethezeit vereinigt war. Und die Baronin wurde nicht müde, ihre verstorbene Pflegemama zu bewundern, die Klopstock, Schiller, Goethe, Wieland und Hölderlin, wie sie sagte, beinahe auswendig gekonnt habe.

Sie hatte bereits einen grauen Scheitel, und als sie Mignon die zweite Woche beherbergte, zeigte sie nicht übel Lust, diese Pflegemama nachzuahmen und Mignon als Tochter anzunehmen. Sie lebte seit mehr als zehn Jahren allein.

Was ist nun aber von mir zu sagen, der ich jetzt täglich mit meinem Idol zusammenkam und Gelegenheit hatte, es kennenzulernen.

Nein, ich konnte mich von der Kleinen nicht trennen. Mich zu ernüchtern oder gar loszureißen, vermochten selbst herzbewegende Briefe der Meinen nicht. Ein unzerstörbarer Zauber lag über ihr – worin er indessen beruhte, weiß ich nicht. Ich nannte ihr Wesen fremdartig, aber es läßt sich damit nichts vermitteln. Sie kam mir nah, sie liebte mich, dann wiederum war sie in fernsten Fernen: ob sie nun bei dem entschwundenen Greise weilte, weiß ich nicht, ich habe kein Wort über ihn vernommen – ebensowenig über den rohen Menschenbändiger, der sie doch wohl eine Zeitlang mit Faust und Knute zu allerlei Kunststücken abgerichtet hatte. Sicher ist, daß sie, wie Plarre mir sagte, Schäden davongetragen hat und dadurch große Schmerzen litt. Sie beklagte sich nicht. Ihr Zustand sei, so erklärte Plarre, nicht hoffnungslos, aber sie werde auch kaum im Seelischen ganz normal werden. Das wußte auch ich: ihr Wesen hatte durchaus mit der üblichen Norm nichts zu tun.

Sie stand nur mit einem Fuß auf der Erde.

Sie war immer lieb und gut zu mir. Aber manchmal, wenn sie im Bett lag und ich erschien, wandte sie keinen Blick zu mir, sondern blickte verloren in die Ferne. Das andere Mal riß sie mich an sich mit einer Wut, die halb tierisch war und einen katzenhaften Zug in sich hatte. Es kam mir vor, als ob sie auch in diesem Zustand mich nur als fremdes Wesen behandelte.

Man sollte meinen, daß dies mein Verhältnis zur neuen Mignon abkühlte: das Gegenteil aber war der Fall. Ich wurde nicht müde, die Formen des kleinen, mageren und doch reizvollen Körpers in mich aufzunehmen.

Sie hatte ein winzigkleines Ohr, ein überaus zartes spitzes Näschen, das ein wenig nach oben wippte. Das Mündchen darunter war vorgebaut und sozusagen von küssiger Lieblichkeit. Die Natur hatte hier miniaturisch gearbeitet und zeigte unendliche Zartheit und Lieblichkeit. Vielleicht war das Hälschen unproportioniert, und zwar durch seine Länge und

Dünne. Die Brust darunter war mager und platt: mit dem Ansatz von Schultern und Armen verbunden, wirkte sie trotzdem rührend und anziehend. Ich umschloß sie wieder und wieder im Geist.

Etwas Verstecktes lag in Agas Blick und übertrug sich zuweilen auf ihre Bewegungen. Ein holdes, oft auch verzweifeltes Mißtrauen kam für Augenblicke hinzu. Sie schien ein Gebilde voller Geheimnisse.

Sie lachte nicht laut, jedoch geschah es, und zwar nicht selten, daß eine Heiterkeit ihr Gesicht überzog, und dann von unbegreiflicher Art, die – es ist nicht zu ändern – Glückseligkeiten zu künden und zu verbergen schien, von denen wir anderen kaum etwas ahnten.

Nichts an der Erscheinung dieses wunderlichen Spiels der Natur sprach von Sinnlichkeit oder reizte zu ihr, fehlten doch alle üppigen Formen. Vielleicht war der Aufbau des Knochengerüstes eher unproportioniert und nicht ganz frei von rohen Anklängen.

Was mochte in ihr für Blut durcheinandergären, sann ich – und weiter über das Wunder des Blutes, das eine variable Unendlichkeit in sich schließt. Ich dachte viel darüber nach, wenn ich an ihrem Bette saß oder dem ledernen Polsterstuhl, in welchem der Vater der Baronin gestorben war und in dem nun Aga zuweilen einige Stunden am Tage zubrachte. Und immer wieder erschrak ich mitunter im Innern, wenn ich aus den Augen der Kranken plötzlich ein Funkeln hervorbrechen sah, das alles in sich zu schließen schien, was Menschen je und je an Mut, Trotz, Haß, Wut, Liebe, Lust der Sinne, Verzweiflung und Tod in sich verborgen gehalten haben: furchtbar ausgerüstet, so dachte ich, für die ewige Fremdheit in dieser fremden Welt.

Mit der Baronin sprach ich täglich über das rätselhafte Kind, dem ich – es ist nicht zu leugnen – in Leidenschaft verfallen war. Manchmal gesellte sich Plarre zu uns, der sich die Behandlung der Kranken in rührender Weise, in täglich oft mehreren Besuchen, zur Pflicht machte. Auch er gab zu, daß ihm eine Patientin ähnlicher Art wie meine Mignon noch nicht vorgekommen sei. Es war ein Glück, für das ich dem Himmel nicht genug danken konnte, daß er die Qual der Anfälle lindern konnte, die gelegentlich das Kind überfielen. Ja, war es denn eigentlich ein Kind?

Etwa drei Wochen waren vergangen, als Plarre auf eine

seltsame Weise über den Zustand der Patientin Schweigen beobachtete, eine weitere Woche, als er das Schweigen brach. Man dürfe sich keiner Täuschung hingeben: der Zustand sei hoffnungslos.

Weshalb denn leugnen, daß die Baronin und ich miteinander bei dieser Nachricht geweint haben?

Es kam uns ein Umstand in den Sinn, der uns bewies, daß die Kranke sich selber über den Zustand nicht täuschte, dem sie unrettbar verfallen war. Seit langem lag eine neuerliche Feierlichkeit über ihr. Als ich eines Morgens zu ihr kam, waren die Fenster wie immer geöffnet, weil sie nach frischer Luft stets hungrig war, und sie zeigte mir einen dicken schwarzen Schmetterling, der auf ihrem Ärmchen saß.

»Ein Totenkopf ist es«, sagte sie. Die Sonne beschien ihn warm und umglühte zugleich die Kranke. Sie setzte mit einem festen Blick hinzu: »Er kommt heut schon zum drittenmal, und ich mache mich zurecht zum Wandern.«

»Zum Wandern, wieso, Kind?« fragte ich.

»Wir fangen immer von neuem an; es beginnt eben wiederum eine Wanderung. Man kann dazu nichts tun und ebensowenig etwas hinwegnehmen.«

Sie hatte sich nie über ihre Qualen beklagt, wenn entsetzliche Atemnot über sie kam. Oft nahm sie, zweifellos dankbar bewegt, meine Hand und sagte: »Ich bin nicht unzufrieden, mein Schiff ist in deinen Hafen gelangt, und ich bin von eurer Liebe umgeben.«

Gelegentlich zupfte sie ihre Gitarre. Beschwerden und Klagen hörten wir nicht.

Es war begreiflich, wenn ich in diesem nüchternen Lebensernst nicht gewagt hatte, den Goethe von Stresa zu erwähnen. Auch aus anderen Gründen tat ich es nicht. Meine Freundschaft mit Plarre begann mit meinem achtzehnten und seinem zwanzigsten Jahr. Aber er hatte eine weit größere Reife erlangt. Schon damals habe ich seinen väterlichen Rat und seine moralische Hilfe öfters in Anspruch genommen. In jener Zeit neigte ich zu einer gewissen nervösen Spaßhaftigkeit und irritierte ihn durch Verstellung. Er hörte Kollegs über Psychiatrie. Es kam so weit, daß er mich für psychisch gefährdet hielt und mich in einer Weise beruhigte, die mir bewies, er glaube meiner Versicherung nicht, daß ich mir einen Scherz gemacht und Geistesstörung simuliert habe. Ich wollte nun keinesfalls, daß Plarre auf den Verdacht einer geistigen Anomalie in meiner Natur zurückkäme und vielleicht die Erscheinung des lebenden Goethe im Café zu Stresa für ein Zeichen von Paranoia betrachte. Auch der Baronin sprach ich von der Erscheinung nicht, die mich doch nun seit Wochen beherrschte und mir selbst eine hypochondrische Bangnis, meine Geistesverfassung betreffend, hinterließ.

Die Psychiatrie war zudem in jener Zeit gewissermaßen überwüchsig. Die Irrenärzte erklärten beinah jeden dritten Menschen für geisteskrank, und Lombroso an und für sich jeden Künstler. Ziemlich allgemein unter Gesunden, besonders bei Familienzwisten oder im Gerichtssaal, war die Furcht vor dem Irrenhaus.

Man erwäge, welche Gefühle und Gedanken sich in meinem Innern durchkreuzen mußten, als mir Plarre eines Tages erzählte, er habe eine Gestalt, die man – ich möge lachen oder nicht – für den alten Dichter Goethe halten mußte, in der Nähe des Krankenhauses, die Hände auf dem Rücken, langsam umherwandern sehen. Es sei dies für ihn ein ganz unbegreifliches Phänomen: obgleich er doch Goethe im Leben nie hätte können begegnet sein, meldete sich nicht der allergeringste Zweifel bei ihm, daß er es mit dem echten Goethe zu tun habe.

Noch traute ich meinen Ohren nicht. Ich schwieg und biß die Zähne zusammen.

Den Weg zur Klinik der Baronin legte ich langsam in großer Erregung zurück. Ich wollte womöglich das ungesunde visionäre Wesen ein für allemal loswerden, hatte sich doch über das Erlebnis von Stresa schon jener Nebel gelegt, welchen nun einmal die Gegenwart über alles Vergangene breitet – ist doch in aller Gegenwart naturgemäß das Vergangene unwirklich. Aga, die leidende und vielleicht todgeweihte Aga, hatte allbereits ein neues Wesen angenommen, das sie von einer Mignon und überhaupt der Gestalt einer Dichtung unterschied. Ich liebte sie, mein ganzes Wesen war von ihr hingenommen.

Als ich nun aber den Sieg über alle Phantastereien errungen zu haben glaubte und die Baronin mir hocherregt an der Schwelle mit der Nachricht entgegenkam, daß sie ein unerklärbares Etwas, also ein Wunder, erlebt habe, war es mit aller Beherrschung aus.

»Haben Sie etwa auch Goethe gesehen?« fragte ich.

»Ja, so ist's: wie er leibt und lebt! Er stand vor dem Haus und blickte nach Agas Fenster.«

Aga entschlief am Abend des gleichen Tages in meinen Armen. Ich schloß ihr die Lider über den Augen. Der Ausdruck im Gesicht der Toten schien der einer tiefinnerlichen Glückseligkeit, als ob nun endlich all ihre Sehnsucht gestillt wäre.

Warum habe ich diese Erinnerung niedergelegt? Weil ich im Symbol, also im Sinnbild, Vergangenes festhalten wollte. Es ist reichlich rätselhaft – aber wo wäre Vergangenes je anders? Ist es nicht wohltuend, vom Geiste Verstorbener zu glauben, daß sie sich der hilflosen Lebendigen annehmen und in diesem Falle ein großer Geist dieser neuen Mignon? Hat mich die Erscheinung des Dichters nicht zu ihrem wahren Freunde aufrufen wollen und sie in die Obhut meines Studiengenossen, der Baronin und meiner bringen? Wie ich es sehe, war es so.

Ich habe versucht, das Erlebnis mit dem reinsten Gefühl der sinnlichen Gegenwart wiederzugeben, den leisesten Ahnungen und Hoffnungen der entferntesten geistigen Zukunft, die sich mir mit dem Gedanken einer solchen Absicht verband. Alles das und weit mehr Unbegreifliches liegt im Menschen. Es muß ausgebildet, gesehen, als solches erkannt werden.

Wir haben Aga-Mignon auf einem Höhenkirchhof beerdigt, und was könnte auf ihrem Grabstein anderes stehen als die Worte:

Nur wer die Sehnsucht kennt...

Eine einzigartige Sammlung

Erstmals in einem Band vereint: sämtliche otspreußischen Geschichten des großen Erzählers Arno Surminski. Unsentimental, aber voller Anteilnahme schildert der Autor Leben und Überleben der »kleinen« Leute und lässt die herbe Schönheit der Landschaft zwischen Memel und Masuren lebendig werden.

»Jede Geschichte umfasst nur wenige Seiten, aber was da hineingelegt ist, wirkt so eindringlich und schicksalhaft, als hätte man ein ganzes Menschenleben vor sich ablaufen sehen.«
Ostpreußenblatt

Aus dem Nest gefallen
Sämtliche ostpreußischen Geschichten
ISBN 978-3-548-25382-4

ULLSTEIN

Vor Sonnenuntergang

Die Uraufführung dieses Schauspiels in fünf Akten fand 1932 in Berlin statt. Leitmotivisch handelt das Stück von der Auflösung der alten patriarchalischen Ordnung, die im Zusammenhang mit dem Verfall bürgerlicher Lebensformen steht. Dieser Verlust einer einst vorhandenen Einheit wird zum zentralen Thema des Stücks.

»*Vor Sonnenuntergang* ist das Drama des Handelns und das des Leidens.«
Kindlers Neues Literatur Lexikon

Vor Sonnenuntergang
Schauspiel
ISBN 978-3-548-23565-3

ULLSTEIN

UB104

FRANÇOISE
SAGAN
Bonjour tristesse
Roman